범우비평판 한국문학 49-❶

김동석 편

예술과 생활(외)

책임편집 구모룡

국립중앙도서관 출판시도서목록(CIP)

예술과 생활(외) / 지은이 : 김동석 ; 책임편집 : 구모룡.
– 파주 : 범우, 2009 p. ; cm. – (범우비평판한국문학 ; 49-1 - 김동석 편)

ISBN 978-89-91167-39-1 04810 : ₩20,000
ISBN 978-89-954861-0-8(세트)

한국 현대 문학[韓國現代文學]

810.81-KDC4
895.708-DDC21 CIP2009002626

한민족 정신사의 복원

―범우비평판 한국문학을 펴내며

한국 근현대 문학은 100여 년에 걸쳐 시간의 지층을 두껍게 쌓아왔다. 이 퇴적층은 '역사'라는 이름으로 과거화 되면서도, '현재'라는 이름으로 끊임없이 재해석되고 있다. 세기가 바뀌면서 우리는 이제 과거에 대한 성찰을 통해 현재를 보다 냉철하게 평가하며 미래의 전망을 수립해야 될 전환기를 맞고 있다. 20세기 한국 근현대 문학을 총체적으로 정리하는 작업은 바로 21세기의 문학적 진로 모색을 위한 텃밭 고르기일 뿐 결코 과거로의 문학적 회귀를 위함은 아니다.

20세기 한국 근현대 문학은 '근대성의 충격'에 대응했던 '민족정신의 힘'을 증언하고 있다. 한민족 반만년의 역사에서 20세기는 광학적인 속도감으로 전통사회가 해체되었던 시기였다. 이러한 문화적 격변과 전통적 가치체계의 변동양상을 20세기 한국 근현대 문학은 고스란히 증언하고 있다.

'범우비평판 한국문학'은 '민족 정신사의 복원'이라는 측면에서 망각된 것들을 애써 소환하는 힘겨운 작업을 자청하면서 출발했다. 따라서 '범우비평판 한국문학'은 그간 서구적 가치의 잣대로 외면당한 채 매몰된 문인들과 작품들을 광범위하게 다시 복원시켰다. 이를 통해 언어 예술로서 문학이 민족 정신의 응결체이며, '정신의 위기'로 일컬어지는 민족사의 왜곡상을 성찰할 수 있는 전망대임을 확인하고자 한다.

'범우비평판 한국문학'은 이러한 취지를 잘 살릴 수 있도록 다음과 같은 편집 방향으로 기획되었다.

첫째, 문학의 개념을 민족 정신사의 총체적 반영으로 확대하였다. 지난 1세기 동안 한국 근현대 문학은 서구 기교주의와 출판상업주의의 영향으로 그 개념이 점점 왜소화되어 왔다. '범우비평판 한국문학'은 기존의 협의의 문학 개념에 따른 접근법을 과감히 탈피하여 정치 · 경제 · 사상까지 포괄함으로써 '20세기 문학 · 사상선집'의 형태로 기획되었다. 이를 위해 시 · 소설 · 희곡 · 평론뿐만 아니라, 수필 · 사상 · 기행문 · 실록 수기, 역사 · 담론 · 정치평론 · 아동문학 · 시나리오 · 가요 · 유행가까지 포함시켰다.

둘째, 소설 · 시 등 특정 장르 중심으로 편찬해 왔던 기존의 '문학전집' 편찬 관성을 과감히 탈피하여 작가 중심의 편집형태를 취했다. 작가별 고유 번호를 부여하여 해당 작가가 쓴 모든 장르의 글을 게재하며, 한 권 분량의 출판에 그치는 것이 아니라 작가별 시리즈 출판이 가능케 하였다. 특히 자료적 가치를 살려 그간 문학사에서 누락된 작품 및 최신 발굴작 등을 대폭 포함시킬 수 있도록 고려했다. 기획 과정에서 그간 한번도 다뤄지지 않은 문인들을 다수 포함시켰으며, 지금까지 배제되어 왔던 문인들에 대해서는 전집발간을 계속 추진할 것이다. 이를 통해 20세기 모든 문학을 포괄하는 총 자료집이 될 수 있도록 기획했다.

셋째, 학계의 대표적인 문학 연구자들을 책임 편집자로 위촉하여 이들 책임편집자가 작가 · 작품론을 집필함으로써 비평판 문학선집의 신뢰성을 확보했다. 전문 문학연구자의 작가 · 작품론에는 개별 작가의 정신세계를 보다 구체적으로 살펴볼 수 있는 한국 문학연구의 성과가 집약돼 있다. 세심하게 집필된 비평문은 작가의 생애 · 작품세계 · 문학사적 의의를 포함하고 있으며, 부록으로 검증된 작가연보 · 작품연구 · 기존 연구 목록까지 포함하고 있다.

넷째, 한국 문학연구에 혼선을 초래했던 판본 미확정 문제를 해결하기 위해 최선의 노력을 기울였다. 특히 일제 강점기 작품의 경우 현대어로 출판되는 과정에서 작품의 원형이 훼손된 경우가 너무나 많았다. 이번 기획은 작품의 원본에 입각한 판본 확정에 특별한 노력을 기울여 근현대 문학 정본으로서의 역할을 다했다.

신뢰성 있는 선집 출간을 위해 작품 선정 및 판본 확정은 해당 작가에 대한 연구 실적이 풍부한 권위있는 책임편집자가 맡고, 원본 입력 및 교열은 박사 과정급 이상의 전문연구자가 맡아 전문성과 책임성을 강화하였다. 또한 원문의 맛을 최대한 살리기 위해 엄밀한 대조 교열작업에서 맞춤법 이외에는 고치지 않는 것을 원칙으로 했다. 이번 한국문학 출판으로 일반 독자들과 연구자들은 정확한 판본에 입각한 텍스트를 읽을 수 있게 되리라고 확신한다.

'범우비평판 한국문학'은 근대 개화기부터 현대까지 전체를 망라하는 명실상부한 한국의 대표문학 전집 출간을 목표로 한다. 따라서 권수의 제한 없이 장기적이면서도 지속적으로 출간될 것이며, 이러한 출판 취지에 걸맞는 문인들이 새롭게 발굴되면 계속적으로 출판에 반영할 것이다. 작고 문인들의 유족과 문학 연구자들의 도움과 제보가 지속되기를 희망한다.

2004년 4월

범우비평판 한국문학 편집위원회 임헌영 · 오창은

일러두기

1. 가능한 원문에 충실하되, 현대식 표기로 해야 할 부분은 현대어로 고쳤다.
말 한마듸 → 말 한 마디, 있을가 보냐 → 있을까 보냐, 풀닢배 → 풀잎배, 웃음이었드라오 → 웃음이었더라오.
2. 현대 표기에 따라 불필요한 한자는 가능한 한글로 고치고, 문맥의 이해를 위해 반드시 써야 할 한자는 한글 뒤에 넣었다.
3. 외래어 표기는 현대 표준 표기법에 따랐다.
리앨리티 → 리얼리티, 쿠레용 → 크레용
4. 띄어쓰기는 현대어 표기대로 고쳤다.

김동석 편 | 차례

I. 시집

길

1. 풀잎배

시

소리 없이 들려오는 노래 한 가닥 ——
가슴 속에 솟는 샘물의 선율일러라.

눈을 감아도 보이는 그림 한 폭 ——
뇌수 속에 피는 꽃의 묵화일러라.

옴짓 않는 팔다리 속에 춤추는 힘 ——
세포에 흘러내린 처용의 춤일러라.

내 넋과 몸이 지닌 인간의 유산 ——
태풍 속에 숨은 한 점 고요일진저!

풍경

산도
포플라도
물구나무를 섰소.

소도
구장님도
거꾸로 걸어가오.

촌도
물에 빠져
한 폭 그림이 되다.

낙엽

낙엽이 바람에 날리는 뜻은
아무도 몰라 나는 휘파람을 분다.
엉성한 가지 끝에 앉았는 새야
너도 나처럼 외로우냐.

낙엽을 깔고 누워서
떠가는 구름을 바라보며
알암 떨어지는 소리를 듣는 나는
나의 심사는 아무도 몰라.

벌레들이 흔드는
금방울 은방울 소리에
가을은 짙어만 가는데
나는 낙엽처럼 떠돈다.

갈대피리

펴보면 아무것도 없는데
갈댓잎은 불면 바람이 나리라

곡조도 없는 외마디 속에
감채미 속 같은 어린 나라가 있어

밀짚 인형이 어깨춤 추고
귀밑머리 딴 풀각시가 절한다.

점잖은 양반 한번 불어 보구려
당신도 당장에 어린이가 되리니

도르르 말린 갈댓잎 속에 숨은
이 신비를 아는 자 누구이뇨.

황혼

황혼에 나가서
하늘을 바라보면
별이 하나 둘 다정히 웃고.

황혼에 나 혼자
숲속을 거닐면
물소리 졸졸졸 소근거리고.

님 없는 신센데
내 마음 황홀하여
황혼 속에 비애를 묻었더니라.

아침

바둑이가 술집으로 해장하러 나간 새
참새들이 팔방하며 노는 안마당 ——

은행나무 새 이파리들은 연두빛 나비
날개를 하늘거리며 훨훨 날고만 싶어.

왕거미도 오늘 하루의 생계를 위하여
은실로 부지런히 그물을 얽어 매나니.

가난한 살림에도 한결 윤이 도는 아침
까치가 지저귄다 반가운 손이 오리라.

별

눈은 깜빡,
입은 방실

아기별들이
엄마별한테
옛날 얘기를 듣고 있는 게지요.

둥근 달이
두 눈을 부리부리
동산 너머로 넘겨다 보니깐

별이
하나, 둘, 셋
쏜살처럼 뛰어갑니다.
아기별들이
숨바꼭질을 하는 게지요.

풀잎배

구름을 싣고 유유히 흐르는 강가에서
나는 풀잎으로 배를 만들어 띄운다.

갈대, 왕골, 억새풀의 긴 이파리가
한번 접어 키가 되고 두 번 접으면, 돛이 되어

새 노래도 꽃향기도 언덕에 남긴 채
풀잎배는 강물을 따라 흘러간다.

바라다 보이느니 끝없는 초록빛 평야
포플라 늘어선 사이를 감도는 강물.

아아 묘망한 나의 꿈이여……
풀잎배는 정처 없이 흘러가고 있다.

우물

물 한 모금 청했더니
그는 물 긷다 말고
수줍게도 웃었소.

나도 두레박줄을 잡고
우물 속을 들여다보니

그와 나의 얼굴이
나란히 둘……

내가 바란 건 물이 아니오
그의 방실 웃음이었더라오.

자연

폭포가 말하기를
"나는 바위에 부딪혀 부서지면서
노래를 부른다."

산이 말하기를
"나는 네 몸부림에 마음 아파
같이 통곡한다."

하늘은 아무 말 없이
산과 폭포와 소리를 함께
그 품에 안았다.

하늘

나는 죽어 구름이 되께
너는 죽어 종달새 되렴
나는 너를 안고 창공을 날며
온종일 마음껏 노래 부르리.

나는 죽어 한줌 흙 되께
너는 죽어 민들레꽃 되렴
나는 너를 안고 무덤에 누워
해지도록 푸른 하늘을 바라보리.

나는 죽어 흰 박꽃이 되께
너는 죽어 맑은 이슬이 되렴
나는 너를 안고 지붕에 누워
밤이 늦도록 별을 치어다 보리.

비애

설거질 하다 말고 엄마는 방문을 열어 본단다. 곰, 코끼리, 원숭이 하고 노는 너가 보고파 —— 엄마는 문을 열다 말고 멍하니 섰다. 곰, 코끼리, 원숭이만 나둥그러져 있고 네가 없는 방.

아가 우리 착한 아가 너는 엄마 혼자 두고 어디를 갔단 말이냐. 네가 그렇게 좋아하며 아장 아장 쫓아다니던 꼬꼬오는 댑싸리 밑에서 병아리를 부르고 있는데…… 너는 귀여운 고 손으로 꼬꼬오에게 수수를 뿌려 주면서 좋아라 했지. 그 꼬꼬오가 병아리를 열여섯 마리나 깠단다. 네가 보면 얼마나 기뻐했겠니.

네가 엄마 손을 잡아 다니며 냉냉 가자고 손가락질 하던
창에선
하늘이 보이고
새소리 들리고
꽃향기 풍겨 오는데
네가 있을 땐 그렇게 즐겁던 하늘이, 새소리가, 그리고 꽃향기까지 왜 이렇게 슬프기만 하냐.

네가 가고 나서부터 엄마는 아름다운 것에 눈물짓는 버릇이 생겼단다.

더군다나 너 같은 아가를 볼 때면 그 아기가 귀여울수록 애처로워 못 견디겠다. 깨물고 싶도록 귀여운 고 손. 고 손의 보드라운 촉감 —— 이 속에도 비애가 깃들일 줄이야.

무슨 소리든지 쪽빛으로 감각했다는 음악가 모양으로 나는 이제 비애 없이 생각할 수도 볼 수도 들을 수도 먹을 수도 만질 수도 없게 되었다. 일체가 눈물 어린 그림이요 슬픈 음악이다.

비애는 모든 것을 미화한다. 찢어진 고무신짝도 깨어진 비누병도 녹 슬은 간즈메 통도 여울 물 속에선 아름답게 보이듯 너를 사랑하는 내 비애 속에선 무엇이든 맑고 깨끗해진다. 너를 생각하면 너의 아름다움이 만상의 빛깔이 된다. 그래서 너로 말미암아 무엇이든지 사랑홉다.

너는 엄마에게 진정한 사랑을 가르쳤다. "마돈나"의 자애로운 얼굴도 영아 예수가 발하는 광명이 아니냐. 아가 우리 아가 너는 가도 너의 사랑은 영원히 빛나리라 나는 믿고 살겠다.

2. 비탈길

버러지들

새들은 숲 속에서 잠들고
별이 이슬마다 깃들인 밤인데
잠 이루지 못하는 버러지들이
외로운 등잔불로 모인다.

창문은 굳이 닫혀 있어 ——

몸부림치는 풍뎅이,
바르르 떠는 불나비,
맹맹 대는 하루살이,

—— 어둠을 등지고 파닥거리는 미물들.

낮에는 풀 속에 흩어져 있어서
존재조차 모르던 그들이
지심을 향하여 떨어지는
총 맞은 새와도 같이

한낱 불빛으로 날아든다.

나그네여
창문을 열어주라.

그들 미물의 버러지로 하여금
더러운 몸을 불살라
빛나는 찰나를 갖게 하라.

바다

달도 없는 밤인데
바다는 잠을 이루지 못한다.

너의 가슴은 왜 저리 설레이느냐.

네 몸부림에
물고기들도 잠자리가 괴로우리.

밤이면 바닷가에 앉아
흐느끼는 사나이 하나 있음을
너는 아는다?

은행잎

책갈피에 끼어 둔 은행잎 하나
일 년이 가도 푸른 채로 있다.

사랑 앞에 서 있는 은행나무도
잎이 꼭 이만큼 자랐으리니

순이야 고향이 변함 없는가
한 잎 따서 봉투에 넣어 보내라.

내 얼굴엔 주름살이 늘어가도
마음은 은행잎처럼 푸르련다.

나무

상처 입은 나뭇잎 흩어져 눕고
뼈만 남은 가지는 바람에 떠는데
까마귀떼 까악까악 지저귄다.

불길한 새 까마귀야 죽음을 노래하라.

살모사도 땅 속에 숨는 겨울
나무는 조각달 하나 없는 밤에
산 넘어 붉은 태양을 꿈꾼다.

불길한 새 까마귀야 죽음을 노래하라.

푸른 잎잎이 나비가 되는 유월
햇빛은 은어떼처럼 춤추리니
그때를 바라고 수난하는 나무들.

억눌린 생명은 숨어 꿈틀거리어라.

깨어진 꽃병

응달진 뒤란 담모퉁이
송장 냄새 나는 개가죽나무 밑에
깨어진 꽃병이 하나 나뒹굴어져 있다.

머리 풀어 흰 댕기 달고
상옷 치마 자락은 찢어져
꽃을 한 아름 안고 쓰러진 여인.

처녀의 사랑을 상징하여
진달래꽃을 꺾어다 꽂던
그때가 바로 그저께만 같건만

신부의 육체를 본받어
활짝 핀 함박꽃을 꽂던
그때가 바로 어저께만 같건만

물은 엎질러지고 꽃은 시들어
향기마저 꿈처럼 사라지고
꽃병은 깨어져 나동그러져 있다.

Le Penseur

푸른 갓을 쓴 독수리 앞에 두 손으로
턱을 고이고 로댕의 조각인양
움직이지 않는 나.

우주는 빛깔과 형체를 잃고 들리노니
사발시계의 초음, 귀또리 울음,
내 손목의 맥박 뿐.

깜깜한 속에 역사의 흐름이 보일듯
보일듯…… 첫닭이 운다.
먼동이 튼다.

대낮이면 나는 고물상의 망부석이어니
차라리 눈 감고 올빼미처럼
밤을 기다리련다.

풀

구둣발로 진흙발로 구루마 바퀴로 말발굽으로 밟히는 풀. 밟혀도 밟혀도 죽지 않는 풀.

나는 너희들의 의지가 부럽다.

송아지, 사슴, 토끼를 먹이는 풀. 아기네 각시되는 풀. 대보름날 장난꾼들 쥐불 놓는 풀.

나는 너희들의 덕이 부럽다.

내 시방 깔고 앉은 풀. 내 죽은 후 내 무덤을 덮을 풀. 담뿍, 평퍼즘이, 여기도 저기도 돋아나는 풀.

나는 너희들의 생명이 부럽다.

어촌의 밤

불빛은 물위에 흐느끼고
갈매기처럼 끼룩거리는 노 소리에
어촌의 밤은 깊어가는데

대꼬작이 보이는 주막에선
바다의 애수가 막걸리 잔에 부서져

붉은 얼굴 얼굴 얼굴 얼굴
너털 웃음 웃음 웃음 웃음

노자 노자 젊어 노자
늙어지면 못노느니……
* * *
송편 같은 반달을 쳐다보며
홀애비 박첨지가 꿈길을 찾아 가는데

그림자 하나 비틀비틀 그 뒤를 따른다.

비탈길

나는 짐 실은 수레를 끌고 비탈길을 올라간다.

인생의 고개는 허공에 푸른 활을 그리고
그 넘어 흰 구름이 두둥실 떴다.

길은 올라갈수록 가파르고 험하여 ——

나는 잠시 수레를 멈추고
올라 온 길을 나려다 본다.

뱀인양 산비탈을 나려
가르마처럼 넓은 벌을 건너

아득히 내 고향 품속에 안기는 길 ——

개나리꽃 핀 울타리에 기대어 서서
치맛자락으로 눈물 씻던 순이……

아아, 영영 돌아올 리 없는 이 길에

나는 청춘의 그림자를 떨치고

인생의 고개 넘어 무엇이 있는 진 몰라도

나는 짐 실은 수레를 끌고 비탈길을 올라간다.

단상斷想

나는 처마 끝에 매달린 농 안에 든 새
시방 푸른산 골짜기엔 녹음이 무르녹고
시냇물이 오월을 노래하며 달음질치려니
날개를 가지고도 날지 못하는 나
창공을 바라보면 마음만 안타깝다.

나는 창턱에 놓인 어항에 든 물고기
바야흐로 훈풍이 못 위로 불어오고
수양버들 가지는 수면에 유월을 그리리니
나래미가 있어도 자유로 헤엄 못치는 나
마신 물을 되마시며 유리만 핥고 또 핥는다.

포플라

논두렁에 키다리 포플라가 늘어서고 그 위를 한 여름동안 흰 구름이 떠갔다. 나무들은 구름을 움켜잡고 싶어 —— 하늘로 치뻗는 푸른 뜻. 가지는 또 가지를 치고 가지마다 수없이 새싹이 돋아난 금빛 춤을 추며 은빛 노래를 부르며 자랐다. 송아지는 풀언덕에서 뒹굴며……

어찌 뜻하였으랴. 어느 날 새벽 조각달이 밝은데 서리가 내리더니 오늘은 바람 한 점 없는데 낙엽이 진다.

소리 없이 떨어지는 잎. 잎. 잎. 누른 잎은 불에 뛰어 들다 날개를 그을린 나비. 붉은 잎은 총에 맞아 떨어지는 참새. 죽어라 하고 매달려 껄떡이는 푸른 잎…….

머지않아 포플라들은 뼈만 남아 하늬바람에 얼어 떨게다. 눈보라도 치리라. 논은 벼 빈 자리가 까칠한데 두덩엔 잎이 엉성한 포플라들이 서있고 바람도 없는데 낙엽이 진다.

3. 백합꽃

경칩

태양이 막 적도를 넘으려할 때
온 겨우내 죽은 듯 괴괴하던 땅 속에서
무수한 생명들이 머리로 지각을 부빈다.

개미, 지렁이, 개구리, 두꺼비……
씀바귀, 질경이, 고사리, 할미꽃……
도롱뇽, 살모사, 오소리, 도마뱀……

우주의 새 봄을 낳기 위하여
최후 심판 날 천신이 부는 나팔에
죽은 자 놀라 깨일 때도 이러하리니

잠에서 깨어나 눈을 부비고
태양을 맞으려 기지개 켜는 자에게
꽃피고 새 노래하는 부활이 오리라.

희망
– 세 살된 상현에게 주는 시

나는 너를 볼 때마다 네 양 볼에 떠도는 하마 꺼질듯한 미소를 볼 때마다 웬일인지 눈물겹다. 황량한 가을 뫼에 서서 이름 없는 적은 꽃을 보는 듯……

"아빠 어데 갔니?" 하고 물으니까
"돈 벌러 갔어" 하고 대답했다는 너

아버지 대상 날도 울지 않은 나다
내가 아버지고 네가 내인 줄 알기에
나는 너를 아버지로 알고 있단다.

너의 할아버지는 구멍가게를 보고
네 애비는 사방모를 쓰고 다녔다
현아, 나는 너를 위해 무엇을 하랴.

짓밟혀 시들은 잔디에 풀 움이 돋고
너희들이 무심히 뒹구는 동산 ——
그 동산을 꿈꾸며 두 주먹을 쥐어본다.

눈은 내리라

달밤을 대낮이라 우겨가며
술 먹고 춤추던 무리들 잠든 듯 고요한
서울의 거리 죄 많은 거리 거리……

달빛은 꾸어온 빛깔인 것을
그나마 구름에 가리어 아득한
종로 네거리 아스팔트 위엔

양인이 씹다 버린 츄잉 껌
한 갑에 이십 원하는 로을리의 담배껍질
어지러운 거리 잔뜩 찌푸린 밤거리.

인제 진정 눈이 내리려 하느냐
차고도 포근한 너를 기다린 지 오래어니
죄 있는 놈 잠든 틈을 타서 오려 하느냐.

내리라 함박꽃인 양 눈은 내리라
너는 이성理性의 순결한 옷자락으로

짓밟혀 더럽힌 거리를 품어 안으라.

흥분한 야망과 욕심을 깔아 앉히고
눈은 나려 나려서 거리거리를 덮고
먼동이 트기 전 오예와 치욕은 숨으라.

거리마다 부지런한 이들의 얼굴 얼굴
그들의 발길이 밟고 가는 순백의 길 ──
그 길 위에 붉은 태양은 빛깔을 던지리라.

백합꽃

내 홀로 누운 병실에
한 송이 백합이 병에 꽂히어
어둠 속에 향기를 뿜는다.

자두빛 가루를 실은 꽃술
희다 못해 파르란 꽃잎이
감고 있는 내 눈에 비치는 듯.

달이 창 넘어 기웃거리니
실연한 여인 같은 네 자태 ——
기어코 날 울리고야 말았다.

네 모양 아름답고 향기롭기에
병든 채 나는 차마 죽지 못하고
내일 하루의 삶을 또 기원한다.

나는 울었다
–학병 영전에서

학병 영전에서
나는 울었다.

약하고 가난한 겨레
아름다움이 짓밟혀 슬픈 땅
조선의 괴로움을 알고
눈물을 깨물어 죽이며
마음에 칼을 품고 살아왔거늘

불의의 싸움터도
그대들 목매어
왜노한테 끌리어 갈 때도
나는 울지 않은
악독한 마음을 가진 놈이었거늘

그대들 돌아와
왜노를 쫓고
독사 숨은 풀밭을 갈아

꽃씨 뿌리며 새로운 조선을 노래할 때도
나는 모른 척 도사리고 앉아있었거늘

아아 이 어인 눈물이냐.
마음에 품었던 칼을 번득여
독사를 베어라.

겨레의 피를 빠는 징그러운 뱀,
저 독사가 보이지 않느냐.
쌍갈래 갈라진 혓바닥이
날름거리는 것을 보라

그러나 나는 울었다.
울기만 한 것이 원통해서
나는 또 흐느껴 울었다.

길

달은 없어도 별이 총총해
은하가 머리 위로 동서로 뻗히고
반딧불 흐릿하게 나는데
나는 혼자서 밤길을 걷는다.

마을은 어둠 속에 잠들고
벌레 울음소리에 밤은 깊어 가는데
멀리 보일듯 말듯한 불빛은
남편 기다리는 아내 있음이리라.

길은 수수밭 사이를 지나
포도 향기 그윽이 풍겨오는데
어디서 개 한 마리 요란히 짖음은
내 발자국 소리에 놀라 깸인가.

나무 나무들도 잠든 듯한데
바라보이는 산들의 침묵은 무겁고
가도 가도 끝없을 나그네 길임에

주저앉아 목 놓아 울고만 싶다.

그래도 이 길이 별빛에 희고
여러 동무가 내 앞에 걸어갔음에
나는 어둠 속에 헤매지 않고
또 다시 용기를 얻어 발을 옮긴다.

길은 흰 강물처럼 굽이쳐
어둠 속을 감돌아 산속에 들고
이 밤이 다하는 산봉우리에선
붉은 태양이 홰치며 솟으리라.

알암

가을은 기쁘고도 슬픈 시절
금잔디는 아랫목인양 따사롭고
알암은 하나 둘 떨어져
다람쥐의 눈을 숨기고 있다.

시냇물은 잦아들어 돌 드러나고
산은 단풍들어 붉은데
울어야 좋을지 웃어야 좋을지
알암은 땅에 나뒹굴어져 있다.

삶은 기쁘고도 슬픈 것
죽음은 슬프고도 기쁜 것
죽어서 살려는 알암의 뜻
혁명가의 뜻이 이러 하니라.

기다림

"님을 기다리다 못해 해는 서산에 넘고요"
황혼에 새들도 보금자리 찾아 들 때이온데
님 홀로 넘는 산길은 얼마나 외로우리까.

"마을꾼도 돌아가고 이야기책 읽는 소리도 끊겨
불이 하나 둘 꺼지더니 마을도 잠들었나 봅니다.
뒷동산에 접동새는 왜 저리 울어댈까요."

언제 돌아올지 모르는 님을 기다려
여인 하나 동구 밖 느티나무에 기대어 서서
초롱불 켜들고 묵묵히 이 밤을 새운다.

산

젊은이들은 묵묵히 걸어간다.

독사와 이리가 무서워
안타까이 바라만 보던 산
푸른 산 쪽빛 산 연보랏빛 산들……

젊은이들은 어느 듯 그 속에 있다.

밟히는 솔잎 떡깔잎 도토리 참나무잎
길은 달아나는 배암을 쫓는 것처럼
산을 꿈틀거리며 올라간다.

젊은이들이여 메아리 짓도록 노래를 부르라.

피를 빨려던 이리떼 놀라 뛰고
숨었던 사슴 토끼 반가이 쫓아올
그 노래를 소리 높이 부르라.

땅 속의 독사도 몸부림치리니 ——

봉우리 가까이 별빛에 눈은 희고
젊은이들의 노래 소리 높아만 가는데
돼지우리를 향해 내려 뛰는 이리떼.

해방의 붉은 태양은 산 넘어 있다.

연

햇볕이 포근한 금잔디 위에서 아이들이 연을 띄운다.

손에서 얼레가 물레를 돈다. 얼레 자루가 아이의 옆구리를 탁 치기도 한다. 아이들의 눈동자는 멀리 하늘을 바라보고 있다.

구름 한 점 없는 푸른 하늘을 날고 있는 수많은 연.

쇠뿔장군이 반달을 받으러 간다. 청치마는 오들오들 떨면서 밑에서 이 광경을 쳐다본다. 가오리 꼭지는 촌색시처럼 머릿단을 길게 늘어뜨린 채 이 품에 끼지 않고 혼자 떨어져 놀고 있다. 다른 연같이 물구나무를 설 줄도 모르고 혹시 머리를 질끈 동여맨 대갈장군이 이마받이하러 오면 그 자리에 주저앉고 만다.

"떴다! 떴다! 쇠뿔장군이 떴다!"
아이들이 고함을 치면서 밭고랑 논두렁으로 뛰어간다. 그렇게 불량하게 굴던 쇠뿔장군이 반달한테 나간 모양이다. 막동이 녀석은 제 성미대로 유리가루를 더덕갬치를 먹이드니 바람이 샌 날 며칠 동안은 장을 쳤다. 그러던 것이 높은 바람밖에 없는 오늘은 복동이의 고은 사기가루 갬치에 나가고 만 것이었다.

우리 나이 또래들은 아직 연 띌 자격은 없고 띈 대야 실패로 방패연을 날리거나 고작해야 "볼기짝얼레"로 가오리 꼭지를 올렸다. 그리고 큰 아이들이 연 얼리는 것을 손에 땀을 쥐어가며 구경하다가 나가는 연이 있으면 쫓아가서 잡아다 주곤 하는 것이다.

어떤 때는 떠가는 연이 위로 위로 솟기만 하는 때가 있다. 그럴 때는 뛰어가기를 멈추고 그 연이 높이 높이 하늘 위로 사라질 때까지 한없이 쳐다보기만 하는 것이다.

이리하여 우리들의 어린 시절은 드높은 창공을 바라보다가 그날 그날이 저물어 가는 것이었다.

《길》을 내놓으며

열손 배 위에 얹어 놓고야 큰소리 하랬다는데 인제 겨우 서른의 고개를 넘어 네 번째 새해를 맞이하는 나로서 처녀 시집의 이름을 '길'이라 한 것은 위태로운 짓이다. 하지만 아직껏 내가 걸어온 길을 세상에 드러나게스리 그린다면 이 시집은 조금도 거짓 없는 바로 그 그림인 것이다.

Sogui il too corso, e lascia dir le gentil(그대의 길을 가라, 그리고 사람들로 하여금 떠들게 내버려 두라.)—이것이 나를 인도한 지남철이다. 나를 "유아독존"의 인간으로 보는 사람이 있지만 바람이 센 이 땅에서 혼자서 버텨보려는 나의 자세이었음을 알라. 산마루에 외로이 서서 하늬바람에 얼고 떠는 나무, 그것이 바로 나의 모습이었다.

그러나 약하고 겁이 많은 나는 "무저항의 저항" 밖에는 저항할 용기가 없었다. '시'는 위기에 처한 조선 문화를 생각다 못해 발표한 것인데 그리 많은 지음知音을 얻지 못했던 것은 순전히 나의 표현력이 부족한 탓이리라. 〈연鳶〉도 내 딴엔 파시즘의 폐부를 예언한 산문시이었는데 상징이 지나쳐서 무언지 모르게 되어 버렸다.

이 시집을 '풀잎배', '비탈길', '백합꽃'의 세 부로 나눈 것은 '풀잎배'는 어디인지 모르게 사라지는 시의 세계를 상징하며, '비탈길'은 반동적이 안 되려고 애를 쓴 나의 조그만 고집이요 '백합꽃'은 조선의 표징으로서—희고도 아름다우니까— 내가 아껴온 꽃이다.

달은 밝아도 조선은 아직도 밤이다. '한데 뭉치자'는 식의 구호가 아니라 정말 조선 민족의 통일 전선이 완성될 때 비로소 먼동이 트고 붉은 태양이 홰치며 솟으리라. 나는 그때가 올 것을 믿어 의심치 않고 앞으로 또 몇 해인지 몰라도 밤길을 묵묵히 걸어가련다. 그러나 벌써 나는 외로운 나그네가 아니냐.

Ⅱ. 수필집

1. 꽃

꽃

내가 십칠 년 동안이나 살던 집은 안마당이 어찌 좁은지 하늘을 치어다보면 꼭 우물 속을 들여다 보는 것 같았다. 이 안마당마저 장독과 고추장 항아리가 점령하고 있었으니 꽃이라곤 분盆에 심어 둘 꽃도 없었다.

"꽃? 장등이에다 심을까."

이러한 말로써 가벼이 화초를 물리치는 수밖에 도리가 없는 것이 도회인이다. 그런데 작년 이맘 때 사들인 집은 안마당이 대여섯 평 남짓이 있다. 이제 보니 넓은 마당이 아닌데 처음 이사왔을 때는 어찌 넓어 보이는지 꼭 어항 속에 갇혔다가 연못에 놓여진 붕어와 같은 느낌이었다. 인제야 사람사는 것 같다는 말이 우리 집 다섯 식구 입에서 거의 동시에 나왔다. 그것은 언어라느니 보다 심호흡에 가까웠다.

내 생각 같아서는 안마당 전체를 꽃밭을 만들고 싶었다. 그러나 언제고 현실적 문제가 앞선다. 결국 장독대가 두어 평 차지하고 말았고, 수도가 우리 오기 전부터 한 평 점령하고 있었던 것은 물론이다. 또 문자 그대로의 안마당이 없을 수 없었다. 이리하여 남은 두 평 땅에, 나는 은행나무 두 그루를 사서 옮겨다 심었다. 그리고 철이 늦어서 꽃씨를 뿌리지 못함을 한없이 아깝게 여기면서 생화점生花店에서 화분을 분주히 사들였다. 처음에는 산보 끝에 잠시 들러서 한 두 분 사들고 오다가 나중에는 리어카로 배달을 시켰다. 장미, 백합, 제라늄, 푸림로오즈, 배고니아 등 오십여 분이 모두 만개滿開였다.

"꽃을 사다니. 꽃이란 땅에서 스스로 나는 것이지."

부친은 이렇게 나를 꾸짖어셨다.

나는 부친, 아니 노인들의 생활태도를 비웃었다. 돈은 어디까지든지 수단이다. 생을 즐기기 위하여는 몇 원 돈이 문제가 아니다. 나는 새로 사온 등의자에 걸터앉아서 화분의 꽃들을 바라보았다. 장미 꽃잎의 고운 빛깔이 나의 가슴 한 구석을 간지러울 듯 애무하였고, 푸림로오즈의 아기자기하게 어여쁜 꽃들이 오순도순 정다웠다. 가끔 일어서서 코를 꽃 위에 갖다 대보기도 했다. 백합은 그 청초한 자태보다도 향기가 더 한층 아름다웠다. 나는《신약》의 시를 몸소 체험하는 것 같은 느낌이었다.

백합화가 어떻게 자라는가 생각하여 보아라 ……

실로 오늘에야 '삶'과 '시'를 체득한 것 같았다. 그래서 나는 이 날 저녁에 놀러온 K군을 붙들고 이렇게 나의 인생관을 토로吐露했다.

"미래를 위하여 현재를 희생하는 것은 생의 낭비다. 생의 진실은 현각現刻에 있다. 인생의 가치를 결정하는 것은 찰나이다. 꽃은 피었다가 지면 그만이 아니냐고? 그렇다. 그러나 그 꽃된 순간이 의의있는 것이다. 꽃! 아아 꽃 ……"

신랑이 신부를 사랑하듯 나는 매일 화분에 물을 주고 완상玩賞하였다. 그러나 열흘이 못 다가서 꽃들은 거의 다 져버리고 말았다. 장미는 체격體格이 보잘 것 없는 미인 같아서 꽃 없는 가장귀는 빈약하기 짝이 없었다. 백합은 꽃 떨어진 후에 잎마저 누렇게 뜨기 시작하는 분盆도 있었다. 푸림로오즈도 호박잎같은 거칠고 검푸른 잎사귀를 남길 뿐. 제라늄은 아직도 꽃송이가 달렸건만 그 냄새가 고약했고 어떤 것이 잎인지 꽃인지를 분간할 수 없도록 울긋불긋한 베고니아는 야하게 화장한 계집 같았다.

나는 이렇게 쉽사리 환멸을 맛보았다. 그리고는 또다시 화분들을 돌보지 않았다. 그것은 흡사히 미를 보고 사랑했다가 여자는 스물이 한 때라 미가 쓰러짐에 아내를 헌 신짝같이 버리는 자의 심리였다. 찌는 여름이 되어 대낮에는 뙤약볕에 헐떡이는 화초들의 숨소리를 들을 듯 하건만 나는 본 척도 안했다.

그러나 이번에는 부친께서 화분을 돌보기 시작하시었다. 발을 쳐서 반응달을 만들어 주기도 하시고 물을 햇볕에 쪼여서 화초 체온에 맞게 하여 주시기도 하였다. 화초들은 병드는 잎 하나 없이 잘 자랐다.

겨울이 되자 부친은 구근球根을 패어 말리시어 일방一方 화분에 담긴 것은 방에다 들여 놓으시었다.

올해도 장미, 백합, 제라늄, 푸림로오즈, 베고니아 등이 만발했다. 그것은 전혀 부친의 덕택이다. 그러나 그 꽃을 즐기는 것은 여전히 나다. 나는 시방 꽃 앞에 황홀하다. 허나 이러한 생의 기쁨이란 결국 단순함이 아닐까. 그것이 아름다운 향락임에는 틀림없다. 하지만 생의 창조는 꽃을 북돋으신 부친과 같은 노력과 인내만이 가져 올 것이다. 꽃을 좋아하는 마음보다도 꽃을 낳으려는 희생적 정신이 귀한 것이다. 이것이 아버지께서 무언無言 중에 나에게 일러주신 교훈이다.

나팔꽃

한 달이나 두고 날마다 바라보며 얼른 자라서 꽃피기를 기다리던 나팔꽃이 오늘 아침에 처음으로 세 송이 피었다. 분에 심어서 사랑담에다 올린 것이다. 가장자리로 뺑 돌려가면서 흰, 진보라빛 꽃이다.

안마당에다 심은 나팔꽃은 땅에다 심어서 그런지 햇볕을 더 많이 쪼여서 그런지 사랑 것보다 훨씬 장하게 자랐다. 그런데 꽃은 한 송이도 피지 않았다. 바야흐로 꽃망우리가 자라고 있다.

나는 시방 세 송이 나팔꽃을 바라보고 있다. 참 아름답다 …… 하지만 나의 마음은 이에 만족하지 않고 안마당 꽃피기를 바란다. 왜 그럴까? 세 송이 꽃이 부족해서일까.

씨 뿌리고는 떡잎 나오기를 기다렸다. 떡잎이 나오니까 어서 원잎과 넝쿨이 나와서 자라기를 기다렸다. 이리하여 나의 마음은 나팔꽃 넝쿨의 앞장을 서서 뻗어나갔다. 그러면 나의 마음은 꽃에 이르러 머물렀을까?

시방 내 눈앞에 세 송이 나팔꽃은 아침 이슬을 머금고 싱싱하다. 그러나 이 아침이 다 못 가서 시들고 말거다. 그리하여 씨가 앉고 나면 나팔꽃이 보여주는 '극'에 막이 내려지는 것이다. 그러나 그 때에도 나의 마음은 나팔꽃 아닌 또 무엇을 추구하고 있겠지 …….

마음은 영원히 뻗어가는 나팔꽃이다.

녹음송綠陰頌

아담과 이브의 유전遺傳인지 몰라도 과실을 좋아하는 것이 인간의 본능이다. 참된 인간이란 학자나 예술가가 아니라 '열매를 따 먹으러 생긴 자'이다. 허나 인간이 좋아 먹는 것이라 해서 시방 여기서 내가 새삼스럽게 실과를 찬미한다면 논리학에서 말하는 ad hominem – 인간에게 호소하는 오류를 범하게 될 것이다.

차라리 꽃을 노래하라. '아름다운 것은 영원한 기쁨'임에 틀림없다. 그러므로 자고로 시인묵객들이 꽃을 송頌한 자 이루 다 헤아릴 수가 없는 것이다.

그러나 유미주의자는 결국 현대인의 인생관이 될 수 없다. 여기서 비로소 '녹음'이 한 과제로서 나에게 부여된 것이다.

꽃이 아름답다고 하되 그 자체가 목적은 아니다. 꽃은 열매를 낳으려는 희망이요. 그 미美한 자태는 삼척동자가 다 알다시피 봉접蜂蝶을 꼬이려는 수단에 지나지 않는다.

열매 역시 자기목적일 수 없다. 밤이나 대추는 다람쥐와 인간을 배불리기 위하여 지구상에 나타난 것이 아니라 땅에 떨어져 죽어서 밤나무와 대추나무가 되려는 것이 그들의 품고 있는바 종교다.

그러나 유월 햇빛에 무르녹는 녹음을 보라. 푸르다는 것은 꽃과 열매가 없어도 그것만으로 족足하지 않느냐.

워즈워드는 문지방까지 녹음이 우거진 속에서 '고요하고 슬픈 인간성의 음악'을 들었다. 하지만 그것은 결국 시인의 감상, 아니 인간의 비애일 것이지 녹음 자체가 슬플 까닭이 있겠느냐.

녹음은 청춘이다. 그러므로 청춘만이 녹음의 철학을 알 수 있다. 꽃과 열매는 다 녹음을 위하여 있다. 녹음 없이는 그 존재이유를 생각할 수 없다. 아니, 존재조차 불가능하다. 풀 한포기 없는 사막에서 꽃과 열매를 본 자 누구냐.

그렇다면 사막의 왕자 용설란龍舌蘭이 백년 푸르다가 피를 토하듯이 한 송이 붉은 꽃을 피고는 죽어버리는 것은 무엇을 말하는가. 이는 녹음의 목적이 꽃이라는 산 증좌證左가 아닐까. 시간적으로 나중에 오는 것이 목적이라는 논리를 세운다면 과연 그렇다 하겠다.

그러나 용설란의 그 붉은 꽃은 백년 생의 최후의 연소燃燒임을 알라. 별은 사라질 때 그 빛이 가장 찬란하듯이 용설란은 생명이 다할 때 푸르다 못해 붉었다.

녹음이 영원할 수만 있다면 꽃이 무슨 꽃이며 열매가 무슨 열매이랴. 바야흐로 무르녹는 녹음을 보라. 녹음은 스스로 기쁘지 아니하랴. 그러나 녹음이 죽은 자리에서 불사조인양 꽃이 피고 열매를 맺어서 더 많은 녹음이 된다는 것이 녹음의 철학이다.

등藤

물속에서 숨 쉬는 것이 물고기의 습성이듯이 나의 정신은 책 속에서 호흡한다. 좋은 책을 읽을 때 나는 가장 신선한 공기를 마시는 것 같다. 또 책 속에서 아름다운 경치도 있다. 그러나 책 속은 결국 활자의 나열이다. 내 눈은 끝끝내 활자만 먹고 살 수는 없다. 그래서 나는 때때로 창밖을 내다본다. 창은 햇빛과 바람을 맞아들이는 외에 내다보는 맛이 있어야 할 것이다. 그런데 내 방에서 보이는 것은 지붕과 굴뚝과 전기선 때뿐. 하늘도 보이지만 전깃줄이 얽히고 설켜서 산산이 조각난 고려자기인양, 하늘은 끝없이 넓어야 될 것이 아닌가.

이렇게 살풍경한 가운데 나의 시선을 붙잡는 것이 이웃집 담을 넘어 전선을 타고 올라 간 한 오라기 등나무 넝쿨이다. 넝쿨은 한결같이 전선을 타고 뻗어 올라간다. 나도 끈기 있게 허고 헌 날 하루에도 몇 번이고 이 넝쿨을 바라본다. 지붕, 굴뚝, 전주 등 회색灰色 속에 한 가닥 초록빛이 생명을 상징하는 듯 내 눈에 기뻤을 뿐더러 이 넝쿨이 어디까지나 올라갈까 하는 것이 나의 호기심을 잡아당기는 것이었다.

배찬국裵燦國군이 놀러 왔기에 나는 창밖으로 내다보이는 등나무 넝쿨을 손짓해보였다. 그때 넝쿨은 벌써 전주 중턱까지 올라가 있었다. 그랬더니 배군은 그보다 더 자미滋味있는 박넝쿨의 이야기를 하였다. 배군의 집 동산엔 백척百尺이 넘는 소나무가 있는데 이 소나무를 그가 타고 올라가서 지상에서 스물 아무 자 되는 곳에 줄을 매고 박 넝쿨을 올렸더니 배군이 무서워서 더 올라가려야 올라갈 수 없었던 줄의 맨 꼭대기까지 박 넝쿨이 어언 간에 올라가서 박이 여섯 통이나 주렁주렁 열리고 그래도 부족해서 더 올라가려고 야단이라는 것이다. 박이 이렇게 높은 데 열린 것을 나는 아직 보지 못했다. 박은 돼지우리깐 지붕이나 기껏해야 초가지붕 위에서나 뒹구는 것으로만 알았는데 이십 여척을 단숨에 올라가 늘어진 박넝쿨은 더 올라가고 싶어서 허공을 만지고 있다는 이야기를 들었을 때 나는 생명의 끝없는 욕구를 눈으로 보듯 하였다.

'뻗어가는 칡도 칠월이 한限이라'

는 격언이 있지만 성자필멸盛者必滅이란 인간사회의 진리를 드러낸 말일지 몰라도 칡넝쿨 자체의 본질을 파악한 말은 아니다. 음력 칠월이 되어 찬바람이 나기 시작하면 칡넝쿨은 성장을 그치는 것은 사실이다. 그러나 여기서 칡넝쿨은 뻗어나가기를 전연 단념한 것은 아니다. 칡의 뻗으려는 의욕은 낙엽과 더불어 없어지는 것이 아니다. 다시 봄바람이 불면 지난해에 떨어져 죽은 잎을 들추고 파릇파릇 돋아나는 칡의 의지를 보라.

나무는 죽는 것인지 아닌지 식물학자도 모른다 한다. 천년이 넘은 나무가 산화山火에 반 이상 탔다가도 다시 싱싱해져서 천년을 또 살고도 늙을 줄 모르는 것이 나무다. 세계에서 가장 오래된 나무는 묵서가墨西哥에* 있는 삼목杉木의 일종인데 육십 이상의 연륜을 헤이고도 싱싱하다 하니 도저히 칠십 고래희七十古來稀라는 인간의 생애에다 견줄 것이 아니다.

그러나 개체로선 나무도 영원할 수 없을 것이다. 비록 나무의 생명 자체는 불사의 것이라 가정하더라도 너무 크게 자라면 수분과 양분을 가지 끝까지 공급할 수 없어서 죽는다는 것이 식물학자들이 가설假說이 되어있다. 칡넝쿨이 칠월을 만나지 않고 영원히 유월 속에서 뻗어나간다 하더라도 그가 뿌리박고 있는 지구는 그의 끝없는 넝쿨을 먹여 살릴 수 없을

---

* 멕시코

것이라.

그러나 나무 넝쿨은 여전히 뻗어 올라가고 있다. 인제는 전주 끝까지 올라갔다. 칠월이 다 갔는데도 등나무의 넝쿨의 성장은 좀체로 그칠 것 같지 않다. 등은 나에게 '잭과 콩나무'의 동화를 연상시킨다. 사실 이 등나무넝쿨이야말로 나의 시야에서는 유일한 동화의 세계다.

구근球根의 꿈

우리들이 나이 어렸을 때 꾸는 꿈은 흔히 비누방울과 같다. 찬란한 무지개빛을 띠고 부풀리다가는 깨어져 흔적도 없이 사라지고 만다. 참 어처구니없는 노릇이다.

설날이면 어린이들이 비비배배 소리 나는 고무풍선을 불듯 나도 무수히 비누방울을 날렸었다. 그러나 '입立'의 고개를 넘고 보니 남은 것은 환멸의 비애밖에 없다.

하지만 나는 시방 새로운 꿈을 하나 키우려고 맘먹고 있다. 현실에 부닥치면 산산이 조각 나는 그런 속절없는 꿈이 아니라 현실 속에 뿌리를 박은 꿈이다. 물론 보잘 것 없는 조그만 꿈이다. 그러나 이 조그만 꿈을 실현하려면 나의 노력은 과거 삼년동안 수포로 돌아가고 말았던 것이다. 우리 집 안마당에는 한 평 남짓한 화단이 있는데 나는 여기다 다알리아 구근球根을 하나 묻어놓고 탐스런 정열의 꽃송이가 피기를 손꼽아 기다렸다.

첫 해는 장독대 옆 기꾸시랑 밑 응달이 지는 데다 심어서 줄거리 밑둥이 손가락만큼 밖에 굵어지지 않더니 병든 처녀처럼 삐쩍 마른 채 서 있다가 꽃피어 보지 못하고 죽어버렸다. 그래서 이듬해는 안마당에서 가장 볕 잘 드는 쪽을 택해서 캐어 말려 두었던 다알리아 구근을 묻고 성장함을 따라 깻묵 거름을 주고 하였더니 늦은 봄에 벌써 꽃 망울이 셋이 생겼었다.

그리고 굵은 줄거리며 두께 있는 잎사귀가 아이 잘 낳는 며느리처럼 이쁘기 한량없었다. 여름볕이 쨍하게 쪼이는 안마당에는 해바라기 꽃만한 탐스런 다알리아 꽃이 피리라 고대하였던 것이 어떤 날 밤에 나의 희망은 무참히도 짓밟히고 말았다. 바둑이란 놈이 밤새도록 꽃밭에서 지랄발광을 했던 것이다. 나는 부러진 다알리아 나무를 손가락질하며 개를 때리고 나무랬다. 가친家親께서 다알리아를 일으켜 세우고 다리 부러진 사람에게 널 조각을 대듯이 대쪽을 대고 동여매고 일방一方 꽃밭에 울타리를 하시었다. 그러나 소 잃고 외양간 고치기지 그해도 다알리아는 꽃 봉우리를 지닌 채 드디어 꽃피지 않았다.

작년 봄에는 삼십 전인가 주고 다알리아 구근을 새로 하나 사다 심었다. 꽃가게 주인의 말을 빌면 '해바라기만한 대륜大輪'이었다. 바둑이놈도 나이를 한 살 더 먹더니 한결 점잖아져서 꽃밭을 헤치는 일이 없었다. 다알리아는 순조로이 자라서 드디어 바라고 바라던 꽃이 피었다. 그러나 어찌 뜻하였으랴. 꽃가게 주인 말은 백판 거짓말이었고 삼 년 공으로 핀 것이 겨우 퐁퐁 다알리아였다. 아주 꽃송이가 적은 데다가 빛조차 희미한 분홍이었다. 내가 다른 꽃을 다 마다 하고 구태여 다알리아를 심은 것은 그 타는 듯한 선지빛 꽃송이의 정열을 보고자 함이었다.

그러나 올해는 세상없어도 나의 이 조그만 꿈을 실현하리라. 나는 시방 동면冬眠하고 있는 구근球根과 더불어 다알리아 꽃송이가 함박꽃같이 피어날 날을 꿈꾸고 있다.

양귀비

아기의 귀여움은 아기의 똥오줌을 받아가며 기르는 어머니가 누구보다 진정으로 느끼듯이 꽃의 아름다움을 정말 맛보려면 손수 씨를 뿌려 꽃을 가꾸어 보지 않으면 안 된다. 꽃은 꽃을 보자느니 보다 꽃을 기르는 그 맛이 더 좋다 한다. 사실 까치 알 받아먹듯 하자는 것이 아니라 어머니는 아기를 젖먹이는 것으로서 스스로 만족하는 것이 아닐까.

또 이렇게 뒤집어 보아도 매일반이다. 아기가 귀엽다하지만 아기가 그림이 아닌 바에야 그 귀여움이 일정해 있는 것이 아니다. 아기의 방실 웃음만 하더라도 두 눈으로만 웃을 때 양 볼에 우물이 파질 때 입만 빵긋하고 웃을 때 —— 그 신비를 일로 다 헤아릴 수 없는 것이다. 그러기에 라파엘 같은 화성畵聖도 아기를 수없이 그리다 그리다 못해 마돈나를 그림으로서 모성애를 통하여 간접적으로 아기의 귀여움을 나타내는 수법을 취했다. 아기의 가장 아기다운 귀여운 찰나는 그 아기를 위하여 살며 자나깨나 그 아기와 더불어 사는 어머니만이 붙잡을 수 있는 축복된 순간일 게다.

꼭 마찬가지로 꽃의 꽃다운 아름다운 찰나도 활짝 핀 꽃을 화방花房에서 사다가 보는 도회인에게는 그렇게 쉽사리 포착되지 않으리라.

적어도 나는 이곳 산 속에 와 살면서 처음으로 양귀비꽃의 미를 발견했다.

양귀비는 그 입사귀의 연한 초록빛이 좋고 날씬한 키에 고개 숙이고 있는 꽃망울이가 더욱 좋았다. 그것은 나에게 첫사랑의 추억을 자아냈다 —— 내 어린 마음에 깃들였던 처녀도 저렇듯 여릿여릿하고 키가 날씬하고 수줍었었지!

그러나 어떤 오월 아침에 수그렸던 고개를 번쩍 쳐들고 활짝 핀 양귀비꽃을 보았을 때 나는 처음으로 양귀비꽃의 가장 아름다운 순간을 보았다. 어제 저녁에도 양귀비는 망울 채로 고개를 숙이고 있었는데 하고 속으로 생각하면서 고개를 번쩍 쳐들고 피어난 양귀비꽃을 대하였을 때 나는 생전 처음으로 사랑의 대담한 고백을 들은 듯하였다.

선연嬋娟한 연분홍빛 화판. 노르께한 둥글고 탐스런 씨집子房. 당나라 임금님을 뇌살惱殺하던 양귀비의 요염한 자태를 내 눈으로 보는 듯하였다. 나는 그 향기를 맡기도 전에 그만 아편 먹은 듯 취하고 말았던 것이다.
하고 많은 꽃 중에서 이 꽃이 동양을 대표하는 미인 양귀비의 이름을 차지한 연유를 나는 그 때 비로소 깨달았고 또 마약 아편을 양귀비가 품고 있는 것이 그 꽃을 한층 더 돋보이게 하는 것 같았다.

그러나 이렇게 아름답던 양귀비꽃은 그날 오전이 다 못가서 둥글게 모였던 화판이 애진케 무너져 네 개 꽃잎이 되어 떨어지고 말았다. 또 그것은 미인다운 죽음이기도 했다. 양귀비도 화용월태花容月態를 지닌 채 살해당했다는 것이 오늘날까지 미인으로 전해지는 한 원인이 아닐까.

나는 처음엔 양귀비를 잡초로 잘못 알고 뽑아 버렸다. 먼저 주인이 양귀비 씨를 뿌려두었던 것은 몰랐고 또 화단사이 길에 났으니 저절로 나는 풀로 생각한 것은 무리가 아니다. 사실 뿌럭지가 굵은 것이 다를 뿐이지 처음엔 양귀비와 꼭 같은 잡초가 있다. 그랬던 것을 이웃집 꽃 좋아하는 여인이 우리 집에 놀러 왔다가,

"양귀비꽃이 하필 길에 가 났을까."
하고, 뚱겨주어서 비로소 그것이 양귀비인 줄 알고,

"양귀비꽃은 옮겨 심지 못한다는데요."

하는 그 여인의 말을 들은 척도 안 하고 화단에다 옮겨다 심었다.

과연 양귀비는 이식移植하기 곤란하였다. 뿌리가 머리카락처럼 가늘고 길어서 흙 채로 뜬다 하여도 뿌리를 망치기가 쉽다. 그래서 사람들이 양귀비는 옮겨 심으면 반드시 죽는 것이라 믿게 된 것이오. 미인의 마음을 강제로 움직이려다간 논개論介같이 제 손으로 제 목숨을 끊어버린다 해서 양귀비꽃에다 정조관념貞操觀念까지 덧붙인 것이리라. 어떻든 미인의 목이 가늘단 격格으로 양귀비의 뿌리는 약하다.

내 딴엔 정성을 다하여 언저리의 흙까지 감쪽같이 옮겨다 심었는데도 얼마 아니 있다 보면 이파리의 맥이 풀려 땅위에 늘어지고 만다. 우리 집 작약 꽃이 하도 좋다기에 마음대로 꺾어가지고 가라 했더니 꽃을 꺾어 병에다 꽂기란 차마 애처로워 못할 짓이라 한 그 감상感傷의 여인은 심히 언짢은 표정으로 몇 번이나 거듭,

"양귀비꽃은 옮겨 심지 못한다는데요."

하고, 은근히 나를 제지했다. 그러나 나는,

"그냥 두면 사람 다니는 길이라 발길에 짓밟힐 것이 아닙니까."

하고, 호미로 하던 것을 집어치우고 커다란 삽으로 흙을 떴다. 나는 그처럼 정성껏 또 정열적으로 모종을 내본 적이 없다. 화단에다 떠다 놀 자리를 미리 파놓고 양귀비언저리에다 물을 흠뻑 먹인 후에 모종에다 비하면 지나치게 크리만치 흙덩이 채 뿌리 하나 건드리지 않고 옮겨다 심었다. 그랬더니 옮겨다 심으면 죽는다는 양귀비가 여러 포기 화단에서 자라나 드디어 꽃 피었던 것이다.

양귀비꽃은 이식이 불가능하다는 설說을 그대로 믿고 길가에 난 것을 그대로 두었더라면 양귀비는 꽃피기 전에 무참히 짓밟히고 말았을 게다.

"소질이 좋은 아기일수록 몸이 약한 법입니다. 약한 아기야말로 애를 써 기르는 보람이 있는 것입니다."

한, 어떤 소아과 의사의 말이 새삼스럽게 생각난다.

2. 나의 돈피화豚皮靴

나의 수염

오늘 아침에도 수염을 깎느라고 반시간은 잡아먹었다.

"자네 수염도 대단치 않군 그래. 안전면도安全面刀로 깎을 수 있으니."

하고, 방용구龐溶九가 놀려대던 나의 수염도 인제 안전면도로는 예산이 안 닿는 모양이기에 이렇게 시간이 걸리는 것이 아니냐. 하지만 방군의 그 고슴도치 털 같은 수염도 썩썩 나간다는 '솔링갠' 인가하는 면도칼을 시방 당장에 구해오는 수도 없는지라, 할 수 없이 삼십분이나 도사리고 앉아서 거울을 들여다보고 있었으니 입立의 나이가 가까워 온 놈이 이 무슨 청승이랴. 다만 여기서 수필 일제一題를 얻은 것은 그래도 불행 중 다행일 것이다.

나는 학생 때 수염을 가위로 잘랐다. 코밑에만 엉성하게 그도 더디더디 자라는 것이라 사흘이고 나흘에 한 번 가위로 숭숭 깎기란 무어 면도칼질 하기보다 수월했다. 그러던 것이 수염은 잡초의 근성根性 그대로 깎을수록 굵어지고 뿌리를 쳐서 가위로 깎다 깎다 못해 결국은 안전면도라는 문명의 이기利器를 하나 장만하지 않고는 배기지 못하게 되었던 것이다.

이 안전면도는 외국제라는 것을 가장假裝하기 위하여 '새털羽色'이라 영어로 새기었는데 무엇이 새털이라는 말인지. 방군의 말마따나 병아리 털 같은 수염이나 깎는 칼이란 뜻인지, 또는 그와 정반대로 방군의 고슴도치 수염도 병아리 털처럼 나간다는 뜻인지. 장사꾼의 팔자는 욕심으로 논지論之하면 후자를 의미했겠고, 이 칼 자신의 실력으로 따질 말이면 전자의 해석이 맞을 것이다.

"망할 놈의 칼. 왜 이리 안 들어."

하고, 나는 턱을 깎다 말고 중얼거렸다. 양 볼을 깎고 나면 벌써 무디게 되니 면도하다 말고 갈기도 싫고 해서 나의 턱 밑은 늘 깎은 둥 만 둥이다.

그러나 새털만 나무랄 것이 아니라 나의 수염이 어느덧 나이를 먹을 대로 먹어 새털의 경지를 벗어나지 않았나 하는 생각도 들었다. 그래 무심코 깎은 둥 만 둥한 턱을 쓰다듬어 보았더니 아차 청춘시대는 이미 자취도 없이 사라져 벼 벤 가을 논바닥모양 꺼칠하지 않으냐. 나는 하도 어이가 없어 멍하니 거울만 들여다보고 있었다.

거울이란 참 묘하게 마련 된 것이다. 남편이 혼자 몰래 들여다보는 거울을 아내가 들여다보았더니 어여쁜 색시를 감추어 두었더라 한 옛날이야기도 있지만 갖은 장난을 다 하는 것이 거울이다. 하지만 거울의 장난 가운데 가장 신기한 것은 수염을 깎느라 일구월심 십년을 들여다보았건만 눈곱만치도 변함없는 똑같은 얼굴을 십년동안 나에게 보여준 사실이다. 가위로 깎던 수염이 안전면도로 깎게 되고 안전면도로 깎던 수염이 독일제 솔링겐의 힘을 빌어야 되게 되었건만 시방 나의 얼굴은 암만 들여다보아야 '처음으로 수염이 나기 시작한 그때가 청춘은 가장 아름다우니라.' 하고 호머가 노래한 이십 전후와 조금도 다름없는 얼굴이 아니냐. 그러면 그렇지 내가 나이를 먹다니! 이러해서 날마다 하루에도 몇 번씩 거울을 들여다보는 여자는 처녀가 아내가 되고 아내가 어머니가 되었건만 여전히 자기는 여학교 때와 똑같은 얼굴인 줄만 알고 있는 것이다. 그러기에 졸업한 지 십 년 만에 종로 네거리에서 만난 두 부인이 서로 손목을 붙잡고 동창의 얼굴을 들여다보며,

"인제 아주 몰라보게 됐구나."

하고, 감개무량한 표정을 짓는 것이 아니냐. 상전벽해의 변變을 겪은 옛 벗의 얼굴을 대하고 비로소 나도 저렇게 늙었거니 하는 서글픈 생각이 드는

것은 여자 아닌 나도 한 두 번이 아니다. 그러나 그날도 부리나케 집에 돌아와 거울을 들여다 본 그 여인네는 여전히 변함없는 십 년 전 자기의 모습을 발견하고 적이 안심하였으리라. 삼신산불사약三神山不死藥을 먹지 않아도 한 평생 거울만 들여다보고 산다면 우리는 늙는 줄 모를 것이며,

노자 노자 젊어 노자
늙어지면 못 노느니

하는 '수심가愁心歌'도 아예 생겨나지 않았을 것이다. 불가佛家에서 영생永生을 누린다는 뜻이 바로 거울만 들여다보고 사는 것과 똑같은 뜻으로 인생 칠십 고래희라는데 천만년을 살자는 것이 아니라 사는 동안 늙는다는 자의식 없이 살자는 뜻이다. 그렇다고 몸은 늙어도 마음은 젊어야 한다는 뜻이냐 하면 그와는 정반대로 몸이 늙는 대로 마음도 그만큼씩 늙어가자는 뜻이다. 그래야 자기가 늙는 줄 모를 것이 아닌가. 천명을 알 나이인데도 우그렁 바가지가 된 얼굴에다 횟뒷박을 쓰고 다니는 여자야말로 '신노심불노身老心不老'의 표본으로서 오십 노파가 이팔 처녀로 가장하려는 망령된 생각이 아닐까보냐. 모름지기 몸과 마음은 같은 속도와 같은 방향으로 나란히 가는 두 기차와 같아야 할지니 그런 기차 속에 저쪽 기차를 내다보면 조금도 가는 것 같지 않은 것과 꼭 마찬가지 이치로 쉴새없이 거울을 들여다보면 세월은 덧없어도 제 얼굴은 언제나 변함없는 그 얼굴인 것이다. 이를테면 강물처럼 주야로 흘러 예는 시간위에 인생이라는 일엽편주一葉片舟를 흘려 띄어 뒤로 물러나는 산을 보지 말고 강물만 보며 시간과 더불어 흘러간다면 죽음이란 대해大海에 이르기까지 유위전변有爲轉變을 모르는 영원 속에 살 수 있을 것이다.

그렇다면 나의 수염도 깎을 것 없이 자라는 대로 내버려 두어도 나의 얼굴은 조금도 변하지 않을 것이다. 그래 꺼칠한 네 턱에 백발이 삼천장三千

丈이 달리게 되어도 너는 네 얼굴이 변하지 않았다 할 테냐 하고 비웃는 사람이 있을지 몰라도 머리카락을 하나 빼도 그 턱 또 하나 빼도 그 턱, 이렇게 하나하나 빼다간 민대가리기 되어도 그 턱이라는 이야기와 같이 나의 수염도 눈에 보이지 않을 만치 조금씩 자라서 나도 모르는 사이에 텁석부리가 될 것이지 오늘보고 안 보았다가 삼십년 후에 처음 거울을 대하고 보면 나는 백발이 삼천장인 내 얼굴을 보고 마치 자다 깨어보니 제 모가지에 당나귀 대가리가 달린 것을 발견하고 깜짝 놀라는 〈여름밤의 꿈〉의 인물처럼 대경실색大驚失色할 것이다.

그러나 밤낮없이 스물 네 시간 거울만 들여다 볼 수는 없는 노릇이다. 그래서 어저께 아침에 들여다보았을 땐 수염을 깎고 난 뒤라 맨숭맨숭하던 얼굴이 하룻밤 자고 난 새에 꺼칠하게 된 얼굴을 보고 깜짝 놀라 깎아버린 것이다. 나의 수염은 흡사 뽑은 자리에서 금방 고개를 쳐들고 풀 뜯는 사람이 갔나 하고 엿본다는 쇠뜨기풀 같다. 하룻밤 새에 나의 얼굴에 이변異變을 일으키니 그냥 둘 수야 있나. 깎아도 내일 아침엔 또 꺼칠해질 것이라고 해서 내버려 둔다면 꽃밭에 풀이 나는 것을 모른척하는 원정園丁과 진배없을 것이다. 시방 거울 속에 들여다보이는 나의 얼굴이 홍안紅顔의 미소년美少年 때와 다름없거늘 왜 잡초 같은 수염을 깎지 않고 배길 수 있겠는가.

그러나 얼굴은 변함없으되 내 손에 턱수염의 꺼칠한 감각은 속일 수 없다. 나의 수염은 이미 안전면도론 들지 않을 만치 억세어졌다. 안전면도시대를 청춘시대라 하면 나의 청춘시대는 수염을 깎다가 지나쳐 버렸다. 거울에 속아서 나이를 먹는 줄로 모르게스리 나이를 먹어버렸다.

그러고 보니 삼십분이나 멍하니 앉아서 거울을 들여다보고 있던 것이 이상한 회한을 자아냈다. 나는 턱수염을 깎는 둥 마는 둥 얼른 세수를 했다. 하지만 내일 아침엔 또 수염을 깎아야 되지 않느냐. 앞으로도 일만一萬날을 더 사자는 것이 나의 원願인데 앞으로 또 일만번이나 더 수염을 깎을 것을 생각하니 진저리가 난다.

그러나 오늘처럼 수염 깎고 나서 수필 하나씩만 쓰고 죽더라도 동서고금의 수필가 중에서 적어도 양으로 가장 위대한 자가 될 것이다. 일만 편의 수필! 그러나 제재가 모두 이발이라면!

아무튼 이것은 허황한 백일몽白日夢이다. 또 내가 앞으로 꼭 일만 날을 산다고 어찌 보장할 수 있으랴. 그러지 않아도 아까운 인생이다. 쓸데없는 생각을 하다가 아까운 시간을 없앨 것 없이 '솔링겐'이라는 면도를 어디가면 살 수 있나. 방군에게 물어 보아야겠다. 단 십분이라도 절약하기 위하여 좋은 면도칼을 하나 꼭 장만해야지.

나의 서재書齋

내가 보통학교를 졸업할 때까지 우리 집에는 전등이 없었고 나에게는 책상이 없었다. 그러나 어려서부터 독서취미를 얻은 나는 사기등잔불 밑에서 방바닥에 배를 깔고 《어린이》니 《별나라》를 읽었다.

그 때를 추억하면 시방 나의 서재는 이외 바랄나위 없다. 다리 긴 책상이 동창 밑에 있고 그 위에 독수리가 푸른 갓을 쓰고 있는 전기스탠드와 만년력萬年曆이 달린 잉크·스탠드가 있다. 결혼 때 친구들이 선사한 것이다.

책은 이삼백 권밖에 안되지만 그 가운데 낀 한 권으로 된 사옹전집沙翁全集과 여섯 권으로 된 괴테 전집으로도 족히 나를 이끌어 등하燈下를 친하게 한다.

나의 서재는 동서로 길단 간반방間半房인데 북쪽 벽 한가운데 유경순劉景淳 화백이 주신 묵화墨畵가 걸려 있다. 활짝 핀 꽃 한 송이와 봉우리 하나를 바쳐 들은 작약꽃가지를 그린 것이다.

"손[客]을 대하고 말없이 정다웁다."

는 의미의 찬贊도 좋다.

남쪽에는 미닫이가 양쪽에 있고 퇴를 달았는데 이 미닫이 사이에 낀 좁은 벽에 목계牧溪의 그림이 걸려 있다. 물론 원화原畵는 아니다. 삼원얼만가 주고 모사품模寫品 전람회展覽會에서 사온 것이다. 하지만 노송老松에 홀로 고개 숙이고 앉은 이 그림의 팔가조八哥鳥는 나에게 언제나 고고孤高한 학자를 연상시키며 묵묵히 지식에 바치는 그들의 생애를 상징해 준다.

독서하다 쉬는 때 사람들은 흔히 담배를 피우지만 나는 담배를 피우는 대신 레코드음악을 듣는다. 학생 때는 공부하다 지치면 바이올린을 켰는데 소질이 없는 탓으로 헨델의 진명곡秦鳴曲 하나 변변히 연주해보지 못한 채 바이올린은 영영 단념하고 축음기蓄音機를 장만했다. 시방 내가 가장 좋아하는 음악은 바흐의 '사십팔곡'이다. 이 '피아노의 성전聖典'을 들을 때 나는 도무지 자의식이 없는 고전세계로 우화등선羽化登仙하는 것이다.

그러나 암만 좋은 음악이라도 좋은 책만은 못하고 아무리 좋은 책이라도 친한 벗만은 못하다. 그러기에 친구를 맞아들일 때 나의 서재에는 가장 즐거움이 넘치는 것이다.

−배워서 때로 익히니 이 또한 기쁘지 아니하냐. 벗이 있어 멀리서 오니 이 또한 즐겁지 아니 하냐 한 공자도 이러한 심경을 토로吐露한 것이리라.

오늘 이용李墉 군이 찾아와서 우리는 즐거운 한 때를 보냈다. 그는 광산을 해볼까 생각하고 있는 중이라 한다. 내가,

"나도 시방 광맥을 파 들어가고 있는데……."

하였더니 그는 깜짝 놀라며,

"무슨 광맥?"

하고 묻는다.

"정신적 광맥."

"그것이 고상高尙하고 좋지."

"금은 물질이라서 천하단 말인가. 물질적이든 정신적이든 새로운 가치의 생산은 다 귀한 것이겠지."

"내가 광산으로 부자가 되면 자네한테 무엇을 선사할까."

"책 만권. 레코드 천장."

사실 이것이 나의 소원이지만 데몬과 하느님을 동시에 섬길 수는 없는 것이니 나의 이러한 욕망이 이루어질 가능성은 희박稀薄하다. 내가 발 벗고

나서서 그만한 돈을 번다 손 치더라도 그때엔 벌써 학문과 예술은 나로부터 인연이 멀어졌을 께다. 그러니 이용李墉 군이 광산에 성공해서 책 만권 레코드 천장 선사하기를 바라는 수밖에.

내가 서재를 가진 지도 어느덧 오년이 되었다. 그동안에 저서 한 권은 있음직한데 누에로 치면 뽕잎을 덜먹어 아직 멱이 차지 않아서 그런지 입立의 나이가 저물어 가는데 올해도 책 한 권 써질 것 같지 않다. 더군다나 나는 날이 추워지면 글을 못 쓰는 사람이다. 아랫목은 따뜻한데 윗목은 책상 위에 놓인 잉크가 얼도록 추우니 펜을 들고 떠느니 보다 아랫목에 누워 독서하게 되는 것은 나로선 어찌할 수 없는 노릇이다. 그러니 자연 낮잠도 자게 된다. 밤을 새우더라도 낮잠을 자는 것은 죄악이라는 불라이드 선생의 말씀이 생각날 때마다 나는 속으로 부끄러움을 금치 못한다. 그러나 나는 나의 약한 의지를 꾸짖는 이보다 조선의 온돌제도에다 죄를 밀어 버리곤 한다. '양지의 토끼나 굶어 죽는다.' 는 격언이 있다. 바라보이는 곳에 먹을 것이 있는 것을 번연히 알지만 응달이라 추울 것만 같아서 양지인 제 자리를 떠나지 않기 때문이다. 꼭 마찬가지로 아랫목 샌님은 글 한 줄 못 쓰게 되는 것이다.

임어당林語堂은 사람이란 누구든지 누워 있을 때 가장 좋은 생각이 나온다 하였지만 나에게는 암만 해도 이 말이 곧이 들리지 않는다. 아랫목이 나의 육체와 정신을 무기력하게만 만드는 것을 나는 통절히 체험하고 있다. 아랫목 보료 속으로 자라 모가지처럼 움츠려 들어간 육체와 정신에서 무슨 신통한 생각이 생기겠는가. 그래서 삼동三冬은 나의 사상思想에 아무 수확도 가져오지 않는다.

하지만 벌써부터 겨울을 걱정하지 않아도 좋다. 시방은 사시四時 중에 가장 좋은 가을철이다. 봄도 좋지만 아직 젊어서 그런지 방속에 있으면 갑갑하고 밖으로 나가고만 싶은 계절이다.

오직 가을만이 심신心身을 고독 속에 잠그고 마음껏 사색할 수 있는 때다. 만상萬象이 잠든 듯 고요한 때 푸른 불빛 속에서 독서하는 기분이란!

푸른 갓을 쓴 독수리 앞에
두 손으로 턱을 고이고
로댕의 조각인양 움직이지 않는 나.
우주는 빛깔과 형체를 잃고 들리노니

사발시계의 초음秒音 귀뚜라미 울음
내 손목의 맥박 뿐.
캄캄한 속에 역사의 흐름이 보일 듯 보일 듯…….
첫 닭이 운다
먼동이 튼다

나는 죽을 때까지 시집 하나, 소설 열 권, 수필집 셋, 기타 논문 약간을 쓰고 싶다. 그러려면 오늘같이 청명淸明한 밤엔 잠을 자지 않아야 되겠는데 스르르 눈이 감기니 그만 자야겠다.

"아마 학자는 다른 사람들처럼 젊어보지 못했겠지만 그 대신 다른 사람들보다 훨씬 오랫동안 젊음을 가졌었다."

포앙카레는 《학자와 작가》의 서문에서 이렇게 말했지만 나도 오늘 자고 겨울에는 동면冬眠하는 대신 오래 오래 젊어서 쓰고 싶은 글을 다 써야겠는데…….

나의 정원庭園

"닭은 무엇을 꿈꾸나? 수수를 꿈꾸지. 돼진 무엇을 꿈꾸나? 도토리를 꿈꾸지" 하는 독일 속담이 있다. 정신분석학자의 꿈 판단을 빌릴 것 없이 꿈이란 무어니 무어니 해도 결국 욕망의 단적인 표현에 지나지 않는다는 것을 잘 드러낸 말이다.

나는 닭이 수수를 꿈꾸듯 돼지가 도토리를 꿈꾸듯 꿈에 본 일은 한 번도 없어도 — 따라서 대단한 욕구는 아닌 모양이로되— 한 천 평 남짓한 정원을 가졌으면 하는 것이 소원이다. 이 천 평 정원의 정밀한 설계도는 아직 내 머리에 없으나 집만은 초가삼간이라도 좋다는 것이 나의 생각이다.

이 정원의 위치는 서울의 도심지대가 제일이지만 그것은 지나친 욕심이겠기에 나는 나의 맘을 에누리하고 또 에누리해서 안양 쯤에다 임야를 한 천 평 장만하려고 실지답사實地踏査까지 한 일이 있었다. 그래서 소나무는 말할 것도 없고 밤나무가 십여 주 감나무까지 세 그루나 있는 토지를 흥정하는 데까지 이르렀는데 정작 돈주머니 끈을 쥐고 있는 가친家親께서,

"촌구석에다 산을 삼원이나 주고 사다니."

하고, 호령하시는 바람에 나의 연래의 소망은 수포로 돌아가고 말았던 것이다.

그러나 사람이 한번 맘먹은 것이 그렇게 쉽사리 아주 없어지는 것은 아니다. 시방도 나는 가끔 천 평 정원의 백일몽을 꿈꾸는 때가 있다. 매미 쓰르라미가 소낙비 오듯 울어대서 값없는 청풍淸風 아니고도 땀이 저절로 식

는데다가 밤이 되면 둥근 달이 나뭇가지에 걸린다. 큰 소리로 아내를 꾸짖고 싸워도 이웃집에서 들을 염려 없는 정원. 그런 정원에서 산다면 얼마나 인생이 자유로울 것이냐.

나는 셋방살이를 시작한 후론 행여 주인댁에서 들을까 저어해서 한번 크게 아내를 나무라 본 일도 없다. 이렇게 갑갑하고 답답하고 맥없을 데가 또 어디 있겠는가.

그러나 우리 주인댁은 서울 구옥舊屋으로 '팔八마당'은 못되어도 이 군데 저 군데 마당이 있어서 그 덕에 내가 세 들은 방도 대여섯 평이나 되는 마당에 임臨해 있는데 이 마당이 바로 찰찰察察한 주인 영감님의 공을 들인 아담한 정원이다. 정원 한가운데 이 집과 연령이 같은 사철나무가 있는데 가꾸어 논 모양이라든가 무얼로 보든지 촌마을 앞 정자나무의 작은 표본이다. 이 사철나무둘레에 대, 난, 영산홍, 선인장 등 십여 분이 놓였고, 그 배치配置는 조화옹造化翁의 손으로 된 것처럼 자연스러운데 그림으로 치면 틀 모양으로 섬돌을 뽑아서 가장자리로 돌려가며 쌓았다. 물론 돌에는 이끼가 앉아서 고색이 창연蒼然하다. 그러나 이 정원의 중심은 (위치는 한 귀퉁이에 있지만) 항상 두레박이 그 둥지에 놓여있는 우물이다. 양회관洋灰管을 엎어 놓은 것이 아니고 흙을 구워 만든 우물 테도 좋다. 옛날에 공주님이 손수 긷던 우물도 이러했거니 목마른 나그네에게 수양버들잎을 훑어 넣어준 슬기스런 처녀가 긷던 우물도 이러했거니 하고 나의 공상은 끝없이 아름다운 풍경을 그려본다.

사실 우물만치 시를 자아내는 풍경도 드물다. 괴테는 《파우스트》《베르테르의 번민》《헬만과 도로테아》에 다 각각 우물의 아름다운 장면을 넣었다. 불교에서도 가장 아름다운 이야기는 우물가에서 생겼다. 불타의 고제高弟인 아난타가 물 긷는 처녀에게 물 한 모금을 청했으나 인도의 풍속으론 마탕가 계급의 천한 계집으로선 바라문波羅門에게 물을 줄 수 없는지라 망설이는 프라크리티를 보고,

"내가 구한 것은 물이지 신분이 아니오."
하고, 아난타는 말한 것이 그들 사이에 로만스를 빚어내고 말았다.

하긴 서울의 우물은 말이 우물이지 하수도 물이 스며들어서 불결하기 짝이 없어 마시기는 고사하고 설거질 물로도 쓸 수 없다. 그래서 늘 아내는 셋방살이하는 주제에 수도 없는 것이 불평이다. 아마 도회엔 수도가 제격이지 우물은 맞지 않나 보다. 나 역亦 수도의 공덕을 모르는 바 아니로되 우물을 잃었다는 것은 현대문명의 크나큰 손실이라 아니할 수 없다. 우물물의 차고 달고 시원한 맛 —그것은 도회인이 도저히 맛볼 수 없는 맛이다.

우물이 있기로 서니 대여섯 평 정원은 내 꿈에 비하여 너무 초라하다. 물론 속된 친구들같이 — 내가 셋방살이를 하는 것을 번연히 알면서 '이 나무는 누구의 것이오.' 하고 묻는 사람이 있으니 말이다 — 이 정원이나마 내 것이 아닌 것을 괘념掛念할 내가 아니다. 이 정원이 천 평이었더라면 내 것 아닌 것은 마찬가지로되 나는 숙망宿望을 이루었다고 만족했을 것이다.

그러나 이상이 현실을 비참하게 만들어서는 안 된다. 나는 죽을 때까지 천 평 정원의 꿈을 버리지 않을 것이지만 그렇다고 시방 눈앞에 있는 조그만 뜰을 꿈속의 정원 때문에 착박하고 보잘 것 없게만 여길 것이 아니다. 화초 한 분 없는 대가大家가 서울에 얼마나 많나.

나의 정원 —나는 이렇게 부르고 싶다 — 은 사철나무가 있는 우물이 거의 전부이기 때문에 늘 변화 없는 그 풍경이다. 그러나 사철나무 너머로 바라보이는 하늘은 떠가는 구름으로 말미암아 변화무상하다. 조그마하나마 뜰이 있기에 나는 떠가는 구름을 완상玩賞할 마음의 여유가 있는 것이 아닐까.

모름지기 사람은 생활 한 구석에 이런 정원이 있어야 할 것이다.

나의 돈피화豚皮靴

원조元祖 아담이 무화과나무 잎으로 남부끄러운 데를 가린 때부터 문명이란 의복의 발달이요 변천이었지만 ‘문명의 세기’라는 오늘날도 인간의 의상은 새의 날개나 짐승의 털과 다름없다. 차림차림을 떠나서 사람의 직업과 신분과 성격을 구별할 수 없다. 목욕탕 속에 있는 나체 군상裸體群像은 인간－아니, 사내들이지 이발사도 순사도 수필가도 아니다. 그렇기에 목욕탕 속에서는 무섭게 얼러대던 자가－나중에 이발사인 것이 판명判明되었지만 － 탈의실에서 순사로 표변豹變한 상대방에게 고두재배叩頭再拜 사과를 하는 광경을 나는 보았다.

“나리 몰라 뵈어서 죄송합니다.”

각설却說 나의 구두 이야기인데 내가 시방 신은 것은 돈피豚皮에 유선형流線型이다. 구두도 차림차림인 만큼 나의 돈피화豚皮靴는 스스로 나를 이야기할 것이다.

나의 구두가 애시당초부터 돈피豚皮에 유선형流線型이 아니었던 것은 물론이다. 나의 신발은 미투리, 고무신, 쇠가죽구두를 거쳐서 오늘날의 돼지가죽구두가 된 것이다. 하긴 내가 미투리를 신기 전에 나막신을 신은 듯도 하다. 아득한 옛날 그도 어렸을 때 일이라 시방 나의 기억에는 없지만 내가 신었다는, 한 뼘이 훨씬 모자라는 나막신 한 켤레가 서가書架에 동그만이 올라 앉아 있다. 꼭 곤돌라에 발이 둘 달린 형상이다. 가장자리로 뺑 돌려가면서 단청丹靑도 하였던 모양이나 삼십년 세월에 씻기어서 시방은 고

분古墳의 벽화처럼 희미한 흔적을 남길 뿐이다. 참 예술적이다. 그러나 신발은 아름다운 것만 가지고는 문명과 보조를 같이할 수 없다. 불란서의 이번 패인敗因이 하나는 노동자들의 사보타아지에 있었다 하지만 그 진부眞否는 여기서 묻지 않는다 하더라도 '사보타아지'라는 말이 '사보' 木靴에서 나온 것은 확실하다. 사보木靴를 신으면 동작이 느리기 때문이다. 사보보다도 ─ 아름답긴 하지만 ─ 비능률적인 나막신이니 전격전電擊戰을 자랑하는 오늘날 골동품이 된 것은 하나의 필연이라 하겠다.

그 다음에 나는 미투리를 신고 또 그 다음에 고무신을 신고……. 이리하여 이야기가 길어질 듯하니 쇠가죽구두로부터 시작하기로 하자.

내가 처음 가죽구두를 신게 된 것은 중학에 입격入格한 덕택이었다. 물론 에누리 없는 쇠가죽이었다. 그 때도 유선형이 있었는지는 몰라도 나의 구두는 코가 모[角]가 진 놈이었다. 내가 유선형 구두를 본 것은 훨씬 후요 내 자신이 유선형 구두를 신게 된 것은 최근의 일이다.

차림차림은 사람이라 따라서 구두는 사람이라 하지만 구두가 사람의 개성을 결정하느냐 불연不然이면 사람의 개성이 구두를 결정하느냐 하는 것은 '닭과 알의 문제'와 같아서 수필가인 내가 재단裁斷할 바가 아니고 철학자에 미루기로 하고 문제는 끝까지 나의 구두다.

나는 모난 구두를 신은 뒤로는 모난 구두를 사랑하게 되고 모난 구두를 구두의 정형定型으로 믿어 의심하지 않게 되었다. 그래서 처음 유선형을 보았을 땐 신은 사람이 꼭 건달로밖에 보이지 않았던 것이다. 나는 이래뵈도 마지메상*이다. 건달들이 신는 유선형을 신을 줄이야 꿈에도 생각지 않았더러니 점점 유선형이 눈에 들게 되고 마음에까지 맞게 되어 대담하게 나로서는 실로 대담하게 유선형 구두를 사 신고 말았던 것이다. 그 후 내가 내 눈을 의심 할만치 나는 유선형 구두를 사랑하게 되고 유선형을 구두의

* 착실한 사람

정형으로 믿어 의심치 않게 되었다. 시방도 모난 구두를 신은 사람들이 있지만 내 눈에는 완고한 사람, 시대에 뒤떨어진 사람, 유행을 모르는 사람으로 밖에 보이지 않는다. 시방 내 눈에 모난 구두는 못난 구두로 밖에 보이지 않는다.

'제 눈의 안경'이라는 말이 있지만 제 눈의 안경도 일정불변一定不變한 것이 아니라는 것은 안경을 써본 사람이면 누구나 체험하는 사실이다. 나의 구두에 대한 '감각'도 부단히 변해 왔다. 결과로만 보더라도 모가 유선流線으로 변했다. 시방 내가 신고 있는 돈피화는 내가 즐겨 사 신은 것은 아니로되 바야흐로 내 눈에 익고 익어 간다. 머지않아 나는 돈피화를—모양은 무슨 형型이 될까?—절대 이상의 구두로 믿어 의심하지 않을 때가 오지 않는다고 뉘 감히 단언할 수 있으랴.

허나 '나의 돈피화'에서 끝까지 하나의 형이상학을 염출捻出하려는 사람은 다음과 같이 반문하리라.

구두에 대한 인간의 감각과 지성을 빚어 낸 것이 구두라면 그 구두는 대체 누가 만들었단 말이냐. 하느님이 우주를 창조하신 때 대양과 지구와 아담과 더불어 유선형 돼지가죽 구두를 만드시었단 말이냐. 불연不然이면 유선형 돈피화가 이십세기에 난데없이 튀어나왔단 말이냐. 그것은 철학자에게 물어보라. 그러나 수필가로 자인自認하는 나도 문제를 회피回避하려는 것은 아니다.

구두를 만든 자는 하느님도 우연도 아닌 인간이다. 그러나 나처럼 남이 만들어 놓은 유선형 돈피화를 신고 점잖 빼며 뒤에서 어슬렁어슬렁 따라가는 인간이 아니라 스스로 새 것을 창조하는 인간이다. 아니, 나도 사람이니 무엇을 만들어 내야지.

나의 단장短杖

나서 고생하다가 죽는 것이 누구나 피치 못할 운명일지라도 언제나 젊고 싶고 늙고 싶지 않은 것이 인정이오. 만인萬人의 공통된 염원일 것이다. 여북해야 신노심불노身老心不老라는 말까지 생겨났겠는가.

그러나 노인 앞에선 안경도 못쓰고 담배도 못 피고 술도 못 마시고 편히 앉지도 못하는 것이 청춘이라면 청춘의 보람이 무엇이며 마음껏 길을 펴지 못하는 것이 무슨 청춘일까. 그래서 우리 조상들은 얼른 어른이 되고 일찌감치 늙으려고 의식적으로 꾀하였던 것이다. 다리를 쭉 뻗고 길을 펴고 지내보려면 모름지기 존장尊長이 되어야 할지니 젊은이들은 옹크리고 숨죽이고 눌려 있지 않았던가. 그래서 뻗고 펴고 자라는 생명력이 점점 구부러지고 움츠러지고 시들어졌다. 그래서 내가 나이 서른에 지팡이를 짚고 다니는 것은 결코 아니다.

"젊은 놈이 지팡이가 다 무슨 지팡이람."

하고 괘씸하다는 눈치로 보는 노인들이다.

"여보게 자네 나이에 스테끼가 다 무언가."

하고 항의하는 젊은 축들은 모두 평양사람들이 이르는 '개화장開化杖'인 나의 단장短杖이 무엇인지 모르는 사람들이다.

나의 단장은 구부려지고 엎드러지려는 인생을 떠받치는 버팀 막대기가 아니라 실로 약동하는 생명의 율동에 맞추어서 대지를 치고는 몸을 우로 솟구는 청춘의 목마다. 단장을 짚고 다니는 맛은—군도 한번 시험해 보라

—땅 위를 걸어가지 않고 뛰며 간다는 감각이다.

또 단장은 짐승으로 치면 꼬리라 할까. 소나 말 꼬리가 오뉴월 파리를 쫓듯 개나 고양이 꼬리가 급커브를 돌 때 배의 키 노릇을 하듯 스데끼[스틱]도 실용적 가치가 없는 바는 아니지만 그런 것은 없는 셈 치더라도 강아지 꼬리같이 감정의 명암을 선명히 노출하는 것이 스데끼다. 나는 단장을 통하여 오백 년 동안 눌려있던 청춘의 느낌을 표현한다. 나의 스데끼 끝이 허공에 그리는 포물선이며 타원橢圓이며 쌍곡선이며 반원은 중세기의 암흑을 뚫고 무지갯빛 찬란히 꽃핀 르네상스의 예술이나 같은 것이다. 적어도 기쁨이 있을 때 흔드는 강아지의 꼬리나 같은 것이다.

희노애락喜怒哀樂을 형용形容에 나타내서는 못 쓴다는 조선재래朝鮮在來의 관념으로 본 달치면 나의 단장은 과연 당돌한 것이라 아니할 수 없다. 흉중에 일어나는 파동을 손끝에 전해도 뭘 할 텐데 손끝의 파문을 단장으로써 확대擴大하여 여 보란 듯이 내두르다니!

그러나 새는 노래하고 나비는 춤추고 강아지는 꼬리치는 것이 청춘의 청춘다운 표정이 아닌가. 그와 꼭 마찬가지로 나의 단장은 춤추며 노래하며 꼬리치는 것이다.

일전에는 고향에 둘러 오는 길에 '땡볕에 채송화가 영악스런' 조그만 정거장 플랫폼에서 연착된 기차를 기다리느라고 반시간이나 서성거린 일이 있는데 단장이 없었더라면 지루해서 어쩔 줄 모를 뻔했다. 다행히 손에는 스데끼를 들었고 플랫폼 위에는 옥수수의 속이 널브레하게 굴러있었으므로 나는 생전 처음 단장과 옥수수 속으로 촌 정거장 플랫폼에서 골프를 했다. 그리고는 뒷짐 짚고 단장에 기대서서 날아가는 새와 떠가는 구름을 바라보았다.

이태백李太白같은 시인도 항간에서는 자연을 즐길 수가 없었든지 경정산敬亭山에 앉아서야 비로소 높이 날아가는 새들이며 외로이 떠가는 구름을 바라보고,

중조고비진衆鳥高飛盡
고운독거한孤雲獨去閒
상간양불염相看兩不厭
지유경정산只有敬亭山

이라는 시경詩境을 얻었거늘 단장이 없었던들 내 어찌 권태倦怠가 자욱한 촌 정거장에서 인생을 즐길 수 있었으랴. 그런데 나의 스테끼는 B군이 술김에 나에게 물려준 것으로서 학생 때 이원 칠십 전인가 주고 산 것이라 한다. 등나무를 꾸부린 것으로서 끝을 철鐵로 입혔을 뿐 아무 꾸밈이 없는 소박한 단장이다. 하지만 나의 평범한 인생행로의 반려伴侶로선 이것으로 족하다.

내가 알기에 세계에서 가장 사치스런 단장은 애급왕埃及王 투탕카멘의 소지품이었던 것으로서 쥐는 데는 내 스테끼 모양으로 꾸부러진 것인데 나무를 그냥 구부린 것이 아니라 상아와 금으로 정교무비精巧無比하게 세무족族의 포로를 조각한 것과 흑단과 금으로 흑인종의 포로를 조각한 것이다. 따라서 전자는 얼굴이 희고 후자는 검을 뿐 아니라 두 종족의 특징을 여간 잘 구별해 표현한 것이 아니다. 투탕카멘은 열 살쯤에 즉위하여 그후 9년쯤밖에 재세在世하지 않았으니 이런 단장들도 노후老後를 지탱하는 '지팡이'가 아니었던 것은 물론이다. '오늘 하루를 행복히 살자'는 것이 그들이 좋아하는 금언金言의 하나이었던 만큼 3천 수백 년 전에 벌써 애급인埃及人은 단장이 인생을 걸어가는 데 가장 좋은 반려인 것을 깨달았던 것이다. 아니 사후死後에도 육체肉體가 걸어 다니는 것을 믿었던 그들은 왕의 시체를 썩지 않게 미이라를 만들고 그 옆에 음식물과 함께 단장을 놓아두었던 것이다. 그것을 왕릉에서 발굴한 것이 오늘날 우리가 카이로 박물관에서 보는 투탕카멘의 단장이다. 왜 나는 이렇게 길게 나의 단장을 변명해야 되느냐? 인간의 행동 중에 가장 부자연스런 입으로 연기를 머금고 코로 다시 내보내는 짓을 하되 태연한 사람들이 왜 쥐려고 마련된 손에 막대기를 하나를 들고 다니는 것을 시비하느냐 말이다. 단장이 낳은 이 자의식은 움츠리고 뒤꽁무니 빼고 살던 위축된 생활의 잔재殘滓임에 틀림없다.

같은 값이면 멋있고 으쓱하고 씩씩하게 살아보자. 값진 양복을 입지 않아도 자가용을 타지 않아도 단장을 휘두르고 다니기만 하면 – 때로 휘파람도 불어야 하지만 – 청춘은 즐거울 것이다. 군도 한번 단장을 휘두르며 종로 네거리를 활보闊步해보지 않으려는가.

생활자生活者의 손

나는 손이 남달리 작다. 오죽해야 여자들이 내손을 보기만 하면 '그 손 참 작기도 해라'. 하고 감탄을 마지아니하는 것일까. 또 세상 남자들은 '기생 손목을 쥔다' 는데 나는 연회석상에서 늘 기생한테 손을 잡히는 셈이다. 남자가 손목을 잡으러 대들면 달아나는 수줍은 색시들까지 내 손을 보면 스스로 달려와서 만져보군 한다.

하긴 나의 귀도 유달리 작다. 총각 때 어떤 처녀한테 장가들려다 귀가 작아서 수壽하지 못할 것이라고 타박을 맞았다. 열아홉 살 된 처녀가 신랑될 사나이의 관상을 똑똑히 보았으면 얼마나 똑똑히 보았을라구. 내 귀가 하도 작기에 그 가시내 첫 눈에 벌써 작다는 인상을 주었을 것이다. 귀가 크면 오래 산다는 관념이 무슨 과학적 근거를 가졌는지 아닌지를 나는 모른다. 그러나 귀가 작은 사람이 수壽하지 못하다는 설은 미신에 불과하다고 나는 믿어 의심치 않는다. 나의 이 신념은 내 귀가 커지지 않는 한 절대 불변일 것이요. 사실 오래 살고만 볼 말이면 귀를 달아맨 골육이 풀어져서 귓방울이 늘어지고 따라서 귀가 크게 보인다 한다. 다시 말하면 장수한 사람은 모두가 귀가 크지만 그 역은 꼭 진리라고만 할 수 없다는 것이다. 단적으로 예를 들면 석가불상의 귀가 굉장히 큰 것은 부처님이 영생永生을 누리니까 귀가 차츰차츰 자라서 그렇지 애시 당초부터 석가의 귀가 그렇게 거추장스럽게 컸던 것은 아니다. 싯달타悉達多 태자의 귀는 내 귀처럼 작고 귀여웠으리라.

여하튼 이 장황한 귀 설도 요컨댄 나의 작은 귀를 변명하려는 데 지나지 않는다. 그러나 나는 나의 작은 손을 옹호擁護하려는 자가 결코 아니다.

'남자는 손이 고우면 귀하고 여자는 손이 고우면 천하다'는 조선 재래在來의 관념은 오늘날 우리가 볼 때 모순된 생각이다. 고운 손을 가진 여자가 천하다는 것은 화류계花柳界 여자를 의미했겠는데 가정부인같이 엄동嚴冬에 손이 얼어터지는 일을 하지 않고 술잔이나 따르기 때문에 손이 고은 여자를 천하다 하면 자기 처는 손이 거칠어서 마다하고 고운 손을 가진 여자가 따라 주는 술을 마시기에 볼일 못 보는 신사紳士들은 어찌해서 귀하단 말이냐. 손끝도 까딱하지 않는 것으로써 귀하다 한 것은 이미 무너진 양반사회의 통념이려니와 남자나 여자나 손이 거칠어지고 손가락 마디가 굵어지도록 근로勤勞해야 된다는 것이 오늘날의 윤리일 게다.

하긴 이른바 정신노동자로서 나의 손은 철필鐵筆을 들 정도지 두뇌를 더 많이 쓰게 되는 것은 움직일 수 없는 사실이요 또 그것이 나의 직역봉공職域奉公이지만 나는 타고나기를 여자들이 부러워할 만치 작고 손끝이 뾰죽뾰죽한 손을 가지게 된 것을 슬퍼하는 자다. 다시 말하면 선천적으로 샌님의 손을 가졌으니 샌님의 행동밖에 할 수 없다는 것을 괴탄愧嘆하는 자다.

내가 이상理想하는 손은 큼직하고 두툼하고 마디가 굵직한 남성적 손이다. 나는 그런 손을 이름하여 '생활자의 손'이라 부르고 싶다.

생활자란 이마에 땀을 흘려서 사는 사람이다. 〈창세기創世記〉에 가론 '너를 흙으로 만들었으니 흙으로 돌아갈 때까지 이마의 땀으로 땅을 구하라.' 한 본연本然 그대로의 인간이 곧 생활자다.

그러나 생활자의 손이 반드시 아름다운 손이라고만 할 수는 없다. 그야 남자에 있어서는 힘이 곧 미니까 크고 굳센 손이 남성적 미를 표현했다 하겠지만 여자의 경우는 사정이 딴판이다. 속담 말마따나 '손톱이 젖혀지도록' 자녀와 남편을 위하여 일하는 현모양처賢母良妻의 손이 착[善]한 손이기는 하나 여성미를 구현具現한 것이라고는 볼 수 없다. 거칠 대로 거칠어지고 마디가 굵을 대로 굵어진 여자의 손. 나는 생활과 예술의 모순을 이 손에서 똑똑히 본다. 은호銀狐 꼬리를 흔들며 다니는 유한여성有閑女性의 손. 과연 아름답다. 하지만 생활이 없는 손이다. 선善한 것이 반드시 미美는 아니고 미한 것이 반드시 선은 아니다. 플라톤은 선과 미를 불가분의 한 '이데아' 라고 본 모양인데 나는 속인이라 이데아 세계의 일은 몰라도 현실에 있어서는 미와 선은 적어도 여자의 손인 경우에는 조화시킬 수 없는 상극相剋인 것을 늘 보아 알고 있다.

여자도 '생활자의 손'을 갖지 못하면 떳떳하다 할 수 없겠거든 항차況次 남자로 태어난 내가 기생들이 부러워하는 손을 가지고 있다니! 저절로 탄식이 나온다.

그러나 신체발부수어부모身體髮膚受於父母라 할 수 없는 노릇이다. 샌님 집에 태어났으니 어찌 생활자의 손을 바랄 수 있으랴. 또 나도 이미 문필文筆을 잡음으로 해서 천직天職을 삼게 되었으니 생활자라 할 수 없다. 그래서 나는 아들을 낳으면 꼭 목수木手를 만들리라 맘먹고 있다. 철학자들이 말하는 호모 파베르(도구를 가진 인간)의 본령을 가장 잘 나타낸 것이 목수다. 그는 날마다 손으로 대패와 톱과 까귀를 쥐어야 하므로 손이 크고 힘 있게 된다.

이리하여 몇 대를 계속하는 동안에 나의 자손들은 선조인 나와는 딴판으로 큼직하고 두툼하고 마디가 굵직한 손을 갖게 될 것이다.

부부도夫婦圖

"남자는 하늘이고 여자는 땅이야"
하고, 뽐내면.
"그렇구 말구요. 하늘이여 비를 나리소서."
하고는 웃어버리는 것이 나의 아내다. 이러한 나를 단순히 남존여비를 주장하는 케케묵은 사나이라고 여기는 여성은 - 설마 남자야 없겠지.- 귀를 기울여 나의 이야기를 들어라. 아니 그보다도 먼저 우리 부부를 똑똑히 관찰하라. 내 키는 다섯 자 네 친데 - 통계에 의한 조선인의 평균키다.- 처는 자기는 다섯 자 꼭이라고 우기지만 내 눈엔 암만해도 다섯 자가 좀 모자라는듯하다. 정을 칠 그래 다섯 자라고 해두자. 네 치의 차란 실로 운니雲泥의 차가 아니겠느냐. 그러기에 처는 안경을 쓰고 나를 까맣게 치어다보는 것이 아니냐. 근시라서 안경을 써야 나의 얼굴이 보인다 하지만 별을 보려는 천문학자가 망원경으로 하늘을 치어다보는 이치와 매일반일게다. 남천여지南天女地-우리 부부를 한마디로 참 잘 표현했다. 나는 하늘이므로 때때로 뇌성번개를 한다. 두 눈방울에선 번갯불이 번쩍번쩍. 입에선 벼락치는 소리. 이것이 나의 노상怒相이다. 나는 본시 하늘의 패기覇氣를 타고났으되 일찍이 남과 한번 응어리가 풀리도록 싸워 본 일이 없다. 기껏해야 '바까야로' 소리를 몇 번 쳐봤을 뿐 늘 웃는 상相을 하지만 그것은 나의 본성本性을 드러낸 얼굴이 아니다. 하늘의 하늘다운 표정이 실로 벼락칠 때 있듯이 나는 노怒하였을 때 가장 남자답게 보인다는 것을 바로 내 처한테

서 들었다. 그래서 그런지 내가 노발怒髮이 충관衝冠할 지경에 이르러도 아내는 덩달아 골내지 않고 되려 미소로써 나를 대한다. 그러면 나의 노기怒氣는 피뢰침을 만난 벼락처럼 땅 속으로 끌리어 들어가듯 쓰러지고 만다. 그러니 그릇 하나 변변히 깨트려 보고 문짝하나 떼어 팽개치는 재간이 없다. 남천여지南天女地의 참뜻을 아는 아내야말로 나그네의 외투벗기기 내기를 한 〈태양과 바람〉의 이솝 우화를 체득體得했다 하겠다. 태양이 웃는 통에 외투를 벗은 나그네처럼 처가 웃는 바람에 나는 내 본성의 발로發露를 잊고 나도 모르게 웃어버리고 만다. '모나리자'의 영원성은 그 미소에 있다. 퍼머넌트permanent－영원하다는 의미다－를 하여 어여삐 뵈기를 꾀하는 여성이여 가장 으뜸가는 화장술은 미소에 있음을 알라. 미소가 당신의 얼굴을 떠나지 않는다면 당신은 틀림없이 '영원의 여성'이 되리다.

그러나 남성의 남성다움은 무어니 무어니 해도 노怒하는 데 있다. 결코 나의 자화자찬自畵自讚이 아니라 노할 줄 모르는 사나이를 진정으로 사랑하는 여성이 있을까. 소크라테스도 《플라톤》의 대화편對話篇에 나오는 그렇게 추군추군 하도록 골내지 않는 사람이 아니라 나처럼 처한테 벼락을 칠 줄 아는 사나이였더라면 그의 처 크산티페도 그런 바가지 긁는 악처는 되지 않았으련만. 하긴 '모나리자'가 그의 아내였더라면 소크라테스는 아테네의 거리를 헤매지 않았을 것이요. 그가 만약 나처럼 땅을 구르듯 아내를 꾸짖을 줄 알았더라면 성인聖人은 되지 못하였을망정 인간미를 획득하였을 것이다. 소크라테스는 '인간'으로서 어디인가 모자라는 사나이다. 그러니까 그는 시인을 그의 '이상국'에서 추방하고 자기 자신은 그의 처 크산티페한테 가정에서 내쫓김을 받은 것이 아니냐.

그러나 소크라테스와 크산티페의 이야기는 그만두자. 그러지 않아도 벌어지기 쉬운 것이 부부의 사이다. 오죽해야 이 부부와 저 부부는 다르다. 즉 남의 아내를 범치 말라는 뜻의 '부부유별夫婦有別이라는 말을 지애비와 지어미는 사이를 두어야 된다는 의미로 잘못 해석했을까 보냐. 나의 친구

P군은 그의 영부인 Q씨를 Q라고 불렀다가 코를 잡아 뗐다. Q씨 가로대
"나는 당신을 P라고 부르지 않는데 당신은 왜 나를 Q라고 부릅니까. 그것은 부부동등夫婦同等의 원칙과 아내의 인격을 무시하는 것이 아니고 무어예요."

P군이 하도 어이가 없어 그러면 무엇이라 불렀으면 좋겠느냐고 물으니,
"여보면 여보. 당신이면 당신."

20세기의 크산티페 Q씨여, 어쩌면 그렇게 당신의 두뇌는 고르고 빈틈이 없나뇨. 그래 당신은 부부생활을 대수방정식對數方程式풀어나가듯 하느뇨. 말지어다. Q씨여! '바른 뺨을 치는 사람에게 왼뺨까지 돌려대라' 가르치는 '미션 스쿨'을 나왔다는 당신이 어찌 부부관계에 있어서만은 '너 내 이를 하나 빼놓았으니 나도 네 이를 하나 빼놓으리라' 덤비느뇨. 또 생각해보라. P군은 제 딴엔 봉건시대엔 이름이 없던-'아무 집'이요 '아무개 어머니'였지-부인에게 이름을 인정한다는 갸륵한 뜻에서, 또 하나는 당신을 사랑한다는 뜻에서 당신을 Q라고 부른 것이 아니오리까.

P군은 시방 소크라테스의 신세가 되어가고 있다.

PQ의 경우에 우리 부부 같으면-애시당초부터 이런 문제가 있을 리 만무하지만-문제는 극히 간단하다.

"무엇이 어째고 어째? Q를 Q 라고 그러지 뭐라고 그래. (부인의 영명令名을 부른 것을 용인하시압) Q도 날보고 P라고 그러면 피장파장이 아냐? 응 하긴 남편을 P라고 그러긴 좀 안됐군. 그럼 날보고 하늘이라구 그래."

하늘인 나는 이렇게 청천벽력靑天霹靂을 할 것이오. 그러면 아내는 땅인지라. '모나리자'인 양 웃을 것이다. 그러면 나도 저절로 성미가 풀릴 것이다.

하기야 자고로 이름 난 사람 쳐놓고 좋은 아내를 가진 사람은 드물었다.
"어떠한 사람이 성공을 하느냐? 말괄량이와 주정뱅이를 아내로 가진 자. 즉 몸에 가시가 배긴 자다."

이것을 쇼 옹翁의 빈정거림으로만 여길 것이 아니다. 이른바 성공은 가정 밖에서 이루어지는 것이기 때문에.

하지만 수필의 이상理想은 평범平凡에 있다. 나는 소크라테스는 못될망정 아내를 크산티페로 만들고 싶지는 않다. 나도 사나이로 태어난 이상 파란중첩波瀾重疊하는 바다가 전연 없을 수 없지만 항구를 잃은 배의 신세가 되고 싶지는 않다. 끝없는 바다, 멎을 줄 모르는 풍랑, 이는 너무나 망막茫漠한 정경情景이 아닌가. 인생을 고해苦海라 하지만 가정이라는 항구가 있지 아니한가.

국난國難에 사량상思良相하고 가빈家貧에 사량처思良妻라. 나는 이 글을 세상 가난한 남편을 가진 아내에게 보낸다.

3. 고양이

고양이

개를 끔찍이 사랑하는 나도 고양이라면 보기만 해도 싫다. 그런데 우리 집에 드나드는 여인네들은 나를 고양이에다 견주니 딱 질색이다.

"꽁 하고 있을 땐 꼭 암괭이 같다."는 것이다. 섣불리 건드렸다간 막 할퀼 것 같다고. 그러나 이야기해보면 서글서글한 품이 강아지 같다고.

생각하건대 내 천성이 고양이로 태어났으나 개를 사랑하고 고양이를 미워하는 사이에 어느 듯 강아지와 같은 제2의 천성을 얻었으리라.

여하튼 고양이에 대한 나의 증오는 어제 오늘에 비롯한 것이 아니다. 내가 네 살 땐가 집에서 기르는 고양이의 발톱을 모조리 가위로 잘라버려서 할퀴지도 못하고 쥐도 못잡게 만들었다는 것은 우리 집안에서는 유명한 이야기가 되어 있다.

중학에서 처음 서양부인에게 영어회화를 배우는데—

"고양이를 좋아하시오?"

"아니오."

"왜요?"

"할퀴니까요."

하였더니 못마땅한 표정을 하던 것이 시방도 눈앞에 선하다. 그는 고양이를 끔찍이 여기는 올드 미스였다.

그런데 오늘 아침에 나는 처음으로 미움없이 고양이를 바라보았다. 흐린 날씨같이 후줄건해 보이는 회색빛 털이며 가냘픈 몸매가 나의 동정同情

을 샀다. 입춘을 지난 햇빛도 이 늙고 오종종한 고양이의 몸에 포근한 인상을 주지 못했다.

나는 고독한 기생을 연상했다. 나에게는 절개가 굳은 노처녀보다도 노류장화路柳墻花처럼 꺾이는 기생을 동정하는 센티멘탈한 버릇이 있다.

이렇듯 애련愛憐히 비치던 이 늙은 고양이가 시방 내 눈앞에서 쥐를 한 마리 잡아다 놓고 공기를 놀고 있다. 영락없이 농구선수가 슛할 때 손목을 놀리듯이 턱을 끄떡여서 쥐를 하늘로 치뜨린다. 쥐는 아직 살아서 꿈틀거린다. 그러나 도망갈 기력은 없다. 오늘 아침에는 뙤약볕에 늘어진 풀잎사귀같이 축 널부러져 있던 고양이의 몸은 이상한 탄력을 가지고 민첩하게 움직인다.

그렇지 않아도 고양이를 싫어하던 나다. 나는 그 잔인함에 한 편 놀라며 한 편 성냈다. 당장에 뛰어 내려가서 주먹으로 질르고 발길로 차고 싶은 충동이 북받쳤다. 한주먹에 고양이를 넉 다운 시키고 약한 쥐를 위하여 응당 정의감을 맛볼 것이다…….

그러나 이성은 분노에 떠는 나에게 이렇게 타일렀다.

너는 인간이 아니냐. 쥐를 잡은 고양이를 또 네가 잡는다면 꿀벌을 물어뜯는 왕텡이〔熊蜂〕를 또 물어뜯는 오줌싸개와 무엇이 다르랴. 파브르의 《곤충기》에도 있듯이 왕텡이는 오줌싸개한테 뜯어 먹혀 가면서도 꿀벌을 뜯어먹는다. 인간이 고양이를 주리땔 앵기건 말건 고양이는 쥐를 잡을 것이다. 그것이 자연이다. '고양이가 죽은 쥐를 애닯다 하거든 곧이듣지 말라.'는 이언俚諺도 있거니와 고양이가 쥐를 잡는 것이 자연이다. 정녕코 쥐 잡는 고양이가 밉살머리스럽거든 고양이를 채식주의자로 만들기에 힘쓰라. 그것은 불가능하다고? 그러면 그대의 이상은 불가능에 봉착하는 것이다. 그것은 힘드는 일이라고. 인류역사상에 곤란 없이 실현된 이상이 어디 있었던가.

시계

시방 내가 갖고 싶은 시계는 금테두리 한 조역助役이 바른 손을 들어 기차를 전송할 때 왼손에 꺼내 들고 섰는 그런 큼직한 회중시계懷中時計다.

그러나 내가 어렸을 때 꿈꾸던 시계는 한 때 유한마담들이 깨끼저고리 옷고름에 달고 다니면 그런 쬐끄만 금시계였다.

내가 살던 거리에는 왜 그리 시계포時計鋪가 많았든지 서너 집 걸러선 시계포였는데 그중에 제일 작은 시계를 진열한 가게가 '천시당天時堂'이었다. 나는 보통학교를 졸업할 때까지 천시당 앞을 지날 때마다 이 '일금백원야一金百圓也'라는 정가표定價票가 달린 시계에다 눈독을 들여놨었지만 부친온 암만 졸라야 막무가내였다. 지금도 그 시계는 응당 그 진열창 속에 있거니…….

나는 중학도 시계없이 마쳤다.

하긴 우리 집에도 금시계가 있었다 한다. 꼭지를 누르면 뚜껑이 제켜지면서 그 서슬에 뚜껑 안[裏]이 번쩍하는 회중시계였는데 내가 세 살 땐가 달라고 졸라서 가지고 놀다가 내동댕이쳐서 악살박살을 만든 까닭에 껍데기 금값만 받고 팔아버리고 그 뒤 우리 집에는 시계가 없어졌다는 것이다. 이것은 한낱 전설에 지나지 않으련만 현재도 나는 그런 고풍시계古風時計에 대하여 아득하나마 또렷한 인상을 가지고 있다.

사실 시계만치 동심의 세계를 잘 나타낸 생활필수품은 다시 없으리라.

시계가 이른바 '기계'에 지나지 않는다면 왜 뻐꾹새가 들창을 열고 나와서 노래를 부르도록 만들었을까. 건축이 주택과 사무소와 공장인 동시에 인간이 가진 최대의 예술품이듯 시계는 가장 정교한 장난감이다.

시계는 그 기원에 있어서도 생활과 유희를 합친 것이었다.

해가 동쪽에 오르면 동구 앞 느티나무 그림자가 '사래 긴 밭'에 서쪽으로 길게 걸친다. 이 그림자가 점점 짧아지면서 북쪽으로 움직이고 마침내 정오에 이르러 가장 짧아진다. 이것을 관찰하여 태양 시계를 발명한 사람은 반드시 생활자인 동시에 시인이었으리라.

"나는 명랑明朗한 시간만 잰다."는 태양 시계명時計銘이 그런 시적 생활을 잘 표현했다.

모래시계는 나에게 바닷가에서 모래를 가지고 노는 어린애를 연상케 한다. 고운 모래를 한 웅큼 쥐어 손가락 사이로 흘려서 다른 손에 받았다간 또 손가락 사이로 흘리곤 하는 발가숭이. 심심하면 시계를 꺼내보고 태엽을 감고하는 현대인은 이 어린애와 무엇이 다를까. 장구형 모래시계를 엎치락 뒷치락 하던 옛사람들이 오늘날 우리 눈에 어린애 같이 보이는 것은 물론이지만…….

물시계의 발명자는 이태백의 시 〈오야제 烏夜啼〉에 나오는 직녀처럼 눈물 많은 여인이었으리라.

독숙공방누여우獨宿空房淚如雨

라 하였으니 응당 그 여인의 눈물은 누각淚刻의 물인 양 손바닥에 괴었을 것이며 울다가도 주의를 끄는 것이 있으면 그리로 마음이 쏠려서 슬픔을 잊게 되는 것인지라. 왼 손에 고인 눈물을 바른 손에 옮겨 보고 또 다시 바른 손에서 왼손으로 옮겨 보기도 하면서 시간을 보냈을 것이다.

각설却說 나의 시계는 9원 얼만가 주고 산 정공사제精工舍製 니켈 손목시계다. 내가 이 시계를 사게 된 동기는 흡사히 삼십 넘은 총각이 장가드는 심리와 같았다. 미인을 바라고 바라다 지쳐서 '에라 여자란 다 그렇구 그런 거지. 살림살이만 잘하면 되지.'하고 결혼하는 자처럼 나는 순전히 실용적 입장에서 이 시계를 샀는데 10년이 가까워 오도록 하루에 30초 이상 틀리는 일이 없는 것을 보면 얼굴은 보잘 것 없어도 한결같이 남편을 섬기는 조강지처糟糠之妻에다 견줄까.

하긴 세상에는 '빛 좋은 개살구'같은 시계가 많다. 대리석 시계 쳐놓고 제대로 가는 시계를 나는 아직 본 일이 없다. '축祝'이니 '증贈'이니 하는 글자를 박은 이런 시계들은 볼품만 좋지—따라서 값도 비싸겠지—하루에 두 번밖에 맞지 않거나 그렇지 않으면 한 시간도 더 갔다 두 시간도 덜 갔다 한다. 이런 시계는 흔히 돈만 쳐들지 아무 실속 없는 기생첩에다 비할까.

내가 어렸을 때 꿈꾸던 쬐끄만 시계도 사실인즉슨 유한마담들의 허영심을 만족시킬 뿐이지 건상 매달려 다닌다는 것을 깨닫게 된 것은 내가 철난 후다.

그야 절세가인絶世佳人이면서 동시에 살림을 잘하는 여인이라면 아내로서 이우 바랄나위 없다. 마찬가지로 이상적 시계란 정확무비正確無比한 기계인 동시에 아기자기한 작난감일게다.

그러나 살림할 줄 모르는 미인과 수수하지만 살림 잘하는 여인과 이자택일을 하라면 양식을 가진 사람은 누구나 서슴지 않고 후자를 택하듯이 생김생김은 어찌 되었든간에 시간을 잘 가르켜 주는 시계가 완구시계보다 나을 것이 아닌가. 그러므로 선물로 주는 시계도 겉모양만 볼 것이 아니라 먼저 그 속을 알아보아야 할 것이다. 선물로 받은 시계가 맞지 않는 경우엔 내버리잔 말도 못하고 딱한 노릇이다.

하긴 시계가 으뜸가는 선물일게다. 선물이란 생활에 없어서는 안될 물건인 동시에 인간의 유희본능을 만족시키는 것이어야 이상적이기 때문이다.

일전에 극작가 함세덕咸世德 군을 만났더니 어떤 연출가가 시간을 지키지 않아 배우들이 시간을 많이 뺐기게 되어 걱정이라기에 그 사람에게 유월 십일 자명종 하나 선사하라고 권하였다. 나는 언제나 시간을 지켜야 될 경우에는 자명종을 울리는 습관이 있기 때문이다.

그러나 만약 그 연출가가 그의 타성을 깨우려 때르르 울리는 자명종의 꼭지를 눌러서 소리를 내지 못하게 하고 시치미를 떼는 사나이라면 어찌 할까. 시간을 잘 지키는 사람이란 자명종이나 정확한 시계를 가진 사람이 아니다. 남의 시간을 귀중할 줄 아는 사람이다. 시간을 잘 지키는 사람처놓고 소위 '염치 없는 사람'은 없다. 이에 '시간은 돈이라'는 금언金言이 새로운 해석을 갖게 된다. 약속한 시간을 어기어서 남을 기다리게 하고도 염연恬然한 사람은 아마, 자기돈 아까운 줄만 알지 남의 돈 아까운 줄 모르는 사람일게다.

이론물리학이 가르치는 바에 의하면 태양광선이 우주측정의 기준이 된다 한다. 인생의 척도 또한 광음光陰이다. 이러한 '시간'을 어찌 금전에 비할 수 있으랴. 돈도 일전일리一錢一厘를 다룬다거든 하물며 시간에 있어서랴.

나는 일분일초를 다투기 위하여 철도국 종업원이 지니고 있는 그렇게 큼직하고 믿음성 있는 시계를 하나 장만해야겠다. 나의 손목 시계는 수명이 '십년보증' 이어서 그런지 하필 요새 하루에도 이삼분이나 틀리는 것이 예사이니 말이다.

당구撞球의 윤리

술자리에선 대주가가 영웅인 거와 같이 당구장에선 소위 고점자高點者가 호걸인 것을 나는 조금도 괴怪히 여기지 않는다. 그러나 S군이,

"그래 25점을 치슈. 신사다마는 백이라는데." 하였을 때 나는 얼떨떨하였다. 그래 당구를 못하는 사람은 신사가 아니라는 말이냐. 그렇다면 당구장에서 세월을 보내는 일견 난봉꾼이나 건달패로 밖에 보이지 않는 친구들이야말로 훌륭한 신사들일 것이다. 나도 신사가 되려면 모름지기 100점을 치도록 노력하지 않으면 안 된다. 그런데 나처럼 운동신경이 둔한 사람은 100점을 칠랴면 날마다 하다시피 하여도 3,4년은 걸린다니 고등문관시험 패스하기보다 힘들지 않는가. 하기야 자동차운전 면허를 얻으려 10년을 분투한 나의 친구가 있다. 하물며 신사가 되는 마당에서랴.

그러나 나는 마음에 있어도 실행이 없는 사나이다. S군의 빈증댐을 들었을 때는 당장에라도 신사가 될 것처럼 발끈한 나지만 그 후 당구장에 더 열심히 다니기는커녕 거의 발을 끊었다. 시방 나는 신사의 수양은 깡그리 잊고 있다.

붉고 흰 네 개의 상아구. 그 기하학적 운동. 서로 부딛는 청아한 음향. 과연 당구는 현대인의 감각과 지성을 만족시키기에 알맞은 조건을 갖추고 있다. 현대의 젊은이치고 네 상아구의 빛갈과 움직임. 소리를 마다할 자 있을까. 오늘날 당구는 하나의 훌륭한 스포츠며 예술이며 과학이다.

그러면 과연 당구의 인기가 이러한 점에서 우러났을까?

물론 나는 당구 자체의 예술성과 과학성을 의심하는 자가 아니다. 대가 수평이고 그위에 나사羅紗가 새롭고 네 상아구가 일그러진데 없고 큐 끝에 초오크가 묻어 있기만 하면 25점인 나도 밀줄도 알고 끌줄도 안다. 마쎄만은 50점이하짜리엔 사절이어서 한번도 해보지 못했다. 마쎄란 큐 즉 장대를 곤두 세워 구를 쳐서 곡선운동을 시키는 묘기라 나같은 신사 아닌 자가 흉내 내다간 나사만 찢기 쉽다. 나사를 찢었다간 수십원 배상을 해야 하니 마쎄가 아무리 당구의 극치라 한들 나같이 소심한 자가 해볼 수 없다.

그러나 나의 25점 당구를 가지고도 충분히 즐길 수 있다. 찰나 나의 넋은 큐 끝으로 빠져나가서 상아구와 더불어 굴러 간다. 붉은 공 흰 공은 선과 악을 상징하는 것이 아니라, 선과 악이 갈등하는 속세를 떠나서 오로지 우주의 조화를 반사하는 상아의 구다. 이 상아구를 타고 나의 혼은 무한세계에서 논다. 이러한 순간이야 말로 '영원'이 아닐까.

이러한 나도 S군의 조롱을 받았을때 환멸의 비애를 느꼈다. 내딴엔 상아구를 타고 선경에 놀고 있을 때 이른바 신사들 눈에 나의 구르는 꼴이 우습고 어색하였을 것은 불문가지다.

그러나 내가 당구를 그만두게 된 동기는 오히려 딴 데 있다. 지면 돈을 내도 이기면 돈을 안 낸다는 것이 당구의 현실적 성격이다. 이것이 필연적으로 당구하는 사람을 옹졸하게 만들며 당구장의 분위기를 흐리게 하는 것이 아닐까.

딴사람은 몰라도 나의 근성이 소시민이다. 지면 분하고 돈은 더욱 내기 싫다. 그래서 당구를 할 때마다 나의 이러한 일면이 더욱 두드러지게 된다. 심지어 점수를 줄이고 치는 자를 보면 돈을 아껴서 그러는 것만 같아서 얄밉기 한량없고 따귀라도 갈기고 싶은 충동을 느낀다. 가뜩이나 넉넉지 못한 나의 성격은 이리하여 점점 더 옹졸해간다. 그러니 상아구의 빛깔과 움직임 소리에 넋을 줄 마음의 여유가 없다.

요컨대 당구를 하면 할수록 신사가 되기는커녕 졸장부가 된다는 것이

나의 결론이다. 그러나 S군의 등은 신사라 승부와 금전을 떠나서 상아구와 더불어 '영원' 속을 굴러다니고 있는 것인지도 모른다. 또 그렇기를 나는 당구의 순수성을 위하여 충심으로 바라는 자다.

기전도碁戰圖

산승대기좌 山僧對棊坐
국상죽영청 局上竹影淸
영죽무인견 映竹無人見
시문하자성 時聞下子聲

누구의 시인진 잊었지만 이런 시가 있다. 중 둘이 앉아 바둑을 두고 있다. 바둑판 위엔 댓 그림자가 청초하고 관전하는 사람도 없는데 때때로 바둑돌 놓는 소리가 산간의 한적을 더할 뿐이다.

이렇게 자아를 승화시켜서 육체가 없는 투명한 지성을 기국에 투사하는 것이야말로 위기圍碁의 극치라 하겠다.

그런데 나는 아직 이런 기경碁境에 들어가보지 못했다. 하긴 나도 침식을 잊고 바둑을 두어 본 일은 있다. 호기적인 L군을 만나 바둑을 두게 되면 기나긴 여름밤을 꼬박 새워 버리기가 일쑤다. 나무꾼이 산 속에 들어갔다가 백발노인 둘이 바둑을 두는 것을 한판 보고 났더니 짚고 섰던 도끼자루가 썩었더라 하는 옛날얘기처럼 바둑을 두면 시간 가는 줄 모르게 된다. 그러나 L군과 나는 바둑을 둘 때마다 신선이 되기는커녕 밥을 굶고 잠을 못자서 -그래도 참다 참다 못해 오줌을 누러 나간다-눈이 움푹 들어가 충혈이 되고 얼굴은 홍당무같이 상혈이 되어 꼭 아귀처럼 된다. 그리하여 바둑돌이 둘로도 보이고 셋으로도 보이게 되면 더 둘래야 더 둘 수 없게 된다.

나는 대학시절에 바둑을 배웠다. 교실 들어 가는 초입에 오락실이란 것이 있어서 학생들을 유혹하도록 되어 있는데 그 속엔 바둑판이 여덟이나 쭉 널려있고 바둑판 하나마다 학생이 너더댓 노상 붙어 있었다. 그러니 그 앞을 무사히 지나 교실로 가기란 여간한 의지가 필요한 것이 아닌데, 게다가 대학교수란 걸핏하면 휴강이다. 시방 생각하여도 내가 1년동안은 그 앞을 지나다니면서 한번도 오락실에 들어가지 않았다는 것은 거짓말 같다. 그리스 신화의 영웅 율리씨즈도 그 노래를 들으면 반드시 유혹을 당하여 돼지가 되었다는 반인반조의 마녀 싸이렌의 고혹을 벗어나기 위하여 선부들의 귀는 틀어막아 들리지 않게 하고 자기는 돛대에다 결박하게 하였다 하거늘 싸이렌이 사는 섬과 똑 같은 힘을 가진 오락실을 들여다 보면서 – 때때로 동창들이 들어 오라 손짓한다 – 그냥 지나 다니었다는 것은 의지가 굳지못한 나로선 좀 알 수 없는 노릇이다. 그러나 시간문제일 따름, 결국 나도 끌리어들어가 바둑을 두게 되었다. 그 때부터 대학강의를 빼먹게 된 것은 물론이고.

또 어찌 생각하면 바둑은 배워둘만도 한 것, 아니, 꼭 배워야 될 것이다. 왜냐면 사람 일생에 배우는 것 가운데 제일 요긴한 것이 사람을 아는 법이겠는데 술보다 바둑이 더 잘 그 사람을 폭로하기 때문이다. 술은 인간의 G.C.M(최대공약수)인지라 취하고 보면 다 그 놈이 그 놈이다. 다만 취하기 전에 네니 내지 취한 뒤엔 다 같은 인간이 되어 기생을 안고 쓰러지게 되는 것이다. 역으로 이 원리를 이용해서 술은 동서고금을 막론하고 사람을 매수하는 덴 가장 으뜸가는 수단이다. 이런 경우엔 술을 먹고도 취하지 않아야지 취했다간 깝데기를 벗는 판이다. 그러니 술을 먹으면 상대자의 개성을 알 수 있기는커녕 알던 것도 모르게 된다. 1전1리를 다투는 종로상인도 취해만 보라. 얼마나 사랑스런 인간인가.

그러나 바둑은 그 사람의 개성을 여실히 나타낸다. 나 죽는 것도 모르고 남의 것만 먹으려 덤비는 사람, 남이 물리는 것은 대경이로되 자기는 빠득

빠득 물리려는 사람, 남이 집을 짓건 말건 제 집만 지으면 된다는 사람, 사람에 따라 바둑은 천태만상이다. 풍전세류라는 전라도 사람이 그렇게 끈적끈적하고 끝까지 버티는 힘이 있는 것을 나는 그들과 바둑을 두어보고야 알게 되었다. 또 '글은 사람'이라 하지만 나는 바둑을 두어본 후에야 현민玄民의 성격이 고르고 빈틈이 없다는 것을 알았다. 현민의 바둑에는 조금도 투기와 비약이 없다. 나보다 석 점이 세지만 – 현민은 넉 점이라고 하고 나는 두 점이라 우긴다 – 단段자리 바둑모양 실수가 없는 바둑이다. 그는 이성인이라 바둑에 무리가 없다. 그의 소설엔 불만이 있는 나도 그와 바둑을 두어 보면 감복하지 않을 수 없다.

그러나 나의 바둑은 현민과는 정반대로 감정이 국면을 좌우하여 빈틈이 많고 고르지 못하다. 어떤 땐 져서 분김에 저돌 또 저돌하는가 하면 또 어떤 때는 이겼다고 좋아서 다 먹혀도 태연하기도 하다. 나와 똑 같은 성미인 L군과 3판양승에 한 점 올리기 내기를 하면 우리 둘은 꼭 이전투구와 같다. 칠영팔락 밤새도록 엎치락 뒤치락이다. 얼른 이기려고 바둑돌 놓는 속도가 점점 빨라간다. 그리하여 바둑돌이 둘로도 보이고 셋으로도 보이게 되는 것이다.

나는 철 난 뒤부터는 남과 때리고 코피를 내고 뒹굴면서 싸워본 일이 없다. 그것이 너무나 두드러지게 눈에 거슬리는 추태이기에 불끈하기 잘하는 나의 성미를 억지로라도 꾹 눌러온 것이다. 그런 내가 바둑판 위에선 왜 그렇게 투지만만한지! 기진맥진하도록 싸우고야 만다. 이 또 무슨 시간의 낭비랴. 나는 바둑을 두고나서는 늘 청루서 잠을 깬 사람같은 허전한 느낌을 금치 못한다.

그러나 이러한 자의식은 그 때뿐이다. 며칠 지나면 씻은듯이 잊어버린다. 그저께 바둑 둔 것을 뉘우쳤는데 오늘도 바둑을 두고 오는 길이다. 시방은 이렇게 바둑으로 심신이 피로한 것을 언짢게 여기는 나지만 모레쯤은 또 바둑을 두지않고는 배기지 못할 것이다. 할 일이 태산 같은 내가 바둑판 위에서 세월을 보낸다는 것은 한심한 일이 아니냐.

그러나 더 큰 비극은 바둑을 두면 두고 안두면 안두는 철저한 태도를 취하지 못하는 나의 미적지근한 성격이다. 바둑돌 흑백의 계기는 곧 자의식이 순환하는 나의 정신상태다.

버들치의 교훈

버들치들은 한사코 물을 거슬러 오르려 한다. 얼른 보기엔 꼭 붕어같다. 그러나 수건을 물속에 펴놓고 그 위에 오는 놈을 건져 보면 몸이 홀쭉하고 갸름한 것이 붕어와는 딴판이다. 계곡의 급류를 항거해 오르는 사이에 붕어가 변형한 것이나 아닐까. 하여튼 용감한 놈들이다. 잉어 아닌 저이놈들이 어찌 폭포같이 꺾여 흐르는 이 물을 거슬러 오를 수 있으랴. 잉어가 뛰면 망둥이가 뛴다든가. 분수를 모르는 놈들이군 하고 나는 그들의 노력을 비웃었다. 사실 버들치들은 위로 오르기는커녕 자꾸 아래로 흘러 내려만 갔다.

나는 물고기의 어리석음을 비웃었다. 제 조그만 몸 속에서 파닥거리는 생명력을 제어하여 제가 처해있는 객관세계를 냉정히 인식하지 못하고 헛되이 앨쓰는 꼴이 가엾게까지 생각됐다. 지성의 결핍은 곧 비극이다. 이 산 속 깊이 그물이나 낚시가 있을 리 없고 때로 나같은 한서생閑書生이 물속에 발을 잠그고 책을 읽다가 지친 시선을 보낼 뿐이다. 우람한 소나무와 느티나무들이 태양을 가리어서 더위를 모르는 곳이다. 또 생각하여 보라. 물고기가 산마루엔 올라가 무엇하랴. 보람 없는 노력을 그치고 현각現刻에 허여된 안락을 유유히 꼬리치며 즐김이 옳지 않은가. 나는 장사꾼처럼 인색하지않게 월급봉투를 그대로 들고 이 곳에 피서온 것을 스스로 현명하게 생각했다. 서울의 거리에서 헤엄치는 무리들이 버들치인양 멀리 내 상념에 떠올라 왔다. 그들은 어디로 가려는 것일까…….

버들치들은 자꾸만 물을 거슬러 오르려 한다. 물은 쉴새 없이 그들을 밀쳐내린다. 그래도 버들치들은 산봉우리를 향하여 바둥거린다. 무지한 물고기의 파다거림.

그러나 이 때 불현듯 무엇인지 나의 머릿속에서 섬광처럼 빛났다. 버들치들의 행동이 실로 사지를 벗어나려는 발악인 것을 나는 깨달았다. 버들치들이 현상에 만족하고 몸을 담그고 있는 물이 늘 같은 그 물임에 안심하고서, 마치, 내가 방학이라고 문명과 생활을 떠나 한가이 산수를 벗하듯이, 꼬리와 나래미를 쉬고 물과 더불어 흘러갈 것을 상상해보라-버들치들은 어언간에 바다에다 그 시체를 띄울 것이 아니냐. 그들이 어찌 가보지 않은 바다의 존재를 알랴만 본능의 예지는 그들을 삶의 길로 인도한다. 그것은 곧 생명의 의지다. 버들치들은 산마루에 오르려 애 쓰는 것이 아니라 늘 새 물에 몸을 잠그려 함이다. 비늘이 미끄런 그 몸 전체로 느끼는 차고도 새로운 감각. 이것이야말로 그들 생명의 약동의 원천이다.

세상에는 이 버들치들에게 교훈을 받아야될 사람이 너무도 많다. 대학을 졸업하고 만나면 변변한 책 한권 손에 들어 보는 적 없어도 일생 최고 수준에 있는 지식인으로 행세하려는 자가 있다. 제가 잠그고 있는 사조 그 자체가 주야로 흘러 예거늘…… 엄벙 덤벙하고 있는 새 저도 모르게 까맣게 흘러 내려간 그들. 인제는 쉬었던 꼬리와 나래미를 기를 써 휘젛는데도 향상은커녕 현상유지도 못 할 것이다.

나는 잠시 내 자신을 반성해 보았다. 하루 세 시간 강의를 하고 나면 할 것 다 했다는듯이 유유히 생을 즐긴답시고 바둑도 두고 레코드도 들으면서 심심풀이로 독서하는 생활을 하지 않았던가. 그리고 내딴엔 시대에 뒤떨어지지 않는 인테리로 자처하지 않았었나. 하나 그것은 자기만족에서 오는 착각이었다. 설사 내가 항시 같은 교양과 사상 속에서 살았다 가정하더라도 그것이 과연 하루에 세 시간씩 흘러 나가 버려도 나의 정신의 영양을 유지할 만큼-더 살 찌기는 아예 바라지 못할망정-풍부할 수가 있었을까.

나는 새삼스럽게 '선생'이라는 직업이 가져오는 정신의 빈곤에 상도하고 송연함을 금치 못했다. 공자같은 분도,

학불염이교불권야學不厭而敎不倦也

하였거든 버들치 같은 끊임 없는 노력이 없이 어찌 남을 가르칠 수 있으랴. 먼저 자아도 살리기가 어려우리라.

나 비

나도 한때는 밥해먹을 쌀 걱정, 땔나무 걱정은 아예 하지도 않고 도서관이 있는 공원 잔디에 누워 해가는 줄도 모르고 하늘이 끝이 있느냐 없느냐 하고 사색해 본 적이 있다. 개륙꽃, 황매화, 라일락은 때가 이미 지났어도 백당나무수국의 누른빛 띈 푸르고 흰 꽃이 녹음에 물들고 여기도 저기도 아카시아꽃이 향그로운데 나는 덮어 놓고 칸트의 이른바 '이율배반'의 수수께끼를 풀기에 골몰했던 것이다. 그 때 문득 흰 것이 나의 시야를 스치기에 벌떡 일어나서 보니 한 마리 흰 나비였다. 나는 왠 셈인지 미칠 듯이 그 나비를 잡으러 쫓아갔다. 그리곤 금시에 나의 행동을 뉘우치고, 시 한 편을 지었었는데 그 시는 시방 내 수중에 없어서 무어라 나비를 노래했는지 기억에 없지만 그 적고 약한 그러나 아름다운 흰 나비를 잡으려는 나의 만행을 꾸짖고 채쭉질 했던 것만은 틀림없을듯싶다. 아마도

> 일생에 얄미울손 거미외에 또 있는가
> 제알 풀어내어 망녕그물 널어두고
> 꽃보고 춤추는 나비를 다 잡으려하더라.

한, 시조작가와 똑 같은 심경이었으리라.

그러던 내가 아버지 돌아가신 뒤를 이어 내 손으로 살림을 하게되고 내 스스로 양배추를 심어 가꾸게 된 때부터 나비에 대한 관념이 일변해버렸

다. 즉 나비 그중에도 특히 흰 나비가 얼마나 무서운 해충인가를 몸소 체험했기 때문이다.

나비를 꽃과 연상하는 것이 우리들의 습관이지만 사실인즉슨 나비는 꿀을 마시려 꽃을 찾아다니기보다 배춧잎에 알을 까러 다니기에 더 분주하다. 하룻밤만 자고나면 언제 잡았냐는 듯이 양배추 속잎엔 나비의 유충이 옹기종기 붙는다.

이래서 이 엽록의 유충을 잡기 위하여 우리 집안 식구는 허구헌날 새벽같이 밭으로 나가는 것이다. 그러지않았다간, 양배추는 결구結球하기 전에 흰 나비로 화하여 날라가고 말게다. 나는 시방 나비를 보면 잡아 죽이고 싶은 충동밖에 없다.

하긴 사람이란 자기본위로만 생각하는 잘못이 있다. 벌은 쏜다해서— 한번쯤 눈두덩이 부르튼 경험이 있기 때문에— 좋게 여기지 않는 것이 인간이다. 그러나 나는 호박꽃 속에서 샛노란 화분투성이가 되어 엉금엉금 기어 나오는 왕텡이(熊蜂)를 볼 때마다 미소를 금치못한다.

웬일인지 왕텡이는 나에게 조금도 나비같이 얄미운 데가 없다. 호박 웅화雄花의 꽃가루를 암꽃 자예雌蕊 날러다 붙여서 그 탐스런 호박을 열리게 하는 공을 가상히 여기지않는 바는 아니로되……

하지만 내가 꿀벌을 치게 된다면— 사실 벌통을 하나 사다 놀 작정이지만 — 왕텡이에 대한 나의 태도는 표변할 것이 아닌가. 양배추를 갉아먹는 버러지의 어미라 해서 나비를 미워하거늘 하물며 벌통 속에 들어가 꿀벌을 모조리 잡아먹는 왕텡이를 보고도 호박꽃가루를 흠뻑 뒤집어쓰고 어리둥절하는 광경을 보았을 때처럼 빙그레 웃고만 있을 내가 아니다. 더더군다나 그 왕텡이놈이 눈에서 불이 번쩍 나게스리 내 눈두덩을 쏜다면…… 선불 맞은 호랑이처럼 악에 받혀 날뛸 나의 꼴이 시방 당장에 보이는 듯하다.

하여튼 이 산골에 이사와서 나의 살림에 보탬이 될까 하여 2백 평 남짓한 채마밭을 내 손으로 가꾸게 되자 양배추를 먹게 된 대신 나비를 미워하는 버릇을 얻었다. 이제 또 꿀벌을 치게되면 왕텡이를 미워하게 될 게고 수수이삭이 고개 숙이면 까막 까치와 뮛새를 미워하게 될 것이 아닌가. 하긴 비타민D가 결핍해서 다리가 비틀리고 구부러지는 강아지를 구하기 위하여 그물로 산새를 잡아 내 손아귀에서 파닥거리는 그 조그맣고 따뜻한 생명을 산채로 강아지 입에다 넣어주면서 살기 위하여 스스로 잔인하리라 단단히 맘 먹은 나였다.

그러나 우리가 살아가는 가운데 사랑의 대상이 자꾸 늘어가지는 못할망정 하나 하나 없어진다는 것은 서글픈 일이 아닐 수 없다. 물론 나비와 왕텡이와 뮛새 대신에 양배추와 꿀과 수수가 생길 게다. 또 그것이 사람들이 원하는 바요, 극단에 이르면 옛날 어떤 임금님 모양으로 만지는 것이 모두 황금으로 화하기를 바라며 마침내 천하없이 사랑하는 공주까지 금으로 화하게 한 연후에야 비로소 모든 것을 황금으로 화한다는 것이 결국은 사랑하는 것을 모두 잃어버리는 것이라는 진리를 깨닫게 되는 것이다.

나는 양배추를 욕심내는 나머지 나비에 대한 사랑을 잃었지만 다시 말하면 양배추 먹기에 눈이 어두워져서 나비의 아름다움을 보지 못하게 되었지만, 그래도 나비 하나를 잃은 데 그친다면 다행일 것이다. 무항산이면 무항심無恒心이라, 나날이 의식주가 곤란하여가는 이 때에 앞으로 나는 무엇에 눈이 어두워질까 모르니 그것이 두렵다. 처는 어린애 먹일 사탕을 구해 오라한다. 그러니 불가불 꿀벌을 칠 수밖에. 또 네 마리 암탉이 모이를 달라고 꼬꼬거리니 수수를 심을 수밖에. 왕텡이나 뮛새쯤은 문제가 아니다. "할멈 할멈 떡 하나 주면 안잡아 먹지" 하다가 결국엔 할멈까지 잡아먹게 될 것이 두렵다.

그러나 내가 시인이라면 나비를 이렇게 노래할 것이다.

이 과일밭은 우리의 것

나무도 내 나무, 꽃도 누이 것
고달픈 나래를 여기 쉬라
성당으로 알고 여기 머물라
항시 우리에게 오라 너를 해치지 않으리니
우리의 곁, 나뭇가지에 앉으라
우리 같이 햇볕과 노래를 이야기 하자
그리고 우리 젊은 날의 여름철도.

— 워즈워드 〈나비에게〉

시인이란 먹을 걱정이 없는 사람이다. 그러기에 과수원의 도둑인 나비를 즐겨 불러들이지 않느냐.

4. 해변의 시

해변의 시

첫여름 한나절 햇빛을 받고 월미도 조탕潮湯은 고흐의 그림인양 명암이 선명했다. 이 풍경을 배경으로 하고 소복한 여인과 감색 양복에 노 타이 샤쓰를 입은 젊은이가 금빛 모래사장에다 나란히 발자국을 찍으면서 걸어간다. 바다와 하늘은 한빛으로 파아랗고…….

젊은이는 이따금 허리를 굽혀 손에 맞는 돌은 집어서는 멀리 수평선을 향해서 쏘았다. 감빛 돛, 흰 돛, 보랏빛 섬들이 그의 시야에서 출렁거렸다.

젊은이는—사실인즉슨 나지만—던진 돌이 물 있는 데까지 가서 떨어지는 것을 보고는 만족한 미소를 띠우면서 아내더러 말했다.

"당신도 한번 던져 보구료."

아내는 벤또가 들은 책보와 파라솔을 모래위에 놓더니 돌을 집어서 한때 야구대회에서 신문사 사장이 시구식하듯 팽개쳤다.

"애개 반도 못 가네."

우리는 웃으면서 또 걷기 시작했다.

그러나 나는 왠 셈인지 자꾸만 팔매를 쏘고 싶었다. 그래서 모래사장 한가운데다 진을 치고 마음껏 돌팔매질 했다. 아내는 어린애처럼 — 아니, 어른처럼? — 보고만 있었다.

그것도 실증이 나기에 바윗돌 조각으로 오뚜기를 만들어 세워놓고 마치기로 했다. 힘껏 쏜 돌이 오뚜기의 머리를 맞혀 떨어뜨렸을 때엔 아내도 덩달아 쾌재를 불렀다.

점심은 참 맛이 좋았다. 우리는 벤또를 한앞에 하나만 싸가지고 온 것을 후회했다. 나는 아내로부터 미깡을 받아서 하늘 높이 치뜨렸다가 받아서는 까먹었는데 그 맛 또한 황홀토록 찬란했다.

"나는 태양을 먹는다."

아내가 귓결에 흘려보낸 것을 보면 나의 이 말은 그 자리에선 어색하지 않았나 보다. 아내도 미깡 맛이 꽤 좋았던 게지…….

점심을 먹고 있는 동안에 물이 퍽 밀었다. 우리는 노란 미깡껍질을 남겨놓고 물가로 내려갔다. 나는 돌을 집어 가벼이 물 위에 튀겼다. 돌은 방아깨비같이 톡 톡 톡 튀어가서 물방울 셋이 나란히 생겼다. 아내는 그것을 신통히 여기는 눈치더니 돌을 집어 나의 흉내를 냈으나 돌은 퐁당 가라앉아 버렸다. 그래도 몇번인가 거듭한 후 물방울 돌을 튀겼을 때 아내의 얼굴에 장난꾼 아이같은 득의의 빛이 떠올랐다. 하지만 내가 수평으로 쏜 납작돌이 물방울 일곱을 튀겼을 때 아내는 아연한 표정이었다. 늘 남자라고 뽐내던 보람을 보여준 것 같아서 나는 속으로 흐뭇한 느낌이었다.

갈매기도 나르고. 낚시배로부터 노래도 들려오고. 하늘과 바다는 여전히 파아랗고 건강한 오후다. 하건만 우리는 집으로 돌아가야 한다. 아내가 시집살이 저녁밥을 지어야 하기 때문이다.

이리하여 월급쟁이의 일요일은 종막을 내리려 한다. 인생사 '아雅'가 하나면 '속俗'이 여섯인 것을 모르는 바 아니로되 바다를 두고 돌아가는 우리의 심사는 가히 알조가 아닌가.

하긴 우리는 해변에서 로맨틱한 꿈을 탐한 것이 아니다. 제 삼자의 눈에는 어떻게 비치든 간에 부부산보만치 싱거운 노릇이 세상에 또 있을까.

물론 나에게도 '이수일과 심순애의 양인'이 꿈같이 그립던 시대가 있었다. 어리석은 꿈이다. 하지만 누구나 한번은 꾸는 꿈이다. 묘망한 바다를 바라볼 때 나의 어린 가슴 속에 물결치던 낭만…… 나는 소년 때 갈매기와 백범白帆과 수평선을 바라보면서,

하였던 것이다. 그 '미인(?)'은 결국 나의 아내가 되어 시방 내옆에 있지만 먼발치로 볼 때 말이지 꽃도 따서 쥐고 보면 시들한 것이다. 동경이란, 천일야화에 나오는 오색 영롱한 생선 같아서 잡으면 재가 되어버리는 것이 아닐까.

사실 나는 아내와 거닐면서 소년 시절의 꿈은 깡그리 잊고 있었다. 해변에 나왔댔자 우리는 생활에 시달리는 '월급쟁이 부부'에 변함 있을 리 없다. 아내에게는 내가 어떻게 보였는지 몰라도 나에게는 아내의 얼굴은 늘 보는 아내의 얼굴이었다. 처의 얼굴이 날마나 면도할 때 거울 속에 보이는 내 자신의 얼굴과 무엇이 다르랴.

그러기에 나는 아내보다 바다와 놀기에 여념이 없었다. 그 바다는 소년때 바라보던 바다와 다름없는 바다였다 — 나와 내가 사는 거리는 나날이 변해 가지만 바다는 언제나 영원한 원시적 고동을 지속하고 있지 아니한가.

그러나 어떤 일요일 날 처를 데리고 산보가서야 나는 비로소 생후 처음 바다를 '있는 그대로' 볼 수 있었던 것이다. 사념 없이 바라본 순수한 바다. 이야말로 바다의 '시'가 아니었을까.

잠자리

잠자리채는 낚싯대 끝에다 굵은 철사로 원형을 만들어 붙인 것이다. 나는 아침밥을 뚝 따먹기가 무섭게 이 잠자리채를 들고 이웃집 기꾸시랑 밭으로 돌아 다니며 거미가 막 쳐놓은 줄을 도둑질했다.

아직 파리 한 마리 걸리지 않은 처녀망은 아침 햇빛을 받고 명주실인양 반짝인다. 거미는 숨어 있어서 보이지 않지만 잠자리채가 줄에 닿는 순간 돌연 나타나곤 한다. 식전해장으로 먹을 것이 걸려들었구나 하고 얼굴을 내미는 모양이다. 또 어떤 놈은 망 한복판에 죽은척 웅크리고 있는데 그 놈이 철사원의 중점이 되도록 앉은 반대편에서 잠자리채를 갖다 대면 질겁을 해서 외줄을 타고 추녀 밑으로 피난해버리는 것이다. 그러면 나는 주인 없는 거미줄을 유유히 낚는다. 잠자리채의 자루를 돌리는 내 어린 팔목에 전해지는 거미줄의 탄력은 물고기의 꿈틀거림을 전하는 낚씻대를 쥐고 있는듯한 감각이다.

한여름 뙤약볕이 쨍하게 내려쪼이는 행길 위에 잠자리가 무수히 날고 있다. 나려 앉는 법 없이 날고만 있는 놈들이다. 채를 한번 휘두르면 두서너 마리씩 한꺼번에 걸린다. 붉은 빛인데 고추잠자리보다 훨씬 엷은 빛깔이다. 이런 잠자리는 하도 흔해서 내가 잡고자 하는 목표가 되지 못했다. 또 이와는 정반대로 나르는 법 없이 행길 한복판에 앉아만 있는 놈이 있다. 인기척이 나면 날아서 두어 걸음 앞에 가서 주저앉고 만다. 첫대 검은 줄이 진 꽁지가 징그럽고 잡아보면 이렇게 맥없는 잠자리도 없다. 내가 잡고자 하는 것은 크고 힘센 장사잠자리다. 파리를 잡아주면 한입에 먹어버리고 또 손가락의 살점을 물어 뜯기가 일쑤인 놈이다.

장사잠자리는 씨가 귀한데다가 만나도 잡기가 힘든다. 한번 날으면 10리나 달아나기 때문이다. 그러나 장등이가 신록빛으로 푸른 암놈을 한마리 잡고만 볼 말이면 장등이가 하늘빛으로 푸른 숫놈을 낚기란 엿먹기다. 이 포로된 암놈의 꽁지를 실끝으로 동여매가지고 연못가에 가서,

잠자아라 꿈자라
절로 가면 죽는다
일로 오면 사안다

하고, 소리를 하면 어데선지 장사잠자리의 숫놈들이 날라온다. 그 놈들은 불에 뛰어드는 벌레인지라 잠자리채 아니고도 맨손으로 잡을 수 있다. 대체 잠자리의 암놈으로 수놈을 꼬여 사로잡는 꾀를 철없는 어린, 내가 어데서 배웠는지…… 이렇게 해서 잡은 잠자리들을 나는 모조리 꽁지를 짧게도 자르고 길게도 잘라서 그 대신 밀짚을 꽂아서 귀양보낸다고 날려보내는 것이었다. 그러면 꽁지 빠진 장사잠자리는 뎅겁을 해서 필사의 힘을 다하여 끝없이 끝없이 날아갔다.

어린시절은 20여년전 까마득한 옛날이야기로되 잠자리 잡던 기억은 시방 오히려 새롭다.

꽁지 빠진 잠자리가 날아가는 광경이 눈앞에 선하다. 아니, 그 잠자리가 지닌 괴로운 몸짓을 이제 내 스스로 느끼는 것 같다. 어떠한 고통이 있을지라도 살려고 애쓰는 것은 숭고한 노력이다. 나는 시방 새삼스러이 꽁지 빠진 잠자리를 생각하고 그것이 생의 상징인 것만 같이 생각된다.

우후雨後

이레만에 비가 멈췄다. 나는 우산을 지팡이 삼아 짚고 계명학원이 있는 산을 올라 갔다.

장마에 사태가 나서 여기 저기 작은 골짜기가 생겼다. 그 골짜기 하나를 두 소년이 막고 있었다. 물싸움을 하는 모양이다. 위를 막는 아이는 웃통을 벗은 채요, 신발도 신지 않았다. 아래를 막는 아이는 초록빛 양복을 입었는데 대쪽으로 만든 활을 어깨에 메고 화살은 칼처럼 허리에 찼다. 가랭이까지 올라오는 어른의 고무장화를 신은 어린애가 서서 관전하고 있다.

"인제 고만 터놔라."

하고, 활 멘 소년이 말했다.

"물이 더 괴면."

하고, 웃통 벗은 아이가 대답했다.

"임마, 밑에서 터노랠 때 터놓는 법이야."

하고, 활 멘 아이가 얼러댔다. 웃통 벗은 소년은 할 수 없다는 듯이 막았던 물을 터놓았다. 물이 마지못해 졸졸졸 흘러 나려 갔다.

"두 번 이겼다!"

하고, 활 멘 소년은 개가를 올렸다.

이때 황소 한 마리가 고삐줄을 질질 끌고 와서 풀을 뜯어 먹었다. 요령 소리가 쟁그렁 쟁그렁 났다. 중병아리 네 마리가 소를 피해갔다. 그 가운데 한 마리만 벼슬이 새빨간 것을 보면 나머지 세 마리는 암평아리인 모양이다.

더 올라가려고 시선을 옮겼을 때 소녀 다섯이 잿빛 하늘을 배경으로 하고 산등성이에 서 있는 것이 눈에 띄었다. 선전에서 본 어떤 그림의 구도를 연상시켰다. 나는 한 걸음 두 걸음 가까이 갔다. 그중에 두 아이가 말다툼을 하고 섰는 눈치었다. 어린애 업은 소녀가 대치해 있는 아이들 편에 하나씩 붙어 섰고, 좀 적은 계집애 하나는 중립태도다. 모두 열살안짝 고만고만한 나이또래다.

"뭐 이 기집애."

"뭐 이 기집애."

"양 골나냐."

"양 골나냐."

"뭐 이 기집애."

"뭐 이 기집애."

두 소녀는 연방 주고받는다. 한 마디할 때 턱과 바른발이 동시에 앞으로 나간다. 그것은 꼭 대포를 쏠 때 포신의 운동과 같았다.

두 소녀는 잠시 포격을 중지하고 서로 호시탐탐하게 노려본다. 그러다간 발작적으로 '양 골나냐'를 연발한다.

이때 서울서 내려오는 기차가 뚜우우 하고 기적을 울리면서 칙칙폭폭 산모퉁이를 돌아 나왔다. 싸우던 아이들은 일제히 기차를 내려다보았다. 기차는 연기를 남기고 산모퉁이를 또 하나 돌아서 보이지 않게 되었다.

"얘, 고만 가자."

하고, 애 업은 아이 하나가 싸우던 아이의 치맛자락을 잡아당겼다. 그랬더니 이상도 하다. 싸우던 아이 하나만 남겨놓고 나머지 아이들은 한데 몰려서 등성이를 넘어갔다. 보랏빛 내리닫이를 입은 소녀는 혼자 서서 그 뒤를 바라다 보았다. 그의 얼굴에선 아직도 '양 골'이 가시지 않고—.

수많은 제비가 날개를 쫙 펴고 저공비행을 했다.

동남쪽으로 보이는 산들은 유달리 진한 초록빛이어서 퍽 가까이 보였다.

물싸움 하던 아이가 그 산들을 향해서 활을 쏘았다. 웃통 벗은 아이가 화살을 집으러 달려갔다.

낙조

시방 우리는 월미도 다리를 걸어가고 있다. 서에서 북으로 길게 금빛 구름이 걸려있는 것이 꼭 황금다리 같다.

"백마를 타고 저 위를 달렸으면……."

하고, 처는 낭만조로 말했다. 곳이 곳인지라, 집에선 시집살이에 부엌데기 노릇밖에 못하는 위인이 제법 시인이 된 모양이다. 사실 이렇게 위로출장으로 데리고 나온 뜻은 산문적인 생활에서 잠시 그를 해방하고자 함이었다.

나는 말 대꾸도 하지 않고 영화촬영기처럼 고개를 돌리면서 그 구름을 끝에서 끝까지 망막에 찍었다.

석양이 막 떨어진 자리는 시뻘겋게 불탔다.

간조였다. 그래도 고랑에는 물이 남아 있었다.

일몰 때는 시간의 흐름을 초일초 눈으로 볼 수 있다 — 황금다리가 점점 변하여 구릿빛이 되었다가 다시 이글이글한 숯불이 되었다. 그것은 하루 최후의 정열이었다. 그러나 순식간에 식어서 재가 되고 말았다. 불과 몇분 전에 금색 찬연하던 구름이 기차가 남기고 간 연기처럼 되어 남고 말았다.

"달이 떴네."

하고, 처가 돌아다 보기에 나도 뒤돌아 보았다. 아직 어둡지 않은 동천에, 아래 한 모서리가 흐릿하게 흠집이 있는 둥근 달이 높이 솟아 있었다.

오른편에서 하루의 종막을 보자마자 왼편에서 등장해 있는 밤의 여왕을 본 것이었다. 우리는 밤과 낮의 경계선을 걸어가고 있었던 것이 아닐까.

달이 개고랑 물을 헤엄쳐서 우리가 걷는 대로 따라 왔다. 물이 얕고 좁아서 달은 그 둥근 형태를 갖추지 못했다.

하늘에는 아직 별 하나 보이지 않는다. 그래도 수평선 멀리서 등대불이 반짝 하는 것이 보였다.

크레용

내가 보통학교 1학년 때만 해도 색연필로 도화를 그렸다. 크레용을 가진 아이는 한 반에 하나 둘 있을까 말까.

시방은 20년 동안 공을 쌓아서 연필 깎는 데 힘드는 줄 모르지만 그때 그 고사리같은 손으로 연필을 깎기란 그리 쉬운 일이 아니었다. 한번 깎자면 연필이 절반이 되는 것이 보통이다. 목질이 낮고 속이 부러지기 쉬운데다가 깎는 솜씨가 서투르고 보니. 그런데 색연필은 보통연필보다도 부러지길 잘 한다. '가다찌'도 다 못 떴는데 시간은 다 되고 색연필이 부러졌을 때 어린 맘의 초조함이란!

이렇게 앨써 그려 놓은 그림이래봤자 색연필이란 워낙 크레용처럼 토실토실하지 못하고 삐쩍 마른 놈이라 젖 먹은 기운을 다 내서 그렸는데도 — 그러다간 뿌러뜨리곤 한다 — 그 선과 채색이 늘 가난했다. 여기다 대면 크레용으로 그린 그림은 영양이 좋은 아이들처럼 탐스러웠다.

그러나 내가 크레용을 탐낸 것은 도화를 더 잘 그려볼 욕심에서 그런 것은 아니다. 색연필은 깎기 귀찮은데 크레용은 깎지 않아도 되니깐 그랬는지는 또 몰라도 하여튼 덮어놓고 크레용이 갖고싶었던 것은 사실이다. 그래서 크레용을 사 달라고 졸랐지만 우리 아버지는 무엇이고 필요의 최소한도밖에 사주시지 않는 주의였다. 이미 18전짜리 색연필을 한갑 사 가지지 않았느냐.

나는 조르다 조르다 못해 결국 크레용을 내 손으로 만들리라 맘 먹었다.

어머니한테 옷에 드리는 물감을 달래서 — 쪽빛이었다고 기억된다 — 냉수엔 풀리지 않으니까 뜨건 물에 타고 서랍을 뒤져서 얻은 켜다 남은 초 한가락을 심지는 빼버리고 담가 두었다.

나는, 종이로 '황새'를 접어, 후우 불면 몸뚱아리가 불룩해지는 그 구멍으로 파리를 산 채 잡아넣고는 이 새가 날기만 바란 때도 있고 아무렇게나 깎은 살을 처덕처덕 붙이어 연이라고 실 끝에 매어가지고 달음질치며 이 뱅뱅 도는 연이 하늘 높이 떠 오르기만 바란 때도 있었지만 이 크레용만치 어린 나의 정열을 끓어 오르게 한 적은 없었다.

꿈 많은 하룻밤을 지내고 그 이튿날 일어나는 맡으로 울렁거리는 가슴을 누르며 물감에 담가두었던 초를 건져 보니 — 그 때 물감 냄새가 시방도 내 코 언저리에 새롭다 — 과연 물이 좀 들었다. 그러나 나의 기대엔 어그러지게 희끄무레했다. 그도 고르지 못하고 얼룩이 졌다. 하지만 더 담가 두면 정말 크레용처럼 진한 빛깔이 되리라 생각하고 어린 나로선 게다가 성미가 급한 나로선 좀이 쑤시는 것을 참고 나날이 더해가는 실망에도 지지않고 일주일 동안이나 더 담가 두었다는 것은 무던한 일이었다고 아니할 수 없다. 아니 그만큼 나의 크레용 만들려는 정열은 강했던 것이다.

나는 일곱번 자고 깨난 뒤에야 초에 물감이 들지 않는다는 것을 깨달았다.

시방 생각하면 초에다 물감을 들이려는 것은 참말로 어리석은 짓이요 그것을 모르는 어린이시절은 참말로 어리석은 때라 아니할 수 없다. 언 수도를 입김으로 녹여 뗀다고 혀 끝을 댔다가 철썩 붙는 바람에 깜짝 놀라 떼고 물러나던 때를 돌이켜 보면 나는 저절로 낯이 간지럽다. 이렇게, 하나하나 어리석은 짓을 하면 그만큼 철이 나고 해서 사람은 수없이 어리석은 짓을 하면서 사람은 철이 나 간다.

하지만 그것을 단순히 어리석다고만 그럴 것이 아니다. 무등을 타고 장대로 하늘의 별을 따려는 것은 어리석은 짓임에 틀림 없으되 그것이 또한

'아름다운 오류'가 아니겠느냐. 아니 이것이야말로 모든 것을 창조하는 원동력이 아니겠느냐.

나는 시방 '철난 어른'이기 때문에 황새도 연도 크레용도 만들려 하지 않는다.

신라의 인상

'신라'는 오래 전부터 나의 심금을 울리는 말이었다. 그것은 신라라는 말이 연상시키는 그 옛날 찬란했던 문화때문이라느니보다 '실라'라는 음성이 나의 몸에 배고 스며서 일으키는 쾌감 때문인 듯싶다. 그러나 단순한 '실라'라는 고막의 진동이 일종 향수에 가까운 감명을 나에게 일으킬 수 있을까.

하여튼 나의 청각에 은은한 이 신라를 찾으려 수양버들 언저리가 녹두가루를 뿌린듯 푸르러지기 비롯한 어떤 봄날, 나는 우형규군과 더불어 차창에 몸을 의지했다.

"인간성에서 샘솟아 영원으로 흘러가는 한줄기 시내—나는 옥룡암의 남불석상을 보자 이러한 느낌이었다. 그 선의 움직임. 천년의 침묵이 흘렀다. 그러나 이렇게 비범한 조각들이 초석과 섞여서 도처에 나둥그러져 있다. 포석정 유상곡수流觴曲水의 취흥이 견훤의 칼부림에 놀라 얼빠진 뒤 국운이 날로 기울어 왕건이 없앤 바되고 마의태자의 넋이 개골산에서 애잖게 사라졌거늘……. 저 신라의 예술을 보라. 그 탐스럼, 아름다움, 고즈넉함이여! 천년전 신라 사람들의 생활을 눈앞에 보는듯 하지 않느냐.

신라가 가졌던 가장 좋은 것은 박물관에 진열된 칼이나 활촉같이 녹 슬지 않았다."

나는 이렇게 경주의 첫 인상을 어느 벗에게 적어 보냈다.

신라를 찾는 이는 누구나 먼저 그 예술에 황홀한다. 나 역 그러했다. 그러나 그 예술을 낳은 신라의 자연은 더 한층 나의 애정을 자아냈다.

춘나무꽃 피 뱉은듯 붉게 타고
더딘 봄날 반은 기울어
물방아 시름 없이 돌아간다.
어린아이들 체춤에 뜻 없는 노래를 부르고
솜병아리 양지쪽에 모이를 가리고 있다.

지용의 이 시는 바로 그대로 신라의 풍경이다. 소를 모는 소년. 그 뒤에서 쟁기를 꽂는 아버지. 하늘은 파아랗고 태양은 벙실 웃는 이 자연은 벌써 한폭 그림이 아니냐.

우람한 소나무에 그네를 매고 옷고름과 길단 치맛자락을 날리며 추천하는 가시내들은 여염집 처녀들이 아닌 듯싶은데도 총각인 나의 연정을 간지럽혔다.

객사청청 버들 속에
추천하는 저 큰 아가
추천줄랑 잠시 놓고
정든 나를 살곰 보소

아아 신라! 선화공주와 서동방의 로맨스를 낳은 신라는 시방 내 눈 앞에 있다.

나는 서라벌로 역사의 깨어진 기왓장 조각을 주으러 온 것이 아니라 시를 발견하러 온 것이었다. 그러기에 사천왕사니 임해전이니 하는 폐허 위에 서서도 안내자의 세세한 설명은 귀담아 듣지 않고 산새 소리에 귀기울였다. 하도 아름답게 울기에,

"저 새 이름이 무어지요?"
하고, 물어 보았더니 이 박물군자는 들은 척도 안 했다.
보리사의 석불을 보고 내려오다가 뒤돌아 보았을 때 소나무 사이로 방문에 기대어 서서 우리를 바라보고 섰는 여인 하나가 눈에 띄었다.
(우리가 절 구경할 때엔 이승尼僧의 그림자도 보이지 않았는데…….)
나는 산비탈길을 돌아내리면서 몇번인가 돌아다보았다. 회색 저고리, 검정 치마, 제발한 자리가 푸르고 누우런 얼굴. 그 여인은 나뭇가지에 가리어 보이지 않을 때까지 우리를 서서 내려다보고 있었다. 그 자태는 시들은 산국화같았다. 홍춘紅椿처럼 불타는 정열을 품고 해바라기인양 희망에 넘쳐 옷자락을 펄럭이며 그네 뛰는 신라의 여자들을 본 내 눈에는 그 이승尼僧의 인상은 한 없이 쓸쓸했다.
불국사에선 다보탑보다도 아사달과 아사녀의 애화를 낳은 석가탑보다도 처녀 때 현해탄을 건너 와서 20년 넘어 산다는 그림엽서 파는 마나님의 구수한 사투리 조선말이 더 신라의 정서를 자아냈다. 처음엔,
"이 문둥아야."
하고, 심부름꾼아이를 불렀을 때 나는 그를 꼭 조선여자로 착각했던 것이다. 또 석굴암에 대한 그의 사랑은 극진했고 지식도 풍부했다. 또 그날밤 피곤한 다리를 뻗고 누운 우리 둘 머리맡에서 제 고장 자랑을 하던 소년의 경주사투리는 어찌나 아름답고 정답던지…… 언제까지나 여운을 끌어 천년전 아득한 옛날 동경 서울을 찾아온듯 하였다.
이튿날 날이 밝기전에 우리는 토함산 비탈길을 허위허위 올라 갔다. 석굴암은 동해에서 솟는 해가 석가좌상의 이마를 비칠 때가 가장 아름다운 찰나라 한다. 그러나 그날따라 해는 운무에 가리어 보이지않고 고대하던 해가 구름안개를 헤치고 나왔을 땐 이미 중천에 있었다. 나는 수평선 너머 불끈 솟은 해가 정통으로 비치게스리 석가상의 이마에 박아둔 보석을 도적맞은 것보다 더 마음이 서운하였다.

하지만 신라는 어두컴컴한 석굴암 속에서 가장 빛나는 그 자태를 나타냈다. 아아 내가 동경하던 '구원의 여상'이 관세음보살이었을줄이야! 그도 대리석이 아니요 화강암으로 된 돌부처님에랴.

아, 이 어인 환희가 갑작스리
이를 본 내 오관에 넘쳐 뛰나뇨!
젊음과 성스런 삶의 축복이
내 세포알알이 새로 빛나는도다.
나의 설레는 가슴에 숨어 들어와
괴로운 마음을 기쁨으로 넘치게 하며
신비롭고 그윽한 감동으로써
자연의 힘을 내 둘레에 드러내나니

이조 5백년 동안에 차차 잦아들어 말라버린 '청춘'이 나의 혈관 맥맥히 다시 살아 흐르는 듯하였다. 또 색시공이라 해서 아예 미를 단념하고 '무'로 돌아가려는 것이 불교의 이상이려든 부처님을 빌어 육체 풍염한 여성미를 나타낸 신라 예술가의 번뇌를 나는 몸소 체험할 수 있었다. 서양사람들이 미의 척도라고 자랑하는 '미로의 비너스'의 반나상을 보았을 때도 나는 이렇게 젊음과 삶의 법열과 동시에 번뇌를 맛보지 못했다. 마음껏 기뻐하고 괴로워하던 신라 사람들. 나는 그들의 생활이 한없이 부러웠다. 이러한 위대한 예술을 남긴 그들의 생활이 어찌 불행하였겠느냐.

석굴암 '십일면관세음보살'의 얼굴에 떠도는 웃음이 하도 아슬하고 사부시 구슬줄 들고 있는 그 어여쁜 손이 금시에 움직일 듯하여 나는 시간가는 줄도 모르고 멍하니 서 있었다.

수필집 《해변의 시》를 내놓으며

수필은 생활과 예술의 샛길이다. 시도 아니오 소설도 아닌 수필-이것이 소시민인 나에게 가장 알맞은 문학의 장르였다.

이를테면 어버이 덕에 배부르게 밥 먹고 뜨뜻이 옷 입고 대학을 마치고 또 오 년 동안이나 대학원에서 책을 읽고 벗과 차를 마실 수 있었다는 것은 조선 같은 현실에서는 보기 드문 행복이었다. 그러나 나의 예술을 위해선 불행했다. 이러한 산보적인 생활에서 나오는 것은 수필이 고작이다. 때로 시도 썼지만 그 역 희미한 것이었다.

하지만 자기를 송두리째 드러내는 것이 예술이라면 이 수필집은 나의 시집 《길》과 더불어 나의 과거를 여실히 말하고 있다. 뒤집어 말하면 지난날의 내 밑천을 털어놓고 보면 요것밖에 없는 것이다.

내가 수필을 발표하게 된 직접 동기는 최영주씨가 편집하던 수필잡지 《박문》에다 매달 한 편씩 써달라는 노성석군의 권고에서 우러났다. 이제 또 군의 손을 빌려 이 수필집을 세상에 내놓게 되는 것은 끝끝내 무슨 인연인가 보다. 사실 조선말조차 압살을 당할 뻔한 그 시대엔 누가 떠다밀어라도 주기 전엔 글 쓸 용기가 나서질 않았다. 섣불리 글을 쓰다간 자기 본의도 아닌 유치장 신세를 지거나, 그렇지 않으면 마이너스의 글이 되어버릴 염려가 결코 기우가 아닌 시대였다.

나의 글이 그 시대에 플러스한 것이 없거늘 이제 또 세상에 내놓는 것은 뭣한 듯하지만 시방 조선민족은 자기비판을 할 때인지라 나도 세상의 매를 맞아보겠다는 생각이 없지 않다.

독자제형은 이 소시민의 문학을 여지 없이 비판해 주기를 바라는 바이다.

1946년 4월 23일

김동석

5. 토끼와 시계와 회심곡

창

아기가 창으로 기어간다.

창에선
하늘이 보이고
새소리 들리고
꽃향기 풍겨온다.

나는 세상에 태어나서 처음으로 하늘과 새와 꽃을 대하려고 창턱으로 기어가는 어린애처럼 그렇게 무심하게 그러나 절실하게 창밖을 내다보고 싶다. 단간방 속에서 남편이며 아버지이기에 지칠 대로 지친 나는 흙탕물에서 주둥아리를 내밀고 공중의 산소를 들여 마시는 미꾸라지 모양으로 창밖을 내다본다. 막연히 인생이란 말로써 스스로 속이며 속고 살아나가지만 '나'란 결국 따지고 보면 우주 한 구석에 육척입방六尺立方의 공간을 점령하고 있는 데 지나지 않는 소위 가정의 포로—아버지며 남편이다. 도연명이가 아니라도 내 무릎을 쉬기엔 단간방으로도 족한 것을 모르는 바 아니로되 자꾸만 창밖으로 나가려고만 하는 내 넋을 어찌하랴.

나는 창에 매달린 롱籠 안에 든 새
시방 푸른 산 골짜기에는 녹음이 무르녹고

시냇물이 오월을 노래하며 달음질치리니
나라는 있어도 자유로 날으지 못하는 나
푸른 하늘을 쳐다보고 마음만 안타깝다.

나는 창턱에 놓인 어항에 든 물고기
바야흐로 훈풍이 물 위에 불어오고
수양버들 가지는 수면에 오월을 그리리니
나래미를 가지고도 헤엄치지 못하는 나
푸른 하늘을 쳐다보고 마음만 안타깝다.

나는 창턱에 놓인 어항에 든 물고기
바야흐로 훈풍이 물 위에 불어오고
수양버들 가지는 수면에 오월을 그리리니
나래미를 가지고도 헤엄치지 못하는 나
마신 물을 되마시며 유리를 핥고 또 핥는다.

내가 창밖을 내다보는 습관은 뭐 내가 장가들고 아들난 후에 비로소 생긴 버릇은 아니다. 아직 총각으로 있을 때인데 그러니까 혼자서 뒹굴며 잘 때인데 우연히 눈을 떠서 창밖을 내다보니까 여름 하늘에 별들이 생전 처음 보는 것처럼 아름답게 보였다. 그 때 그 별! 그 인상적인 별들이 잊히지 못했음인지 나는 밤이면 창밖을 내다보는 버릇을 얻었다. 팔십 평생에 '이성理性'만 캐느라 감정이라고는 눈곱만치도 있는 것같지 않았던 칸트, 하숙집 창으로부터 게우가 꺼우꺼우 거리며 다니는 것이 보인다고 하숙을 옮겼다는 칸트도 《실천이성비판》의 결론에서 "내 머리 우에 있는 별이 총총한 하늘"을 찬미하는 별빛 같은 찬연한 문장을 남겼다. 나는 이 홀애비 철학자가 밤이면 창밖으로 하늘을 쳐다보는 심사를 알 수 있다.

입김과 피로와 졸음이 가득한 밤기차 속만치 고달픈 인생행로를 잘 나타낸 곳도 또 다시 없으리라. 그 속에서도 잠 못 이루는 나그네는 창에 비치는 자기 얼굴과 멀리 달빛 아래 희미하게 보이는 풍경을 바라본다.

차창에 턱을 고이면
입김이 유리에 서린다.

유리를 닦고 또 닦고
물끄러미 얼굴만 들여다보는
나그네의 시름……

달빛 아래
청산은 조을고
강물은 꿈꾼다.

창이 없다면 인생은 그림 한 폭 없는 벽과 무엇이 다르랴. 그만큼 창은 나의 생활에 변화를 준다. 어버이 덕에 세상풍랑에 휩쓸리지 않고 온실의 화초마냥 자라난 나는 모든 것을 창을 통하여 보았다. 첫사랑도 창틈으로 남몰래 엿보았고—그 소녀는 우리집이 있는 비탈길을 내려 학교로 갔다. 인생의 암흑면도 창밖으로 내다보았고—창에서 마주 보이는 집이 인사소개소人事紹介所였다.

고인들은 인생을 뜬 구름같다 했지만 어두컴컴한 방속에 칩거해 있는 나는 창밖으로 떠가는 구름을 바라볼 때마다 나의 생이 저 부운같이 자유스럽기를 동경한다.

내 마음은 뜬 구름

한없이 떠가고만 싶어
종달새를 품은 채
비바람을 안은 채

목마른 가지엔 비를 내리며
물긷는—처녀에겐 노래 부르며
내 마음은 뜬 구름
한없이 떠가고만 싶어

내가 화가라면 창과 창에서 보이는 구름을 가지고 여러 가지로 그림을 그릴 것이다. 백발이 된 노인이 창가에 앉아서 쓸쓸한 표정으로 연한 옥색빛 저녁 하늘에 떠 있는 복숭아꽃 구름을 바라보는 것은 '추억'이라는 화제요 수놓던 섬섬옥수를 창턱에 쉬고 봄하늘의 어린 양같은 흰 구름을 쳐다보는 처녀는 '동경'이라는 화제다. '행복'은 그림으로 그리기엔 꽤 어려운 것이길래 '선전鮮展'에서 아직껏 행복을 그린 그림을 보지 못했다. 하긴 요새 세상에 화가가 캔버스와 이즐을 메고 서울의 거리와 골목을 암만 헤맨다기로서니 행복의 모델이 될만한 광경을 발견할 수는 없을 것이다. 그만큼 현실은 각박하다. 그러나 내가 화가라면 어린이들이 창턱에 그 조그만 머리들을 모으고 구름의 곡마단을 구견求見하는 것을 그려서 '행복'이라는 화제를 붙일 것이다.

나는 이 글을 쓰다가 무엇이 창에 부딪히는 소리에 문득 밖을 내다보았다. 별 하나 보이지 않는 캄캄한 밤인데 무수한 벌레들이 창유리로 몰려온다. 날개를 파닥거리며 몸부림치는 풍뎅이. 몸을 바르르 떨며 날개짓하는 불나비. 유리창을 기어오르며 기어내리며 길을 찾는 하루살이. 혹은 알기도 하고 혹은 모르기도 하는 대소형형의 벌레들이 어둠을 등지고 파닥거린다. 아아 밤이 와도 잠 못 이뤄 스스로 위로하기 위하여 글 쓰는 나의 등

불을 향하여 몸을 부딪는 조그만 생명들! 나는 이 버러지들과 무엇이 다를까. 희망, 동경, 야심, 향수, 연정—이 모든 나의 넋이 유리창에 부딪히는 소리를 듣는 듯하다. 날개가 부러져 떨어지는 불나비는 나의 실연의 모습인저. 날지도 않고 기지도 않고 죽었는지도 살았는지도 모르는 버러지는 나의 권태의 자태인저.

창밖에 떠가는 구름을 바라보는 나나 반짝이는 별을 쳐다보는 나나 다 불을 바라보고 창에 몰리는 버러지에 진배없다. 육체를 불살라 빛나는 찰나를 가지려는 욕구—그러나 나는 멀거니 별이나 구름을 바라볼 뿐 머리로 유리창을 들이받는 법이 없으니 벌레들에 비하면 미적지근한 성격이라 아니 할 수 없다. 아아 오히려 이 벌레들의 날뛰는 성정이 부럽다. 낮에는 제각기 먹을 것을 찾느라 흩어져 있어 있는지 없는지 그 존재조차 모르던 미물의 버러지들. 이제 어둠이 그들을 뒤덮으매 한맘 한뜻으로 조그만 광명을 점령하려 총돌격이다. 옥쇄玉碎! 총포성銃砲聲. 급강하 폭격기의 폭음. 조명탄과 서치라이트의 섬광. 고사포의 포효. 바야흐로 대단원에 가까워 온 세계대전을 눈앞에 보는 듯하다.

그러나 인류역사의 와중에 뛰어들지 못하고 수필을 쓰다가 창에 몰린 버러지와 그 뒤의 암흑을 물끄러미 응시하고 있는 나는 행인지 불행인지…….

어떤 이발사

사옹沙翁극 〈앤토니와 클레오파트라〉 속에 이런 말이 있다.

"미인 처 놓고 정말 얼굴을 가진 여자는 없는 법이지."

아마 클레오파트라같은 경국지색도 아미를 그리고 호호베니를 바르고 입술을 칠하지 않으면 아니 되었던 모양이다.

그러나 요새 여성들은 좀 지나치게 자연을 무시하는 것 같다. 눈썹을 깎아 없애버리고 자주빛으로 딴 데다가 초현실파의 곡선을 그려 붙이기가 일쑤다. 또 삐쩍 마른 여자가 입술을 피 뱉은 듯 새빨갛게 칠한 꼴은 귀기를 자아낼 뿐이다.

하기야 옛날 고래적부터 여성들이 화장을 했다는 사실은 박물관에 진열된 그들의 유물이 여실히 말하고 있다. 타고 나기를 남자들만치 아름답지 못한 그들은 인간이 저이보다 우수한 자연적 능력을 가진 금수를 대적하기 위하여 도구와 기술을 발명해 낸 거와 꼭 마찬가지로 화장품과 미장술美粧術을 궁리해 냈다.

물론 여자들이라고 다 화장을 해야만 남자들보다 아름다운 것은 아니다. 십육 세부터 열아홉에 이르기까지는 여성의 자연미가 남성미를 능가한다. 그러나 갓 스물만 넘고 볼 말이면 물로 씻은 그대로의 얼굴을 들고 종로 네거리를 활보하는 그렇게 아둔한 여자는 없을 것이다.

형처荊妻로 논지할지라도 스물둘에 시집을 와서 일 년이 되 것만 한번도 민얼굴을 나에게 보여준 적이 없다. 여자의 비밀을 아는 나는 구태여 아내의 분도 안 바른 얼굴을 보려하지 않지만 …… 괜시리 호기심에 팔려서 처의 눈썹도 그리지 않는 얼굴을 어깨너머로 거울 속에 들여다보았다간, 신신 부탁하는 것을 몰래 보았더니 멱감던 아내가 붕어가 되어버리더라는 옛날이야기에 나오는 사내처럼 환멸을 맛볼 게다.

아무리 흉허물이 없는 양주 사이라도 유자생녀有子生女하여 야양상대爺孃相對하는 경지에 이르면 모르려냐 젊었을 땐 아내의 민얼굴을 절대의 비밀로 붙여두라.

빈정거리기를 좋아하는 버나드 쇼 옹은 늙은 여자가 화장하는 것을 옹호하여 가로대

"전과 다름없이 젊은 줄로만 알고 있는 여자가 어째서 호락호락 '자연'으로 하여금 그에게 늙음이라는 거짓 탈을 씌우게 내버려 둘 것이냐. 한번 미의 붓대를 놀리면 그에게 찬란한 진실을 드러낼진대 어찌 거울 속에 주름살 잡힌 허위를 들여다보고만 있을 것이냐."

그런데 나는 여자인 내 아내와는 정반대로 민얼굴을 보이기를 조금도 꺼리지 않는다. 아니, 날마다 수염을 깎는 뜻은 행여나 잡초같은 털이 내 얼굴을 덮을까 염려함이다. 나는 눈썹을 미묵眉墨으로 칠하기 커냥 수염 깎은 자리에 구리무 한번 발라본 적도 없다.

그러한 나도 오늘 오래간만에 이발을 하러 갔다. 수염은 내 손으로 깎을 수 있으되 "중이 제 머리 못 깎는다" 하지 않는가. 또 생각하여 보라. 원정의 손이 가지 않은 화원은 꽃밭이 아니라 쑥밭이 아닐까보냐. 아무리 내가 아내보다 자연미를 타고 나왔기로서니 봉두난발을 하고서야 어찌 그의 교묘한 화장술을 대적할 수 있으랴. 그것은 모르면 몰라도 맨가슴으로 화살을 막아내려는 짓일 게다.

나는 이발사가 시키는 대로 거울 앞에 가서 걸터앉았다. 그랬더니 이 사나이는 두말 않고 빗과 가위로 내 머리를 깎기 시작했다. 여자의 미장을 회화라 치면 남자의 이발은 깎고 다듬는 조각인지라. 대리석만 보면 벌써

그 속에 미래에 완성될 조상이 보였다던 미켈란젤로같이 위대한 이 이발사는 깎기도 전에 깎아놓은 나를 뻔히 보는 듯 서슴지 않고 썩썩 깎아 올라갔다.

거울 속을 자세히 보니 이 이발사는 어데서 본 사람 같다. 안차고 땅딸보로 생긴 이 사나이는 암만 보아도 예술가적 소질이 있어 보이지 않는데 그래도 나의 기억에 남아 있는 조각가이다.

"노형은 어데서 본 일이 있는 것 같은데………,"

하고 물어보았더니

"글쎄올시다,"

한마디 하였을 뿐. 그는 연방 손을 놀렸다. 나 역 더 캐물을 맛도 없고 해서 거울 속만 들여다보고 있으려니까 희미하던 나의 기억이 점점 선명해졌다.

그는 싸리재 냉면집 아래 조그만 이발소에 있던 사나이임에 틀림없다. 그때 이 조각가는 습작시대에 있었는데 나의 얼굴을 습작으로 쓴 일이 있다. 왜, 치과의원에선 의례 면허 없는 조수가 이를 빼주듯이 이발소에선 견습생이 면도를 해주지 않는가. 그때 이 사나이는 나의 눈썹을 여덟팔자로 깎아놓고 이마는 지나치게 올려깎아서 중국 그림에 나오는 선동仙童의 모양을 만들어 놓았던 것이다.

그러한 씁쓸한 경험이 있는지라. 나는 이 사람에게 머리를 맡긴 것이 어째 좀 안심이 안 되어서 눈을 똑 바로 뜨고 거울 속을 들여다보았다. 이발사란 난봉꾼이라도 좋으니 으쓱하고 멋지게 생겨야 된다는 것이 나의 신념인데 암만 유심히 보아도 이 사나이는 안차고 땅딸보로 생긴 장돌뱅이다.

그러나 때는 이미 늦었다. 나는 눈을 꽉 감고 앉아 있는 수밖에 없었다.

아니나 다를까 머리를 다 깎고 나서 보니 내 얼굴이 어디인지 모르게 나와 어긋나는 데가 있었다. 나는 이 사나이에게 내 얼굴의 본질을 어떻게 설명할 바를 모른다. 그러나 여태까지 다른 이발사들은 무언중에 그것을 파악하고 그대로 표현하지 않았던가.

그러나 할 수 없는 노릇이다. 조각은 그림과도 달라서 다시 칠할 수도 없다. 여자의 화장 같으면 몇 번이라도 고쳐 할 수가 있겠지만…… 아니, 이 사나이에게 맡겼다간 백번 이발을 고쳐 한데도 이 꼴이 되고 말 것이 아니냐. 나는 혹 떼러 갔다가 혹 붙여 가지고 온 영감처럼 울상이 되어서 집으로 돌아갔다.

과연 아내는 내가 모자를 벗자마자 깔깔대고 웃었다. 그 이발사는 습작 시대와 다름없는 태작駄作을 또 하나 만들어 놓았던 것이다.

안차고 땅딸보고 근하기 때문에 이발의 공식은 모조리 외어서 이발사의 면허는 얻었을망정 그는 여전히 나의 미점美點을 보는 눈이 없다. 예술가면 반드시 가져야 할 이 눈을 불란서 사람들은 봉 상스라 하는데 이 봉 상스란 말은 어떤 비평가가 해석하듯이 '양심'이라는 말이 아니다. 또 그 이발사로 말하더라도 양심이 없는 이발사는 아니었다. 억지로 번역하면 '양식'이라 할까.

봉 상스가 없는 예술가—그들의 시 아닌 시와 그림 아닌 그림과 음악 아닌 음악이 속된 현실과 합세하여 예술의 전당을 무찌르려는 것이 현대다.

토끼

새소리 물소리 바람소리를 듣고 자라난 나는 노래라곤 아홉 살 때 '제밀'—제물포를 우리 마을에선 이렇게 불렀다—로 이사 가서야 비로소 "여보 여보 거북님" 하는 창가를 얻어들어 배웠다. 또 이듬해 봄에 보통학교에 입학했는데 수신책修身冊에도 낮잠자는 토끼와 부지런히 산등성이를 올라가는 거북의 그림이 있었다. 그러나 그때 나에게는 이 〈토끼와 거북〉의 이솝 우화가 별로 신통한 교훈을 주지 못했다. 아니 교훈이란 철난 어른에게 소용있는 것이지 천진스런 어린이에겐 무용지장물無用之長物이 아닐까.

그런데 그때 애관愛舘에서 본 〈애국의 나팔喇叭〉이라는 활동사진活動寫眞—그 때 우리들은 활동사진인줄만 알았다—에 나오는 토끼는 나에게 기리기리 잊히지 않는 깊은 인상을 주었다.

시방 돌아보면 〈애국의 나팔〉은 제일차대전에서 취재한 영화같은데 불란서 어느 조그만 마을에서 피난하느라고 야단법석인 장면이 있었다. 그 틈사귀에서 어린 소녀 하나가 토끼 한 마리 두 귀를 쥐고 서서 울고 있는 정경이 내 어린 가슴에 어찌나 귀엽고 가엽게스리 파고들었던지! 나는 그때부터 토끼를 무조건으로 사랑하게 되었던 것이다.

그러던 것이 최근에 토끼 한 쌍을 집에서 길러보자 뜻하지 않았던 환멸을 맛보았다.

우리 집에 도야지 먹이 뜨물을 가지러오는 할머니가 자기 집에서 낳은 것이라고 우정 갖다 준 토끼인데 글자 그대로 옥토끼였다. 〈토끼전〉의 말투를 빌면 두 귀는 쫑긋 두 눈은 도리도리 앞발은 잘룩 뒷발은 깡충 허리는 날씬한 놈이었다. 뜨물을 신세로 알고 갖다 준 그 할머니의 뜻이 갸륵할뿐더러 워낙 짐승을 좋아하는 나요 더군다나 토끼를 사랑하는 나인지라 매일같이 풀을 뜯어다간 쉴 새 없이 토끼장에 들이밀고는 들여다보는 것이었다.

토끼는 가깝증을 느끼는 법 없이 또 둘이 싸우는 법 없이 가만히 앉아서 주는 물이나 씹고 있었다. 과연 토끼는 평화의 상징인 듯 싶었다. 개도 두 마리를 길러본 경험이 있는데 이 토끼들과는 딴판으로 밥 먹을 땐 영락없이 으르렁댄다. 그 개들을 보던 내 눈엔 이 한 쌍 토끼가 불가에서 육식을 금하는 이유를 보여주는 것 같았다. 또 시우 박두진 형이

"핏내를 잊은 여우 이리 등속이 사슴 토끼와 더불어 싸리순 칙순을 찾아 함께 즐거이 뛰는 날을 믿고 기리 기다려도 좋으랴" 하고 〈향현香峴〉에서 노래한 이상도 수긍된다.

그러나 밤낮 할 것 없이 졸거나 그렇지 않으면 입을 몽긋몽긋 놀리면서 풀만 씹고 앉았는 토끼를 보고 나는 그만 그 무력함에 실증이 났다. 또 겁은 왜 그렇게 많은지. 걸핏하면 놀랜다. 오죽해야 토끼처럼 놀랜다는 말까지 생겼을까. 본래 약해서 육식을 못하는지 육식을 안 해서 약해졌는지는 몰라도 아무튼 토끼란 길러보니 보잘것없는 동물이다.

우리 집 개는 이웃집 닭을 채 오기가 일쑤고 한집안 식구인 토끼도 잡아먹고 싶어서 야단이지만 그 대신 아는 사람을 보면 꼬리치는 애정과 모르는 사람을 보면 짖고 대드는 용기가 있다. 이년 기른 공을 사흘에 잊어버린다는 그렇게 매정한 듯한 고양이도 쓰다듬어 주어만 보라. 얼마나 다정한 동물인가.

동물이란 모름지기 사랑할 줄과 사랑을 받을 줄 알아야 할 것이니 토끼를 찬미한다는 것은 목석을 짐승보다 추키는 것이나 매일반일 게다.

하긴 개의 용기와 토끼의 양순을 겸비한다면 이우 바랄 나위 없는 짐승

이 되겠지만 그것은 여름에 얼음 얼기를 바라는 것과 무엇이 다르랴. 다만 인간은 만물지중에 영장인지라 그러한 경지에 다다를 날이 있을런지도 모른다. 그러나 그것은 유구한 미래에 속할 것이요 당장 이 자리에서 토끼가 되겠느냐 개가 되겠느냐 대답하라 하면 나는 토끼가 되느니보다는 차라리 개가 되고 싶다고 대답하기를 꺼리지 않는 자이다.

뚫어진 모자

배호군이 삼청동 비탈길을 올라가다가 발바닥이 근지럽기에 구두를 벗어서 들고 보았더니 창에 구멍이 뚫려 있고 그 구멍으로 별이 보이었다. 그래서 〈구두의 천문학〉이라는 자미滋味있는 수필이 생겼다.

그런데 나의 모자는 쓰고.벗고 할 때 쥐는 자리가 배군의 구두창처럼 구멍이 뚫어지고 말았다. 구두라면 창을 받을 수가 있지만 소프트 햍은 한번 뚫어지면 그만이다. 또 그때 내 수중에는 모자 살 돈이 없었다. 나는 모자 구멍으로 하늘의 별 하나 바라볼 마음의 여유 없이 그대로 눌러 쓰고 다니는 수밖에 없었다. 나는 사람들이 이 구멍으로 '나'를 들여다보는 것을 빤히 알면서도 겉으로는 모른 척했다.

하긴 그렇게 곰상스럽고 꼼꼼하게 '의상철학衣裳哲學' 전개한 토마스 칼라일도 그가 쓰고 다니던 모자는 내 모자만이나 가관이었기에 사람들이 보고 박장대소를 하였을 것이다.

"웃지들 마소. 저레 뵈도 저 모자 속엔 우주가 들어 있다오."

대체 이 말을 어떻게 해석했으면 좋을지 시방 나는 망설인다. 내가 처음 어떤 책에서 이 칼라일의 일화를 읽었을 때는 이 말의 의미는 지극히 단순했다. 또 교훈적이었다. 즉 칼라일은 헌 모자를 쓰고 다니었을망정 그의 머릿속에는 우주에 견줄만한 넓고 찬란한 지식이 들어 있다는 의미였다.

그러나 내 자신이 칼라일에 지지 않게스리 헐고 뚫어진 모자를 쓰고 다니는 오늘날 나의 생각은 적이 비뚤지 않을 수 없다. 머리로는 우주도 능히 사념하지만 실제로는 그 머리에 올려놓은 모자 하나도 마음대로 못하지 않느냐. 이렇게만 해석이 된다. 사실 칼라일은 철두철미 관념론자였다. 그러기에 그는 그런 모자를 쓰고도 태연할 수가 있었을 게다.

하지만 나는 뚫어진 모자를 쓰고 거리를 걷기가 불안스럽다. 잠시도 모자가 뚫어졌다는 의식을 버리지 못한다. 그러한 내가 어저께 월급을 타가지고 모자를 사러가다가 악기점에 들어가서 모자 살 돈으로 레코드를 사버렸으니 문제는 크다.

모자점이 악기점보다 가까웠던들 나는 우선 급한 대로 모자를 샀겠는데 우연히 악기점이 먼저 눈에 띄어서 일이 공교롭게 되고 말았다. 물론 내가 음악을 좋아 하지 않는다면 문제가 애초에 생기지 않았겠으나 다른 사람들이 담배를 좋아 하는 만치나 음악을 좋아 하는 나다. 그런데 내가 산 레코드는 바흐의 〈사십팔 서곡과 둔주곡遁走曲〉이다. 맘껏 기뻐하고 맘껏 괴로워 하다가 죽는 인생—그러한 행복된 생의 표현이며 '무한'의 경지에까지 들어갔다는 이른바 '피아노의 성전聖典'. 이렇게 쓰여 있는 음악사를 읽은 기억이 빌미가 되어 피숴가 연주한 빅터 반盤 칠 매를 사게 된 것이었다.

본래 나는 바흐를 좋아한다. 가지고 있는 스므나무 장 레코드 중에 〈브란덴부르크 협주곡〉이 십사 매를 점령하고 있었던 것만 보아도 알 것이다.

그러나 〈사십팔 곡〉을 들어도 모자가 내 염두를 떠나지 않으니 탈이다. 살고 죽는 법까지 가르쳐준다는 이 곡이 뚫어진 중절모 하나 어쩌지 못하는 것은 오로지 내가 소시민 근성을 벗어나지 못하기 때문이리라. 모자면 모자. 음악이면 음악, 둘 중에 하나를 취하지 못하는 나—하긴 혼자 집에 있을 땐 음악을 즐길 수 있지만 선생이라는 체면 많은 직업을 가지고 세상에 나다닐 땐 모자를 쓰지 않을 수 없다. 뚫어진 모자라도 써야 한다. 생각컨댄 모자란 본시 머리를 보호하기 위해서 썼던 것이나 점점 사회화하고 관습화하여 드디어 장식물이 되어버린 것이리라. 오늘날 얼굴이 창백한 월급쟁이들에겐 모자보다 일광이 더 필요하다. 또 탈모脫帽는 경제적이다. 그러나 내가 이렇게 말하는 것은 뻔한 아전인수다. 시방 내 모자가 뚫어졌고 또 모자 살 돈으로 좋아 하는 레코드를 사버렸으니까 이런 소리를 하지 작년 이맘때 이 모자가 아직도 그럴듯할 때만 해도 생각이 달랐었고 더군다나 재작년 모자가 새로웠을 땐 쓰지 않아도 될 때에도 여보란듯이 쓰고 다니지 않았던가.

결국 모자와 레코드를 둘 다 살 돈이 있으면 문제는 해소된다. 하지만 하나밖에 살 수 없는 것이 그때 내가 처한 현실이었다. 앞으로도 양말을 사느냐 책을 사느냐 하는 문제가 있을게다. 그때에도 나는 책을 사리라 단단히 맘먹고 있다. 허나 밥이냐 예술이냐 할 때 나는 밥을 취하지 않을 수 없다. 아니 문제를 그렇게 막다른 골목으로 끌고 들어갈 것 없이 뚫어진 모자에 제한하기로 하자. 시방 나는 돈을 더 벌어서 새 모자를 사 쓰든지 뚫어진 모자를 그대로 쓰고 다니든지 벗어버리고 맨머리로 다니든지 해야 할 것이다. 공자는 "士志於道而恥惡衣惡食者未與議也"(선비로서 도에 뜻을 두고도 나쁜 옷과 나쁜 음식을 부끄럽게 여기는 자는 더불어 의논하기에 족하지 못하느니라)라 하였으나 나처럼 뚫어진 모자를 가지고 어쩔 줄을 모르는 소시민하곤 아예 말도 하지 않을 것이다. 하지만 조선의 유학자들은 나보다도 더 모자에 대해서 소심한 것을 어찌하랴.

조그만 반역자

요새 서울 전철 속만치 조선사람이 한데 뭉치기도 어려운 일이다. 머릿속에 어떠한 주의주장을 가졌거나 말거나 옷을 잘 입었거나 못 입었거나 삼십팔도 이북사람이거나 이남사람이거나 차장은 가리지 않고 덮어 놓고 태워준다. 전차가 터질 지경으로 한 덩어리가 된 이 조선사람들은 같은 철로 위에 같은 방향으로 가고 있다.

하다못해 '남여칠세부동석'을 제 나라의 헌법에다가 집어넣고 싶어 하는 봉건주의자도 어떤 모던 걸과 껴안다시피 하지 않을 수 없는 그야말로 요새 유행하는 말을 빌어 표현하면—결단코 비아냥그리려는 것이 아니다—'통일전선統一戰線'이다. 속맘은 어찌되었던 간에 전라도에서 왔다는 이 상투튼 영감님과 서양인에게 잘 뵈기 위하여 머리를 노르스름하게 해가지고 파마를 한 이 코리안 팔레스의 댄서가 한 데 합치었다는 것은 전차속이 아니고는 볼 수 없는 광경이다. 물론 일본인은 하나도 끼이지 않았다. 요새 그들이 전차타기를 꺼려 하니까 그렇지 탄다면 차장은 아무 말 않고 태워줄 것이지만…….

이렇게 남녀노소와 유산무산이 한 덩어리가 된 전차는 아무 일도 없이 한강철교를 지나서 어언 간에 종로에 와 닿았다. 그러나 그 전차에 탄 조선사람들은 결국 동상이몽同床異夢이었다. 전차가 정거하자 앞을 다퉈서 내려서 걸어가는 그들의 방향은 해돋는 동쪽만이 아니요 그들의 목적지는 더 좋은 문화를 낳는 또는 더 많은 생산을 가져오는 일터만도 아니었다.

전라도에서 온 그 지주영감님은 소첩의 집에 가는 것인지도 모를 일이요. 불연不然이면 무슨 당 본부를 찾아가서 정실을 통하여 무슨 벼슬 한 자리리도 얻어 해 보겠다는 것인지도 모를 일이다. 그 모던 걸은 미장원으로 가는 것이 분명하지만…….

동상이몽. 아니 오월동주吳越同舟이었는지도 모른다. 그러기에 인사동 대동인쇄소의 이상오씨의 가방이 전차 속에서 이 지경을 당한 것이 아니냐. 조선의 생산력이 훨씬 늘어 가방값이 싸지기 전에야 월급쟁이가 만져 보기도 어려운 걸 들은 이 가방을 예리한 칼로 네 군데나 째놓은 녀석이 쓰리인 것은 재론할 여지도 없거니와 벤또 하나밖에 든 것이 없었기에 망정이지 소중한 것이 들었더라면 감쪽같이 본인도 모르게 뺏겼을 것이다. 이 쓰리가 가지고 다니는 칼은 소름이 끼치도록 날카롭기에 이 두터운 가방이 이렇게 보기 좋게 나간 것이 아닐까. 하긴 클로르 에틸(C2H5CL)을 발라 국부마취를 시키고 값진 보석반지를 낀 귀부인의 손가락을 잘라간다는—곧이 들리지는 않지만—아메리카의 쓰리에다 대면 아무 것도 아니지만 하여튼 전차 속에서는 주의할 일이다.

"그 모던 걸에 한 눈이 팔렸기에 손에 든 가방이 이 지경을 당한 것이 아니요?" 하고 놀려줬더니, 얌전한 씨는 "웬걸요 워낙 한데 뭉쳐서 옴짝달싹할 수가 없었는걸요. 그쪽으로 고개가 돌아갑니까" 하고 웃었다.

눈 감으면 코 베먹을 세상, 이것이 서울의 현실이다. 하지만 차림차림만 보아서는 신사로 밖에 보이지 않는 이 쓰리는 단호히 처단하라고 부르짖고 싶지만 그도 조선사람이요 또 조선사람이면 사회제도 여하에 따라서는 다 쓸데가 있으니 죽이자고는 할 수 없으되('처단'을 '사형'으로 알고 벌벌 떠는 사람들이 있으니 말이다) 이런 자까지 전차에 태워줄 필요는 없지 않은가? 민족적으로 보나 사회적으로 보나 중요한 일을 하는 사람들은 걸어다니게스리 만드는 초만원전차에다 이런 놈까지 태워줄 필요가 어디 있느냐 말이다.

그러나 이 쓰리는 한낱 조그만 반역자이다. 그리고 이 사건으로 말하면 비유에 지나지 않는다. 이런 쓰리가 탄 전차를 타기도 불안스럽거늘 크나큰 반역자를 제외하지 않는 민족통일전선이 두렵지 아니한가. 조선의 차장인 정치가들이 알고 어련하랴만 요새 하도 "덮어놓고 뭉치자"는 사람들이 있고 그런 사람들이 자칭 왈 지도자라 하니 말이다. 물론 민족통일은 시방 조선인의 염원이다. 조선민족이 대동단결하는 것을 바라지 않는 조선사람이 어디 있으며 누구라 조선독립의 유일한 길이 민족통일전선이라는 것을 의심하리오. 그러하나 우리의 염원과 우리의 염원을 실현하는 방법은 다른 것이다. 이 방법을 몸소 깨닫고 실지로 나타낼 능력이 있는 사람이라야 우리의 지도자가 될 것이다.

나는 일개 수필가이기 때문에 정치는 모르지만 전차차장에겐 한 마디 하고 싶다. 쓰리는 절대로 전차를 태우지 말 것. 소첩의 집을 찾아가는지 독립운동하러 가는지 모르는 영감님과 미장원에 가는 댄서는 적어도 통근시간에는 전차를 태워주지 말 것.

"기다렸다가 다음차를 타시지요."

하고 영감님과 댄서를 밀어버릴 만한 용기가 있어야 요새 서울에서 전차차장을 올바로 할 수 있을 것이다.

"하지만 쓰리를 알아내는 재주가 있어야지요?"

참 그렇군! 쓰리란 워낙 약삭빠른 놈이니 어느 틈에 한데 뭉친 조선사람 가운데 끼어있을 것이다. 또 만원전차라야만 그들의 전술이 가장 효과적인 것이다.

이러한 쓰리들도 맘대로 탈 수 있는 전차를 나는 서울 와서 두어 달이 되 것만 한번인가밖에 탄 일이 없다. 수필가란 떠다박지르고 탄다든가 비비대고 낀다든가 하는 것을 싫어하는 이를테면 인생의 산보가이기 때문에 생존경쟁에서는 늘 밀려나고야 만다. 아무리 그렇기로서니 날카로운 연장을 가지고 남의 가방을 저미는 쓰리와 과거의 유물이라고 밖에 볼 수 없는 이 영감님과 양키이즘에 바람이 난 이 댄서가 타는 전차를 내가 두 달 동안에 한번밖에 탈 수 없었다는 데는 무슨 곡절이 있을 것이다.

기차 속에서

나는 차창으로 뛰어 들어갔다. 수필가란 자기의 생활까지도 차창에서 흘러가는 풍경과 그 풍경 속에 점철된 인간을 바라보듯 하지만 때로는 스스로 몸을 던져 그 속에 들지 않고는 살 수가 없는 것이요 살지 않고 어떻게 글을 쓸 수 있겠는가. 사실 내가 경남선차京南線車를 타게 된 것은 '상아탑'에서 뛰어 나와 생생한 현실 속에 몸을 잠그려 함이었다. 현실은 연극 구경하듯 해서는 알 수 없고 스스로 배우가 되어야 하는 것이다. 차창으로 뛰어 들어간 나는 수필가가 아니라 인생의 배우였던 것이 아닐까.

하지만 나는 차 속에 들어서자 도로 수필가가 되어버렸다. 그렇다고 그 전에 내가 하던 버릇대로—20년 가까이 기차로 통학 통근을 한 나다—관조적인 태도로 창밖을 내다본 것은 아니다. 그때만 해도 쿠션이 새로운 걸상에 앉아서 편히 갈 수 있었기 때문에 책을 읽거나 창밖을 내다보거나가 다 내 마음의 자유였다. 그러나 전쟁의 결과로 모든 것이 이 지경이 되어가는 차 속에서 그나마나 똑바로 서지도 못하고 이리 밀리고 저리 쏠려서 때때로 나의 발밑을 통과하는 인력선引力線이 어디로 갔는지 모르게 되어 한참 버둥거리게 되는데 '마음의 자유'가 있을 수 있을까 보냐.

그래서 수필가인 나도 할 수 없이 한참 동안 수직선이 발밑에서 일탈되지 않게스리 하는데 온 정신을 써서 한눈 팔 새가 없었다. 비 내리는 정거장에 남기고 온 악머구리 같은 남녀노소는 물론 나와 같은 차에 타기는 탔으나 밖에 매달리다시피 되어 떨어질 위험이 있는 사람도 나의 염두에는 없었다. 오직 나 하나만의 생각 그도 내 몸을 수직으로 세울 생각밖엔 없었다. 그래 겨우 자세의 안정을 얻었을 때 그러니까 인젠 됐다 생각했을 때 밖에서 아우성치기 시작했다.

"비를 맞는 사람을 생각해라."

"매달린 사람을 생각해라."

다 같이 타고 가자는 것이었다. 다시 말하면 밖에 있는 사람은 안에는 그래도 더 들어갈 여유가 있다는 것이다. 나는 일껏 얻은 자리에서 밀리기 시작했다. 그러나 통로에 앉은 사람들은 돌덩어리처럼 모른 척했다. 밖에서 비를 맞건 떨어져 죽건 오불관吾不關이라는 태도였다. 그러나 이런 사람들을 책만 할 것이 아니다. 인간의 심리란 간사한 놈이어서 밖에서 시방 무슨 이론이나 되는 것처럼 떠들어대는 사람들도 기차를 탈 땐 그저 어떻게 하든지 매달려서라도 기차를 탈 수만 있었으면 하고 다른 사람들을 떠다박질러서 폼에다 남기고 탔을 것인데 매달리면 오르고 싶고 오르면 들어가고 싶고 들어가면 앉고 싶고 앉으면 걸터앉고 싶은 것이 또한 그들의 마음일 것이다. 어쩌다 차가 정거할 때 걸터앉았던 사람이 창으로 뛰어내리게 되면 차 속의 모든 시선이 그리로 쏠리는 것을 보라. "줄수록 양양이라"는 말은 이러한 인간의 심리를 잘도 표현한 말이다. "말 타면 경마 잡히고 싶다"는 말도 그렇고.

여기서 나는 잠시 뜻하지 아니 한 할 수 없이 사상가가 되었다.

밖에 있는 사람은 안에 서 있는 사람을 떠다 밀면서 들어가라고 야단이다. 안에 서 있는 사람은 통로에 앉아 있는 사람이 안 일어서니까 들어갈 수 없다고 한다. 사실 말이지 내 자신도 앞에 앉았는 사람이 바윗덩어리 같아서 말도 붙여보기 싫다. 그러니까 밖에 있는 사람 안에 선 사람이 합세하여 통로에 앉았는 사람을 총공격이다. 나도 순간 그 군중심리에 부화뇌동했다. 모른척하고 통로 땅바닥에 앉아있는 사람들이 괴씸하기 짝이 없었다. 밖에서 또는 안에서 서 있는 사람들 입에서 걸핏하면 튀어 나오는

'같은 조선사람'이니 '같은 동포'니 하는 말에 공명했던 것이다.

그러나 나는 다시 이성으로 돌아가 냉정히 사태를 비판해 보았다. 과연 차속에 이 모든 문제가 통로에 앉아 있는 사람이 일어나므로 말미암아 완전히 해결될 것인가. 통로는 밖에서부터 밀고 들어 올 수 있는 길이기 때문에 길을 막고 앉아 있다 해서 누구나 심지어 걸상에 걸터앉아 있는 사람들까지 통로에 털퍼덕 주저앉아 있는 사람들을 비난하지만 그 비난이 정당한 것일까.

그 차 속에서 누구보다도 비난받을 사람 따라서 '같은 조선사람'으로서 스스로 반성하고 일어서야 할 사람은 걸상에 걸터앉아 있는 사람들이 아닐까 차 속에 일어나는 사태를 대안의 불보듯 하며 때로는 무심한 표정으로 창밖을 내다보는 이 사람들은 되레 밖에서 안으로 들어오려는 사람을 괘심히 보거나 통로에 앉아있는 사람을 안차고 땅달보라고 생각하는 것이나 아닐까?

편히 앉은 사람은 언제까지든지 편히 앉아가라는 윤리가 어디서 나오는 것인지. 땅바닥에 앉은 사람도 일어나라는 판에 어째서 걸상에 앉은 사람더런 일어나라고 하지 않는지. 걸상에 앉은 사람이 모두 일어나기만 하면 차 속엔 훨씬 공지가 생길 것이요 나처럼 피사의 탑이 되기도 하고 백로모양 한 다리로 서기도 하는 궁색을 면할 수 있을 터인데. 그러나 아무도 걸상에 앉아있는 사람더러 일어나라는 사람은 없었다. 하물며 걸상에 앉았던 사람이 스스로 일어날 이치는 없고.

하긴 나도 걸상에 앉았을 땐 이런 생각이 나지 않았었고 서 가게 되니까 이런 소리를 하게 되는 것이지만 '같은 조선사람'이니 '같은 동포'니 '한데 뭉치자'느니 하면 응당 걸상에 앉아있는 사람들까지 일어서야 될 것이 아니냐. 앞으로 조선의 생산력이 발달되고 해서 누구나 걸터앉아 가게 되면 문제가 없지만 차가 나날이 무너져 가는 이때에, 차를 타는 사람도 나날이 늘어만 가는 것 같은 이때에 차속에 일어나는 모든 문제를 해결하려면 우선 걸상에 앉아 있는 사람부터 일어서야 할 것이다.

여기까지 생각했을 때 내가 시방 타고 가는 이 유리가 깨지고 걸상이 부서진 차가 시방 조선의 역사인 것 같은 감상을 금치 못하였다. 다 같이 조선의 완전자주독립을 부르짖고 있지만 과연 걸상에 앉아 있는 사람까지 일어서서 건국노선을 일로매진하고 있는 것이라 할 수 있을까. 버티고 앉아서 흘러가는 풍경이나 바라보면서 차 속에서 티격태격 하는 사람들 보다는 자기는 나은 사람이라고 착각하고 있는 사람은 없는지. 혼자 깨끗하다는 문화인들 중에 이런 사람은 없을까. 얼굴에 개기름이 흐르고 내민 뱃속에 욕심밖에 들은 것이 없는 이른바 모리배는 문제시하지 않는다. 그들은 다른 사람을 다 내쫓고라도 저이만 편히 앉아서 가면 그만이다. 앉는 것만으로도 부족해서 누워서 가려는 것이다.

수필가의 생각으로선 좀 지나치게 나갔지만 창으로 뛰어들지 않고는 차를 탈 수 없는 시방 현실에서 수필가의 생각이 이렇게 되는 것도 무리가 아니다. 아니 이대로 가다가는 수필을 쓰게 될 지조차 의문이다.

나의 경제학

내 처 보고 물어보아도 알겠지만 나는 '돈'에 무관심한 사람이다. 그러나 우리 아버지는 유명한 구두쇠였다. 이 구두쇠 아버지가 찢어진 고무신짝을 꿰매어 신어 가면서 근검저축 간신히 만들어 놓은 재산—옛날 돈으로 사만 몇 천원인가다—을 탕진(?)한 나를 불효자라 할 사람이 있을게다. 아닌 게 아니라 불효자다. 아버지의 뜻을 그대로 받들지 않았다는 것은 큰 불효가 아닐 수 없다.

그러나 나는 불효자만도 아니다.

'돈'에 대한 관념이 우리 아버지와 달랐기 때문에 아버지와 늘 충돌한 것은 사실이다. 믿을 수 있는 건 돈밖에 없다는 것이 아버지요 그래서 삼만 원이나 되는 돈을 여러 해 동안 금융조합에 그도 저축예금에 사장한 것이 아버지지만 나는 어떻게든지 그 돈을 쓰고 싶어서 안달이었다. 책을 더도 말고 만원어치만 사달라고 날마다 졸랐다. 그러나 그때 산 책은 시방도 나의 장서 중에선 빛나는 존재인 옥스퍼드 판 시인집 열 권이다. 영국으로 직접 주문했었는데 합해서 이십구 원 얼마치였다고 기억한다. 책에다 전 재산의 천분지일을 들이는 것은 아버지로선 불안스런 숫자였다. 그러나 나는 전 재산의 삼분의 일은 책을 사고 싶었다. 그러나 그 재산은 아버지 살아 생전엔 결국 아버지의 것이었다. 그 재산이 내 것이 된 것은 일본이 최후의 발악을 하던 때요 쌀 한 가마에 천 원 가까이 주고 사 먹었으니 우리 아버지가 살아계시었어도 별 수 없었을 것이 아니냐.

이리해서 나는 시방 안양 풀 옆에 아름다운 별장을 가지고 있는 무일분無一分이 되고 만 것이다. 하지만 나는 집을 팔아먹을 생각은 없다. 그것은 돌아가신 아버지에 대해서 미안하다는 생각에서가 아니라. 포도나무가 백여 주 있고 감 대추 호두 복숭아 배 앵두 밤 하며 철철이 피는 꽃도 많은 이층양옥을 팔아먹는다는 것이 너무 산문적이기 때문이다. 시인이 되려는 것이 나의 원인데…….

일본제국주의의 지배가 일 년만 더 계속했어도 나는 이 아름다운 집을 아버지가 물려준 재산의 결정인 이 집을 팔아서라도 처자를 먹여 살려야 했을 것이다. 하지만 해방이 되었다고 내가 무슨 경제적 혜택을 받은 것은 아니다. 아니 나처럼 부모의 덕으로 놀고먹던 사람들은 오히려 곤란한 때가 왔다. 그래서 놀고먹던 사람들은 여간 분투노력을 하지 않으면 전진하려는 조선의 발목에 매달리는 이른바 반동분자가 되기 십상팔구다.

그러나 나는 '돈' 걱정을 하지 않는다. 아버지는 구멍가게를 '화수분'이라고 했지만—글쎄 대학 영문과 다니는 날 보고 이 '화수분'을 지키라는 것이었다—나는 그보다 더 신통한 '화수분'이었다. 그것은 아버지는 꿈에도 모르시었을 나의 글이다. 한 장만 써내면 사백 자에 삼십 원을 받는다. 하긴 화폐가치와 물가 지수로 따질 말이면 일제시대와 같은 고료라 해도 육십 원 내지 백 원은 되어야 할텐데 또 하긴 일제시대엔 검열과 고문이 무서워서 숨어 있었던 문필업자가 일시에 튀어나와서 공급이 수요보다 상대적으로 늘었기 때문에 미국적 자유주의의 원칙이 적용되고 있는 남조선에서 고료가 폭락한 것은 할 수 없는 한 개의 경제학적 필연이지만.

나의 '화수분'은 요새 돈으로 치면 돈 천만 원이나 족히 들여서 장만한 기능이다. 그리고 조선은 바야흐로 기능에 응해서 노동하는 나라가 되려 한다. 그러니까 나의 기능이 '화수분'이 될 수 있는 것이다. 나는 우리 아버지보고 민족을 착취해서 돈을 모았다는 것은 아니다. 나도 한때 그런 소아병에 걸린 때가 있었지만 그 돈으로 놀고먹은 내가 나 자신을 욕한다면 또 모를까 일생 친구 하나 변변히 사귀지 못하고 술 한 잔 입에 대시지 않고 오로지 외아들인 나의 장래를 위하여 면면자자勉勉孜孜 구멍가게 사십 년에 사만여 원 돈 모은 것을 욕한다면 너무나 공식주의에 떨어질 염려가 있다. 왜냐면 그 돈은 내가 먹어버렸으니 내 입에서 무슨 실이 나오느냐가 문제지 우리 아버지의 생애는 참 양심적인 소시민의 그것이라 아니 할 수 없다.

하지만 나는 우리 아버지처럼 늘 생활의 협위脅威를 느끼면서 돈을 움켜쥐고 바르르 떠는 소시민의 생활태도를 증오하는 자다. 아버지는,

"나나벌이도 구데기를 물어다 놓고 날 닮아라 날 닮아라 하면 나나벌이가 되는데." 하시면서 날보고 '돈'에 소심한 소시민이 되지 않는다고 야단하셨지만 아들이 꼭 아버지를 닮아야 효자라면 나는 스스로 불효가 되리라 굳게 맘먹고 있다. 시방 나는 아버지가 걱정하시던 대로 경제적으로 나날이 궁핍해 간다. 그러나 그것은 내가 '돈'에 무관심하기 때문이 아니다. 전쟁 뒤에 반드시 따르는 공황의 그림자가 짙어가기 때문이다. 내가 '돈'에 무관심하다는 뜻은 최소한도의 물질로 최대한도의 정신을 지탱해나가는 생활태도를 이름이다. 시방 나는 해산한 처와 얻어 들어 있는 셋방을 내쫓길 형편에 있다. 그러나 나는 그것을 걱정해 본 적은 없다. 그것은 내가 안양에 별장을 가지고 있기 때문이 아니라. 시방은 비록 나 같은 밤낮으로 글 쓰는 사람은 셋방에서도 내쫓길 지경인데 모리배들은 집을 두서너 채씩 접수해 가지고 있는 것이 서울의 사실이지만 조선은 차차 잘되어 나갈 것이요, 그러면 나 같은 문필가에게도 집 한 채쯤은 차례가 오리라 믿어 의심치 않기 때문이다. 그러니까 시방도 나는 이렇게 안심하고 '상아탑'에서 수필이나 쓰고 있는 것이다.

하지만 이것은 수필가의 이지 고잉한 오산일런지 모른다. 그러기에 나는 나의 생활까지 합쳐서 조선의 살림살이를 경제학자에 맡기고 싶다. 대한인大韓人들을 믿다간 조선경제는 파탄에 빠져 건질 수 없게 될까 저어한

다. 그들은 자기네가 좋은 집에서 좋은 음식을 먹고 있기 때문에 "제 배고프지 않으면 종 배고픈지 모른다"던가. 나 같은 수필가가 굶어 죽는다면 조선은 큰 일 날 것을 알라. 술 담배가 있는데 수필이 없는 나라란 망한 나라라는 것이 우리들 수필가의 신념이다. 대한민大韓民들은 술 담배만 먹고 수필은 먹지 않는지. 그렇다면 노동자 농민처럼 순진할텐데. 노동자 농민은 한 잔 술과 담배 한 대에도 만족한다. 헌데 대한인 가운덴 꼭 대통령이 되지 않고는 만족할 수 없는 사람이 있다. 그래서 화가 나면 술이나 먹고 담배나 피우는 것이다. 차라리 화가 나거든 나의 수필을 읽으라. 그것이 나의 영광이 되기 때문이 아니라 잡지편집자가 그래야 나의 수필을 대단히 여겨서 고료를 적어도 물가지수에 맞춰 줄 것 같아서 그러는 것이다.

쥚잠자리

아직 익은 포도라곤 송이에 새새 검은 알이 박혔을 정도인데 까치가 벌써 포도를 도적질하러 온다. 나는 돌을 들어 팔매질했다. 까치 날아가는 곳을 바라보는데 바로 곁에서 무엇이 부석거리기에 고개를 돌려보니 쥚잠자리가 꽃잠자리를 물고 늘어진 찰나였다.

"잠자리가 잠자리를 잡아먹네." 하고 나는 김매는 아내에게 소리를 질렀다. 길 한복판에 앉았다가 사람이 가면 날고 또 앉았다간 날고 하는 검은 줄이 진 쥚잠자리를 잠자리 중에 가장 맥없는 잠자리로 알아 오던 나다. 그러니 이 놈이 비록 빛깔은 다를망정 저와 같은 잠자리를 잡아먹는 것을 보게 되니 놀라지 않을 수 없었던 것이다.

목 뒷덜미를 물었는데 꽃잠자리는 다리를 허공에 저을 뿐. 맥을 못 쓴다. 쥚잠자리가 입을 몽긋몽긋 하더니 꽃잠자리의 목이 칼로 베인 듯이 땅에 굴러 떨어졌다. 꽃잠자리의 하반신은 아직도 살아 있어 다리는 반사적으로 움직이고 움직이는 대로 땅에 떨어져 있는 제 머리를 어루만진다. 쥚잠자리는 움쩍 않고 꽃잠자리 목에서 피를 빨아 먹고 있다.

바로 어저께 목격한 방개비를 산채로 한 입에 덥석 먹어버린 개구리가 생각났다. 뱀을 보면 사지를 못 쓰고 잡혀 먹히는 개구리가 이렇게 전광석화적으로 날개 가진 크나큰 방개비를 잡아먹다니! 하고 나는 아내더러

"이 놈을 잡아다 닭을 줄까?" 하였다.

"그리고 그 닭을 우리가 먹구요?"

아내는 이런 경우엔 나보다 마음의 여유가 있다. 그러나 개구리는 한번 껑충 뛰더니 풀 속에 숨어버렸다.

칡잠자리가 꽃잠자리를 잡아먹는 광경은 나에게 하루에도 만이상의 젊은이들이 죽어 넘어가는 전쟁을 연상시켰다. 그러면서 나의 의식 한 구석에서는 이 놈의 잠자리를 잡아보리라 벼르고 있었다. 그것을 낌새챘음인지 칡잠자리는 대가리 없는 꽃잠자리를 물은 채 높이 나르더니 저편 콩밭 속에 앉고 말았다. 날줄 모르는 맥없는 잠자리로만 알고 있던 칡잠자리가 거진 저만한 잠자리를 물고도 멀리 날을 수 있는 사실을 발견하고 나는 다만 아연했을 뿐이다.

벌과 벼룩과 전쟁

백일홍은 오래도록 피어 있어서 빛깔이 낡고 생기가 없어졌다. 그런데 그중에 눈이 번쩍하도록 선연한 분홍꽃이 있기에 잠시 그 앞에서 발을 멈추었다.

이 꽃에 벌 한 마리가 날아왔다. 열두시반이 가까웠으므로 라디오 뉴스를 들으러 가는 길이었는데 꽃과 벌이 나의 의식으로부터 소독전쟁蘇獨戰爭을 빼앗아버린 것이다.

나는 잠시 예술가가 되었다. 꽃술사이를 더듬어 꿀을 찾는 벌을 어떻게 표현할까 궁리해 보았다. "날개는 몸집보다 적다. 그래서 날으려면 요란스럽게 저어야한다. 꼭 프로펠러 소리처럼 웅웅거린다. 전신이—대가리 몸뚱이 다리 할 것 없이—노랑과 검정으로 알록졌다. 장등이에는 보드라운 노랑 털이 나서 아름답다. 쉴 새 없이 긴 주둥아리를 날름거리며 두 앞발을 고사지내는 사람이 빌듯이 마주 비빈다. 응덩이를 들먹이면서……"

그러나 내가 표현하고 싶은 것은 이 벌의 곤충학적인 형태나 습성이 아니다. 그러나 그 형태나 습성을 그리는 수밖에 벌을 표현하기란 용이한 것이 아니다. 화가가 해부학을 연구하는 것은 결코 인체의 해부학적인 사실寫實을 최고목적으로 하기 때문은 아니다. 허나 인체를 사실적寫實的으로 파악한 연후라야 회화적인 표현이 그것을 토대로 가능한 것이다. 〈모나리자〉는 예술이다. 그러나 다빈치의 회화론을 보면 인체해부도가 있는 것을 잊어서는 안 된다.

이런 두서 없는 생각을 하다가 뉴스를 들으러 갔다. 아무래도 인류의 운명이 꽃과 벌보다 나의 주의를 끈 것이다.

소독전쟁蘇獨戰爭 뉴스를 듣고 있는데 벼룩 한 마리가 튀는 것이 시야에 들었다. 주의를 청각에 집중하고 있었지만 또 벼룩이 적기는 하지만 제 몸의 수백배를 뛰는 그 비상한 운동이 어리둥절하고 있던 나의 시선을 낚은 것이었다.

나는 벌떡 일어나서 벼룩의 행방을 찾았다. 세계대전과 벼룩! 이 얼마나 놀랄만한 의식의 비약이냐. 그러나 벼룩의 간 곳은 묘연했다.

나는 인류의 이십억분지일에 불과하는 존재다. 또 벼룩은 나의 백억분지일을 상傷할 뿐이다. 전인류의 운명을 걸고 싸우는 전쟁소식을 듣고 있다가 이렇게 적은 벼룩에게 온 정신을 빼앗긴 사실에 나는 고소苦笑를 금치 못했다.

Ⅲ. 평론집

예술과 생활

부르주아의 인간상

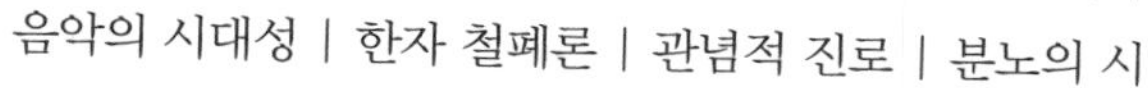

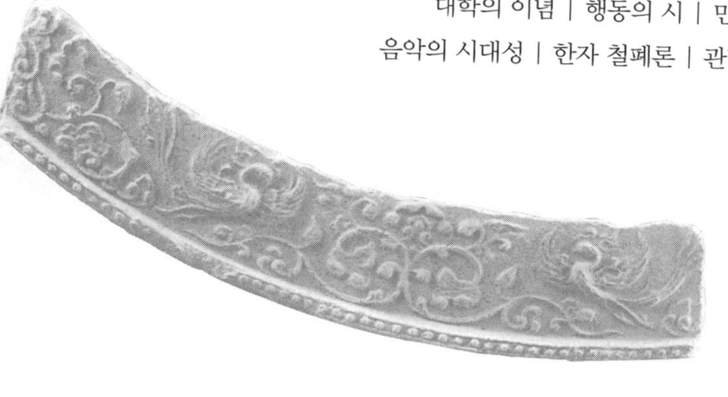

예술과 생활

서

8 · 15 이후 흥분의 물결은 넘치었으나 그것은 조리없는 함성의 탁류를 이루었다. 한때 풀이 죽었던 친일파가 다시 살아나고 자칭 지도자들이 탁류 속에서 광란하던 틈을 타서 또다시 모리배들은 민족의 피를 빨게 되었다.

외우畏友 김동석군은 이때에 문화인의 갈 길을 상아탑으로써 상정하고 민족문화의 길을 비판하고 지시하려 하였던 것이 곧 이 평론집이 된 것이 아닌가 한다. 작년 시월 경 김군이 다박머리 밑에 아직 테러의 상흔을 감추지 못한 머리를 하고 '상아탑'을 유세함에, 곧 이에 공명한 내 자신이 이 서문을 쓰게 된 것도 어찌 우연이랴? 대학시대부터 김군의 문학론은 나의 모세관까지 젖어 있었던 까닭이다.

대학 3학년 때 그는 동아일보 지상에서 조선 현대시단에 대한 평필을 시험한 일이 있으나 그것은 일제시대에 최초이고 또 최후였다고 기억한다. 수필은 별문제이지만, 군은 경성 인천간을 16년간이나 기차 통학을 하고 대학에서는 법과를 집어던지고 문과로 전향하여 영문을 전공했지만, 영어보다 일본말보다 무엇보다 가장 조선말을 사랑하고 능숙하였다. 나는 그를 관찰컨대 16년간의 기차 통학에서 과학을 배우고 의지력을 닦고, 인천 해변가에서 시정신을 기르고, 졸업논문 〈매슈 아놀드 연구〉에서 비판정신을 배우고, 졸업 후에는 셰익스피어에서 시와 산문의 원리를 발견했다고 생각한다.

그는 학생시대에 '퓨리탄'이니, '아스파라가스'니 하는 별명이 있었는데, 물론 이것을 붙인 자는 박카스의 후예들이었지만, 가장 적절하게 그의 성격과 생활을 상징한 표현이라고 생각한다.

해방 후 오늘에 수필집 《해변의 시》, 시집 《길》과 함께 이 평론집이 나오게 된 것은 결코 우연이 아니다. 이것은 8 · 15 이후 우리 문단의 한 큰 수확임에 틀림없고 김군에게는 이것을 제일보로 하여 굳건한 제이보가 내디뎌질 것을 믿어 마지않는다.

1946년 7월 15일

배호裵澔

1. 시와 행동

예술과 생활 – 이태준의 문장

조선문단에서 이태준씨처럼 문장에 관심이 많은 이도 드물다. 그가 편집하던 잡지의 이름을 〈문장〉이라 한 것이라든지 《문장강화》라는 호저를 내놓은 것이라든지가 모두 이것을 증명한다. 그러나 그의 소설이 더 웅변으로 이 사실을 말하고 있다. 말을 골라 쓰기로는 지용을 따를 자 없겠지만 그는 시인이라 그것이 당연하다 하겠지만 소설가가 말 한 마디, 한 줄 글에도 조탁을 게을리 하지 않는다는 것은 그리 쉬운 일이 아니다. 그러기에 세상에서 상허의 글을 문장으로 치는 바이요 누구나 그의 글을 아름답다 한다.

그러면 이것이 과연 소설가가 소설로서 성공한 것이라 할 수 있을까. 상허 자신이 세계문학의 최대걸작이라 단언한 톨스토이의 《전쟁과 평화》를 읽고 우리는 거대하고 절실한 리얼리티에 압도를 당하기는 하지만 톨스토이의 문장이 어떻다는 의식이 생기지는 않는다. 매슈 아놀드가 《안나 까레니나》를 평하여 "우리는 이것을 일편의 생활로 보아야 한다. …… 저자는 현실을 생각하는 그대로 보고 이야기하는 것이다. 그러므로 그의 소설은 이렇게 예술을 상실하는 대신에 리얼리티를 얻었다."한 것은 소설의 본질을 파악한 말이라 할 수 있다. 소설의 대로는 산문정신이다. 그리고, 산문정신이란 "辭達而已矣"(말은 목적을 달하면 그만이다)라는 공자의 말로써 단적으로 표현할 수 있다. 문장은 수단에 지나지 않는다. "모로 가도 서울만 가면 된다.” 극단으로 말한다면 이렇게도 비유할 수 있다. 문장만 가지고는 소설이라 할 수 없다. 아니, ‘생활’이라든가 ‘현실’과 유리된 소설은 꺾어다 병에 꽂은 꽃과 같아서 그 수명이 길 수는 없다. 하물며 자랄 수 있을까 보냐.

그렇다면 상허의 소설을 읽고 누구나 먼저 그 문장의 인상이 전면에 나타나게 되는 것은 무엇을 말하는가.

“오늘 작가들로서 가장 반성해야 될 것은 …… 산문을 수예화手藝化시키려는 데서 일어나는 ‘욕교반졸欲巧反拙’이 아닐까. 이것은 누구에게보다 내 자신에게 하는 말이다.” (《무서록無序錄》)

상허는 자기의 소설을 이렇게 비판했다. 상허 자신이 문장에 치중했기 때문에 읽는 우리에게도 문장의 의식이 앞서는 것이다. 그것은 소설로서는 ‘욕교반졸’이라 아니 할 수 없다. 인물이 약동하는 생활. 이 생활을 독자 스스로 체험하게 만드는 것이 소설이다. 〈농군〉이나 〈돌다리〉 같은 극소수의 예외적 작품을 빼놓으면 그의 단편은 거개가 시적이요 수필적이다. 그의 장편은 신간소설인 탓이기도 하겠지만 그의 단편에다 물을 탄 것 같다—단편을 채우기에도 모자라는 그의 ‘생활’과 ‘현실’이 어찌 그보다 크고 깊은 장편소설을 채울 수 있으랴.

상허의 단편은 모두 사소설이 아니면 골동품을 어루만지는 솜씨로 평범치 않은 인물을 그렸다. 무직의 청년이기도 하고 기자이기도 하고 선생이기도 한 작가가 자기의 신변을 이야기하거나 그렇지 않으면 작가 자신이 그렇게 행동하고 싶되 약한 성격 때문에 따를 수 없는 영월영감이기도 하고 〈달밤〉의 주인공 황수건 같은 반편이거나 〈서글픈 이야기〉의 강군같은 허무주의자이기도 하다. 이러한 작품에서 이태준씨의 양면을 추상할 수 있다—살려고 꿈틀거리는 그와 모든 것을 체관한 그. 다시 말하면 생활자와 허무주의자의 대립이다.

“자연으로 돌아가야 할 건 서양사람들이지. 우린 반대야. 문명으로 도회지로 역사가 만들어지는 데루 자꾸 나가야 돼……." 이렇게 작가는 영월영감의 입을 빌어 자기의 일면을 내세운다. 이러한 일면이 〈농군〉이나 〈돌다리〉같은 일견 상허답지 않은 작품을 쓰게 하였다. 또 기자요 작가로서 이렇게도 외쳤다.

"나의 붓은 칼이 되자. 저들을 위해서 칼이 되자. 나는 한 잡지사의 기자가 된 것보다 한 군대軍隊의 군인으로 입영한 각오가 있어야 한다." (〈아무일도 없소〉)

나의 무덤 위에 화환 대신 칼을 얹어 놔 달라 한 하이네의 기개를 연상하게 하지 않는가. 하지만 붓은 결국 칼일 수가 없다. 칼을 찬 순사부장에게 추방을 당하는 〈실락원 이야기〉의 주인공 '나'는 생활전선에서 패배한 작가 이태준씨의 자화상이다. 그래서 그는 전쟁 중에 낚시질과 사냥을 다녔다. 또는 〈석양〉에서와 같이 골동품을 완상하며 고적을 순례했다. 아니 '사실'한테 굴한 것은 상허 하나뿐이 아니다. 조선문단 전체가 전쟁에게 압도당한 것이었다. 아니 세계를 통 털어 문학은 제일선에서 총퇴각을 한 것이었다. 《문장》이 발간되기 전에 영국서는 〈Criteion〉과 〈Mercury〉가 없어졌다. 예술은 폭풍에 속절없이 쓰러지는 한 송이 꽃이었다.

그러나 춘원처럼 일본제국주의의 주졸走卒이 되지 않고 강원도 시골로 은거해버린 상허를 우리는 축하하지 않을 수 없다. 〈토끼이야기〉에 보듯이 그의 생활은 앞길이 탁 막히었다.

"현은 펄석 주저앉을 듯이 먼 산마루를 쳐다보았다. 산마루엔 구름만 허어옇게 떠 있었다."

이것이 〈토끼이야기〉를 끝막은 문장이요 생활전선에서 패배한 상허 자신의 심경이었음은 다시 말할 나위도 없다. 〈토끼 이야기〉가 상허의 앞날을 약속하는 무엇이 있는 것은 그가 골동품이나 묵화를 바라보듯 하던 창작 태도를 버리고 발가벗고 생활 속에 뛰어들어 현실을 태클하려 한 데 있다. 진정한 의미의 소설가로선 상허는 〈토끼이야기〉에서 출발하는 것이다.

장래는 몰라도 아직까지의 작품 활동을 총결단한다면 상허는 장르로선 소설형식을 취하였으되 그의 본질은 시인인 데 있다 해도 과언이 아니다. 〈청춘무성青春茂盛〉같은 신문소설까지 그 문장이 빚어내는 무지개빛 찬란한 느낌 …… 시가 독자를 매료한다. 거기 나오는 인물들의 생활은 공중누각에 지나지 않는다.

"실증, 실증, 이것은 산문의 육체요 정신이다" 라고 상허는 《문장강화》에서 단안을 내리었지만 상허 자신은 그의 소설에서 '실증'에 철저하지 못했다. 소설의 실증정신이란 작가가 자아를 송두리째 털어서 생활에 투사하는 정신이다. 활을 떠난 화살같이 현실을 뚫고 들어가는 정신이다. 그런데 상허는 생활의 와중에 뛰어들지 못하고 한 걸음 뒤에서 생활을 바라보았다. "그는 생각하였다. 단돈 삼십 원으로도 달아날 수 있는 그 양복조끼에게는 세상이 얼마나 넓으랴! 싶었다." (〈사냥〉) 골목에서 사라지는 '뒷방마냄'의 뒷모양을 바라본 감상만 가지고 소설을 쓰기도 했다. 상허의 문장이 회화적 그것도 묵화인 것이 여기에 원인했을 것이다.

예술가가 취할 수 있는 태도는 결국 둘밖에 없다. 생활을 긍정하느냐? 부정하느냐? 다시 말하면 예술을 위한 예술이냐? 생활을 위한 예술이냐? 시냐? 산문이냐? 상허는 형식은 산문을 취하였으되 정신은 시인이었다. 〈서글픈 이야기〉나 〈아담의 후예〉나 〈달밤〉이나 다 주인공은 그 시대의 생활을 대표하는 인물이 아니다. 작가가 생활을 부정하는 데서 취재된 예술적인 인간들이다.

"나는 그(허무주의자인 강군)를 좋아하였다. 아니, 존경하였다."

이렇게 상허는 솔직히 고백하고 다시 허무주의를 버리고 현실로 돌아간 강군이 안경을 쓰고 금니를 박고 동서남북표가 달린 금시계 줄을 달고 아들에게 준다고 세발자전거를 사든 꼴을 보고 다음과 같이 위연탄장태식喟然嘆長太息을 하였다.

“나는 몹시 불쾌하다. 차라리 강군이 전날의 그 면목으로 밥값에 붙잡힌 누추한 여관에서 나를 기다린다면 나는 얼마나 반가워 뛰어가랴. 그러나 강군은 지금 금시계를 차고 금니를 박고 시원한 사랑을 치고 맛난 음식으로 나를 기다리겠노라 한다. 허허 얼마나 서글픈 일인가!”

좌익이 아니었던 상허가 부르주아의 본색을 나타낸 강군을 보고 서글프게 느낀 것은 계급적 의식이 아니라 시인적 이상—그것은 구극究極에 니힐리즘이다—을 가지고 부르주아적인 생활을 부정한 데 지나지 않는다. 부정을 위한 부정. 동양인의 이상이 자고로 이러했다. 상허라는 호 자체가 ‘허虛’를 추구하는 이태준씨의 예술관을 웅변으로 말하고 있지 아니한가. 상허의 니힐리즘은 최근에 이르러서는 바흐의 음악같이 ‘무한’을 바라보고 우화등선羽化登仙했다.

“오릉의 아름다움은 이 처녀가 발견한 이 소나무의 중턱에서가 가장 효과적인 포즈일 것 같았다. 볼수록 그윽함에 사무치게 한다. 능이라기엔 너무나 소박한 그냥 흙의 모음이다. 무덤이라 하기엔 선에 너무나 애착이 간다. 무지개가 솟듯 땅에서 일어 땅으로 가 잠긴 선들이면서 무궁한 공간으로 흘러간 맛이다. 매암이 소리가 오되 고요하다. 고요히 바라보면 울어야 할지, 탄식해야 할지 그냥 나중엔 멍—해지고 만다.” (〈석양〉)

이것은 소설의 일절이라기보다 한편 시가 아닌가. 상허의 문장이 아름다운 비밀이 어데 있는지 이것으로 짐작하기에 족할 것이다. 본래 미란 ‘시’의 세계지 ‘산문’의 세계가 아니다. 압박과 착취가 있는 사회란 추하기 짝이 없는 것이며 그 압박과 그 착취에 반항하는 정신은 ‘힘’이지(즉 양적인 것이다) 우리가 여태껏 사용하던 ‘미’라는 개념은 산문정신이 될 수 없다. 그러면 좌익예술관은 종래 모든 미한 것을 부정하느냐? ‘시’란 역사적으로 볼 때 귀족사회의 산물이다. 단테의 《신곡》이나 셰익스피어의 《리어왕》이 귀족의 정신을 형상화한 것은 명백한 사실이며 특히 후자의 희곡에 있어서 귀족계급의 말은 귀글(운문)로 표현하고 시민계급의 말은 줄글(산문)로 표현했다는 것은 가볍게 볼 수 없는 사실이다. 봉건사회가 무너질 때 시도 무너져 산문이 되었다.

"부르주아지는 정권을 잡자마자 모든 봉건적, 가장적, 목가적 제관계를 파괴해버렸다. ……종교적 정열이라든가 무사적 감격이라든가 평민적 인정이라든가 하는 신성한 갈앙심渴仰心을 얼음같이 차디찬 이기적 타산의 물 속에 가라앉히고 말았다. 사람의 가치를 교환가치 속에 사라져 없어지게 하고 무수한 일껏 얻은 특허적 자유 대신에 다만 하나인 말 못할 상업의 자유를 설립했다." (《공산당선언》)

부르주아지는 문학에 있어서도 '시'를 부정하고 '산문'을 생산했다. 춘원의 《무정》이 젊은이들을 미국으로 유학 보내고 대단원에서는 공장과 산업을 찬미하는 문장을 낳았다. 춘원은 조선 토착 부르주아지를 대변하는 작가다. 이미 춘원은 부정되었다. 좌익의 산문이 탄생할 때는 왔다. 조선의 산문이 완전히 탈피해야 될 때는 왔다.

그러나 그것이 귀족사회의 것이든 시민사회의 것이든 예술은 예술이다. 다만 그것이 '순수'한 점에 있어서 귀족사회의 예술이 시민사회의 예술보다 우월하다는 것은 의심할 여지가 없다. 바흐, 모차르트의 음악이나 라파엘의 회화나 단테의 문학만치 앙양된 시정신이 어떤 시민사회에 또 있었느냐. '시민의 서사시'라는 소설은 불순하기 짝이 없었다. 그 표본을 우리는 춘원의 글과 사람에서 볼 수 있는 것이다. 조선 문단이 인민의 심판을 받을 때가 오겠지만 순수의 상아탑을 사수한 예술가들이야말로 다행하다 하겠다. 그러나 예술은 꽃이지만 예술가는 꽃나무가 될 수는 없다. 아니, 꽃나무라 가정하자. 그 나무에 누가 물을 주느냐 하는 것이 문제가 된다. 서울에서 복작거리는 예술가들도 혁명의 폭풍 속에서는 순수할 수 없으리라. 좌냐? 우냐? 조선 문화는 시방 역사적 비약을 하느냐? 뒤로 물러서느냐? 이는 오로지 조선 문화인의 자기결정에 달려 있다.

민족해방 혁명단계인 오늘날 예술가들이 과연 어떠한 역할을 할지. 자유란 예술가들의 금과옥조이지만 조선민족 전체의 자유를 팔아서 몇 사람 인텔리의 양키이적 자유를 획득하느냐. 몇 사람 인텔리의 자유를 희생함으로써 조선민족 전체의 자유를 획득하느냐.

상허여 결단하라. 시와 산문 새 중간에서 배회할 때가 아니다. "장래에 성립할 우리 정부의 문화예술정책이 서고, 그 기관이 탄생하여, 이 모든 임무를 수행하게 될 때까지 우선, 현단계의 문화 제영역의 통일적 연락과 각 부문 활동의 질서화를 위하여 형성된 협의기관으로서, 현하 모든 문화의 총력을 모아 신조선건설에서 이바지하고자" 하는 조선문화건설중앙협의회 조선문학건설본부 중앙위원장인 상허가 이제 또 '순수'를 주장할 수는 없는 입장이다.

시와 행동 – 임화론

'문협'의 의장인 임화씨가 정치적으로 민족해방을 위하여 얼만한 역할을 하였는지 모른다. 그러나 시집 《현해탄》을 통해서 본다면 그는 시인이면서 시인이 아니었다. 한때 임화의 이름을 드날리게 한 〈네거리의 순이〉를 다시한번 보자.

> 눈바람 찬 불쌍한 도시 종로 복판에 순이!
> 너와 나는 지나간 꽃 피는 봄에 사랑하는 한 어머니를
> 눈물 나는 가난 속에서 여의었지!
> 그리하여 너는 이 믿지 못할 얼굴 하얀 오빠를 염려하고,
> 오빠는 가냘픈 너를 근심하는,
> 서글프고 가난한 그 날 속에서도
> 순이야, 너는 마음을 맡길 믿음성 있는 이곳 청년을 가졌었고,
> 내 사랑하는 동무는……
> 청년의 연인 근로하는 여자 너를 가졌었다.

이 시는 편순編順이 연대순으로 된 《현해탄》 맨 처음에 있고 그 이전의 것은 '전향기의 작품'이요, 그보다도 전의 것은 '어린 다다이스트이었던 시기의 작품'이며, 이 시집이 임화씨가 "작품위에서 걸어온 정신적 행정을 짐작하기엔 과히 부족됨이 없다"(〈후서〉) 하였으니 이것으로써 세상에서 말

하는 프로시인 임화를 논하기 시작하자.

동지가 검거된 뒤면 그 여윈 손가락으로 지금은 굳은 벽돌담에다 달력을 그리겠구나! 종로 네거리에서 순이를 붙들고 울 것이 아니라 무슨 행동이 있어야 할 것이지 '불쌍한 도시'니 '눈물나는 가난'이니 '얼굴 하얀 오빠'니 '가냘픈 너'니 '서글프고 가난한 그날'이니 하다가,

> 어서 너와 나는 번개처럼 두 손을 잡고,
> 내일을 위하여 저 골목으로 들어가자,

했으니 막다른 골목으로 들어간 센티멘탈리즘이 아니고 무엇이냐. 누가 암화의 시를 일컬어 "얻은 것은 이데올로기뿐이요 잃은 것은 예술이라" 하는가. 이 시 어느 구석에 잉여가치학설과 유물사관이 숨어 있다는 말이냐. "믿지 못할 얼굴 하얀" 임화! 그와 대조되는 행동인도 "용감한 사내" "근로하는 청년"이라 하였을 뿐 추상적이다. 알짱 구체적이라야 할 데 가서는 주관적이 되어버리는 것이 시집 《현해탄》 전체가 지니고 있는 흠이다. 검열! 그렇다. 죄는 일본제국주의에 있다. 하지만 "계급을 위해 울었다"는 것만으로선 시인도 될 수 없고 공산주의자도 될 수 없다. 운 사람이 어찌 임화뿐이랴. 무솔리니같은 자도 "20 전에 사회주의자가 아니면 사람이 아니다" 하지 않았던가.

형상화가 가장 잘된 다시 말하면 현실을 가장 잘 표현한 〈골프장〉에서도 임화는 센티멘탈리즘을 벗어나지 못했다.

> 까만 발들이 바쁘게 지나간다.
> 이슬방울이 우수수 떨어지며
> 흙 새에 끼었던 흰 모래알이
> 의붓자식처럼 한 귀퉁이에 밀려난다.

그러면 어린 풀잎들이 느껴 운다.

이렇게 감상적인 시가 또 어디 있겠는가. 흰 모래알이 의붓자식이 되고 풀잎들이 느껴 우는 세계—이런 세계는 시인의 관념 속에나 있지 실재할 수는 없다. 그러면 임화는 왜 이다지도 슬펐을까.

아이들아, 너희들은 공을 물어오는 사냥개!

아이들을 이렇게 부려가며 '담뱃대 같은 공채'를 가지고 골프를 하는 부르주아지를 비판하려면 '자본론'이 되어버리니 임화는 시인인지라 불쌍한 아이를 붙들고 울다가 모래알과 풀포기에까지 그의 눈물이 스며든 것일까. 아니다. 폐병으로 다 죽게 된 문학청년이 성밖을 거닐다가 골프장 밖에서 멍하니 바라볼 때, 시시대거리는 건강한 유한남녀를 볼 때, 장난해야 될 나이의 아이들이 어른의 장난감을 주어다 주는 광경을 볼 때, 히스테리칼하지 않으면 센티멘탈하게 되는 것이었다. 슬픈 임화, 가난한 임화, 병든 임화. 그러나 골프하는 부르주아지를 쫓아가서 주먹으로 지를 용기도 없고 골프공을 주어오는 나어린 프롤레타리아를 얼싸안고 목놓아 울 애정도 없는 임화였다. 춘원이 민족주의자연하되—사실은 호랑이를 그린다고 개를 그린 작가이지만 시를 쓰면 센티멘탈리즘의 포로가 되어버리는 것과 매한가지로 공산주의자연 하는 임화의 시가 감상적인 이유는 그 또한 병든 지식인이기 때문이었다. 종로 네거리에서 순이를 붙들고 울었다는 시가 춘원의

형제여 자매여
임 너를 그리워 그 가슴속이 그리워,
성문밖에 서서 울고 기다리는 나를

보는가—보는가.

한 시와 무엇이 다르냐. 그때나 이때나 민족이든 계급이든 정말 위할 마음이 있거든 암말도 말고 민족과 계급을 위하여 실행하라. 춘원이 민족을 위해서 쓴다는 시나 임화가 계급을 위해서 쓴다는 시가 다 시로서 실패한 것은 둘 다 불순했기 때문이 아닐까. 자기네들 하나를 어쩌지 못하는 사람들이 민족을 위하느니 계급을 위하느니 하고 그것도 산문이 아니요 순수해야할 시로 떠들어댄다는 것은 병든 지식인의 자의식이 낳은 비애였다.

또 검열 검열하지만 〈네거리의 순이〉가 패스(pass)되는 검열은 너무 허술해서 임화의 시조차 허술한 울음이 되어버리고 말았다. 그러기에 일제의 압박이 심해가서 《현해탄》의 시들이 압살을 당할 지경이 되었을 때 정말 시가 탄생하였다.

시인의 입에
마이크 대신
재갈이 물려질 때
노래하는 열정이
침묵 가운데
최후를 의탁할 때
바다야!
너는 육체의 곡조를
반주해라.

이 〈바다의 찬가〉가 임화의 시집 맨 끝에 있고 임화 자신이 "〈바다의 찬가〉는 이로부터 내가 작품을 쓰는 새 영역의 출발점으로써 특히 넣었다고 할 수 있다" 한 것은 흥미 있는 사실이라 아니할 수 없다. 그러나 임화는 시인으론 아직도 출발전이다. 지용처럼 단순치 않은 임화인지라 시에 만 만족할 수 없음으로 그러하나 시를 버리기도 아깝고 해서 8월 15일 이후 '문협'의 의장이 되어 문화정책가로 발 벗고(?) 나서게 된 것이다. 하지만 임화의 관념 속엔 얼마나 굉장한 시가 들었는지 모르되 작품행동으로 볼 때 아직 일가를 이룬 시인이라 할 수는 없다.

"감격벽感激癖이 시인의 미명이 아니고 말았다. 이 비정기적 육체적 지진 때문에 예지의 수원이 붕괴되는 수가 많았다. 정열이란 상양賞揚하기보다도 어떻게 정리할 것인가 관료가 지위에 자만하듯이 시인은 빈곤하니까 정열을 유일의 것으로 자랑하던 나머지에 택없이 침울하지 않으면 슬프고 울지 않으면 히스테리칼하다……." (정지용, 〈시의 위의〉, 《문장》, 1. 10)

이것은 임화평이 아니면서도—사실은 임화평인지도 모른다—《현해탄》에 적용하면 빈틈없다. 감격벽이 《현해탄》의 시들을 익기 전에 땅에 떨어진 풋사과의 꼴을 만들어버렸다. 감격부호(!)가 200 가까이 사용되었으니 시 하나에 평균 넷 이상을 사용한 폭이며 !의 대용품이라고 볼 수 있는 의문부호(?)가 150 이상이 나오고 '오오'라는 감탄사만 해도 서른아홉인가 나온다. 이밖에도 '아아'같은 감탄사와

> 원컨대 거리여! 그들 모두에게 전하여다오!
> 잘 있거라! 고향의 거리여!

하는 종류의 명령형이 많다. '청년'이라는 말이 많이 나오는 것도 이 시집의 특징이요 절규니 노호니 하는 말도 여기저기서 볼 수 있다. 이런 것은 두말할 것도 없이 일제의 압박에 못 이겨 몸부림친 청춘의 자태다. 하지만 울고 몸부림치는 것은 예술로선 시 이전이요 정치로선 센티멘탈리즘이다. 임화씨 자신이 누구보다 그것을 더 잘 알고 있다. 그러기에 〈후서後序〉에서 "쓸 때에 그렇게 열중했던 소위 노력의 소산이란 것이 뒷날 돌아보면

이렇게 초라한가를 생각하면 부끄럽다는 이보다도 일종 두려움이 앞을 선다"고 고백하였을 것이다. 일언이폐지하면 《현해탄》의 시는 거의 다 유산된 정열이라 할까. 시는 감정의 배양이 아니라 감정의 교양인 것이다. 사과나무도 야생으로 제멋대로 자라나면 열매를 맺지 못하는 것이거늘 시의 붉은 과일이 정성스런 '전정剪定'없이 열매를 맺을 수 있을까보냐. 최재서가 임화의 시는 아직 조잡함을 면치 못하면서도 커다란 '내부세계'를 가지고 있다 한 것은 시가 뭔지 백판 모르고 한 소리요 시는 표현을 떠나서 존재하는 것이 아니니 표현으로서 실패한 글은 화산 같은 '내부세계'에서 터져 나왔다 해도 시라 할 수 없다. 또 임화의 시를 무슨 공장의 기계 소리처럼 요란스럽게 만든 원인의 하나는 임화는 시를 목적으로 하지 않고 수단으로 썼다는 것이다. 시와 행동 새 중간에서 갈팡질팡하는 자의식이 임화로 하여금 시의 세계에 안주하지 못하게 하고 압력이 강한 현실을 시로써 움직여보려는 청춘의 만용이 그를 시인으로서 오류를 범하게 한 것이었다. 물론 우리들 청년시대에 누구나 한번은 범해야 되는 아름다운 오류이지만—.

조선의 시도 이미 서른의 고개를 넘었다. 청춘의 흥분만 가지고 시를 쓰는 과오는 청산해야할 것이다. 그렇다고 《현해탄》의 시가 흥분뿐이라는 것은 절대 아니고 오히려 최재서 등이 떠들어대던 이른바 '지성'이 너무 삐져나와서 시의 음악을 상실하게 하였다. 그 증거로는 《현해탄》은 처음부터 끝까지 줄글(산문)로 내리 써도 조금도 어긋나는 데가 없을 것이다. 뒤집어 말하면 《현해탄》은 산문을 잘라서 시 모양 늘어놓은 시집 아닌 시집이다. 진정한 지성이란 분류할 줄을 알아야 할 것이니 자기의 세계에서 시적인 것과 산문적인 것을 따로 따로 놓아서 표현하지 못하고 우주가 코스모스가 되기 전 혼돈이었을 때와 같은 사상을 나열한다는 것은 과학의 세기인 현대에 있어서 지성의 소산이라 할 수는 없다.

분명히 태초에 행위가 있다……

고 〈지상의 시〉는 결론지었지만 시는 분명히 말이지 행위는 아니다. 시를 떠나서 시인의 행위가 있을 수 없다면 시는 행위가 되겠지만.

임화여 자의식을 청산하고 현실 속에 자아를 송두리째 담가버리라. 농민이 되든지 노동자가 되든지 그때 비로소 프로시인으로서 임화가 이 땅의 별이 될 것이다. 하지만 말이 쉽지 지식인이 농민이 된다든지 노동자가 된다는 것은 불가능에 가깝다. 그래서 임화의 시가 8 · 15 이후의 것도 자의식을 버리지 못했다.

하긴 임화씨가 시인이 되어야만 맛이 아니다. 정치의 무대에서 진보적인 역할을 하고 있는 그를 볼 때 명철보신을 금과옥조로 하는 조선의 지식계급을 위하여 모범이 되어주기를 축원하지 않는 사람이 있을까. 그가 '문협'의 의장이 되었을 때도 문화계에서는 성원을 아끼지 않았었다. 그럼에도 불구하고 '문협'이 용두사미가 된 것은 원인이 여러 가지 있겠지만 애초에 '한데 뭉치자'는 식의 무원칙 통일이었다는 것이 최대원인이다. 그러니 8 · 15의 흥분도 가시고 해서 문화인들도 자기결정단계에 이르렀으니 의장인 임화씨가 뚜렷한 통일안을 내세워가지고 '문협'을 개조한다면 다시 소생하는 길이 있을 것이다. 조직체란 애초부터 대가리와 팔다리가 있어야 되는 것이 아니요 세포를 형성해야 되는 것이니 적어도 그 자체로서 살고 성장하는 것이라야 한다. '문협'이 처음엔 크고 차차 적어졌다면 그것이 조직이 아니라 명부名簿이었다는 것을 의미하게 된다. 더군다나 그 속에 문화인이 아니면서 문화인 행세를 하는 불순분자가 끼어 있다면 그 조직체는 날이 갈수록 내부에 균열이 커지는 것이다.

임화씨가 《현해탄》에서 시인으로서 실패한 것은 현대인으로선 불명예도 아무 것도 아니다. 《현해탄》의 시가 행동하려고 몸부림치던 그의 노호怒呼요 절규이었다면 이제야말로 행동인으로서 빛날 때가 왔다. 《자유신문》에 발표된 시 〈길〉은 씨의 이러한 결의의 표명이라고 보면 의미심장한 것이다. (이것이 그냥 시에 그친다면 또 하나 실패한 시일 것이다.)

말 두렵지 않고
말 믿지 아니할 것을
나에게 익혀준 그대는
기인 침묵에 살아
어려운 행동에 죽고
…………………………
…………………………
…………………………

소시민의 문학-유진오론

언젠가 현민玄民은 《봄》이라는 단편집 출판기념축하회 석상에서 춘원의 축사에 바로 뒤이어 답사해 가로대

"나는 우리 선배들처럼 조선문학에 플러스한 것은 없을지 몰라도 또한 그들처럼 마이너스를 하고 싶지도 않다" 하였다. 이것은 춘원에게 쏜 화살이었다. 그런데 그 말이 우리의 청각에서 사라지기 전에 현민은 두 번이나 조선문단을 대표하여 이른바 대동아문학자대회에 나가서 명백히 마이너스되는 연설을 했다. 그의 연설내용을 이 자리에서 되풀이하고 싶지는 않지만—

"지식계급이라는 것은 이 사회에서는 이중 삼중 사중 아니 칠중 팔중 구중의 중첩된 인격을 갖도록 강제되고 있는 것이다. 그 많은 중에서 어떤 것이 정말 자기의 인격인가는 남모르게 저 혼자만 알고 있으면 그만인 것이다"라고 현민은 〈김강사와 T교수〉속에서 지식계급인 자기를 변호했지만 사실 세상에서 그의 정체를 아는 사람이 드물다. 그를 '동반작가'라고도 하고 심지어 어떤 사람은 그를 '공산주의자'라고도 하지만 다 그를 몰라보고 하는 소리다.

현민이 수재인 것은 사실이다. 제일고보 출신 중에 시험점수를 제일 많이 딴 사람이요 뻴려드도 고점자요 그의 단편 〈나비〉가 말하듯 그가 맛본 지식도 한두 가지 꽃에 그치지 않는다. 바둑도 두고. 하지만 무엇보다도 현민을 규정하는 사실은 그가 양반계급 출신이라는 것이다. 그의 머리말

에는 언제고 유씨일문의 족보가 있고 그 모든 전통을 깨트리기 위하여 그 것을 본다는 표정으로 손님에게 내 보이기도 한다. 발에 물 안 묻히고 물고기 잡으려는 그의 문학적 태도는 결국 따지고 보면 그가 이조양반계급의 나쁜 버릇을 벗어나지 못했다는 데서 원인하는 것이다. 희랍의 지성을 가지고도 힘드는 일은 노예에게 맡겨두고 아리스토텔레스의 무리들이 아테네로 통하는 길을 산보하며 대화나 일삼았기 때문에 형이상학을 낳았을 뿐 이렇다 할 생산적인 사상을 낳지 못했거늘 20세기에, 족보를 들추저거리는 샌님이 소설을 쓰다니! 어떤 빠의 여급이 현민의 소설을 '설화적'이라 단정한 것이 흥미 있지 아니한가.

"설화적이 뭐냐고요? 인물의 말과 행동이 저절로 이야기가 되게스리 창작하지 않고 작가의 두뇌가 이야기 한다는 것이 너무나 명백한 소설을 설화적이라고 그랬습니다."

과연 그렇다. 〈가을〉이라는 단편을 보라. 〈또는 기호杞壺의 산보〉라는 부제목이 붙었지만 이 산보조차 실지로 한 산보가 아니라 머릿속에서 한 관념적 산보다. 그러기에 한시가 다섯 번이나 나오고 영시가 나오고 습작시대의 원고가 길게 인용되고 하는 것이 아니냐. 하긴 《화상보華想譜》는 현민의 관념이 일대장편소설을 이루고 있지 아니한가. 관념만 가지고 소설을 쓸 수 있는 현민은 자기의 관념을 과신한 나머지 소련엘 가 본 일도 없이 앙드레 지드의 〈소련여행기〉를 변호하다가 코를 잡아 뗀 일이 있다. 그때 현민의 글을 한번 다시 꺼내 본다면 오늘의 정세에 비추어 현민의 정체를 뚜렷이 드러낼 것이지만.

현민에게 왜 당신은 문학을 전공하지 않고 법학을 하느냐고 묻는다면 그는 서슴지 않고

"사회조직의 비밀을 알고 싶어서"(〈상해의 기억〉)라고 대답할 것이다. 춘원이 민족을 위하여 소설을 쓴다고 떠들어 대던 것이 병이듯이 현민 또한 공산주의자인체 하는 것이 병이다. 〈간호부장〉만 하더라도 '다무라 기요

꼬'를 일인칭으로 하는 단편인데 '나'와 'K'라는 두 사람은 왜 퉁그러져 나와 있느냐. 〈무명無明〉에서도 춘원의 꼬리가 보이듯 현민의 단편에서도 그의 꼬리는 나타나고야 만다. 여우가 암만 도술을 잘 부려도 꼬리만은 감추지 못한다던가. 학예사에서 출판한 《유진오단편집》을 보면 〈스리〉에다 주를 달아 가로대 "원작에는 차문에 각각 수행이 있으나 생략하였다" 하였으니 생략한—또는 삭제당한—수행이 얼마나 대단한 관념인지 몰라도 〈스리〉는 소아병자의 작품이요 주는 더더군다나 소시민적인 사족이다.

"S신문 기자 K는 요전에 나를 보고 쁘띠 부르라 매도하였다. 그 말이 사실인지도 모른다. 그런데 시골 일가들은 우리 집을 '부자집'이라고 한다. 그 말이 사실이면 나는 당당한 부르계급의 한 사람이다. 하지만 어떻게 생각하면 지금의 우리 집 살림살이란 영국이라는 나라 좀 넉넉한 석탄광부의 그것만도 못한 것같이도 생각된다. 그렇다면 나도 프롤레타리아의 한 사람일 것도 같은데—." (〈스리〉)

이 어인 관념의 유희이뇨. 그러나 이것은 유진우씨 자신의 자화상이라 보면 이 이상 그의 본질을 갈파하기도 어려울 것이다. 백여 석하는—그의 말이니까—생산수단을 가지고 있으되 아들딸이 여섯이나 있어, 《자본론》의 진리는 알되 더 편히 살고 싶기는 하고. 이리해서 그의 유전과 환경과 반응의 삼각형은 현민을 옴짝달싹 못하는 소시민으로 만들고 만 것이다. 현민이 유물론자인 것은 사실이로되 처자를 먹여 살리겠다는 유물론이요 문학자로선 그의 주의주장은 정체불명이다. 그는 신변소설 〈가을〉에서 이 사실을 솔직히 고백하고 있다.

"그때 그는 아직 무슨 주의도 사상도 아무것도 모르고 오로지 문학을 지망하는 열정에 타는 소년이었다. 집에는 상당한 재산도 있고 부모도 두 분 다 계셨다. 그때의 그 열정은 지금 어디로 가고 재산은 부모는 다 어디로 갔는가 모든 것이 다 한 때의 꿈이었던가."

한 마디로 말하면 금단의 열매를 따먹어 자의식이 생기기 전 현민은 시인이었다. 그때의 기억이 〈창랑정기滄浪亭記〉같은 시미가 넘치는 작품을 낳았다. 또 그는 늘 입버릇처럼, 경찰이 가택수색을 할 때 뺏어간 네 권이나 되는 시원고가 있었으면 인스프레이션의 샘이 될텐데 하기도 하였다. 그러나 경찰이 앗아간 현민의 시가 어느 수준에 달한 것인지는 몰라도 세상이 알기에 그는 시인이 아니라 철두철미 산문가이다. 그리고 산문가가 부모가 없다고 재산이 없다고 한숨만 질 것인가. 현민의 살림살이가 "좀 넉넉한 석탄광부의 그것만도 못한 것같이도 생각된다" 한 영국에서도

"진정한 예술가는 아내를 굶게 하고 아들딸을 헐벗게 하고 칠십된 노모가 그를 먹여 살리느라 고생을 하게 한다"는 말이 버나드 쇼의 〈인간과 초인〉의 무대에 오르는 것이거늘 쪼들린 조선의 현실에서 글을 써서 대가족을 배불리 밥 먹이고 떳떳이 옷 입히겠다는 것은 그 자체가 벌써 비현실적인 관념이다. 현민은 그것을 잘 아는지라 보전普專의 교수가 되고 과장이 되었었다. 하긴 그에게는 학자적인 일면도 있다. 일본제국주의 밑에서 헌법과 행정법을 강의했으니까 그렇지 그가 좌고우시左顧右視하지 않고 기능을 발휘할 수 있는 학문을 했었더라면 큰 학자가 되었을는지도 모를 일이다.

〈김강사와 T교수〉의 김강사는 성대城大 예과에서 법제와 경제를 강의하던 유강사요 그때 다전多田이라는 교수가 있었다. (T는 그의 이니셜이다.) 기타 교장실의 위치에 이르기까지 성대 예과 그대로다. 다시 말하면 이 소설은 현민 자신의 체험을 그대로 소설화했기 때문에 조선문단에서 리얼리즘을 확립하는 공을 세울 수 있었던 것이다. 그런데 현민의 체험은 여기서 한 걸음도 내딛지 못했다. 아니, 몇 걸음 후퇴한 것이나 아닐까. '대동아문학자대회'를 전후한 그의 과오는 불문에 붙인다 하더라도 그의 생활과 사상은 작품에서 심화 확대된 것을 아직 보지 못했다. 〈나비〉는 정교한 작품이로되 한낱 댄스와 같은 작품이요 〈창랑정기〉는 아름답되 '시'지 '산문'은 아니다. 그러고 보니 현민은 결국 강사요 교수요 과장이 그의 본질이었지

문학인이 아니었던가.

"알트 하이델베르히!"

이렇게 〈가을〉에서 그는 외쳤지만 사실 현민에게는 학원이 격이다. 교수회에 내놓지 않고 총장 산전山田이가 구겨 쥐고 있었던 유진오 조교수안은 드디어 한 계급 올려서 실현되었다. 성대 헌법교수 적어도 일국의 헌법교수가 소설을 쓸 틈이 있겠느냐. 우리는 현민이 T교수의 신세가 되지 말기를 빌어마지않는 바이다.

현민의 문학이 예술로서 실패한 원인은 그가 소시민이었다는 데 있지만 더 깊은 원인은 그가 '자연'을 갖지 못했다는 데 있다.

"나 어린 시절을 경개 아름다운 시골서 보낸 사람은 이런 의미에서 대단히 행복된 사람이다."

"서울서 나서 서울서 자라난 나는 남들과 같이 가끔가끔 가슴을 졸이며 그리워할 아름다운 고향을 갖고 있지 못하다." (〈창랑정기〉)

그러나 현민의 소설은 상당히 인기가 있다. 조선의 독자층이 아직껏 소시민적인 인텔리였기 때문에 소시민의 문학인 현민의 소설이 많이 읽혀진 것은 당연한 일이다. 하지만 8월 15일을 계기로 해서 새로운 시대가 오려 한다. 유진오씨 자신이 그것을 모를 리 없다. 아니, 언제고 그는 시대의 선구자인체 한다. 8월 15일 밤에 그는 재빠르게 '문협'을 조직하고 그 후에 자기는 싹 빠져버렸다. 세상에서는 유진오씨가 오미트를 당했다는 사람들도 있지만 사실을 모르고 하는 말이다. 현민은 스스로 빠져 나간 것이다.

그러면 현민은 자기가 주동이 되어 만들은 '문협'에서 왜 발뺌을 한 것일까. "어떤 것이 정말 자기의 인격인가는 남모르게 저 혼자만 알고 있으면 그만인 것이다" 하는 현민의 동기를 따질 필요도 없거니와 그가 그 뒤에 성대교수 전형위원이 된 것을 보면 일본제국주의 시대에 자기가 범한 과오를 뉘우치는 기색은 적어도 행동엔 나타나 있지 않다. 누구보다 양심적이어야 할 문학자로서 민족의 자기비판이 가장 요구되는 때에 현민이 조선 최초의 국립대학교수를 전형했다는 것은 그의 두 번째 경거망동이었다고 아니 할 수 없다. 학자로 전향하려거든 몇 년이고 칩거해서 좋은 저서를 내놓은 다음에 세상에서 추대하거든 나서도 늦지 않을 것이요 문학이 끝끝내 목적이라면 더더군다나 헌법교수가 될 말인가.

현민이여 기회주의를 청산하라.

"좌익인이라면 붙들리는 대로 총살해 버리는 지금 이판에 왜 별다른 일도 없으면서 나는 서군과 비밀히 만나기를 약속한 것일까. 무엇보다도 나는 아무 일 한 것 없이 아무 이유도 없이 자칫하면 이곳에서 쥐도 모르게 생명을 잃을 것을 생각하니 기가 막혔다.

그리고 보니 서울 있는 집 생각이 몹씨 났다. 지금 어린애를 안고 잠 들어 있을 나의 처는 나의 지금 이 꼴을 상상이나 할까?" (〈상해의 기억〉)

이것이 아마 유진오씨의 진심일진댄 섣불리 정치에 관여를 말라. 정치는 생명을 내거는 무대다. 섣불리 소시민이 정치에 나섰다가 겁을 집어 먹고 노선에서 빗나가는 때는 그 뒤를 따르던 대중은 어찌 되느냐 생각만 하여도 위태 위태한 짓이다. 그러므로 현민 보고 기회주의를 버리라는 것은 정치적으로 좌우를 결정하라는 것이 아니라 문학을 하든지 버리든지 양단간 결정하라는 것이다.

민족양심의 도량인 문단에 기회주의가 신출귀몰한다는 것은 새 중간에 끼어서 살던 조선이 아니고는 볼 수 없는 비문학적인 현상이다.

현민이여 '지식의 열매'와 '생명의 열매'를 둘 다 욕심내는 것도 좋지만 하나도 못 따 먹고 말면 어떻게 그대의 생애를 변명할 작정인가. 불연不然이면 현민은 벌써 둘 다 따먹었다는 말인가. 현민이여 소성小成에 만족치 말고 우물 안 개구리가 되지 말지니 일본제국주의 강압 밑에서 우리가 '생명의 열매'를 따먹었으면 몇 개나 따먹었겠으며 더더군다나 우리가 따먹은 '지식의 열매'는 일본이 독을 넣어서 우리에게 주던 것이 아닌가. 이미 대학교수가 되어버렸으니,

"강을 넘고 산을 넘고 국경을 넘어 단숨에 대륙의 하늘을 무찌르려는 전금속제 최신식 여객기"(〈창랑정기〉)와 같은 교수가 되어지이다.

금단의 과실－김기림론

그리하야 그들 둘은 눈을 뜨고 그들이 벌거숭이라는 것을 알았느니라. —《창세기》

여기 절세의 미인이 있어 얼굴도 가리고 세상없는 남자의 구혼도 다 거절한다면 아니 그 여자를 본 사람이 하나도 없다면 이 여자가 과연 미인인지 아닌지를 누가 증명하느냐. 김기림이 바로 이러한 미인이었다. 그의 나체는커녕 얼굴을 본 자도 없으리라.

그러하던 기림이 〈우리들의 8월로 돌아가자〉라는 시를 가지고 얼굴을 나타내자 사람들은 〈미인〉이라고 감탄했다. 독수공방에서 남몰래 창틈으로 내다보며 이 남자 저 남자 지나가는 남자들을 비평하던 미인이 창문을 열고 내다 보았을 땐 무슨 곡절이 있을게다. 해방! 그렇다 8월 15일의 감격이 온 세상을 백안시하던 이 차디찬 미인을 뜨겁게 한 것이었다.

장시 《기상도》와 시집 《태양의 풍속》에도 '시'가 없는 것은 아니로되 기림은 '시'를 남부끄런 것으로 알고 무화과 나뭇잎으로 가리려고만 앨 썼다.

헐떡이는 들위에
늙은 향수를 뿌리는
교실의 녹슬은 종소리.

이는 정녕 미인의 소리로되 미인은 얼굴을 가리고 있다.

삐뚤어진 성벽위에
부러진 소나무하나……

이것은 틀림없이 문틈으로 내다본 풍경이다. 〈기상도〉가 〈세계의 아침〉, 〈시민행렬〉, 〈태풍의 기침시간〉, 〈자취〉, 〈병든 풍경〉, 〈올빼미의 주문〉, 〈쇠바퀴의 노래〉의 여덟 폭 그림이로되 그것을 짠 미인의 얼굴은 상상할 수도 없는 사라센의 비단 폭 같다.

모더니스트의 그림은 그러한 것이라고 우길 사람이 있다면 피카소의 그림을 보라. 데포르마시옹을 통해서 보이는 서반아인西班牙人의 적나라한 정열—'정열'이 어폐가 있다면 '인간'이라고 하자. 논리를 가지고는 기하학적 원형은 될지 몰라도 회화가 될 수 없다. 하물며 시는 회화가 아닌 것을.

하지만 편석촌片石村은 시는 회화라고 주장한다.

"청각의 문명은 '기사 로맨스'나 민요와 함께 흘러가고 시각의 문명, 촉각의 문명이 대두해서 지상의 면모를 일변시켰다. 그러다가 입체파의 이론에 의해서 더욱 고조된 조소의 정신은 다름이 아니라 19세기 말엽 이래 인류를 엄습해온 불안 동요 속에서 안전을 찾는, 다시 말하면 조형예술로서 고정하려는 의욕의 발현이 아닐까?" (〈시단의 동태〉《인문평론》)

이리해서 모더니스트 편석촌은 김광균의 〈와사등〉을 '성년의 시'라 추키고 오장환의 〈헌사〉를 '청년의 시'라 깎아 내렸다. 〈와사등〉의 시편들이 "소리조차를 모양으로 번역하는 기이한 재조"의 산물이로되 김광균씨가 〈설야〉의 음악을 잃었다는 것은 어른이 되어 그러한 진 또 모를 일이지만 그만큼 '시'를 상실했다. 시가 회화가 될 수 없다는 것은 벌써 라신의 〈라오콘〉이 해결지은 문제가 아니냐. 기림이나 광균의 시가 회화적이 되는 원인은 논리적이 되려했기 때문이다. 우주는 흐르는 건축이요 사차원적인 것인데 유동하는 만상 속에서 이차원적인 회화나 삼차원적인 입체를 언어로써 구성하려는 것은 현대인이 '논리'를 과신했기 때문이다. 기림은 어떤 친한 '시의 벗'에게 "너는 저 운문이라고 하는 예복을 너무나 낡았다고 생각해본 일은 없느냐? 아무래도 그것은 벌써 우리들의 의상이 아닌 것 같다" (〈태양의 풍속〉) 하였지만 운문 아닌 글 즉 산문이 현대를 대변하기는 하나 그만큼 예술을 상실하는 것도 계산에 넣어야 할 것이다. 하물며 논리적 산문이 시가 될 수 있을까 보냐. 논리로 시를 만들 때 언어의 곡예가 되어버린다.

날마다 황혼이 채워주는
전등의 훈장을 번쩍이며

이 얼마나 놀라운 재조才操냐. 그러나 결국 그것은 재조에 지나지 않는다. 날이 저물면 전깃불이 들어온다는 것을 논리적으로 뒤집었을 뿐. 미인은 종시 얼굴을 나타내지 않는다. 《기상도》가 제국주의의 비판인 것은 사실이지만 레닌의 〈제국주의론〉 같은 본격적인 비판이 아니요 산문기사를 가지고 몇 번 재주를 넘은 유희적 비판이다. 그것을 편석촌 자신이 의식치 못했을 리 없다.

대체 자정이 넘었는데 이 미운 시를 쓰노라고 베개로 가슴을 고인 동물은 하느님의 눈동자에는 어떻게 가엾은 모양으로 비칠까?

따지고 보면 편석촌은 금단의 과실을 따먹은 지성인이라 시마다 자의식이 퉁그러져 나온다. 시인으로서 시를 부정하는 그는 시를 과학이라고 우겨대기도 했다. 숫자가 없는 과학, 방정식이 없는 과학은 자연과학은 아닐 게다. 그러면 그의 시는 무슨 과학에 속하는 겐지. 자의식의 과학이라고나

할까.

요컨대 김기림의 시가 순수하지 않은 것은 자의식의 잡음이 너무 많이 섞여있기 때문이다. 다시 말하면 기림은 시가 무엇인지 너무 잘 알기 때문에 시에 만족할 수 없었던 것이다. '시'란 발가벗고 에덴동산을 산보하는 아담과 이브다. 선악과를 따 먹은 현대인이 자기를 송두리째 내뵈는 시를 쓰기란 지극히 곤란한 일이다.

그러나 8월 15일의 해방이 기적을 낳았다. 미인이 드디어 얼굴을 내밀었다. 〈우리들의 8월로 돌아가자〉는 편석촌이 쓰려고 맘먹으면 언제나 쓸 수 있는 시인데도 점잖은 체면에 지성을 자부하느라고 가려왔던 것이다. 그러나 이젠 체면을 차릴 때가 아니다. 또 진정 과학을 내세우려거든 시를 아애 버리고 과학자가 되라. 또 시를 회화라 주장하는 것도 시를 위해선 해롭다. '의미의 음악'이 시의 본질인질 댄 음악을 무시하는 시가 꾸준할 수 있으랴. 언젠가 이원조씨가 〈시의 고향〉이라는 편석촌에게 주는 글에서,

"나는 현대시를 생각할 때 전세기에서 받은 것도 없고 다음 세기에 남겨줄 것도 없는 한 개의 단절된 상태이라고 합니다.

그러므로 나는 언젠가 〈현대시의 혼란〉이란 적은 글 가운데서 현대시가 해조諧調를 잃어버린 것은 현대인이 감정의 조화를 가지지 못한 때문이라고 한 일이 있습니다마는 해조란 것이 본래 음악적인 데 비해서 현대시가 너무나 회화적인 이마쥬를 추궁한 나머지 마침내는 운문이 아니어도 좋다는 범람한 결론에까지 이르지 않았는가 합니다.

편석촌형! 시의 고향은 형이 앞서 부르짖던 모더니즘의 군호가 아니라 우리 여러 사람이 다 같이 느끼는 심정의 세계—거기는 '공동묘지'이기도 하고 '못' 가이기도 한가 봅니다"(《문장》Ⅲ, 4) 한 것은 정곡을 얻었다 하겠다.

편석촌이 음악에 만족할 수 없는 이유는 사실인즉슨 딴 데 있다. 그는

언제고 행동인이 되고 싶어 하는데 음악이 행동의 원리가 될 수 없기 때문이다.

"난 잠자코 있을 수가 없어. 자넨 또 무엇 땜에 예까지 왔나?"
"괴테를 찾아다니네"
"괴테는 자네를 내버리지 않았나?"
"하지만 그는 내게 생각하라고만 가르쳐 주었지 행동할 줄은 가르쳐 주지 않았다네. 나는 지금 그게 가지고싶네." (《기상도》)

일본제국주의의 탄압 밑에서 이렇게 행동하고 싶어 했거든 하물며 작금의 편석촌이랴. 하지만 〈우리들의 8월로 돌아가자〉는 지식인이 느낀 환멸의 비애였다. 시는 늘 앞을 바라보아야지 뒤돌아다보면 돌이 된다는 이야기처럼 위험하다. 8월의 흥분을 가지고 조선의 혁명을 완수할 수 있다고 생각할 편석촌이 아니지만 시인으로선 그럴 법도 한 일이다. 때로 울기도 하고 웃기도 하라. 논리와 체면을 가지고 시가 될 수는 없다.

시로선 순수하지 못했던 편석촌이 인간으로선 가장 순수한 사람의 하나였다는 데는 호랑이한테 물려가도 정신을 차리는 그의 지성이 가르친 바일 것이다. 이리해서 지성은 그에게 뗄 수 없는 본질이 되어버렸다.

시와 과학—이 모순을 어떻게 지양하느냐 하는 것이 앞으로 편석촌이 짊어진 과제일 것이다.

《신조선보新朝鮮報》 12월 29일부터 사흘 동안 연재된 장시—사실은 그렇게 길 것도 없지만—〈세계에 외치노라〉는 시와 과학의 문제를 한번 다시 되풀이한 것 같은 인상을 준다. 아니 사실로 《기상도》의 재판이다. 물론 그때보다 더 절실하게스리 시방 세계는 '제국주의'의 위협을 느끼고 있으니까 이 괴물을 비판하는 것은 시대적 요청이다.

하지만 제국을 떠받치던 해골의 서까래도 기둥도 "화롯불에 던져라 어

서 사뤄버려라" 했으니 이 '화로불'은 얼마나 굉장한 것인지는 모르되

> 전쟁은 벌써 끝나지 않았느냐.

한 것은 시인의 너무나 희망적인 관측이라 아니할 수 없다. 미영가美英加 삼 국이 원자폭탄을 가지고 소련에 대하여 이른바 '원자폭탄외교'를 하고 있는 것이 무엇을 말하며 지난 11월 17일에 모스크바에서 발표된 키르사노프Kirsanoff의 시 〈내일〉이

> 원자폭탄이 우리에게
> 수수께끼로 남게 하지 말지며
> 우라늄의 마술적 원자에다
> 창조적 영혼을 부어넣으라.

고 노래한 것이 무엇을 말하는가. 이 시와 편석촌의 시가 다른 것은 소련에는 원자폭탄을 연구하는 단체가 50이나 있어서 일만 명이나 되는 과학자가 연구에 전력을 다하고 있다는 것을 전제로 〈내일〉이라는 시가 나오는데 시인 혼자서 세계에 외친댔자 달걀로써 원자폭탄과 싸우자는 격이 된다. 불연不然이면 도야지에게 던지는 진주의 꼴이 되고 만다.

편석촌이여 진정 제국주의를 비판하려거든 경제학자가 되든지 정치가가 되라. '시'도 내면으로부터 사람을 움직이는 힘이 있는 것이니 시인도 행동인이 될 수 있다. 하지만 지성의 곡예 같은 시는 시도 아니요 과학도 아니다.

시를 위한 시—정지용론

술을 마시면 망나니요—술 취한 개라니—이따금 뾰족집에 가서 '고해'와 '영성체'를 하지 않고는 배기지 못하는 사람이지만 조선문단에서 순수하기로는 아직까지 정지용을 따를 자 없다. '시를 위한 시', 이것은 결코 말만 가지고 되는 일이 아니다. 내 손으로 내 목을 매달 듯 조선말을 말살하려던 작가와 평론가가 있는 이 땅에서 한평생 조선시를 붙들고 늘어질 수 있었다는 데는 지용 아니면 어려운 무엇이 있다. 벽초나 위당이나 안재홍씨나 이극로씨도 깨끗한 듯하되 결국은 입을 다물고 있던 것이 아니면 완고덩어리라는 것을 중앙문화협회에서 출판한《해방기념시집》이 웅변으로 말하고 있지 아니한가.

일본제국주의의 탄압 밑에서 가장 순수한 행동인이 누구였나 하는 것은 좀 더 두고 보기로 하고 정지용씨의 시는 가장 순수한 정신이었다.

시집《백록담》은 이가 저리도록 차디차다 할 사람도 있을게다. 아닌 게 아니라 희랍의 대리석같이 차다. 하지만 춘원처럼 뜨거운체하는 사람이 아니면 현민처럼 미지근한 사람들이 횡행하던 조선문단에서 이렇게 깨끗할 수 있었다는 것은 축하하지 않을 수 없다.

> 시름은 바람도 일지 않는 고요에 심히 흔들리우노니 오오 견디련다 차고 올연兀然히 슬픔도 끝도 없이 장수산속 겨울 한밤내—

이 이상 정신의 순수를 지킨 사람이 있다면 나서라.

하긴 지용에게도 한 때 청춘은 있었다. 《정지용시집》 제2부를 보면, 거기엔 카페도 있고 향수도 있고 홍춘紅椿도 있었다. 청춘은 가장 화려한 시의 동산이요 시들은 조선, 메마른 조선, 젊기 전에 늙어버리는 조선에도 청춘의 시가 있었다.

사람은 태중에 열 달 있을 동안 인류가 지구상에 단세포생물로 태어나서 오늘날까지 진화해 온 과정을 되풀이하는 것과 꼭 마찬가지로 한 사람의 생애를 통하여 그 정신의 변천과정을 관찰하면(이것은 누구나 스스로 내성할 수 있는 일이다.) 인류의 정신사를 엿볼 수 있는 것이다. 그러면 시와 산문이 각각 어느 시대에 속할 것인가. 하나는 청춘의 것이요 또 하나는 노년의 것이다. 아니, 청춘에도 벌써 산문이 섞인다. 자아 밖에 있는 '사실'이 압도적이 될 때 시의 계절은 지나가고 산문의 시대가 오는 것이다. 이리하여 현대를 '사실의 세기'라 하는 것이며 이 '사실'을 인식하는 데는 과학을 따를 자 없고 또 과학은 더 많은 생산을 가져온다. 그래서 현대를 과학시대라고 하는 것이다. 현대인이 일찌감치 어른이 되어버리는 것이 이상할 리 없다.

시인 정지용도 또한 현대인인지라 현대의 의식이 없을 수 없다. 〈태극선〉은 '시'와 현대의식을 대질시킨 상징시라고 보면 흥미가 있다.

이 아이는 고무 볼을 따러
흰 산양이 서로 부르는 푸른 잔디위로 달리는지도 모른다.
이 아이는 범나비 뒤를 그리며
소스라치게 위태한 절벽 갓을 내닿는지도 모른다.

이 아이는 내처 날개가 돋혀
꽃잠자리 제자를 쓴 하늘로 도는지도 모른다.

(이 아이가 내 무릎 우에 누운 것이 아니라)

새와 꽃, 인형 납병정 기관차들을 거느리고
모래밭과 바다, 달과 별사이로 다리 긴 왕자처럼 다니는 것이려니,

(나도 일찌기, 저물도록 흐르는 강가에
이 아이를 뜻도 아니 한 시름에 겨워 풀피리만 찢은 일이 있다.)

이 아이의 비단결 숨소리를 보라.
이 아이의 씩씩하고도 보드라운 모습을 보라.

(나는, 쌀, 돈셈, 지붕 샐 것이 문득 마음 키인다)

반딧불 흐릿하게 날고 지렁이 기름불만치 우는 밤,
모와 드는 훗훗한 바람에
슬프지도 않은 태극선자루가 나부끼다.

어른이 볼 때 '시'란, 꿈이다. 그러나 아이들에게는 세계 자체가 '시'다. 지용은 시인이기 때문에 현실을 괄호 속에 넣고 '꿈'을 전면에 내세웠다. 시인이란 요컨대 어린이의 세계를 찬미하는 자다. 영문학을 공부한 지용이 사옹沙翁을 덮어놓고 배리*를 누구보다 좋아하는 이유도 배리가 영원한 동심의 심볼인 '피터 팬'의 창조자이기 때문일 것이다. 또 그가 현대의 바리세교라고 할 수 있는 화석이 되어버린 천주교의 신자인 이유도 그 형식적인 의식의 테 속에 들려는 데 있지 않고 "어린이와 같지 않을진댄 천당

* J. M. 배리. 영국의 극작가.

에 들어갈 수 없으리라"한 〈복음서〉에 끌려서 그런 것인지도 모른다.

하여튼 《정지용시집》의 본질은 동심에 있다 할 것이다. 〈해바라기씨〉와 〈피리〉. 이제부터라도 조선문학에서 이런 씨는 얼마든지 뿌려도 좋고 이런 피리는 얼마든지 불어도 좋다. 동심을 잃는 날 '시'는 없어지고 말리라.

그러나 지용도 이젠 나이 먹었다. 얼굴만 쭈구렁 바가지가 된 것이 아니라 말도 나이 먹었다. 〈백록담〉은 차고 맑되 늙은이가 다 된 사람의 시집이다.

> 應無所住而生其心 (《금강경》 제10장)

이러한 선사禪師 같은 시는 좋다. 하지만 시집 《백록담》에 집어넣은 산문은 무엇을 의미하는 것이냐. '시'만 가지고 〈백록담〉을 채울 수 없던 지용—이 늙어빠진 지용아 그대의 시혼을 짓밟아 죽이려던 강도 일본제국주의의 목은 잘려졌으니 다시 용勇을 내어 젊어져라. 그리하여 아직도 살아 꿈틀거리는 일본제국주의를 물리치는 민족해방의 노래를 부르라.

《해방기념시집》에 있는—〈신조선보〉에도 났었다지—〈그대들 돌아오시니〉는 좀 위태위태한 시다.

> 국사國祀에 사신邪神이
> 오연傲然히 앉은 지
> 죽음보다 어두운
> 오호 36년!

하며 '천조대신天照大神'이 없어진 기쁨을 노래한 것은 신사참배를 강박 당하던 교원으로선 시가 됨직도 하지만 이 시를 천주교회당 속에서 '임정臨政' 요인들 앞에서 낭독하였다는 데는 찬성할 수 없다. 지용이 성당엘 다니든

'임정'을 지지하든 종교는 담배요 지용도 정치적 동물이니까 눈감아 준다 하더라도 '시'를 교회당에까지 끌고 들어가 눈코 달린 정치가에게 헌납한다는 것은 순수하다 할 수 없다. '시'는 '시'를 위해서만 존재할 수 있는 것이다.

하긴 예수도—떠가는 구름도 움켜잡을 수 있다고 믿었던 인류의 최대 시인도—십자가에 못박혀 죽을 때 "엘리 엘리 라마 사박다니!"(하느님이시어 왜 나를 버리시었나) 하고 절망의 부르짖음을 남기었거늘 현대에 더우기 조선에서 '시'만 가지고 살라는 건 무리한 주문일런지 모른다. 그렇다고 시인이 천주교당이나 '임정'밖에 기대설 때가 없다는 말이냐. 군정청을 가보고 와서 "공기가 탁하고 복작거리는 광경이 지옥이야 지옥. 뭐니 뭐니 해도 여기가 천당이지" 하고 이전梨專의 상아탑을 찬미했다는 지용. 그렇다 누가 오건 관청은 관청이다—폰시오 필라투스* 이래 인간성을 잃어버린 곳이 아니냐. 하지만 상아탑을 피난처로 알아선 안 된다. 시탄詩彈을 내쏘는 토치카가 되어야 한다. 상허의 〈청춘무성靑春茂盛〉이 이전梨專에서 실패한 것은 그것이 산문이었기 때문이다. 신노심불로身老心不老라. 지용이여 인디언 썸머를 노래하지 않으려나. 이것이 결코 비아냥거리는 것이 아니다. 누구모양 여학생을 데리고 고비원주高飛遠走하는 희비극을 연출하지 않는 한 그대의 연정을 읊은 들 죄 될 것이 무엇이랴. 점잖은 개 부뚜막에 잘 오르는 조선봉건주의를 타파하는 데 시인이 한 몫 본다면 그런 데서 차라리 빛나라.

자네는 인어를 잡아
아씨를 삼을 수 있나?
……………………………

* 본디오 빌라도의 라틴어 이름 Pontius Pilatus

....

아무도 없는 나무 그늘 속에서

피리와 단들이 이야기 하노니.

일전에 오장환 말이 지용은 이전梨專의 선생이 되어 안이한 생활로 들어갔으니 시가 나오기 어렵다 한 것은 동감이다. 《문장》에서 그가 추천한 시인들은 박두진 조지훈 박영종을 비롯해 바야흐로 쪽빛보다 더 푸른 시를 생산하고 있다. 지용의 시방 자세를 뛰려고 움츠린 자세로만 보고 싶다.

언젠가 지용은 술에 곤드레만드레 취하여 가지고 "못 쓰는 차표와 함께 찍힌 청춘의 조각이 흐려져 있고 병든 역사가 화물차에 실리어" 가는 개찰구에서 바래다주러 나온 길진섭吉鎭燮에게 손을 내저으며 폼으로 내려가면서,

"나처럼 좋은 친구를 가진 사람은 행복이야. 당신은 바래다주는 친구하나 없지 않소" 하였다. 술과 친구를 좋아하는 지용. 그대에겐 성당이고 임정이고 가외의 것이다. 셰익스피어도 친구와 술을 마시다가 쓰러져 죽었다. 이태백이가 술 먹고 달 잡으려다 물에 빠져 죽었다는 이야기는 너무도 유명하지만—

그러나 시인도 밥 먹어야 하고 옷 입어야 한다. 이태백같은 시인도 집에선 처자가 쌀사오라 옷 해주 하는 데 골머리를 앓고

중조고비진衆鳥高飛盡 고운독거한孤雲獨去閑

상간량불염相看兩不厭 지유경정산只有敬亭山

하였다. 경정산 같은 안식처가 없이는 당나라 귀족시인도 구름과 새를 즐길 수 없었거늘 삼십육 년 동안 아니 오백하고 삼십육 년 동안 고혈을 빨린 조선에서 시를 읊고 술을 마실 수 있었다는 것이 누구의 덕인가를 인식

하라.

그대들 돌아오시니 피 흘리신 보람 찬란히 돌아오시니!

하고 그대가 맞이한 몇 사람 정치가보다도 이마에 땀을 흘려 낫을 잡는 사람, 해머를 휘두르는 사람이 시인을 밥 먹이고 옷 입히지 않았던가. "손발을 움직이지 않고 오곡을 구별할 줄도 모르고 무슨 선생인가" (논어 미자微子)하고 공자를 꾸짖은 노인은 지팡이에 대광주리를 꿰어 어깨에 메고 와서 지팡이를 꽂아놓고 김을 매었다. 지용도 세상이 귀찮거든 전원으로 돌아가 자연시인이 되는 것이 어떨꼬. 왜냐면 잡지의 이름이 '상아탑'이라는데 깜짝 놀라

"상아탑이요? 인민전선이 펼쳐졌는데 《상아탑》이 무사할까요" 하였으니 말이다. 그렇다 인민전선이 펼쳐졌다.

우리 모든 인민의 이름으로
우리네 인민 공통된 행복을 위하여
우리들은 얼마나 이것을 바라는 것이냐.
아, 인민의 힘으로 되는 새나라—오장환 〈병든 서울〉

그러나 지용이여 안심하라. 상아탑은 인민의 나라에도 있다. 좌익소아병자의 시 아닌 시를 보고 인민의 나라에는 '시'가 없을 거라고 지레 짐작을 말지니 노동자 농민 속에서 '시'가 용솟음쳐 나올 때—그것은 먼 장래의 일이기는 하지만—가늘어지고 잦아들었던 조선의 시가 우렁차게 삼천리강산에 메아리 짖을 것이다.

지용은 맑은 샘이거니 대하장강을 이루지 못할진대 차라리 끝끝내 백록담인 양 차고 깨끗하라.

나의 얼굴에 한나절 포갠 백록담은 쓸쓸하다. 나는 깨다 졸다 기도조차 잊었더니라.

탁류의 음악—오장환론

아직까지 인류의 역사는 탁류였다. 더럽힌 것은 가라앉고 처지기는 하지만 아직까지 한 번도 맑아보지 못한 것이 인류의 역사다. 히틀러, 무솔리니, 유인裕仁의 무리들이 흐려놓은 물은 아직도 흐린 채로 흘러가고 있다. 주검이 풍기는 균으로 말미암아 한 때 인류의 심장이 크게 뛰던 구라파엔 폐병, 흑사병, 천연두, 디프테리아가 난만하며 미국의 식량을 다 갖다 준 대도 구라파는 굶어죽게 되었다 한다. 음악의 나라인 독일에서도 이젠 음악의 음악인 모차르트가 한 조각 빵만 못 하리다. 빵을! 빵을! 아 빵을 다오! 구라파의 인민은 이렇게 외치고 있다.

그러면 조선의 인민은? 삼십육 년 동안 아니 오백하고 삼십육 년 동안 한번 크게 외쳐 봤을 뿐 말을 못한지 너무 오래기 때문에 이젠 마음 놓고 소리치라 해도 무서워서 말을 못하게 되었다. 굶으면서도 배고프다 아우성치지 못하는 인민들—누가 그들의 소리를 대변할 것이냐. 그들의 소리는 그들 자신의 말밖에는 없다. 당장 먹을 것이 없고, 입을 것이 없는 그들의 욕구는 그들 자신이 밥과 옷을 달라 부르짖을 때 가장 절실한 소리가 되는 것이다. 그러나 시나 소설이나 희곡은 밥과 옷을 장만한 연후라야 쓸 수 있는 것이다. 그래서 시방 역사의 주류는 행동이지 말은 아니다. 행동하는 사람만이 현대사의 주인공이 될 수 있는 것이다.

인류의 역사는 탁류다. 파시스트의 총칼에 쓰러진 시체를 품고 흘러가는 이 피비린내 나는 대하장강—맑아지려면 앞으로도 몇 해가 더 걸릴는지, 더더군다나 원자폭탄을 가지고 제삼차대전을 일으켜서 가뜩이나 흐린 물을 더 휘저어 보려고 호시탐탐한 무리들이 있으니 걱정이다. 걱정은 걱정이지만 오예汚穢와 혼탁은 결국 가라앉아 뒤에 처지고 말 것이며 인류의 역사는 언제까지든지 탁류로만 있을 것이 아니다.

하지만 인류의 역사는 탁류다. 과거 삼십육 년의 조선 역사는 하수도 같은 역사였다. 더러운 것이 겉으로 떠올라와 날치던 역사. 헌신짝이나 떠돌아다니던 시궁창. 물고기들은 물속에 숨어버린 역사. 아아 이 시궁창이 겨우 흐르기 시작했거늘 어찌 일조일석에 맑은 강물을 바랄 수 있으랴.

> 저기 한줄기 외로운 강물이 흘러
> 깜깜한 속에서 차디찬 배암이 흘러……
> 사탄이 흘러……
> 눈이 따갑도록 빠알간 장미가 흘러……

이렇게 오장환은 〈할렐루야〉에서 노래했지만 이보다 훨씬 폭이 넓고 물이 거세고 탁한 것이 역사다.

그러나 조선시인 가운데서 장환만치 역사의 탁류를 잘 표현한 시인도 없다. 기림이 가장 파악력이 있는 시인이로되 그의 논리가 너무 날카로워 역사를 오리고 저며서 초현실파의 그림처럼 되어버리고 말았다. 지용은 너무 맑다. 송사리 한 마리 없게스리 너무 맑다.

조선처럼 물질적으로 가난하고 시인이 많은 나라도 없다. 그러나 그들의 대부분이 나비처럼 연약하다. 아름답지만 약하다. 역사는 탁류가 되어 도도히 흘러예거늘…… 강 언덕에 핀 꽃에 누워 떠가는 구름이나 바라다보는 시인들—그 구름을 역사의 흐름으로 착각하지나 말았으면 좋으련만. 태준, 원조, 남천, 임화를 문단명부에서 제명 처분한 〈예술부락〉의 시인들—그들은 꽃다운 호접胡蝶이다. 탁류 속에서 몸부림치는 물고기를 비웃는 나비들이여! 두고 보라. 시대는 어언 간에 흘러 가버리고 그대들은 시들은 꽃 위에서 백일몽을 깨리니 때는 이미 늦으리라. 아름다운 호접.

> 까만 눈동자 살포시 들어
> 먼 하늘 한개 별빛에 모두우고
> 복사꽃 고운 빰에 아롱질 듯 두 방울이야 얇은 사紗 하이얀 고깔은 고이 접어서 나빌레라.

그들의 춤은 지훈의 〈승무〉가 여실히 표현했다. 나비의 춤은 아름다운 지고.

하지만 인류의 역사는 탁류다. 장환의 시가 지훈의 시처럼 맑지 못한 것은 역사 속에 살고 있기 때문이 아닐까.

> 저 멀리서 또 이 가차이서도 나의 오장에서도 개울물이 흐르는 소리

장환은 달의 여신(Artemis)에게 이렇게 헌사한 적이 있지만 장환 자신이 '개울물' 속에 있지 않고서야 어떻게 자기 속에서도 개울물이 흐르는 것을 의식할 수 있으랴. 〈예술부락〉의 시인 같으면 〈화사花蛇〉나 쫓아다니었을 것을. 꽃의 빛깔과 냄새에 취한 나비들. 그들이 꽃다님 같은 배암의 뒤를 쫓고 있을 때 장환은 역사의 탁류 속에서 몸부림치고 있었던 것이다.

> 여기 쓸쓸한 자유는 곁에 있으나

> 풋풋이 흰 눈은 흩날려, 이정표 썩은 막대 고이 묻히고
> 더런 발자국 함부로 찍혀
> 오직 치미는 미움 낯선 집 울타리에 돌을 던지니 개가 짖는다.

—〈소야의 노래〉

이렇게 압박감을 이기지 못하던 장환. 아니, 조선인민. 그 쇠사슬이 끊어진 찰나의 조선역사를 가장 잘 노래한 것이 〈병든 서울〉이다. 장환은 언제나 시대의 강물 속에 몸을 잠그고 있었기에 이러한 '탁류의 음악'을 파악 표현할 수 있었던 것이다.

장환의 시를 병적이라 하는 사람도 있지만 그것은 조선의 역사가 병들었기 때문이요 의식은 존재의 반영인 것을 알라. 상용尙鎔의 〈남으로 창을 내겠소〉 같은 시를 건전하다고 보면 큰 과오를 범할 것이다.

"새 노래는 공으로 들으랴오? 공것은 무척 좋아 하는군. 새 노래를 어떻게 공으로 듣는단 말인지." 하던 장환의 말이 생각난다. 사실 유한계급이 아니고는 새 노래를 공으로 들을 수 없을 것이요.

"머리에 형관 쓰기를 자원하는 이 어찌 골고다의 청년 예언자뿐이었을까."
(《인문평론》Ⅱ-2)

〈방황하는 시정신〉이라는 산문에서 장환은 이렇게 선언했지만 장환이라는 물고기의 몸부림은 무어니 무어니 해도 나비의 춤보다는 더 괴롭고 슬펐을 것이 아니냐. 두진의 〈묘지송墓地頌〉을 읽고 좋다 하면서,

"시란 사람을 따뜻하게 해주는 것이다."한 장환. 최재서나 유진오가 대동아문학자대회에 갔다왔다 하던 때의 이야기다. 장환은 빵을 구하러 노동판에 들어갔다가 늑막염에 걸려서—시방은 신장을 앓는다지만—건강이 좋지 못했는데 《상아탑》 2호에 실린 〈종소리〉를 썼다. 발표할 수 없는 시를 쓴 장환 시에도 지하운동이라는 것이 있는 것이다.

이러한 장환인지라, 8 · 15의 해방이 그로 하여금 〈병든 서울〉 같은 시를 낳게 하였다. 해방 후 시가 쏟아져 나왔지만 이 시만치 시대를 잘 읊은 시

는 없으리라. 장환은 이 한 편으로도 족히 '탁류의 시인'이라 할 수 있다.

> 무거운 쇠사슬 끄으는 소리 내 맘의 뒤를 따르고

상용이 농부라면 또 모를까…… 종로 한 복판에 꽃가게를 벌려놨댔자 새가 와서 공으로 노래 부를 것 같지 않다. 상용도 그의 호號말마따나 달빛 비낀 언덕에서 꿈꾸는 한 마리 호접인저!(사실은 그는 나비도 아니다.)

장환의 시가 음악적인 것을 논란하는 사람이 있다. 음악적인 것은 현대적인 것이 되지 못하기 때문이라고. 그렇다, 숫자적인 사상이 가장 현대적이다. 하지만 시는 본질이 우주를 한 개의 흐름이요 율동이라 보고 동시에 그렇게 파악하는 것이기 때문에 시는 어느 시대고 역사의 음악이지 토막토막 잘라 놓은 논리는 아니다. 〈설야雪夜〉의 음악을 버리고 기림의 주장대로 회화적이 되려다 시를 상실한 광균. 그는 그래도 낫다. 숫제 음악을 무시하고 경제학 논문 쓰듯이 시를 쓸 수 있다고 생각하는 아니, 꼭 그래야만 된다고 우기는 자칭 프로시인들. 정말 경제학을 안다면 그들은 그 시를 쓰고 있지는 않을 터인데. 시를 끝끝내 고집하려거든 장환의 시―탁류의 음악을 배우라. 프로시란 농민이나 노동자가 쓰는 시를 일컬음이요 농민이나 노동자가 시를 쓰려면 시방 조선의 생산력을 가지고는 당장에는 어려울 것 같다. 다시 말하면 농민 노동자들도 그대들처럼 책 읽고 글을 쓸 수 있는 나라 즉 사회주의의 나라가 되어야 할 것이 아니냐. 부르주아 민주주의의 혁명도 완수 못한 이 땅에서 사회주의사회의 시가 나올 턱이 없다. 하물며 의식은 존재보다 하로 뒤 떨어진다 하거늘.

인류의 역사는 탁류다. 그러나 맑아야 하는 것이 시인이다. 참 어려운 노릇이다.

거세개탁擧世皆濁이나 아독청我獨淸하고 한 것이 어찌 굴원 한 사람의 한탄이랴. 과거 삼십육 년 동안 시인이 춘원이나 현민처럼 이른바 현실 속에서

쉬였더라면 조선의 시가 어찌 되었을까를 생각해 보라. 프로시인이 됐다가 《대동아시집》을 쓴 김용제의 꼴이 되지 않겠느냐. 그래서 조선시단을 사수한 월계관은 상아탑파 시인 지용의 머리에 얹어놔야 하지만 스스로 맑고 탁류 속에 있으면서 탁류를 노래한 시인으로는 장환을 엄지손가락 꼽아야 할 것이다. 사실 앞으로 지용은 어려울 것이다. 장환의 〈지도자〉니 〈나의 길〉이니 하는 시는 시로선 덜 됐지만 장환이 언제고 탁류 속에서 몸부림치고 있음을 말하며 따라서 〈병든 서울〉같은 걸작시가 앞으로도 쏟아져 나오리라 기대할 수 있다.

그러나 나비의 춤도 '고요하고 슬픈 인간성의 음악'임에는 틀림없다. 장환 자신도 때로 나비가 된다.

> 고운 달밤에
> 상여야, 나가라
> 처량히 요령 흔들며
>
> 상주도 없는
> 삿갓가마에
> 나의 쓸쓸한 마음을 싣고
>
> 오늘밤도
> 소리 없이 지는 눈물
> 달빛에 젖어
>
> 상여야 고웁다
> 어두운 숲속
> 두견이 목청은 피에 적시어……

—〈상열喪列〉

탁류 속에 있으면 산문적이 되기 쉽다. 그러니 시인은 때로 강 언덕 꽃에 쉬어 새 노래며 구름을 즐기는 것도 좋다. "The Last Train"만이 장환의 노래가 아니다.

더욱이 이제야말로 봄이 오려 한다.

지금은 남의 땅 빼앗긴 들에도 봄은 오는가?

이상화의 〈빼앗긴 들에도 봄은 오는가〉를 조선 최고의 시로 추대한 장환. 아 아 그때 봄은 좀체로 올 것 같지 않았더리니—8 · 15 전 해 겨울 '심원心園'이란 다방이었다—인제 진정 봄이 오고야 말련다. 얼어붙었던 조선 문단도 얼음이 풀려 흐르려 한다. 실낱같던 조선의 시. 그나마 마저 서리를 맞고 얼어붙었던 조선의 시가 대하장강을 이룰 때가 반드시 오리라. 그것은 이 봄보다 더 먼 봄이기는 하지만—

나는 온몸에 햇살을 받고
푸른 하늘 푸른 들이 맞붙은 곳으로
가르마 같은 논길을 따라 꿈속을 가듯 걸어만 간다.
입술을 다문 하늘아,
들아 내 맘에는 내 혼자 온 것 같지를 않구나
네가 끌었느냐 누가 부르더냐 답답해라 말을 해다오.
—〈빼앗긴 들에도 봄은 오는가〉

이 답답한 삼천만 조선인민의 마음을 마음껏 노래할 때는 왔다. "조선의 시단에서는……영원히 집단적인 한 종족의 커다란 울음소리나 자랑을 노래하지 못할 것인가"(〈방황하는 시정신〉) 한 장환. 이제야말로 그대의 커다란 울음소리와 자랑을 노래할 때는 왔다. '탁류'—나비들은 역사를 이렇게 본다—'탁류'를 마음껏 노래하라. 조선시단이 '탁류의 음악'을 낳을 수 있다면 장환이 누구보다 기대되는 바 클 것이다.

2. 민족의 자유

기독의 정신

거짓 예언자를 경계하라. 그들은 양의 탈을 쓰고 그대들 앞에 나타난다. 하지만 속으론 그들은 피를 빨려는 늑대이니라. —〈마태복음〉 제7장 15절

시방 조선의 기독교도들은—신교이건 구교이건—바리세가 되어간다. '바리세'란 해부라이 말로 '분열파'를 의미하며 메시아와 그의 재림은 역설하면서 기독을 부정한 자들이다. 꼭 마찬가지로 시방 조선의 기독교들은 대한大韓과 그 부활만을 주장하므로 말미암아 민족통일에 분열을 가져왔다. 또 현대의 기독이라 할 수 있는 애국자들을 바리세가 로마의 대관代官 폰시오 필라투스한테 모함했듯이 미군정에다 중상하고 있다. 조선의 공산주의자들이 당한 일제경찰의 악형은 결코 예수가 짊어진 십자가 못지않았다. 예수가 약소민족이요 피압박민족이던 유태민족을 위하여 형관을 쓰고 피를 흘린 혁명가이던 것과 진배없이 조선의 공산주의자들도 민족해방을 위하여 스스로 나서서 거꾸로 매달리고 물을 먹고 가죽조끼를 입고 피를 흘린 혁명가들이다. 이러한 애국자들을 욕하는 한인기독교도들은 기독의 정신을 배반하고 있다는 것을 아는지 모르는지.

앙드레 지드는 《전원교향악》에서 "신약에는 빛깔의 관념이 없다" 했지만 그것은 예수나 그의 제자들에게 예술가적인 감각이 결여되었기 때문에

그런 것은 아니다. 《신약》의 사상을 중세기적인 비육체적인 비감각적인 것이라 단정한 지드. 그는 제 2차 대전에 승리를 얻은 불란서인이었기 때문에 약속민족이요 피압박민족인 유태의 지도자 예수와 및 그의 종도宗徒들의 심리를 이해할 수 없었던 것이다. 로마병의 창검이 번득이고 민족반역자 헤롯왕의 아들들이 로마의 금취金鷲를 믿고 득세하며 석두완고파石頭頑固派의 국수주의자 바리세와 사두개가 권세를 다투어 민족은 사분오열되고 민족성은 나날이 더럽혀갈 때 이 민족을 구해 보겠다고 나선 것이 구세주 예수라는 것을 잊어서는 안 된다. 그때의 비밀경찰과 고문은 역사상에도 유명한 것이다. 예수가 해외로 망명하지 않고 끝끝내 국내에서 투쟁할 수 있었다는 것은 그의 혁명가적 정열 못지않은 탁월한 그의 지성 때문이다. 민족을 위해 한 놈이나 두 놈 죽이고 자기도 죽거나 해외로 달아나는 것도 애국자이지만 민중 속에서 민중과 더불어 갖은 굴욕과 갖은 핍박을 참아 가면서 그 민중을 사는 길로 이끌어 나가다가 마침내 십자가에 못 박혀 죽은 예수는 더 큰 애국자가 아니겠느냐.

"주여! 어디로 가시나이까?"

"로마로"

이것은 쉔키비쯔의 《쿠 바디스》*의 유명한 대목이지만 폭군 네로가 무서워서 로마를 피해 나타나는 베드로에게 주는 경고인 동시에 어느 때고 어느 나라에서고 해외망명객보다 국내혁명가가 더 애국자라는 좋은 교훈이기도 하다.

《신약》이 지드의 말마따나 선명한 빛깔을 지니지 못한 이유는 그것이 로마병兵 친로파 민족반역자 앞에서 당당히 떠들어댄 기독의 언어인 탓이다.

---

* 폴란드의 작가 쉔키비쯔가 조국의 독립을 위해 쓴 책.

상징! 극도의 상징만이 놈들을 피하여 민중의 가슴속으로 스며들 수 있었던 것이다. 그래서 《신약》은 사상으로선 우원迂遠하고 간접적인 '시'가 되는 수밖에 없었던 것이다. 그래서 '천당'의 관념만 하더라도 오늘날 무식한 기독교도가 말하듯 개인이 사후에 가는 곳이 아니라 유태민족이 해방되어 잘 살 수 있는 역사적 미래를 상징한 것이었다. 다시 말하면 현재는 비록 약하고 억눌린 민족이라도 반드시 행복하게 살 수 있는 시대가 온다는 사상이다. 그래서 루낭은 《예수전》에서 '천당'을 이렇게 찬미했다. '천당'의 사상은 세계사에 가장 빛나는 사상이다. 왜냐면 황금시대를 과거에다 두는 민족은 많았지만 미래에다 두고 기다린 민족은 유태민족밖에 없다. 일본제국주의의 강압 밑에서 한용운의 민족주의가 《님의 침묵》이라는 시집의 형식을 빌리는 수밖에 없었듯이 예수의 피압박민족 해방사상은 '천당'이라는 상징을 빌리는 수밖에 없었던 것이다.

일언이폐지하면 《신약》은 시다. 그러나 그것은 시를 위한 시가 아니라, 민족을 위한 시였다. 따라서 극도로 지적인 시다. 민족을 생각할 때 구름의 옥색이나 꽃의 당홍이 추상될 것이다. 그래서 지드는 《신약》엔 빛깔의 관념이 없다 한 것이다. 그러나 그렇다고 《신약》과 중세기를 연결하는 것은 잘못이다. 중세기의 암흑은 아리스토텔레스의 형식논리만 가지고 천당을 구성하려다 육체와 현실과 자연을 상실한 암흑이지만 《신약》의 암흑은 로마제국의 말발굽에 짓밟혀 피를 흘리면서도 광명을 모색한 암흑이라는 것을 잊어서는 안 된다.

"백합꽃이 어떻게 사는가 생각하여 보아라. 그들은 애써 일하지 않고 길쌈하지 않느니라. 그러나 내 너희들에게 이르노니 솔로몬의 영화로도 이 꽃의 하나만치 옷 입지 못하였더니라.

만약 하느님께서 오늘은 들에 있고 내일은 아궁이에 들어갈 풀을 이렇게 옷 입히실진댄 너희들은 얼마나 잘 옷 입히시겠느냐? 아 너희들은 믿음이 적은 자

인지.” (〈누가복음〉 XII 27-28)

이것을 한낱 귀족시인의 관조나 관념론자의 초월이라고 본다면 《신약》을 거꾸로 해석하는 것이 되고 만다. 민족의 운명이 어찌되든 사리사욕에 눈이 어두워진 무리들을 경계하는 이 말을 그때 그 현실과 유리시켜서 문면만 가지고 해석하는 것은 너무나 형식적인 오류이다. 이 대목은 오늘날 빈틈없는 '인생의 비판'이 될 것이다. 민족의 지도자라 지칭하는 사람들이 돈 모을 궁리부터 한다. 말은 좋다. 정치에는 돈이 필요하다고. 하지만 그 돈은 정치가가 잘 먹고 잘 입고 개인적 권세를 얻으려 사람을 매수하라는 돈은 아닐 게다. 몇 사람 자기들만이 조선민족을 해방할 수 있다는 오만한 생각에서(마음으로 겸손한 자는 진복자로다!) 가난한 민족의 돈으로 명예와 지위와 권력을 꾀하는 자들이여 〈누가복음〉 제12장을 한번 다시 읽어 보라.

“너희들은 차라리 하느님의 나라를 구하라. 그러면 이 모든 것은 그대들에게 저절로 생기리라.”

거듭 말하거니와 '하느님의 나라'라는 것은 《자본론》에 이른바 '자유의 왕국'을 의미하는 것이다. 조선민족이 “기능에 응해서 노동하고 필요에 응해서 소비하는” 민족이 되게스리 만들어 놓는다면 그대들처럼 신통한 기능이 없는 양반들도 행복하게 될 수 있을 것이 아니냐. 그러니 돈 모을 걱정보다, 민족을 해방할 걱정을 하라고 예수가 가르치는 것이다. 하긴 '하느님의 나라'란 '저 세상'이라고 끝끝내 우길 기독교신자가 있을 게다. 우길 테면 우기라. 그건 말리지 않는다. 하루 바삐 죽어서 그리로 가도록 하라. 다만 두려운 것은 '하느님의 나라'로 인도한다고 얼토당토 안한 대한민국으로 끌고 가는 사이비 기독교도들이다.

성당이나 예배당이 현실에서 초연한 '상아탑'이 된다면 그는 기독의 정신에는 좀 어그러지지만 그도 좋다. 하지만 선불리 신부나 목사가 정치에다 발을 들여놓고서 신도대중을 과거로 떠다박지른다면 기독의 정신을 전연 반역하는 짓이라 아니할 수 없다. 대한이 봉건주의 조선인 것을 그들은 모를 리 없거늘. 어쩌다 '대한인'들만 섬기느냐 말이다.

기독의 정신은 〈마태복음〉 제22장에 다음과 같이 요약되어 있다.

"마음과 영혼과 정신을 다 바치어 너의 주 하느님을 사랑하라."

"너의 이웃을 네 자신처럼 사랑하라."

다시 말하면 우주를 무목적인 혼돈으로 보지 않고 유목적인 조화라 믿어 의심치 않으며 인간사회에 있어서는 애타주의를 주장하는 것이다. 로마제국에게 유린을 당하야—조선이 일제 밑에 그러했듯이—민족반역자와 모리배와 패배주의자가 나날이 늘어가고 인민은 도탄에 빠져 헤맬 때 그 속에서도 숙명론자나 허무주의자가 되지 않고 민족의 해방과 우주의 섭리를 믿은 기독이 초인적인 신념의 소유자이었던 것은 부인할 수 없다. 그리고 그의 신념이 그가 가까이 하는 사람들에게까지 옮아간 것은 사실이다. 그러나 단순한 동물적인 신념만 가지고는 유태의 국내혁명세력을 형성할 수 없었을 것이니 예수의 혁명가적 정열이 뜨거우면 뜨거울수록 "엘리 엘리 라마 사박타니?"(하느님이시여 하느님이시여 왜 나를 버리시었나이까?) 하는 절망의 소리가 일찌감치 그의 입에서 튀어 나왔을 것이다. 십자가에 못 박힌 지 아홉 시간만에야 고통을 참다 참다 못해 이 소리를 크게 부르짖은 예수는 철저한 이성인이었다고 아니 할 수 없다. 민족반역자 헤로드의 무리와 보수파 바리세들이 예수를 로마군공에 올가넣으려고 "로마황제에게 세금을 바치는 것이 오롯한 짓입니까 아닙니까" 하고 물어 본 일이 있다.(〈마가복음〉 XⅡ-11) 그때 형편으론 예수는 '예스'라 할 수도 없고 '노'라 할 수도 없었다. 왜냐면 민족을 로마의 기반에서 벗어나게 하려는 혁명적 지도자로서 세금을 바치는 것이 옳다 할 수도 없고 그렇다고 세금을 바치는 것이 그르다 하면 그놈들이 일러 바쳐서 당장에 사형을 당할 것이다. 그래서 예수는 돈 한 푼을 가져오라 해서 그 돈에 로마황제의 초상이 있는 것을 가르키며, "시저의 것은 시저에게 돌리고 하느님의 것은 하느님에게로 바치라." 한 것이다. 이 말이 가지는 의미는 정치가로서 예수가 비범한 두뇌를 가졌다는 것과 생명의 협위를 느끼면서도 추호도 타협하지 않았다는 것이다. 일견 정치는 로마군정에 일임하고 자기는 하느님이나 모시는 종교자처럼 행세한 예수의 하느님은 유태민족의 자유를 의미한다는 사실을 잊어서는 기독의 정신을 파악할 수 없는 것이다. "뱀같이 슬기롭고 비둘기같이 어질라" 한 것이 예수의 언행을 단적으로 표현한 것으로 "늑대 속에 있는 양"같은 그로선 가장 현명한 길이었다. 뱀같이 슬기롭지 못할진댄 로마병이나 민족반역자나 정적에게 넘어 갈 것이요 비둘기처럼 어질지 못할진댄 피압박인민이 뒤따르지 않을 것이다. 약소민족의 지도자란 참으로 어려운 운명을 타고 나왔다 할 것이다.

현대 정신은 과학을 토대로 한다. 그러므로 《신약》에 나오는 기적이 문제꺼리다. 빵 다섯 조각과 생선 두 마리를 가지고 5,000 명을 배불리 먹이고도 열두 광주리가 남았다는 '빵의 기적'을 (〈마태복음〉 4, 〈마가복음〉 6) 어떻게 해석할 것인가. 신부나 목사는 이것을 그냥 그대로 덮어놓고 믿으라 한다. 말은 좋다. 기적이라고. 그러니 기적을 믿으라고. 그러나 기적이란 무엇이냐. 배가 고프면서 배가 부른 척 하는 것은 좋다. 하지만 적은 수의 빵과 생선을 가지고 많은 수의 사람을 배부르게 하고도 더 많은 수의 빵과 생선이 남았다는 이 '수'는 무시할 수 없는 것이다. 이 숫자를 염두에 두지 않고 기적이니 믿어라 우기는 것은 예수를 마술자라 주장하는 것이나 매일반이다. 우리는 눈앞에 마술사의 마술을 보고도 기이히 여기지 않는 현대인이거든 이천 년 전 일이랴. 그러므로 사이비 기독교도들이 어떻게 주장하든 '빵의 문제'는 다음과 같이 해석하는 것이 가장 옳은 파악일 것이다.

예수는 자기 먹을 빵을 군중에게 나눠주라고 제자에게 명했다.

> "예수는 제자들을 자기한테 오라해 가로대 나는 저 무리들을 가엾게 여긴다. 왜 그런고 하면 사흘 동안이나 나를 따라다녔는데 먹을 것이 없으니까. 그러니 도중에서 기진해 쓰러 질테니 굶주린 채로 돌려보내고 싶지는 않다." (〈마태복음〉 16장 32절)

예수도 사흘 굶주린 끝이리라. "사람들이 하도 오고 가고 해서 밥 먹을 틈도 없었기 때문에" 종도宗徒들만 데리고 배를 타고 남몰래 사람 없는 곳을 찾아간 것인데(〈마가〉 6장 31–32) 사람들은 벌써 알고 육로를 뛰어서 앞질러가서 기다리고 있었던 것이다. 그때나 이때나 민중의 지도자란 이렇게 밥 먹을 시간도 없는 것이다. 그래서 예수는 민중과 더불어 사흘을 굶었을 것이다. "너의 이웃을 네 자신처럼 사랑하라" 가르친 예수가 굶주린 대중 속에서 혼자만 먹을 수 있었겠느냐. 그래서 제자에게 명하여, 가지고 다니던 빵 다섯 덩어리와 생선 두 마리를 군중에게 나눠주라 한 것이었다. 예수가 아무리 현실을 무시한 시인이었기로서니 빵 다섯 조각과 생선 두 마리를 가지고 5,000 명이나 되는 굶주린 대중을 배부르게 할 수 있다고 믿었을 리는 만무하다. 다만 굶주린 대중을 앞에 놓고 혼자만 먹기가 딱하여 배를 타고 도망하다시피 해서까지 사람 없는 곳을 찾아간 것인데 끝끝내 군중이 따라다니니까 자기는 굶을 심 잡고 '양심'을 배불리기 위하여 자기의 빵과 생선을 군중에게 나눠준 것이었다.

> "그리하여 예수는 군중더러 풀 위에 앉으라고 명하고는 그 빵 다섯 덩이와 생선 두 마리를 그의 제자에게 주니 제자는 다시 군중에게 주었더니라." (〈마태〉

14의 19, 15의 35-36, 〈마가〉 6의 39-41)

여기에서 비로소 기적이 나타난 것이다. 예수 자신이 군중 때문에 빵을 가지고도 식사를 하지 못하고 기회를 기다렸듯이 군중 속에도 빵을 가지고도 먹지 않고 있던 사람이 있었을 것이다. 아니 혼자만 먹고 남은 빵을 가지고 있던 자도 있었을 것이다. 다시 말하면 거기 모인 군중은—예수까지도—혼자만 먹으려고 한 것이었다. 그것이 자연이다. 배고픈 것은 인간도 늑대에 진배없다. Homo homini lupus(인간은 인간에 대하여 늑대)라는 토마스 홉스의 말은 이런 경우엔 참으로 진리라 아니 할 수 없다. 하지만 예수는 보통 인간이 아니었다. 만인의 사표가 될 만한 사람이었다. 그래서 스스로 배고픔을 참고 최후의 식량을 군중에게 놓아준 것이었다. 예수를 지도자로 알고 쫓아다니던 무리들이 이에 감동하지 않을 까닭이 없다. 보통 때 같으면 서로 덤벼 뺏고 야단이 날 텐데 예수의 감화를 받아—"너의 이웃을 네 자신처럼 사랑하라"—서로 서로 사양할 뿐 아니라, 되래 감추어 두었던 빵과 생선을 내놓은 것이었다. 그래서 "여자와 어린애들은 빼놓고" 5,000 명이나 '양심'을 배부르게 하고 열두 광주리가 남은 것이었다. 이것은 확실히 기적이다. 유태는 약소민족이요 피압박민족이었기 때문에 이기주의로 흘러가고 심한 자는 민족반역자가 되어가는 데 거기서 굶주린 군중이 서로 서로 먹을 것을 사양하고 감추어 두었던 것까지 성출誠出하게 만들었다는 것은 기적이 아닐 수 없다.

이러한 기적을 시방 조선도 바라고 있다. 그러나 조선의 기독교도들은 '대한'은 모시고 섬기면서 자기네들이 감추어 가지고 있는 물질은 민족 앞에 내놓으려 하지 않는다. 그리고 무슨 예수교도라는 것이냐. 기독의 정신을 저버리고 무슨 예수교도라는 것이냐. 말은 좋다. "사람은 빵만 가지고 사는 것이 아니라"고. 그러나 《구약》의 이 유명한 문구는 돈 많은 사람들을 훈계한 말이지 가난하고 피를 빨린 근로대중에게 신부나 목사나 기독교지도자들이 설교할 때 이용하라는 말은 아니다. 스스로 '빵'을 장만하기에 아니 좋은 집과 재산을 장만하기에 급급한 자들이 어찌타 입으론 굶주린 대중에게 '빵'을 생각지 말라는 것일까. 특히 조선의 토착부르주아지들이 대중의 의식을 '빵' 이외의 것에 쏠리게 하려는 것은 행여나 자기네들이 감추어 가지고 남몰래 먹으려는 빵과 생선을 뺏으려 덤빌까 겁내서다. 하지만 안심하라. 노동자와 농민은 '이마의 땀'으로 빵을 구하는 사람들이다. 그대들처럼 대통령이 되고 싶거나 고대광실에서 놀고먹으려는 사람들이 아니니. 빵을 달라. 일을 해주께 빵을 달라. 이들의 이 지극히 겸손하고 정당한 요구를 들어줄 수 없거든 아예 지도자 될 생각을 말라.

시방 조선은 2,000 년 전 유태와 꼭 같다. 바리세와 사두개가 있고 군정이 있고 헤로드의 무리가 있고 유다까지도 있다. 그러면 과연 누가 예수이냐?

> "너희들은 그들이 맺는 열매로써 그들을 알 수 있으리라. 가시덤불에서 포도를 거두며 엉겅퀴에서 무화과를 거두는 일이 있느냐.
>
> 그와 매한가지로 좋은 나무는 좋은 열매를 맺고 좋지 못한 나무는 나쁜 열매를 맺느니라."(〈마태〉 7의 16–17)

시방 조선에는 민족을 혼자 사랑하는 체 떠들어대는 사람들이 있다. 특히 '반탁反託'을 운운하여서 가장 애국자인체하는 사람들이 많다. 하지만 말만 가지고는 애국자가 될 수 없을지니 그들이 맺는 열매를 보기 전에는 그들이 무슨 나무라 단정하기 어려운 것이다. 그들 가운덴 뒤론 민족의 피땀을 긁어모으면서 우리 앞에 나타날 땐 양의 탈을 쓰고 나오는 거짓 예언자가 있다. 이 양의 탈을 쓴 늑대를 경계하라.

유다는 은전 서른 닢에 매수되어 자기의 스승이요 민족의 지도자인 예수를 팔아 먹었다. 수제자 베드로까지도 닭 울기 전에 세 번이나 예수를 부정했다. 그리하여 바리세와 사두개의 무리들은 예수를 로마군정관 폰시오 필라투스에게 넘겨 십자가에 못 박기를 요구했다. 필라투스는 죄 없는 예수를 사형에 처하기는 차마 양심의 가책을 받았다. 그러나 보수주의자들과 민족반역자들은 예수를 십자가에 못 박기를 강요했다. 필라투스는 이 폭도들이 무서워서(〈마태〉 27의 24) 예수를 그들이 하는 대로 내맡겼다. 그리하여 이 '극열분자'들은 예수의 옷을 벗기고 붉은 옷을 입힌 뒤에 머리에다 가시관을 눌러 씌우고는 '유태인의 왕'이라 놀리면서 얼굴에 침을 뱉고 다시 옷 벗기고 매질하여 골고다의 언덕으로 끌고 가서 십자가에 못 박아 매달았던 것이다.

일본제국주의 밑에서 과연 누가 예수이었더냐. 머리에 가시관을 쓴 자 누구이며 붉은 옷을 입는 자 누구이냐. 그리고 이 예수의 얼굴에 침을 뱉고 이 예수를 십자가에 못 박은 자 누구이냐.

시방 대한기독교도들은 2,000년 전 유태의 기독만 내세우고 알짱 조선의 기독을 부정한다. 그것은 바리세들이 《구약》의 메시아만 내세우고 눈앞에 있는 예수를 부정한 것이나 꼭 마찬가지 짓이다. 우리는 약소민족이요 피압박민족이다. 그러므로 예수는 약소민족이요 피압박민족인 유태를 해방하려다 놈들에게 붙잡히어 십자가에 못 박혀 죽은 혁명가였다는 것을 잊어서는 아니 될 것이다.

공맹의 근로관-지식계급론단편

주역을 가지고 인간의 운명을 점치는 것은 꼭 윷가락을 던져서 운수의 길 불길을 따지는 것이나 매일반으로 그냥 유희라고 보면 눈감아 줄 수도 있는 것이지만 이십세기에 있어서 이것을 정말 '우주의 서'라고 보는 사람이 있다면 틀림없이 상투잡이일 것이다.

하지만 주역을 버리더라도 다음과 같은 대목만은 남겨 두고 싶다.

"상하재천上下在天, 하불재전下不在田"

지식계급의 본질을 이 이상 간단 명확하게 파악한 말은 고금동서에 없을 것이기 때문에—

봉건사회에 귀족처럼 또는 상품사회의 자본가처럼 하늘에 있거나 그렇지 않으면 농민이나 노동자처럼 땅에나 공장에 있을 일이지 지식계급은 하필 그도 저도 아닌 새 중간에 끼어 있느냐 말이다.

그래서 봉건사회에선 귀족의 식객이 되고 상품사회에선 자본가의 주판이 된 것이 지식인의 운명이었다.

하지만 그때나 이때나 지식인이 근로의 귀한 것을 모르는 바 아니다. 등문공藤文公이 나라 다스리는 방법을 물으니 맹자 가로대

"민사民事는 허술히 할 것이 아니올시다. 시에 가론

그대여 낮이면 갈대를 베고
밤이면 새끼를 꼬아서
빨리 그대의 지붕을 덮어라
그리고 나서 백곡을 씨 뿌리라

하였으니 백성이란 먹을 것이 넉넉해야 마음이 넉넉하고 먹을 것이 넉넉지 못하면 마음도 넉넉지 못한 것이니 마음이 넉넉지 못하고 볼 말이면 마음이 비틀리고 꼬부라져서 무슨 짓은 안 하겠사오리까. 그런 것을 죄를 저지른 뒤에야 잡아서 형벌한다면 백성을 그물 쳐놓고 고기 잡듯 하는 것이 아니오리까."

옳은 말이다. 이조의 샌님들은 왜 이런 유물론을 배우지 못하고 유교를 '명철보신明哲保身'의 도구로만 썼던고. 하긴 정다산鄭茶山같은 실학—요새 말로하면 유물론—의 대가가 없는 바는 아니로되—.

맹자의 정전설井田說은 유치한 대로 경제학이다. 이것을 계승하고 발전시켰더라면 유교는 그 면목을 달리했을 것이다.

그러나 맹자는 결국 봉건주의의 대변자였다. 식객이 별수가 있겠느냐. "노심자치인勞心者治人, 노력자치어인勞力者治於人, 치어인자식인治於人者食人, 치인자식어인治人者食於人, 천하지통의야天下之通義也"라 하였으니 말이다. 지식인은 언제고 아는 체하지만 언제고 그 시대의 제약을 벗어나기란 어려운 일이다. 사회의식은 사회존재의 반영이니까—.

"무항산이유항심자無恒産而有恒心者, 유사위능惟士爲能"의 '사士'가 지식인을 의미한다면 이 명제는 성립하지 않는다. 왜냐하면 지식인의 대표자요 맹자의 스승인 공자도 무항산無恒産이면 무항심無恒心이었으니 말이다.

"불반佛肸(불힐)이 부르매 공자가 가고자 하니 자로子路 가로대 언젠가 선생님이 이렇게 말씀하시지 않았습니까. 좋지 못한 일을 하는 자에겐 군자는 섞이지 않는 것이라고. 그런데 시방 불반이 중모中牟에서 반란을 일으키고 선생님을 청하니까 선생님이 가시려함은 어찌된 셈입니까. 하니 공자 가라사대 그렇다 내가 그런 말을 한 일이 있지. 하지만 내 어찌 뒴박처럼 매달려 먹지 않고 살 수 있겠느냐." (《논어》 양화陽貨)

공자도 뒴박처럼 먹지 않고 매달려 있기만 할 수 없었거늘 기여其餘의 유생이랴. 그러한 이조의 샌님들이 근로계급을 쌍놈이라 압박한 것은 시대의 죄과로 돌리더라도 일본제국주의 삼십육 년 동안 그러했고 해방된 오늘날 오히려 그 고약한 버릇을 행세하려는 봉건주의자가 있으니 사태는 딱하다.

"인제는 우리나라를 위해서 일하는 데 하필 여덟 시간 노동제냐 열 시간도 좋고 스물 시간도 좋지 않으냐."

그들은 이렇게 당당히(?) '팔시간노동제'를 비판한다. 말은 좋다. 그러면 그대들은 왜 하루의 여덟 시간은 그만두고 한 시간도 힘 드는 일을 하지 않느냐. 술 먹고 정담이나 하는 것은 노동이 아니라는 것쯤은 알아야 할 것이다. 삼천만이나 되는 조선민족이 맘과 힘을 합하여 하루의 여덟 시간 노동을 한다면 삼천리강산은 몇 해 안 가서 낙원이 될 것이 아니냐. 손발에 흙 묻이기 싫어하는 사람들은 시방 서울에 모여서 다 저 잘났다고 한마디씩은 떠들어 대고 있다. 그래서 서울은 정치적으로도 전선全鮮을 통하여 제일 반동적이다. 지식인이 있는 대로 다 모인 서울이 정치노선을 바로 걸어가지 못하는 원인은 그들이 '하불재전下不在田'이기 때문이다. 지식인은 손발을 움직이지 않기 때문에 의식주에 있어서 사대주의일 뿐 아니라 정치적으로도 갈팡질팡 영문을 모르는 것이다. 역사란 언제고 손발을 움직이는 사람과 더불어 움직이는 것이다.

공자는 그래도 공자다. 자기 손으로 자기 빵 문제를 해결하지 못하는 것에 대해서는 자의식을 가지고 있었다.

"자로가 공자와 더불어 여행을 하다가 뒤떨어졌더니 지팡이에 대광주리를 꿰어 어깨에 멘 노인을 만나 물어 가로대 노인께서는 우리 선생님을 못 보시었습니까 하니 노인이 가로대 손발을 움직이지 않고 오곡을 구별할 줄도 모르고 무슨 선생이람. 하고는 지팡이를 꽂아놓고 김을 매는지라 자로는 공손히 서서 기다리었더니 노인은 자로를 데리고 자기 집에 가서 머무르게 하고 닭을 잡고 수수밥을 해서 대접을 하고 또 두 아들을 불러 인사하게 하였더라. 자로가 공자를 찾아뵈옵고 자초지종을 아뢰니 공자가 가라사대 은자隱者로다 하고는 자로로 하여금 다시 가 보라 하니 노인은 간 곳 없더라." (《논어》 미자微子)

공자는 자기를 무위도식자라 욕한 노인을 '은자'라 하였고, 자로를 다시 한 번 보낸 뜻은 한 번 만나고자 꾀하였음이리라. 한데 자로는 닭고기와 수수밥 얻어먹은 신세도 잊고—이불속에서 활개치듯—"욕결기신이란대륜欲潔其身而亂大倫"이라고 그 노인을 그 노인 없는 데서 욕했으니 속이 좁은 인텔리라 아니 할 수 없다. 과연 공자는 그 노인을 어떻게 생각하였을까? 논어는 "자왈은자야사자로반견지子曰隱者也使子路反見之" 하였을 뿐이니 이천오백 년 뒤에 우리가 어찌 그 속을 알 수 있으랴. 다만 바로 전에 있는 〈장저장長沮章〉을 보아 추측할 따름이다.

"장저長沮와 걸익桀溺이 나란히 밭을 갈고 있는데 공자가 지나다가 자로를 시켜 나루를 묻게 하니 장저가 가로대 저 말고삐를 쥐고 있는 자가 누군가 하니 자로 가로대 공구孔丘올시다. 가로대 노나라 공구인가. 가로대 그렀습니다. 가로대 그 사람이면 모르는 게 없다면서 나루도 알 터이지 함으로 걸익에게 물어보니 가로대 자네는 누군가. 가로대 중유仲由올시다. 가로대 그러면 노나라 공구의 무리가 아닌가 대답해 가로대 그렀습니다. 가로대 온 세상이 대하장강처럼 도도히 흐르거늘 누가 거기다 손을 댈 수 있으랴. 사람을 피하는 공구를 쫓아 다니느니 차라리 세상을 떠나 사는 우리를 쫓아다니느니만 못하리라 하고는 씨 뿌린 데다가 흙을 건지면서 모른 체하는지라. 자로가 공자께 아뢰니 공자 무연히 탄식하야 가라사대 그렇다고 새나 짐승과 같이 살 수도 없지 않으냐. 내가 인간들과 같이 살지 않으면 누구와 같이 살 것이냐 천하에 도가 있다면야 나도 뭐 구태여 애쓰지 않으련다."

공자는 정치가였다. 지식인의 나갈 길은 기술이나 정치밖에 없다. 공자는 도연명처럼 도피하지 않고 하물며 굴원처럼 절망하지 않고 끝끝내 자기의 힘으로 중국사회를 경륜해 보겠다는 신념이 있었다. 이 일면이 맹자에 있어서는 더욱 강조되어 치국의 근본을 경제정책에 두게 하였던 것이다. 이런 점은 오늘날 우리 인텔리겐챠도 본 받아야 할 것이다.

하지만 지식인이 대중 속에 들어가지 않고 정치가가 되려는 것은 위험천만한 일이다. 공자나 맹자도 대중적 지반이 없었기 때문에 이 군주 저 군주를 찾아다니며 고문 노릇밖에 못 하였거늘 현대에 있어서 근로대중의 공복이 될 각오가 없이 지식인이 정계에 나선다는 것은 벌써 반동을 의미하며 사실 반동 진영에 붙고 마는 것은 결국 목구멍이 포도청인데 그는 자본가처럼 생산수단이 넉넉한 것도 아니요 노동자처럼 제 손으로 벌어먹을 수 있지도 않기 때문이다. 허행許行의 무리는 요새 인텔리만큼 어디가 붙을 줄 몰라서 굵은 베잠방이를 입고 짚신을 삼아신고 돗자리를 짜가며 손수 땅 파먹고 살았을까. 지식인들은 자기의 관념을 과신하는 나머지 자기가 진보적이라고 믿고 있지만 진보적이기는커녕 반동적이 되지 않으려 앨써도 앨 써도 반동적이 되기 쉬운 것이 동서고금의 인텔리가 지니고 있는 숙명이다. 로서아露西亞혁명전야의 지식인이 얼마나 반동했나를 보라. 아니 실례를 옛날이나 딴 나라에서 들 것 없이 조선의 인텔리겐챠를 보라. 조선의 신문잡지가 바람에 불리는 갈대와 같은 것도 그 토대인 지식계급이 이리 쏠렸다 저리 쏠렸다 하기 때문이다. 신문잡지가 반동이 되는 반면에는 반동분자의 테러가 숨어 있는 것이 사실이지만 그보다도 더 근본적인 원인은 신문잡지를 가지고 먹고 살려는 지식계급이 있기 때문이다. 그들이 입으로 또는 활자 위에서 무어라고 떠들어 대든지 간에 처자를 육체의 땀으로 먹여 살릴 수 없는 이른바 '정신노동자'이기 때문이다. 정신노동자! 말은 좋다. 하지만 더 많은 생산을 가져오는 것도 아니요 역사발전에 이바지 하는 것도 없는 정신이 무슨 노동이란 말인가. 기회주의자에 지나지 않는 지식인들이 신문잡지를 가지고 정치를 좌지우지한데서 조선정계는 더욱 혼란에 빠진 것이다. 정당 배경 있는 신문 두서너 개를 빼놓으면 나머지 언론기관의 거개가 어찌도 요리 뒤뚱 조리 뒤뚱 하는지 어느 장단에 춤을 추어야 될지를 모르는 것이 서울 시민이다. 신문을 보지 못하는 농부나 노동자들이 꾸준히 조선의 갈 바 길을 걸어가고 있는데 '서울양반'들이 갈팡질팡하는 것은 먼저도 말했거니와 반동분자의 테러와 모략책동이 가장 심한 곳이 서울이기 때문에 그렇기도 하지만 더 큰 이유는 지식계급의 동요가 심하기 때문이다. 그들만 태산교악泰山喬嶽의 자세를 취할 수 있었더라면 조선민족통일전선은 벌써 완성되었을 것이다.

특히 신문인이 인텔리 중에도 세상 돌아가는 것에 대해서 민감하다. 그러나 동시에 어느 쪽에 붙어야 유리하다는 타산이 빠른 것도 병이다. 그래서 판단이 너무 재빠르기 때문에 유구한 역사의 발전에 대해선 소를 만난 계도鷄刀와 같이 날이 서지 않는다. 역사는 생산력과 더불어 발전하는 것인데 직접 생산력의 요소가 되지 못하는 저널리스트들은 역사의 발전을 직접 체험하지 못하기 때문이다. 차라리 "행유여력즉이학문行有餘力則以學文"이라 한 공자의 실천적인 일면을 본받든지 "조문도석사가의朝聞道夕死可矣"라 한 그 치열한 진리탐구의 정신을 본받든지 한다면 조선의 지식계급도 진보적 역할을 할 수 있을 것이다. 논어는커녕 맑스, 엥겔스, 레닌도 무불통지無不通知라는 지식인이 있을지 모르나 현실을 지배하지 못하는 지식이 맑스, 엥겔스, 레닌의 어느 저서에 숨어 있다는 말인지 몰라도 실천적으로 조선민족의 해방을 위하여 플러스한 것이 없는 사람은 안다고 뽐내는 그 자세가 벌써 반동 측에 기울어있다는 것을 알아야 할 것이다.

조선에서 누구보다 심각한 자기비판 없이 새 나라의 일꾼이 될 수 없는 분자들이 지식계급이다. 마음에 없이 목구멍이 포도청이어서 또는 신변의 위험을 느껴서 그러했다 하더라도 조선의 젊은이들을 왜놈의 병정 만드는 데 또는 그놈들의 공장에다 징용 보내는 데 적극적으로 협력했으며 철모르는 어린이들을 황민화皇民化하는 데 노력했으며 노동자 농민을 속여서 착취하는 데 원조를 아끼지 않은 일본제국주의 행정기관에 있던 인텔리겐챠는 물론이려니와 언론교육기관에 있던 지식인으로 스스로 한번 자기를 매질해 봄도 없이 명리를 위하여 염치불구하고 날뛴다는 것은 지식계급 자체를 위하여 통탄할 일이라 아니 할 수 없다.

지식이란 비比컨대 칼과 같다. 칼이 더럽혔을 땐 씻으면 된다. 그리고 칼은 그것을 쓰는 사람에 따라 살인강도의 칼이 될 수도 있고 활인정의活人正義의 칼이 될 수도 있다. 지식인이여 스스로 이 칼을 의로운 데 쓸 용기가 없거든 차라리 간악한 무리에게 빌려주지나 말라. 그것조차 제 손으로 빌어먹을 줄 모르는 지식인에겐 어려운 일이다. 공자도 이 지식인의 비애를 깨달았음인지 《논어》 〈양화陽貨〉에서 다음과 같이 의미심장한 술회를 하였다.

"공자가 가라사대 내 아무 말도 아니 하련다. 자공이 가로대 선생님이 아무 말씀을 안 하신다면 저 같은 놈은 무슨 소리를 하겠습니까. 공자 가라사대 하늘이 무어라 말하더냐. 그래도 사시는 가고 백물은 생하나니. 하늘이 무어라 말하더냐."

무언실행無言實行! 이야말로 시방 조선지식계급에게 주는 가장 좋은 교훈일 것이다. 서울의 바람이 너무 세서 바르게 자세를 취하여 행동할 자신이 없는 인텔리겐챠는 농촌으로 가라. 또는 공장으로 들어가라. 거기서 한 삼 년 묵묵히 행할 수 있다면 반드시 조선민족의 지도자가 될 소질이 있다고 인정받을 것이다. 그때엔 벌써 나쁜 의미의 인텔리 근성도 청산하였을 것이 아닌가.

비판의 비판-청년문학가에게 주는 글

문학을 위한 문학—이는 한때 청춘의 오류라 한다. 그러나 그것은 아름다운 오류이다. 하지만 그대들 청춘의 과오가 문학의 범주를 일탈할 때 응당 사회적인 비판을 받아야 할 것이다.

"미는 진리고 진리는 미"라 한 낭만시인 키츠처럼, 예술지상주의를 떠들고 실천하는 한 그대들은 "영원한 시간을 향해 호흡하는 문인"이 될 수도 있다. 하지만 승무의 멜로디나 황토의 빛깔만이 '조선의 얼'이라고 맹신하는 나머지 그대들 순수문학파를 빼놓으면 나머지 문인은 다 "문학정신을 유린하고 다시 나아가 사조와 정국에 대한 천박한 해석과 조급한 판단으로 말미암아 직접 간접으로 조국과 민족의 해체와 파괴에 급급할 뿐"(청년문학가대회 선언)이라 단斷을 내린 것은 "사조와 정국에 대한 천박한 해석과 조급한 판단"이라 아니 할 수 없다. 문학은 그대들이 주장하는 영원성을 가져야 하는 동시에 시대성도 가져야 할 것이 아니냐. 다시 말하면 순수문학 즉 시만이 문학이 아니요 시대문학 즉 산문도 문학인 것이다. 물론 위대한 문학은 시와 산문을 혼연한 일체로 한 것이라야 하지만 로마는 일조일석에 되는 것이 아니다.

과거 삼십육 년 동안 조선의 사실을 지배한 것은 일본제국주의였기 때문에 시대문학이 성립하기가 곤란하였다. 그래서 문학가들은 사실에서 도피하여 남몰래 상아탑을 건설하려 했다. 산문을 주장하던 최재서가 '일제'와 야합하고 시를 고집한 정지용씨가 끝끝내 문학가의 절개를 지킬 수 있었다는 것이 결코 우연이 아니다. 동리와 현민이 네가 무슨 순수냐 내가 더 순수지 하고 순수문학을 가지고 설왕설래하던 때가 있었지만 결국 절간으로 달아나 숨어버린 동리가 대동아문학자대회에 나간 현민보다 현명했다. 다시 말하면 '일제' 밑에서는 순수문학 즉 시가 조선문학의 주류이었던 것이다. 동리의 소설은 보다 더 직관적이요 현민의 소설은 보다 더 개념적인 것을 비교해 보면 일제시대에 누가 더 순수했느냐하는 것은 저절로 결론이 나올 것이다.

그러나 조선에는 8 · 15의 혁명이 왔다. 김동리씨도 〈조선문학의 지표〉(《청년신문》)에서 조선문학의 현단계를 '혁명의 단계'라고 규정하였다. 그러면 시방 조선에 있어서 혁명이란 무엇이냐? 김동리씨를 비롯해 이른바 청년문학가들이 두려워하는 프롤레타리아혁명의 단계가 아니라는 것은 동감이다. 아니, 사실이다. 봉건지주와 친일세력이 아직껏 조선경제의 주권을 쥐고 있는데 프롤레타리아혁명이 될 말이냐. 부르주아 데모크러시의 나라를 만들려 해도 조선민족은 한참 진통을 겪어야할 것이다. 입으로만 떠드는 자유 평등이 아니라 정말 자유와 평등이 인민에게 허여되려면 '일제'와 야합해서 조선인민을 착취하던 봉건지주와 친일세력이 인민과 화광동진和光同塵하여 인민과 더불어 이마의 땀으로 사는 나라가 되어야 할 것이 아니냐. 조선민족이 해방되려면 승무를 잘 춘다든지 무녀도를 잘 그린다든지 하는 것이 선결문제가 아니라 '일제' 삼십육 년 동안 압박과 자취를 당하던 노동자, 농민, 근로지식인 등 이른바 조선의 인민이 먼저 물질적으로 자유로운 나라가 되어야 할 것이다.

"사람은 빵만 가지고 사는 것이 아니니라" 하고 그대들은 주장할는지 모른다. 그러나 그것은 그대들 문학청년들의 의식이지 결코 조선민족의 정신은 아니다. 조선민족은 시방 정치적 경제적 자유를 달라는 것이지 '일제'에 빼앗기었던 땅이나 공장이 어찌되든 시나 읊고 소설이나 쓰겠다는 정신을 가지고 있지는 않다. 그대들이 하도 민족정신 민족정신하고 염불 외우듯 하니 말이다. 민족의 토지와 공장이 어찌되든 내버려두고 '문학의 존엄'이니, '문학의 시민'이니, '순수의 정신'이니, '문학의 위기'니, '문학의 종교'니, '개성의 문학'이니 하면서 무슨 대단한 민족정신을 가지고 있다는 것이냐. 그대들의 〈선언〉 말마따나 "농부는 농사에 진력하고 상인은 상도에 성실하며 공인은 공업에 매진할 거와 같이 문인은 또한 문학 분야를 지켜야" 할 것이다. 하지만 문학가 중에 조선문학보다도 조선민족의 문제를 더 생각함으로 말미암아 문학에 탈선한 것을 그대들은 흉보지만 똥 묻은 개가 겨 묻은 개를 나무라는 것인 줄이나 아는지. 왜냐면 그대들은 민족보다도 문학을 위하는 나머지 민족적인 과오를 범하고 있기 때문이다. 그대들은 문학가동맹의 간부들을 염두에 두고 "삼천만동포가 전부 다 정치가로 나서야만 할 필요가 없음은 분명하였다"(〈선언〉) 한 듯한데 문학가가 자기의 생명인 문학을 버리고 정치에 나섰다면 그들이 돈이나 벼슬 때문이 아니라는 것이 명백한 이상 그들의 애국심을 칭송은 못할지언정 욕할 것인가. 청년들은 솔직하고 용감해야 할 것이다. 왜 떳떳이 주장하지 못하는가.

"우리는 정치도 모르고 경제도 모른다. 그것은 정치가에게 일임한다. 우리는 문학밖에 모르니 문학만 하겠다."라든지 "우리는 예술지상주의자다. 조선민족의 정치적 또는 경제적 운명이 여하히 되든지 우리는 문학을 하면 그만이다." 이렇게 주장하는 동지가 모여서 청년문학가협회를 조직했다면 그 의기야말로 장하다 하겠다. 연然이나 '자주독립촉성'(〈강령〉)을 위해서 순수문학을 한다는 데는 그대들을 그냥 정치에 무지하다고만 할 것이 아니다. 그대들의 의도조차를 의심하지 않을 수 없다. 불연不然이면 그대들 배후에는 반드시 정치적 인형사人形師가 숨어있을 것이다.

그대들은 순수, 순수 하지만 칸트는 《순수이성비판》에서 Anschauungen ohne inhalt sind blind.(개념이 없는 직관은 장님이니라.) 하였다. 그대들은 시인의 감각이나 직관이나 기분이나 감정이나 또는 제육감을 과신하는 나머지 민주주의가 어떠니 공산주의가 어떠니 떠들어대지만 장님이 코끼리를 만지는 격이라는 것을 자각하라.

"8 · 15 이후 장마 물에 밀려드는 오물과 같이 처처에 성盛한 채 오늘 래 가진 죄악과 추태 속에서 오히려 떨릴 줄을 모르는 그 불한당들의 모양은 정말이지 우리를 가만히 있게 할 수 없지 않습니까" 하고 최태응씨는 '이북동지에게' 격문을 썼지만 "정국에 대한 천박한 해석과 조급한 판단"이라 아니 할 수 없다. 8 · 15가 되자 친일파, 민족반역자까지도 공산주의를 표방하고 나섰던 것은 사실이다. 그러나 역사는 탁류로되 숙청의 작용을 한다. 시인이여 뮤즈만 신봉할 것이 아니다. 역사를 믿으라. 역사를 모르고 역사를 논하는 것은 시를 모르고 시를 논하는 것보다 잘못이 더 크다. 문학가동맹의 간부들은 역사 속에 뛰어 들었기 때문에 혹시나 '일제'가 최후 발악할 때 역사 속에 뛰어 들려다 몸을 더럽히고만 춘원이나 요한의 꼴이 될까 우려하는 모양이지만 그것은 기우에 지나지 않는다.

8 · 15의 혁명은 조선민족을 해방했다. 바야흐로 지구는 통 털어 '인민의 손으로 인민을 위한 인민의 세계'가 되려한다. 이러한 역사의 흐름 속에 몸을 던진 문학가에겐 광영이 있을지언정 치욕이 있을 수 없다. 물론 명예나 지위나 권력을 바라고 정치에 투신한 문학가가 있다면 그런 자는 글뿐 아니라 신세까지 망치겠지만…… 문학가의 생명인 문학까지도 버리고 민족해방의 전사가 된다면 그런 사람은 행동만으로도 충분히 문학가의 영예를 가질 수 있는 것이다.

조선의 지식인은 '사실'을 싫어하고 무서워한다. 그것은 유교적인 교양이라든지 놀고먹던 양반계급의 버릇이라든지 하는 봉건적인 것과 '일제' 밑에 더럽힌 조선의 사실을 증오하는 양심이 그들을 이렇게 샌님을 만든 것이다. 거기다가 아리스토텔레스를 비조鼻祖로 하는 서구적 관념철학이 그들의 병을 불치의 것을 만들고 말았다. 청년문학가 제공諸公은 이러한 것을 자기비판해 본 적은 없는가. 버트란트 러셀은 1919 년에 《신비주의와 논리학》이라는 저서에서 "시방도 영국에서 유클리드를 학도에게 가르쳐야 한다는 것은 창피한 짓이라 할 수밖에 없다." 하였지만 더군다나 어느 나라보다도 물질적 발전이 급선무인 조선에서, 이천 년 전에 플라톤의 무리들이 산보하던 3차원적 관념세계에서 방황하고 있으면서 민족의 지도자연하는 인텔리겐챠가 행세한다는 것은 아무래도 조선은 미개한 나라라 할 수밖에 없다. 차라리 목월처럼

> 내ㅅ사 애달픈 꿈꾸는 사람
> 내ㅅ사 어리석은 꿈꾸는 사람

하고 노래한다면 현실에서 초연한 서정시의 세계가 성립한다. 하지만 정치는 민족의 밥과 옷을 장만하려는 것인데 경제학의 ABC도 모르고 아니, 유물사관을 의식적으로 배격하면서 '순수문학'을 가지고 '독립촉성'을 하려는 것은 불순한 결과를 낳을 것이다. 의도가 순수하더라도 결과가 불순하면 그 의도조차 의심 아니 할 수 없다. 나무는 그 열매를 가지고 따진다 하지 않는가.

일언이폐지하면 청년문학가들은 이상에 불타는 나머지 '이상'을 '현실'이라 착각했다. 조선의 현실은 결코 그대들의 철학적(?) 또는 예술적인 두뇌가 생각하는 것과는 다르다. 그대들은 탁류 밖에서 초연히 탁류를 내려다봄으로 말미암아 탁류를 인식했다고 잘못 생각하고 있지만 탁류는 탁류 속에 있는 사람만이 정말 그 진상을 파악할 수 있는 것이다. 그대들은 그대들만이 깨끗한 듯이 자부하고 있지만 역사의 탁류는 그대들 신선神仙을 무지개와 더불어 남겨놓고 그대들이 전연 모르는 딴 방향으로 흘러가고 있는 것이다. 특히 김동리씨에게 일언하거니와 8 · 15 이전에는 산문을 주장하던 사람이 몸을 더럽혔지만, 8 · 15 이후에는 시를 주장하는 사람이 몸을 더럽힐 염려가 더 많다는 것을 알라. 언젠가 김동리씨는 시와 산문의

갈등을 생리적으로 체험하지 못한 사람은 현대문학자라 할 수 없다고《문장》에 쓴 듯한 것이 생각나기 때문이다. 엥겔스는 씨와 같은 관념론자에게 이렇게 경고했다.

"현대처럼 동요적動搖的인 시대에 공적인 제 문제에 관한 영역에서는 이론가에 지나지 않는 자는 다만 반동 측에 있는 데 불과하며 또 그러하니까 이러한 제군은 결코 진실한 이론가가 아니요 이러한 반동의 단순한 변호론자인 것이다."

우리가 알기에 김동리씨는 시인적 소설가지 정치가는 아니다. 그런데 씨가 청년문학가협회라는 "자주독립촉성에 문화적 헌신을 기"하는 정치단체를 조직 지도한다는 것은 그 철학적(?)인 의도는 어찌 되었든 탈선적 행위라 아니할 수 없다. 정치에는 진보냐, 반동이냐, 민주냐, 반민주냐의 길밖에 없다. '순수'라는 샛길이 있을 수 없다. '문학정신'이니 '민족정신'이니 하는 추상적 관념을 가지고 정치이념을 삼는다면 '반동의 단순한 변호론자'가 되기나 십상팔구다. 불연不然이면 반동진영에게 이용당하고 있는 것이다. 일본이나 독일의 비과학적 문학정신과 민족정신이 그들의 "조국과 민족의 해체와 파괴에 급급할 뿐"이었다는 것은 누구보다도 김동리씨가 잘 알 것이다. 스스로 조선의 로젠베르크*가 되기를 꾀하는 씨에게 충심으로 충고하노니 고루한 민족주의자들의 '어용논객'이 되려거든 차라리 붓을 꺾고 칼을 잡으라. 그것이 차라리 우익청년다운 기상일 것이다. 하지만 김동리씨는 우익이 아니라고 주장한다. 그것은 씨의 '우익'이라는 개념이 명확하지 않기 때문이다. 공산주의에다 민주주의를 대립시키는 씨의 정치적 수준으로 볼 때 그것은 무리가 아니다. 민주주의라는 개념은 자본주의나

* 나치 독일의 이론적 지도자.

사회주의나 공산주의를 다 내포하는 외연이 대단히 넓은 따라서 막연한 개념이라는 것을 씨는 아는지 모르는지. 미국이 민주주의의 나라인 것도 사실이지만 소련이 민주주의의 나라인 것도 사실이다. 그러므로 조선에서 대립되고 있는 것은 민주주의와 공산주의가 아니라 봉건주의 대 민주주의 일본제국주의 대 민주주의다. 그러기에 미소가 합작하여 조선인민을 북돋아 민주주의의 조선을 건설하려는 것이다. 조선에서 시방 충돌하고 있는 것은 봉건주의와 일제 잔재가 연합군이 해방해준 조선인민을 다시 짓밟고 올라서려는 데서 생기는 충돌이다. 물론 삼팔 이북에는 최태응씨가 분개하듯이 극좌적 오류가 있었을 것이다. 하지만 혁명기에는 일시적 혼돈이 없을 수 없지 않은가. 그 혼돈을 두려워해서 일본제국주의와 봉건주의의 질서를 그대로 고스란히 유지하란 말인가. 하긴 어떤 친일검사는 시방도—해방의 군대 미군 군정 하에서—8 · 15 이전에 조선독립운동을 하다가 이른바 치안유지법에 걸린 사람들을 다시 잡아다 가둘 수 있다고 선언했지만, 그래 이런 검사가 주장하는 일제의 악법도 그대로 두라는 것인가. 김동리씨는 "민족문학 수립의 단계에 있어 특히 성찰을 요하는 것은 민족정신이나 조선적 성격과 이즘에 소위 '봉건적' 혹은 '일제적'이라는 것과에 대한 개념적 혼선이다. 조국과 민족의 해체와 파괴를 기도하는 시류 논객들의 소견에 의하면 조선 사람이 가진 일체의 과거의 것이나 민족적 문화적 전통에 속하는 것은 모두 다 '일제적' 혹은 '봉건적' 잔재라는 것이다. 나는 이러한 '삐라' 논객들의 기원에 도저히 찬성할 수 없다"(〈조선문학의 지표〉) 하였지만 씨 자신이 '개념적 혼선'을 일으키고 있는 것을 모르고 있다. '문필가협회' 결성 때 김광섭씨가 '문학가동맹'의 강령을 반박한 논지도 김동리씨의 〈조선문학의 지표〉와 똑같은 것을 보면 이분들은 다 시인인지라. 자기네의 예술적(?) 철학적(?) 관념을 가지고 '문맹'의 강령을 곡해한 것이 분명하다. 물론 양씨는 그렇지 않다고 우길 것이다. 그들은 베이컨의 이른바 네 우상—'종족의 우상', '동굴의 우상', '시장의 우상', '극장의 우상'

—을 숭배하기 때문에 진실을 과학적으로 파악할 능력이 없다. '문맹'이 내건

일, 일본제국주의 잔재의 소탕
이, 봉건주의의 잔재의 청산
삼, 국수주의의 배격

이라는 강령은 먼저 정치적으로 해석하고 다음에 문학적으로 설명할 것이다. 문학가동맹은 그대들 문학청년들 같은 예술지상주의자의 단체가 아니라 "자주독립촉성에 문화적 헌신을 기"하는 단체라는 것을 알라. 일본제국주의의 잔재와 봉건주의의 잔재는 국수주의자에게 아부하여서 민족의 해방을 지연시키고 있는 것이 조선의 정치적 현실이다. 만약 그렇지 않다고 주장하려거든 김광섭씨나 김동리씨가 문필가협회니 청년문학가협회니 하는 정치적으로 우원한 길을 취하지 말고 당당히 정치무대에 나서서 정치적 책임을 지고 언동하라. 그렇다고 '문맹'에선 민족만 생각하고 문학을 치지도외置之度外하는 것이 아니다.

사, 민족문학의 건설
오, 조선문학의 국제문학과의 제후

라는 강령이 있지 않은가.

하긴 '상아탑'의 입장에서 비평한다면 문필가협회는 국수주의 문학가들의 집단이요 따라서 정치적으로나 문화적으로나 조선의 자유발전을 방해하고 있다. 물론 그들은 석두石頭의 완고파이기 때문에 자기네들의 역할을 자기비판할 능력이 없다.(그들의 애국심만은 충분히 인정한다. 하지만 독일이나 일본의 지도자들은 애국심이 없어서 민족을 멸망으로 끌어넣었느냐. 두렵도다

눈먼 애국심이여!)

청년문학가협회는 문학만 위하려다 민족을 해칠 염려가 있다. 왜냐면 그들은 단순하기 때문에 단순치 않은 사람들에게 이용당할 염려가 있는 것이기 때문이다. '백년전쟁' 때 불란서를 구원한 잔 다르크의 입을 빌어 버나드 쇼 옹翁은 민족보다 문학을 소중히 여기는 문학청년에게 이렇게 경고했다.

"불란서는 피를 흘리고 쓰러져가는 데 우리 아버지는 날보고 양이나 지키라고 때리고 야단이었어요."

조선에 있어서 시방 가장 시급한 것은 일본제국주의 잔재의 소탕과 봉건주의의 청산이다. 그렇지 않고는 미국과 같은 데모크러시의 나라로 발전할 수는 없는 것이다. 김동리씨는 미국적인 데모크러시를 소련적인 데모크러시보다 우월하다 하니 말이다.(사실은 조선은 진보적 민주주의라야만 하지만, 즉 조선엔 조선현실의 반영인 민주주의라야만 하지만.)

문학가동맹은 민족만 생각하다가 문학을 소홀히 한 느낌이 없지 않다. 문학가는 문학을 통하여 민족을 위하도록 노력해야 할 것이다. '기능에 응해서 노동' 한다는 원칙에서 볼 때 시인은 시로 소설가는 소설로 평론가는 평론으로 일본제국주의를 소탕하고 봉건주의를 청산하고 국수주의를 배격해야 할 것이다.

하긴 '일제' 밑에서 문학가가 그 기능을 발휘할 수 없었듯이 남조선의 경제적, 정치적 토대가 의연히 '일제'와 '봉건'의 잔재를 소탕하지 못하는 한 '기능에 응해서 노동'할 수 없다. "농부는 농사에 진력하고 상인은 상도에 성실하며 공인은 공업에 매진해야 할 것과 같이 문인은 또한 문학 분야를 지켜 각자의 작품세계에 충실함으로써 문학을 '신'이나 '황금'이나 혹은 '당파'나 기타 어떠한 세력에도 예속시키지 않고 문학은 문학으로서의 존엄을 확보"하는 것이 좋은 줄 모르는 문학가가 어디 있겠느냐. 그러나 시방 조선현실에선 '상인은 상도에 성실'할 수 있지만 문인은 문학에 성실할 수 없다. 시방 서울서 문인이 문학만하고 밥을 먹을 수 있을까? 물질적 자유 없이 정신적 자유는 있을 수 없다. 그렇다고 청년문학가 제공諸公 보고 상도에 성실하여서 모리謀利를 한 연후에—어떤 시인 모양—문학을 하라는 것이 아니다. 조선문학이 자유 발전할 수 있는 나라가 되도록 실천운동을 하라는 것이다. 그러니 청년문학가들도 '문맹'에 참가하는 것이 '문학의 존엄'을 확보하는 첩경일 것이다.

물론 청년은 정열이 남으니까 일부러 우원한 길을 취하여도 좋다. 그대들이 '신'이나 '황금'이나 혹은 '당파'나 기타 어떠한 세력에도 예속하지 않고 순수한 정열을 가지고 앞으로 나아간다면

> 서로 갈려 올라가도 봉우린 하나
> 피 흘린 자국마다 꽃이 피리라.
> —박두진 〈새벽 바람에〉

하지만 그대들이 시나 소설을 쓸 동안 밥을 누가 먹여주느냐가 문제이다.

> 봉우리엘 올라서면 바다가 보이리라.
> 찬란히 트이는 아침이사 오리라.

하지만 그 봉우리에 올라 서기 전에 빛나는 해방의 아침을 보기 전에 그대들이 굶어죽을까 저어한다. 그 약점을 알고 '신'이나 '황금'이나 '당파'가 손을 뻗칠까를 두려워한다.

어느 날에사
어둡고 아득한 바위에
절로 임과 하늘이 비치리오
　　—박목월 〈임〉

'임'은 임만이 임이 아니다. 인민대중이야말로 그대들의 임인 것이다. 그대들이 조선의 인민적 시인이 되는 날이 이 모든 회의의 안개는 걷히리라. 그러나 그것은 일조일석에 되는 것은 아니다. 청년문학가들이여 많이 고민하라.

학자론

조문도석사가의朝聞道夕死可矣—공자

약하면서도 강한 것이 학자다. 일본이 망하려고 저이 나라의 좌익학자를 잡아다 가두고 내종에는 자유주의 학자까지 탄압하게 되니 조선의 학자들도 점점 움츠러든 것은 사실이지만 끝끝내 고집하고 일본제국주의에 타협하지 않은 것도 또한 사실이다. 육당을 비롯해서 일본제국주의의 어용학자가 된 사람들도 있지만 그들은 자신들을 어떻게 규정하는 진 몰라도 또는 일본인이나 친일파가 그들을 학자라 인정하는 것은 사실이지만 그들이 학자가 아니라는 것은 조선인민이 주지하는 바이다.

학자란 학문을 생명으로 하는 사람들이다. 그리고 학문이란 현대에 있어선 과학을 빼놓고 있을 수 없다. 그러므로 과학을 생명으로 하는 사람만이 학자가 될 수 있는 것이다. 일본의 육법전서를 외었다거나 삼국유사에도 없는 단군론을 가지고 학생을 기만하려 들거나 미군정관한테 영어로 아첨을 잘 하거나 조선을 대한이라 부르고 서기西紀 대신 단기檀紀를 쓰는 것만 가지고는 학자는 될 수 없다. 빈 그릇(空器)이 소리가 더 요란하다든가. 보통 땐 무슨 소리를 하는지 알아들을 수가 없는데 이따금 가다가 '반탁'이니 무어니 노호절규怒呼絶叫한다고 학자가 될 수는 없다. 하물며 조선말 한다고 학생을 때리고, 일본적 학문을 주장하고, 학병이 되라든지 황국신민이 되라든지 하는 대일협력을 한 실적만 가지고는 더더군다나 학자가 될 수는 없다. 우리의 정치적 지도자를 따질 때엔 정견이나 이해나 당파에 따라서 의견의 대립이 있을 수 있으되 학문적 지도자를 규정할 때엔 이론이 있을 수 없다. 과거에도 현재에도 미래에도 과학이 생명인 사람—이런 사람이라야 민족의 학문적 지도자가 될 수 있다는 데 대해서는 아무도 반대할 수 없을 것이다.

그러면 과학이란 무엇이냐?

과거와 현재를 비판하여서 새로운 시대를 창조하는 학문을 일컬음이다.

조선은 정치도 경제도 문화도 모든 것이 있었던 것 또는 있는 것만 가지고는 만족할 수 없다. 얼마든지 새로운 것을 요구한다. 그것도 남의 것을 수동적으로 받아들임으로써가 아니라 우리의 손으로 우리를 위한 우리의 것을 요구한다.

그러자면 무엇보다도 우리의 힘으로 과학을 발전시켜야 할 것이다. 이에서 학자의 사명은 혁명가의 그것에 못지않게 중대하다 하겠다.

진정한 의미의 학자는 하나밖에 있을 수 없지만 시방 조선에는 이러한 학자 외에 다른 두 가지 종류의 '학자'가 있다. 학자로 행세할 수 있는 자격이라고는 대학을 졸업했다는 것 밖에. 실력으로는 도저히 학자의 대우를 받을 수 없으니까 권세에 아부하여서 학원행정의 실권을 잡음으로 말미암아 교수와 학생에게 자기를 위대한 학자로 추천하기를 강요하는 자. 이런 자 때문에 학원의 자유가 유린되는 수가 많다. 이런 자는 강권을 가지고 학생대중을 탄압할 수는 있을는지 모르나 학생대중이 이런 자들을 학자로 잘못 알 염려는 없다. 그러나 여기 또 한 가지 종류의 '학자'가 있으니 일생을 학문을 한다고 책을 많이 읽기는 했으나 학문의 대로를 찾지 못하고 기로에서 방황하면서 자기네들이야말로 학문의 오롯한 길을 걷느라고 과시하는 사람들이다. 그들은 백과전서적인 지식을 가진 사람도 있고 교묘한 논리를 가진 사람도 있고 고상한 교양을 가진 사람도 있지만 과학이 무엇인지 모르는 것은 전자와 매일반이다. 그들은 학문의 세계를 무슨 꽃동산으로 잘못 알고 있는 신선들인지라. 시방 조선의 학원이 꽃동산이기는커녕 백사白蛇와 표랑豹狼이 넘나다니는 쑥밭인 것을 모르고 있다. 그래서 그들은 진정한 학자들이 피를 흘리다시피 악전고투하여서 조선의 학문을 개간 파종 제초하는 것을 오히려 이단시한다. 이런 신선들이야말로 학문의 무서운 적이다. 왜냐면 이런 신선들을 학생들이 학자로 잘못 알고 뒤따라서 조선의 현실을 떠난 그 비몽사몽의 관념세계로 들어가 버릴 위험성이 있기 때문이다. 독일 관념론의 영향을 받은 일본의 학자가 조선에다 얼마나 많은 몽유병자를 길러놨나 하는 것은 앞으로 조선의 학자와 학문을 생각할 때 계산에 넣어야 할 것이다.

어느 시대고 어느 나라고 학자가 많을 수가 없다. 하물며 대학 하나 없던 일본의 식민지이던 조선이랴. 하지만 불행 중 다행으로 다른 선진국에 비하여 비록 수는 적을망정 '일제'의 그 무서운 강압 밑에서도 일로 학문의 길을 걸어왔고 앞으로도 학문에 살고 학문에 죽으려는 학자들을 우리 민족은 가지고 있다. 대학은 마땅히 이런 학자들을 원시인이 불씨를 간직하듯이 아껴서 젊은 학도들에게 과학의 방법과 정신과 정열을 불붙인다면 불시不時에 조선민족의 손에 거화炬火가 들려질 것이다. 학문의 횃불! 이 세기적 광명을 마다할 자 누구냐. 하지만 행여 이러한 불이 붙을까 겁을 집어먹고 불씨를 지닌 학자들을 짓밟으려는 자들이 있다. 암흑과 죄악과 완미頑迷 속에서만 번창할 수 있는 무리들—봉건주의와 일본제국주의의 잔재가 광명과 진리와 진보를 두려워해서다. 정계의 혼란과 경제의 공황과 문화의 차질 때문에 인민대중이 어리둥절하고 있을 때 '봉건'과 '일제'의 잔재가 가장 권모술책을 쓸 수 있는 이만치 그들은 이 혼란과 공황과 차질을 정리, 해소, 발전시키려는 과학정신 앞에 전율한다. 일본의 독점자본가와 군부가 과학정신을 두려워하는 나머지 과학정신에 철저하지 못한 자유주의 학자까지도 대학에서 추방한 사실을 이들 조선의 반동분자 악질분자들이 모를 리 없다. 아니, 이들은 그들의 스승인 왜놈이 이 땅에 남기고 간 유훈을 철저히 수행하려는 것이다. 봉건적 내지 일본적 잔재가 숙청되지 않는 한 조선학자들의 전도는 형극荊棘의 길일 것이다. 그러므로 조선의 학자들은 연구와 동시에 투쟁을 하지 않으면 안 된다. 원래 과학이란 투쟁 없이는 전진할 수 없다. 갈릴레오가 '지동설'을 주장했을 때 지구는 움직이지 않는다는 구약성경을 절대부동의 진리라 믿었던 가톨릭 신부들은 사형으로써 그를 위협했다. 그러나 갈릴레오는 용감했다. 그리고 주장했다. "그래도 지구는 움직인다"고. 이 투쟁적 정신이야말로 과학에서 뗄 수 없는 일면이다. 과학이란 자연과의 투쟁이요 사회악과의 투쟁이요 조선 같은 데서는 무엇보다도 봉건주의와 일본제국주의의 잔재와의 투쟁이어야 한다.

대학교수 중에는 연합군이 상륙하자 조선에서 일본제국주의가 완전히 소탕되었다고 사유하는 자가 있다. 일본인이 물러간 것은 사실이다. 하지만 그들의 파쇼적, 반과학적, 반인민적 정신은 친일파 민족반역자뿐 아니라 우리들의 정신 속에 남아있다는 것을 잊어서는 안 된다. 관리는 미국식으로 말하면 공복이거늘 인민과 적대하려는 것은 도대체 누구의 주의인가를 알라. 하물며 어디보다도 자유가 보장되어야 할 대학까지도 교수의 인사를 자기들 관리의 수중에 넣으려는 수단은 누구의 수법인가를 알라. 자유와 민주주의의 나라 미국인이 이런 것을 조선 사람에게 가르쳤을 리는 만무하다. 교수와 학생을 통 털어 이른 바 〈국립서울대학교〉 안에 반대하는 이유도 조선의 대학이 이조나 일제 때 모양 관료의 자의恣意에 맡겨질까를 두려워해서리라. 현대는 과학의 세기요 과학은 극도로 발달한 기술을 요하는 것이거늘 법률을 공부했다는 자들에게 천하사를 통 털어 맡긴 것은 일본식 관료주의요 민주주의조선을 건설하는 이 마당에 대학의 문제를 교수와 학생들은 해결할 능력이 없고 몇 사람 관료만이 해결할 수 있다는 논리가 도대체 누구의 논리인가를 알라. 다수는 늘 오류를 범하고 소수만이 합법적이라는 논리는 적어도 미국적 민주주의에는 없는 논리일 것이다. 조선의 대학이 조선의 학자와 학생만 가지고는 성립할 수 없다면 조선의 대학은 성립할 수 없는 것이다. 교수나 학생이 관권을 무서워해서 학원의 자유까지를 희생하고 관제대학교에 만족한다면 그런 교수나 그런 학생을 가지고 조선의 학문을 건설하기는 틀렸다. 도대체 관료에게 무조건복종을 하는 버릇이 일본제국주의의 잔재가 아니고 무엇이냐. 적어도 미국민에게는 이런 버릇이 없다. 진리를 위하여 살고 진리를 위하여 죽어야 하는 대학교수와 학생까지 왜놈에게 눌려 지내던 그 비굴한 근성을 버리지 못할진대 민주주의 조선 건설은 까마아득하다 아니할 수 없다. 파괴적이 아니고 건설적인 일에 있어서 왜 용감하지를 못하냐 말이다. 그대들은 마땅히 이렇게 주장할 것이다.

"관료는 관료의 사명을 다하라. 학문과 학원의 건설은 우리의 사명이니 안심하고 우리에게 맡기라."

하지만 오늘날 대학의 문제는 그렇게 단순하지 않다. 〈국립서울대학교〉안 배후에서 꿈틀거리는 학자가 아니면서 대학교수가 된 자들의 모략책동을 경계하여야 한다. 처음에야 누가 누구인지 모르는 학생들이 이들의 교수를 무조건으로 받아들였지만 이들의 마각이 드러남을 따라서 학생대중은 이들을 배척하기 시작했다. 하지만 그렇게 간단히 물러날 사람들이 아니다. 그들이 정말 학자라면 대학을 폐리弊履같이 버릴 수도 있다. 하지만 이 학자 아닌 대학교수들은 내세울 것은 그래도 학자라는 것밖에 없는데 대학교수라는 '가다가끼'[직함]가 있어야만 학자행세를 할 수 있을 뿐더러 야망이나 욕심은—학자가 아니기 때문에—하늘의 별이라도 딸 것 같다. 그런데다가 권세에 아부하고 과학정신을 모르는 일부 무지한 학생들의 지지를 받아서 솔개가 까치집을 뺏고 들어앉듯이 대학을 독점하려는 것이다. 생각해보라, 미국의 데모크러시가 그 미덕을 자랑하려는 미군정의 문교당국이 조선의 학자와 학생을 무시한 사이비 학자와 반동학생들에게 보금자리를 제공하기 위하여 일 년이나 걸려서 만들어 놓은 대학을 깡그리 없애고 〈국립서울대학교〉를 세울까 보냐. 이판에 국립대학교수나 학장이나 총장을 해봐야지 언제 해 본담 하는 모리배에 진배없는 자들의 야심과 무모가 배후에 숨어있는 것을 그래 과학정신의 소유자인 교수와 과학정신의 탐구자인 학생이 모른다고 생각하느냐. 어리석도다, 과학을 모르는 무리들의 눈 가리고 아옹 하는 권모술책이여! 또 생각해보라, 그대들이 조선의 대학을 독점한다고—친일파 민족반역자 모리배가 조선을 왼 통 집어 삼키려는 짓과 같이 실현될 리 만무하지만—진정한 학자가 그대들의 종노릇을 하면서까지 대학교수라는 공석에 연연할 것 같으며 학생대중이 학자 없는 학원에서 만날 그대들한테 속고만 지낼 것 같으냐. 그대들이 점령할 수 있는 것은 최대한도가 소위 '적산敵產'인 대학설비뿐이라는 것을 알라. 기껏해야 공허한 관념 속에서 몽유하는 자칭 학자나 대학에서 청춘을 허송하려는 학생들이나 거느리고 지위와 허명에 자만하려면 그것은 가능할런지 모른다.

하지만 조선은 이미 이조의 봉건사회도 아니요 일본의 식민지도 아니다. 조선의 학문은 조선의 학문이기를 주장한다. 그것은 한 때 일본에서 어용학자들이 주장하던 일본적 학문이나 시방 조선에서 사이비학자들이 그것을 흉내 낸 조선적 학문을 의미하는 것이 아니라 조선민족의 손으로 조선민족을 위하여 조선민족의 과학을 수립할 때 비로소 조선의 학문이라 할 수 있는 것이다. 과학은 이념으로선 세계에 둘이 있을 수 없는 것이지만 조선민족의 손에 전취되지 않는 한 조선의 학문이 될 수는 없다. 다시 말하면 조선의 독립이 이념으로 약속되어 있지만 혁명가의 투쟁 없이 실현되기 어려운 거와 매한가지로 조선의 학문은 학자와 학생들의 투쟁 없이는 건설될 수 없다. 천조대신天照大神이 일본의 과학정신을 말살한 것을 번연히 알면서 단군을 가지고 무장하여서 대학을 독점하려는 무리들이 있는가 하면 조선말과 다름없는 말에 지나지 않는 영어를 잘 한다고 대학을 좌우하려는 무리가 있고 정당이나 군정의 힘을 빌려 천사처럼 대학의 요직으로 하강하려는 무리가 있는가 하면 '열혈학생'을 책동하여 진정한 학자를 내쫓고 독차지하려는 무리들이 있는 조선에서 책이나 읽는다고 노트에 필기나 한다고 진정한 의미의 과학의 전당인 대학이 이루어질 것 같은가. 학자와 학생은 모름지기 투사가 되어서 이러한 불순분자를 숙청하고 진리만이 싹트고 자라고 열매 맺는 학원을 건설할지어다. 싸움이 없는 곳에 승리가 있을 수 없다. 과학은 승리의 기록이라는 것을 잊어서는 안 된다.

오백하고 삼심육 년 동안—지루한 암흑이었다. 광명의 불씨를 지닌 학자들이여 불을 켜대라. 수만의 젊은이들이 그대들로부터 민족의 희망인 이 불을 받아 스스로 이 땅의 횃불이 되고자 한다.

멀지 않아 삼천리강산엔 방방곡곡이 그대들이 붙인 불이 붙기 시작할 것이다. 아니, 이미 불은 붙었다. 죽은 사람의 옷을 태우듯 그대들이 붙인 이 불이 봉건주의와 일본제국주의의 잔재를 깡그리 불살라버릴 때가 왔다.

높이 들어라 학문의 횃불! 조선의 학자와 학생대중의 앞길은 광명에 빛난다. 하지만 우선은 암흑을 뚫고 가야할 것이다.

민족의 자유

자유는 영원한 우수를 또한 이 국토에 더하노라.

—시집 《동경》에서

1

한난양류寒暖兩流가 합치는 곳엔 물고기가 많다 한다. 꼭 마찬가지로 세계의 삼대사조가 부딪히는 조선엔 바야흐로 많은 사상의 물고기가 꿈틀거리고 있다. 붉고 희고 검고…… 각종각양의 물고기들. 이렇게 가지각색의 물고기가 조선민족의 관념 속에서 헤엄친 일은 일찍이 없었다. 그러나 이 많은 물고기들도 바라고 향하는 곳은 다만 하나 '자유의 왕국'이다.

어느 때인들 우리 겨레가 자유를 마다하였으리오만 거족적으로 자유를 부르짖기 오늘날보다 심각한 때는 없었다. 더욱이 인제는 민족의 자유가 아득하나마 바라다 보이는 곳에 있지 않은가. 그래서 난파선이 섬을 바라본 것처럼 모두들 흥분하고 있는 것이다.

그러나 자유란 그렇게 간단한 것이 아니다. 누구나 이구동성으로 자유를 부르짖고 있지만 그 자유란 그 이름이 아름답듯이 내용도 순수 무잡한 것은 아니다. 노동자가 부르짖는 자유는 자본가가 욕심내는 자유와 조화되기 어려우며 소작인이 얻고자 하는 자유는 지주가 쥐고 늘어지는 자유와 모순된다. 일제시대에 놀고먹던 사람은 또 놀고먹어야 자유로울 것이

오, 권세를 부리던 사람은 또 권세를 부려야 자유로울 것이오, 명예를 누리던 사람은 또 명예를 누려야 자유로울 것이다. 다시 말하면 '일제'의 질서가 깡그리 그대로 유지되어야만 나무뿌리가 고토를 즐기듯이 자유를 향락할 수 있는 사람들이 있다. 이 사람들은 입으론 무엇을 떠들어대든 간에 속심으론 더 많은 재산과 권력과 명예를 꿈꾸고 있는 것이다. 움직이는 것은 계속하여 움직이고 정지한 것은 계속하여 정지한다는 타성의 법칙은 인간사회에도 타당한 것이어서 일제시대에 자유로 움직이던 사람은 여전히 자유로 움직이고 있는 반면에 압박 밑에 웅크리고 있던 사람은 여전히 자유로 움직이지 못하고 있는 것이 시방 조선의 현실이다.

한 세기 전 이 땅에 구미의 자유주의가 물밀어 들어왔을 때, 상투를 깎아버리고 양반이니 쌍놈이니 할 것 없이 제 멋대로 제 재주껏 새로운 생활을 건설하기 위하여 부지런히 또는 재빠르게 움직이었던들—봉건주의를 버리고 자본주의를 채용하였더라면—조선은 일본의 침략을 면할 수 있었을 것이다. 다시 말하면 이조의 양반들이 저이 계급이 독점하고 있던 자유를 쌍놈에게도 허여하거나 쌍놈이 양반과 싸워서 자유를 얻거나 해서 조선민족이 봉건사회보다는 더 많은 자유를 가질 수 있었던들 우리는 그렇게 호락호락이 식민지의 백성이 되지는 않았을 것이다. 피를 흘리지 않고 국민과 국사를 고스란히 남의 나라에다 바치다니! 이완용 하나만을 욕할 것이 아니라 그때의 전 책임은 양반계급이 져야 할 것이다.

그때 조선이 양반 쌍놈의 차별이 없는 나라이었다면 문제는 다르다. 그 책임은 전 민족이 져야 할 것이요 따라서 피가 흘렀을 것이다. 그러나 불행히도 상민常民에겐 자유가 없었다. 이조 오백 년 동안 상민의 고혈膏血을 빨아먹어가며 당쟁을 일삼던 양반들은 드디어 나라를 팔아먹고 말았던 것이다. 물론 양반 가운데 진보적인 분자도 있었다. 그러나 전체적으로 볼 때 그들은 도저히 민족의 운명을 떠받치고 나갈 기력이 없었음에도 불구하고 완명頑冥히도 그때의 세계사조인 자유주의를 거부하고 상민의 자유발전을 누르고 그대로 이조 오백 년의 양반몽을 계속 꿈꾸었던 것이다. 국호를 대한이라고 고쳤다고 그 나라가 별안간 커지는 것이 아니요, 왕을 황제라고 고쳐 불렀다고 그 나라의 위신이 갑작스레 높아지는 것이 아니다. 자유로운 국민의 수가 많을수록, 그 자유의 도가 높을수록 그 나라 그 민족은 강대하며 명예로운 것이다. 이조말엽의 정치적 책임자들이 조선을 대한이라 고치고 왕을 황제라 부르는 대신에 상투를 깎아버리고 상민과 악수하여 민주주의 조선건설에 매진하였더라면 우리의 역사는 빛나는 페이지를 기록했을 것이다.

그러나 양반은 결국 양반이었다.

'양반'이라는 말이 욕이 된 것은 결코 우연이 아니다. 선의로 해석해서 그들은 너무 점잖기 때문에 시대에 뒤떨어져 양반걸음으로 걸어가는 아니, 때로는 버티고 서 있기만 하는 석두石頭 완고파들이었다. 뒷 꽁무니 빼는 샌님들은 일부러 말할 것도 없고…… 일본의 양반인 사무라이들은 칼쌈을 일삼아 기동적인 정신과 육체를 길러왔기 때문에 재빠르게 존마게[일본식 상투]를 깎고 칼을 떼어 팽개쳐버리고 주판을 손에 들었다. 그리하여 일본은 나날이 자유를 증산하여서 드디어 그 상품은 잠자는 사자, 봉건주의의 꿈에서 깨어날 줄을 모르는 대륙으로 진출하게 된 것이다. 이리하여 일본의 자본주의가 조선을 침략하기 시작한 것이다. 물론 봉건주의는 자본주의의 적이 아니었다.

2

일본인의 자유가 조선인의 자유가 아니라는 것은 대한의 국호를 사용하던 사람들이 누구보다도 뼈아프게 느꼈을 것이다. 조선을 병탄했을 때 일본은 자유주의의 나라였다(일본이 파시스트가 된 것은 훨씬 후다.) 자유주의가 일본인에겐 더 많은 자유를 준 것은 사실이지만 조선민족의 자유를 뺏어버린 것도 또한 사실이다. '한 사람에겐 살로 가지만 다른 사람에겐 독이 된다'는 격언이 있다. 일본인을 기름지게 한 자유는 조선민족에겐 독이었다. 춘원은 《무정》의 대단원에서 공장의 마치 소리가 요란해감을 찬미했지만 그 마치 소리는 조선민족의 소리가 아니었다. 조선은 의연히 봉건사회인 채로 이왕李王을 비롯한 봉건지주들이 지배계급이었다. 그러므로 공장의 마치 소리를 해방의 찬미가로 들은 조선인이 있다면 친일파거나 극소수의 민족자본가와 및 그 도당이었을 것이다. 그 마치 소리는 조선민족을 착취하자 울리는 자본주의 일본의 소리였던 것이다.

조선이 '일제'의 지배 삼십육 년에 자본주의의 도금을 입은 것은 사실이다. 어떤 자유주의자의 말투를 빌면 "땅 우엔 기차, 전차, 자동차가 달리고 바다엔 기선이 떠 있고 하늘엔 비행기가 날랐다." 그러나 이 비까번쩍하는 껍데기는 왜놈이나, 친일파나 봉건지주의 것이었지 알짱 알맹이인 조선민족은 영어에서 신음하며 땅에서 기며 공장에 갇히어 있던 것이 아니냐. 일본의 문화정치란 것이 주효해서 조선인 식자 중에도 이 가면의 자본가 사회를 조선의 역사로 착각하고 이에 타협해버린 자가 부지기수였다. 그들은 일본적인 자유주의가 정말 조선민족에게도 자유를 주는 줄 잘못 알았던 것이다. 아니, 이것은 선의의 해석이고 사실은 의식적이건 무의식적이건 간에 그 물결 속에 들어가면 들어간 사람만은 더 많은 자유가 약속되었기 때문에 그 속에 뛰어들었던 것이다. 대일협력자가 나날이 재산과 권력과 지위를 늘리고 넓히고 높인 것이 무엇을 의미하느냐?

이리하여 일제시대에 조선민족의 자유와는 괴리된 아니, 배치된 자유가 형성되었다. 이 두 갈래 자유가 8 · 15를 계기로 하여 그 모순갈등을 뚜렷이 드러내고야 말았다. 일제시대에 없던 구거溝渠가 민족 사이에 갑작스레 생긴 것 같은 느낌을 주는 것은 '일제'의 강압 밑에선 인민의 자유가 전연 말살을 당해서 한 가지 자유밖엔 있을 수 없었기 때문이다. 이조의 양반계급은 하나 둘 몰락해간 것은 사실이다. 하지만 '일제'라는 온실이 조락기凋

落期를 만난 이조의 양반들을 보호했기 때문에 그 이파리들은 여간해선 땅에 떨어져 쌍놈과 화광동진和光同塵하지 않았다. 이왕을 비롯해서 이 전대의 유물들은 여전히 높은데서 인민을 내려다보고 있었다.

약빠른 양반은 '일제'와 타협해서 자본가가 되었다. 양반계급과 더불어 자유를 누린 자가 이른바, 친일파다. 이것이 조선민족의 자유가 일본제국주의의 말굽에 짓밟혔던 삼십육 년 동안에 자유를 향락享樂한 조선인이다. 물론 양반계급은 이조 때보다는 자유롭지 못하다는 심리를 가지고 있었을 것이지만 조선의 봉건사회가 조선인의 손으로 타도되어 조선인의 손으로 자본주의사회가 형성되었더라면 그들은 깡그리 몰락했을는지도 모를 일이 아닌가. 그들의 느린 걸음으론 도저히 자본주의의 발전템포를 따라갈 수 없었을 것이다. 시방도 봉건주의자들이 일제적인 구질서에 연연한 것은 그들이 '일제'의 보호정책 때문에 편안히 살아왔다는 산 증좌가 아니겠느냐. 더군다나 그들의 정치적, 사회적, 경제적 지반인 동시에 신성불가침이라 믿어 의심치 않았던 토지소유권이 북선北鮮의 토지개혁으로 말미암아 위협을 느끼게 된 오늘날 새로운 조선에 대해서 심한 자는 악의까지 품게 된 것은 어찌할 수 없는 인정이라 하겠다. 시방 조선에서 지주계급이 반동성이 강한 것은 민족의 자유가 그들의 자유와 모순되기 때문이다.

3

일전, 어떤 신문이 사설에서 부르주아 데모크라시 조선을 반대한 일이 있다. 조선을 부르주아의 손에다 넘겨서 될 말이냐는 것이다. 신문의 사설을 쓰는 사람이 이렇게 '자본가 민주주의'가 무엇인지 모르고 있을 때야 조선이 부르주아 데모크라시의 나라가 되기는 참 어려운 일이라 아니 할 수 없다. 적어도 남선南鮮에서는 토지소유형태가 의연히 봉건적이다. (일본인에게 빼앗기었던 토지는 아직도 그것이 어떻게 해결될지 모른다.) 공장은 대부분이 제대로 기능을 발휘하지 못하고 있다. 거듭 말하거니와 일제시대에 조선을 자본주의화한 그 자본은 일본인의 것이었던 것이다. (친일파의 자본이나 양심적 민족자본가의 자본은 합쳐도 백분지육을 넘지 못했던 것이다.) 다시 말하면 조선은 유사 이래 자본가 민주주의의 나라가 되어본 적이 없다. 그러나 역사가 반드시 한번은 가져야 하는 부르주아 데모크라시의 조선을 건설하자는 것이다. 봉건주의보다는 자본주의가 더 많은 자유를 가져오기 때문이다.

물론 이 자본주의란 조선민족이 조선민족을 위하여 부르짖는 자본주의를 의미한다. 이러한 자본주의가 친일파 자본가나 대지주의 반대를 받는 이유는 그들이 일본인이 물러간 뒤를 이어 조선의 정권을 잡으려는 야망을 가지고 있기 때문이다. 일본인이 가지고 있던 공장이나 토지는 어떤 개인의 것이 되어서는 안 되고—하물며 친일자본가나 대지주의 것이 되어서 될 말이냐—조선민족의 것이 되어야 한다는 것은 딴 나라 사람은 몰라도 조선 사람이라면 반대할 사람은 없을 것이다. 아니 적어도 표면으로 나서서 이것을 반대할 사람은 없다.

그러나 8 · 15 이후 조선이 부르주아 데모크러시의 나라가 되는 것을 반대한 자들이 많았다. 봉건주의자가 자본가 민주주의를 싫어하는 것은 당연한 일이다. 하지만 조선의 자본가들이 지주계급과 합세하여 건국을 방해한 것은 어찌된 심판이냐? 그것은 지극히 간단한 문제이다. 양심적 자본가가 아니었다는 데 있다. '일제'의 덕택으로 자본가가 된 자들은 여전히 일제적인 질서의 존속을 꾀하여 봉건주의자와 더불어 보수주의자가 된 것은 무리가 아니다. 즉 조선민족이 조선민족을 위한 조선민족의 부르주아 데모크라시의 나라를 건설하는 아침에는 자기네들의 봉건적 또는 독점적 지반이 없어진다는 것을 그들은 누구보다 잘 알고 있기 때문이다. 일본인이 없어졌으니 천하는 응당 자기네들이 차지할 것이라는 것이 그들의 야심인데 쇠사슬이 풀려지자 죽은 줄 알았던 조선인민이 자유와 평등을 외치고 일어섰으니 그들이 인민을 미워하게 되고 금권과 지능을 총동원시켜 인민을 누르려한 것은 봉건지주나 친일자본가다운 짓이라 아니할 수 없다.

부르주아 데모크라시의 슬로건은 '자유, 평등, 동포애'라야 하는데 이조의 양반은 그대로 대지주이며 일제시대에 자본가는 일산까지 물려가졌다면 과연 조선민족이 '자유, 평등, 동포애'의 이상을 실현할 수 있을까. 말뿐 아니라 정말 자유롭고 평등하고 서로 사랑하는 민족이 될 수 있을까. 이조시대에 상민을 압박 착취하던 양반과 대일협력으로 말미암아 부자가 된 사람들은 조선민족을 위하여 일대 양보를 해야 할 것이거늘 이제 와서 또 정권력에 눈이 어두워 민족의 자유발전을 저해하는 자가 있다. 특히 삼팔이남의 정치이념이 자유주의이기 때문에 구세력이 더욱 창궐해간다. 일인이 가지고 있던 동산이 친일파와 모리배 손에 넘어간 것은 할 수 없는 노릇이었다 하더라도 부동산의 이용권 기타 이권을 구세력이 독점해버린 것은 외래의 자유주의가 조선민족에게 자유를 주기가 대단히 힘들다는 산 증거이다. 조선의 토착 부르주아지라는 것이 '일제'에 기대서 자미를 본 나쁜 버릇이 생겨서 이제 또 미군정을 이용하여서 그 세력의 확대강화를 꾀하고 있는 것이다. 민족의 자유는 그들 염두에 없고 오로지 자기네들의 이욕을 채우려 눈이 벌겋다.

병든 서울아, 나는 보았다.

언제나 눈물 없이 지날 수 없는 너의 거리마다 오늘은 더욱 짐승보다 더러운 심사에 눈깔에

불을 켜들고 날뛰는 장사치와, 나다니는 사람에게

호기 있어 먼지를 씌워주는 무슨 본부, 무슨 본부, 무슨 당, 무슨 당의, 자동차.

오장환은 시인의 날카로운 직관을 가지고 경제학적 사실을 이렇게 노래했지만 서울만 병든 것이 아니라 조선이 '일제' 삼십육 년 동안에 부패한 것이다. 그 부패한 부분이 여전히 조선의 새로워지려는 생명력을 병들게 하고 있는 것이다.

4

그러나 이미 때는 왔다. 미국의 자유주의와 소련의 사회주의가 지속遲速의 차는 있을지언정 조선적 봉건주의와 일본제국주의를 구축驅逐하고 있는 것은 부인할 수 없는 사실이다. 더군다나 미소가 삼상회의 결정을 계기로 해서 조선 문제에 있어서 일치점을 발견하게 되었다. 자유주의와 사회주의가 대립되는 이념인 것은 사실이지만 다행히도—조선민족을 위하여 아니, 세계의 평화를 위하여—실로 다행히도 조선 문제에 있어서는 삼상결정이라는 호양互讓의 미덕을 결과했다. 인제 남은 문제는 조선민족이 국제정세를 정당히 파악하여서 국가백년의 대계를 그르치지 않는 데 달려 있다. 만약 조선민족이 사대주의자나 국수주의자나 반민주주의자에게 오도되어 국제민주주의 노선에서 탈선하는 나달이면 조선은 제삼차 세계대전의 화약고가 되고 말 것이다. 조선 땅을 탱크가 석권하고 원자폭탄이 파괴할 것을 상상만 함도 끔직 끔직한 일이 아닌가.

조선민족은 시방 천당과 지옥 사이에서 갈팡질팡하고 있다는 것을 잊어서는 안 된다. 민족전체의 자유를 획득하느냐 몇 분자의 자유를 위하여 민족의 자유를 희생하느냐? 두 가지 자유 중에 어떤 것을 택할 것이냐. 기왕에 있던 자유냐 불연不然이면 새로운 자유냐? 이 두 자유가 모순 대립되어 시방 조선의 정계는 내부적으론 혼란에 빠져 있는 것이다. (국제적으로야 독립이 약속되어 있을 뿐 아니라 미소공동위원회가 그 약속을 실천하려하지 않았느냐.)

경제적으로 독립하지 않고 독립국가가 될 수 없듯이 물질적으로 자유롭지 못한 국민은 자유국민이라 할 수 없다. 정신적인 자유를 부르짖는 사람이 있지만 "여余에게 악몽이 없다면 호도胡桃 껍질 속에 갇히어 있으면서 무한 공간의 왕으로 자처할 수 있으리라."한 햄릿 같은 불건전한 이상주의자거나 불연不然이면 물질적으로 자유로워지려는 대중을 기만하여 그 물질을 자기네가 독점하려는 구세력의 대변자일 것이다. 하긴 물질적으로 부자유하면서 자유를 형락亨樂할 수 있는 특수한 천재가 없는 것은 아니다. 특히 조선에는 이런 천재가 딴 나라보다 많다. 하지만 조선민족이 이런 천재가 될 수는 없는 것이다.

조선민족이 바라는 민주주의는 물질적으로도 자유의 양을 넓히고 질을 높이는 민주주의다. 조선민족의 팔 할이나 되는 농민이 바라는 자유나 나머지 조선민족의 대부분을 점령하고 있는 노동자와 소시민이 바라는 자유는 반동정객이나 공상주의 지식분자가 떠들어대는 그런 추상적 관념적 자유가 아니라는 것은 너무나 명백한 사실이다.

부르주아 데모크라시의 이념인 기회균등을 실현하려면 그저 덮어놓고 뭉치자는 식의 자유방임주의만 가지고는 불가능한 것이다. 민족의 이름으로 봉건주의와 일본제국주의의 잔재를 소탕하지 않고는 불가능할 것이다. 연합국의 힘만 가지고는 어려운 것이다. 여기에서 오해가 있어서는 안 될 것은 봉건주의자나 일본제국주의자를 모두 새 조선나라에서 제외하자는 것이 아니라 그들이 양반이나 지주이었던 것이, 또는 일본제국주의자에 협력했다는 것이 오늘날 결코 자랑꺼리가 아니니 기왕에 가졌던 사회적 정치적 특권을 민족에게 돌려보내고 인민과 더불어 부지런히 일하는 사람이 되라는 것이다.

자, 이제부터는 양반이니 쌍놈이니, 남자니, 여자니, 관이니, 민이니, 부자니, 가난뱅이니, 하는 차별이 없이 다 같이 하나의 인권을 가질 수 있는 나라를 만들자. 자유가 봉건주의자나 일본제국주의자에게 편재해 있는 한 조선은 민족적으로 자유로울 수 없고 따라서 해방될 수는 없다. 하물며 완전 자유 독립을 바랄 수 있을까 보냐. 동포여, 힘을 합하여 민족의 자유를 획득하자.

신연애론

부르는 나와 따르는 너의 정이로다. —고본《춘향전》

'남녀칠세부동석'이라는 쇠사슬에 묶이었던 이조의 여성은 연애가 무언지 알기 전에 며느리가 되고 시어머니가 되고 또 시어머니의 시어머니가 되어버렸던 것이다. 당나귀를 타고 달랑달랑 장가들러 오다가 장난꾼들이 던지는 재꾸러미에 놀라 떨어져서 코를 훌쩍거리며 들어오는 나 어린 신랑을 맞이하여 신부는 첫날밤부터 성의 불만을 느꼈던 것이다. 그러나 참아야 한다. 또 참아야 한다. 인종! 이것이 이조 오백 년의 부덕이었다.

그래서 이조가 낳은 아들 가운덴 샌님이 많다. 의무적으로 껴안는 부부 사이에 탐스런 아들이 생길 까닭이 없지 않으냐.

봄바람에 나뭇가지가 싹트듯이 부풀어 오르는 젖가슴에 연정이 싹트고 처녀도 모르는 사이에 탐스런 육체가 되어 무르녹는 녹음 속에서 한 쌍 꾀꼬리가 노래하듯 속삭일 수 있는 남성을 만날 때 비로소 건강한 결혼생활이 있을 수 있는 것이다. 남녀의 결합이란 자연 속에서도 가장 자연스런 현상이다.

만상을 껴안아 붙드는 자
'그대'며 '나'며 그 자신을

껴안아 붙들지 않는가?
위에 하늘이 둥글고 아래
땅이 굳건히 놓여있지 않은가?
그리고 구원한 별들이
다정한 빛을 던지며 오르지 않는가?
그리고 내가 마주 그대를 보며
일체가 그대의 머리와 가슴으로 몰려와서 보일듯 말듯이 영원한 신비가
그대 곁에 떠돌지 않는가?
그대의 크나큰 가슴을 그것으로 채우라 그래서 그 기분으로 축복 받을진댄
그것을 행복이라 하든! 애정이라 하든! 사랑이라 하든!

파우스트가 마르게리트에게 주는 이 말은 어느 시대고 타당한 '연애관'이다.

비컨대 청춘은 신록과 같다. 그 속에서 꽃도 필 것이요 열매도 맺을 것이다. 또 신록은 그 자체가 목적이요 꽃은 열매를 위하여 피고 열매는 더 많은 신록을 낳기 위하여 땅에 떨어져 죽는 것이 자연의 윤리일진댄 이 논리를 거꾸로 세워서 신부를 시부모에게 희생으로 바친 이조의 봉건사회가 나날이 시들어 드디어 몰락하고 말았다는 것은 부자연이 낳은 비극이었다.

부자연! 그렇다. 조선에는 아직도 너무 많은 부자연이 남녀 사이에 가지가지 불미스런 관계를 빚어낸다.

시조문학에서 이렇다 할 연애관을 엿볼 수 없듯이 현대조선문학에서도 참다운 연애관을 발견하기 곤란한 것은 조선민족은 오백년 동안 연애 한번 변변히 해보지 못했다는 것을 의미하는 것이 아닐까? 《임거정전林巨正傳》엔 연애가 있으되 이조적 에로에 흐르고 만다. 조혼 때문에 또는 봉건적 가족제도 때문에 부부 사이에 혼연한 정신과 육체의 결합을 가져보지

못한 이조의 양반들은 사랑 노름에서 그들의 변태성욕을 만족시켰던 것이다. 점잖은 개 부뚜막에 오르는 격으로…….

춘원의 《사랑》은 모르면 몰라도 아마 고금동서에 제일가는 그릇된 연애관의 표현일 것이다. 속된 남녀가 껴안으면 혈액에서 '아모르겐'이 나오고 성스런 남녀가 껴안으면 '아우라몬'이 나온다는 춘원. 그는 꽃다운 처녀하고 한방에 잤는데도 껴안지 않았다고 '그의 자서전'에서 자랑삼아 말했지만 아마 껴안고 잤더라도 춘원의 혈액엔 '아우라몬'이 분비되었을 것이다. 이 《사랑》이, 잘 팔리는 소설 중에도 베스트셀러였다는 것이 무엇을 말하는가. 하물며 이 소설을 읽고 주인공 안빈安賓같은 춘원의 품 안에 안기어 보았으면 하는 성스런 처녀들이 생겼다는 말을 들을 때 춘원의 죄악은 신돈의 그것보다 더 크다 아니할 수 없다. 춘원의 문학은 연애도 허위의 연애관을 그 놀라운 필치로 철딱서니 없는 남녀에게 들씌웠던 것이다. 《사랑》과 좋은 짝이 되는 것이 모毛 여사의 《렌의 애가》다.

참다운 연애가 없이 좋은 연애문학이 있을 수 없다. 하물며 처녀하고 한방에서 자도 아무 일 없고 여자와 껴안아도 '애愛의 소素'인 아모르겐이 아니라 '금'을 의미하는 아우라몬이 피에 섞이게 되는 춘원 같은 성인들이 소설을 썼다는 것이 조선문학을 병들게 하였을 뿐 아니라 많은 선남선녀의 피를 불순하게 만들었다.

진실을 드러내는 것이 문학이다. 잠재의식까지도 파고 들어가 표현하는 것이 문학인데 자의식에다 몇 겹으로 옷을 입혀 체면 차리기에 볼 일을 못 보는 조선의 문학가들—그들이 봉건주의를 벗어버리려면 아직도 멀었다. 수줍어서 그런지 점잖아서 그런지, 그들이 무슨 체하는 옷을 훌훌 벗어버리고 천둥벌거숭이가 된다는 것은 참으로 어려운 일이다. 하물며 일반 사회 인사랴.

추문 때문에 얼굴을 붉히고 말문이 막혀야 할 여사가 시(?)로써 분장하고 플라톤의 사도인양 행세하는 조선문단이다. "무엇이 그 여사를 그렇게 만들었느냐?" 조선의 사회통념은 아직도 너 나 할 것 없이 봉건주의인데 양키이즘—난숙한 자본주의—에 심취한 나머지 불에 뛰어드는 하루살이의 꼴이 되고 만 것이다. 우리는 이런 여자를 욕하기 전에 우리의 봉건의식을 청산해야 할 것이다. 하지만 자기의 연애생활과는 얼토당토안한 연애시를 쓰는 여류문사의 맹성猛省을 바라는 것은 새로운 조선의 문학과 연애를 위하여 마땅히 있어야 할 자기비판이다. 뒤로 호박씨 깐다는 말이 있다. 가면을 쓴 연애문학을 소탕하기 전에는 건전한 연애관이 수립될 수 없다. 물론 가면 없이 연애하고 문학할 수 있는 사회를 출현시키는 것이 선결문제이지만—

어떤 일본인 심리학자가 졸업기를 앞둔 여학생들에게 테니슨의 연애시 〈이노크 아든Enoch Arden〉을 읽어주고 감상문을 써내게 해서 통계표를 꾸민 일이 있는데 거지반 다 이구동성으로 애니의 입장을 옹호했건만 일본인 여학생 속에 섞여 있던 조선인 여학생 둘은 애니를 타매唾罵했다. 동물원의 학을 보라. 학도 남편이 죽으면 다른 학과 결혼하지 않거늘 만물의 영장인 인간으로서 바다로 나가서 돌아오지 않는다고—설사 죽었다 하자—남편 이노크를 저버리고 필립과 재혼한 애니는 정조관념이 없는 여자다. 둘이 다 이러한 의미의 감상문을 썼다. 일본인 여학생 가운덴 생활을 위해서는 애니가 마땅히 재혼해야 한다는 의견이 많았고 심지어 건전한 성생활을 위하여는 마땅히 그러해야 한다는 의견도 있었다.

조선여성의 정조관념이 강한 것은 이 심리학자의 보고를 들을 것 없이 자타가 공인하는 사실이다. 하지만 그것이 일종의 봉건적 강압관념이었다는 것을 잊어서는 안 될 것이다. 여성을 규방에 가두어 두고 남자들이 일방적으로 조작한 논리가 어느덧 여성의 마음 깊이 뿌리박은 정조관념이 되어 버린 것이다. 이 부부와 저 부부 사이에 차별이 있어야 된다는 '부부유별'까지도 의식적으로 곡해하여서 젊은 부부의 사이를 이간한 것이 이조의 양반사회인데 결국 희생당한 것은 여성이요 남자들은 기생과 수작하며 공공연하게 축첩할 수 있었던 것이다.

요컨대 조선의 정조관념이라는 것은 남자 본위의 속박관념이었다. 자유에서 우러난 것이 아니기 때문에 강한 듯하되 약하다. 가족적 감시를 받을 땐 강한 여성도 자유의사대로 행동할 수 있는 환경에 들어가선 어처구니없이 약해지는 것이 조선여성이다. 조선여성은 쓰개치마를 쓰고 있었던 것이 아닐까? 친정에서 또는 시가에서 일가친척이 들씌워준 쓰개치마를 그대로 뒤집어쓰고 살아온 것이 아닐까? 그렇다면 조선여성은 시방 중대한 위기에 당면했다 아니할 수 없다. 왜냐면 조선이 해방되려면 봉건주의를 벗어나야 할 것이요 따라서 심규深閨에 갇혀있던 여성도 자유의 몸이 될 것이므로. 자유란 마음대로 갈 수 있는 길인 동시에 빗나가기도 쉬운 길이다.

사랑 없는 결혼생활은 수녀나 매춘부가 아니면 참을 수 없는 것이다. 그러나 그것을 여성에게 강요한 것이 조선의 봉건사회다. 봉건주의의 껍질을 벗고 새로운 생활이 비롯하는 마당에 조선에 많은 노라가 '인형의 집'을 뛰어 나올 것이다. 그것이 좋건 그르건 한번은 필연적으로 일어날 현상이다. 그러니 우리는 이러한 여성들을 붙잡아 가둘 궁리를 하기 전에 그들이 길을 잘못 밟지 않게 하기 위하여 건전한 연애관과 결혼관을 확립하기에 노력해야 할 것이다.

'사랑'을 정신적인 것으로만 생각하는 것은 '사랑'을 육체적인 것으로만 느끼는 것이나 매한 가지로 위험하다. 육체 없는 정신은 현실과 유리되며 정신 없는 육체는 현실과 야합한다. 주요섭의 〈사랑손님과 어머니〉가 전자의 좋은 예요 이효석의 〈화분〉이 후자의 좋은 예다.

그러나 영육이 혼연한 일체가 되는 남녀관계란 이상이지 현실에선, 더우기, 조선 같은 현실에선 얻기 어려운 행복이다. 부부 본위가 아니고 가장 본위의 가족제도이며 경제력도 가장 혼자서 움켜쥐고 있는 조선에서 결혼이 자유주의에 뿌리박지 못한 것은 당연하지만 젊은이들의 입장에서 본다면 불행한 환경이다. 이상적 결혼생활은 시방 현실로 보아서는 불가능에 가깝다. 배우자의 선택을 자유의사에 맡기더라도 먼발치로 꽂 보듯 '미아이'[見台]라는 것을 해서 결혼하는 수밖에 별도리가 없는 것이 조선사회다. 자유연애란 일종의 도색유희가 되어 있는 것이 조선사회다. 여성뿐 아니라 남자도 하루바삐 '인형의 집'을 뛰어 나와서 그대들의 손으로 빵 문제를 해결하기 위하여 싸우라. 생활의 승리자만이 연애와 결혼에도 축복받을 수 있는 것이다. 부모의 덕으로 무위도식하는 청춘남녀가 연애의 자유를 부르짖는다는 것은 우스운 자기모순이다.

하지만 조선은 아직도 일본제국주의의 여독과 봉건주의의 잔재로 말미암아 청춘의 자유는 청춘의 힘만 가지고는 얻을 수 없게 되어 있다. 연애란 생활의 위협이 없어야 나를 수 있는 나비인데 꽃은커녕 쌀도 없는 백사지白砂地에 나비가 나를 수 있을까 보냐. 그러지 않아도 피를 빨려서 삐쩍 마른 조선에서 그나마 피는—경제력을 의미한다—일본제국주의의 잔존세력과 봉건주의자들의 혈관에만 흐르고 있으니 청춘남녀에게 연애하고 결혼할 여력이 있을 리 없다. 이러한 경제 상태를 그대로 두고서 청춘남녀보고 자유연애를 하라면 사생아를 많이 낳게 되거나 불연不然이면 일본제국주의와 봉건주의의 잔재인 사람들의 며느리 되든지 사위가 되는 수밖에는 없을 것이 아니냐. 조선민족의 생명력은 어느 때나 되어야 자유발전의 길이 열릴는지…….

그러나 청춘은 젊었다는 이 한 가지 사실만으로도 축복받은 존재다. 일본제국주의와 봉건주의의 잔재가 황금과 지위와 권력을 독차지하고 있지만 그들은 이미 청춘의 고개를 넘은 낙일이다. 그들이 아무리 발악을 한댔자 시간의 흐름을 거꾸로 흐르게 할 수는 없지 않으냐. 햄릿이 원수인 왕의 주구요, 연인 오필리아의 아버지인 플로니어스를 미친 척하고 빈중대는 말이 생각난다.

"여보시오 당신이 만약 게 모양 뒤로 걸어 갈 수 있다면 내 나이와 같아질 것이오."

그러나 조선의 플로니어스들도 역사에 거슬려 뒤로 걸어가는 재주는 없을 것이다. 그런데도 무슨 짓을 다 해서든지 역사의 차륜을 뒤로 돌리려하는 자들이 있으니 걱정이다. 걱정은 걱정이지만 오래 오래 길게 길게 없어지지 않을 걱정은 아니다. 낙일이 떨어지기가 안타까워 서해 물을 피로 물들이고 발버둥쳐도 그들의 밤은 오고야 말 것이요 새로운 청춘의 태양이 금빛 찬연히 동쪽 봉우리 우에 홰치며 솟을 것이 아닌가.

젊은이들이여 하로 바삐 '인형의 집'을 나오라. 노라는 여자 혼자였기 때문에 그의 앞길에는 어디인지 모르게 고독이 있었지만 남녀가 같이 손에 손을 잡고 '인형의 집'을 뛰어 나온다면 동반자들은 얼마든지 있을 것이다. 노라는 "여자가 되기 전에 인간이 되기 위하여" 과거를 청산했지만 조선의 젊은이들은 여성이고 남자 간에 인민이 되기 위하여 인민 속으로 들어 갈 것이다. 이것은 누구에게 보다도 일본제국주의와 봉건주의의 잔재를 부모를 모신 청춘남녀에게 주고 싶은 말이다. 조선민족이 완전히 해방되어 인민을 위하여 인민의 손으로 인민의 나라를 건설하기 전에는 정말 연애의 자유는 있을 수 없는 것이다. 그러니 과거로 하여금 과거의 시체를 묻게 하고 새로운 시대의 주인이 될 젊은이들은 스스로 생활의 터전을 닦고 주춧돌을 놓고 하기에 힘써라. 그들의 손으로 그들의 경제생활을 건설하기 전에 자유연애를 탐하고자 하는 것은 또 한 번 구세력의 노예가 되기를 스스로 꾀하는 짓이 될 것이다.

근로하는 인민 속에서 자유로운 연애가 움 터나올 때 비로소 조선에는 순결한 생명이 싹틀 것이다.

그리하여 청춘남녀가 신록처럼 지나간 삼동의 공포에서 완전히 해방되어 스스로 생활을 즐길 수 있는 사회가 될 때 조선민족은 무한한 축복을 약속 받을 것이다. 녹음이 무르녹을수록 꽃과 열매도 탐스러울 것이 아니냐.

하지만 청춘은 아직도 '일제'와 '봉건'에 억눌려 동면하고 있다.

태풍 속의 인간—현대소설론단편

현대에 있어서 소설은 옛날 얘기가 아니다. 아니, 옛날 얘기조차 현대에 존재하는 옛날 얘기는 현대적인 존재이유가 있을 것이 아니냐. 현대소설이란 현대인의 인생관일진댄 현대사회에서 진보적인 행동을 해본 체험이 없이 조그만 두뇌에서 쥐어짜내는 소설—그런 소설은 소설이 아니다. 어떤 소설이 시방 조선에서 요구되느냐? 이에 대한 대답 대신에 현대소설의 본보기라 볼 수 있는 콘래드의 《태풍》을 소개하려는 것이다.

영문학에는 아직껏 이렇다 할 산문이 없었다. 셰익스피어가 표현하는 엘리자베스조의 앙양된 귀족정신이 잦아들다가 워즈워드 등 십구 세기의 낭만시대를 만나 다시 한번 크게 울리더니 아직도 여운을 끌고 있어서 이십 세기에 이르러서도 영국의 소설은 '시'의 영향을 벗어나지 못했다. 조이스의 《율리시즈》가 이것을 구체적으로 증명하고 있다.

그러면 영문학에서 콘래드 같은 산문정신을 낳았다는 것은 기적과 같다. 하긴 콘래드는 원래가 폴란드 사람이다. 구라파의 폭풍지대인 파란波蘭. 이 파란을 모국으로 가진 콘래드가 《태풍》이라는 소설을 썼다는 것은 그것만으로도 흥미 있는 사실이 아닐 수 없다. 시방 세계는 안정을 얻으려는 동요 속에 있다. 조선 또한 이 역사적인 물결 위에 출렁거리고 있는 조그만 배 '난 샨'과 같다. '난 샨'의 선장이 태풍 속에서 어떻게 행동했나 하는 것은 시방 조선의 지도자로 자처하는 사람들에게도 좋은 교훈이 될 것이다.

《리어왕》이 폭풍우의 시라면 콘래드의 《태풍》은 폭풍노도의 산문이다. 《나르시스 호의 흑인》에서는 아직도 콘래드가 주관을 선탈蟬脫하지 못하고 '우리'라는 말을 쓰다가 끝에 가서는 작자의 꼬리가 노골적으로 나타나서 '나'라고 명백히 일인칭으로 썼다. 물론 이 작품이 사소설과는 운니雲泥의 차가 있지만 《태풍》에 비하면 산문정신에 철저하지 못했다. 하긴 도처에 배와 바다의 시가 넘쳐흐르는 만치 《태풍》보다 좋아할 사람도 있겠지만…….

그러나 소설의 극치는 '시'를 부정하고 레스[물物]에 육박하는 리얼리즘이다. 이러한 의미에서 《태풍》은 완벽을 이룬 작품이다. 거기는 자연과 일치된 인간 맥 휘가 있다. 그는 사물을 지원하는 외에 언어를 위한 언어의 존재이유를 모르는 철저한 행동인이다. 그럼으로 시에서 뺄 수 없는 비유를 조소한다. 일등운전사(이등항해사) 쥬크스가무더운 것을 형용하여,

"꼭 담요로 내 머리를 싸맨 것 같습니다" 하니까 선장 맥 휘는 그것을 비유로 이해하지 못하는지라

"누가 담요로 자네 머리를 싸맨 일이 있단 말인가? 그것은 무슨 까닭이었나?" 하고 반문한다. 쥬크스가 하도 어이없어

"이를테면 그와 같다는 말씀입니다." 하니까 선장은 분개하여 가로대

"자네들은 쓸데없이 지껄이거든!"

콘래드는 다시 "이렇게 선장 맥 휘는 말에서 비유의 사용을 반대하였다"고 주하였다.

주인공이 이와 같이 산문정신에 투철하니까 이 소설이 산문으로 성공할 수 있었다. 이등운전사를 보라. 자아를 송두리째 통 털어 자연 속에서 투사하지 못하고 자기의 감정과 오점 때문에 얼마나 초라하고 옹졸한 인간이 되어버렸나! 태풍 속에서 당장 깨져 없어질 것 같은 '난 샨' 호를 조금도 마음의 동요를 일으키지 않고 냉철하게 지휘하는 선장은 영웅과 같은데 자연의 협위 앞에 무서워 떠는 이 인간은 비열하기 짝이 없고 결국 항구에

닿자마자 내 쫓기니까 뒤돌아다보며 배에다 대고 주먹질을 한다. 이것이 셰익스피어의 극이라면 정반대로 맥 휘처럼 감정에 동하지 않는 인물은 에드먼드 같은 극악의 인물로 되었을 것이다. '시'에서 부정되는 것이 산문에선 긍정된다. 셰익스피어 극에서는 '시'가 없으면 논리도 없어지지만 《태풍》은 '시' 없는 논리를 확립했다. 맥 휘가 없었다면 '난 샨' 호는 가혹한 자연—아니, 비열한 인간성—의 희생이 되어 물속에 가라앉고 말았을 것이 아니냐. 기선은 현대생활의 사활을 쥐고 있느니만치 선장 맥 휘는 '선'을 대변하는 인물이며 '생활'을 위하여 싸우는 사람이 현대에서 선인이다.

과학이 인간성을 추상해버리듯이 산문정신도 인간성을 거부한다. 아니, 이 '인간성'이라는 관념부터 수정받아야 될 때는 왔다. 리어왕처럼 분노하고 로미오와 줄리엣처럼 연애하는 사람에게만 인간성이 허여된다면 오늘날 조선에서도, 세계사적인 동요 속에서 진공과 같은 독립을 꾀하여야 되는 조선에서도 완고 덩어리 영감님들이나 종로난봉꾼만이 인간성을 갖게 될 것이요 현대를 떠받치고 나가는 행동인들이나 과학자에겐 인간성이 거부될 것이다.

콘래드는 《태풍》에서 선장과 그 외 몇 사람에게만 이 새로운 의미의 인간성을 부여했다. 배가 이리 뒤집힐 듯 저리 뒤집힐 듯 동요하는 대로 굴러다니는 돈을 주우려 서로 쥐어뜯고 싸우는 고력苦力들은 야수와 같다. 무서워서 웅크리고 있는 선부船夫들은 하찮은 인간들이다. 인간의 인간다운 행동이 빛날 때는 난파선 같은 불안동요의 경우이다. 맥 휘를 보라. 자기의 주위환경과 일치함으로 말미암아 조금도 빈틈없는 그의 일거수일투족. 그가 없었다면 '난 샨'호는 거기 탄 모든 인간과 더불어 어복魚腹에 장사지내는 수밖에 없었을 것이다.

관찰하고 파악하고 실천하는 사람이 현대의 기둥 될 인물이다. 이러한 인물이 없이 현대조선은 일어설 수 없으며 따라서 이런 인물을 등장시키지 않고 현대조선소설은 성립할 수 없다. 그러려면 누구보다 먼저 소설가 자신이 관찰하고 파악하고 실천하라. 대중이 '해방'에 일희一喜하고 '탁치'에 일비一悲하는 것은 대중으로서 그럴법한 일이지만 그 대중에게 살아 나갈 바 길을 가르쳐 준다는 작가로서 대중보다 앞서서 경거망동하는 조선의 현실을 볼 때 한심하지 않을 수 없다. 《민족》이라는 소설을 신문에다 발표하고 있는 박종화씨가 다섯 달 동안에 발표한 시를 비교해 보면 정치적 주견이 없음에 우리는 놀라지 않을 수 없다. 《자유신문》 신년호에 발표된〈통곡〉이라는 시에서 씨는

> 해방의 기꺼움이
> 다섯 달이 채 못되서
> 민족은 또다시
> 천길 지옥으로 떨어진다.

했으니 조선민족이 언제 천당에 올라갔었다는 말인가. 8월 15일 날 독립만세를 부르고 좋아라 하는 것이나 '탁치'의 보도를 듣고 통곡하는 것이나《민족》이라는 소설을 신문에 발표하는 작가로선 삼성三省해야 할 일이다. 조선의 역사문헌을 읽은 것만 가지고는 조선민족의 운명을 대중 앞에서 떠들어 댈 자격이 없다. 대중 속에 들어가 실천한 사람의 혈관에만 대중의 요구가 피 흐르고 있고 이 피는 바로 세계사와 연결되어 있는 것이다. 관념적인 소설가는 관념적인 정치가와 더불어 위험한 존재이다.

콘래드는 이십일 년 동안이나 수부로서 또는 선장으로서 바다와 바람과 싸웠다. 자기 집 사랑에서 일찌감치 대소설가가 되어버리는 조선문단에서 《태풍》은 좋은 선물이며 산 소설표본이다. 농민만이 농민의 소설을 쓸 수 있을 것이요 노동자만이 노동자의 소설을 쓸 수 있을 것이다. 원시적인 인간성을 주제하던 과거의 문학—또 현대도 시문학은 변함 있을 리 없다—은 몰라도 노동과 과학이 문명의 기초가 되어 있을 뿐 아니라 인간정신도

과학과 노동의 영향 하에 있는 현대에 있어서 산문정신 즉 객관세계를 과학적으로 파악 표현한 문학이 아니고는 현대를 대변하는 소설이라고는 할 수 없을 것이다. 그러나 소설보다 소설의 주인공이 먼저 실재하여야 할 것이 아니냐.

시방 조선은 누구보다도 태풍 속에서 '난 샨호'를 난파시키지 않고 무사히 항구에 가 닿게 한 맥 휘 같은 인물이 필요하다. 이러한 인물이 조선에도 있다. 다만 문제되는 것은 이러한 인물이 소설을 쓸 시간적 여유가 없다는 것이다. 이 동요를 체험한 사람들이 소설을 쓰게 될 때 진정한 태풍의 산문이 탄생할 것이다.

시와 정치—이용악시 〈38 도에서〉를 읽고

8월 15일을 계기로 해서 조선의 시는 표변했다. '사상'이 없다고 산문가들이 백안시하던 시가 일조에 정치시로 변한 것은 해방이 낳은 한편 기쁘고도 한편 서글픈 현상이다. 문학소녀의 시 같은 시를 쓰던 시인이 별안간에 혁명투사가 된 것같이 정치를 외치는 시를 쓰게 된 것은 세상이 다 놀라는 바이오. 연합군의 여광餘光을 받아 환해진 달밤의 조선을

> 오, 빛나는 조국!
> 악몽은 걷히도다
> 눈부신 아침은 오도다

하고 노래한 소설가의 착각은 그가 시인이 아닌데 시를 썼다는 데서 원인한 것이 아니라 '순수'를 표방하던 그가 8월 15일의 흥분에 휩쓸려 동요했기 때문이 아닐까. 하여튼 조선시단에도 8월 15일의 해방이 낳은 '아름다운 오류'가 많았다—애시 당초부터 시가 무엇인지 모르는 사람들이 정치브로커적인 시인 행세를 하게 된 것은 치지도외置之度外하거니와. 그러나 흥분의 물결은 지나가고 차디찬 현실의 조약돌이 드러난 오늘날 그런 과오는 다시 용납되지 않을 것이다. 그러므로 《신조선보》에 이달 열이틀 날 실린 이용악씨의 시 〈38도에서〉는 값싼 흥분의 소산이 아니요 그가 시인으로서 자타가 공인하는 자리를 차지하고 있는 이상 또 이 시가 시로서 흠잡

을 데가 없는 이상(?) 우리가 한번 비판해 보는 것도 조선시를 위하여 무의미한 짓은 아닐 것이다. "미네르바의 올빼미는 밤 그늘이 짙어야 난다"던가. 조선의 시인들도 스스로 반성할 때가 아닐까.

한마디로 말하면 〈38 도에서〉는 조선을 허리 동강낸 북위 38 도선을 저주하는 노래다. 이것은 확실히 어떤 잠재의식의 표현이라 할 수 있다.

누가 우리의 가슴에 함부로 금을 그어
강물이 검푸른 강물이 구비쳐 흐르느냐
모두들 국경이라고 부르는 삼십팔 도에
날은 저물어 구름이 모여

이 어찌 이용악의 개인적 감정이랴. 하지만 이 시는 편견을 품고 있다. 그것이 값싼 편견이라면 내가 평필을 들 필요조차 없겠지만 이용악은 시인이요 시인의 편견은 스스로 뿌리 깊을 뿐 아니라 그의 시를 읽는 사람에게까지 그 뿌리를 깊이 박는 것이기 때문에 불가불 배보다 배꼽이 더 큰 이 원고를 쓰게 된 것이다.

먼저 38도의 본질을 말하여 두자. 시인들이 어떻게 생각하든 간에 38도는 미소양국이 공동책임을 져야 할 것이다. 노골적으로 말하면 38도의 선은 자본주의와 사회주의가 균형을 얻은 실력선이다. 이 선을 없이 하는 데는 세 가지 길밖에 없다. 이 선을 조선북단으로 옮기든지 그와 정반대로 조선남단으로 가져가든지 또는 이 선을 둘로 쪼개서 하나는 북단으로 하나는 남단으로 옮기는 것—즉 조선이 자주독립하는 길이다.

그러면 이용악씨에게 물어보자. 어찌해서 "고향으로 통하는 단 하나의 길"은 38도 이남으로만 통하는 것이냐.

야폰스키가 아니요 우리는 거린채요 거리인채

라 한 씨의 심리에 동정하지 않는 바 아니로되

팝이 아니요 우리는 코리안이요 코리안

할 사람도 있을 것이 아닌가. 〈군청과 면사무소〉는 〈콤민탄트와 인민위원회〉보다 더 비시적이 아닌가. 시인이 순수하려면 공정 무사해야 할 것이 아니냐. 씨의 감각의 진실성을 부인하는 것은 아니로되 어찌 나무만을 보고 숲을 보지 못하는가. 철학자 칸트는 시인을 경계하여 가로되 "개념이 없는 직관은 장님이니라" 하였다. 정치학이란 모든 체험과 학문의 총결산이라야 한다. '38도'는 유클리드적인 관념선이 아니라. 복잡다단한 현실선이다. 시인이여 그대의 감각을 과신하지 말지니 지구의 둥긂을 우리가 감각할 수 없듯이 38도선은 정치적으로 밖에 파악할 수 없는 것이다. 시방 국제정세를 살펴보면 비록 도수는 다를망정 38도선 같은 선이 지구를 한 바퀴 삥 둘렀다. 조선의 38도선도 세계사의 일환으로 보아야 그 본질이 드러날 것이다. 최근 뉴욕 타임스를 보니 미국이라는 신사가 입고 있는 연미복의 두 꼬리를 하나는 자본가가 바른쪽으로 잡아 다니고 또 하나는 노동자가 왼쪽으로 잡아 다니는 만화가 있었다. 이는 미국에도 '38도선'이 있다는 것을 말하는 것이 아닐까. 하여튼 〈38도에서〉와 같은 시를 발표할 때는 신중해야 할 것이다. 이 시가 대중에게 끼치는 정치적 영향이 크기 때문이다. 이용악씨가 이 시를 38도 이북에서 발표할 용기가 있었다면 문제는 전연 다르다. 다만 미군과 군정청밖에 없는 서울에서 소련병정과 콤민탄트를 비판한댔자 돌아서서 침 뱉기지 시인다운 태도라고는 볼 수 없다.

시인이여 순수하라. 섣불리 정치를 건드리지 말지니 숫자 없는 정치관은 위험하기 짝이 없는 것이다. 일본제국주의의 관념정치가 얼마나 위태로운 것이었나를 그래 시인은 모른단 말인가. 시가 아무리 파악력이 있다 해도 결국 붙잡는 것은 새요 구름이다. 정치를 논하려거든 우선 경제학부

터 공부하라. 정치의 본질은 옷이요 밥이지 새나 구름은 아니다. 차라리

이윽고 어름ㅅ길이 밝으면
나는 눈보라 휘감아치는 벌판에 우줄 우줄 나설게다
가시내야
노래도 없이 사라질게다
자욱도 없이 사라질게다

한 때가 이용악씨는 더 시인답지 아니한가. 그의 길이 분명히 워싱턴으로만 통한다면 암만해도 순수하다고는 볼 수 없을 것이다.

그러나 〈38도에서〉는 이용악씨가 무심코 쓴 시인지도 모른다. 이것이 씨로서 무의식적 탈선이었다면 오히려 다행일 것이다.

조선문화의 현단계—어떤 문화인에게 주는 글

최근 어떤 잡지 권두에 〈독서론〉이라 제하여 다음과 같은 말이 있었다.

"예술에 관한 교양도 이 땅에서는 일반적으로 대단 빈약하다. 어떻게 보면 일제 삼십육 년 동안에 그래도 명맥을 유지해온 것은 예술방면뿐이요 그러니만치 예술방면은 다른 방면보다 좀 나은 것같이도 생각이 되나 나의 보는 바로는 안즉 멀었다. 하늘의 별같이 수많은 정계의 요인 중 실례의 말이나 문학 미술 음악 등에 관해 무식정도를 벗어난 이가 몇 분이나 되느뇨. 이러한 의미에서 나는 수월 전에 미국 라이프지 표지에서 여송연을 물고 캔버스를 향해 채필을 휘두르고 있는 전 영수상英首相 처칠씨의 사진을 보고 역시 우리와는 다르구나 하는 감명을 깊이 하였다."

이 글을 쓴 분은 한때 조선에서 손꼽던 문화인의 한 사람이다. 그러니만치 8 · 15 이후에는 이렇다 할 문화적 활동을 하지 않았지만 잡지편집자가 특별대우를 해서 참 오래 간만에 쓴 이 분의 글을 권두에 실었을 것이다. 이 분의 이름을 말하지 않더라도 독자는 이 인용문만 보더라도 이 분이 '문학 미술 음악 등'에 관해서 교양이 높으신 분이라는 것을 판단하기에 부족을 느끼지 않을 것이다. 그러므로 우리는 잡지편집자와 더불어 이 분의 문화관을 중요시하지 않으면 아니 될 것이다.

인용한 글을 분석하면 다음과 같은 세 가지 명제를 꺼낼 수 있다.

(1) 조선민족은 문화적 교양이 대단 빈약하다.

(2) 조선의 정치적 지도자들은 대부분이 문화에 대해서 무식하다.

(3) 전 영수상 치칠씨는 문화의 교양이 높다.

제일 명제에 대해선 이론이 있을 수 없다. 조선민족의 주체인 노동자 농민은 '문학 미술 음악 등'은커녕 낫 놓고 격자도 모르게스리 만들어 놓은 것이 일본제국주의다. 일 년 삼백 예순 닷새 뼈가 빠지도록 노동을 해도 입에 풀칠하기가 어려운 그들이었다. 조선민족의 구십 퍼센트 이상을 차지한 노동계급이 이러한 환경에 있었으니 문화가 특수한 개인에 의지해서 간신히 명맥을 이어 온 것은 할 수 없는 노릇이었다. 그러니 조선민족의 문화적 교양이 빈약할 수밖에.

제이 명제는 좀 주를 달아야 할 것이다. 조선의 정치적 지도자를 '하늘의 별같이 수많은 정계의 요인'이라 한 이 분의 의도를 어떻게 이해할 것인가. 좌건 우건 '정계의 요인'이 하늘의 별같이 수가 많다는 말은 문구 그대로 이해하기는 곤란하다. 과장이 아니면 풍자일 것이다. 리얼리스트로 자처하는 이 분이 어찌해서 '정계의 요인'을 수색하는 데 모 푸로프르(적어適語)를 쓰지 않고 이렇게 이해하기에 뒤숭숭한 문구를 사용했을까. 이것은 obscurum per obscurius인지 모르나 정신분석학적으로 해석하는 수밖에 없는 것 같다. 즉 이 분은 문화의 교양이 없는 자들이 문화의 교양이 높은 자기보다도 정치적으로 요인이 된 것에 대해서 아니꼽게 생각하고 있는 것이다. 뒤집어 말하면 당연히 '정계의 요인'이 되어야 할 자기는 되지 못했는데 다시 말하면 자기 같은 사람을 빼놓고는 '정계의 요인'이 있을 수 없는데 '문학 미술 음악 등에 관해서 무식정도를 면하지 못한' 사람들이 '정계의 요인'이 된 사람이 하나 둘이 아닌 것이 비위에 맞지 않아 하늘의 별같이 수가 많아 보인 것이다. 이것은 이 분 뿐 아니라 조선의 이른바 문화인들이 품고 있는 잠재의식이다. 정치를 경시하는 문화인은 민족의 정치적 운명이 어찌되든 오불관언이라는 예술지상주의자거나 이러한 잠재의식의 소유자일 것이다.

조선의 정치적 지도자는 감옥이나 지하실에서 '여송연을 물고 캔버스를 향해 채필을 휘두르고 있는 전 영수상 처칠씨'처럼 한가할 수가 없었던 것이다. 일제 삼십육 년 동안 조선에서 시나 읊고 그림이나 그리고 바이올린이나 키면서 민족해방의 투사가 될 수 있었을까. 그러므로 시방 조선정치가의 비중을 문화의 교양 정도로 저울질해서는 안 될 것이다. 뒤집어 말하면 문화인들이 조선정치의 영도권을 주장할 수 없는 것이다. 일제시대엔 기껏해야 현실에서 도피해 있거나 그렇지 않으면 정치적으로 과오를 범하지 않은 사람이 드문 문화인들이 이제 와서는 정치의 영도권을 주장한다면 기회주의자밖에 아무 것도 아니다. 민족이 또다시 압박을 받게 되면 또다시 문화 속으로 도피하거나 반동을 하거나 할 것이다. 사실 조선민족의 역사적 발전을 방해하던 봉건주의와 일본제국주의는 아직도 이 땅에서 발악을 하고 있어서 《라이프》지의 표지나 보고 있는 샌님이 '정계의 요인'이 될 수는 없는 정세이다. 그러므로 제이 명제는 이렇게 뒤집어 꾸며야 할 것이다. "조선의 문화인은 대부분이 정치에 대해서 무기력하다."

제삼 명제는 문화의 본질을 긍정한 것이라고 볼 수 있다. '처칠의 여송연과 채필'은 문화를 상징한다. 그러면 과연 이것이 옳은 문화관인가? 처칠은 '문학 미술 음악 등'보다는 탱크와 대포를 더 소중히 여기는 사람이라는 것은 앙드레 모루아가 《불란서는 패했다》에서 여실히 알려주고 있다. 전쟁을 준비하지 않고 문화에만 전심한다고 불란서의 인텔리겐챠를 욕한 사람이 처칠이다. 그 사람이 《라이프》지 표지에서 그림을 그리고 있다 해서 문화인이라고 속단할 수는 없다. 우리는 무솔리니가 바이올린을 키는 사진을 잡지에서 보아왔고 히틀러가 화가라는 신문 보도를 읽어 왔다. 하지만 그들은 문화인이기는커녕 가장 무서운 문화의 적—파시스트였다.

그러나 이렇게 말할 수는 있다. 처칠의 관심이 탱크나 대포인 것은 사실이지만 그것은 정치가로서의 처칠이지 인간 처칠은 아니다. '여송연을 물고 캔버스를 향해 채필을 휘두르고 있는' 처칠이야말로 인간 처칠인 것이다. 이러한 '인간성'이 조선의 정치가에겐 결여되어 있는 것이다. 이러한 견해는 이 분이 〈독서론〉에서 비로소 피력한 것은 아니다. 불란서 문화인 앙드레 지드가 《소련기행》에서 소련엔 인간성이 눌려있다고 말했을 때 이 분이 신문지상에서 찬의를 표하다가 코를 잡아 떼인 일이 있었다. 이런 것 저런 것으로 미루어 보건대 '처칠의 여송연과 채필'은 '인간성'을 상징하는 것이라 할 수 있다. 우리 정치가들을 문화적으로 무식하다고 욕한 사람이 '처칠의 여송연과 채필'을 보고 '역시 우리와는 다르구나 하는 감명을 깊이 하였다'한 것은 조선정치가에서 발견할 수 없는 '인간성'이 처칠 같은 귀족적 정치가에게는 풍부하게 있다는 뜻이다.

그러면 '처칠의 여송연과 채필'은 과연 우리가 오늘날 우러러 볼만한 인간성의 상징일까? '실례의 말이나' 여송연을 물고 캔버스를 향해 채필을 휘두르는 전 영수상 처칠씨는

채국동리하采菊東籬下

유연견남산悠然見南山

하던 도연명의 현대적 캐리커처에 지나지 않는 것이다. 도연명을 가지고도 문화를 대변시킬 수 없는 오늘 조선의 현실이거든 하물며 그 속된 아류에 지나지 않는 처칠이랴. 도연명을 흉내 내어 국화를 감상하는 국민당의 완고파들을 욕한 노신의 글이 생각난다. 처칠의 여송연과 채필에 얼이 빠지는 샌님은 한번 다시 자기의 문화의식을 내성함이 있을고저.

그러나 현실을 떠난 도원경에서 인간성을 찾으려 한 도연명의 이상이 오늘날도 조선 문화인 속에 뿌리 깊이 숨어있다는 사실을 부인할 수는 없다. 세계를 둘로 갈라놓은 두 가지 대립되는 거대한 사실이 이 땅에서 부딪히어 회오리바람을 일으키고 있는 이때에 그 혼탁한 속에서도 오히려

티끌 한 점 없는 진공과 같은 정밀靜謐을 찾으려는 문화인이 있다는 것을 잊어서는 아니 될 것이다. 〈독서론〉의 필자도 선의로 해석하면 이러한 사람의 하나일 것이다. 자고로 동양문화의 이념은 현실을 지배하려는 데 있지 않고 현실에서 도피하는 데 있었다. 노자의 '무'나 고다마의 '열반'이 무엇보다도 이것을 웅변으로 말하고 있지 아니한가. 그러나 이것은 동양에 한한 것이 아니다.

한때 구라파의 천지를 뒤덮은 문화운동인 르네상스의 이념도 페이터가 말하듯 '음악적 상태' 즉 바흐의 음악이 표현한 '무한'에 있었던 것이다. '표표호여유세독립우화이등선飄飄乎如遺世獨立羽化而登仙'하려는 것이 동서양을 막론하고 문화인의 이상이던 때가 있었던 것이다. 우리는 오늘날도 바흐의 음악을 들을 때 목계牧溪의 그림이나 고려자기를 볼 때 셰익스피어나 도연명의 시를 읽을 때, 현실과 피투성이가 되어 싸우는 '우리와는 역시 다르구나 하는 감명을 깊이' 하는 것이다. 그러나 '처칠의 여송연과 채필'에 얼이 빠진 샌님처럼 얼이 빠져서는 안 될 것이다.

> 구름을 뚫고 솟은 탑도 화려한 궁전도
> 장엄한 사찰도 크나큰 지구덩어리까지도
> 아니, 우주전체도 무너져
> 무로 돌아갈지니라. 우리는
> 꿈과 똑같은 내용이며 우리의 짧은 생은
> 잠으로 끝막느니라.
>
> —셰익스피어 《태풍》 사 막 일 장

이러한 세계관을 가지고 현실에서 도피한 문화를 그냥 곧이곧대로 받아들일 수 없는 시방 조선의 현실이다. 일언이폐지하면 니힐리즘이 조선 문화의 이념이 될 수는 없는 것이다.

이조 오백 년 동안 문화는 양반들이 명철보신하는 데 필요한 도구였고 일제 삼십육 년 동안 문화는 특수인들이 노예된 신세를 자위하는 데 사용한 수단이었다. 다시 말하면 이조 봉건주의와 일본 제국주의가 조선의 문화를 현실이나 대중과 괴리된 기형적인 것으로 만들어버린 것이었다. 그래서 '문학 미술 음악 등에 관해 무식정도를 벗어난 분'은 몇 분 안 되고 '하늘의 별같이 수많은' 인민대중은 신문 하나 읽을 수 없는 조선이 되었다. 이러한 조선에서 '처칠의 여송연과 채필'에 넋을 잃고 있는 사람이 문화인이라면 그러한 사람에게서 민주주의를 내용으로 하는 민족문화 건설을 기대할 수는 없을 것이다. 조선문화의 현단계가 민족문화요 그 구체적 내용이 민주주의라는 데 대해서는 이론이 있을 수 없지만 누가 그 문화건설을 담당하느냐에 대해선 문제가 있을 것이다. 여송연을 물고 그림을 그리는 처칠씨가 스탈린씨를 문화파괴자라고 생각하듯이 '처칠의 여송연과 채필'에 얼이 빠진 샌님들은 자기네들만이 문화를 이해하고 따라서 건설한다고 자부하고 있다. 사실 이러한 샌님들은 이조나 일제시대에도 문화를 형락亨樂할 여유가 있었더니만치 문화적 교양이 높은 것은 사실이다. 그러나 8·15의 혁명을 겪은 오늘날도 이러한 샌님들은 여전히 이조나 일제 때 같은 문화적 특권계급이 되려하는 것이 탈이다. 이조 봉건사회에서 문화가 양반계급에서 독점되었던 것이나 일제 식민지에서 특수한 계급만이 문화를 즐길 수 있었던 것은 할 수 없는 노릇이었다 하더라도 8·15의 혁명이 온 오늘날도 문화를 민족에게 돌려보내려 하지 않고 높은 데서 인민을 내려다보는 오만한 태도를 취하는 문화인이 있다면 그는 틀림없는 봉건주의와 일본제국주의의 잔재일 것이다.

조선민족은 일반적으로 문화적 교양이 빈약한 것은 사실이다. 그러나 문화적 교양이 풍부하다고 자부하는 이른바 문화인들이 '처칠의 여송연과 채필'이나 감상한다고—이조 오백 년 동안 일제 삼십육 년 동안 그러했듯이—조선민족의 문화적 교양이 풍부해질 수는 없다. 지주가 잘 먹고 잘 입는 것이 농민이 잘 먹고 잘 입는 조건이 될 수 없는 거나 마찬가지로 〈독서론〉의 필자 같은 이른바 문화인들이 책이나 읽고 그림이나 보고 음악이나 듣는다고 인민대중의 문화적 수준이 높아지는 것이 아니다. 지주가 농민에게 토지를 무상으로 돌려보내야 농민뿐 아니라 조선민족 전체의 정신적 부가 급속히 증대할 수 잇듯이 문화인도 무보수로 인민에게 문화를 돌려보내야 조선민족 전체의 정신적 부가 급속히 증대할 것이다. 지주가 땅을 거저 뺏기기가 싫듯이 문화인도 문화를 거저 내놓기는 싫다. 시방 조선이 요청하는 것은 '애국심'인데 입으로만 떠드는 애국심이나 자기네 특권계급만을 위하자는 애국심이나가 아니라 진정으로 민족을 위한 애국심을 발휘하는 사람이 지주계급에서 찾기가 어렵듯이 소위 문화인이란 사람에서 찾기가 어렵다. 정말 애국심이 강한 지주라면 토지개혁을 반대할 리 만무하듯이 정말 애국심이 강한 문화인이라면

채국동리하采菊東籬下
유연견남산悠然見南山

할 수는 없을 것이다. 하물며 지주나 자본가들을 위하여는 노래도 부르고 그림도 그리고 글도 쓰면서 노동자, 농민은 그러한 고가의 상품을 살 능력이 없다 해서 사갈시蛇蝎視할 수 있을 것인가.

시방 조선은 부르주아 데모크러시의 단계라 하지만 일제 삼십육 년 동안에 부르주아가 부패했음인지 정치의 추진력이 되기는커녕 반동화해가고 있다. 그래서 시방 조선의 민주주의 세력은 프롤레타리아의 영도 하에 있다. 그러나 문화만은 장래는 몰라도 우선은 문화인이 영도해야할 것이다. 그런데 그 문화인이 프롤레타리아에게 지주의 토지를 무상으로 농민에게 주듯이 문화를 돌려보내지 않는다면 땅을 쥐고 늘어지는 지주가 결국 땅도 빼앗길 뿐 아니라 민족의 역사를 배반하는 반동분자가 되듯이 문

화를 잃어버릴 뿐 아니라 민족의 정치적 방향에서 탈락하고 말 것이다. 사실 '처칠의 여송연과 채필'에 얼이 빠진 문화인은 '정계의 요인'은커녕 낫 놓고 격자도 모르는 농민만큼도 역사가 가는 방향을 모르고 있는 것이다. 그대들 문화인들이 도사리고 앉아서 책이나 읽고 그림이나 보고 음악이나 듣고 있을 때 그대들이 흉보는 '문학, 미술, 음악 등에 관해 무식 정도를 벗어나지 못한 정계의 요인'의 지도를 받아 노동자 농민은 봉건주의를 타파하고 일본제국주의를 소탕하여 정말 조선민족을 위한 독립 국가를 건설하기에 분투하고 있는 것이다.

이러한 민족의 역사를 무시한 '무'를 이념으로 하는 문화는 현단계의 조선 문화가 될 수 없으며 이러한 민족의 역사에서 초연한 문화인은 현단계의 조선 문화인이라 할 수 없는 것이다. 시방 삼천리 방방곡곡에서 대중은 문화에 목말라 하고 있다. 이러한 대중이 욕구하는 문화는 '처칠의 여송연과 채필'이 아닌 것은 물론이다. 그들의 눈을 가리는 봉건적인 또는 일제적인 잔재를 뚫고 해방의 태양을 볼 수 있게 만드는 계몽적인 문화야말로 시방 조선이 긴급히 요청하는 문화인 것이다. 민주주의의 문화—인민의 의하여 인민을 위한 인민의 문화를 건설하는 주춧돌을 놓는 공작자가 될 것이 문화인이 당면한 사명일 것이다. 물론 그러한 문화운동이 그대들 몸에 니코친 배듯 밴 오랜 타성에는 맞지 않을 것이다. '처칠의 여송연과 채필'이 더 유쾌하고 고상할 것이다. 하지만 '처칠의 여송연과 채필'은 조선 민족에게는 문자 그대로 '그림의 떡'인 것이다. 정말 대중의 입에 들어가서 대중의 피가 되고 살이 될 문화를 생산하여서 대중에게 '무상분배'하는 사람만이 시방 조선에서는 민족문화를 담당한 영예를 누릴 수 있을 것이다.

그러나 말이 쉽지 대중을 위한 문화인이 된다는 것은 어려운 일이다. 문화인들이여 끝끝내 '상아탑'을 고집한다면 그래도 좋다. 하지만 여송연을 물고 캔버스를 향하여 채필을 휘두르는 체하고 민주주의를 어떻게 무찌를까를 궁리하지나 말라. 처칠처럼 의식적이 아니더라도 '상아탑'의 문화인들이 까딱하면 민족의 갈 길에서 탈선하거나 반동하기 쉬운 것이 시방 조선의 현실이다. '상아탑'은 이를테면 폭풍 속의 진공인데 시방 조선의 현실은 그 진공의 존재를 위협하고 있다. '상아탑'의 문화인은 다음의 격언을 한번 다시 음미해보라.

— 자연은 진공을 증오한다.

조선의 사상—학생에게 주는 글

아직도 조선엔 상투를 튼 사람이 있다. 그것은 대개가 나이 많은 완고한 노인이다. 그러나 때로 어느 두메산골서 왔는지 새파란 젊은이가 상투를 틀고 삼팔 두루마기에 갓을 쓴 광경을 종로 네거리에서 볼 수 있다. 그러면 지나가던 남녀학생들이 보고 웃음을 참지 못한다. 그러나 이들 학생 가운덴 이 촌뜨기의 볼쥐어지르게 시대에 뒤떨어진 상투를 사상思想 속에 깊이 간직하고 있는 사람이 있다. 사방모를 쓰고 또는 단발을 하고 시대의 첨단을 걷는 것처럼 자부하는 학생들이지만 그들의 정신 속엔 아직도 깎아버려야 할 상투가 매달려 있는 것이다. 그것이 눈에 보이는 것이 아니기 때문에 남의 눈에 띄지 않을 뿐이다. 혹시 흉금을 터놓는 벗이 있어서 그 눈에 보이지 않는 상투를 발견하고 웃든가 깎아버리라고 충고를 하든가 하면 감사하기는커녕 골을 내곤 하는 것이다. 너는 좌익학생이라고. 아무것도 모르고 공산주의자한테 선동을 받아서 날뛰는 극렬분자라고. 그것은 무리가 아니다. 상투 튼 사람보고 비웃든지 상투를 깎으라 하면 그 사람이 펄쩍 뛸 것이 아닌가. 그러나 상투는 완고한 사람들이 아무리 쥐고 늘어져도 결국은 진화의 법칙에 따라서 도태되고 말 것이다. 인간이 달고 다니던 꼬리도 오랜 세월에 씻기어 점점 짧아지고 인제는 흔적만 남기고 없어졌거늘 머리를 길러 틀고 동곳을 꽂은 것에 불과하는 상투쯤이랴. 조선민족을 끝끝내 압박하고 착취하여 발전을 저해하던 일본제국주의의 쇠사슬이 끊어진 오늘날 우리의 사상이나 행동이 일사천리로 달음질쳐야 할 것은 지엄한 역사의 요청이다.

"우리 세대에 중국에 있어서 안정을 바라는 것은 어리석은 짓일 게다. 중국은 변혁하지 않으면 멸망할 것이다. 절망적으로 짧은 수년 동안에 오억이나 되는 인민을 중세의 사회로부터 원자탄의 사회로 옮겨놓지 않으면 아니 된다. 모든 폭주輻輳하는 오늘의 문제뿐 아니라 지난날의 문제도 해결하지 않으면 아니 된다. 철도와 공업의 건설, 국민일반교육의 육성, 과학정신의 함양. 단일국민으로서 내포한 가장 큰 인간의 집단이 불과 수십 년 동안에 서양이 오백 년 동안에 달성하려고 노력해온 그 모든 개혁을 받아들이지 않으면 아니 된다."

이것은 극동에서 가장 유능한 미국인 특파원이라고 정평이 있다는 T. H. 화이트와 A. 째코비 양씨가 《하아퍼즈》 최근호에 실은 〈미지수의 중국〉이라는 논문의 허두지만 그대로 조선에다 적용해도 별로 어긋나지 않을 것이다. 어물어물하다가는 조선은 또다시 외국자본의 멍에를 쓰고 아시아의 암흑 속에서 우보를 계속할 것이다. 뜻있는 젊은이들이 어찌 분발하지 않겠느냐. 하루바삐 아니, 한시바삐 '사상의 상투'를 깎아버리고 진보적인 사상을 섭취하도록 노력해야 할 것이다. 조선의 학생들이 남보다 뒤떨어진 사상을 가지고 있는 동안은 우리 민족의 사상이 남보다 뒤떨어질 것이요 따라서 사상적으로 독립하지 못하고 만날 남의 뒤만 따라가야 할 것이다. 조선의 학생이 깎아버려야 할 상투가 둘이 있으니 하나는 봉건주의요 또 하나는 일본제국주의다. 지주는 손에 흙을 대지 않고도 농민의 피와 땀으로 결실한 것의 삼분의 일을 차지할 권리가 있다는 생각은 봉건주의인데 조선의 학생이 대다수가 지주계급 출신이기 때문에 이러한 아세아적 봉건사상을 버리지 못한다. 본인은 버리려 해도 학부형이 버리지 못하기 때문에 학비를 타 써야 하고 밥을 얻어먹어야 하는 약한 입장에 서 있는 학생들은 그것이 옳지 못한 것인지 알면서도 학부형의 뒤떨어진 사상을 따르게 되는 것이다. 공산주의가 무엇인지 연구해보지도 않고 덮어놓고 반대하는 학생이 있다. 이것은 반공반소를 외치던 왜놈의 교육을 곧이곧대로 받은 탓이다. 공산주의를 그렇게 간단히 물리친다는 것은 "조문도朝聞道면 석사夕死도 가의可矣"라는 공자의 치열한 진리탐구의 정신을 본 받아야 할 조선의 학도로선 양심상 부끄러워해야 할 짓이다. 왜놈이 염불 외우듯 반소반공을 떠들던 것을 들은 것밖에 공산주의에 대한 팜플렛 하나 얻을 수 없었던 것이 일 년 전 일인데 일 년 동안에 어느새 그렇게 연구가 깊어서 철저한 반공반소의 사상을 체득했겠느냐. 히틀러, 뭇솔리니, 동조東條의 무리가 총칼로써 반공반소를 한 파시스트였다는 것을 아직도 잊지 않았을 터인데 어느새 이들을 본받았느냐. 공산주의를 그것이 무엇인지 정체를 파악하기 전에 배척하는 것은 그것이 무엇인지 모르고 추종하는 것보다 훨씬 위험한 짓이라는 것을 알라. 후자는 너무 급진적이 될 염려가 있지만 전자는 역사의 반역자가 되기 때문이다. 그만큼 세계사는 발전했으며 우리 민족의 운명도 세계사의 일환으로서만 해결할 수밖에 다른 도리가 없기 때문이다. 반소반공을 해가지고 조선이 자주독립을 할 수 있다고 생각하는 사람이 있다면 역사를 너무나 모르는 사람이거나 외국독점자본의 제오열일 것이다. 그러나 학생은 그렇게 쉽사리 좌우를 결정하지 않아도 좋다. 자기의 갈 바 길을 결정하기 전에 많이 연구하고 깊이 사색하는 것은 학생의 권리인 동시에 의무이기도 하다.

이에 세계관이 문제되는 것이다. 알고 행동해야 한다. 모르고 행동하면 진구렁에도 빠지고 낭떠러지에도 떨어질 위험성이 있는 것이다. 더군다나 시방 조선처럼 도처에 진구렁이 있고, 낭떠러지가 있는 현실에서랴. 많은 젊은이들이 학원으로 들어간 뜻은 이런 데 있을 것이다. 세계관—이것이 그들의 대상이요 목적인 것이다. 그들이 확호부동確乎不動의 세계관을 파악하는 날 조선에는 많은 일꾼이 생길 것이다.

우주의 본질—철학에서 이른바 실재를 관념이라 하느냐 물질이라 하느냐에 따라서 세계관은 관념론적 세계관과 유물론적 세계관으로 갈라지는 것이다. 물론 무엇을 관념이라 하고 무엇을 물질이라 하느냐의 개념규정을 해야 하지만 그 개념규정의 방법에 따라서도 유물론과 관념론이 구별되는 만큼 그것도 용이한 일이 아니다. 아니 이야말로 오늘날까지 관념과 물질의 대립이 학도들의 머리를 괴롭히는 근본적 원인의 하나인 것이다. 과학이 발달한 오늘날 관념이 무엇이냐를 알라면 파블로프의 '조건 반사학'은 적어도 책으로 읽어서라도 알아야 할 것이요 물질이 무엇이냐를 알라면 전자電子에 관한 지식이 있어야 할 것인데 과학의 방법이 유물론적인 것이기 때문에 이러한 방법으로 관념론자를 탈출시킬 수는 없는 것이다. 관념론자는 물질적인 것엔 아얘 흥미가 없는 것이다. 그렇지 않다고 우기는 관념론자가 있다면 이렇게 반문해보라, 그들이 물질적인 것에 관심이 있다면 칸트의 《순수이성비판》은 읽되 똑같은 독일어로 씌어있는 마르크스의 《자본론》은 왜 읽으려하지 않느냐고. 아니 그보다도 책을 읽고 사색을 하고 강단에서 떠드는 것만 가지고 어떻게 물질의 본질을 파악할 수 있느냐고. 퀴리 부인이 방사放射를 가진 물질을 발견하기 위하여 남편과 더불어 사 년 동안이나 피치블렌드와 싸운 것을 모르느냐고. 현미경과 망원경과 메스와 시험관은 무엇에 쓰는 것이냐고. 그러나 관념론자는 이렇게 뻔뻔스럽게 대답할 것이다. 그래 과학자가 물질의 본질을 발견했느냐? 분자원자 전자—이렇게 물질을 분석해 가지만 결국은 끝간 데를 모르거나 물질의 본질이 정신이라는 것을 발견하거나 둘 가운데 하나일 것이다. 미국의 유명한 물리학자 화이트헤드를 보라. 《실재와 과정》(Reality and Process)은 그가 일생 물질을 과학적으로 추구한 결론인 동시에 칸트로 귀의한 것을 의미한다. 그러니 현미경이나 시험관을 들여다보는 것보다 칸트를 연구하는 것이 물질의 본질을 알 수 있는 첩경이라고.

그래서 관념론자들은 희랍어로 플라톤과 아리스토텔레스를 연구하고 나순어羅甸語로 토마스 아퀴나스를 연구하고 독일어로 칸트와 헤겔을 연구하다가 어느 듯 머리가 희끗희끗하게 되어 《자본론》은커녕 아담 스미스의 《국부론》도 변변히 이해하지 못하고서 공산주의가 어떠니 유물사관이 어떠니 하고 떠들어댄다. 때로는 '반탁'을 부르짖기도 하고. 흡사히 이천오백년 전 희랍의 관념론자인 플라톤이 아닌 밤중에 홍두깨 격으로 조선에 튀어나와서 조선의 현실을 판단하는 것 같은 엉터리 억설을 가지고 학생들을 황홀하게 만드는 철학자가 있다. 토마스 아퀴나스가 나와도 마찬가지고 칸트가 나와도 마찬가지다. 그들이 얼마나 굉장한 세계관을 가졌는지는 몰라도 시방 조선 현실에서 보면 종로 네거리에서 본 상투쟁이나 마찬가지로 케케묵은 사상의 소유자인 것이다. 마르크스나 엥겔스도 마찬가지나 아니냐고? 그렇다 그들도 역亦 레닌이나 스탈린에게 비하면 시대가 틀리는 사상가이다. 아니 시방 조선엔 레닌이나 스탈린의 사상을 책으로 읽기만 해서는 이해할 수 없는 더 생생하고 더 구체적인 현실이 있다. 일언이폐지하면 그것이 아무리 진보된 사상이라 하더라도 책을 읽어서 파악하는데 그친다면 벌써 시대의 선두에 서는 사상은 아니다. 그래서 우리는 나날이 일어나는 사태를 스스로 관찰하고 실천하고 함으로 말미암아 정확하게 체득할 것이다. 유물사관은 방법이지 결론이 아니기 때문이다. 시방 조선적 사상을 부르짖는 사람이 있지만 조선적이란 조선이 상투 틀고 살던 대한시대의 조선이나 일본제국주의의 식민지이던 조선이 아니고 8 · 15를 맞이한 조선이라면 조선적 사상이라는 것은 관념론적 세계관은 아닐 게다. 왜냐면 급속도로 봉건주의와 일본제국주의를 소탕하고 민주주의 조선을 건설하지 않으면 또다시 외래세력의 지배를 면치 못할 조선에서 민족의 선두에 서야할 젊은이가 물질적 현실을 멸시하고 관념 속에서 안심입명의 터전을 발견하여 좌도 아니요 우도 아닌 논리적인 세계를 구축하려한다면 토지혁명의 정당성을 누가 주장하며 삼상회의결정에 의한 민주주의 임시정부를 누가 요구할 것인가. 토지혁명을 하지 않는 한 봉건주의의 뿌리는 깊을 것이요 삼상회의결정을 실천하지 않는 한 일본제국주의의 여독은 민족을 좀먹을 것이다.

민주주의란 인민이면 누구나 정치적 권리와 의무를 가져야 한다는 이념이다. 조선의 학생 대중이 조선의 현실을 파악하려는 노력이 없고 따라서 조선의 운명을 위하여 아무 행동이 없다면 민주주의 조선 건설은 그만큼 지연될 것이다.

아니, 세계관이란 이러한 민족의 문제도 아울러 생각해야 할 것이다. 민족이 어찌되던 나 하나만 잘 살면 그만이라든지 나 하나만 문제를 해결하면 그만이라든지 하는 사상은 세계관은 될 수 있으되 옳은 세계관은 아니다. 관념론적 세계관이 어떤 개인이나 어떤 계급에게는 가장 좋은 세계관이 될 수 있다. 그것은 마치 토지는 지주의 것이라는 봉건적 관념이 지주계급에게는 가장 좋은 관념인 것이나 매일반이다.

과학의 세기인 오늘날 건전한 정신을 가진 사람이라면 인간의 정신을 떠나서 지구나 별이 객관적으로 존재하는 것을 의심할 사람은 없을 게다. 플라톤은 지구가 어떻게 생겼는지도 몰랐던 사람이니 오늘날 우리가 그 사람의 세계관을 곧이 들을 필요는 없는 것이며 따라서 지구나 태양이나 별의 존재는 의심하면서 '이데아'라는 관념만이 실재한다고 주장한 그의 학설을 믿을 까닭이 없건만 현실의 속악한 것을 증오하고 완전무결한 이념을 추구하는 나머지 청춘은 플라톤의 제자가 되기 쉽다. 사실 플라톤은 몰락해가는 희랍의 현실에 만족하지 못하고 오로지 이념 속에서 '공화국'을 건설하려던 사람이다. 일제의 압박과 착취 때문에 나날이 더럽혀지는 현실에서 도피한 철학도들이 플라톤을 비조로 하는 철학적 관념론을 가지고 자기네들의 세계관을 삼으려던 것은 무리가 아니다. 유물론자가 된다는 것은 공산주의자가 되는 것을 의미하는 것이요 공산주의자가 되었다간 감옥으로 끌려 갈 것이 아닌가. 세계관이란 단순한 지식이 아니요 생의 원리이기 때문에 일제시대에 유물론적 세계관을 갖는다는 것은 스스로 형극의 길을 자원하는 것이나 진배없다. 그렇다고 고문高文이라도 패스해서 일제적 현실과 야합한다는 것은 양심 있는 인텔리겐챠로서 참을 수 없는 타락이었다.

그래서 그도 저도 아닌 길이 있는가 하여 찾아 헤맨 것이 플라톤, 아리스토텔레스, 토마스 아퀴나스, 버클리, 칸트, 셸링, 헤겔, 베르그송 등이 삼천 년이나 걸려서 축성하다간 무너뜨리고 한 관념론의 폐허였다. 아니 그것은 미궁이었다. 8 · 15의 해방을 맞이하여 응당 현실로 돌아가야 할 그들이건만 아직도 고전적인 삼차원의 세계에서 방황하고 있는 그들이다. 그것은 조선의 현실이 아직도 평온하지 않기 때문이다. 비컨대 그들은 온실에서 자라난 화초다. 봉건주의와 일본제국주의의 서리가 아직도 걷히지 않은 이 땅에서 그들이 고개를 들 수는 없다. 그들은 좌도 싫고 우도 싫고 플라톤의 '공화국'같이 그들의 이상이 지배하는 나라만 출현하기를 고대하고 있는 것이다. 그러한 나라는 적어도 그들 생전엔 도래하지 않을 것이다. 유물사관이 가르치는 바에 의하면 그러한 이상국은 왼쪽으로 가야 다다른다는데 이들 관념론자는 유클리드기하학에 나 있는 직선 같은 중용의 길을 가려는 것이다. 아킬레스가 영원히 달음질쳐도 거북을 따라가지 못하는 길—그러한 길을 가는 철학자들. 그들의 뒤를 따르는 학생들. "불과 수십 년 동안에 서양이 오백 년 동안에 달성하려고 노력해온 그 모든 개혁을 받아들이지 않으면 아니 된다고 미국인이 말한 아시아에서 이들은 얼마나 복 받은 무리들이기에 이다지도 관념의 세계에서 안일한 세월을 보내려는 것이뇨. 민족이 또다시 외국세력의 지배를 받게 되더라도 이들 철학자는 통양痛痒을 느끼지 않을 것이다. 왜냐면 그들의 세계관은 일본제국주의의 식민지에서 그들의 관념 속에다 이룩한 나라이기 때문에 또다시 일제시대와 같은 사태가 오더라도 동요하지 않을 것이다. 아니, 일제의 질서가 소탕된다면 그들의 입장은 되래 곤란하게 된다. 일제가 유물론자를 감옥이나 지하실이나 해외밖에 있을 데를 주지 않았을 때는 플라톤이나 칸트나 하이데거의 관념론을 가지고 무슨 위대한 학문이나 되는 것처럼 행세한 사람들이 젊은이들의 사상을 지도하는 것을 아무도 말리지 않았지만 8·15후의 조선은 젊은이들에게 무한히 풍부한 지식과 체험의 기회를 주었는데 이들 젊은이들을 여전히 일제 때처럼 공허한 관념 속으로 끌고 들어가 이들 철학자들이 생애를 바치고도 아직도 찾지 못한 그 길을 찾게 하는 것을 사회나 학계가 묵인하지 않을 것이다. 아니, 해방조선의 학생은 그렇게 어리석지는 않을 것이다. 이들이 아직도 조선의 사상을 지도할 수 있다는 착각을 갖게 되는 것은 유물론자가 학원에서 내쫓기고 영어囹圄에서 신음하던 일제의 현실이 아직도 남아서 좀체로 없어질 것 같지 않기 때문이다. 8·15의 해방이 올 것을 믿어 의심치 않고 그때를 위하여 노력한 것이 유물론자이듯이 일제적 현실이 이 땅에서 소탕될 것을 믿고 그 신념에서 행동하는 것이 유물론자다. 일제시대나 시방이나 변함없이 관념의 도원경에서 책이나 읽고 있는 관념론자들. 그들은 역사의 움직임을 몸소 체험하고 파악하지 못하기 때문에 언제나 보수적이다. 그래서 일제도 그들을 잡아다 가두지 않았고 시방도 '일제'의 잔재와 더불어 보수적이다. 청년학도들은 조선의 현실보다 한 발 앞서라는 것인데 이러한 보수주의자들의 뒤를 따라 갈 것인가.

그러나 이렇게 반문할 학생이 있을 것이다. 관념을 위하여 살고 관념을 위하여 죽는 것은 인텔리겐챠의 본분이 아니냐고. 그렇다. 인텔리겐챠는 마땅히 관념을 위하여 살고 관념을 위하여 죽어야 할 것이다. 그렇지 않으면 그 관념이 세계관이 될 수 없는 것이다. 그러나 이런 관념은 관념론자의 관념과는 정대립되는 유물론적 관념인 것이다. 히틀러, 무솔리니, 유인裕仁의 무리들이 발악을 할 때 관념론자들은 로젠베르크를 비롯해서 어용학자가 되고 유물론자는 학살을 당하던 것을 우리는 잊을 수 없다. 관념론자는 관념을 위해서 산다고 입으론 떠들면서 머리로도 그렇게 생각하기도 하지만 지위와 권력과 황금에다 자기의 관념을 예속시키는 자가 대다수인데 유물론자는 관념을 위하여—공산주의란 요컨대 관념이다—죽는 것도 무서워하지 않는다는 것은 현실에 뿌리박지 않은 관념론적 관념은 약한 것인데 현실 속에 뿌리를 박고 현실에서 영양소를 섭취하는 유물론적 관념은 강하다는 것을 여실히 증명한다. 관념을 위하여 살고 관념을 위하여 죽는 도度가 높을수록 높은 이상주의라면 조선에서 있어서 관념론적 세계관은 높은 이상주의가 될 수는 없다. 바람이 센 조선에 무풍지대를 찾으려는 것이 관념론자들인데 그들이 어찌 주의를 위하여 생명이라도 바치는 이상주의자가 될 수 있겠느냐. 조선의 학생은 모름지기 생명을 바치더라도 미련이 없을만한 세계관을 확립하도록 노력할 것이다. 그렇지 못하고 관념을 위한 관념을 추구하다가 그친다면 그대들에게 관념론을 강요하는 철학교수들이 생애를 허송하고 아직도 '영원한 존재의 수수께끼'를 생각하고 있듯이 그대들의 청춘의 노력은 수포로 돌아갈 것이다. 옳은 세계관을 파악하지 못하고 공허한 관념유희로 낭비한다면 그대들 자신에게도 변명할 여지가 없겠지만 담배를 줄여가며 그대들을 밥 먹이며 그대들이 암흑에서 광명으로 가는 길을 지원해줄 날이 있을 것을 손꼽아 기다리는 인민대중에게 무어라 사과를 할 것인가.

학원은 인생의 산보장이 아니라 인생의 도량道場인 것이며 민족의 지도자를 길러내는 곳이라는 것을 학생들은 꿈에도 잊지 말아야 할 것이다.

시와 자유

조선을 사랑한다면서 조선말을 사랑하지 않을 수 있겠습니까. 또 조선말을 사랑한다면서 조선의 시를 사랑하지 않을 수 있겠습니까. 시는 말 가운데 가장 아름다운 말이올시다. 그러므로 조선의 시를 사랑하는 마음은 아름다운 조선말을 사랑하는 마음이며 그것은 또 아름다운 조선을 사랑하는 마음입니다. 시인 유진오씨가 〈누구를 위한 벅찬 우리의 젊음이냐?〉라는 시를 읽고 경찰에 구금되었을 때 조선문학가동맹이 항의한 뜻은 아름다운 조선의 시가 짓밟힐까 저어해서, 다시 말하면 조선의 시와 말과 민족을 사랑하는 마음에서 우러나온 것이 아니겠습니까.

그 항의문 말마따나 시인이 시를 읽다가 경찰에 붙들려간 일은 일본 제국주의 폭정 하에도 없었습니다.

시는 산문과 달라서 상징적인 말을 즐겨 쓰기 때문에 그 의미는 해석하기에 따라서 정반대가 될 수도 있습니다. 다시 말하면 시란 트집을 잡으려 들면 얼마든지 트집을 잡을 수 있는 것입니다. 만약 일본의 경찰이 시를 가지고 조선의 시인을 강압했더라면 잡혀가지 않았을 시인이 어디 있었겠습니까. 자유가 없는 민족의 시에는 반드시 반항정신이 숨어 있는 것인데 그것을 꼬치꼬치 집어낸다면 일본 제국주의에 저촉되지 않는 시는 없었을 것입니다.

조선을 식민지화하고 조선민족을 노예로 만들려던 일본 제국주의자가 좋아하는 것이라면, 벌써 그것만으로도 충분히 그것이 조선의 시가 아니라는 것은 증명됩니다. 강약의 차는 있을지언정, 적극적이냐 소극적이냐 하는 차이는 있을지언정, 상징의 도가 다를지언정, 그것은 조선의 시인이 노래한 것이고 그것을 조선의 독자가 즐겨하는 시인 바에야 일제에 대한 반항정신이 없을 수 없습니다. 의식적으로 정치적인 것을 추상해버리고 순수의 상아탑을 고수한 정지용씨의 시에도 이런 것이 있습니다.

나는 나라도 집도 없단다
오오 이국종 강아지야
내 발을 빨아 다오
내 발을 빨아 다오
—〈카페 프랑스〉

일본 제정 하에 조선 사람이 '나라가 없다'고 말할 자유가 있었습니까. 일본 여급 보고 '이국종 강아지야 내 발을 빨아다오' 할 자유가 있었습니까? 그러나 〈카페 프랑스〉라는 이 시는 인구에 회자하였을 뿐 아니라 일본경찰은 정지용씨를 잡아다 가두지 않았습니다.

시는 민족의 호흡이며 이 숨구멍을 막아 버리면 민족은 큰 몸부림을 칠 위험성이 있는 것입니다. 그것을 알고 그러했는지 또는 모르고 그러했는지 '일제'는 조선의 시를 경이원지敬而遠之한 것입니다. 일본인을 통 털어 조선말로 읽고 조선 현대시를 이해하는 자는 한 놈도 없었습니다. 또 도서과나 고등과에서 조선의 사상을 일일이 왜놈에게 고해바치는 조선인도 조선시를 이해하는 자는 없었습니다. (조선시를 이해하는 사람이 어떻게 그런데서 왜놈의 종노릇을 하겠습니까) 그러니까 조선의 시가 다른 사상의 분야보다 자유로운 표현을 가질 수 있었는지도 모르지요.

그러나 시가 무엇인지 몰라서 일본경찰이 시인을 잡아가지 않은 것이 아니라는 예가 얼마든지 있습니다.

지금은 이미 이 세상에 없는 정열의 시인 상화가

지금은 남의 땅,
빼앗긴 들에도 봄은 오는가?

하고 《개벽》 제 칠십 호에서 노래했을 때 검열에 눈이 벌건 왜놈들이나 그들의 주구가 천치 바보가 아닌 이상 '빼앗긴 들'이 왜놈에게 빼앗긴 조선을 의미한 것을 몰랐을 리 만무합니다. 그런데도 그 때 경찰은 이 〈빼앗긴 들에도 봄은 오는가〉의 시인을 잡아가지 않았습니다. 그것은 다름이 아니라 이것이 시였기 때문에 그 내용이 어떻게 되었든 내버려 둔 것이리라 그렇게 해석할 수밖에 없을 것입니다.

일전에 어떤 관리의 말이 오장환의 시는 위험하다 하였다는데 또 그 사람은 시를 잘 안다고 자랑한다는데 일제시대에 쓴 장환의 시는 더 '위험'한 것이 있습니다. 하나만 예로 들지요. (더 많이 필요하신 분은 시집 《헌사》를 읽어 보십시오)

무거운 쇠사슬 끄으는 소리
내 맘의 뒤를 따르고
여기 쓸쓸한 자유는 곁에 있으나……
오직 치미는 미움
낯선 집 울타리에 돌을 던지니
개가 짖는다.
—〈소야의 노래〉

'무거운 쇠사슬'이 무엇을 의미하는지 그래 왜놈들이나 그놈들에게 일러바치는 것을 직업으로 하는 조선인이 몰랐다고 생각하십니까. 왜놈들은 혹 몰랐을지 몰라도 그들의 안테나 노릇을 하는 조선인들이 이것이 무엇을 의미하는지 모르고서 돈과 권력을 얻을 수 있었다고 생각하십니까? 왜놈이란 그렇게 어리석지 않으며 그놈들이 부리던 조선인들은 더군다나 어리석은 무리들이 아닙니다. 그놈들에게 묵묵히 압박받은 조선의 인민이 황소처럼 미련했을 따름입니다.

이러한 노예가 된 민족의 운명을 생각할 때 시인은 자기에게 주어진 자유가 '쓸쓸한 자유'에 지나지 않았던 것입니다.

이것은 딴 이야기지만 미국의 유명한 사상가 소로오가 흑인에 대한 정부의 노예정책에 반대하여 세금을 내지 않아 경찰 유치장에 있을 때 이야기입니다. 그의 친구 에머슨이 유치장으로 면회 가서 "왜 자네는 이런 데 와 있나?" 하고 물으니까 소로오의 대답이 "왜 자네는 이런 데 와 있지 않나?" 하였다 합니다. 흑인종이 압박 받는 것을 참지 못하여 경찰 유치장을 오히려 자기들 사상가의 있을 곳으로 안 미국인이 있거늘 하물며 자기의 민족이 타민족에게 압박 받을 때 어찌 시인 홀로 자유를 누릴 수 있겠습니까. 그래서 일본 제국주의에 대한 '치미는 미움'을 이기지 못하여 '낯선 집' 울타리에 돌을 던지니 '개'가 짖더랍니다. '낯선 집'은 왜놈의 집이 분명하고 '개'는 일제의 주구를 의미한다고 해석할 수도 있습니다. 그럼에도 불구하고 일본 경찰은 시인 오장환을 붙잡아 가지 않았습니다.

그렇다고 일본 제국주의가 우리에게 언론의 자유를 주었다는 말은 천만 아닙니까. 칼을 절거덕거리며 우리들의 집집을 낱낱이 샅샅이 뒤져서 성姓을 뺏어가고 젊은이들을 뺏어가고 나중에는 숟가락까지 뺏어 간 일본 제국주의도 시를 트집 잡아 시인을 붙들어 가지는 않았다는 말씀입니다.

결국엔 소련으로 망명하고 말았지만 포석이

주여! 그대가 운명의 저箸로
이 구더기를 집어 세상에 들어뜨릴 제

그대도 응당 모순의 한숨을 쉬었으리라
이 모욕의 탈이 땅위에 나둥겨질 제
저 많은 햇빛도 응당 찡그렸으리라
오, 이 더러운 몸을 어찌하여야 좋으랴
이 더러운 피를 어따가 흘려야 좋으랴
주여! 그대가 만일 영영 버릴 물건일진대
차라리 벼락의 영광을 주시겠나이까
벼락의 영광을!

하고 외쳤을 때 이것은 일본경찰 보고 "나를 잡아다 가두라"는 말과 다름없지 않습니까. 일본의 노예로 태어났음을 원통이 여겨 몸부림치는 젊은이, 그 젊은이가 원하는 '벼락의 영광'이 무엇을 의미하는 것이겠습니까. 그래 일본 경찰이 그 뜻을 몰랐다고 생각하십니까. 하지만 이것이 연설이 아니라 시였다는 단순한 이유로 경찰은 이 시인의 신체를 구금하지 않았습니다. 조선에서 출판된 소설책 중에서 복자覆字 많기로 유명한 〈낙동강〉은 드디어 금서가 되었건만 일본제국을 떠엎어 버리는 '벼락의 영광'을 울부짖은 이 시는 시집 《봄 잔디 밭 위에》 속에 끼인 채 끝끝내 강압을 받지 않았습니다.

그러나 일본 제국주의는 '떡 하나 주면 안 잡아먹지' 하면서 야금야금 빼앗아가다가 나중에는 우리의 호흡과 다름없는 언어까지 뺏으려 하였습니다. 그러니 시도 위기에 빠진 것입니다. 그 때 이미 여명餘命이 얼마 남지 않은 신문에 임화씨가 발표한 〈바다의 찬가〉라는 시가 그것을 잘 말했습니다.

시인의 입에
마이크 대신

재갈이 물려질 때
노래하는 열정이
침묵 가운데
최후를 의탁할 때

바다야!
너는 몸부림치는
육체의 곡조를
반주해라

이 얼마나 침통한 몸부림입니까. 임 화씨의 시가 일본 제국주의의 철쇄를 끊고 싶어 하는 몸부림 아닌 것이 없으되, 이 시만치 심각한 몸부림은 없습니다. 시인의 입에까지 재갈을 물리려는 일본 제국주의는 단말마의 발악을 하고 있었던 것입니다. 그러나 그 발악하는 일본경찰도 이 시를 결박 체포하지 않았습니다.

여기까지 말씀하면 조선의 시는 일본 식민지에 태어났음에도 불구하고 끝끝내 자유로울 수 있었다는 것 같이 들릴 염려가 있습니다만, 사실은 그런 것이 아니라 조선시는 자유 없는 조선민족이 자유를 그리워하는 '꿈'의 표현이기 때문에 설사 시인의 신체를 구속할 수 있었을지 모르나 그의 시까지 구속할 수는 없었으리라는 것입니다.

조선의 시가 자유를 노래하지 않은 것이 없는데, 그러니까 조선민족에게 자유를 주지 않고는 그 시가 담은 바 제국주의에 대한 반항심을 제거할 수 없는 것인데 몇 사람 시인의 신체를 구속했댔자 조선민족의 몸부림치는 시를 구속할 수 없었을 것이 아니겠습니까.

정신분석학자 프로이드의 책에 이런 그림이 있습니다. 죄수가 잠자는 감방에 동쪽으로 뚫린 철창으로부터 햇빛이 흘러 들어오고 날개 달린 선동들이 무동을 타고 창을 넘어가는 광경입니다. 이것은 다시 해설할 것도 없이 옥에 가친 자는 옥에서 탈출할 꿈을 꾼다는 것입니다.

다시 말하면 죄수를 옥에 가둔 사람들은 그 죄수의 신체만은 구속할 수 있을지 모르지만 그의 꿈까지 옥에 가둘 수는 없다는 '꿈'의 권위자 프로이드 박사의 학설을 설명하는 그림입니다. 일본 제국주의라는 옥안에 갇히어 있던 조선민족이 자유를 꿈꾸는 그 꿈을 왜놈이나 친일파인들 어찌 속박할 수 있었겠습니까. 조선시는 이러한 민족이 자유를 그리워하고 슬퍼하고 안타까워하던 노래입니다.

> 마돈나 밤이 주는 꿈
> 우리가 얽는 꿈 사람이 안고 궁그는 목숨의 꿈이 다르지 않느니
> 아 어린애 가슴처럼 세월 모르는 나의 침실로 가자 아름답고 오랜 세계로
>
> —이상화 〈나의 침실〉

이러한 민족의 꿈을 과학적 방법과 행동으로써 실현하려던 것이 공산주의자입니다. 그래서 일본경찰은 공산주의자라면 인적이 끊어진 산속까지도 토끼사냥 하듯 뒤져서라도 잡아 가두었습니다. 공산주의자뿐 아니라 그 사람들과 만난 적만 있어도 아무렇지도 않은 사람까지 잡아다 가둔 것입니다. 민족의 자유를 부르짖는 시인은 그냥 내버려두는 일본경찰이 공산주의자라면 호열자虎列剌보다 더 무서워했던 것입니다.

그것은 꿈은 암만 꾸어도 꿈에 지나지 않는 것이라는 것을 그들이 잘 알기 때문에 그러했던 것입니다. 꿈은 강압하지 않아도 위험한 것은 아니올시다. 아니 섣불리 강압했다가는 퉁그러져서 위험한 것이 되는 것이 꿈입니다. 만약 일본 제국주의가 조선의 시인으로부터 꿈꾸는 자유까지 뺏었더라면 남달리 정열에 넘치는 시인들이 가만히 있었을 리 만무합니다.

그러나 이상은 일본 제정시대의 이야기고 시방 조선의 사정은 전연 달

라야할 것이 아니겠습니까. 민족의 자유를 위하여 과학적 행동을 하는 사람을 위험시하기는커녕 찬송해야 될 오늘의 조선이 아니겠습니까. 하물며 민족의 자유를 꿈꾸는 꿈에 지나지 않는 시가 강압 받을 이유가 어디 있겠습니까. 시방 조선민족은 자유를 꿈꿀 때가 아니라 자유를 위하여 행동할 때입니다. 그럼에도 불구하고 자유를 꿈꾸는 시조차 위험시하는 사람이 있다면 그런 사람은 시를 너무 모르는 사람이거나 어학적으로 알되 민족의 입장과 반대되는 입장에서 해석하는 것이라 아니할 수 없습니다.

이상 말씀은 조선 사람에게, 진정으로 조선의 시와 말과 인민을 사랑하는 조선 사람에게 드리는 바입니다.

3. 상아탑

문화인에게—《상아탑》을 내며

지식인이란 금단의 열매를 따 먹은 자이다. 자의식이 없을 수 없다. 이 '자의식' 때문에 시방 조선의 인텔리겐차는 정치적으로 볼 때 부동하고 있다. 때로는 경거망동하고 있다. 관념적으론 좌익이요 물질적으론 우익인 그들이 갈팡질팡하는 것은 일조일석엔 지양할 수 없는 모순이다. 혁명적인 인텔리는 저 역사적 의문인 8월 15일부터 농촌과 공장으로 들어가 화광동진和光同塵했고 반동적인 유식자는 이권을 위하여 민족을 배반했다. 다시 말하면 공산주의자이었던 인텔리겐차는 감옥과 지하실에서 뛰어나와 대중과 손을 잡았고 대학전문출신중 일본제국주의가 골수에 배긴 자는 자본가와 대지주의 주구가 되었다. 그러나 양심적인 인텔리의 절대다수가 아직도 자기결정을 하지 못한 채 구체제인 직장과 학원으로 돌아가고 있다. 빵을 위하연 할 수 없는 노릇이다. "선비만은 항산이 없어도 항심이 있다" 한 것은 지식인 전체가 특권계급이었던 봉건사회에 있어서 타당할지 몰라도 상업주의가 최후의 발악을 하고 있는 현단계에 있어서 동요하지 않는 인텔리가 과연 몇 사람이나 될 것이냐. 맹자자신도 시방 조선현실에 처한다면 "무항산무항심無恒産無恒心"이리라. 아니 공자도 "오기포과야재吾豈匏瓜也哉! 언능계이불식焉能繫而不食!"이라 하지 않았던가.

"불힐佛肹이 부르매 공자가 가고자 하니 자로子路 가로대 언젠가 선생님이 이렇게 말씀 하시지 않았습니까. 좋지 못한 일을 하는 자에겐 군자는 섞이지 않는 것이라고. 그런데 시방 불힐이 중반에서 반란을 일으키고 선생님을 청하니까 선생님이 가시려함은 어찌된 셈입니까. 하니 공자가 가라사대 그렇다 내가 그런 말을 한 일이 있지. 하지만 내 어찌 뒴박처럼 매달려 먹지 않고 살 수 있겠느냐." (《논어》 〈양화〉)

그러나 조선민족해방이란 역사적 현단계에 있어서 양심적인 지식인이 자기의 빵 문제를 해결함으로써 만족할 수 있겠느냐. 여기서 숙명적인 지식인의 자의식이 비롯하는 것이다. 황금과 권력과 명예가 압살하려하되 '슬프고 고요한 인간성의 음악'이 들려온다. 물론 센티멘탈리즘이다. 그러나 이조 오백 년 동안 압박 받아온 '청춘'과 일본제국주의의 유린을 당한 '양심'이 빚어낸 것은 결국 이렇게 가늘고 약하고 슬픈 문화다. 끊일 듯 말 듯 간신히 이어온 조선의 문화. 그것은 '사실의 세기'인 현대에 있어서 너무나 빈약한 존재라 아니할 수 없다. 고려교향악단이 한국민주당 결성식에 반주를 하고 경성삼중주단이 프로예술을 표방하게 된 것이 다 그들 문화인이 약한 탓이다. 불연不然이면 불순한 탓이다. 음악가는 무엇보다 순수해야 할 것이 아니냐!

제위에 오르라니까 더러운 소리를 들었다고 강물에 귀를 씻은 이도 있고 불의를 피하여 산속으로 달아나 고비고사리만 먹다가 굶어 죽은 이도 있다. 이것이 '동양의 양심'이다. 조선의 문화도 이렇게 양심을 가진 예술가와 학자가 남몰래 슬퍼하며 기뻐하면서 창조를 게을리 하지 않았기 때문에 가늘면서도 길 수가 있었던 것이다. 혁명가와 더불어 이러한 문화인들이야말로 현대조선 인텔리겐챠의 정수분자라 할 수 있다. 조선의 문화는 이들 손에 달려 있다.

문화라는 것은 경제와 정치란 흙에서 피는 꽃이기 때문에 상업주의가 단말마의 발악을 하고 있는 이때에 상아탑을 지키기는 불가능에 가깝다.

하지만 양심적인 문화인이 단결하여 경제적인 협위脅威와 정치적인 압박과 싸워 나가면 반드시 조선의 인민이 지지할 때가 올 것이다.

학원의 자유

무솔리니가 이태리의 정권을 잡으려할 때 무엇보다도 먼저 무기고를 점령한 것은 민주주의적 해결을 두려워했기 때문이다. 꼭 마찬가지로 조선의 우익진영이 성대城大를 비롯해서 학원의 책임 있는 자리를 뺏고 들어앉은 것은—문제는 컸지만—현명한 정책이라 아니할 수 없다. 학생대중이 그들을 좋아할 리 없거늘 '학원의 자유'가 오기 전에 군정의 힘을 빌려 상아탑을 점령한 것은 무솔리니 못지않은 꾀였다.

Eppur si muove!(그래도 지구는 움직인다.) 몇 사람 때문에 조선의 학원이 일본이나 이태리나 독일처럼 파시스트의 아성이 되지는 않을 것이다. 미국이 자유의 나라요 조선학도들 또한 우익의 학문이 무엇인가를 너무나 잘 알고 있기 때문이다. 민족을 팔아 자기네들의 공허를 가장하며, 민족을 팔아 진보적 학자들을 꺾는 자들이 학원의 책임자로 있는 한 조선의 학원은 일보도 전진하지 못할 것이다.

과거에 연연한 보수주의자가 어찌 혁명기에 처한 조선의 청년들을 가르칠 수 있으랴. 때는 또 과학의 세기가 아니냐. 학문의 대로는 진보일로이다. 역사의 전진을 막으려는 무리들은 학원에서 물러나라. 무기고를 점령하는 것이 차라리 그대들다울 것이다. 상아탑을 정치의 무대로 알고 버티고 있는 그대들의 꼴—웃지 못할 희극이다. 선배연하는 그대들. 우리들 후배에게 그대들의 썩어빠진, 사이비학문까지 강제하려는 셈이냐. 조선은 새로워져야 할 것이 아니냐. 그대들이 점잖은 체 버티고 있는 동안에 세계의 문화는 조선을 뒤에 남기고 줄달음치고 있다. 그대들에게 주고 싶은 시가 있다. 이것은 그대들이 숭상하는 아니, 우리 젊은이들도 부러워하여 마지않는 미국의 시인 W. T. 스커트가 올여름에 내놓은 시집에서 뽑은 것이다.

여기 아이들이 온다
걷잡을 수 없는 흩어놓은 나뭇잎처럼.
들바람에 불리며 저기
아이들이 산을 내려간다.
그들을 낳은 우리들은 바라만 볼 뿐
누구의 아이들인지 모른다.
그들은 결코 우리의 것이 아닐지며
그들의 수효는 늘어만 간다.

구세대가 신세대에 대한 태도는 마땅히 이러해야 할 것이다. 그대들의 교육을 곧이곧대로 받았더라면 조선의 젊은이들은 모다 얼빠진 '황국신민'이 되었을 것이 아니냐. 조선은 무엇보다도 먼저 젊어져야 할 것이다. 일본제국주의와 봉건주의의 잔재를 소탕해야 할 곳은 어디보다도 학원이다. 바야흐로 학원에 모이는 인텔리겐챠여 학원의 자유를 위하여 싸우라.

과학의 빈곤—이는 조선의 학원이 극복해야할 난관이다. 이조의 허학虛學과 일본의 관념론이 조선의 학자들을 병들게 하였다. 조선은 무엇보다도 과학이 없는 나라다. 그러니 민족의 자유발전을 위해서 학원은 무엇보다도 먼저 과학에 주력해야 할 것이다. 그런데 허학파와 관념론자들이 일본인과 바꾸어 들었으니 문제는 크다.

학원의 자유는 조선민족의 해방을 전제로 한다. 자유와 독립이 없는 민족에게 자유의 학원이 있을까 보냐. 학생과 교수를 막론하고 학원은 있는 힘을 다하여 조선민족의 해방이라는 혁명 사업에 이바지하여야 할 것이다. 단적으로 말하면 학원은 정확한 숫자에 입각한 정실이 없는 정치의 원리 원칙을 생산하며 공급하는 공장이 되어야 할 것이다. 양심적인 기술자의 양성소가 바로 학원이다. 학원이 양로원이 될 때 관념론자의 유희장이 될 때, 반동적 정치가의 도피처가 될 때, 학원의 자유는 무참히도 짓밟히고 마는 것이다.

예술과 과학

문자 그대로 시방 서울의 지가는 올라가고 있다. 종로 네거리에서 아이들이 지나가는 사람들의 소매를 잡아당기다시피 파는 수많은 신문과 노점상인이 벌여놓은 가지각색 출판물을 볼 때 언론자유의 전람회를 보는 듯하다.

그러면 이 신문들이 모두 조선민족에게 바른 정치노선을 가르쳐주고 있으며 이 출판물이 정말 조선문화를 향상시키고 있는 것일까. 우후죽순 같던 정당이 좌우양익으로 정리되고 이 좌우의 균형을 얻은 통일정권 즉 진보적 민주주의정권을 수립하는 것이 화룡점정畵龍點睛으로 남은 과제인 오늘날 활자로 표현된 조선문화는 시방 혼돈에 빠져있지 아니한가 의심된다.

정치에서 극좌 극우가 다 과오이듯 문화에서도 좌익소아병과 국수주의를 배격하지 않을 수는 없다. 문화반역자는 다시 말할 것도 없거니와—

그러면 조선문화 전선통일의 기준은 무엇이냐. '덮어놓고 한데 뭉치자'는 식의 통일은 더욱이 문화에 있어서는 위험천만이다. '문협'의 실패도 무원칙통일이었다는 데 기인했다.

'문화'라는 말은 아름다운 말이기는 하나 명석 판명한 개념은 아니다. 그러므로 문화가 무엇인지 규정되기 전에 문화인이 규정될 리 없고 문화인이 규정되지 않고서 문화인의 대동단결체인 조선문화건설중앙협의회가 성립할 수는 없다. 몇 사람 문인이 조선문화를 대표하려한 것은 민주주의의 원리를 무시한 것은 또 모르지만 문화주체에 대한 인식이 부족했다 할 것이다. 이는 다 조선의 문화가 아직껏 저널리즘의 소산이었다는 결론이기도 하다.

현대는 과학의 세기다. 조선은 민족의 양심이 가장 요망되는 때다. 예술은 고금동서를 막론하고 양심의 고백이었다. 과학자와 더불어 예술가는 현대조선 문화인의 쌍벽이라 하겠다.

요컨대 문화는 과학과 예술의 총칭이지만 이 둘을 뒤범벅을 해서는 안 된다. 시와 산문을 구별하지 못하고 현대문학자라 할 수 없듯이 예술가도 아니요 과학자도 아닌 사람을 문화인이라 할 수 없다. 억지로 문화인으로 대접하려면 문화의 기회주의자라고 할까.

시방처럼 예술도 아니요 과학도 아닌 글이 신문과 잡지를 번거롭게 '하고 있는 한 조선문화는 갈 바 길이 아득하고 멀다. 그도 그럴 것이다. '구라파'에서는 150년 전에 완수한 민주주의 혁명을 아직도 숙제로 남기고 있는 조선에서 이십 세기의 문화가 화려하게 꽃피기를 바라는 것이 꿈일는지 모른다.

하지만 시방 서울의 지가는 연방 올라가고 있다. 8월 16일 날 저마다 국기를 내걸고 독립만세를 부르던 흥분이 아직도 남아서 활자가 되어 나온다면 그것은 또 인정으로 돌릴 수도 있다. 다만 정치에 민족을 파는 야심가와 모리배가 끼듯 문화라는 간판을 내 걸고 명예와 지위를 노리는 자들의 지상 폭동이라면 가만 내버려 둘 수는 없다. 문화의 반역자란 8 · 15 이전에만 있었던 것이 아니라는 것을 명기하고 문화인 아닌 문화인들은 스스로 내성內省할진저…….

상아탑

저속한 현실에서 초연한 것이 상아탑이다. 그러나 그것은 쌩트 뵈브가 시인 알프레드 드 비니를 비평할 때 쓴 "tour d'ivoire"라는 말과는 의미가 같지 않다. 말은 현실의 반영이라 시대를 따라 그 의미하는 바 내용이 변한다. 드 비니는 불란서의 귀족이요 이 귀족이 들어있던 '투우르 디보아르'는 문자 그대로 현실을 무시한 관념의 세계였지만 일제의 강압 밑에 이룩한 조선의 상아탑은 짓밟힌 현실 속에서 피어난 꽃이었다. 조선민족은 굶주리고 헐벗고 쪼들린 민족이니 밥과 옷을 장만하기 전에는 꽃이 다 무슨 말라비틀어질 꽃이냐 하면 문제는 다르다. 삼천만이 다 앞을 다투어 노동자 농민이 되어 과감히 투쟁을 전개한다면 조선의 생산력은 비약적으로 발전할 것이요 '탁치託治'니 무어니 하는 것이 애시 당초부터 걸리적거릴 이치가 없지 않으냐.

그러나 식구가 백만이 넘는 서울을 비롯해 일제 착취의 사령부이던 도시에는 근로하지 않고 먹는 사람들이 왜 그렇게 많은지. "내 땅에서 나는 쌀 가지고 먹는데"라든지 "내 회사에서 나는 이익을 가지고 먹는데" 하는 따위에 지주나 자본가는 물론, 이른바 정신노동자들 가운데에도 일본제국주의가 물려준 유산의 덕으로 호의호식하는 자가 많다.

조선민족은 그러지 않아도 가난한 민족이다. 이 많은 기생충적 존재는 근로하는 조선민족에게 감사는 고사하고 재물과 권력과 지능을 가지고 파시스트로 군림하려 한다. 이러한 현실 속에서 예술의 전당이요 과학의 상징인 상아탑을 건설하려 애쓰는 사람들—명리를 초월하여 자기의 시간을 전부 바쳐서 조선의 자랑인 꽃을 가꾸며 자연과 사회의 비밀을 여는 '깨'를 거두는 예술가와 과학자들은 상아탑 밖에는 아무 데도 갈 곳이 없다. 농촌! 공장! 물론 혁명적인 인텔리겐챠는 벌써 다 그 속에 들어가 있을 것이다. 역사를 움직이는 힘은 생산력이요 생산력을 발전시키는 원동력이 공장과 농촌에 있거든 역사를 움직이려는 혁명가들이 '소돔'이나 '고모라' 같이 부패한 도시에서 관념을 무슨 원자폭탄이나 되는 것처럼 자랑하는 가두街頭정치가가 될 말이냐. 서울 같은 데서 가장 정치를 아는 체 떠들어대는 인텔리겐챠의 주관이 외국통신 하나로 이리 뒤뚱 저리 뒤뚱 하는 것을 볼 때 그들을 상아탑에다 잡아 가두고 싶은 생각이 어찌 안 나겠느냐. 조선의 역사와 운명은 조선인민의 혈관 속에 흐르고 있는 것이거늘 그들 속에 들어가 그들의 손을 잡지 않고 부동浮動하고 있는 인텔리겐챠여 섣불리 정치를 건드리지 말라. 조선어학회를 비롯해 상아탑 속에선 진보적 역할을 하던 문화단체가 정치무대에 나설 때 얼마나 서투르고 보잘 것 없는 배우이었느냐. 8 · 15와 '탁치'의 흥분이 그들의 마각을 드러내고 말았다.

상아탑은 희고 차다. 그것은 조선의 이성을 상징한다. 또 그것은 산란 때가 되어 물 위에 뛰어 솟은 백어白魚 같은 생명의 약동을 의미하기도 한다. 문화설비를 독점하고 있는 도시엔 모리謀利의 탁류가 흐르고 있거늘 이성과 약동이 없이 문화의 상아탑이 그 속에서 솟아날 수 있겠느냐. 문화인이여 힘을 합하여 상아탑을 키우자.

전쟁과 평화

일본과 독일처럼 전쟁을 구가한 나라도 없다. 무력을 자랑하던 나머지 역사의 쇠바퀴를 거꾸로 돌릴 수 있다고 자신한 일본군부와 나치스—그들이 비육지탄髀肉之嘆을 발하다 발하다 제이차세계대전을 터트려놓고 말았던 것이다. 이른바 추축국은 군대와 무기에 있어서 압도적으로 강했기 때문에 세계를 송두리째 삼켜버릴 수 있을 것 같았다. 파시스트들이 민주주의진영의 내재력을 과소평가한 것은 아니었지만, 아니, 민주주의의 위대한 가능성을 너무나 잘 알고 두려워했기 때문에 전격전으로서 쇠뿔을 단숨에 빼려고 대든 것이었다. 독일이 파죽지세로 소련을 석권하여 모스크바에 육박했을 때, 또는 일본이 싱가포르를 함락시켰을 때, 그때, 파시스트들의 의기야말로 하늘을 찔렀으며 민주주의진영에서도 반동한 무리들이 부지기수였다. 조선의 친일파와 민족반역자가 득세한 것도 그때요, 미영을 '귀축鬼畜'이라 부르는 예수교도와 미국 유생들이 생겨난 것도 그때부터다. '전쟁은 문화의 어머니'라는 일본군부의 궤변을 증명하려 나선 것처럼 날뛰는 문인학자가 정치무대에 올라서게 된 것도 바로 이때부터가 아닐까.

그런데 그때 그 반동적 세력이 아직도 이 땅에서 반동적 역할을 하고 있다는 것은 어찌된 노릇이냐. 하물며 그들이 하늘같이 믿고 바라는 것이 미소충돌이라는 것을 알고도 잠자코 있을 수는 없다. 원자폭탄을 사용해서라도 38도선을 없애주 하는 것이 그들의 입버릇이 되기 시작 했으니 말이다. 일독이 최후의 승리를 얻을 줄 알고 갖은 추태를 연출하던 어리석은 무리들. 그들이 이제 또 인류의 역사보다 원자폭탄의 위력을 과대평가하여서 위험한 불장난을 하고 있으니 말이다. 그들이 제 수중에 원자폭탄을 가지고 있다면 또 모를까.

하여튼 전쟁은 인류의 적이요 특히 약속민족에게는 지긋지긋한 원수다. 전쟁바람에 왜놈과 결탁하여 지위와 명예와 권력과 재산을 자랑하던 자들이 왜놈이 가졌던 이 모든 것까지 제 것을 만들려다 뜻대로 아니 되니까 제삼차세계대전 일어나기만 바라고 제 딴엔 미리부터 승리자편에 가담하고 있다고 생각하고 있는 것이다. 이 자들의 우상을 타파하는 데는 정말 원자폭탄이 필요할는지 모른다. 그러나 제삼차세계대전이 나는 날 조선민족이 어느 나라보다도 먼저 희생 될 것을 생각할 때 "집 타는 것은 아깝지만 벼룩 타 죽는 것이 고소하다"는 말이 쑥 들어가고 만다.

문화인이여 전쟁을 저주하고 평화를 찬미하자. 조선민족은 오랜 문화를 가졌다고 자랑만 할 것이 아니라 그 문화를 살리기 위하여서도 문화의 적인 전쟁과 싸우자. 그리고 문화의 온상인 평화를 위하여 전력을 다하자.

《상아탑》은 전쟁을 공격하는 토치카이며 문화의 씨를 뿌리는 온상이 되고자 한다.

민족의 양심

"그대들은 이 땅의 소금이니라. 연然어나 그 소금이 짠맛을 잃었다면 무엇으로 그것을 짜게 할 수 있을 것이냐? 소금은 그때부터 무용지장물無用之長物일지니 내버림을 당하여 사람들의 발아래 짓밟히게 되리라."

약속민족이요 피압박민족인 유태가 낳은 위대한 혁명가 예수는 산상에서 이렇게 제자들에게 외친 일이 있다. 반동적 단체인 바리세와 사두개의 무리들이 권력을 다투고 있을 때, 로마제국의 창검을 믿고 모리謀利의 행위만을 일삼는 무리가 늘어갈 때, 자폭자기自爆自棄의 독주를 마시고 비틀거리는 무리가 거리거리를 가로 막을 때, 이렇게 나날이 더럽혀 가는 민족성을 순화 정화하는 소금이 되고자 한 것이 예수와 및 그의 제자다.

그런데 이십세기 조선에 있어서 이 말이 뼈아픈 진리인 것을 예수교도들도 모르는 모양이다. 그러지 않고야 천조대신天照大神을 제단에 모시고 미영을 '귀축'이라 부르던 목사와 신부가 여전히 설교를 하게 내버려 둘 까닭이 없다. 하물며 그들이 정치 브로카가 되고 모리배가 되는 것도 모른 척한다면 예수교도 자체가 소금의 맛을 잃어버렸다 아니할 수 없다. 예수의 참뜻을 모르는 예수교도—그들은 사이비 예수교도가 아니냐. 그대들은 이 땅의 소금이 되어야 할 것이다.

유태민족을 짓밟던 로마제국. 조선을 짓밟던 일본제국주의도 그만 못지않은 학정자虐政者였다. 그러던 그 밑에서 과연 누가 예수였으며 누가 사두

개와 바리세였으며 누가 유다였더냐. 피를 흘린 사람, 철창에 신음한 사람, 남몰래 괴로워하면서 민족의 길을 가르쳐 준 사람, 그 사람들만이 조선의 예수였다. 사두개와 바리세는 대지주와 자본가였으며 유다는 말하고 싶지도 않다. 스스로 반성함이 있을고저……

그러나 시방 조선이 지닌 더 크나큰 슬픔은 과거 삼십육 년 동안 민족의 양심을 간직해 온 사람들 가운데 소금의 짠맛을 잃어가는 사람이 있다는 사실이다. 민족을 위하여 싸워 왔다는 사람 가운데 민족을 짓밟고라도 올라서려는 사람은 없는지. 조선은 아직도 약하고 가난한 민족이라는 것을 몽매간에도 잊어서는 지도자 될 자격을 상실할 것이다. 조선민족의 대다수가 아직도 가난과 핍박 속에 있거늘, 몇몇 분자만이 잘 먹고 잘 산다고 민족전체가 잘 살게 된 것은 천만 아니니다. 그런데 그런 자들에게 에워싸여서 조선현실에 눈 어두워진 지도자는 없는지. 지도자는 이 땅의 소금일진댄 짠맛을 잃는다면 짓밟혀버릴 것을 알라.

'일제'의 총 칼 밑에서 상아탑을 사수한 문화인들도 또한 소금의 짠맛을 잃어가는 사람이 있다. 스스로 짠맛이 없이 어찌 남을 짜게 할 수 있으랴. '상아탑'의 예술가와 과학자는 누구보다도 먼저 민족양심의 사표가 되라. '상아탑'은 양심의 상징이 되고자 한다.

애국심

시방 조선에는 민족을 사랑하는 사람은 많지만 어떻게 사랑해야 될지를 아는 사람이 드물다.

'사랑'이라는 말, '나라'라는 말, '마음'이라는 말—다 좋은 말이다. 하지만 너무나 추상적인 말이다. 그러기에 '애국심'이라는 말이 흥분이나 감정이나 기분을 의미하게 되기 쉽다. 민족의 살 길을 과학적으로 추구하는 사람들을 제쳐놓고, 무슨 일이 있을 때마다 발작적으로 날뛰는 사람이 애국자라는 인상을 주는 것이 시방 조선의 일그러진 현실이다. 진정한 애국자라면 언제나 꾸준히 민족을 위하여 행동할 것이지 이따금 가다가 소리소리 지를 뿐, 민족 사이에 감정적인 분열을 꾀한다니 될 말이냐.

노동자 농민은 원칙적으로 애국자이다. 뭐니 뭐니 해도 조선을 떠받치고 있는 것은 이들의 힘이다. 조선의 자주독립도 이 이만오백만 근로대중이 정치적으로 각성하는 데 달려있다. 그러나 그들은 묵묵히 일할 뿐. 애국자라고 떠들고 나서지 않는다. 그만큼 그들은 더 애국자이다. 그러나 그들은 잠자고 있는 사자라 아니 할 수 없다. 이들이 한 사람도 빼놓지 않고 눈뜬다면 애국자의 탈을 쓰고 정치무대에서 날뛰는 여우 이리 등속이 꼼짝이나 할 수 있을까 보냐.

사무엘 존슨은 "애국심은 악당의 최후 피난처라" 간파했지만 히틀러, 히로히토, 무솔리니의 무리들이 이용한 것은 병기창보다도 실로 이 애국심이었던 것이다. 애국심이란 총칼보다도 위력을 발휘하는 것이기 때문에 역사의 반역자들은 언제고 애국심을 악용하여 정권을 획득했었다. 사랑은 눈먼 것이기 때문에 이렇게 역용逆用을 당하기가 쉬운 것이다.

그러므로 애국심은 하루바삐 눈을 떠야 할 것이다. 황금이나 권력에게 사주되지 않게스리 스스로 갈 바 길을 찾을 줄 알아야 할 것이다. 그러려면 우선 '사랑'이라는 말, '나라'라는 말, '마음'이라는 말이 과학적으로 규정되어야 할 것이다. 정치, 경제, 교육, 출판에 있어서 '애국심'이라는 말이 흥분이나 감정이나 기분을 의미하는 채 지배력을 갖게 된다면 무지와 욕심이 가장 득세할 것이요 진정한 애국자는 스스로 숨어버리지 않으면 구축驅逐을 당할 것이다. 악화가 양화를 쫓아버리는 것은 화폐에만 타당한 진리가 아니다. 사실 조선의 자주독립이 지연된다는 의식이 생길 때마다 불순분자가 날뛰고 양심분자가 풀이 죽는 것은 무엇을 의미하는 것이냐!

일진일퇴 역사에는 우여곡절이 있으되 가는 방향은 정해 있는 것이며 결국은 진보 밖에는 아무 것도 없는 것이다. 시방 조선은 역사적 정돈상태에 빠진 것은 사실이지만 반동분자들의 구호가 암만 소리 높을지라도 또다시 조선역사가 일제 밑에서처럼 뒷걸음질 치지는 않을 것이요 반드시 전진하고야 말 것이 아니냐.

그러니 문화인들은 좌고우면左顧右眄할 것 없이 창조와 연구를 게을리 하지말자. 그대들의 애국심은 그대들이 생산하는 문화의 질과 양으로 측정하는 수밖에 없는 것이다. 이러한 의미에서 상아탑은 조그마하나마 아름답고 참된 애국심의 결실이고자 한다.

대한과 조선

시방 이 땅엔 두 나라 사람들이 싸우고 있다. 그것은 미국과 소련을 의미 하는 것이 아니다. 미소는 대립되어 있는지는 또 모를 일이로되 싸우고 있지 않으며 또 앞으로도 싸울 것 같지 않은 것만은 명백한 사실이다. 그러면?

대한과 조선—이 두 나라 사람들의 싸움은 시방 최고조에 달해 있다. 한쪽에서,

"대한사람 대한으로" 하고 노래를 부르면 또 한쪽에서,

"조선사람 조선으로" 하고, 응하는 것쯤은 좋다. 이만한 대립이야 어느 나라엔 없겠느냐. 아버지의 세대와 아들의 세대가 잘 조화될 수 없다는 것은 역사적 필연인 것이다.

하지만 대한사람과 조선사람의 대립은 그냥 시대적 차라고만 볼 수 없게스리 심각하다. 그러면 무엇이 이 두 세대의 대립을 이렇게 격화하게 했느냐? 우리는 대한과 조선 사이에 삼십육 년의 오욕의 역사가 있었다는 것을 언제고 잊어서는 아니 될 것이다. 이 더럽힌 역사가 대한과 조선을 합칠 수 없는 두 나라로 만들었으며 이리하여 대한사람과 조선사람은 싸우지 않을 수 없게 된 것이다. 같은 지붕 밑에서 살아도 아버지와 아들의 뜻이 맞기 어렵거늘 삼십육 년 동안 헤졌던 아버지와 아들이 상봉했음에랴. 하물며 이 두 세대를 이간질하는 자가 있음에랴.

대한사람과 조선사람은 이렇게 기쁘고도 슬픈 대면을 하게 된 것이다.

아니 인제는 서로 외면을 하게 된 것이다. 그것은 아버지의 잘못도 아들의 죄도 아니다. 일제에 유린되기 전 그 옛날을 그리워하는 대한사람과 일제의 식민지에 태났음을 지긋지긋이 여겨 모든 일제적인 것을 벗어버리고 앞으로 앞으로 달음질치려는 조선사람들의 갈 바 길이 반대방향으로 나있기 때문이다. 과거와 미래. 공통된 현재는 일본과 친일파의 것이기 때문에 한쪽에선 과거로 도피하자 하고 또 한쪽에선 미래로 돌진하자 하는 데서 비극적인 결렬이 생긴 것이다.

그러면 대한사람과 조선사람은 영원히 결별하는 수밖에 없느냐. 길은 둘밖에 없다.

대한사람이 조선사람이 되든지, 조선사람이 대한사람이 되든지. 다시 말하면 일제가 조선을 점령하기 전 그 옛날의 대한을 복구하든지 새로운 조선을 건설하든지 현재에서 양자가 한 데 뭉치기는 어려운 형편이다. 일제의 잔재가 이간을 붙이기 때문에. 설사 한 데 뭉칠 수 있다 하더라도 그것은 더럽힌 역사 속에 그대로 안여晏如하자는 것에 지나지 않을 것이다.

그러면 결론은 뻔하다. 역사가 거꾸로 흐를 수는 없는 것이다. 대한사람이 조선사람이 되도록 노력할 것이다. 그것이 조선이 통일될 수 있는 유일한 원리요 원칙이다. 이 원리원칙을 무시한다면 조선이 또다시 청춘 없는 노폐국老廢國이 되거나 유혈혁명이 오거나 자주독립국가가 되지 못하거나 세 가지 중에 하나밖에 길이 없을 것이다.

역사는 결국 갈대로 가고야 말 것이다. 하지만 삼십육 년의 고난과 궁핍과 학대를 무릅쓰고 민족의 해방과 독립을 위하여 싸워온 애국자가 천재일우인 이 마당에 있어서 골육상생의 비극을 연출하려는 것은 웬일이냐. 두렵도다. 민족과 역사를 배반하는 무리들의 모략책동이여! 우리의 살 길은 오로지 새로운 조선건설에 있는 것을 그래 대한인들은 모른단 말인가?

시의 번역—유석빈 역《시경》서문

시는 번역이 불가능하다 한다. 하지만 그 나라 말을 모르는 대중을 위하여 번역은 반드시 있어야 할 일이다. 그런데 이조의 양반들은 세계의 으뜸가는 글자와 음악적인 말을 가지고도 한문을 숭상하는 사대주의와 문화를 독차지하려는 귀족주의로 말미암아《시경》을

> 관관수구關關雎鳩는
> 재하지주在河之洲로다
> 요조숙녀窈窕淑女는
> 군자호구君子好逑로다

로 밖에 가르치지 않았다.

그러나 바야흐로 문화는 인민의 것이 되려한다. 인제는 문화도 봉건주의의 굴레를 벗을 때가 왔다.《시경》은 중국에서도 현대어로 번역하지 않고는 민중이 이해하지 못하는 것이거늘 조선에 있어서랴.《시경》의 번역은 모든 것이 인민의 것이 되어야 한다는 시대적 요구의 산물이라 하겠다.

"시 삼백을 한마디로 평한다면 거기 들어 있는 생각에 조금도 비틀린 데가 없다"고 공자가 단언한《시경》은 이천오백 년 뒤에 우리가 읽어도 동감이다. 그것은 '시'가 영원히 흘러내리는 인간성의 음악이기 때문이 아닐까.

조선의 문화는 노동자 농민 속에서 우러나와야만 봉건주의와 일본제국

주의의 잔재가 완전히 소탕될 것이다. 그러려면 우선 인간의 유산으로 계승되어온 문화가 인민 속에 침투해야 할 것이다. 《시경》은 동양에 하고많은 고전 중에 조선인민속에 들어가서 새로운 문화의 싹을 움트게 할 수 있는 문화재의 하나이다.

앞으로도 동서고금의 참되고 아름다운 작품이 조선말로 번역되어 영양부족에 걸렸던 조선문화가 세계무대의 각광을 받을 준비를 하기를 빌며 그 본보기로 유석빈씨의 《시경》을 세상에 소개하는 바이다.

나의 영문학관

영문학자는 '인디비듀얼리스트'다. 그런데 시방 조선의 현실은 개인주의를 용납하지 않는다. 여기에 나의 태도가 영문학자답지 않다는 인상을 주는 원인이 있다. 해방 후 김사량 군은 만나자마자 "잡지가 다 뭔가 영문학 연구실로 들어가지 않고" 한 것은 나에 대한 일반적 관념을 단적으로 표현했다 하겠다. 나 역亦 영문학 연구실이 그립지 않은 것도 아니다. 하지만 배고프고 헐벗은 조선이 나에게 그럴 여유를 주지 않는 것이다. 내가 나날이 사분오열된다는 자의식을 갖게 되는 것이 다름 아닌 조선과 영문학의 각축이 아닐까.

어떤 독일인이 조선의 지식계급을 비평하여 "배에서 쪼르륵 소리가 나는 대갈장군"이라 한 것은 우리의 폐부를 찌르는 말이다. 문화병! 이 문화병 때문에 시방 조선의 지식인은 가장 근본적인 문제를 망각하고 있다.

그러나 영문학은 나의 세포 알알이 배어있어 각박한 현실이 '상아탑' 밖에서 아우성치고 있건만 나는 시나 수필이나 평론을 쓰지 않고는 배기지 못한다. 문학이 담배 모양 인이 배긴 것은 나로선 어쩔 수 없는 사실로서 내가 셰익스피어니 워즈워드니 하는 시인을 탐독했기 때문이다.

영문학의 주류는 아직까지 '시'다. 제임스 조이스의 《율리시즈》도 러시아 소설 같은 산문은 아니다. D · H · 로렌스는 다시 말할 것도 없고. 그러니 현재 조선의 영문학자도 들어갈 곳은 '상아탑' 밖에 없지 않으냐. 《상아탑》지에서 상허를 비롯해 조선문학자를 논했기 때문에 내가 영문학을 버리고 조선문학으로 전향한 줄 아는 사람이 있는 모양인데 나는 애시 당초부터 조선문학을 위해서 영문학을 했지 영문학을 위해서 영문학을 한 것은 아니다. 최재서는 싱가포르가 함락했을 때 영문학을 버린다고 성명했지만 나는 그런 사대주의자가 아니다. 또 연구실에 들어가 앉아서 《햄릿》을 읽어야만 영문학이 아니요 나는 나대로 《상아탑》에서 영문학을 하고 있는 것이다.

시와 혁명—오장환 역《에세닌 시집》을 읽고

혁명기의 시인은 어느 때고 어느 나라에서고 불행한 인간이다. 시란 생리적인 것인데 시인의 생리가 일조일석에 변할 수 없는 것이기 때문이다. 역자도 이 시집 끝에 〈에세닌에 관하여〉라는 후기를 쓸 때 "공식적이요 기계적이며 공리적인 관념적 사회주의자들"을 타기했지만 시는 논리가 아닌 만큼 그렇다고 행동도 아니기 때문에 시인이 시인으로서 사회주의자가 된다는 것은 불가능에 가까운 일이다. 에세닌의 고민도 여기에 있었다. 장환이 러시아어를 모르면서도 에세닌에 대하여 생리적인 공감을 느끼고 역까지 하였다는 것은 장환 또한 에세닌과 꼭 같은 혁명기의 시인이기 때문이다. 시방 조선에서 에세닌과 같은 시대적인 자아의 모순갈등을 체험하지 않고 시인으로 자처하는 사람이 있다면 민족과 보조를 같이 하지 않으려는 반동적 또는 상아탑적 시인이거나 불연不然이면 너무나 안이한 좌익시인일 것이다.

시란 한번 번역해도 그 생명의 절반을 잃어버리는 것이거늘 중역은 더 말할 나위도 없다. 하지만 이 시집을 장환이 에세닌에 의탁하여 시방 조선의 시대와 시인을 읊은 것이라 보면 많은 독자에게 크나큰 공명을 일으킬 것이다.

에세닌은 마침내 자살하였다. 그리하여 루나차르스키로 하여금 이렇게 부르짖게 하였다.

"아 우리는 한 사람의 스라오샤조차 구할 수 없었다. 그러나 그의 뒤를 따르는 수많은 청년들을 위하여 우리는 어떠한 일이라도 해야만 한다."

그러면 시방 조선에서 우리들은 어떠한 일을 해야 하느냐? 적어도 시대와 더불어 새로워지려고 애쓰는 시인들을 반동진영에 넘기거나 자살하게 내버려두거나 해서는 안 될 것이다.

대지여!
너는 쇠철판이 아니다
쇠철판 위에
어떻게 새싹이 눈을 트겠느냐
이거다! 나는 똑바로
책 줄의 말뜻을 받아들였다
그리하여
나는 자본론을 이해한다.
—에세닌 〈봄〉에서

시단의 제삼당—김광균의 〈시단의 두 산맥〉을 읽고

《서울신문》 십이 월 삼 일 호에 실린 김광균씨의 〈시단의 두 산맥〉이라는 평론은 솔직한 고백이라는 데 인상 깊었다. 그냥 두면 곪아서 부스럼이 될 것을 남김없이 토로했다는 데 대해서 경의를 표하지 않을 수 없다. 이미 씨는 노신에 의탁하여 예술신문지상에서 또는 회남의 '전원'을 중심으로 몇몇 문학가가 모인 자리에서 말한 바 있었지만 이번처럼 노골적으로 자기의 정체를 드러내 놓지는 않았었다.

조선의 시단을 두 산맥으로 나눈 것은 분류의 원리와 대상이 객관적으로 존재한다 하더라도, 씨의 의도는 시단에는 두 산맥이 있다는 것을 말하는 데 그치지 않고 제삼 산맥이 있다는 것을 증명하려는 데 있다.

"민족에 대한 개념마저 다른 시단의 이 두 산맥이 앞으로 어떻게 변형할지 꽉이 모르고 조급한 결론을 지을 것도 없으나, 나 개인으로는 김기림씨가 말한 '공동단체의 발견'과 김광섭씨의 '시의 당면한 임무'라는 두 가지 발언이 강렬히 인상에 남아 있다." 고 결론한 씨는 명백히 시단에 있어서 제삼 당을 기도하고 있는 것이다. 정계에 있어서의 소위 '좌우합작'과 같은 노선을 시단에서 걸어가고 있는 씨의 정체를 발견하고 놀랄 것은 없다. 씨로 하여금 씨의 길을 걷게 하라. 다만 문학가동맹의 김기림씨와 문필가협회의 김광섭씨를 맞붙여 가지고 시단의 제삼당을 결성할 수 있다고 생각하는 씨의 어리석은 기도를 반박하지 않을 수 없다는 것이다. 김광균씨가 김기림씨의 뒤를 따라 온 시인인 것은 사실이다. 그러나 그 역은 김광균씨의 주문대로는 되지 않을 것이다. 김기림씨는 벌써 두 산맥 중 하나에 속해 있는 것이다.

"문학을 최후로 결정하는 것은 역시 문학자의 생활이란 것을 다시 한번 절규하고 싶다"고 한 씨여. 김기림씨가 그대와 더불어 끝끝내 소시민적인 생활을 고집하고, 그대가 찾고자 애쓰는 샛길을 같이 찾을 줄 알았던가. 박목월 박두진 조지훈 등 이른바 '순수시인'을 길러 낸 정지용씨가 이들 후배들이 '청년문학가협회'를 조직하여 문학가동맹에 대해서 반기를 들었을 때 한 말이 생각난다.

— 이놈들아 그래 날 보고 너희들의 뒤를 따라오라는 말이냐?

'시단의 두 산맥'은 정책적인 면을 덮어 두고 본다면 이론을 위한 이론으로선 그럴 듯하다. 한쪽 시인들 보고 예술성을 높이라고 충고하고, 또 한쪽 시인 보고 시대정신을 파악하라고 충고한 것은 그럴 듯하다. 그러나 이 두 가지 충고는 둘 다 한꺼번에 김광균씨가 누구보다도 자신에게 줄 충고였다.

다시 말하면 예술과 시대를 변증법적으로 파악하지 못하고 기로에서 방황하는 씨는 '관념적인 중용'에다 자기의 위치를 정하고선 자기야말로 예술과 시대의 대립을 지양한 시인이라고 착각하고 있는 것이다. 이 착각이 어디서 유인하는 것이냐? 씨가 8 · 15 이전의 생활 태도를 발전시키지 못한 것과 씨의 '예술'이라는 것이 그러한 생활태도에서 규정된 어떤 일정한 한계의 예술이라는 데서 생긴 것이다. 비컨대 시방 조선시단엔 여전히 올챙이인 채 만족하는 이른 바 순수시인이 있고, 개구리가 되는 과정에 있으므로 올챙이의 꼬리가 남아 있어서 어색한 오장환 이용악을 비롯한 문학가동맹의 시인이 있고, 자기는 올챙이면서 개구리인 체 올챙이와 아직 꼬리가 달린 개구리들을 다 비웃는 김광균씨 같은 시인이 있다. 누가 먼저 완전한 개구리가 될 것인가?

인민의 시—《전위시인집》을 읽고

막부幕府 삼상결정三相決定 일주년 기념 시민대회에서 어떤 시인이 혼잣말 비슷이

"이 많은 사람 가운데에서 시가 안 나올 까닭이 있나. 나 같은 시인이 시를 안 써도 시가 나오지 않고 배기지 못할거야"라고 한 말이 생각난다.

그는 고고한 릴케를 사숙해 온 시인으로 이런 종류의 모임엔 처음으로 참가했던 것이다.

김광현 · 김상훈 · 이병철 · 박산운 · 유진오 다섯 분들의 《전위시인집》이 시민대회와 어떤 시인의 말을 연상케 하는 것은 결코 우연이 아니다. 학병의 장례, 전평세계노련가입축하대회, 고 전해련全海鍊영결식, 전국인민대표대회, 국제청년데이대회 등—인민의 분노 환희 애도 결의 감격 등을 아무 꾸밈없이 그대로 노래한 시집이기 때문이다. "우리 선배들이 일본 총독의 치하에서 작품 활동을 하였을 때처럼 누구의 눈치를 본다거나 같은 말을 둘러한다거나 하는 일이 없이 일사천리격으로 나아가는 새로운 활기를 가져온 것도 기꺼운 현상의 하나일 것이다"라고 오장환형도 발跋에서 말했지만 우리 민족은 일찍이 이렇게 대담 솔직한 표현을 가져본 적이 없었다. 일제의 총칼이 두려워 떠가는 구름이나 바라보던, 그 뻔세대로 8 · 15 후에도 여전히 대중과 정치를 무서워하는 이른 바 '순수시인'들은 《전위시인집》을 읽고 한인韓人들이 적기가赤旗歌를 두려워하듯 두려워할 것이다.

한인들이 범의 울음보다도 두려워하는
적기가 부르며 한 깃발 밑으로 모이자
옳은 노선으로 나라 이끄는 신호기
가슴마다 간직하고 선비들은 죽어 갔느니라

우리 모두 하늘보다 푸른 자유를 안고
조상의 피 꾸물거리는 땅 위에서
힘껏 노동이 자랑스러우며 사는 날까지 모이자
믿어온 한 깃발 밑으로

—김상훈 〈깃폭〉

그러나 유진오 동무는 이 시집 맨 끝에 있는 시 〈누구를 위한 벅찬 우리의 젊음이냐?〉 때문에 검거되어 시방 영어囹圄에 있다. 이것이 무엇을 의미하느냐?

시의 자유는 민주주의 정권의 보장 없이 시만 가지고는 있을 수 없다는 것을 의미한다. 그러기에 유진오 동무를 비롯해서 이들 전위시인들은 민주주의 정권을 수립하기 위하여 싸우는 인민을 노래하는 것이다.

부르주아의 인간상

머리말

나의 제1평론집 《예술과 생활》에다 대면 이 평론집은 일보 후퇴한 느낌이 있다. 내가 나오려고 그렇게 애쓴 상아탑으로 다시 한 걸음 들어간 데 대하여 나는 길게 변명하고 싶지 않다. 이 땅의 객관적 정세와 나의 생활 태도에서 온 것이라고만 말해두자.

내가 이 평론집에서 문학을 비평하는 방법이나 태도는 상아탑적이 아니다. 아니, 《예술과 생활》에서보다도 오히려 일보 전진했다고 자부한다. 그러나 평론의 대상이 문학에 국한되어 있다는 것은 이 책이 먼저 책과는 다른 것이며 일보 후퇴라 인정하지 않을 수 없는 점이다. 문학이 문학만을 대상으로 하다간 소위 순수파가 빠진 그 함정에 빠질 염려가 있는 것이다. 언제나 우리는 현실과 시대와 역사에 부딪히지 않으면 아니 된다. 그렇지 않았다간 헤라클레스 신에게 번쩍 들려 다리가 땅에 닿지 않아서 죽고 만 대지의 아들 안타이오스의 꼴이 되고 말 것이다. 민족의 거대한 사실에 대하여는 의식적으로 눈을 감고 피하여 문학만 가지고 이러니저러니 하다가 개미가 쳇바퀴 돌 듯 아무 발전이 없는 문학주의자들의 꼴을 보라. 일찍이 단테는 "그들을 생각할 것도 없다. 슬쩍 보고 지나가자"고 《신곡》에서 이러한 관념론자들을 욕했거니와 나는 어째서 이러한 문학가들을 언제까지나 붙들고 생각하는 것일까. 그것은 내 자신 속에 그러한 잔재가 있기 때문이다. 다시 말하면 '부르주아의 인간상'은 내 자신이 영미문학의 영향을 받아 오랫동안 지니고 있던 옳지 못한 문학관을 상징하는 것이다. 다행이 8 · 15는 나를 이 미몽에서 깨어나게 하였다. 그럼에도 불구하고 나는 내가 꿈에 보던 그 영상을 아주 깨끗이 잊어버리지 못하고 있는 것이다. 내가 김동리 군 같은 올챙이 문학가를 즐겨 논하는 까닭은 나도 한 때 그와 같은 올챙이였고 또 아직도 그 올챙이가 가지고 있는 치기와 아만我慢을 가지고 있기 때문이다.

나는 개구리가 되고 싶다. 똘창에서 그 간드러진 꼬리를 치며 자기도취에 빠져 있는 올챙이가 메타모포시스[변형]를 일으켜 대지에 뛰어 올라 개구리가 되는 그 생명의 약동을 얼마나 바랐던가. 그리고 나 하나만이 아니라 나와 같은 올챙이 족속들이 다 같이 일제히 뭍으로 뛰어오르는 그 빛나는 찰나를 고대하고 있다.

1949년 1월 12일
김동석

1. 순수의 정체

부계의 문학—안회남론

시를 질質의 문학이라 하면 소설은 양量의 문학이라 할 수 있다. 나폴레옹의 초상에다가 "그대는 칼로 구라파를 정복했지만 나는 철필로 세계를 지배하리라"고 썼다는 발자크 같은 체력이 소설가에게 요구되는 것이 이 까닭이다. 소설가가 되고 싶어 하는 시인 설정식의 말이 생각난다. 소설가가 되려면 남천이나 회남 같은 육체적 건강을 타고나야 돼!

사실 회남은 소설가로서 천부의 체질을 타고 나왔다. 요새 서울 문인들이 술은커녕 밥도 못 먹으니 말이지 만약 무슨 수가 생겨서 술 마시기 내기를 한다면—남천은 술을 잘 안하니 예외로 돌리고—회남이 우승할 것은 틀림없다.

그런데 이 위대한 소설적 체력의 소유자 회남은 돌아가신 아버지를 생각만 하여도 '라파엘 전파前派*'의 시인처럼 되어버리고 만다.

"깨끗하고 위대하셨으나 너무도 불행하였던 우리 아버님, 그러나 그 분도 인생의 가장 행복된 순간을 가지셨었다고 나는 믿는다. 그것은 그 분의 아들 '갈

* 1848년 런던에서 결성한 젊은 예술가 그룹. Pre-Raphaelite Brotherhood. 약칭 PRB. 로열 아카데미학교의 학생인 W. H. 헌트, D. G. 로세티, J. E. 밀레이 등을 중심으로 J. 콜린슨, T. 울너, F. J. 스티븐슨, W. M. 로세티 등 7명으로 결성되었다. 르네상스 말기의 문학·회화의 전통을 반대하고, 중세 이탈리아의 화가 라파엘로 이전의 소박하고 참신한 화풍으로 되돌아갈 것을 주장하였다.

범'이가 나의 어린놈 '병휘'처럼 기어 다니고 소리를 지르고 한 그때가 아닌가. 내가 어린것의 자라는 꼴을 보며 느끼는 그 즐거움과 똑 같은 것이 아버님의 즐거움이요 행복이었을 것이다." (〈명상〉)

이 무슨 감상적인 행복론이냐. 불행이 행복이라는 역설을 세운다면 또 모를까 '우리 아버님'의 불행이 그 시대의 우리 민족이 지닌 불행이었을진대 또 하나 불행한 존재로 태어나 기어 다니는 아들을 보고 어찌 행복할 수 있었으랴. 더 더군다나 '갈범'이가 자라서 술에 얼근히 취하여

"이놈 병휘야."
"이놈 병휘야." (〈명상〉)

하는 것으로 만족하는 아버지가 될 것을 상상만 하였더라면 '우리 아버님'의 가슴은 쓰리고 아팠을 것이다. 그렇지 않고서야 어디 '깨끗하고 위대하셨으나 너무도 불행하셨던 우리 아버님'이라 할 수 있겠는가. 《야뢰夜雷》라는 잡지를 창간하여 조선잡지계의 선구자가 되었으며 몽양夢陽이 애독하여 마지않았다는 《연설법방演說法方》의 저자이며 아직까지도 조선 출판계의 최고기록이라고 볼 수 있게스리 당장에 4만부가 나갔다는 《금수회의록》을 쓴 분, 아니 먼저 참형의 선고를 받았다가 적류謫流로 되고 "옥에 갇히셨을 때 매일 형벌을 하는데 정강이가 엿가락처럼 늘어났다고 한번 주석에서 말씀하셨다는" 분이 일본제국주의의 멍에를 쓰고 '기어 다니고 소리를 지르고 한' '갈범'을 보고 어떻게 행복할 수 있었단 말인가?

연작燕雀이 안지홍곡지지安知鴻鵠之志리오! 아버님의 뜻을 모르는 '갈범' 아니 회남이라 아니 할 수 없다. 회남은 아버지를 긍정하려다 아버지를 부정하는 어리석음을 범하였다. 투르게네프의 《아버지들과 아들들》이 아니라도 아버지는 아들로 말미암아 부정됨으로서 긍정되는 것이 역사의 논리인

데 아들이 아버지를 긍정해야만 한다는 이조의 봉건논리가 조선의 생명을 시들게 하고 자라지 못하게 하였다는 것은 우리가 뼈아프게 체험한 그릇된 역사다. 아들이 아버지를 긍정해야만 된다는 것은 아들이 아버지로 말미암아 부정되어야 한다는 것을 의미하며 노송 밑 그늘 속에서 자라지 못하는 어린 소나무 같은 신세가 되라는 것에 지나지 않는다. 작가는 누구보다도 먼저 이러한 봉건적 이데올로기와 싸워야 할 것이 아닌가.

회남은 스스로 자기의 소설을 부계의 문학이라 한다. 고려문화사에서 낸 단편집 《전원》은 더구나 그러하다. 이 속에 있는 〈명상〉을 '부자父子'라고 개제하여 이 단편집의 이름으로 삼았더라면 더 좋았을 것이다. 그러면 스스로 그렇게 생각하고 또 남도 인정하는 회남의 '부계의 문학'이란 과연 무엇인가. 그것을 봉건주의 문학이라면 고만이지만…….

"앞으로 한 작가의 작품을 말할 때는 그것을 완전히 이론적으로 분석하라. 가령 어느 작가는 왜 퇴폐적이냐 어째서 퇴폐적일 수밖에 없느냐. 또 그것을 앞으로 어떠한 방법으로서 청산하지 않으면 안 되느냐. 우리 문학운동과 어떻게 관련하며 어떻게 처리해야 하느냐"(〈제1회 소설가 간담회를 마치고〉—《민성民聲》 6호) 하는 회남 자신의 요청을 들어주기 위하여 그의 작품을 좀 더 친절하게 비평하자.

회남이 《전원》의 발문에서 고백했듯이 그의 신변문학은 일본제국주의의 야만적 식민지 정책에 쫓기어 자기 자신 속으로만 파고 들어간 문학이다. 그러면 작가는 자기 자신 속에서, 무엇을 발견했던가? 붕어가 연못에서 떠나 살 수 없듯이 사회와 역사를 떠나 살 수는 없는 인간이 객관세계를 피하여 자아 속으로 들어가 발견할 수 있는 것은 '무'밖에 없다. 최근에 '노벨문학상'을 탄 작가 헤르만 헤세가 일생 자아를 탐구한 그의 결론이 걸작소설 《싯다르타》에 표현된 열반정신이라는 것은 자아 탐구가 다다르는 곳이 니힐리즘이라는 막다른 골목 밖에 없다는 것을 의미한다. 회남 역시 예외일 수는 없다.

"하마하면 우리네 사람이 모두 저렇게 연기가 되지나 않을까— 걷잡을 수 없는 센티멘탈한 생각이 뒤를 치받쳐 뭉게뭉게 오르는 시꺼먼 연기를 바라보고 있는 두 눈이 어느덧 뿌옇게 흐리어졌다." —〈연기〉

일제는 작가를 압박하여 이렇게 '허무'로 몰거나 불연不然이면 감옥에 가두었다. 회남의 선고先考가 옥에 갇히어 악형을 당한 것이 후자의 좋은 실례다. 그러나 니힐리즘이 소설의 원천이 될 수는 없다. 헤르만 헤세의 소설도 소설로서 성공한 것이 아니라 그 독특한 음악적인 문체로써 독자를 시적인 분위기로 끌고 들어가는 데 불과하다. 그러므로 회남도 허무한 자아 속에서 무엇을 붙들려고 번민했을 것은 불문가지다. 하긴 그 자아의 껍데기를 깨트리고 나오려는 방향이 작가의 옳은 길인데 일제의 압력이 너무 강했음인지 또는 회남의 성격이 그 압력에 반항할 만큼 강하지 못했음인지 그는 내향적이기만 하려고 애썼다. 이것은 비단 회남에 한限한 것이 아니었다. 최명익같이 사회에 대한 의욕이 강한 작가들도 그 소설을 제題하여 〈심문心紋〉이라 하였고 더더군다나 이 소설의 끝은 이렇게 막았다.

"여옥이는 그러한 제 심정을 바칠 곳이 없어 죽었거니! 나는 그러한 여옥이의 심정을 받아들일 수 없었거니! 하는 생각에 자연 복받쳐 오르는 설움을 참을 수 없었다.

나는 그 싸늘한 여옥이의 손을 이불속에 넣어 주면서 갱생을 위하여 따라 나서기보다 이렇게 죽어가는 것이 여옥이의 여옥이 다운 운명이라고도 생각했다."

아니 이상의 〈날개〉가 더 좋은 예일 것이다. 자아의 진공 속에서 날아보려고 날갯짓 하다가 거꾸로 박혀 죽은 작가정신의 비극을 여기서 볼 수 있다. 물론 죄는 일본제국주의에 있다. 그러나 작가의 정신이 이렇게 부정적으로 나간 것을 그때는 그럴 수밖에 없었다고 해서 무조건으로 긍정만 할 수 없는 오늘날의 현실이다. 일제의 야만적인 탄압 때문에 객관세계를 단념하고 주관 속으로만 파고 들어간 문학을 오늘날도 오히려 신주 모시듯 모시고 새로운 문학정신을 이단시하는 이른바 순수문학파가 있으니 말이다.

이에 우리는 일제시대에 생산된 회남의 작품을 가혹히 비평하여서 이 위대한 소설적 체력의 소유자가 이때까지의 자기를 양기揚棄하여 큰 비약이 있기를 꾀하는 바이다.

회남이 이상처럼 절망에 빠지지 않은 것은 그가 자기 속에서 '아버지'라는 우상을 발견했기 때문이다. 회남의 작품 속에 도처에 나오는 이 '아버지'를 분석함으로 말미암아 우리는 자타가 공인하는 회남의 '부계의 문학'의 정체를 파악할 수 있을 것이다.

바자로프*가 아니라도 '아버지'를 긍정할 수 없는 것이 동서고금의 아들의 입장인데 회남이 '아버지'를 긍정할 뿐 아니라 우상으로 모신 까닭은 아버지와 '나'와 '아들'의 삼위일체에서 영원성을 발견했기 때문이다.

> "그러면 지금까지의 내가 그 시절의 나의 아버님이요 현재의 내 어린놈이 옛날의 내 자신일 것이라고 마음에 왈칵 반갑고도 야릇하여 어떻게 형용할 수 없는 느낌이 있었다." (〈악마〉)

또 이 아버지와 나와 아들은 모계와 싸우는 '악마'이기도 하다. 회남은 프로이드의 오이디푸스 콤플렉스 설을 가벼이 일축하고는

> "예수 그리스도 역시 남자요 남자며는 우리 집처럼 어머니의 아들이요 어머

---

* 투르게네프의 《아버지와 아들》의 주인공.

님의 아들이면 옳지 악마다 악마다. 예수 그리스도 역시 악마다. 어머님의 아들은 누구든지 악마가 될 수밖에 없다. 술이 취하여 곤드레가 된 악마 나는 이렇게 함부로 생각을 하였다."

라고 창작 〈악마〉를 끝맺었다.

낡은 세대가 새로운 세대로 말미암아 양기되고 따라서 발전하는 것이 역사의 철칙이다. 하긴 일제 밑에서 자아 속으로 숨어버린 작가가 역사에 대해서 신념을 상실한 것은 무리가 아니라 하더라도 테제와 안티테제의 숙명을 지닌 아버지와 아들을 삼차원적 일체로 본 것은 착각이라 아니할 수 없다. 그러면 이 착각이 어디서 온 것이냐? 회남의 선고先考가 회남이 보기에 '깨끗하고 위대하셨으나 너무도 불행하셨던' 때문이다. 뒤집어 말하면 회남이 '너무 샌님'(〈향기〉)이기 때문에 아버지의 대를 발전시키지 못하고 안이하게 선대를 긍정하고 자기 역亦 그의 아들이라는 것으로서 안이하게 긍정한 데 불과하다. 심하게 말하면 회남은 부성의 노예가 됨으로써 아들의 대에 부과된 임무를 도피할 수 있다고 생각하는 것이다. 그것은 흡사히 8 · 15전에 허공에서 구름을 잡으려다 8 · 15를 당하여 절망에 빠진 김동리 등 이른바 순수문학파가 비행기로 하강하신 대한인들의 충복이 됨으로써 자기들의 공허한 문학정신을 수호할 수 있다고 착각하는 것이나 진배없다.

악마의 관념만 하더라도 그렇다. 회남은 이것이 무슨 문학정신이라도 될 것처럼 생각한 모양이나 부가장적인 봉건의식을 문학적으로 윤색한 데 불과하다. 기나긴 아시아적 속박 속에 있던 할머니나 어머니나 아내가 술취한 아버지나 남편이나 아들 때문에 히스테리칼하게 되는 것을 "이러고 보면 할머님과 어머님과 나의 아내가 한편이 되고 아버님과 나와 나의 아들 녀석이 한편이 되어가지고는 대대로 두고 내려오며 남자패와 여자패가 서로 싸워온 것이 아닌가"(〈악마〉)라고 생각하였을 뿐 아니라 "아내의 뒤

통수를 주먹으로 쥐어박고는…… 제가 가장 아무도 당하지 못하는 악마인 척 취한 기분에 맡겨 점점 눈알을 부라리고" 하는 것이었다.

일언이폐지하면 회남은 조선에서 항용 볼 수 있는 평범한 봉건주의자였다. 물론 무엇이 그를 그렇게 만들었느냐 하는 것은 아까도 말했지만 일본제국주의가 무서워 자아 속으로 도피하고 그 자아 속에서 '아버지'라는 우상을 발견한 데 기인하는 것이다. 하물며 그 '아버지'가 문학청년들을 유혹하기 쉬운 영원성과 악마의 상징임에랴.

그러나 8 · 15가 왔다. 이 거대한 사실 앞에 영원성이니 악마니 하는 관념이 혼비백산한 것은 물론이다. 《민성》에 연재된 〈탄갱炭坑〉을 보면 작가가 관념적인 천당으로부터 현실적인 지옥으로 곤두박질해 들어간 것 같은 인상을 준다. 회남이 그렇게 애지중지하던 '나'는 흔적도 없는 것 같다. 그러면 그의 '나'는 어떻게 청산되었는가? 그것이 과연 일본제국주의를 완전히 소탕한 데서 오는 자아청산이었을까? 일본제국주의를 청산하지 않는 한 회남의 신변문학이 변모할 리 없다는 것은 회남 스스로 주장하는 바다.

> "일본제국주의의 야만적 식민지정책 아래에서는 우리는 문학에서도 객관세계와 서로 간섭할 수 없었기 까닭이다. 그래서 나는 조개가 단단한 껍데기를 쓰는 것처럼 의식적 무의식적으로 자기 자신 속으로만 파고들었던 것이 아닌가 한다."―〈전원〉의 발문

이러한 회남이 일조一朝에 '나'를 버렸다면 그것은 일제가 패망한 저 위대한 8 · 15를 가지고 설명할 수밖에 없다. 그러나 이 외부적인 사실만 가지고 회남의 작품을 설명하는 것은 누구보다도 회남 자신이 수긍하지 않을 것이다.

이에 우리는 일제가 회남의 목에 징용이라는 칼을 씌워 구주탄광으로 끌고 가던 사실을 상기할 필요가 있다. 회남은 자기 자신 속으로만 파고들

면 일제를 피할 수 있으리 하고 생각했는데 강도 일제는 드디어 회남을 송두리째 수천 리 이역, 그도 천길 탄갱 속에다 가져다 넣은 것이다. 그래서 그의 일인칭 소설이 일제의 소산이던 것과 마찬가지로 일인칭 없는 〈탄갱〉역시 일제의 소산이라는 얄궂은 결과를 가져온 것이다. 그래서 〈탄갱〉은 일인칭으로 쓰지 않았으되 일인칭으로 쓴 이상으로 회남의 주관적 센티멘트가 언언구구에 스며있다. 즉 '아버지'의 나라에 대한 향수에 젖어 있는 것이다. 그리고 그 나라는 "나의 모양은 물론이고 나의 선친 나의 아내 나의 아이들 또 많은 동무들의 모양"이 들어있는 나라다.

그러나 그 나라가 민주주의 국가가 되려면 작가 회남은 앞으로 많은 문제를 남기고 있다. 왜냐면 민주주의는 아버지와 '나'와 아들이 삼위일체가 되는 삼차원적인 나라가 아니라 아버지보다 '나'가 더 위대하고 '나'보다 아들이 더 위대해지는 발전하는 사차원적인 나라이며 부계가 악마가 되어 모계와 싸우는 봉건적 사회가 아니라 부계와 모계가 동등한 권리와 주장을 가지고 인민이 되는 나라이기 때문이다. 또 그것은

> "산과 언덕에 해마다 새로 나는 풀과 나무들은 옛것이 아니로되 옛것과 같고 시내에 흐르는 물은 지나가되 한결같으며 그와 마찬가지로 그의 부친과 나의 아버님은 이미 오래 전에 돌아가셨으되 그와 나와는 오늘날 아버님을 재현하여 이렇게 여전하지 않으냐. 저기 버드나무 숲 위에 나는 한 마리 솔개미도 이십여 년 전의 바로 그놈은 아니로되 지금까지 살아있는 것 같다."

고 회남이 찬미한 〈전원〉이 아니라

> 용광로에 불을 켜라. 새 나라의 심장에—
> 철선을 뽑고 철근을 늘이고 철판을 펴자.
> 시멘과 철과 희망 위에 아무도 흔들 수 없는 새나라

인 것이다. B29가 조선의 하늘을 나는 오늘날 솔개미를 노래할 수 없을 것이다. 회남이 영원이라 착각한 것은 일본제국주의 때문에 남과 같이 발전해 보지 못한 봉건주의 조선이었다는 것 따라서 조선이 이 모양 요대로만 있다가는 또 한번 식민지가 되는 수밖에 없다는 것은 회남 역亦 통절히 느끼고 있다. 그래서 그는 창작 〈불〉에서 과거의 모든 것을 불살라버리려 했던 것이다. 그러나 회남은 이서방으로 하여금 모든 것을 불살라버리게 하였으되 알짱 불살라야 될—그것을 불살라버리지 않고는 진정한 의미이 소설가가 될 수 없는—신주神主인 '나'를 불사르지 못했다.

"내가 앞으로 좀 더 큰 소설가 노릇을 하기 위하여서는 새로 사려고 하는 그와 함께 모든 새로운 타입의 인물을 붙잡아야 할 것이다."

라고 〈불〉을 끝막았는데 회남이 정말 큰 소설가가 되려면 누구보다도 먼저 스스로 새로운 타입의 인물이 되지 않으면 아니 될 것이다. 스스로 새로운 타입의 인물이 되지 않고는 새로운 타입의 인물을 붙잡을 수 없다는 것은 소설의 상식이다. 스스로 민족을 사랑하지 못하고 민족을 사랑하는 인물을 주인공으로 소설을 쓴 춘원과 그의 소설을 기억만하면 이 문제는 자명할 것이 아닌가. 회남은 어떠하면 '나'를 지양할 수 있나 하고 제면공장에 들어가 본 일도 있고—〈망량魍魎〉, 〈기계〉, 〈그전날밤에 생긴 일〉, 〈투계〉 네 편은 그때의 체험의 소산이다—끌리어 갔다 하되 탄갱에서 일했고 농촌에도 있어 보았고 도시생활도 하여 보았다. 그래서 회남은 작가로서 체험할 수 있는 것은 다 체험했다고 생각할는지 모른다. 그러나 이 작가의 세계관이 '부계의 문학'이라는 굴레를 벗지 못하는 한 여하한 체험도 문학이 될 수 없을 것이다. 물론 이 작가를 '부계의 문학'으로부터 해방하는 길은 결국 심각한 체험과 과학적 세계관 밖에는 있을 수 없지만 이 둘을 다 작가에게 주는 기회를 8·15는 가져왔다. 그러므로 회남이 아직껏

8 · 15이전에 가졌던 낡은 세계관을 청산하지 못했다면 작가로서 노력이 부족했다 아니할 수 없다.

신변소설이지만 십여 년을 줄기차게 소설에 정진했으며 또 앞으로도 소설가로 대성하려는 뜻을 품고 있는 회남이기에 다시 말하면 그의 미래를 긍정하기 위하여 우리는 감히 그의 과거를 부정하는 바이다. 제1회 소설가 간담회에서 한 회남의 말은 이러한 의미에서 우리가 다 같이 명심해야 할 것이다.

> "기성문인들도 진부한 옛 관념과 조그마한 자기의 과거에 집착치 말고 용감히 한번 신인이 됨으로서 새로운 문학운동의 주인공이 될 수 있지 않은가 한다. 우리가 일평생 문학한다는 것은 일평생 문학의 신인이 된다는 말과 마찬가지인 것 같다."

부기附記—이 소론은 쓴 지가 벌써 일 년도 넘은 것이다. 《우리문학》에 게재하려던 것이 그 동안 이 잡지가 나오지 못해서 구고가 되어버렸다. 그래서 최근에 〈폭풍의 역사〉, 〈농민의 비애〉 등 회남이 완전히 구각을 벗어버린 작품을 발표한 데 대해서 새로 〈비약하는 작가〉 (《우리문학》)라 제하여 회남을 다시 논했다. 이 〈부계의 문학〉과 〈비약하는 작가〉는 한 데 합쳐서 발표해야 전후가 맞는 회남론이 되겠는데 지면관계로 이렇게 두 잡지에 분재하게 된 것이다.

(《예술평론》, 1948년 6월 16일)

비약하는 작가—속 안회남론

나의 김동리론에 대한 반박이 동리 자신과 유상무상에서 나왔을 때 날 보고 그것을 또 반박하라는 사람도 있었다. 그러나 나는 찾아 온 동리 자신 보고 "하지를 만나 본 일이 없는 내가 하지 중장을 만난 자랑을 했다니 순수문학파는 거짓말을 해도 괜찮은가?" 하고 반박하였을 뿐 그 이상 더 반박하고 싶지 않았다. 왜냐면 남은 신경질로 볼지 모르나 나 자신은 모기나 빈대나 벼룩이 물어도 잠을 잘 수 있는 건강한 아니, 때로는 둔한 신경을 가지고 있기 까닭이다.

그러나 〈부계의 문학〉이라는 인물론에서 회남을 그렇게 혹독하게 비평하였는데—동리 같으면 울고불고 하면서 동내 아이들을 다 불러다가 나를 욕했을 것이다—회남은 읽고 나더니 "과연 잘 보셨습니다" 하고는 심각한 표정을 하였다. 《전원》을 축하하는 자리에서 그의 인물평을 했더니 자기를 평할 수 있는 사람은 김만선밖에 없다기에 따라서 평론가인(?) 나를 무시하기에 분김에 쓴 것이 〈부계의 문학〉이라 가뜩이나 지용 말마따나 덕이 없는 깍쟁이의 붓 끝으로 깎을 때로 깎았는데 그 글을 읽고 나서 "과연 잘 보셨습니다" 하는 회남을 나는 속으로 은근히 두려워하고 있었다. 왜냐면 상허가 나의 〈예술과 생활〉(이태준의 문장)을 읽고 회남과 꼭 같은 말을 했고 후에 〈소련기행〉같은 비약인 문장을 낳아 우리들 평론가를 닭 쫓던 개 울 쳐다보는 꼴을 만들어 놓은 일이 있었기 때문이다.

아니나 다를까 〈폭풍의 역사〉(《문학평론》)와 〈농민의 비애〉(《문학》)에서 작가 회남은 비약적인 발전을 보여 주었다. 나의 회남론이 무효가 되려면 상당한 기간을 요하리라고 믿었던 나는 깜짝 놀라 낮잠 자다 깨어난 토끼가 산등성이에 올라간 거북을 발견했을 때처럼 깜짝 놀라 부랴부랴 이 붓을 들었다.

작품집 《불》이나 중편소설 〈탄갱〉이 8 · 15 전 작품과 비교해 볼 때 다르지 않은 것이 아니로되 작가의 자기 혁명을 보여 준 작품은 아니었다. 이것은 작가 자신이 솔직하게 인정하는 바다.

> "나의 기왕의 리리칼lyrical하고 심리적이고 내성적인 제작품과는 그 성격과 경향을 달리해 보려고 했다. 그러나 그럼에도 불구하고 이 소설들이나 나의 신변소설의 계열과 계통을 다시 한번 더 이끌고 나아가며 있는 것은 진중히 용인하는 바이다."— 《불》의 서문

그러므로 〈폭풍의 역사〉와 〈농민의 비애〉에서 비로소 회남은 작가로서 구각을 벗어 버렸다 할 것이다. 물론 완전하다고는 할 수 없다. 아니 작품에서 새로운 세계로 뛰어 들어가기란 그리 쉬운 노릇이 아니다. 그러나 회남이 개인에서 역사 속으로 뛰어 들어갔다는 것을 부정할 사람은 없을 것이다. 회남으로 하여금 이렇게 비약하게 한 힘은 밖으로는 3 · 1운동과 인민 항쟁이요 안으로는 아버지에게서 물려받은 혁명적 정열이다. 이 정열이 오랫동안 일제의 폭압 때문에 자아 속으로만 파고들고 심지어는 그 위축된 자아 속에서 지난날의 아버지를 발견하여 '영원'을 명상하는 그 아버지의 아들답지 못한 세계관을 빚어냈던 것이 8 · 15를 만나고 인민 항쟁을 겪고는 희미해 가던 3 · 1운동의 기억과 아버지에게서 유전한 정열이 일시에 봄바람에 피어난 진달래처럼 붉게 피어난 것이다. 이러한 작가의 자기 혁명의 과정을 작가 자신으로 하여금 이야기하게 하자. 〈폭풍의 역사〉에서 인민 항쟁에 쓰러진 돌쇠의 최후를 이야기하는 장면은 회남 자신의 이

러한 자기 탈피를 잘도 설명했다.

"돌쇠가 운명을 할 때 아버지를 불렀다는군……."

(아버지!)

(아버지!)

평범한 것이면서 평범한 것이 아니었다. 현구는 입속으로 자기 가슴속으로 돌쇠를 대신 하여 다시 불러 보았다. 그리고 28년 전 어렸을 때 포달이가 마지막으로

"나는 조선 백성이다!"

하고 부르짖는 소리를 그 후 장성해가며 그것을 한동안 농민의 소리로는 좀 부자연하다고 생각했다가 나중 그것을 잘 이해하게 됐던 것처럼 돌쇠의

"아버지!"

소리 속에서도 그와 똑 같은 감정을 경험하게 되는 것이었다. 같은 감격이었다.

(돌쇠가 아버지하고 부른 그 아버지는 농사짓고 자기를 낳은 아버지 그것보다 죽어 가면서 "나는 조선의 백성이다" 하고 부르짖는 그 아버지를 생각하고 불러 본 것이다!……)

현구는 이렇게 해석했다. 돌쇠가 아버지 한 것은 나는 조선 백성이다 한 소리와 마찬가지의 절규라고 생각했다. 돌쇠는 남몰래, 오랫동안 자기 아버지를 생각하고 해석하고 하며 있었으리라. 돌쇠의 가슴속에는 깊이 그 아버지 포달이 때부터 비약했던 한 가닥 혁명적 정신이 자연 깃들어 있었구나 하고 느꼈다.

'돌쇠'도 '현구'도 회남 자신이라는 것은 그의 작품집 《전원》을 읽은 사람이면 알 것이다. 그러면 이 작품이 종래의 작품 특히 《전원》에 수록된 신변소설과 무엇이 다르냐 할 사람이 있을게다. 그러나 작가가 자기 자신을 이야기하느냐 아니냐에 따라서 신변소설이냐 아니냐가 결정되는 것이 아

니라 작가가 자기 자신을 역사와 괴리시켜 이른바 개성으로서 표현하느냐 역사 속에 살고 죽는 전형으로서 표현하느냐에 달린 것이다. 《전원》에 실린 저 작품 속에서 작가는 고립되어 있다. 물론 그것은 일본 제국주의의 죄다. 그 오예汚濊의 역사 속에 뛰어 든 작가들이 춘원을 비롯해서 신세를 망친 것을 생각할 때 회남이 자아 속으로 도피한 것을 축하하지 않을 수 없다. 8 · 15를 거쳐 인민 항쟁에서 한번 다시 용솟음친 생명의 약동을 체험한 작가로서 어찌 위축된 자아만을 고집할 수 있을 것인가? 하물며 혁명가였던 아버지의 아들로서 어찌 역사의 폭풍을 피하여 순수라는 온실 속에 안여晏如할 수 있겠는가? 그러나 순수라는 온실 속에 있던 작가가 역사의 폭풍 속에 뛰어든다는 것은 용이한 일이 아니다. 구주 탄갱 속으로 끌리어 갔고 8 · 15 후에도 문학가동맹에서 언제나 전진하려 앨쓴 작가 회남도 〈폭풍의 역사〉를 쓰기에 이르기까지 이개 성상을 요했고 그러면서도 형상화에는 실패하였다. 물론 오늘 남조선의 현실이 작가로 하여금 소재를 완전히 소화하여 완미한 형식을 줄 수 있는 여유를 주지 않는 것이 더 큰 원인이겠지만 작가 자신의 역량의 부족 즉 작가가 아직도 역사 속에서 자아를 재확립하지 못했기 때문이다.

> "사실 나는 전진하고 싶습니다. 그러나 오늘날 앞으로 나아가는 것 같은 나의 길이 기실 선이 아니고 원일까 봐 무섭고 무섭습니다. 직선이 아니고 곡선이라도 좋습니다. 느리게라도 답보를 하면서라도 어떻든지 간에 선을 따라 나아가고 싶습니다."

회남은 임화씨에게 보낸 편지에서 〈폭풍의 역사〉에 있어서의 자신의 위치를 이렇게 말했지만 신변 작가의 구각을 완전히 벗어 버리지 못한 증거다. 역사는 변증법적으로 발전하는 것이며 그 역사와 일여一如가 된 작가라면 자기 발전에 대해서 이렇게 자신이 없을 수 없다. 막부 삼상 결정에 대한 부분만 해도 그렇다. 미국의 신문들까지 일부 극 반동 신문을 빼 놓고는 UN 기구와 더불어 세계 평화의 양대 지주의 하나가 될 것이라고 극구 찬양한 이 결정을 조선의 작가로서 즉 세계가 전쟁의 위기에서 구원되므로 말미암아 가장 많이 혜택을 입을 수 있는 조선의 작가로서 그 고마움을 몸소 깨달을 수 없었다는 것은 세계사의 움직임에 대해서 둔감했기 때문이다. 물론 어떤 개인이 머릿속에서 이상적 조선을 건설할 수도 있다. 그러나 그것은 춘원이 이미 《흙》을 비롯한 제작품 속에서 이룩하려다 실패한 공중누각이었다. 이제 정말 꿈이 아닌 현실에서 민주주의 혁명을 완수할 수 있는 마당에서 터무니없는 공상을 일삼을 것인가?

> "진정한 리얼리스트는 암흑과 광명의 양면을 똑같이 보면서도 언제나 광명을 향하여 전진하며 이 광명을 향하여 간 길만을 리얼리티(실재)라고 생각하는 사람이다."

라고 한 소련의 작가 미하일 프리슈빈*의 말이 생각난다. 카이로와 포츠담에서 동트기 시작한 조선독립이라는 광명이 막부 삼상 결정에서 가장 빛나는 민주주의의 광휘를 발하였을 때—민주주의적으로 밖에 조선은 독립할 수 없다—조선의 작가들이 이 광명을 향하여 돌진하지 못하였다는 것은 리얼리스트가 아니었기 때문이다. 정치가의 영도 하에 작가들이 뒤늦게 이 광명을 향하여 어슬렁거리고 갔다는 것은 작가들이 혁명적 정치가처럼 역사 속에 살고 있지 않았기 때문이다. 〈폭풍의 역사〉가 지닌 중대한

---

* 소련 작가. 오룔 출생. 독일 라이프치히대학에서 농학을 공부하고 농업기사로 지내다가 기행문〈두려움을 모르는 새들의 나라에서〉(1907)로 문필활동을 시작하였다. 러시아의 민속과 자연을 세심한 필치로 노래하였으며, '자연에서 인간의 훌륭한 면을 발견하는 일'을 일관된 주제로 삼았다. 또한 여행가로 각지를 다니며 민속학, 동식물학, 광물학 분야도 연구하였다. 주요 작품으로 자전적 소설 《카시체이의 사슬》(1927) 《학의 고향》(1929) 《조선인삼》(1932) 《카프카스 이야기》(1939) 《휘파람새》(1943) 《자연의 달력》(1957) 등이 있다.

결함은 역사 속에서 움직이는 인물들의 언동을 통하여 역사를 이야기하게 하지 못하고 작가의 관념이 튕그러져 나와 있는 것인데 그것은 작가가 완전히 관념적 자아를 양기하지 못했기 때문이다. 엥겔스는 영국의 여류작가 하크네스 양에게 보낸 서한에서 "작가의 의견이 숨어서 나타나지 않을수록 그 예술 작품은 그만큼 더 좋다"고 말하였지만 회남의 정치의 주견이 〈폭풍의 역사〉에서는 너무 두드러져서 작품의 예술성을 저하시키었다. 이러한 의미에서 또 어떠한 의미에서든지 〈농민의 비애〉는 회남이 작가로서 비약한 것을 증명하는 획기적 작품이다. 이 작품으로 말미암아 회남은 리얼리스트로서 자기를 확립했다. 독자는 의식 못하겠지만 '먹는다'는 말이 이 작품에서처럼 많이 나오는 예는 또 없으리라. 또 먹는다는 것이 이렇게 절실한 문제라는 것을 이만큼 형상화한 작품도 드물다. 문학이 먹는 것과는 아무 상관도 없는 것이라 생각하는 소위 순수문학파에게는 더군다나 읽히고 싶은 작품이다. 남조선 같은 현실에서 이렇게 좋은 작품이 나왔다는 것은 덮어놓고 칭찬을 해야 될 일일는지 모르지만 疵를 든다면—중대한 결점이기 때문에 들지 않을 수 없다—'서대응' 노인을 자살케 한 것이다. 물론 자살하는 농민도 있다. 하지만 시방 남조선의 전형적인 농민의 최후를 자살로 끝막게 한다는 것은 작가가 작품의 활자화를 위하여 고의로 그렇게 한 것이라면 또 모를까 〈폭풍의 역사〉에서 이미 시대의 주인공을 그리려고 결심한 작가로서 일보 후퇴라 아니할 수 없다. 차라리 총에 맞아 쓰러지는 노루야말로 오늘의 역사를 상징한다. 이러한 의미에서 이 작품은 제목을 〈노루〉라 하였다면 더 좋았을 것이다. 사실

"노루를 잡세 노루를 잡아 만주 좁쌀 양밀가루 배가 고프니 노루나 잡세 노루는 저만큼 나는 이만큼. 노루가 뛰면 나도 뛴다. 노루를 잡세 노루를 잡아 눈 벌판 위에서 나막신 신고 꺼정충 뛰면서 노루나 잡세……모나?"

하는 노루 타령을 작품 허두에 내걸었고 농민들이 윷노는 장면에서 또 한 번 나오게 한 것만 보더라도 아니 '서대응' 노인이 노루를 잡으려다 나막신 한 짝을 눈 속에 잃어버리고 그 나막신이 노루가 총 맞아 쓰러진 자리에 굴러 있는 것으로 끝막는 것이라든지가 무엇을 말하는가? 또 '서대응' 노인이 노루 잡으려던 와이어로 목을 매 죽고 그 시체가 매달려 있는 집으로 노루의 발자욱만이 통해 있는 것을 묘사한 것은 무엇을 말하는가? 이 작품에서 노루는 용의주도한 복선이 되어 있는 것이며 철두철미 리얼리스틱한 이 작품을 낭만적으로 윤색하였다. 거듭 말하거니와 남조선의 농민을 끝까지 리얼리즘으로 추구한다면 그 최후는 이 노루와 같을 것이다. 그러나 이른바 언론의 자유는 작가로 하여금 굶주린 농민들이 쌀 구루마 앞에 눕게 하고 '서대응' 노인 대신 노루가 총 맞아 죽는 것으로 끝막게 하였다. 이 한 가지 사실을 보더라도 리얼리즘의 확립은 문학자의 힘만 가지고는 부족하고 진실을 그대로 아무 거리낌 없이 이야기할 수 있는 사회가 되어야 한다는 것을 알 수 있을 것이다. 그러나 '노루' 아니 '농민의 비애'는 8·15 후 남조선 문단 최대의 수확임에는 이의가 있을 수 없고 예술가가 예술 속에 칩거하느니보다 역사 속에 투신함으로써 더 좋은 아니 비약적으로 좋은 작품을 낳을 수 있다는 산 교훈이기도 하다. 물론 작품의 비약은 작가 자신으로만 이루어지기는 대단 힘드는 일이며 만약 회남이 조선문학가동맹의 작가가 아니었다면 아니 여전히 일제 때처럼 자아 속에 칩거해서 폭풍 같은 인민의 역사를 백안시하는 작가였더라면 도저히 오늘의 비약이 있을 수 없을 것이다. 김동리 같은 작가들이 비약은커녕 뒷걸음치고 있는 사실이 그것을 말하고 있지 아니한가? 거의 1년 전에 쓴 나의 회남론 〈부계의 문학〉이 비약한 오늘의 회남을 따르지 못하기에 급히 뒤 따르노라고 이 글을 쓰기는 했지만 이 글이 발표되기도 전에 회남이 더 큰 비약이 있을지도 모른다. 사실 오늘의 역사는 비약적으로 발표할 모든 계기를 품고 있다. 그 역사 속에 뛰어든 작가 회남이 또한 비약적으로 발전할 것은 역사적 필연이라 하겠다. 이러한 작가의 뒤를 따라간다는 것이 어찌 평론가의 기쁨이 아니랴. 내가 인물론을 쓴 작가 시인들은 유진오 김동리 김광균을 빼 놓고는 또 한 번 논하지 아니치 못하게 스리 비약적 발전을 했다. 유진오 김동리 김광균도 발전이 있기를 빌어 마지않는 바이다. 아니, 그들이 영영 버림받을 사람이 아닐진댄 응당 자기 혁명을 해야 할 것이요 따라서 비약이 있어야 할 것이다. 현대는 사실의 세기다. 역사가 도도히 흘러가거늘 소시민적 지성과 교양과 기교만 가지고 문학을 할 수 있다고 생각하느냐. 현대에 있어서 문학은 민족의 역사를 등지거나 초절할 수는 없다. 민족과 역사를 떠나서 문학이 있을 수 있다고 생각하는 작가 시인들이여 회남을 보라. 8 · 15 전에 그대들과 더불어 있던 그가 어찌해서 그대들이 우러러 보아야 할 높은 경지에로 비약했는가? 전진과 후퇴의 거리는 날로 커갈 것이다.

이 평론은 회남의 비약을 축하하는 데 그치려는 것이 아니라 더 큰 비약이 있을 것을 믿고 쓰는 것이다. 그러한 의미에서 〈폭풍의 역사〉를 끝막은 의미심장한 문장을 인용하고서 이 난필을 끝막고자한다.

"오늘 3월 1일은 28년 전 옛날의 3 · 1을 기념하기 위한 날이 아니다. 정말은, 그 보다 더 크고 더 힘찬 새로운 3월 1일을 가져와야 할 것이다."

(《우리문학》, 48년 4월 12일)

순수의 정체—김동리론

1

현민이나 춘원이 재사이듯이 김동리군도 재사다. 다만 한 세대 뒤떨어진 재사일 뿐이다. 현민이나 춘원이 작가로서 낙제한 것은 벌써 일제시대의 이야기지만 동리는 바야흐로 작가정신을 상실하며 있다. 우리 문단이 이미 춘원 등의 재사를 일제한테 빼앗긴 것도 원통한데 김동리를 이제 또 '순수'라는 허무한 귀신에게 빼앗긴다는 것은 애석한 일이라 아니할 수 없다. 그러므로 성복成服 후 약방문이 되기 전에 군의 병을 진단하려는 것이다.

거북이 모가지와 팔다리를 그 껍질 속에 감추듯 조선의 문학자들이 폭압과 착취의 객관세계로부터 이른바 '순수' 속으로 움츠러들기만 한 때가 있었다. 그러나 옴츠러들었을망정 거북은 바위조각과 스스로 달라야 할 것이 아닌가. 즉 일제라는 적이 물러났을 때 응당 모가지와 팔다리를 내놓고 움직여야 했을 것이다. 그런데 일제가 물러난 지 2년이 지난 오늘날도 사상의 모가지와 팔다리를 내놓지 못하고 순수문학을 고집하는 동리는 결국 거북이 아니라 바위조각이었던가?

그러나 이 바위는 이 세상에 있는 그런 사차원적 바위가 아니라 손오공을 낳은 바위 같은 기상천외의 바위인 것이다. 그러기에 이 바위는 도를 닦아 맹랑한 '제삼세계관'을 낳으려 하고 있다.

—가야 된다 가야 된다!

이 한 가지 의식은 잠시도 잊을 수 없어 진흙에도 구을고 시궁창에도 빠지고 하면서 그 먼 거리의 불빛 한 점도 보이지 않는 후미끼리 밑 주막을 찾아 골목을 지나고 집 모퉁이를 돌아 캄캄한 어둠에서 어둠 속으로 사실 그의 몸은 가고 있는 것이었다.

동리는 그의 단편집 《무녀도》 맨 끝에 있는 〈혼구〉를 이렇게 끝맺었는데 어둠 속으로 가고 있는 주인공 강정우는 다름 아닌 작가 김동리 자신인 것이다. 변증법적으로 발전하는 역사를 표상할 세계관을 가지고 있지 못하기 때문에 암중모색을 하면서—사실은 그것도 주관적인 비동非動의 동動이다—제삼세계관을 찾고 있는 것이다.

"나의 강정우들이 이 시대 이 현실에 대한 적극적 의지와 신념을 갖지 못했다고 하면 우선 일면의 견해임엔 틀림없을 것이다. 그러나 그러한 적극적 의지의 신념이라 할 것이 각자의 생명과 개성의 구경에서 나는 것이 아니고 어떤 외래의 '이데올로기'나 시대적 조류의 그것이라면 이것은 대체 무엇을 의미하는 것인가. 한 시대나 현실에 대한 작가의 진정한 의지와 신념이란 이미 인생자체에 대한 그것이 아니면 안 된다."—〈신세대의 정신〉

그는 강정우 즉 자기를 이렇게 변명한다. 모가지가 움츠러들었으니 밖이 보이지 않아 캄캄하고 팔다리 역亦 움츠러들어 행동이 없어 역사를 관념적으로 밖에 사유할 수 없어 〈무녀도〉 같은 이른바 '순수문학'을 낳을 수밖에 없지 않으냐 하면 그만이다. 즉 〈무녀도〉가 동리의 '생명과 개성의 구경'에서 나온 것을 부정하는 것이 아니라 작가는 누구나 동리와 같은 '생명과 개성의 구경'을 가져야 하고 그렇지 않으면 '어떤 외래의 이데올로기나 시대적 조류의 그것'이라는 데 문제가 있는 것이다. "유랑하는 우리 민족의 눈물겨운 기록, 조국에 대한 비길 데 없는 애정, 자유에 대한 누를 수 없는 희원"을 형상화한 〈낙동강〉의 저자 포석 같은 작가는 왜 소련으로 망명했는가? 그것은 일제에 대한 반항이 다시 말하면 그의 '생명과 개성'이 동리의 그것보다 훨씬 컸기 때문이다. 다시 말하면 일제시대에도 순수문학은 조선 문학의 전부가 아니라 다른 꽃이 모두 짓밟힌 뒤에 남은 가련한 꽃이었던 것이다. 조선문학을 떠받쳐온 힘이 실로 반항정신인데, 일제는 떡 하나 주면 안 잡아먹지 하는 식으로 반항의 꽃을 하나하나 짓밟고 가장 반항이 약한 순수한 꽃만 남겨 두었던 것이다. 이때 생산된 것이 〈무녀도〉인데 〈무녀도〉엔 반항 정신이 없다는 것은 아니다. 순망치한이라 일제가 최후 발악할 때 다시 말하면 조선민족의 행동이 지하로 숨어버려서 소설의 주인공으로 등장할 수 없었을 때 순수문학은 무저항의 저항으로서 훌륭한 반항이었던 것이다. 플레하노프*가 어떤 논문에선가 지적했듯이 '예술을 위한 예술'의 주장은 예술가가 그의 사회적 환경을 긍정할 수 없을 때 생기는 것이며 예하면 19세기 전반의 낭만주의는 심미적인 반항인 것이다. 강정우가 술을 마시는 것조차 반항으로 볼 수 있었던 때가 있었다.

> 그렇다. 병든 서울아,
> 지난날에 네가, 이 잡놈 저 잡놈
> 모두다 술 취한 놈들과 밤늦도록 어깨동무를 하다시피
> 아 다정한 서울아

---

* 러시아 사상가. 탄보프 출생. 대학시절부터 '토지와 자유파'에 가담하였으며, 이 파가 분열하자 흑토재분할파黑土再分轄派를 조직하였다가 1880년 망명하였다. 마르크스, 엥겔스의 저작을 탐독하였으며 1883년 노동해방단을 조직하여 정통 마르크스주의에 입각, 러시아 사회민주노동당의 조직에 노력하였다. 1901년 레닌 등과 《이스크라》를 발간하였고 1903년 멘셰비키에 속하여 그 수령이 되었다. 제1차 세계대전에서는 조국방위파에 속하여 볼셰비키와 대립, 1917년 러시아혁명 후 카데트와 제휴하여 소비에트 정권과 항쟁하였다. 마르크스주의를 러시아에 소개한 선전자이며 마르크스주의 예술 이론의 창건자이기도 하다. 저서로 《사회주의와 정치투쟁》(1883), 《일원론적 사관의 발전의 문제에 대해서》 《우리의 견해 차이》(1885), 《마르크스주의의 근본문제》(1908) 등이 있다.

나도 밑천을 털고 보면 그런 놈들 중의 하나이다.
나라 없는 원통함에
에이 나라 없는 우리들 청춘의 반항은 이러한 것이었다.
반항이여! 반항이여! 이 얼마나 눈물나게 신명나는 일이냐.

그러나 8 · 15가 왔다. "가야 된다. 가야 된다!"고 어둠 속에서 헤매던 김동리에게도 환히 길이 보이는 8 · 15가 왔다. 그러나 김동리는 여전히 순수를 주장한다. 그러면 그의 "가야 된다. 가야 된다!"는 구호는 무엇을 의미하는 것이냐? 이하, 그의 작품을 분석해보기로 하자

2

'제 1장의 논리'라는 부제가 붙은 〈혼구昏衢〉는 — 가야 된다. 가야 된다! 는 것이 주제로서 시방 기로에 서 있는 남조선의 현실과 대조해 볼 때 흥미 있는 단편이며 김동리 같은 지식인들이 제삼노선을 찾는 이유를 설명하는 좋은 재료이다.

낙동강 철교 놓는 일을 하다가 바른 팔을 부러트려 일생 노동을 할 수 없게 된 '토목공사 경험자 송차상'은 딸을 전북 도의원하는 부자의 첩으로 주어 그 덕에 얻어먹고 산다. 이에 자미를 붙인 그는 소학교 오학년에 다니는 둘째 딸 학숙이마저 장래 맏딸같이 되는 수업을 시키기 위하여 학교를 중도에서 퇴학시키려 한다. 송차상의 논리는 간단명료하다. 가난한 조선사람이 다 걸어가는 길은 불행한 길이다. 그러므로 자기 딸은 그런 길을 걷게 하지 않고 편히 잘 살 수 있는 길을 택하게 하려는 것이다. 그것이 송차상 자신에게 유리하기 때문이라는 것은 다시 말할 필요도 없지만 —

"선생님 생각해 보십시오 이점을 깊이깊이 생각해 보십시오 만약 내 딸이 처

음부터 노래를 배우지 않고 세상에 꽉 찬 다른 여자들과 같이 길쌈질이나 바느질 같은 걸 배웠으면 지금 어떻게 됐겠습니까?"

학숙의 선생 강정우는 이 점을 깊이깊이 생각해본다. 일제시대에 지식인이 당면한 문제도 이와 비슷하다. 아니 꼭 같다. 성경의 말을 빌진대 지옥으로 통하는 문은 넓고 천당으로 통하는 문은 좁다. 양심적으로 사는 길이란 다시 말하면 식민지의 백성인 민족과 더불어 사는 길이란 괴로웠으며 이리하여 민족을 배반하고 저하나만 '특등인물'이 되려는 송차상의 길이 생겨난 것이다. 이 두 갈래 길은 남조선에 있어서 바야흐로 더욱 그 예각을 드러내고 있다. 지금쯤 송차상은 무엇을 하고 있을까?

강정우는 학숙의 문제를 물질적으로 고려하기를 싫어한다. 왜냐면 물질적으로는 인간의 근본문제가 해결 될 수 없다는 것이 작가 김동리의 '개성과 생활의 구경'에서 나오는 신념이기 때문이다. 그가 볼 때 물질적으로 문제를 해결할 수 있다고 생각하는 자는 송차상같은 속물에 지나지 않는 것이다. 조선의 경제력이 일제에 강점되었을 때 그리고 일제가 대륙으로 진출하여 더욱더욱 기승할 때 세계사를 몸소 체험하는 능력을 갖지 못한—아니 유물사관을 의식적으로 배격하는—김동리 같은 '정저와井底蛙'들이 이렇게 밖에 생각이 돌아가지 않은 것은 무리가 아니다. 다시 말하면 학숙의 운명을 근본적으로 타개해주며 일제와 싸우는 지하와 국외의 세력이 있었음을 알 리 만무하다. 하긴 아까도 말했지만 동리 자신도 학숙을 노예화하려는 일제나 일제에 기대어 사는 자들에 대하여 무저항의 반항을 하였다는 것을 부정하는 것은 아니다. 다만 송차상의 노선을 물리치려면 "엇쇠 귀신아 썩 물러가거라 서역 십만 리로 꽁무니에 불을 달고 네 귀에 방울 달고 왈강 달강 왈강 달강 벼락같이 떠나거라." 하는 모화식의 넋두리 같은 관념론을 가지고는 어림도 없다는 것이다. 자신도 그것을 깨달았음인지 강정우로 하여금 이렇게 번민하게 하였다.

"즉, 송가의 생활감의 세계에서는 유령보다도 더 허황하게만 들릴 '영혼'이니 '생명'이니 하는 문구를 비켜 놓고 송가와 더불어 현실적이요 물질적이요 육체적인 견지에서 그리고 또 어디까지 합리적이요 상식적인 논리를 어떻게 추출할 수 있으며 그리하여 그것으로 송가와 학숙의 사이의 선악과 흑백을 과연 어떻게 가릴 수 있느냐 하는 것이었다."

이것으로써 족히 김동리가 유물론자를 욕하는 근거가 얼마나 치기만만한 물질관에서 나왔느냐 하는 것을 알 수 있다. 그는 송차상처럼 물질의 노예가 되는 것이 유물론자인줄 알고 있는 모양이다. (그러기에 8 · 15 이후 그는 유물론자를 맹렬히 욕하기 시작했다.) 진정한 유물론자란 인간을 물질의 노예가 되지 않게 하기 위하여 생각할 뿐 아니라 행동하는 사람이다. 다만 동리 등 이른바 순수관념론자와 다른 것은 '생명이니 영혼이니 하는 문구'나 '합리적이요 상식적인 논리'만 가지고는 도저히 인간을 해방할 수 없다는 것이다.

학숙이가 조선의 딸이라면 조선이 "누더기로 살을 가리고 죽 국물로 목에 풀칠을" 할 때 혼자만이 몸에 기라綺羅를 떨치고 도의원의 자동차를 타고 다니며 술을 마시는 것으로서 구원 받았다 할 수는 없는 것이다. 강정우의 고민 아니 김동리의 고민이 여기에 있는 것이다.

—가야 된다. 가야 된다!

하는 의식에 사로잡혀 "진흙에도 구르고 시궁창에도 빠지고 하면서" 관념의 혼구昏衢를 헤매는 강정우 아니 김동리의 고민은 여기에 있는 것이다. 진실을 볼 수 있는 천진스런 학동들이 '노인'이니 '담배쟁이'니 하는 별명을 지었을 때야 강정우 아니, 김동리의 성격은 가히 알쪼가 아닌가. "아무런 흥미도 정열도 없는 기계적" 인간에 지나지 않았다. 그러나 이것은 겉으로 본 사차원적 현실의 강정우, 아니 김동리이고 모가지와 팔다리가 움츠러들어 일견 거북이 아니라 복바위처럼 되어버렸지만 '제삼세계관'이라는 손오공을 낳으려 진통을 앓고 있었던 것이다. 그래서 8 · 15 후 김동리가 '청년문학가협회'라는 것을 낳은 것이다. 그러면 학숙의 그 후 소식은 어찌 되었나? 8 · 15 후에도 김동리가 학숙에게 약속한 것은 여전히 '개성'이니 '생명'이니 '영혼'이니 하는 순수한 관념뿐이다. 학숙은—동리의 소설에나 나오지 실재하는 인물이 아니라면 모를까—순수관념만을 먹고 살 수 없다. 강정우가 진정으로 양심적 교원이라면 8 · 15가 되었다고 제자 학숙에 대한 걱정을 그쳤을 리 만무하다. 그는 아직도 "불빛 한 점도 보이지 않는" 혼구昏衢를 헤매고 있을 것이다. 김동리 역시 양심 있는 작가라면 자기가 창조한 인물에 대해서 끝까지 책임을 져야 할 것이다.

8 · 15 때문에 송차상의 인물관이 변했다고 생각하리만큼 그렇게 천진난만한 김동리는 아닐 게다. 그러면 이 자의 독아毒牙로부터 학숙은 어떻게 구출될 것인가? 동리의 제삼세계관은 아직도 ?다.

3

"작자의 주관과 아무런 교섭도 없는 현실(객관)이란 어떠한 경우에도 그 작가적 리얼리즘과는 아무런 상관도 없는 것이다. 한 작가의 생명(개성)적 진실에서 파악된 '세계'(현실)에 비로소 그 작가적 리얼리즘은 시작하는 것이며, 그 '세계'의 여율呂律과 그 작자의 인간적 맥박이 어떤 문장적 약속 아래 유기적으로 육체화하는 데서 그 작품(작가)의 '리얼'은 성취되는 것이다. 그러므로 아무리 몽환적이고 비과학적이고 초자연적인 현상이라도, 그것은 가장 현실적이고 상식적이고 과학적인 다른 어떤 현실과 꼭 마찬가지로 어떤 작가에 있어서는 훌륭히 리얼리즘이 될 수 있는 것이다."

이것은 《문장》 2권 3호에 실린 동리의 논문 〈리얼리즘으로 본 당대 작가의 운명〉에서 인용한 것인데 최근에 발표되는 그의 논문에서도 똑 같은 소리가 반복되고 있다. 그러면 〈무녀도〉가 표현한 '몽환적이고 비과학적이고 초자연적인 현상'은 일제적 현실을 부정하는 의도에서 나온 상징적인 것이 아니라 그 자체를 목적으로 하는 '예술을 위한 예술'이었다는 것이 명백하다. 다시 말하면 동리는 소설가가 아니라 상아탑적 시인이었다. 그러기에 벼랑이 햇빛에 붉게 타는 것을 본 직관만 가지고 〈황토〉라는 단편소설을 쓰기도 했다. 또 '작자(동리)의 주관과 아무런 교섭도 없는 현실(세계)'이 8 · 15를 만나 지하와 국외에서 나오고 밀려들어 인민의 손으로 되는 인민을 위한 인민의 정권을 수립하려 했을 때 동리는 이 사실이 동리의 '생명(개성)적 진실에서 파악된 '세계'(현실)'가 아니라 하여 붉은 보자기를 본 서반아의 투우처럼 흥분해서 '청년문학가협회'를 결성하고는 문학가동맹의 작가들이 이 사실 속에 투신한 것을 공격하기 시작했다. 하긴 김동리가 리얼리스트들을—리얼리즘의 어원 레스는 '물物'을 의미한다—욕한 것은 8 · 15 후에 비롯한 것은 아니다. 《문장》 2권 5호에 실린 〈신세대의 정신〉은 "몽환적이고 비과학적이고 초자연적인" 모화, 낭이, 욱이 같은 인물들의 리얼리티를 옹호하기 위하여 쓴 것으로 "이 땅의 경향문학이, '물질'이란 이념적 우상의 전제하에 인간의 개성과 생활을 예속 내지 봉쇄시켰다"고 주장하였다. 문학을 위한 문학이나 생활을 위한 문학이냐 하는 것은 조선문단에서도 두 파로 갈라져 싸웠을 것은 시방 우리가 생각하여도 이상할 것은 없다. 하지만 '인간의 개성과 생명을 예속 내지 봉쇄'시킨 것은 조선민족과 운명을 같이 한 사람이면 이에서 신물이 나도록 잘 알다시피 일제인데 이 사실을 의식적인지 무의식적인지 은폐하고 그 죄를 자기와 대립되는 문학적 유파에다 돌린다는 것은 로맨티시즘을 리얼리즘이라 강견부회強牽附會하는 김동리다운 논법이라 할 것이다. 총력연맹의 평론가 방촌향도芳村香道인지 박영희인지가 '단기 4280년 4월 25일'에 《문장의 이론과 실제》라는 책을 발행하여 김동리와 똑같은 소리를 하고 있는 것은 흥미 있는 사실이다.

"목상木像을 인간으로 바꾸어 놓아……문학이 질식상태에 빠졌던 것은 문학적 기술문제보다도 사상문제에 그 원인이 있는 것이다. 맑스주의의 중압과 구속을 벗어나지 못하는 한 상론한 바와 같은 예술문제는 옛것이 아니라 또한 새로운 과제의 하나일 것이다." (〈서문〉)

이 무슨 뻔뻔스런 소리냐. 향산광랑香山光郎이가 '황민문학'에 정신挺身하고 석전경조石田耕造가 '국민문학'에 열중하여 조선문학이 질식상태에 빠졌던 것이 맑시즘의 죄란 말인가? 하긴 일본제국주의와 맑시즘은 불구대천지 원수이었다.

또 모화, 낭이, 욱이 등이 '목상'은 아니라고 해도 '현실적이고 상식적이고 과학적인' 인간이 되지 못한 까닭도 작가자신이 의식했건 못했건 간에 그 죄는 일본제국주의에 있었으며 일제가 최후 발악을 할 때는 이러한 '몽환적이고 비과학적이고 초자연적인' 인물조차 조선어를 사용한다는 단 한 가지 이유로써 탄압해버려 '문학이 질실상태에 빠지고' '인간의 개성과 생명'은 예속 내지 봉쇄되었던 것이다.

하긴 김동리 등 순수문학파는 사상성을 가진 작가들이 탄압을 받아 글을 쓰지 못하게 되었을 때 무호동중리작호無虎洞中狸作虎라 문단은 그들의 독단장獨壇場이었는데 8 · 15가 되자 문학의 비중이 별안간 딴 데로 옮겨간 사실을 그대로 수긍하기는 인정상 곤란하다. 그래서 일제의 암흑이 물러난 사실을 기뻐하기보다는 그들의 별빛을 흐리게 하는 사상의 태양이 솟아난 사실에 당황하고 있는 것이다. 또 박영희 등 일제의 선전도구가 되어 무문곡필無紋曲筆한 자들은 그들이 배반한 민족의 전위될 자격을 상실했음으로 그렇다고 조선이 반半해방된 오늘날 노골적으로 민족의 적으로 행세할 수도 없고 해서 궁여窮餘의 일책으로 순수를 표방하지만 '영혼이니 생명이니 하는 문구'를 가지고 죄를 씻을 수는 없다.

> 이튿날 마을 사람들이 이 바위 곁에 모이었다. 그들은 모두 침을 뱉으며 말했다.
> "더러운 게 하필 예서 죽었군."
> "문둥이가 복바위를 안고 죽었군."
> "아까운 바위를……"

김동리는 그의 단편소설 〈바위〉를 이렇게 끝막았지만 한 때 자칭 맑시스트였다가 일제적 이데올로기의 선전자가 된 박영희 등이 이를테면 사상의 문둥이가 김동리 같은 순수의 복바위를 얼싸안고 소원성취를 기다린다는 것은 한심할 일이다.

순수문학의 비순수성은 이렇게 순수치 못한 사람들에게 이용을 당하기가 쉽기 때문이다. '순수'란 결코 조선문단에서만 문제되는 것이 아니라 특히 독일의 나치스 문학자, 일본, 이태리 등의 전범문학자들이 전후에 자기들의 정체를 캄푸라치하기 위하여 이용하는 일견 아름다운 미색迷色인 것이다. 또 이것은 문학에만 있는 현상이 아니라 노동운동에 있어서 정치를 배제하고 순수한 노동운동으로 나아가자는 것이 노동귀족들의 반동적 슬로간인 것이며 미국에 있어서 노농운동이 통일되지 못하여 '타프트-하틀리 법안'을 통과시켜 미국 민주주의 세력에 협위를 가하게 된 것도 따지고 보면 '순수주의자'가 독점자본의 괴뢰 노릇을 하기 때문이다. 조선문단의 순수주의자 김동리씨께서는 이러한 세계사적 사실을 알고 계신지 모르고 계신지? 아마 이러한 사실은 김동리라는 '작가의 주관과 아무런 교섭도 없는 현실(객관)'일 것이다. 그러나 이러한 현실(객관)이 학숙의 운명까지 좌우하는 것이 시방 남조선의 현실이다. 동리가 작가로서 끝끝내 학숙의 운명에 대하여 추구한다면 이런 것을 모르고 지낼 수는 없는 것이다. 언제까지나 삼차원적 혼구昏衢를 헤매며 "어둠속으로 사실 그의 몸은 가고 있는 것이다"고 자위를 일삼을 수 없게스리 조선민족의 운명은 너무나 뚜렷이 세계사의 무대에 등장하고 있는 것이다. 학숙도 이에 따라 좌우간 그의 운명이 결정될 단계에 있다. 송차상의 노선을 따라 또다시 외래 자본에 의존하여 전북도의원 아닌 또 어떤 모리배의 첩이 되어 몸에 기라綺羅를 떨치고 자동차를 타고 다니게 하고 싶겠거든 막부 삼상결정을 반대함도 좋고 X정[군정]을 꿈꾸는 것도 좋다. 그러나 김동리는 순수문학자인지라 이러한 반동노선을 가고 싶지는 않을게다.—사실상 이 길을 걷고 있다 하더라도.

– 가야 된다. 가야 된다!

강정우 아니, 김동리는 '이 한 가지 의식은 잠시도 잊을 수 없이 진흙에도 구르고 시궁창에도 빠지고 하면서' 길을 찾고 있는 것은 사실일게다. 그러나 어디로 가려는 것인가? 또 학숙을 어디로 보내려는 것인가?

좌도 아니요 우도 아닌, 제삼노선? 희랍신화의 영웅 아킬레스가 영원히 거북의 느린 걸음을 따라 가지 못하는 그 노선을 김동리는 걸어가려고 하고 있는 것이다. 김동리가 이렇게 순수한 삼차원적 노선을 찾는 것은 그의 자유에 맡긴다 하더라도 학숙과 더불어 우리 가난한 민족이 다 같이 염원하는 해방의 길이 이렇게 '몽환적이고 비과학적이고 초자연적인' 길일 수는 없는 것이다.

4

김동리는 화랑의 후예로 자처하고 있지만 황일제의 꼴이 되어가고 있다. 다만 황일제는 밥을 먹기 위하여 그 짓을 하고 돌아다니는데 김동리가 단편을 쓴다든지 평론을 쓰는 것은 밥이라는 물질과는 아무 관계가 없다고 우기는 것이 다를 뿐이다. 김동리의 '제삼세계관'이니 '순수문학'이니 하는 것이 학숙의 운명을 개척해 줄 아무 능력이 없다는 것은 모화가 '몽환적이고 비과학적이고 초자연적인' 제삼세계관을 믿는 나머지 아들 욱이를 죽이고 자기 또한 이 "넋대를 따라 점점 깊은 소를 향해 들어" 죽고 마는 것이라든지 술이 모친이 '원바위'를 껴안고 죽는 것이 '순수문학'의 결론인 것만 보아도 알 것이다. 절망 밖에 아무것도 줄 수 없는 이 '제삼세계관'이니 '순수문학'이니 하는 것을 마치 황일제가 "흙에다 겨 가루를 섞은 것"을 가지고 "거 쇠똥위에 개똥 눈건데 아주 며 며 명약이유" 하는 식으로 병든 남조선을 구할 수 있는 세계관이나 되는 듯이 떠들어 대는 김동리다. 김동리가 그의 창작집에서 순수문학의 표본이라 한 《햄릿》의 주인공은 이렇게 부르짖는다.—

> 사느냐 또는 죽느냐 그것이 문제로다
> 억울한 운명의 돌팔매와 화살을
> 참는 것이 더 고귀한 정신이냐
> 불연不然이면 칼을 들어 산더미 같은 불행을
> 반항의 힘으로 쳐부술 것이냐?

햄릿은 드디어 칼을 들어 원수 클로디어스를 죽이고 자기도 칼에 맞아 죽었다. 다시 말하면 《햄릿》은 비극인 것이다. 제삼세계관이니 순수문학이니 하는 것과는 아무 상관도 없다. 아전인수도 분수가 있지 햄릿의 번민은 김동리의 번민과는 본질적으로 다른 것으로 '사느냐 또는 죽느냐'하는 배중율적排中律的 번민인 것이다. 또 햄릿은 끝에 가서 죽되 그것은 부정을 부정하기 위한 죽음인 것이다. 김동리의 소설에 나오는 제호니 강정우니 하는 인물들처럼 사는 것도 죽는 것도 아닌 길을 찾는 인물들과 햄릿을 동일시하는 것조차가 동리는 세계관이 무엇인지도 모를 뿐 아니라 문학이 무엇인지도 모른다 할 수밖에 없다.

일제시대에 우리가 다 같이 절망상태에 빠졌을 때 학란이가 발견한 '다음 항구'나 순녀가 걸어가는 '동구 앞길'을 햄릿의 죽음과 꼭 같은 문학적 해결이라고 본다면 동리가 말하는 개성이니 생명이니 운명이니 하는 것이 얼마나 값싼 문학 청년적 공상의 산물인가를 알 수 있을 것이다. 학숙의 갈 길도 '다음 항구'나 '동구 앞길'이라면 김동리의 작가로서의 생명은 〈무녀도〉 한 권으로서 끝을 막고 말 것이다. 순녀가 "낡은 흰 고무신에 새빨간 수탉을 안고 가는" 길은 봉건사회로 밖에 통하지 않으니 일제 못지않게 조선민족을 못살게 만들은 이 길을 우리가 새삼스레 문제 삼을 필요는 없지만 학란이가 발견했다는 '다음 항구'는 순수문학이라든가 제삼세계관을 잘 설명하는 것이니 인용하기로 하자.

> "오빠! 저를 꾸지람해 주셔요, 지금 학란이 있는 곳은 대련이올시다. 역시 부산서와 마찬가지 바다로 향해 창문이 난 카페에 안이올시다. 여기에는 상해 광도廣島 태고太沽 한구漢口 문사門司 혹은 그보다 더 먼 곳의 화려한 기선이 나타날 때마다 술과 담배를 먹으며 더 없는 행복을 깨다릅니다. 그리하여 그 기선에서 금방 내린 낯선 손님의 바닷바람이 흠뻑 젖은 옷깃에서 저는 일찍이 저를 버리고 간 사람들의 체취를 깨달으며 하룻밤을 즐겁게 또한 슬프게 지낼 수 있습니다. 이것이 타락이래도 저는 어찌할 수 없습니다. 그것은 일찍이 저에게서 어머니와 그 사람들을 앗아간 저어 운명에 책임이 있을 겁니다."

이것으로서 순수문학이 다다르는 곳이 한때 오스카 와일드 등의 탐미파가 '술과 담배를 먹으며 더없는 행복을 깨닫던' 카페에 불과하다는 것을 알 수 있을 것이다. 학숙도 학란이처럼 계모와 난봉 피우는 아버지로부터 도피하여 '다음 항구'에서 '술과 담배를 먹으며 더없는 행복을 깨닫게' 하기 위하여 강정우는 아니 김동리는 혼구昏衢를 헤매었던가? “우리는 마땅히 이 문학의 구경적究竟的 목적에까지 관심을 가지지 않을 수 없다. 여기에 순수문학은 출발하고 있는 것이다”(〈무녀도〉의 자서)라고 뽐내지만 김동리가 학숙으로 하여금 아니 스스로 출발하려는 그 길은 구라파에서는 이미 시험이 끝난 지 오래인 팽 드 씨애클문학에서 청년들이 걸어가려다 실패한 길이다. 그렇지 않아도 민주주의 노선을 뒤늦게 출발하려는 조선에서 하필 구라파에서 이미 실패한 노선을 걸어가려는 것은 무슨 까닭인가. 김동리의 문학적 교양이라든지 지식 수준이라든지 또는 인생 체험이 남보다 뒤떨어져 있기 때문이다. 영국의 평론가 허버트 리드가 전 19세기적인 지성을 삼차원적이라 한 것은 흥미 있는 말로써 20세기에 살면서 한 세기 전 세계관을 갖고 있는 작가 김동리에다 적용하면 딱 들어맞는 말이다. 즉 대한만을 고집하는 김동리의 제삼세계관이라는 것은 테제와 안티테제를 지양한 진테제가 아니라 삼차원적 세계관에 불과한 것이다. 삼차원적 세계엔 ‘운동’이라는 것이 있을 수 없는 것이니—가야 된다, 가야 된다!고 암만 ‘개성과 생명의 구경’에서 부르짖지만 조금도 가고 있지 않은 것이다. 그러기에 8 · 15 이후 대다수의 작가가 사상적으로 크게 발전하였는데 김동리만이 유독 8 · 15 전과 조금도 변함없는 사상을 갖고 있다는 것은 이상할 것이 조금도 없다. 따라서 김동리가 무엇이라 말하든 여전히 학숙의 운명에 대해서 확실한 대답을 기대할 수는 없는 것이다. 이에 “목상을 인간으로 바꾸어 문학이 질식상태에 빠졌던 것은 문학적 기술문제보다도 사상문제에 그 원인이 있는 것이다”라는 박영희의 말은 그가 의도한 바와는 정반대로 그가 옹호하려던 순수문학을 공격하는 말이 된다. 즉 학숙으로 하여금 목상처럼 인생의 길을 걷지 못하게 하는 원인은 동리의 기술이 부족해서가 아니라—기술은 아마도 어느 단편작가에게도 지지 않을 것이다—사상이 부족해서다.

5

〈완미설〉의 스토리는 이러하다.

재호가 "자연이라는 운명의 진흙 밭에서 한개 모래알만한 생의 알맹이라도 건져 보련다고 그래 일곱 살인가 된 고아 하나를 더불어 자기의 업력業力을 다스리기 시작했던 것이……그 고아는 훌륭히 장성하여 이제 그 생활의 유일한 증거요 반려가 되지 않으면 아니 될 그 즈음에 이르러 일조에 이를 배반하고 저이 세간으로 돌아가 버렸던 것이니 이에 그의 일생이란 속담 그대로 닭 쫓던 개 모양이 된 셈이었다" 즉 재호 누이의 딸 정아와 연애결혼을 해버린 것이다. 그래서 누이는 재호의 보람을 뺏어버린 것이 미안하던 차인데 홀아비로 늙을 줄 알았던 재호가 중매를 청한다. 단 아이 못날 늙은 기생. 재호가 드디어 결혼한 후 정아부부와 그들이 난 애기를 만나는 장면으로 끝을 막는다 —

> "재호는 어느덧 자기의 눈언저리에 어뚝어뚝 현기를 깨달으며 표나게 덜덜덜 떨리는 손으로 어린애의 턱밑을 만져 주었다."

동리는 입버릇처럼 '개성과 생명'을 추구한다 하면서도 이렇게 어린 '개성과 생명' 앞에서도 덜덜덜 떨고만 있는 것이다.

《문장》 제 1권 10호에 〈완미설玩味說〉이 처음 발표되었을 때 부기附記라 하여 이 작품을 "운명의 발전이요 변모"라 하였는데 무엇이 운명이며 발전이며 변모라는 것인가? 학숙이가 결혼을 해서 애기를 났단 말인가? 불연不然이면 학란이가 결혼을 해서 애기를 났단 말인가?(순녀는 이미 아들을 셋이나 났어도 하등 '운명의 발전'이 없으니 치지도외하고.)

하긴 점과 선과 평면 밖에 있을 수 없는 삼차원적 순수 속에서 '생의 알맹이'인 애기가 탄생했다는 것은 기적적인 발전이요 변모라 아니 할 수 없다. 그러나 문제는 그 어린애가 학숙이나 학란이나 낭이처럼 처녀가 되었을 때—일제 때 슬프고도 아름다운 조선의 심볼이다—그 운명이 어떻게 되느냐 하는 데 있는 것이다. 혼구昏衢를 헤매게 한다든지 다음 항구에서 술과 담배를 먹게 한다든지 무녀도를 그리게 함으로써 '문학의 구경적 목적'을 달했다고 생각한다면 그것이 따는 순수문학인지는 모를 일이로되 '생활의 비평'으로서의 문학은 아닌 것이다.

문호 막심 고리키의 말이 생각난다 —

> "노서아문학이 문제 삼아 해결하려고 노력하지 않는 문제는 하나도 없다. 노서아문학은 언제나 다음과 같은 문제에 골몰하고 있는 것이다. '무엇을 할 것이냐?' '우리에게 최선은 무엇이냐?' '누구의 죄냐?'"

어찌 노서아문학뿐이랴 진정한 문학은 마땅히 이러해야 할 것이다. 호랑이를 그리려고 해도 개가 되기 쉽겠거든 굳이 관계되는 모든 문제를 문제 삼아 해결하려는 문학을 버리고 하필 왈 순수문학이냐? 그것은 다름 아니라 조선문학이 일제의 탄압 때문에 문제를 국한하지 아니치 못할 슬픈 운명에서 나온 것이다. 다시 말하면 일제의 압박에 못 이겨 기형적 작가가 된 김동리 같은 위축된 '한 개 모래알만한 생'에서 빚어진 것이 순수문학인 것이다. 그러나 8 · 15가 왔다. 조선문학이 무슨 문제든지 문제 삼고 해결하려고 노력할 수 있는 다시 말하면 민족문학을 수립할 때는 왔다. 학숙으로 하여금 혼구를 헤매게 한다든지 학란으로 하여금 다음 항구 카페에서 술과 담배를 먹게 한다든지 또는 낭이로 하여금 무녀도를 그리게 한다든지 하는 것으로 소설을 끝막을 필요가 없는 조선—누구나 '개성과 생명의 구경에서' 행동할 수 있는 조선이 바야흐로 도래하려다. 아니 반은 이미 도래하였다.

—가야 된다, 가야 된다!

김동리 홀로 민족과 민족문학을 두고 어디로 가려는 것인가?

(《신천지》, 1947년 9월 9일)

위선자의 문학—이광수론

1

"이해利害는 항용 변절을 요구하는 것이다. 절節만 변하면 해를 면한다. 절만 잠간 변하면 수가 난다 하는 것은 사람의—더구나 지도자급인 인물의 일생에 매양 오는 유혹이다. 그래서 만일 자칫하면 그 유혹에 넘어가? 그의 공인적 생명은 영영 멸절하고 마는 것이다. 민중이란 이런 점으로는 대단히 엄정한 재판관이다. 그리고 이 재판은 대역죄의 재판과 같이 1번이 곧 종번이다. 그 판결은 영영 번복될 기회가 없는 것이다. 궁곤窮困이나 생명의 위험은 결코 변절을 정당화하는 이유는 못되는 것이다."

이것은 다른 사람이 아닌 춘원 자신이 〈청년에게 아뢰노라〉라는 논문에서 한 말을 인용한 것이다. 이렇게 자기가 천하에다 대고 한 말을 잊었듯이 춘원이 향산광랑香山光郎으로 창씨개명하여 말로 문장으로 행동으로 민족을 배반하고 일제의 주구노릇을 충실히 하여 전에 소설가로서의 명성이 높았던 만큼 센세이션을 일으킨 것은 엊그제 같은 일이므로 내가 여기서 새삼스레 꼬집어 내지 않아도 누구나 아는 사실이요 또 '엄정한 재판관'인 조선인민이 '영영 번복될 기회가 없는' 판결을 내린지도 이미 오래다.

그러므로 다만 두어 가지 문학에 내린 관련되는 사실만 예로 들고 그의 과거의 죄악을 여기서는 불문에 부치기로 한다. 그 하나는 그를 사숙하던 문학청년 하나가 춘원을 공판장에서 보고나서 한 이야기요 또 하나는 아직도 오장환 장만영 양 시인의 기억에 새로운 싱가포르 함락 때 이야기다. 민족주의자로서 일제의 공판장에 선 춘원이 눈물을 좔좔 흘리며 진심에서 우러나오는 듯한 말로 "와다꾸시와 천황폐하노 적자赤子데스"라고 하니까 일인 검사가

"이놈아 네가 어째서 천황폐하의 적자냐. 노서아 사람 앞에선 공산주의자라고 하겠지. 이놈아 너는 이때까지 민족주의자로 행세하지 않았느냐. 그러니까 네가 그렇게 지도한 청년들에 대한 책임으로 보더라도 어떻게 뻔뻔스럽게 천황폐하의 적자라고 하느냐."

고 호령호령하였다 한다. 그랬더니 춘원은 더욱 많은 눈물을 흘리며 목소리를 더욱 간절하게 하여 '천황폐하의 적자'라는 것을, 몇 번이고 몇 번이고 되풀이하여 맹서하였다 한다. 그 때의 춘원을 당할만한 연극배우는 이 세상에 태어나지도 않았다는 것이 그 청년의 감상이요 그렇게 좋아하던 춘원에 대하여 환멸의 비애를 느꼈다는 것이다.

싱가포르가 함락하였을 때 오장환씨는 장만영씨가 사는 지방에 놀러갔다가 우연히 한 여관에서 춘원을 만났는데 춘원은 반갑게 인사를 하였다 한다. 그런데 며칠 후에 《경성일보》를 보니 춘원이 오장환 등을 시국에 대하여 인식이 부족한 또 협력하려 하지 않는 '아오지로끼 인테리'라고 욕을 썼더라는 것이다. 그 때 조선의 문학자들은 붓을 꺾었고 오장환은 남몰래

늙은이는 지팡이 짚고
젊은이는 봇짐을 지고
북망산이 어디인고
저 건너 저산이 북망이라

는 민요를 주제로 하는 시를—발표하지 못할 시를—구상하고 있던 숨 막히던 때다.

이와 같이 향산광랑이가 '천황의 적자'라는 것은 사실이지만 문학가 이광수는 달리 보아야 하지 않느냐 하는 의견이 있다. 그는 일시적으로 어찌어찌하다가 민족반역자가 되었지 그의 문학은 그와는 따로이 보아야 한다는 것이다. (일전에 어떤 여학교 선생이 학생들에게 향산광랑의 글과 이광수의 글을 구별할 줄 알아야 한다고 했더니 그것을 전해들은 춘원이 그 학교 교장에게 그런 좌익 교원은 내쫓아버리라고 항의를 제출하였다는 말을 들으면 춘원 자신은 이광수와 향산광랑을 분리하여 보는 것을 못 마땅하게 생각하시는 모양이지만……) 향산광랑의 언행과 이광수의 문학을 구별해서 보라는 의미가 향산광랑의 죄 때문에 《무정》이라든가 《흙》이라든가 〈무명〉이라든가 하는 이광수의 문학까지 덮어놓고 나쁘다고 해서는 아니 된다는 의미라면 나도 찬성이다. 그래서 이 이광수론은 향산광랑이가 일제의 주구가 되어 민족을 파는 언행을 한 것에 대하여는 그 판결이 인민에게 자재自在함으로 치지도외置之度外하고 오로지 문학현상으로서 특히 8 · 15 후에 발표된 작품을 중심으로 춘원의 정체를 밝히려는 것이다.

2

"스승은 돈을 받고 글을 팔고 중은 돈을 받고 도를 팔고 관리는 돈을 받고 노역을 팔고 이 모양으로 사람들이 모두다 저 먹고 살기를 위하여서 중이 되고 스승이 되고 관리가 되고 시인이 되고—이런다고 해서야 세상이 정떨어져서 살 수가 없을 것이다 …… 나는 무엇을 다 팔아 먹어도 글을 팔아서 먹고 싶지는 아니하다."— 《나》의 서문

그의 수필집 《돌벼개》를 읽어 보면 8 · 15 후에 사릉思陵에다 땅도 사고 소

도 사고 게다가 머슴과 소아비까지 두어 지주가 되었고 또 서울엔 서울대도 따로이 생활의 근거가 있는 모양이니까 "아 것도 아니 하고 가만히 산수 간에 방랑하는 것이 지금의 내 몸으로는 가장 편안하고"(《나》의 서문) 또 그랬더라면 그에 대한 우리들의 쓰디쓴 기억은 흐리어졌으면 흐리어졌지 이렇게 쓴 맛을 더하지 않았을 것이다. 춘원은 그의 말이 하도 능란하고 변하기 잘하니까—교언영색선의인巧言令色鮮矣仁— 어느 말이 정말 그의 말인지 믿기가 어렵겠지만 그가 적어도 글로나 또는 말로는 돈을 위하여 글을 쓰지 않는다는 것은 평생을 두고 시종이 여일한 주장이니까 8 · 15 후에 써서 발표한 자전소설 《나》의 서문은 춘원의 진담이라 해 두자. 그러면 8 · 15 전에 일제가 조선어를 말살하려 했을 때 시국 인식에 남달리 민첩한 춘원이 판권까지 송두리째 팔아먹은 불교소설 《원효대사》를 8 · 15 후에 그 서점에서 양심상 출판하지 않으니까 애걸 애걸해서 판권을 거저 찾아다가 돈을 받아먹고 출판한 의도가 어디 있는가? 그는 천 번이고 만 번이고 돈 때문에 글을 쓰는 것이 아니라 한다. 그리고 《원효대사》를 쓴 동기는 "내가 원효대사를 내 소설의 주인공으로 택한 까닭은 그가 내 마음을 끄는 사람이기 때문이다. 그의 장처 속에서도 나를 발견하고 그의 단처 속에서도 나를 발견한다. 이것으로 보아서 그는 가장 우리 민족적 특성을 구비한 것 같다"라고 그 서序에서 말했다. 이 서만은 8 · 15 후에 새로 쓴 것이다. 원효대사가 춘원의 장점과 단점을 가지고 있기 때문에 조선 민족의 특징을 구비했다니! 춘원은 아직도 조선 민족을 대표하는 인물이라는 자만심을 버리지 않고 있다. 그의 수필집 《돌벼개》를 읽어보면 조선 민족은 다 무명無明 속에 있는데 춘원 하나만 각자覺者인 것이다. 그가 "나는 지나간 삼십여 년 내에 수십 권의 책을 발표하였지만은 이 책처럼 참으로 내 것이라 하는 것은 없었다." 한 《돌벼개》니 만치 진담이라 가정하고—왜냐면 춘원의 말은 콩으로 메주를 쑨다 해도 믿을 수 없게스리 우리는 번번이 속았으니까—한 대목 인용하여 8 · 15 후의 그의 태도를 엿보기로 하자—

"그러면 그들의 거짓과 미움은 얼마나 한 효과를 거두는고? 과연 다들 잘 사는가. 그들은 목적한 행복을 얻었는가. 돌아보니 모두들 가난뱅이요 초라한 무리들이다. 얼굴에나 눈찌에는 궁상과 천상과 간악한 상이 드러나지 아니 하였는가. 종각 모퉁이에 서서 온종일 그 앞으로 지나가는 남녀의 상을 보라. 참으로 복상과 덕상을 가진 사람이 몇이나 있나?" (156 페이지)

그러면 농촌에 있는 조선 인민에 대한 그의 태도는 어떠한가?

"사릉이라고 특별히 내 마음을 끄는 것은 없다. 있다면 자라나는 제비 새끼를 바라보는 것, 강아지와 병아리를 보는 것, 새소리를 듣는 것쯤이었다. 이웃끼리 물싸움으로 으릉거리는 것, 남의 논에 대어놓은 물을 훔치는 것, 물을 훔쳤대서 욕설을 퍼부으며 논두렁을 끊는 것, 농촌의 유머라기에는 너무 악착스러웠다." (162 페이지)

하긴 춘원이 조선 민족을 통 털어 욕하고 저 하나만 잘났다는 것은 8 · 15 후에 비롯한 버릇은 아니다. 조선 민족이 결함이 있다 하면 그것은 "강남 귤이 강북에서 탱자가 된다."는 말마따나 일제 통치의 죄지 '모두들 가난뱅이요 초라한' 것이 어째서 조선민족의 죄란 말인가. 8 · 15 후도 역시 조선 민족이 못나서 자유 발전을 못하고 있는 것이 아니라 봉건과 일제 잔재인 춘원 같은 요소와 외래 제국주의 세력이 방해하기 때문이다.

"나를 없이해야지. 시님께 오욕五慾이야 남았겠소마는 아직도 아만我慢이 남았는가 보아. 아마 내가 이만한데, 내가 중생을 건질텐데 하는 마음이 아만야."
—《원효대사》 하(40 페이지)

이 말은 '방울시님'이 원효대사에게 충고하는 말인데 춘원은 자칭 원효대사와 같은 단점을 가지고 있다 말했으니 자기 자신에게 하는 말인지도 모르지만 이 말은 그대로 우리가 춘원에게 하고 싶은 말이다. 춘원이야 불교에 도통했다니까 돈에 욕심이 있을 까닭도 없고 '아사가'처럼 아름답고 능동적인 처녀하고 사흘 동안 한 방에서 같이 자도 아무 탈이 없겠지만 향산광랑이가 이광수가 된 지가 며칠이 안 되서 소설을 쓰되 그 제목을 '나'라고 하였고 "나는 재주 있는 아이라는 소문을 내게 되었다. 나는 순舜 임금 모양으로 눈동자가 둘이라는 둥, 무엇이나 한번 들으면 잊지 아니 한다는 둥……그들의 말에 의하면 나는 천에 하나만에 하나도 드믄 큰 사람이 될 것이었다"(《나》의 첫 이야기)는 투로 자기의 소년 시절을 이야기했다. 춘원의 소설은 어느 것이고 잘 생기고 재주 있는 이광수 자신이 주인공으로 되어 있는데 말하자면 그의 소설 쳐놓고 자화자찬 아닌 것이 없는데 8 · 15 후엔 좀 겸손해질 줄 알았더니—향산광랑의 죄를 뉘웃는 자기비판을 기대하는 것은 어리석다 하더라도—여전히 '나' 잘났다는 자랑이니 그의 아만은 어지간히 질기다 할 것이다. 융희 3년 11월 20일에 쓴 그의 일기를 보면—"나는 호텔 체경에 비추인 내 얼굴의 아름다움에 잠시 황홀하였다." 하였는데 이러한 자기도취가 일생을 지배하고 있는 듯하다.

그러면 춘원이 소설을 쓴다든지 글을 쓴다든지 하는 동기가 그의 잘나고 아름다운 '나'를 표현하는 데 있을까? 그가 소설가로서의 최후를 장식했고 또 그가 쓴 소설 중에선 가장 객관적이라고 볼 수 있는 〈무명〉에서도 역시 그의 여우꼬리 같은 '나'만은 감추지 못한 것을 보면 그의 소설은 예외 없이 자기 자랑인 것이다. 그러나 8 · 15 후에 그가 소설을 쓰는 동기는 무엇일까. 춘원이 아무리 저 잘났다는 사람이기로서니 향산광랑의 추악한 꼴을 자기가 모를 까닭이 없고 그가 조선민족을 암만 업수이 여기기로서니 이제 와서 그를 찬미해 달라고 할 수는 없지 않은가. 그러면 그의 목적은 무엇인가.

"내 나이가 이제 쉬인 여섯이다. 잔 글자가 잘 아니 보이고 하루에 단 열장의 원고를 써도 가쁨을 느낀다. 이 건강으로 장편 창작을 한다는 것은 제 생명을 깎고 저미는 억지다. 그런데 왜 나는 이 붓을 들었나." —《나》의 서문

춘원의 글에서 자기반성이라든지 뉘우침이라든지 하는 것을 찾으려는 사람은 실망할 것이다. 일전에 모 신문에 투고가 들어왔는데 《돌벼개》라는 책이름이 구약성경의 야곱이 돌베개를 베고 자다가 꿈꾼 이야기를 연상시켜서 심각한 자기비판의 서書인줄 알고 사서 읽었더니 백주에 도둑이 매를 들어도 유분수지 설교를 늘어놓은 책이더라고 이광수는 어찌면 그렇게도 철저한 위선자냐고 한 것이 있었는데 《돌벼개》뿐 아니라 《나》라는 자전소설에서도 무슨 자기반성을 기대하는 독자가 있다면 실망할 것이다. 그러면 그의 '생명을 깎고 저미는 억지'는 무엇을 위한 것인가.

3

나는 죄인. 비록 대청광서大淸光緖에 나고
명치 대정의 거상입고
천조天照, 소화에 절한, 더러운 몸이건마는
건국선거에 투표하는 날
조국은 나를 용납하여 불렀다.

이렇게 춘원은 〈나는 독립국 자유민이다〉라는 시 아닌 시를 《삼천리》에다 발표하여 대한민국이 자기의 죄를 다 용서해 주었다고 좋아라 했다. 그런데 이 대한민국에서도 춘원의 글은 교재로 사용해서는 안 된다는 것이 학무국장 회의에서 결의되었다 한다. 그러면 춘원의 조국은 일제의 패망과 더불어 영영 돌아오지 않을 것인가? (남북이 민주주의적으로 통일되어 자

주독립 조선이 되는 것을 그는 싫어한다. 왜냐면 민주주의는 춘원을 숙청할 것을 그는 알기 때문에.) 아니다. 그의 조국은 반드시 황국이 아니어도 좋다. 그러기에 '귀축鬼畜 미영米英'이라고 연설로 문장으로 외치던 그가 그 입에서 그 침이 마르기도 전에 그 글 쓴 종이에서 그 잉크가 마르기도 전에

> 일본 쫓은 미군이 온 것은 몰라도
> 난데없는 개평꾼 아라사는 왠일고?
> —〈나는 독립국 자유민이다〉

하여 재빠르게 미군에게 아부하였다. 그래서 그런지 어떤 미군인이 이광수를 어떻게 생각하느냐 하기에 나의 의견을 솔직하게 말했더니 "당신은 이광수씨가 우익이 되어서 좋아하지 않는구료" 하고는 못마땅한 표정이었다. 그는 자주 이광수를 만나 보는데 영어를 잘한다고 칭찬했다. 발라맞히는 영어야 잘하겠지. 어제까지 민족주의자로 행세하다가 공판정에 서자 별안간에 '천황의 적자'로 표변할 수 있는 춘원이니만치 이런 것은 놀랄 거리가 되지 않는다.

이러한 춘원이 '생명을 깎고 저미는 억지'를 써가며 글을 쓸 때야 반드시 숨은 의도가 있을 것이 아닌가. 〈나는 독립국 자유민이다〉라든지 〈내 나라〉라든지 하는 그의 글은 정권에 아부하려는 의도가 명백하고 또 위선자의 마각이 노골적으로 드러나니까 문제가 되지 않지만 《꿈》이라든지 하는 소설의 의도는 얼른 알기는 어렵다. 《나》의 서문에서 그는 자기의 의도를 말했지만 늑대가 나온다고 거짓말을 한 소년의 이솝 이야기 같아서 어떤 것이 정말인지 분간하기가 어렵다. 가령 다음과 같은 그의 말을 들어 생각해 보자.—

"내 못생김과 더러움이 사정없이 내 눈에 뜨일 때가 되었다. 내 속을 뉘가 들

여다보랴 하고 마음 놓고 하늘과 땅까지도 속이고 살라던 어린 날도 다 지나가고 귀신의 눈이 끊임없이 내 꿈속까지도 보살피는 줄을 알아차릴 나이가 되었다."

어째서 인민의 눈이 아니고 '귀신의 눈'이냐?

그것은 춘원이 인민을 보살필 수 있을지언정 인민이 춘원을 보살필 수 없다는 그의 아만에서 오는 것이다. 남보다 먼저 향산광랑이라고 창씨개명을 하고는 조선 인민을 향하여 창씨개명을 하라고 한 것이라든지 동경까지 출장 가서 학병을 권유한 까닭도 자기 혼자만 시국 인식이 바르고 다른 사람들은 눈이 어두우니까 그렇게 하는 것이 조선 민족에게 유리하다는 춘원 독특한 '사랑'에서 나온 것이다. 그는 자기 일신의 이해나 생각을 가지고 조선 인민 전체의 이해나 생각이라고 생각하는 특별한 재주가 있는 사람이다. 그러기에 《나》의 서문에서 말하는 '내 못생김과 더러움'이란 인민의 눈에 비친 향산광랑이라든지 '나는 독립국 자유민이다'라고 뽐내는 이광수가 아니라 '귀신의 눈'이 보살피는 춘원 즉 여태까지 꽃다운 여인과 같은 방에서 자도 아무 탈이 없고 설사 껴안더라도 아모르겐이 아니라 아우라몬이 분비된다던 성인 이광수가 어떤 과부하고 관계를 했더니 아우라몬이 아니라 아모르겐이 나왔다는 고백이다.—

"더군다나 문이 가져온 독한 곧소주는 나를 죄악의 구덩이로 쓰러 넣은 데 큰 도움이 되었다. 문의 누님은 점잖은 여자로서 육례를 갖추지 아니한 남자의 요구에 대하여 반항할 수 있는 절차는 다 하였으나, 그도 사람이요 젊은 여자요, 또 과부였다. 마침내 나는 그를 나의 정욕의 독한 이빨로 씹어버렸다. 이리하여서 나는 악인의 적에 등록이 되고, 양심의 옥합을 깨뜨린 사람이 되었다. 이것이 내 소년시대의 입맛 쓴 끝이다."

이것이 그의 자전소설 《나》의 소년 편을 끝막은 문장인데 그가 소년 때 쓴 일기와 대조해 보면 이 소설이 '사진사가 사진을 박듯이' 쓴 데가 없지 않아 있는 것은 사실이로되 끝까지도 허구가 아니고 자전적이라고 단언하기는 어렵다. 왜냐면 그의 소설에 나오는 아름다웁고 재주 있는 주인공이 아름다운 처녀 하고 한 방에서 잔다든지 껴안는다든지 해도 아무 탈이 없는 것이 공식처럼 되어 있었고 그래서 춘원을 위선자라고 하는 근거의 하나가 여기에 있었는데 이 소설에서는 그 공식을 뒤집어 결국 춘원도 사람이라 '악인의 적에 등록되고, 양심의 옥합을 깨트린 사람'으로 그리었는데 그 의도가 과연 자기 죄악을 드러내어 스스로 반성하자는 데 있는지 종래의 그가 위선자라는 비난을 받던 근거를 없애버리자는 데 있는지 얼른 알아내기 어렵다. 다시 말하면 《사랑》같은 소설에서 춘원이 위선자로 나타나는 것은 누구나 알기 쉽지만 《나》에서는 그렇게 간단하지 않다. 따라서 《나》는 그만큼 성공한 소설이다. 그러면 춘원은 《나》에서 완전히 위선의 여우 탈을 벗어버리고 적나라한 인간으로 나타나 있는가? 이것은 후에 논하기로 하고 춘원이 8 · 15 후에 글을 쓰는 동기는 민족의 처단을 피하려는 데 있는 것은 분명하다. 그러기에 8 · 15 후에 처음 나온 소설은 그 이름도 《꿈》이려니와 서문도 발문도 없다. 황도문학皇道文學을 주장하던 그로서 일언 반구의 변명이 없다는 것은 이것이 여간 용의주도한 고려에서 나온 것이 아닐 것이다. 아니나 다를까 사람들은 호기심에 사서 읽었고 처음엔 남이 흉볼까봐 겉장을 싸가지고 다니며 읽더니 내종에는 버젓이 읽는 사람도 생기고 드디어 몇 달이 안 되어서 재판을 하게 되었다. 춘원의 계교는 성공한 것이다. 적어도 그는 그렇게 생각하였다. 그래서 그 다음에 발표한 소설 《나》에 단 〈《나》를 쓰는 말〉이라는 서문을 붙여서 마치 과거의 죄를 뉘우치기 위하여 자전소설을 쓰는 것같이 가장하였다. 그러나 이것은 소년편에 그쳤고 《나》를 출판한 서점의 근간 광고엔 《나》(청춘편)라 하였으니 향산광랑의 참회가 나올 날은 아직 멀었다. '나'라는 제목이 자기비판 같은 인상을 주었기 때문에 이것도 일 년이 못되어 재판이 되었다. 그래서 춘원은 자신을 회복한 것이다. 그러면 그렇지 내가 어떤 사람인데!

내 쓰자 임 읽으시고
내 부르자 들으시네.

임 안 겨오시면 내 노래 없을 것이
임 계시오니 내 노래 늘 있어라.

사십 년 부른 노래 어디어디 가더인고
삼천리 고붓고붓에 임 찾아 가더이다.

하는 〈독자와 저자〉라는 노래를 《나》다음에 발표한 수필집 《돌벼개》 첫 꼭대기에다 집어넣은 것이 그러한 자신을 말하는 것이 아니고 무엇이냐. 이리하여 《돌벼개》에서는 안심하고 또다시 설법을 시작한 것이다. 그리고는 드디어 본심을 드러내어 《삼천리》에다 〈나는 독립국 자유민이다〉라는 선언문을 발표하여

칠월 십칠일 헌법 공포식 중계방송 듣고
흘린 감격의 눈물로 먹을 갈아,
사는 날까지 조국 찬양의 노래를 쓰련다.
그리고 독립국 자유민으로 눈 감으련다.

하고 날쌔게 대한민국정부에 편승하였다. 춘원이 《천일야화》의 고지故智를 배우려거든 왜 철두철미 "나는 일찍 문학을 짓는 나를 길가에 주막을 짓고 앉았는 이야기꾼에 비긴 일이 있었다"(《나》의 서문) 한 자기의 의견을 고집

하지 못했던가. 하긴 《천일 야화》의 수많은 이야기를 한 셰헤라자드는 자기 하나의 목숨을 살리기 위한 것이 아니라 왕 샤리아르가 간통한 왕비를 죽이고 세상 여자를 다 의심하여 밤마다 새로 처녀를 왕비로 맞이하여 그 이튿날이면 죽여 버리는 짓을 참다 참다 못해서 스스로 희생이 될 것을 자원하고 나선 처녀였다. 셰헤라자드의 꾀를 배워 《꿈》이니 《나》니 《원효대사》니 하는 아라비안나이트 같은 이야기로 민족의 주의를 끌어 자기가 마땅히 받아야 될 벌을 면하려는 춘원이 셰헤라자드의 꾀 뒤에 숨은 그의 숭고한 희생정신을 이해했을 리 만무하다. 셰헤라자드는 그의 아버지가 말리는 것을 "제가 죽으면 적어도 저의 죽음은 영광스러울 것입니다. 또 만약 제가 성공한다면 조국에 대하여 귀중한 공헌을 할 것입니다" 하고는 샤리아르의 왕비가 되어 천일야나 계속되는 이야기를 하는 것이다. 그러나 춘원의 의도가 불순한 것을 번연히 알면서도 여기서 그의 작품을 분석해 보려는 것은 춘원은 인간적으로는 위선자이지만 그의 문학은 좋다는 사람들의 옳지 못한 춘원관 또는 문학관을 분쇄하기 위해서다. (지도적인 시인 겸 평론가라고 자처하는 사람 하나하나가 춘원의 작품은 길이길이 읽히리라 한 말이 생각난다.)

4

《원효대사》는 8 · 15 전에 쓴 것이고 또 황당무계한 야담 또는 괴담에 지나지 않으니 문제시할 것도 없고 《꿈》 역시 소설이라 할 수는 없다.

"《삼국유사》를 뒤적이어 그야말로 꿈 같은 섬어譫語를 흥얼거릴 줄 뉘 꿈이나 꾸었으랴. 춘원 같은 말성이, 없는 작가로도 이 시국에 그따위 잠꼬대는 삼갈 것이거늘 종이 부족하고 온 갓 것이 혼란 상태인 이 시국에서 구작을 재편한 것도 아니고 '신작'을 그런 것을 쓸 용기가 있었던가. 대중은 깜짝 속았다. 제호가

'꿈'이요 입장이 참회록을 써야할 입장이요 참회록이 나올 만한 날짜도 되었는 지라 의례히 참회록으로 믿은 것도 무리라 할 수 없다."—김동인 〈춘원의《나》〉(《신천지》)

김동인씨는《나》도 진실이 없는 허위라고 하였지만 필자도 동감이로되 김동인씨와는 좀 다른 각도에서 이 '위선자의 문학'을 비판하려는 것이다.

"나는 일찍이 덕을 좋아하기를 색을 좋아하는 것처럼 하는 자를 듣지 못했다"고 공자 같은 분도 고백했거니와 춘원이 색을 좋아한다 하기로소니 놀랠 것이 없지만 그의 소설은 예외 없이 색을 초월한 이광수가 주인공으로 나타나느니 만치 오랫동안《사랑》같은 소설에 중독된 어리석은 독자에게는 이광수가 호색한이라는 말은 귀에 새로울 것이다. 그러나 사실인 것을 어찌하랴. 융희 삼 년 때 쓴 즉 소년 때 쓴 그의 일기를 몇 토막 인용하면 이 사실은 저절로 드러날 것이다 —

11월 7일 (일요) 음陰, 청晴, 한寒

새벽 한 시경에 한기의 깨움이 되어 격렬하게 성욕으로 고생을 하였다. 아아, 나는 악마화하였는가. 이렇게 성욕의 충동을 받는 것은 악마의 포로가 됨인가. 나는 몰라, 나는 몰라, 나는 어떤 소녀를 사랑한다. 그를 사랑한지 벌써 오래다. 이것이 내 외짝사랑인 줄을 잘 안다. 그러나, 그도 혹시 나를 생각할는지 모른다. 인생이란 그럴 것이니까, 나는 그에게 편지를 보내련다. 사회는 반드시 공격하리라, 이것은 위험이다. 나는 사회의 공격을 안 두려워하련다. 그래도 두려우니 어쩌랴.

11월 16일 (화요) 청晴, 한寒

밤에 〈戀か〉를 쓰다. 아름다운 소녀를 사랑하여, 그를 안고 키스하는 꿈을 꾸다, 하하.

11월 20일 (토요) 청晴, 한寒

나는 호텔 체경에 비추인 내 얼굴의 아름다움에 잠시 황홀하였다.

11월 24일 (수요) 음陰, 온溫, 우雨, 한寒

조조早朝에 ㅇ욕으로 고생하다. 셋째 시간 후에 몸이 아프고 학과는 싫어서, 집에 돌아와 자다.

춘원의 소설은 이러한 리비도의 산물이다. 명치학원에 다니던 소년 이광수가 벌써 성욕을 이기지 못하여 '소년의 동성애'를 그린 단편 〈戀か〉를 일본 말로 써서 《富の日本》이라는 잡지에 발표하고 (〈문단 생활 삼십년을 돌아보며〉) 좋아라 하였거든 하물며 청년 장년기의 이광수랴. 그의 호가 여럿 있는 가운데 '춘원'이 가장 잘 그의 이러한 면을 나타냈다 할 것이다. 춘원의 소설이 독자를 끄는 힘이 실로 미국 유행 소설처럼 이렇게 섹시한 데 있는 것이다.

"— 왜 연애 이야기를 써서 청년들을 부패하게 하느냐"
하고 톡톡한 질문의 투서를 받은 때에는 참으로 고소를 불금하였다. 나는 음담패설을 쓰는 사람으로, 모처럼 신생활론 기타의 논문에서 얻은 명성을 많이 잃어버렸다."

—〈문단생활 삼십년을 돌아보며〉

춘원은 '《무정》을 쓰던 때'를 이렇게 추억하였는데 그의 소설은 음담패설보다도 더 유해한 '아우라몬'을 품고 있는 것이다. 나는 일찍이 〈신연애론〉에서

"춘원의 《사랑》은 모르면 몰라도 아마 고금동서에 제일가는 그릇된 연애관의

표현일 것이다. 속된 남녀가 껴안으면 혈액에서 '아모르겐'이 나오고 성스런 남녀가 껴안으면 '아우라몬'이 나온다는 춘원. 그는 꽃다운 처녀하고 한 방에 잤는데도 껴안지 않았다고 '그의 자서전'에서 자랑삼아 말했지만 아마 껴안고 잤더라도 춘원의 혈액엔 '아우라몬'이 분비되었을 것이다. 이《사랑》이, 잘 팔리는 소설 중에서도 베스트셀러였다는 것이 무엇을 말하는가. 하물며 이 소설을 읽고 그 주인공 같은 춘원의 품안에 안기어 보았으면 하는 성스런 처녀들이 생겼다는 말을 들을 때 춘원의 죄악은 신돈의 그것보다 더 크다 아니할 수 없다. 춘원의 문학은 연애도 허위의 연애관을 그 놀라운 필치로 철딱서니 없는 남녀에게 들씌웠던 것이다."

라고 지적한 일이 있지만 성적인 것으로 독자를 끌고 나가려는 의도가 있어서 그의 소설에는 반드시 꽃다운 청춘남녀가 껴안는다든지 한 방이나 산 속에서 같이 잔다든지 하는 양면이 나오는데 예외 없이 성적인 관계는 부도덕한 것이라는 춘원 일류一流의 설교가 사족처럼 첨가되는 것이다. 첫사랑한테 연애편지를 쓰려다가도 "사회는 반드시 공격하리라. 이것은 위험이다. 나는 사회의 공격을 안 두려워하련다. 그래도 두려우니 어쩌랴." 한 춘원이니 그의 위선적인 남녀관이나 연애관은 그 죄의 일반一半이 봉건적 사회에 있기도 하지만 하여튼 김동인씨 말마따나 이광수의 집안이 양반일 까닭이 없는데 양반으로 행세하려는 허위보다도 그의 소설의 중심을 이루는 남녀관계가 변태적이 아니면 위선적인 것은 봉건적 잔재라 아니할 수 없다. 타고나기를 남달리 색을 좋아하는 춘원이 '사회의 공격'이 무서워서 호색을 자유로 만족시키지 못하고는 일그러지고 틍그러진 성욕을 가지고 소설을 쓴 것이다. 또 그의 사회적인 활동도 그 동기가 이러한 성욕의 변태에 지나지 않는다. 이것은 적어도《나》에서 춘원이 취한 태도를 곧이곧대로 받아들인 해석이다.

첫사랑의 대상이었던 실단을 인연이라는 되지도 않는 구실로—자기와 실단은 물론 일가친척들까지 둘이 결혼하기를 바랐다고 썼으니 말이다—"침을 질질 흘리고 반벙어리"인 열다섯 살된 신랑에게 시집을 보내고 (하긴 춘원은 혼자만 잘났다는 사람이니까 그의 첫사랑을 뺏은 사람은 사실은 평범한 신랑인지도 모르지만) 스무 섬 지기 땅을 가지고 온다는 바람에 홀딱 맘이 댕겨서 결혼한 첫 아내한테 그의 변태 성욕은 만족을 얻을 수가 없었다.

"나는 아내를 사랑하려고 애써도 보고 사랑을 못할 바에는 불쌍히나 여기려고 애를 써 보았다. 그러나 애정을 억지로 짜내려고 아내를 껴안으면 실단의 어여쁜 모양이 나타나고 불쌍한 동정을 짜내려 하면 불쌍한 것은 내요 그가 아닌 것 같았다.……열아홉, 스무 살의 소년인 나로서는 만족할 수 없는 무엇이 있었다. 그것은 불타는 애욕이었다. 사랑하고 싶고 사랑받고 싶은 욕심이었다. 내 아내는 이에 대하여서 다만 만족을 주지 못할 뿐 아니라, 더욱더욱 내 애욕으로 하여금 배고프고 목마르게 하는 것이었다."—《나》 여섯째 이야기

낮에 오산학교에서 가르치는 것으로만은 그의 노력을 다 소모할 수 없고 그렇다고 아내에게서 만족을 얻을 수도 없고 해서 이광수는 "동네 남녀를 모아 놓고 야학도 하고 예배당에도 열심히 댕겼다."

"나 자신으로 보더라도 나는 변하였다. 나는 술을 끊고 담배를 끊고 서생식인 아무렇게나 날치는 것을 버리고 말이나 걸음걸이나 무거워졌다. 이것은 내 마음이 괴롭고 적막한 까닭도 되거니와 내가 의식적으로 인생의 향락을 단념하고 나라를 위하여 세상을 위하여 살리라, 죽으리라 하고 마음먹음에도 말미암는다."

춘원의 성인군자 애국자연하는 태도가 이렇게 '불타는 애욕'을 누르려는

수단에 지나지 않는다는 것은 위선자로서의 그의 본질을 설명하는 열쇠가 될 것이다. 그가 내세우는 사랑이니 무슨 주의니 무슨 도니 하는 것이 민족의 역사나 과학적 진리나 인민의 노동 같은 객관적인 것에서 우러나온 것이 아니고 경중鏡中 미인 같은 이광수 개인의 '리비도'에 뿌리를 박고 있는데 지나지 않기 때문에 변하기를 잘한다. 민족주의랬다가 황도주의皇道主義랬다가 이제 와서는 이상야릇한 방공주의防共主義를 제창하는 것이 다 그 까닭이다. 춘원이 역사나 진실을 우습게 여기는 것은 그의 역사소설과 연애소설이 거리낌 없이 말하고 있지만 김동인씨가 이야기한 다음과 같은 에피소드는 춘원의 진면목을 약여躍如하게 하는 것이다.—

> "《단종애사》 중에 경성 남대문에 걸려있는 '숭례문崇禮門'이라는 3자가 세종대왕의 제3 왕자 안평대군의 필적이라는 군君이 있다. 그래서 여余는 춘원에게 "그것은 안평대군이 아니라 양녕대군의 필적이라고 온갖 문헌에 나타나 있다"고 아르켰더니 춘원은 "누가 쓰는 현장을 보았답디까. 어느 전라도 유생이라는 말도 있습디다"고 웃어버렸다. 이것이 《단종애사》를 쓴 춘원의 태도다." —《춘원연구》

춘원에게 소중한 것은 거울에 비친 자기 얼굴의 아름다움이나 아내를 껴안아도 보이는 실단의 어여쁜 모양이나 황은皇恩이나 추상적 도니 무어니 하는 것밖에 없다. 민족이란 말을 그는 즐겨 쓰지만 그때나 이때나 수단으로 쓰는 데 불과하다. 선의로 해석하면 춘원은 허공에 무지갯빛 같은 이상을 환각으로 보는 모양인데 그것이 따지고 보면 거울에 비친 자기의 얼굴이거나 성욕의 변형이거나 하는 것에 지나지 않는다는 것을 의식 못하는 사람이다. 춘원을 철두철미 유심론자로 만든 원인이 실로 그 아내도 만족을 주지 못한 '불타는 애욕'에 있는 것이다. 다시 말하면 대상을 발견하지 못한 성욕이 춘원의 본질이다. '문의 누님'은 응당 '나'의 성욕을 만족시켰어야 할 것인데 '육례를 갖추지 아니한' 관계라 해서 죄악이라고 그의 자전소설의 소년편을 끝막았으니 육례를 갖춘 아내는 아내대로 성적 만족을 주지 못하고 하니 춘원의 성욕은 언제나 되어야 해결될 것인가?

"마음속에 아내 아닌 여인에게 음심을 품는 것도 간음이라고 예수는 칼날 같은 말씀을 하였다. 나는 이미 문의 누님에게 간음을 행한 죄인이었다. 세상의 눈은 속일 수가 있어도 내 마음과 하나님을 속일 수는 없었다.

그러나 그 달콤한 생각이란 대체 무엇인고? 시인과 소설가들 중에 그것이 끔찍이 좋은 것인 것처럼 말하는 이도 있었다. 그것을 사랑이라고 이름 지어서 사랑을 위하여서는 집도 명예도 목숨도 희생하는 주인공을 용기 있는 자라고 찬양한 것조차 있었다. 마치 문학은 도덕을 반항하는 것을 큰 옳은 일로 아는 것 같았다. 내가 동경에 있을 때에 유행하던 자연주의 문학이란 것이 이러하였다. 구라파의 로맨티시즘이 의리 있는 남녀의 사랑을 찬양하는 데 대하여서 자연주의 문학의 대부분은 불의 남녀 간의 사랑을 즐겨서 묘사하고 찬양하였다. 이것을 자유라고 일컫고 해방이라고 일컬었다. 불의의 애욕을 심각하게 그린 문학일수록 애독자가 많았다."

춘원은 이와 같이 《나》에서 그가 한 세대 동안 끌고 온 문학론을 되풀이하였는데 춘원 자신의 문학이 가지고 있는 모순 결함을 이 이상 정확히 폭로하기도 어려울 것이다. 춘원은 '의리 있는 남녀의 사랑을 찬양하는' 로맨티스트로 자처하였는데 무엇이 의리인지 분명치 않다. '불의 남녀 간의 사랑'은 《나》의 주인공과 '문의 누님'과의 사랑 같은 '육례를 갖추지 아니 한 남자'와 여자의 관계를 의미하는 것이 분명한데 그렇다고 이 주인공이—춘원 자신 말이다—육례를 갖춘 아내와의 관계를 '의리 있는 남녀의 사랑'이라고 보지 않는 것도 분명하니 춘원은 도대체 무엇을 가지고 의리라는 것이냐? 그렇다고 아내를 껴안아도 나타나는 '실단의 어여쁜 모양'을 의리 있는 사랑이라고 할 수도 없지 않은가. 왜냐면 실단은 이미 남의 아내요 '남의 아내를 탐하지 말라'는 십계명을 어기고 딴 데 의리가 있을 까닭이 없지 않은가. 호색문학을 공격한 것은 좋으나 춘원 자신이 가장 나쁜 의미의 호색문학자라는 것을 잊어버리고 한 말이다.

《나》의 줄거리는 주인공이 '닭, 개, 짐승의 배우하는 것'과 '소, 말, 당나귀가 흘레하는 것'을 본 기억으로부터 시작하여 어릴 때 동무인 '몽급'이라는 아이가 '내 말을 안 믿거든 오늘 저녁 우리 집에 가서 나 하구 자. 그러면 우리 아버지 하구 어머니 허구 자는 것을 보여 주께' 하는 꼬임에 빠져 '안 볼 것을 보았다'는 이야기, 열다섯 살 때 달 밝은 밤에 실단이가 수풀속에서 자기 품에 안기던 이야기를 하고는 스무 섬지기 바람에 정책 결혼한 아내를 껴안아도 '실단의 어여쁜 모양'이 나타났다는 이야기를 하고 결국 과부인 '문의 누님'과 간통하여 '양심의 옥합을 깨뜨린 사람이 되었다'는 것으로 끝막았다. 조선 문학에서 이 이상 가는 호색문학이 또 있는가? 그도 자연주의자들처럼 정정당당하게 남녀관계를 묘사하는 것이 아니고 자기는 도덕가인양 가면을 쓰고 예수니 불타니 톨스토이니 하는 사람들을 끌어다가 자기의 악질적 호색문학에다 도덕적 가치를 도금하려 애쓰는 것이 춘원이다. 조선 민족이 모두 지독한 건망증에 걸리지 않는 바에야 향산광랑을 잊을 수 없을 것이요 향산광랑이와 이명동인인 이광수가 이제 와서 민족개조론식의 설교를 가지고 독자를 획득할 수 없는 것은 누구보다 자기 자신이 잘 아는 지라 '불의의 애욕을 심각하게 그린 문학일수록 애독자가 많다'는 간지奸智에서 《원효대사》니 《꿈》이니 《나》니 하는 가장 악질적인 호색문학을 가지고 세헤라자드의 고지故智를 닮아 조선 민족을 또 한번 속이고 자기의 문학적 생명을 하루라도 연장시켜 보려고 꾀한 것이다.

민족에 대해서도 의리부동한 이광수가 여자에 대해서 의리가 있었을 리가 만무한데 '의리 있는 남녀의 사랑을 찬양하는' 문학자인 체하려는 데서 그가 쓴 소설이 위선적으로 되는 것이요,

"《나》를 읽은 뒤에 누구든 '이광수가 날 속였네'라는 불만의 소리를 내지 않고는 두지 않는다. 진실한 사죄문 진실한 참회기를 바라던 대중은 《꿈》에서 첫 번 속고 《나》에서 두 번째 속은 것이다."—김동인 〈춘원의 《나》

하는 말이 춘원에 대에서 아직도 미련을 가지고 있는 사람의 입에서까지 나오게 하는 것이다.

"내가 금후에 얼마를 더 사는지, 또는 어떻게 발전이 되어 무엇을 할는지 그것은 옥합에 담긴 비밀이다. 그러나 나는 얼마 동안 이 몸을 가지고 더 살 것이다. 그리고 진리의 길을 더듬어서 끝까지 헤맬 것이다."

춘원은 《나》 다음에 발표한 수필집 《돌벼개》의 서문에서 이렇게 말했다. 《원효대사》, 《꿈》, 《나》 같은 도착성욕적 소설이 독자를 완전히 고혹蠱惑하여 이제는 자기에게는 미래가 있을 뿐 과거는 문제도 되지 않는다는 자신을 얻은 것이다. 조선 인민이 세기적 행진을 개시한 이 마당에 그 대열에서 낙오하는 자기에게 무슨 '발전'이며 '진리의 길'이 따로 옥합에 담겨 있다는 것인가. 춘원이 발 벗고 뛰어도 인제 그 낡아빠진 지성과 마비된 양심과 하늘 끝까지 닿은 아만을 가지고는 도저히 인민과 보조를 같이 할 수 없겠거늘 인민을 '가난뱅이요 초라한 무리들'(〈인토忍土〉)이라 해서 업신여기고 대한민국의 권세나 월가街에 달러만 믿고 아부하여 공산주의가 어떠니 민주주의가 어떠니 하고 설교를 퍼부은 것이 《돌벼개》다. 그러니만치 《돌벼개》는 그의 소설과는 달리 노골적으로 위선자의 마각을 드러내고 있다. 그는 서문에서 《돌벼개》의 수필이 '일 점 일 획이 다 내 혼의 사진이다' 하였는데 이 말만은 곧이 들어도 좋을 것이다. 왜냐면 이 수필집만큼 춘원의 위선적인 일면을 잘 나타낸 글은 없으니까. 한 대목만 인용해도 충분히 이 위선자의 진면목을 드러낼 것이다.—

"— 육백여명 떨어진 아이들을 생각하면—

하고 교장은 울음이 복받쳐서 목이 메었다.

— 해방이 되었다는데 왜 우리 아들딸들이 마음대로 입학을 못하오? 전에는 일본의 죄거니와 지금은 뉘 죄요? —

하고 외치는 소리가 교장의 목매인 성의를 증명하였다. 나도 울었다.

입학시험에서 이러한 광경이 벌어지는 동안에 덕수궁에는 미소 공동위원회가 열리고 좌우익의 정치가들은 바쁘게 머리와 입을 움직이고 있었다.

딸의 입학수속을 끝낸 나는 서울에는 더 흥미 있는 일도 없었다."

—〈서울 열흘〉

여기 나오는 교장이 "夢も國語でみませろ" 하던 유명한 교장이 아니기를 바라거니와 춘원이 울었다는 것은 새빨간 거짓말이다. 그 증거로는 시골서 온 누이동생을 시험보이는 어떤 실업중학교 학생이 "모두들 유력한 청이 있거나 돈을 많이 내어야 들어가죠. 제 동생 같이 시골서 혼자 올라와가지고 어떻게 들어가요? 오만 원만 내면 누구나 들어간답니다." 한 데 대하여 " "그럴 리가 있나? 그렇게 생각해서 쓰나? 간혹 그런 부정한 일을 하는 학교도 있겠지만 다 그럴 리가 있나? 그렇게 생각하면 못 쓰는 게야" 하고 나는 그 소년을 경계하였다"한 춘원이 이 소년의 누이가 합격 되었는지 떨어졌는지는 일언반구가 없고 자기 딸 붙은 것은 흔희작약欣喜雀躍하고는 떨어진 수험생을 위하여 '나도 울었다' 했으니 더군다나 소미공동위원회에 다 죄를 넘겨씌우고 좌우익의 정치가들을 욕했으니 어쩌면 춘원의 위선과 아만은 이리도 철저하뇨! 8 · 15 후에도 정치를 왜놈이나 향산광랑이 한테 맡겼으면 되겠다는 말인가. 위선자는 말로는 큰소리를 해도 실천에 있어서는 좀스런 것인데 춘원이 농민들이 물싸움 한다고 말로는 욕하면서 자기 스스로는 머슴 박군이 밤을 타서 남의 논에서 이광수의 논에다 물을 도적질해 넣으러 가는 것을 말리지 않았다. 춘원은 신변사를 쓸 때

부지중에 이러한 자기의 소인적 일면을 폭로하는 수가 많다.

춘원의 소설에 나오는 주인공이 성인군자거나 애국지사거나 영웅호걸이거나 한데 구체적 행동에 있어서는 성인, 군자, 애국지사, 영웅호걸 다운 데가 없고 '바쁘게 머리와 입을 움직이고' 기껏해야 아름다운 여자하고 껴안거나 한 방에서 자도 '아모르겐'이라는 '애의 인자'가 아니라 '금'을 의미하는 '아우라몬'이 혈액에 나오는 까닭은 춘원이 관념적으로는 성인 군자 애국지사 영웅호걸이로되 행동적으로는 이기적 자기중심적 소인에 불과하기 때문이다. 헤겔같은 철저한 관념론자도—미네르바의 올빼미는 밤그늘이 짙어야 나래를 편다 하였거든 즉 관념이란 행동의 대낮이 있는 후에야 생기는 것이라 하였거늘 구약이나 불경이나 '의리 있는 남녀의 사랑을 찬양하는 구라파의 로맨티시즘'의 서적이나 읽고서 소설에서 성인 군자 애국지사 영웅호걸을 창조하려 하였으니 행동 없는 관념의 허수애비, 따라서 위선자를 만들어낸 데 불과하다. 즉 춘원 자신이—조선민족을 대표하는 큰 인물이라고 자처하는 춘원 자신이 '바쁘게 머리와 입을 움직이고' 손가락 발가락 하나 까딱하기 싫어하는 '양반'(김동인씨는 춘원이 양반일 까닭이 없다 하지만 춘원은 글마다 자기가 양반이라는 것을 내세우니 양반이라 해두자)이기 때문에 피를 흘리지 않고 민주주의 통일정권을 세우려 소미공동위원회에 모인 정치가들도 자기 같은 위선자로 알고 욕을 한 모양이다. 조선 인민을 통 털어 "모두들 가난뱅이요 초라한 무리들이다. 얼굴에나 눈찌들에는 궁상과 천상과 간악한 상이 들어나지 아니 하였는가"(〈인토〉)하고 욕한 것도 이기지심以己之心으로 도타인지심度他人之心한 것이거나 불연不然이면 조선인민을 적대시하던 일본 천황의 뜻을 아직도 그대로 받들고 있기 까닭이리라. 아니 이것은 지나친 호의의 해석이고 춘원은 조선민족과 상반되는 이해를 가지고 있기 때문에 공동위원회가 성공적으로 진행될 때 행여 조선민족이 오랜 식민지적 운명에서 해방되어 춘원보다 잘 살게 될까 저어하여 발악적으로 정치가들과 인민을 욕한 것이다.

《돌벼개》의 결론이라고 볼 수 있는 맨 끝에 있는 〈내 나라〉라는 논문에서 춘원은 "오늘날에도 양반의 특색은 첫째로 공부를 하는 것, 둘째로 예절을 지키는 것, 그리고 셋째로 영리를 직업으로 아니하는 것이다. 이른바 양반 행세를 하려면 학문이 있어야 하고 관혼상제는 무론이거니와 일상생활에도 말하는 것, 걸음걸이, 옷 입는 것이 모두 법도와 체통에 맞아야 하고 농사는 허하나 장사를 하여서는 아니 되는 것이니 대개 장사는 재물을 욕심내는 일일뿐더러 고개 아니 숙일 데 고개를 숙이고, 속이는 일을 하기 쉬운 때문이다. 이상에 말한 바와 같이 양반이란 민족의 꽃이요 지도자를 의미함이요, 홍익인간의 민족적 이상을 지키고 발전하고 실현하는 것으로 제 구실을 삼는 사람"이라 하였는데 '고개 아니 숙일 데 고개를 숙이고 속이는 일을 하기 쉬운' 점만 배놓으면 춘원이 이 '양반'의 조건을 구비하고 있는 것은 사실인데 그러면 춘원은 조선 '민족의 꽃이요 지도자'인가? 춘원은 자기와 민족운동의 동지였다는 'C할머니'의 입을 빌어 자기의 정체를 무의식 중에 폭로했다 —

> "민족운동? 말이야 좋지. 아주 애국자인체. 내 마음에는 나라 밖에는 없는 것 같지. 그렇지만 정말 애국한 날이 몇 일되오? 내 이름을 내자니 애국잔 체 미운 사람들을 욕을 하자니 내가 가장 애국잔 체—그저 그런 겝니다. 내가 그런 사람들이란 말이요. 에 퇴! 생각하면 구역이 나지요."
>
> —〈옥당할머니〉

그렇다 춘원이 애국적 실천을 했더라면 그것이 저절로 그 소설에 표현되어 위선자가 아니라 진정한 애국자가 주인공이 되었을 것이 아닌가. 나는 선의로 해석하여 춘원이 일생 거울에 비친 자기얼굴에 황홀하거나 어여쁜 여자의 환상을 껴안고 자거나 또는 성욕을 누르려고 애국자인체도 하고 기독교도인체도 하고 불교도인체도 하였기 때문에 민족이 무엇이며 어떻게 해야 민족을 위하는 행동이 된다는 것을 몰랐다고 본다. 자기의 이해와 민족의 이해가 일치되는 사람은 손발을 움직여 역사의 수레를 전진시키는 사람 즉 노동자 농민을 주체로 하는 인민뿐이다. 춘원 같은 '붓 한 자루'만 가지고 중류 이상의 안이한 생활을 하면서 자기의 이해에 따라서 이렇게도 글을 쓰고 저렇게도 글을 써 가지고 민족을 지도하는 것처럼 착각한 데서 그의 희비극이 원인하는 것이다. 8 · 15 후에 춘원은 배 먹고 이 닦이로 글을 가지고 자기의 죄를 은폐했을 뿐 아니라 돈도 많이 벌은 모양인데 인제는 그래서 그런지 다음과 같은 배부른 소리를 하고 있다.—

"이제 인류는 고개를 숙여서 반성할 때가 되었다. 지금까지 살아온 생활원리에 어디 큰 잘못이 있는 것을 찾아볼 수밖에 없다. 어디 무슨 크게 잘못된 구석이 있길래로, 자연과학이 발달되면 발달될수록, 생명능력이 증가하면 증가할수록 인류는 더욱더욱 불행에 빠져가는 것이 아니겠는가." (〈내 나라〉)

그래 남조선처럼 자연과학이 발달되지 않고 생산력이 날로 저하되고 전기 기술자를 미국인이나 일본인을 불러다 써야만 행복하게 된다는 것인가. 하긴 조선이 외래 자본과 상품의 시장이 되어야 춘원 같이 외래세력에 아부하여 날치던 사람에게는 잃었던 행복을 도로 찾을 수 있을 것이다. 향산광랑이와 다른 전략전술로써 이광수는 또다시 민족을 외래 제국주의 세력에다 팔려 하고 있다. 민족과 민족문화를 이러한 흉계에서 옹호하려는 생각에서 나는 이광수와 그의 문학을 비판한 것이다.

(《국제신문》, 10월 15일)

시인의 위기—김광균론

시는 적어도 체험할 것이지 공론을 희롱할 것이 아니다.

이상理想을 말하면 시란 닭이 알을 낳듯 낳을 것이다. 알을 낳아 놓고 꼬꼬대거리는 것은 좋다. 아니 그것조차 알과 더불어 닭의 창조다. 마찬가지로 시인이 시를 창조한 연후 시론을 발표하는 것은 생리의 자연이라 하겠다. 그런데 알을 낳는 것보다 꼬꼬대거리는 것을 일삼는 문학가가 있다. 예하면 나와 김광균씨다. (언젠가 《경향신문》에서 씨를 올챙이라고 했더니 몇 달이 지나서 씨는 《서울신문》에서 인격을 손상당했다는 뜻을 발표한 것을 보면 꽤 분했던 모양인데 시에 관한 한 나 역亦 씨와 더불어 올챙이라는 것을 첨부해 둔다.) 나나 김광균씨나 8 · 15 이후에 이렇다 할만한 시를 내놓지 못했는데 어떤 시인에게도 지지 않게 시를 많이 논했다. 씨는 '평론의 빈곤'을 입버릇처럼 말한다. 그렇다. 알을 낳은 닭들—《전위시인집》을 낳은 시인들이 좋은 예다—은 꼬꼬대거리지 않는데 나나 김광균씨 같은 혹간 껍질이 물렁물렁한 시를 낳은 닭들만 유난스럽게 꼬꼬대거린다는 것은 적어도 시단의 이상異狀이라 아니할 수 없다. 내가 최근에 시에 대해서 비교적 침묵을 지킨 것은 이러한 자기비판에서였다. 그러나 김광균씨가 《신천지》 작년 12월호에서 그리고 《서울신문》 3월 4일 호에서 '조선문학가동맹'을 마치 양두구육의 단체인 것 같은 인상을 주는 글을 발표한 데 대해서는 같은 동맹원으로서 비판이 없을 수 없다. 물론 씨를 철저히 비판하려면 문학작품으로 응수하는 것이 상책이다. 그러나 그것은 시일을 요하는 것이요 동맹원 자신이 동맹을 중상한데서 말미암은 무의식 대중의 오해를 풀어야 할 것은 시각을 다투는 문제이기 때문에 부득이 하책下策에 지나지 않는 이 평필을 드는 바이다.

김광균씨는 '시를 중심으로 한 1년'이라는 부제가 붙어있는 〈문학의 위기〉(《신천지》)에 서 붓을 들자마자

"국치기념일 날 밤 문학가동맹 주최로 종로청년회관에서 열린 문예강연회에서 두어 사람이 시를 낭독하였다. 읽은 사람은 오장환 유진오 두 사람이고 시 내용은 태반 잊어버렸으나 그 날 밤의 열광적인 두 시간은 어제 밤 일 같이 역력히 생각난다. '쌀은 누가 먹고 말먹이 밀가루만 주느냐' '온 종일 기다려도 전차는 안 오는 데 기름진 배가 자가용을 몰고 간다'는 뜻의 시구가 나올 쩍마다 박수소리 아수성 소리 '옳소' '그렇소' 마루를 발로 구르는 소리 의자를 치는 소리에 시 낭독은 가끔 중단되었다. 낭독 중이건 아니건 이 노호는 계속되어 얼마 안 되서 시 읽은 소리는 아우성 속에 잠겨 잘 들리지도 않았다. 문예강연회 같은 분위기는 조금도 없고 무슨 정치강연회 가까운 삼엄한 공기에 충혈되었었다. 맨 앞줄에 앉아 듣고 있던 나의 등줄기에 땀도 같고 바람도 같은 것이 선득하였다."

하였으니 김영석씨가 김광균씨의 문학론이 수도청의 고시문과 오십보 백보라 한 것은 '우의에서 나온' 불공평한 말이고 만약 김광균씨가 그때 경찰 책임자였더라면 유진오씨가 시를 낭독하는 도중에 중지명령을 내렸을는지 모를 일이 아닌가. 몇 달이 지난 후에 쓴 글이 이러할 때야 그 즉석의 씨의 심경은 얼마만 하였으랴. 씨가 시인이라 자처하기에 망정이지 경찰관이었더라면?…생각만 하여도 '등줄기에 땀도 같고 바람도 같은 것이 선득하지' 않은가. 그러면 유진오씨가 그때 읽은 시는 과연 김광균씨에게 '문학의 위기'를 느끼게 할 만큼 비시적인 '정치적인 아이디어 만에 치중한' 시

였던가?

> 밀가루는 밀가루
> 빵은 되어도 밥은 아니다.

이 두 줄만 인용해 보더라도 그때 읽은 유진오씨의 시 〈삼팔이남〉이 얼마나 소박하고도 진실한 시이며 이에 박수갈채를 보낸 청중 또한 얼마나 솔직하였던가를 알 수 있지 아니한다. 아마 김광균씨를 빼놓고는 경비하던 경관들까지도 이 시에 공명하였을 것이다. 간접적이고 상징적이고 때로는 비틀어지고 알쏭달쏭한 표현만이 시라는 관념은 세기말적인 것에 불과하다.

> 시계점 지붕 우에 청동비둘기
> 바람이 부는 날은 구구 울었다.
> — 시집 《와사등》에서

이런 것만이 시라면 시는 신경질된 문학청년의 것이지 '인간'의 것이 될 수는 없을 것이다. 인간이란 '열매를 먹으러 태어난 자'이기 때문에. 씨가 하도 인간 인간 해싸니 말이다. 하긴 씨의 '인간'은 밀가루나 밥을 먹지 않고 사는 특수한 인간인지도 모를 일이다.

"8 · 15 이전의 문학 대상이 인간이었으면 8 · 15 이후의 문학 대상은 마치 정치인 듯이 있으나 …인간성을 몰각한 문학이란 한 가상에 지나지 않을 것이다" 한 씨여 '인간성'이란 '시'나 '문학'보다도 더 막연한 개념이라는 것을 아시는가. 현단계의 조선문학을 규정한 평론이 없다고 따라서 8 · 15 이후에 있어온 것은 민족주의 문학과 프롤레타리아 문학뿐이었다고 주장하는 씨는 과연 '민족주의 문학'이 무엇인지 '프롤레타리아 문학'이 무엇인지 알고 이런 개념을 사용하는지? 적어도 씨의 평론이나 시에서는 명백하지 않다. 조선문학가동맹의 문학을 프롤레타리아 문학—민족문학이라는 가면을 쓴 프롤레타리아문학—이라고 중상하는 씨에게 문학이 무엇인지 또는 시가 무엇인지 밝혀 달라는 것은 무리한 주문이겠지만 '인간성'이 무엇이냐고 반문하고 싶다. 씨는 문제의 제기자로서 '인간성'이라는 개념을 밝혀야할 의무가 있는 것이다. 관념론자란—나는 씨를 관념론자로 단정한다—순환논리나 토톨로지(동어반복)를 일삼는 것이 고작이고 때로는 논적을 미궁으로 끌고 들어간다. 시나 문학을 인간성이라는 더 막연한 개념을 가지고 정의하려는 것이 미궁으로 끌고 들어가는 것이 아니고 무엇이냐. '인간성'을 또 무슨 황당한 관념을 가지고 규정하려는지 모를 일이다. 내 미리 예언하노니 씨의 평론이 다다르는 곳은 '신비'거나 고작해야 전前 19세기적인 3차원적 이념에 지나지 않을 것이다. '인간성'이 르네상스 시대에 예술을 설명하던 원리라는 것 또는 이 개념의 예술사적인 공로를 무시하는 것은 아니다.

"나는 인간이다. 인간적인 것으로써 나에게 관계없는 것이 있다고는 생각지 않는다."

(Homo sum; humani nihil a me aliemumi puto.—Terentius)

이러한 '휴머니즘'이 모든 것이 신에게 예속되었던 중세기의 암흑을 뚫는 광명이었다는 것을 누가 부정하겠느냐. 그러나 현대에 와서 그냥 막연히 휴머니즘이라 해서는 의미가 통하지 않는다. 현대의 휴머니즘은 소련의 사회주의적 휴머니즘으로부터 미국의 부르주아 휴머니즘에 이르기까지 여러 가지 휴머니즘이 있는 것이다.

그것은 그렇다 하고라도 인간과 가장 심각한 관계를 가진 정치가 김광균씨의 '등줄기의 땀도 같고 바람도 같은 것이 선득하였다' 하였으니 이는 무슨 까닭이 있을 것이다. 씨의 정치관이 민주주의와는 당토 않는 곳에 뿌리박고 있기 때문이다.

베니토 무솔리니는 《엔치클로페디아 이탈리아나》(이태리 백과사전)에서 파시스트의 정치이념을 다음과 같이 내세웠다.

> "파시스트의 입장에서 보면 모든 것은 국가 속에 있고 인간적인 또는 정신적인 것은 존재하지 않으면 더군다나 국가밖에 가치 있는 것은 존재하지 않는다……국가는 사실에 있어서 보편적인 윤리적 의지로서 권리의 창조자이다……"

이 파시스트 원흉의 정치관이 8·15 전에 이 땅에서 어떠한 현상으로 나타났는가 하는 것은 친일파 민족반역자 또는 해외에서 호강하던 사람을 빼놓고는 시방 생각만하여도 '등줄기에 땀도 같고 바람도 같은 것이 선득'하는 것을 금치 못할 것이다. 파시즘이 주는 공포는 아직도 이 땅에 그 검은 그림자를 끌고 있다. 아아! 이 공포의 가위 눌리어 전전긍긍 하던 이 땅의 젊은이들이 다른 날도 아닌 '국치기념일' 날 밤에 그들 가슴에 뭉치고 뭉치었던 응어리를 풀어주는 청년시인의 시를 듣고 '열광하는 청중의 노호 속에서 부자연한 것이 느껴졌다'는 김광균씨는 도대체 어떠한 사람이냐? 그 날 밤 무솔리니가 와서 들었으면 느끼었을 그러한 것을 느낀 김광균씨는 어느 모에서나 민족주의자로 보기는 곤란한 일이다. 그렇다고 전기등을 켜는 시대에 와사등을 켜고 살았기 때문에 시대적 감각이 둔하다고 그렇게 간단히 치워 버릴 수 있는 김광균씨가 아니다. 씨는 누구보다도 "구름에 달가듯이 가는 나그네"인 이른바 순수시인들을 경멸하니 말이다. 민주주의자도 아니고—민주주의자라면 인민의 감정에 공명하지 않을 까닭이 없다—시대의 심포니에 대해선 음치에 지나지 않는 '달과 구름의 시인'도 아니라면 김광균씨는 어떠한 범주에 넣을 사람인가? 봉건적 일제적 공포의 정치에 대항하는 인민에 의한 인민을 위한 인민의 정치를 마다하는 그렇다고 상아탑의 인간도 아닌 김광균씨는 적어도 내가 아는 어휘의 범위 내에서는 무어라 부를지를 알 수 없다. 그의 정치관이 무솔리니와 비교될 수 있다는 것은 사실이지만 파시스트라고 부르기에는 정치적으로 너무 무력하다. 그렇다고 막연히 시인이라고 부르기도 곤란하다. 《와사등》이라는 시집을 내고 〈은수저〉라는 시를 썼는데 왠 말이냐 할 사람—씨의 아류?—이 있을지 모르나 시인은 다 시를 쓰지만 '끊어진 글'을 쓰는 사람을 다 시인이라 할 수는 없는 것이다. 그리고 시인이면 두 가지 종류 밖에 있을 수 없다. 즉 현명한 시인과 바보시인—시보다는 인민을 사랑하는 것이 더 시적인 것을 아는 시인과 인민이 또 어느 놈의 종이 되든 나는 영풍명월이나 하겠다는 시인. 내가 그날 개회사에서도 말했지만 민족을 문학보다 더 아끼는 것이 어찌하여 문학자의 욕이 될 것이냐. 민족문학—민족에 의하여 민족을 위한 민족의 문학이 이광수의 '황도문학'일 수 없고 그렇다고 청년문학가협회의 '순수문학'일 수도 없다는 것은 누구보다도 씨가 잘 아는 바다. 그러면 민족문학이란 민족주의 문학인가? 민족주의 문학이 일본이나 독일이나 이태리나 서반아에서만 파시즘 문학이 되고 조선에서는 민주주의 문학이 될 수 있다는 이론은 바보의 우론이 아니면 반동의 간론奸論일 것이다. 그러면 남은 것은 프롤레타리아 문학밖에는 없는가? 김광균씨의 용어를 차용하면 '약소민족문학'이 있지 않은가. 그러면 약소민족이란 무엇이냐? 봉건주의와 제국주의에서 해방되지 못한 민족을 일컬음이다. 조선문학가동맹 강령이 '반봉건' '반제'를 표방한 까닭이 여기에 있는 것이다. 그러나 김광균씨는 이렇게 항변한다.

"'일제 잔재의 소탕' '봉건잔재의 소탕' 또 무엇 무엇은 이에 신물이 나도록 들었으나 이것이 일제 잔재이다 이것이 봉건잔재라고 구체적으로 지적한 평론은 아직까지 보지 못했다. 작품을 들어 자세히 가르쳐주기 전엔 실감으로 잡히는

것이 없으므로 남는 것은 문자 그대로 공소한 슬로건에 그치고 만다." (〈문학의 위기〉)

'일제 잔재의 소탕'이니 '봉건잔재의 소탕'이니 하는 것이 작품 활동으로 실천화되지 않고 평론으로만 논해지는 것은 문학적으로 볼 때 공소하다 할 수 있다. 그러나 평론에서 구체적으로 지적하라는 것은 무엇을 의미하는 것일까. 〈해방전후〉의 '김직원'은 봉건잔재라는 식으로 지적을 하라는 말인가. 불연不然이면 김광균씨가 봉건잔재나 일제잔재가 무엇인지 구체적으로 모르니 해설을 하라는 말인가. 경제학이나 사회학이나 정치학으로써 논해 달라는 것은 아닌 모양인데 구체적이니 실감이니 하는 것을 보면 김광균씨 자신을 예로 들어 설명하는 수밖에 더 좋은 방법이 있는 것 같지 않다.(나 자신을 예로 들어도 마찬가지다.)

와사등

차단 ― 한 등불이 하나 비인 하늘에 걸리어있다
내 호올로 어델 가라는 슬픈 신호냐

공허한 군중의 행렬에 섞이어
내 어디서 그리 무거운 비애를 지고 왔기에
길 ― 게 늘인 그림자 이다지 어두워

내 어디로 어떻게 가라는 슬픈 신호기
차단 ― 한 등불이 하나 비인 하늘에 걸리어 있다.

이 시와 씨의 평론 〈문학의 위기〉와를 대비해 볼 때 8 · 15는 김광균씨에게 아무 변화도 가져오지 않았다는 것을 알 수 있다. 그때나 이때나 씨는 역사와 유리된 인간이다. 인민은 그에게는 '공허한 군중'에 지나지 않으며 인민 속에서 그는 언제나 '부자연한 것'을 느끼는 사람이다. 인민보다—씨여 인민이란 프롤레타리아를 의미하는 것이 아니라 해방되려는 약소민족을 의미한다—자기의 개성이 중요한 씨는 "수수나 감자나 주정이 돼 나오려면 감자라는 재료가 주조기라는 개성 속에 썩어야한다. 이것은 예술의 비밀이며 숙명이다"라고 주장한다. 그러나 8·15의 혁명을 겪고도 변하지 않는 개성이란 주조기란 무엇을 의미하는 것이냐 8·15를 만나자

아 그동안 슬픔에 울기만 하여 이냥 질척거리는 내 눈
아 그동안 독한 술과 끝없는 비굴과 절망에 문드러진 내 쓸개
내 눈깔을 뽑아버리랴 내 쓸개를 잡아떼어 길거리에 팽개치랴

하고 노래한 시인이 있거든 8·15 전 그 눈과 그 쓸개를 가지고 '개성'이니 '인간성'이니 하는 씨는 혁명가가 아닐진대 '일제잔재'가 아니면 '봉건잔재' 혹은 그런 것들의 변호자가 아니라고 어떻게 변명하겠는가. 나 역亦 씨와 같이 8·15전엔 '상아탑'에 칩거해 있던 자다.

약하고 가난한 겨레
아름다움이 짓밟혀 숨은 땅
조선의 괴로움을 안고 눈물을 깨물어 죽이며
마음의 칼을 품고 살아 왔거늘
불의의 싸움터로
그대들 목매어
왜노한테 끌리어 갈 때도
나는 울지 않은

악독한 마음을 가진 놈이었거늘

내가 이렇게 학병의 죽음을 노래한 뜻도 일제가 발악할 때 행동인이 되지 못하고 학원이나 서재에 웅크리고 있던 자신을 비판한 것이다. 김광균씨는 나의 개성보다 얼마나 중뿔난 개성을 가졌는지 몰라도 《와사등》이라는 시집 하나로써 그 개성을 무슨 신주나 되는 듯이 모시는 것은 지주가 땅문서를 지고 늘어지는 것이나 진배없다. 낡은 가죽부대에 새 술을 담겠느냐는 말이 있지만 8 · 15 전 "내 호올로 어델 가라는 슬픈 신호냐" 하던 그 낡은 주조기를 갖고 민족시라는 술을 양조할 수는 없다. 시인을 주조기라 한 것은 그럴듯한 비유지만 시인은 봉건주의자의 대가리 같이 돌로 된 주조기도 아니요 친일파의 심장같이 무쇠로 된 주조기도 아니다. 민족의 운명과 더불어 변화하는 주조기다. 민족이 일제에 짓밟혔을 때 혁명가가 될 수 없는 시인들은 '상아탑' 속에서 "개인의 정밀한 세계나 꽃과 풀을 노래하는 것으로써 역으로 민족…의 운명에 통하는 사람"(〈문학의 위기〉)이 될 수도 있었다. 그러나 '상아탑'에 있던 시인들이 예외 없이 '민족의 운명'에 통해 있었던 것은 아니다.

8 · 15 후에도 여전히 '상아탑'을 고집하는 시인들이 있는 것을 보면 '상아탑'은 그들이 피해 들어간 토치카가 아니라 그들의 메카인 도화원이었다. 그러니 그들 보고 '상아탑'을 나와서 인민 속으로 들어가라는 것은 율리시즈가 망우수忘憂樹의 열매를 먹은 부하들을 고향으로 끌고 가는 것만큼이나 곤란한 일이다. 물론 씨의 생리가 일조일석에 완전히 변화할 수는 없지만 8 · 15 이후 1년 반이 지나도록 개성(또는 인간성 용어는 김광균씨 좋으실 대로)에 변화가 없는 그런 개성의 소유자가 올챙이 시인이 아니고 무엇이란 말인가. 그러나 거듭 말하거니와 김광균씨는 그때나 이때나 상아탑의 시인이 아니다. 〈설야〉를 빼놓고는 '의미의 음악'이 된 시는 없다. 시집《와사등》의 시는 "대부분이 데쌍을 거치지 않고 데포르마시옹으로 뛰어들은 불

행한 화가들의 그림 같다. 이 불행한 데포르마시옹이 어디서 원인한 것일까. 씨의 시와 씨의 생활이 조화되지 않은 데서 오는 것이 아닐까. 씨의 생활은 그때나 이때나 노동자 농민 근로지식인 등 이른바 인민의 생활보다는 여유 있는 생활인데—그 여유가 어디서 유래하는 것인지는 이 자리에서 문제 삼으려 하지 않는다—마치 시대의 감각을 대변하는 시를 쓰려고 애쓰는 것이다. 시대란 인민의 것인데 인민 아닌 사람이 시대의 시를 쓰려는 데서 모더니스트 김광균씨의 트래직 코미디가 비롯하는 것이다. 그러나 김광균씨는 인민의 한 사람이라고 우긴다.

"'인민 속으로 들어가자' '인민의 감정을 바로 잡아야한다'는 말도 공소한 말이다. 문학자 자신이 인민의 한 사람인 까닭이다."

이 말을 그대로 시인하려면 김광균씨가 문학자가 무엇인지 모르거나 인민이 무엇인지 모르거나 또는 둘 다 무엇인지 모른다고 가정하지 않으면 아니 된다. 문학자가 되기도 어렵지만 문학자가 인민이 되기란 더욱 어렵다. 시집 《와사등》을 불후의 업적이라 생각하든지 시 〈은수저〉를 인민의 시라고 생각한다면 자기도취도 이만저만이 아니다. 하물며 씨의 시를 읽고

아아 으슥한 달밤
산새는 구슬피 울음 울 것만
푸른 달빛 아래 창백히 비치는
저 외로운 묘표

보라 그의 시를
후폐한 묘표 속에

파아란 시구의 나열……
그의 시를 읽으면 무엇하리
그의 시를 읽어도 모르거늘
—어떤 중학생의 시에서

하는 젊은이가 있음을 어찌하랴.

시대와 더불어 사는 문학자가 되기란 그리 용이한 일이 아니다. 더군다나 인민의 한 사람이 된다는 것은 소작료를 받아먹고 시를 쓰던 사람이나 일제의 덕으로 시를 쓸 수 있던 사람에게는 참으로 어려운 일이다. (적어도 나에게는 그렇다.) 김광균씨가 인민의 한 사람이 못되었다는 것은 누구보다도 자기 자신이 〈문학의 위기〉에서 설명하고 있다.

"그날 밤의 청중은 문학청년이 대부분이었을 터인데 그렇다면 문학청년의 질이 달라졌다는 것보다 그 사람들이 시를 향수하는 태도와 및 문학관은 과연 옳은 것일까가 의심되었다. 이러한 현상이 갈대로 가면 남는 것은 구할 수 없는 예술의 황량뿐일 것이다."

이렇게 한 세대를 통 털어 부정하려는 완고한 개성, 천황만 믿고, 역사를 거부하던 무리만이 아니라 시만 믿고 시대에 반항하는 자 역亦 문학자가 될 수는 없다.

그의 시도 한때는 생명을 가졌으리
그의 시도 한때에는 좋아라 읽었으리
그러나 세월은 흘러
…………
…………

그의 시는 못되게 썩었더라
그의 시는 못되게 굳었더라

한 어떤 중학생의 시는 그림 속의 꽃 같이 춘추春秋를 모르는 개성을 잘도 비판하였다. 그래도 김광균씨는 올챙이의 개성을 고집할 것인가? 같은 올챙이로서 진심으로 충고하노니 〈문학의 위기〉를 읽고 '김광균씨의 위기'를 느낀 것은 나 하나뿐이 아니리라. 올챙이인 내가 이렇게 느꼈을 때야 그날 밤 오장환 유진오 양씨의 시 낭독을 듣고 감격한 새로운 세대의 감상은 어떠하였으랴. 씨여 제발 인민의 가슴에 소생하는 삶의 불길에 찬물을 끼얹지 말라. 하긴 그대의 낡은 개성은 이 역사적인 불을 거세하기는커녕 유월 태양을 맞이한 서리처럼 흔적도 없어질 것이다.

(《문화일보》, 1947년 4월)

2. 생활의 비평

시극과 산문—셰익스피어의 산문

1. 서론

"아름다운 것은 영원한 기쁨"이라고 키츠는 노래했지만 셰익스피어의 예술은 그가 죽은 지 330년이 지난 오늘날도 변함없이 인류에게 기쁨을 주고 있다. 지난 4월 28일 부附《뉴욕 타임스》해외 판의 보도에 의하면 셰익스피어 탄생 382주년 기념일은 그의 고향인 영국에서 성대한 축하식과 무대상연이 있었을 뿐 아니라 소련에서도 이 날을 기념하여 각 공화국에서 여러 가지 셰익스피어 극을 상연하였는데 그 언어의 종류는 27개 국어나 된다고 한다. 영국봉건사회의 소산인 셰익스피어가 이렇게 사회주의 사회에서도 인기가 있다는 것은 셰익스피어의 예술이 영원하고도 보편적인 가치를 지니고 있기 때문이리라.

조선에서도 셰익스피어 극이 무대의 각광을 보게 될 때가 오겠지만 그때를 준비하려면 우선 진지한 연구와 우수한 번역이 있어야 할 것이다.

셰익스피어 극은 입센 이후의 이른바 신극과는 전연 다른 시극이다. 블랭크 버스(blank Verse)라고 하는 율문이 주되는 형식인데 이것은 결코 형식에만 그치는 것이 아니라 필연적으로 셰익스피어 극을 내용에 있어서도 산문극과 엄연히 구별하게 하는 것이다.

그러나 셰익스피어의 희곡도 순전히 시로만 되어 있는 것은 아니다.(블랭크 버스는 무운시라고 번역되는데 편의상 시라고 부르기로 한다.) 《헨리 6세》 제1부와 제3부, 《리챠드 2세》, 《존 왕》의 네 편을 예외로 하고 나머지 33편에는 어느 것에든지 산문이 섞여 있다. 셰익스피어의 희곡이 포함한 총 행수 105,866행 중 28,255행이 산문이니까(원주1) 셰익스피어의 산문은 희곡 전체의 약 26 퍼센트를 점령하고 있는 셈이다. 셰익스피어 극을 이해하려면 무엇보다도 먼저 그것을 시로서 대해야 하지만 이 26 퍼센트의 산문도 셰익스피어의 비밀을 여는 중요한 열쇠인 것이다.

시의 형식을 자유자재로 구사한 셰익스피어 —

> 도롱뇽의 눈과 개구리의 발가락
> 박쥐의 털과 개의 혓바닥
> 살무사의 혀와 실뱀의 비늘
> 도마뱀의 다리와 올빼미 날개
>
> —〈맥베스〉 (4막 1장)

심지어 '달단인韃靼人의 입술'과 '토이기인土耳其人의 코'와 '유태인의 간'에도 시의 형식을 준 셰익스피어가 산문의 형식을 빌려 표현했을 땐 반드시 시와 형식 이상의 무슨 다른 것이 있을 것이다. 즉 26 퍼센트의 산문은 74 퍼센트의 시와 무슨 본질적으로 다른 것을 갖고 있을 것이다. 이러한 가설을 세워가지고 셰익스피어를 연구하려는 것이 이 논문의 목적이다.

시와 산문은 형식적으로는 가를 수 있지만 그 이상 본질적으로 다른 점이 있느냐 없느냐 하는 문제는 과학적으로는 아직도 결론에 도달하지 못했다는 것이 T. S. 엘리엇의 결론이고 (원주2) 또 이것은 대체로 보아서 영문학자가 오늘날까지 도달한 결론이기도 하다. 그러나 셰익스피어의 희곡은 시와 산문을 다만 형식적인 차差라고만 보기에는 너무나 뚜렷한 형식적이 아닌 차差를 보여주고 있다. 이를테면 맥베스는 시로만 말하게 하고 폴스타프는 산문으로만 말하게 한 것은 무슨 까닭이냐? 셰익스피어의 시를 통 털어 '이성에 꼭 들어맞는 말'이 아니라 해서 또 '어느 때고 어느 곳에서고 맥이 통해 있는 사람이라면 도저히 쓸 수 없는 말이라' 해서 부정한 톨스토이가 산문만을 말하고 시를 말하지 않는 폴스타프는 "자연스럽고 특이한 인물이다. 하지만 그 대신 셰익스피어가 그려낸 인물 중에 거의 하나밖에 없는 자연스럽고 독자적인 인물이다"(원주3)라고 칭찬한 것은 무슨 까닭이냐? 《전쟁과 평화》같은 위대한 산문을 낳은 톨스토이가 셰익스피어의 작품에서 시적인 것은 전부 부정하고 산문적인 것만을 문학으로 시인한 것은 결코 우연이 아닐 것이다. 우리는 흔히 '문학'이라는 막연한 개념을 갖고 셰익스피어와 톨스토이를 일괄해 버리지만 셰익스피어의 본질은 '시'며 톨스토이의 본질은 '산문'인 것이다. 시와 산문이 둘을 본질적으로 대립되는 것이라 볼 때 비로소 톨스토이의 셰익스피어관觀을 이해할 수 있게 될 것이다. 만약 시와 산문의 두 개념을 막연히 문학이라는 개념으로 대체하고 나서 톨스토이와 셰익스피어를 이해한다면 셰익스피어의 시를 톨스토이의 주장대로 '미친 소리'라 하든지 톨스토이의 셰익스피어론을 '미친 소리'라 하든지 2자택1을 해야 할 곤경에 빠질 것이다. 50년 동안이나 셰익스피어를 연구한 끝에 얻은 대톨스토이의 작품을 '미친 소리'라 할 수 있을까. 그렇다고 셰익스피어의 희곡을 폴스타프의 산문을 빼놓고 남은 것을 전부 '미친 소리'라 할 수 있을까. 우리는 여기에서 셰익스피어적인 것 즉 시와 톨스토이적인 것 즉 산문의 대립을 간취해야 할 것이다.

물론 순수한 시나 순수한 산문은 이념으로만 존재하는 것이지 실제에 있어서는 시에도 산문적인 것이 섞여 있고 산문에도 시적인 것이 섞여있다. 셰익스피어 희곡에도 26 퍼센트의 산문이 섞여 있을 뿐 아니라 나머지 74 퍼센트의 시 속에도 산문적인 것이 섞여 있는 것이다. 셰익스피어의 산문에도 시적인 것이 섞여 있는 것은 다시 말할 나위도 없거니와 …… 하지만 시적인 것과 산문적인 것 둘 중에 어느 것이 주로 되어 있느냐에 따라서 하나는 '시'라 하는 것이며 또 하나는 산문이라 하는 것이다. 폴 발레리는 시와 산문의 이러한 관계를 다음과 같이 말했다.

"이 예술(즉 문학)은 우리들에게 두 국면을 보여준다. 즉 두 큰 양태가 그 속에서 공존하여, 그것들은 극단 상태에 있어서는 서로 대립하지만 그러나 하고 많은 중간적 단계로써 서로 맺고 서로 이어 있는 것이다. 한 쪽에는 산문이 있고 다른 쪽에는 운문이 있는 것이다. 이 둘 사이에 모든 형의 그 혼합물이 있다……이 양극단의 구조는 다소 이것을 과장함으로 말미암아 한층 더 분명하게 할 수 있을 것이다. 즉 언어는 그 한계로서 한쪽에 음악을 다른 쪽에 대수代數를 가지고 있다고 말할 수 있을 것이다."(원주4)

일언이폐지하면 셰익스피어의 언어는 톨스토이의 언어에 비할 수 없으리만치 음악적이다. 그러므로 톨스토이가 셰익스피어의 언어를 이성에 꼭 들어맞는 '말'이 아니라 해서 예술이 아니라 단정한 것은 확실히 산문에 입각하여 시를 판단한 아전인수의 오류이다. 이성의 언어는 산문이지 시가 아닌 것을 시는 정서의 언어인 것을 톨스토이인들 몰랐을 리가 없다. 산문적인 시대정신이 톨스토이로 하여금 셰익스피어의 시를 부정하게 한 것이리라. 현대는 과학의 세기다. 산문이 시대정신의 기조이다. 하지만 시를 산문으로 번역하여 이해하는 버릇은 결코 과학시대에 태어난 우리의 자랑은 아닐 것이다. 시를 시로서 파악할 줄 알아야만 사물을 왜곡하지 않고 '있는 그대로' 인식하는 과학정신에 이바지할 수 있을 것이다. 우리는 셰익스피어에 있어서 현대인이 가장 이해하기 쉬운 '산문'을 명백히 함으로 말미암아 결국 셰익스피어의 본질인 시를 드러나게스리 하는 기초공작으로 삼으려는 것이다.

원주

1) Morton Luce, "Handbook to Shakespeare's Works."

2) T. S. Eliot, "The Borderline of Prose," "Prose and Verse."

3) 〈シエクスピヤの戱曲に 關して〉(中央公論社版 大トルストイ全集 1卷 649頁).

4) Paul Valery—Propos sur la Poísie, Suivis d'une Lettre de René Fernandat, Au Pigeonnier, 1930.

2. 폴스타프의 산문

폴스타프는《헨리 4세》제1부와 제2부《윈저의 유쾌한 아낙들》에서 활약하는 인물로서 셰익스피어 극에서 최대 희극인물일 뿐 아니라 아마 세계 연극사상에서 가장 큰 희극인물일 것이다. 이 인물의 말은 전부 산문이므로 셰익스피어 극에 나오는 희극적 인물들의 산문을 일괄하여 '폴스타프의 산문'이라 부르기로 한다.

모리스 모건Maurice Morgann이 1777년에 발표한 〈폴스타프의 희곡적 성격에 관한 논문〉에서 폴스타프를 옹호한 이래 폴스타프에 대한 가치판단 기준은 이에 확립되고 말았다.

폴스타프가 비겁한 자로서 웃음거리에 지나지 않는다는 것은 무대의 상식이었는데 모건은 이 상식을 뒤집는 폴스타프론을 세운 것이다. 그에 의하면 폴스타프는 얼른 보기엔 비겁한 놈 같지만 그것은 피상적 관찰이고 잘 검토해보면 셰익스피어가 놀라운 '희극적 기교의 천재'를 가지고 폴스타프가 비겁한 것처럼 보이면서 기실은 정말 용기의 소유자이도록 표현한 것이다. 즉 셰익스피어 극을 구경하는 관객의 상식적 판단과는 정반대의 의도가 폴스타프의 성격 속에 숨어있는 것이라 한다. 그러면 모건의 교묘한 〈폴스타프론〉이 타당한가 아닌가를《헨리4세》이부작을 한 번 다시 읽어봄으로 말미암아 연구하기로 하자.

《헨리4세》 제1부의 막이 열리자 첫 장면은 산문 없는 씬인데 왕이 왕자의 폴스타프적인 생활을 개탄한다. 바로 이어서 제2장은 산문 씬인데 왕자가 폴스타프의 무리와 더불어 왕이 개탄하듯이 왕자다웁지 못한 생활을 하는 것을 표현했다. 그러나 이 장면 맨 끝에 가서 왕자 홀로 무대에 남게 되자 이렇게 독백한다.

> 나는 너희들을 잘 안다 그리고도 얼마동안은
> 너희들의 분방한 방탄벽을 북돋아주리라
> 하지만 나는 태양을 본받으려다 —
> 지저분한 구름이 그 아름다움을 덮어도
> 그냥 모른 척 내버려 두다가도 또다시 본연의 자태를 나타내고자만 하면
> 그를 압살할 것 같던 더럽고 추한
> 구름안개를 뚫고 빛나리니
> 없다가 나타나면 더욱 찬연하리라
> ....

이 독백만은 이 산문장면에서도 시로 되어 있다는 것을 특히 주의해야 할 것이다. 폴스타프의 산문이 나오기 전에 왕의 시를 갖고 그 산문을 미리 부정해놓고 그래도 모자라서 폴스타프와 같은 산문을 말하던 왕자가 금방 시로서 그 산문을 부정하게 한 이 용의주도한 셰익스피어의 수법을 주의하지 않는다면 폴스타프에 대한 셰익스피어의 의도를 파악하기가 곤란할 것이다. 모건은 폴스타프를 일견 비겁한 자로 보이게 하였으나 기실은 용기의 소유자로 만들려는 것이 셰익스피어의 의도라고 논했지만 사실은 그렇지 않고 왕자가 폴스타프의 무리와 더불어 산문적인 생활을 함으로 처음에는 비겁한 자로 보이지만 결국엔 진정한 용기의 소유자라는 것을 드러내자는 것이 셰익스피어의 의도인 것이다. 셰익스피어 희곡에서

용기는 반드시 시로 표현되지 산문으로 표현되는 것은 없는 것이다. 왕자의 '본연의 자태'는 시인데 그 시가 태양이 구름 안개에 가리어 보이지 않듯 폴스타프의 산문 속에 화광동진和光同塵 하지만 결국엔 그 찬연한 빛을 나타낸다는 것이다. 아니 "없다가 나타나면 더욱 찬연하리라"는 왕자의 말은 바로 극작가 셰익스피어의 말이라 해도 과언이 아닌 것은 햄릿을 비롯해 이중인격을 쓰는 인물을 가지고 극적인 효과를 노리는 그의 작극술을 말하고 있기 때문이다. 이것은 비단 셰익스피어 극에 한한 것이 아니라 동서고금의 극작가가 다 쓰는 수법으로써 이도령이 거지꼴을 하고 있을수록 그가 암행어사라는 것이 알려질 때 춘향에게 주는 기쁨은 큰 것이다. 따라서 관중에게 주는 극적인 효과도 큰 것이다. 셰익스피어의 극은 이러한 수법을 극도로 이용한 극인만치 왕자를 폴스타프의 도당을 만들어 시정의 '산문' 속에 뒤섞이게 한 것은 후의 왕자의 시가 더욱 빛나게 하려는 대조의 수법인 것이다. 《헨리4세》 제2부 대단원에 가서 왕자가 등극하여 헨리5세가 되었을 때 폴스타프는 얼씨구나 좋다 날뛰며 "영국의 법률은 내 맘대로 된다"고 대언장어大言壯語 하면서 달려갔을 때 왕은 엄격한 시로써 폴스타프를 부정했다.

노인, 여余는 그대를 모르노라 하늘에 빌라
백발이 어릿광대 노릇을 함은 좋지 못하니라
그대처럼 살찌고 늙고 치분치분한 그런 종류의 인간을
여는 오래 꿈꾸어 왔다
허나 깨고 보니 여는 여의 꿈이 남부끄럽다.

이것은 동시에 왕자시대의 산문적인 생활을 청산한 말이기도 하다. 왕은 폴스타프의 도당들을 십 마일 밖으로 추방해 버리고 말았다. 이렇게 셰익스피어는 폴스타프를 부정했다. 그리고 〈에필로그〉에서 《헨리5세》에다 폴스타프를 등장시킬 것을 약속했음에도 불구하고 《헨리5세》에선 그의 명예스럽지 못한 죽음을 전했을 뿐 등장시키지 않았다. 셰익스피어는 폴스타프를 이렇게 간단히 죽여버렸을 뿐 아니라 그의 도당인 빠아돌프와 님은 출정 중에 도둑질을 하게 해서 사형에 처했으며 최후에 남는 피스톨은 매를 죽도록 때리고 그것도 부족해서 낙오자를 만들어 버렸다. 이것이 무엇을 말하는 것이냐? 아서 퀼러-코치 경卿(Sir Arthur Quiller-Couch)은 그의 명저 《셰익스피어의 기교》(ShaKespeare's WorKmanship)에서 헨리5세가 폴스타프에게 도의에 어그러지는 짓을 했다고 역설하였다.

"폴스타프는 의식적으로 헨리를 불행하게 만든 적은 없었다. 헨리를 다정하게밖에는 …… 불친절이란 말도 안 된다 …… 생각한 일이 없다. 그런데 헨리는 현명한 짓인지 아닌지—현명한 짓이라 할 수 있다—폴스타프를 죽도록 불행하게 만들었다. 그것도 무슨 새로운 실행이나 도덕적 또는 법률적 죄 때문이 아니라 단지 헨리가 친구로서 그 과오와 약점을 즐겨하던 바로 같은 과오와 약점의 인간으로 계속한다는 이유로 폴스타프를 죽도록 불행하게 한 것이다."(원주1)

다시 말하면 폴스타프가 죽은 원인은 그렇게 믿었던 친구 헨리에게 저버림을 받은 마음의 상처라는 것이다. 그리하여 이 사랑스러운 인간성의 소유자 폴스타프를 죽게 한 헨리는 인간성이 결여된 냉혈한이라는 것이 현대영국비평계의 정평이다. 하지만 폴스타프를 죽인 자는 헨리가 아니라 극작가 셰익스피어다. 아니, 엘리자베스조의 시대정신이다. 차라리 버나드 쇼 옹翁처럼 폴스타프의 비겁을 찬미하여 셰익스피어 극에 있어서 부정적인 것을 긍정함으로 말미암아 가치의 전도를 꾀한다면 문제는 다르다.(원주2) 폴스타프는 표면적으로는 비겁한 자처럼 보이지만 사실 용감한 무사로 표현하려는 것이 셰익스피어의 의도라는 둥, 또는 셰익스피어의 의도는 불문에 붙이고 헨리를 욕함으로써 폴스타프를 옹호하는 것은 적어도 셰익스피어를 똑바로 인식하는 태도는 아니다. 폴스타프의 산문는 엘리자베스조의 부정면을 표현한 것이니까 그것이 시민사회에 가서는 긍정면이 될 수 있지만 셰익스피어 극에 있어서는—셰익스피어가 살아있을 때 말이다—도저히 적극적인 가치를 주장할 수는 없었던 것이다. 거듭 말하면 셰익스피어는 헨리의 편이지 폴스타프의 편은 아닌 것이다. 그것을 산문정신에 입각한 비평가들이 아전인수하여 셰익스피어가 자기들과 꼭 같은 입장에서 작극했다고 우기는 것이다. 불연不然이면 셰익스피어는 폴스타프나 헨리를 일시동인一視同仁하는 시대나 사회의 의식을 초월한 예술가라는 것이다. 이 한 가지 사실만 보더라도 영문학계가 비평정신에 빈곤하다는 것을 알 수 있을 것이다,

셰익스피어 극에 있어서 폴스타프가 이렇듯 소극적인 의미밖에 없다면 어찌하여 셰익스피어는 폴스타프를 그렇게 방대한 인물로 만들었을까. 여기에 희곡문학이 다른 문학보다 다른 소지가 있는 것이다. "희곡작가란 무대를 위하여 쓰는 이상 관객의 기호에 추종하지 않으면 아니 된다. 그렇지 않았다간 관객이 그를 좋아 하지 않는다. 셰익스피어의 위대한 천재가 관중을 획득하는 것도 이 원칙을 벗어나지 않는다."(원주3) 엘리자베스조의 관객도 시만 가지고는 만족시킬 수 없었다는 것은 '폴스타프의 산문'이 무엇보다도 웅변으로 증명하고 있지 아니한가. 앙드레 모르와는 《영국사》에서 "'지구좌'로 셰익스피어의 연극을 보러 테임즈 강을 건너간 도제나 선장들은 불쌍한 곰을 사냥개의 한 떼가 못살게 구는 것을 구경하며 반란죄수의 참혹한 처형을 보는 데 쾌락을 발견한 그 당자들이었던 것이다"(원주4) 라고 지적했지만 이러한 관객들이—귀족들도 예외는 아니다—폴스타프를 길러냈으며 심지어는 셰익스피어로 하여금 폴스타프를 주인공으로 하는 산문극 《윈저의 유쾌한 아낙들》을 쓰게 한 것이리라. 완성된 폴스타프를 보고 셰익스피어 자신도 하도 어이가 없어서 고소를 금치 못했으리라

고 해즐릿은 평했지만 사실 폴스타프는 셰익스피어 극에 있어서 '배보다 큰 배꼽'이다. 후세에 톨스토이를 비롯해서 이 배꼽만 칭찬하여 "폴스타프야말로 가장 셰익스피어적인 표현이라 주장하는 비평가와 학자들의 말을 셰익스피어가 햄릿 왕처럼 지하에서 들을 수 있다면 또 한 번 너털웃음을 참지 못할 것이다."

셰익스피어의 본질은 시지 산문이 아니다. 콜리지 등 시인들이 《맥베스》의 유명한 〈문지기의 산문〉을 셰익스피어의 것이 아니요 딴사람이 써서 집어넣은 것이라고 주장한 것이라든지 괴테와 실러가 《맥베스》를 상연할 때〈문지기의 산문〉을 빼고 노래를 대신 집어넣은 것이라든지가 다 폴스타프적인 산문이 셰익스피어의 본질인 시와 너무나 어긋나는 것을 시인적 입장에서 그들이 불만히 여겼기 때문이다. '폴스타프의 산문'에만 문학적 가치를 인정한 톨스토이와는 정반대되는 입장을 이에 발견할 것이다. 물론 '폴스타프의 산문'을 그 존재 이유까지 부정하려는 것은 너무나 시인적인 즉 셰익스피어의 산문을 전연 무시하는 주관주의적인 오류이지만 …….

블랭크 버스(무운시)가 인간의 맥박과 같이 약과 강의 리듬으로 되어 있듯이 셰익스피어극 전체가 긴장과 이완이 교대하게스리 구성되어 있다. '폴스타프의 산문'은 이완의 요소로서 《나이터스 앤드로 니커스》, 《사랑의 헛수고》, 《베니스의 상인》, 《좋으실 대로》, 《12야》, 《햄릿》, 《리어왕》, 《앤토니와 클레오파트라》, 《아덴스의 타이먼》, 《겨울이야기》, 《구풍颶風》 등에 나오는 어릿광대, 《여름밤의 꿈》에 나오는 장인들, 《이척보척以尺報尺》, 《밸리클리이즈》 등에 나오는 뚜쟁이들이 말하는 산문은 다 이와 동류라고 볼 수 있다. 《맥베스》의 〈문지기의 산문〉도 '폴스타프의 산문' 속하는 것은 물론이다.

끝으로 '폴스타프의 산문'이라고 규정할 수 있는 것은 왕후 귀족이 농담 비슷이 말하는 산문 특히 비극적인 인물이 희극적인 장면에서 분위기에 휩쓸려서 말하는 산문이다. 이런 산문은 그 인물의 본질과 어그러지는 수가 있다. 일례를 들면 코리올레이너스는 철저한 귀족주의자요 동시에 비극적 인물인데 제2막 제3장에서 집정관선거에 있어서 평민의 표를 얻고자 자기의 본의가 아닌 평민의 말—산문—을 쓰는 것은 그럴법하다 하더라도 제4막 제5장에서 적장 오오피디어스의 하인들과 농담하는 산문은 배우의 개그를 그대로 기록한 것이 아니면 셰익스피어의 과실일 것이다. 셰익스피어의 작품이 성실성이 있어서 호머나 단테보다 못하다는 것도 이런 '폴스타프의 산문'이 지나치게 작품을 좌우하기 때문이 아닐까. 하지만 '폴스타프의 산문'이야말로 셰익스피어를 호머나 단테처럼 그냥 '고전'이라고만 부를 수 없는 현대와 직결되는 작가로 만드는 중요한 요소인 것이다.

원주

1) Sir Arthur Quiller–Couch, ShaKespeare's WorKmanship, pp. 155–156.

2) Bernard Shaw, BacK To Methuselah Part 4, Act 2

3) W. Wordsworth, Essay Supplementary to the Preface

4) 《영국사》상권 460–461.

5) W. C. Hazlitt, ShaKespeare Ch.1, p. 5.

3. 리어왕의 산문

시인은 이성에 어그러지는 말을 가지고 인민을 오도한다고 철학자 소크라테스*는 시인을 그의 공화국에서 추방했지만(원주1) 시인 셰익스피어는 이성을 잃은 사람 즉 미친 사람에게는 한 줄의 시도 부여하지 않았다. 셰익스피어 극에 있어서 정신이상이 생긴 사람은 반드시 산문으로 말하게

* 플라톤의 오기임.

되어있다. 리어왕과 오필리어는 미쳤을 때 햄릿과 애드가아는 미친척할 때 맥베스부인은 몽유병자로 나타날 때 산문으로 말한다. 오셀로는 아내가 간통을 했다는 말을 이아고 한테 듣고는 격한 나머지 열 줄의 산문 (판版에 따라서는 아홉 줄)을 외치고는 의식을 잃고 쓰러진다. 만약 오셀로의 산문이 열 줄 이상 계속하였더라면 그는 리어왕처럼 미치고 말았을 것이다.

햄릿이 정말 미쳤느냐 또는 미친 척하는 것이냐 하는 문제는 한때 의학자들까지 동원되어 대대적으로 논의된 문제이지만 시와 산문의 대립을 늘 염두에 두고서 《햄릿》을 읽어 보면 햄릿이 같은 장면에서 자기의 비밀을 알고 있는 친우 호래이쇼에게는 시로 말하는 것을 볼 때 (3막 2장과 5막 2장) 햄릿의 진심은 산문이 아니라 시라는 것, 다시 말하면 미치지 않았다는 것을 알 수 있을 것이다. 햄릿이 정말 미쳤다고 주장하는 사람들은 대개가 의학자들이고 현실의 인간이 그렇게 종시일관하게 미친 척할 수도 없고 또 미친 척하는 심리 상태가 벌써 정신이상이라는 것이 그들의 논지인데 이는 극중의 인물과 현실의 인간을 혼동하는 데서 오는 오류이다. 그러나 햄릿이 미친 척하느라고 쓰는 산문이 정신 이상 있는 사람의 말을 잘 표현했다는 것은 이들 의학자들이 충분히 증명해주었다. 요컨대 셰익스피어가 엘리자베스 귀족사회의 부정적인 면을 사실적으로 표현한 것이 '폴스타프의 산문'이요 인간정신의 부정적인 면을 사실적으로 표현한 것이 '리어왕의 산문'이다.

의학자의 증명을 빌릴 것 없이 '리어왕의 산문'이 정신이상을 표현하기 위하여 사용되었다는 것은 셰익스피어 자신이 그 의도를 빈틈없이 지나치게스리 빈틈없이 명백히 하였다.

리어왕은 3막 4장에서 옷을 찢을 때 비로소 미치지만 셰익스피어는 이 '리어왕의 산문'을 아무 복선도 없이 별안간 우리에게 내던지는 것이 아니라 다음과 같은 용의주도한 복선을 준비해서 리어왕의 정신상태가 점점 이상해 가는 것을 관객에게 알리는 수법을 썼다.

O! Let me not be mad, not mad, sweet Heaven;
Keep me in temper; I would not be mad!

—1.5.

I prithee, daughter, do not maKe me mad.

—2.4.

O fool! I shall go mad.

—2.4.

my wits begin to turn

—3.2.

O! that way madness lies; let me shun that.

—3.4.

이리하여 리어왕의 심리상태는 미치고 싶지 않은 리어왕 자신의 의식적인 노력에도 불구하고 드디어 거문고 줄이 끊어져 조화를 잃듯이 정신이상이 되고 마는 것이다.

정신이상과 좀 성질이 다르지만 술에 취한 사람의 말은 산문으로 표현하는 것이 셰익스피어 정석의 하나다. 《구풍》에서 괴물 켈리번도 끝에 가서는 시로 말하는데 취한醉漢 스테파논은 끝끝내 한 줄의 시도 말하지 않은 것은 셰익스피어가 술에 취한 사람의 정신상태를 불건전한 것이라고 보았기 때문이라고 해석할 수 없을까? 《앤토니와 클레오파트라》에서 옥타비아누스, 앤토니, 레피더스 이른바 로마의 삼두정치가의 삼파전을 2막 7장에서 술 먹는 씬을 가지고 표현한 것은 흥미 있는 사실이다. 레피더스가 맨 먼저 취하여 실각하고 다음에 앤토니가 취하고 옥타비아누스는 끝끝내 취하지 않고 승리자가 된다. "캐시오가 음주를 비난하는 말은 햄릿이 숙부의 폭음을 증오하는 말과 아울러 볼 수 있다. 무슨 까닭이 있기에 음주라는 것이 당시의 셰익스피어의 마음을 뒤흔든 것이리라"고 브래들리는 《셰익스피어의 비극》에서 말했지만 시인은 술을 찬미하는 자라는 상식적인 견해와는 정반대로 셰익스피어는 기회 있는 대로 그의 작품에서 술을 부정하였다. 폴스타프의 산문을 가지고 술을 찬미하는 것은—셰익스피어 산문의 본질에서 볼 때—부정을 부정하기 위한 또 하나의 셰익스피어적 수법에 불과한 것이다. 폴스타프같은 인물의 말로 술을 찬미하게 한 것은 햄릿이 술을 부정한 것보다 더 효과적인 부정인 것이다.

그러나 셰익스피어 자신은 전설에 의하면, 문단의 친구인 밴 존슨*과 마이클 드레이턴**을 초대해다가 술을 진탕 마시고는 열이 나서 죽었다는 것이다.

원주

1) Plato, Republic, 607.

4. 이아고의 산문

산문이 문학의 기조가 된 것은 불란서의 자연주의 문학운동에서 비롯한다. 조지 모어가 《어떤 청년의 고백》에서 "상상에다 기초를 두는 구세계의 예술에 반대해서 과학에 의거하게 된 신예술, 모든 것을 설명하고, 근대생활을 그 전모와 그 하찮은 지엽을 아울러 포옹하지 않으면 아니 되는 말하자면 새로운 문명의 새로운 신조가 되는 예술이라는 생각이 나를 깜작 놀라게 하였다. 나는 그 개념의 광대무변한 것, 그 야심이 탑과 같이 높은 것에 아연하였다" 한 것이 졸라의 《술집》(L'Assommoir)을 읽은 감상을 고백한

* Ben(Benjamin) Jonson 1572~1637. 영국 시인·극작가. 런던 출생. 셰익스피어와 나란히 엘리자베스왕조의 연극을 대표하였다.

** Michael Drayton 1563~1631. 영국 시인. 어려서 귀족의 시동侍童이었으나, 1590년 런던으로 나와서 시인의 길을 걸었다. 항상 궁정 가까이에 살면서 시대의 감정과 사상을 정교한 시구로 표현하였다.

것이거니와 《어떤 청년의 고백》이 출판된 해 1888년이야말로 시와 산문을 조화시키려 시로 평론으로 또 연구로 생애를 바친 매슈 아놀드가 죽은 해다. 그러나 아직도 영문학에서는 산문정신이 확립되지 않았다. 그 원인의 하나가 실로 셰익스피어인 것이다. 즉 셰익스피어의 시정신이 아직도 영문학에 여운을 끌고 있기 때문이다. 그러나 셰익스피어에도 자연주의 문학에 지지 않는 산문이 있다는 것은 이미 우리가 '폴스타프의 산문'에서 보아온 바다. 아니 많은 셰익스피어의 연구가나 비평가들이 폴스타프를 '근대적 인간성'의 구상화라고 보는 것이 따지고 보면 폴스타프가 불란서 자연주의 문학운동이 낳은 인물의 복합체인 것 같은 인상을 주기 때문이다. 그러나 그것이 셰익스피어의 적극적인 의도의 소산이 아니라 오히려 '실수의 성공'이라는 것은 우리가 이미 논한 바이다. '이마지나시옹'(현상)을 버리고 '씨앙스'(과학)에 입각한 산문정신이 되기에는 시대가 너무 일렀다. 셰익스피어도 결국 시대를 초월할 수는 없었던 것이다. 과학을 토대로 하는 산문정신이 영문학의 기조가 되려면 아직도 멀었다. 하물며 3백수십 년 전 셰익스피어에 있어서랴.

따라서 리어왕의 분노라든가 햄릿의 고민이라든가 로미오와 줄리엣의 사랑이라든가 푸로스페로의 체관諦觀이라든가 오셀로의 격정이라든가 하는 것은 시로 표현함으로써 인간성으로의 가치를 부여하였지만 이아고나 애드먼드의 이성은 산문으로 표현하여서 '인간성'의 안티테제인 '악'이라 단정한 것이 셰익스피어다. 선악의 판단이 단순하고 명확할수록 문학으로선 초기의 발전단계에 속한다. 셰익스피어 극이 중세의 '종교극'이나 '도덕극'을 지양했으되 이른바 '악역'이 너무나 노골적으로 나타난다. 하지만 그 '악'을 산문으로 표현했다는 것은 흥미 있는 사실이 아닐 수 없다.

도스토예프스키는 《카라마조프형제》에서 냉혈한 스메르자코프로 하여금 다음과 같이 시를 부정하게 하였다.

"그것이 시적인 한 근본적으로 무용지장물입니다. 생각해 보세요. 그래 시로 말하는 사람이 어데 있겠습니까. 만약 우리가 시를 말한다면 설사 정부의 명령으로 하는 것이라 하더라도 우리는 별로 말을 못할 것이 아녜요. 시는 유해무익한 것입니다. 마리아 콘드라리에브나 —"

(제5권 제2장)

톨스토이가 셰익스피어의 시를 '어느 때고 어느 곳에서고 맥이 통해 있는 사람이라면 도저히 말할 수 없는 말이라'고 한 것을 연상시키지 않는가. 그러나 셰익스피어가 이아고같은 악인의 일면을 산문으로 표현한 것에 대해서는 스메르자코프나 톨스토이도 반대하지 않을 것이다. 왜냐하면 '이아고의 산문'은 《리어왕》의 에드먼드나 《베니스의 상인》의 샤일록이나 《심벨린》의 아이애키모우 등의 '이성에 꼭 들어맞는 말'이기 때문이다. 다만 셰익스피어 극에 있어서 '이성'은 톨스토이의 소설에 있어서와는 정반대의 가치를 가지고 있는 것을 첨가해야 하지만 …… 즉 《부활》에서는 사람들을 죄악에서 벗어나게 하는 것이 '이성'인데 《오셀로》에서는 이아고로 하여금 죄악을 범하게 하는 것이 '이성'이다. 《오셀로》 1막 3장에서 이아고가 이성을 추키는 말은 얼른 듣기엔 각자覺者가 된 사람의 설교 같다.

"만약 인생의 저울이 한쪽의 이성을 가지고 다른 쪽에 있는 정욕을 누르지 않는다면 인간본능의 추한 성욕이 우리들로 하여금 참 정말 망나니짓을 하게 할 텐데 우리에겐 이성이 있어서 날뛰는 욕정이라든지, 육욕의 충동이라든지 분방한 성욕을 냉각시키는 것이다. 자네가 연애라 하는 것도 그 욕정의 한 끝까지(초초) 라고 나는 생각하네."

그러나 이아고의 이 '이성의 산문'은 그가 로더리고의 실연에 동정할 줄 모르는 냉혈한 이기 때문에 그 냉정한 두뇌에서 나온 말이다. 이아고에 의

하면 인간의 애정은 모두 무용지장물이며 유해무익한 것이라는 것이다. 따라서 그러한 애정을 표현한 시는 부정된다. 뒤집어 말하면 셰익스피어 극에 있어서 시를 부정하는 자는 악인인 것이다.

> 몸에 음악이 배어있지 않은 자 아름다운 소리의 조화에도 감동하지 않는 자
> 그런 자는 반역, 음모, 약탈을 하기 쉽다.
> 그의 정신은 밤처럼 둔하고
> 그의 감정은 저승같이 캄캄하다
> 이런 자를 믿어서는 못 쓰느니라
>
> —《베니스의 상인》 5막 1장

셰익스피어는 로렌조우의 입을 빌어 이렇게 음악적인 언어인 시를 모르는 자를 악인이라 규정하였다. 셰익스피어의 시를 '미친 소리'라 단정한 톨스토이와는 대립되는 입장이다.

클로디어스가 햄릿에게 이성에 대해서 충고하는 말도 이아고의 '이성의 변'에 지지 않는 냉정한 말이다. 사람의 죽음도 나뭇잎이 바람에 떨어지는 것이나 마찬가지 필연인데 왕자여 왜 부왕의 사를 슬퍼하는 것이냐. 왕자의 비탄은 "자연을 배반하는 것이며, 이성에 대하여 참 불합리한 짓이라"고 클로디어스가 말할 때 그것은 '이성에 꼭 들어맞는 말'이기는 하나 제 손으로 햄릿의 아버지를 죽이고 왕위를 찬탈한 자로써 이렇게 말하는 것은 심정을 결여한 악인이기 때문이다. 시인 워즈워드는 "보잘 것 없는 한 떨기 꽃이 눈물로는 표현할 수 없을 만큼 깊은 사념을 나에게 준다"고 노래했는데 악인 클로디어스는 아버지의 죽음을 슬퍼하는 것까지 '남자답지 않은 슬픔'이라고 흉보는 것이다. 《타이터스 앤드로니커스》의 악인 아아로는 "나는 수없는 악행을 파리를 죽이듯 즐겨했다"고 고백했지만 이 역亦 시적 '인간성'을 결여하고 있기 때문이다.

그러나 셰익스피어는 클로디어스와 아아론의 악행을 표현하는 데 산문을 사용하지 않았다. 생각건대 《타이터스 앤드로니커스》는 셰익스피어의 작품이 아니라고 주장하는 학자가 있듯이 그가 독자적인 문체를 발전시키지 못한 초기의 작품이기 때문이요 《햄릿》의 클로디어스는 왕인지라 위엄있는 언어 즉 시를 쓰게 하지 않을 수 없었기 때문이다.

사실 셰익스피어 극에서 악인의 완벽이 이아고라는 것은 비평가들의 일치하는 점이다. '악'을 '인간성'을 결여한 차디찬 이성으로 표현한 것은 이아고뿐 아니라 아아론에 있어서 벌써 그러하지만 산문을 가지고 악인의 일면을 표현하여 악인의 성격을 완성한 것이 이아고다. 《리어왕》의 에드먼드도 이아고에 비길만한 악인이고 그의 일면도 역시 산문이다. 이아고는 로더리고 같은 것을 상대로 하면 자기의 지성을 더럽힌다고 독백에서 말했지만(1막 3장) 에드먼드도 지성이 두드러지는 것은 이아고에 지지 않는다. "이것은 세상에 이 위 없는 어리석은 짓이다"(《리어왕》1막 2장)로 비롯하는 에드먼드의 산문 독백은 이아고의 '이성의 변'을 연상시킨다.

그러나 셰익스피어 극에서 '이아고의 산문'은 '폴스타프의 산문'이나 '리어왕의 산문'처럼 고정된 문체는 아니다. 악인은 아무데서고 산문을 말하는 반면에 아무대서고 시를 말한다. 과연 셰익스피어가 의식적으로 '악의 산문'을 사용했느냐 하는 것조차 의심할 여지가 있는 것이다. 하지만 시와 산문을 혼용한 것은 악인의 이중인격을 표현하기 위해서라고 해석하는 것이 타당할 것이다. 시적인 인물도 장면 전체가 산문적이 되면 해학이나 재담의 산문을 말하지만 이아고 같은 인물은 꼭 같은 씬에서 시와 산문을 둘다 사용한다. 하긴 악인 이외에도 시와 산문을 병용하는 인물이 있지만 그 이유는 악인의 경우와는 전연 다른 것으로 햄릿은 미친척하기 위하여 산문을 말할 때 《이척보척以尺報尺》의 빈챈시오는 변장하여 자기의 인격을 감추기 위하여 산문으로 말한다. 리어왕이 정신이상이 생긴 뒤에 시와 산문을 뒤범벅 하는 것은 그의 정신상태가 오락가락하기 때문이다. 그러므로 산문만을 말하는 폴스타프적인 인물들을 빼놓으면 산문이 그 인물의 본질이 되어 있는 것은 악인밖에 없다. 악인은 서로 대립해 있는 시와 산문을 둘 다 그의 본질로 가지고 있기 때문에 모순과 대립과 갈등을 본질로 하는 셰익스피어 비극에서 중요한 모멘트가 되어있는 것이다.

4. 결론

K. A. 비트포겔은 《시민사회사》(52편 3장)에서 "셰익스피어는 국왕과 귀족의 빵을 먹고 있었다. 그는 자기를 먹여주는 주인의 노래를 목청을 다하여 노래 부른 것이다"라고 욕했지만 셰익스피어 극은 엘리자베스 귀족사회가 낳은 것이다. 셰익스피어가 귀족의 말을 시로 표현하고 상민의 말을 산문으로 표현한 것이라든지 셰익스피어 극의 주요 인물이 귀족 아닌 자가 없는 것이 무엇보다도 이 문학작품의 계급성을 웅변으로 말하고 있다. 셰익스피어는 자기 주관이 없는 작가라는 등 셰익스피어는 '억만의 마음'을 가지고 있어서 어떤 것이 셰익스피어 자신의 주관인지 분별할 수 없다는 등 하는 따위의 말은 영문학자의 상식이기는 하지만 셰익스피어를 옳게 인식 파악한 말은 아니다. 적어도 시가 문학의 기조고 그 시는 귀족의 것이라는 것이 뚜렷한 의심할 여지가 없는 극작가 셰익스피어 자신의 주장이다. 영미의 부르주아 학자나 비평가들이 '폴스타프의 산문'을 가장 셰익스피어적인 것 또는 가장 문학적인 것이라 주장하는 것은 그들다운 당연한 아전인수이다. 폴스타프를 '위대한 인간상'으로 모시어 앉히려는 그들의 의도는 확실히 폴스타프 속에 근대 자본주의 사회의 주인공인 부르주아지가 구상화되어 있는 것을 발견했기 때문이다. 주색을 좋아하며 얼굴에 개기름이 흐르는 이 배불뚝이 폴스타프야말로 과연 자본가의 전형이라 할 것이다.

일언이폐지하면 우리가 여태껏 보아온 '셰익스피어의 산문'은 셰익스피어나 그 시대가 아직도 충분한 가치를 인정하지 않은 문학 양식인 것이다. 그것은 그 시대에 있어서 시민계급이 아직도 사회의 주인공이 될 수 없었던 것과 일치한다. 그러나 드디어는 시민계급이 귀족사회를 둘러업고 말았다. 그리하여 셰익스피어 희곡에 있어서 시에 대립물로서 부정적인 것에 지나지 않던 산문이 승리하고야 말았다.

영미의 학자나 비평가가 셰익스피어 희곡에 있어서 시와 산문의 가치를 전도하여 셰익스피어를 이것도 저것도 아닌 불가사의의 사신인두상獅身人頭像을 만들어 놓고 무슨 수수께끼나 되는 듯이 셰익스피어를 취급하는 것은 과학적 기준이 없는 이른바 자유주의에서 오는 필연적 결론이다. 다시 말하면 셰익스피어는 자기들과 꼭 같은 문학관을 갖고 있었다고 주장하고 싶은데 셰익스피어의 시가 자기들의 문학과 너무나 동떨어지기 때문에 어리둥절하는 것이다. 왜 그들은 톨스토이처럼 대담 솔직하게 셰익스피어의 시를 부정하지 못하는 것인가. 셰익스피어의 시가 아직껏 영미문학의 시금석처럼 되어있기 때문이다. 다시 말하면 노서아 소설 같은 셰익스피어의 시를 부정할만한 산문문학을 영미문학에서는 아직도 생산하지 못했기 때문이다.

삼백수십 년 전 셰익스피어 극에 있어서 벌써 자연주의적인 '폴스타프의 산문'과 심리주의적인 '리어왕의 산문'과 과학주의적인 '이아고의 산문'을 가진 영미문학이 아직도 시에 연연하다는 것은 조선문학에 있어서 아직도 시가 우세한 것과 아울러 연구할 문제이다. 또 셰익스피어의 연극이 소련에 있어서 대대적으로 상연되는 것은 주목해서 연구할 문제이다. 이러한 모든 문제를 남긴 채 마치 맑스가 《경제학 비판》서문에서 희랍예술을 논하다가 붓을 잠시 놓았듯이 필자도 다시 붓을 들어 '셰익스피어의 시'를 논할 때까지 붓을 멈추려 한다.

'무대예술연구회' 주최 연극강좌에서 한 강연(1946년)

《문학 · 비평》지 소재所載(1947)

부르주아의 인간상—폴스타프론

1

영국의 유명한 셰익스피어학자 J. 또우버 윌슨 교수는 스트래트포드 어폰 에이번에서 거행된 셰익스피어 탄생 제384주년 기념축하 오찬회 석상에서—1948년 4월 23일—'영원한 기억'('The Immortal Memory') 축배를 올리기 전에 뜻 깊은 연설을 하였는데 그가 특히 강조한 것은 셰익스피어가 인류 공통의 문화재라는 것, 사람마다 셰익스피어라는 거울 속에서 자기의 얼굴을 발견하고 그것을 셰익스피어의 얼굴로 착각하듯이 국민마다 이 거울 속에서 그 국민의 얼굴을 발견하고—예하면 십구 세기의 독일인이 햄릿을 자기들의 표현이라고 믿었듯이—좋아라 하지만 셰익스피어는 영원한 비밀로 남아 있다는 것이었다. 따라서 또우버 윌슨 교수 자신이 아전인수를 하고 있는 것이 분명하지만 그것은 동시에 현재 영국에 있어서 셰익스피어 연구가 어느 방향으로 가고 있는가 하는 암시를 주기에는 충분함으로 그의 연설을 한 대목 소개하고자 한다—

소학교 아동도 다 《베니스의 상인》을 안다. 하지만 근년에 이르기까지 이 작품을 이해한 사람은 드물었다. 《베니스의 상인》은 친유태적이냐 반유태적이냐? 하는 것이 백년 이상을 끌고 온 비평가들의 의문이었다. 십육 세기 무대에서 샤일록은 반半 희극적 늙은 악한으로 그가 돈과 딸에 대하여 튜발과 수작하는 장면은 박장대소를 환기했다. 그는 훌륭한 기독교 신사의 생명을 음해하려다가 제 꾀에 제가 넘어간 것이다. 그러나 머크리이디(Macready)와 어빙(Irving)은 샤일록을 전연 다르게 연출하여 영원히 학대 받는 민족의 숭고한 챔피온 즉 피압박 민족을 위하여 희생된 수난자로 만들었다. 이 두 해석이 다 작품을 옳게 파악하지 못하였다. 샤일록은 무서운 늙은이 즉 일종의 인간 호랑이지 희극적인 데는 전연 없는 인물이다.

《베니스의 상인》은 인류의 병을 폭로하는 신화다. 셰익스피어는 친유태적도 반유태적도 아니다. "지긋지긋한 현실 속에 이러한 사태가 있으니 이해하라"고 셰익스피어는 말하는 것 같다.

《베니스의 상인》은 아주 불편부당한 극이요 편당적으로 해석하면 힘이 많이 빠져버리는 까닭에 나는 그의 불편부당성을 강조한 것이다.

《베니스의 상인》에게 영향을 주었으리라는 말로우(Marlowe)의 《몰타도의 유태인》의 주인공 버래버스만 보더라도 또 엘리자베스 여왕을 독살하려고 서반아가 음모한 데 끼었다는 죄목으로 교수형대에 올라 증오심에 불타는 군중의 고함 속에 처형된 여왕의 시의이었던 유태인 로페즈Lopez 사건만 보더라도 또 그 후에 무수한 반유태적인 연극이 런던에서 상연되었다는 사실만 보더라도 아니, 《베니스의 상인》을 읽어만 보더라도 셰익스피어가 샤일록에게 동정했다는 해석은 어불성설이다. 그러나 극을 만드는 것이 시대와 관중이기 때문에 후세에 샤일록에게 동정하는 사람들이 생겨났다는 것은 우리가 셰익스피어를 연구할 때 그냥 일소에 붙일 수 없는 사실이다.

《로마법의 정신》이란 대저로 유명한 법리학자 루돌프 폰 예링(Rudolf V. Jhering)은 《권리를 위한 투쟁》이라는 저서에서 셰익스피어를 맹렬히 공격하고 샤일록을 다음과 같이 변호했다.

"나는 샤일록의 증서를 유효하다고 인정해야 된다고 주장한 것이 아니라 일단 그것을 유효하다고 인정한 이상 그 증서를 내종에 선고를 내릴 때에 이르러 비열한 속임수로 제쳐 무효라 해서는 안 된다는 것을 주장한 것이다.…… 대체 피 없는 살이 있는가? 안토니오의 몸에서 한 파운드의 살을 베는 권리를 샤일록에게 시인한 재판관은 그와 동시에 그것 없이는 살일 수가 없는 피도 또한 벨 것을 그에게 시인한 것이다. 그리고 한 파운드를 베는 권리를 가진 자는 그가 하고자 하면 더 적게 요구할 수는 있다.…… 그리하여 비열한 기지로 말미암아 그의 권리를 수포로 돌아가게 한 판결에 억눌려서 그 자신이 무너졌을 때, 그가 쓰디쓴 조소를 받으며 맥없이 까불어져서 비틀비틀 걸음을 옮겼을 때에 그와 더불어 베니스의 법률이 왜곡된 것이다. 거기서 쥐죽어 달아난 것은 유태인 샤일록이 아니라 중세기에 있어서의 유태인의 전형인 자태 즉 권리를 찾아 헛되이 소리를 지르던 저 사회의 천민이었다는 감정을 뉘 감히 금할 수 있으랴."

시인 하이네도—그도 유태인이었다—자기 옆에 앉았던 어떤 영국인 관객이 《베니스의 상인》의 제사막을 보고나자 흐느껴 울면서 몇 번이고 "저 불쌍한 사람이 억울하다"고 소리 쳤다는 말을 하고 "그 울음이야말로 십육 세기 동안 학대받던 민족이 당한 수난을 안고 있는 가슴에서만 우러나올 수 있는 울음이었다"고 설명했다.

아니, 샤일록에 동정한 사람들은 예로 들 것 없이 우리들 자신이 포시어의 저 유명한 〈자비의 시〉보다 샤일록의 말에 솔깃할 염려가 있다.

"잘못한 일 없는 제가 무슨 판결인들 무서워하겠습니까. 당신네들은 사온 종을 많이 집에다 두곤 나귀나 개나 노새처럼 천한 일에 마구 부려먹지 않습니까. 돈 주고 샀다고 해서요. 제가 이렇게 말씀 드리면 어떨까요. 그들을 해방하여 당신네 자녀들과 결혼을 시키세요. 왜 그들은 무거운 짐을 지고 땀을 흘립니까? 그들의 잠자리도 당신네들 것처럼 보들보들하게 해주고 그들의 입 속에도 꼭 같은 맛있는 음식을 넣어주시오 라고요. 그러면 당신네 대답이 "종은 우리의 소유다" 하시겠지요. 저도 그렇게 대답하겠습니다. 내가 저 사람에게 요구하는 한 파운드의 살도 비싼 값에 산 것입니다. 내 것이니까 내가 소유하려는 것입니다. 만약 그것을 안 된다고 하시면 당신네들의 법률은 무엇에 말라비틀어진 것입니까. 베니스의 법령은 아무 힘이 없게 됩니다." (사막 일장)

셰익스피어가 의식했건 안 했건 《베니스의 상인》 속에는 귀족계급과 신흥귀족인 부르주아와의 대립이 역연歷然이 나타나 있다. 샤일록이 이 새로운 계급을 대표하는 요소가 있기 때문에 근대에 와서 그를 옹호하는 사람들이 부쩍 늘은 것이다. 맑스는 《자본론》에서 지적하기를 샤일록이 '살과 피'를 요구한 것은 자본가로서는 당연한 것이며 자본가의 돈이란 결국 '살과 피'를 착취한 것이라 했다. 샤일록이 귀족을 대표하는 안토니오의 미움을 받는 까닭은 유태인이라든지 기독교도가 아니라는 데 있는 것이 아니라 돈을 빌려주고 이자를 받는다는 데 있었다. 친우 바싸니오의 결혼 비용을 조달하기 위하여 샤일록에게 삼천 따커트의 대금을 빚내러 가서도 "이 후라도 나는 또 너를 욕하고 침 뱉고 발길질 할런지 모른다. 그러니 이 빚을 주려거든 친구에게 주는 심 잡지 말라. 왜냐면 생산력 없는 금속을 친구끼리 꾸어주고 이자를 받는 우정이 있을 수 있는가? 그러니 차라리 원수에게 꾸어주는 심 잡으라"(일막 삼장) 한다. 또 샤일록이 안토니오를 미워하는 이유로 그의 방백 말마따나 "안토니오는 돈을 거저 꾸어주어서 베니스에 있어서 이자의 율을 떨어트리는 데"(일막 삼장) 있는 것이다. 《베니스의 상인》에 있어서 사건을 진전시키는 가장 중요한 모멘트인 안토니오와 샤일록의 대립은 실로 돈을 빌려주고 이자를 받는 것이 정당하냐 아니하냐 하는 문제라고 볼 수 있다. 다시 말하면 봉건적 이데올로기와 자본가적 이데올로기의 대립인 것이다.

또 우버 윌슨이 말하듯이 십팔 세기 무대에서 샤일록은 반半 희극적 늙은 악한으로 연출되어 돈과 딸에 대하여 같은 고리자본업자 튜발과 수작하는 장면이 박장대소를 환기했는데 같은 샤일록이 현대에 와서는 심지어 눈물까지 자아낸다는 사실 즉 '십육 세기 동안 학대 받던 민족이 당한 수난을 안고 있는 가슴에서만 우러나올 수 있는 울음'을 자아낸다는 사실은 그냥 간단히 "작품을 옳게 파악하지 못했다"고 치워버릴 수는 없는 문제이다. 샤일록을 악한으로 보느냐 그와 정 반대로 억울한 일을 당한 늙은이로 보느냐는 분기점은 돈을 빌려주고 이자를 받는 것이 옳으냐 그르냐에 달려 있는 것이다. 돈의 이자를 받는 것이 버젓한 논리가 되어있는 자본가적 사회의 통념으로 볼진댄 안토니오는 아무 죄도 없는 샤일록에게 침을 뱉고 발길질을 한 것이다.

> "안토니오씨 당신이 날 보고 돈 놀이하여 취리한다고 욕한 것이 골백번은 되겠습니다. ……내 수염에다 침을 뱉고 남의 집 개새끼를 문 밖으로 차 내좇듯이 나에게 발길질을 했겠다요." (일막 삼장)

그러나 이렇게 인종 유린을 당하고도 샤일록은 "어깨를 으쓱하고 꿀꺽 참았다"고 셰익스피어는 썼다. 사람들을 종으로 팔고 사고 그 사온 종을 '많이 집에다 두곤 나귀나 개나 노새처럼 천한 일에 마구 부려먹던' 안토니오가 돈 놀이한다고 샤일록에게 침을 뱉고 발길질을 해도 오히려 잘 했다고 칭찬을 받고 샤일록은 그래 싸다 하는 생각을 갖게 한 것은 봉건적 이데올로기가 지배하던 엘리자베스조의 무대에서는 당연했던 것이다. 그러나 현대는 어떠한가? 샤일록보다 굉장히 더 큰 자본업자인 월가의 금융자본가에게 침을 뱉고 발길질을 한다면—감히 그럴 사람도 없겠지만—어떻게 될 것인가? 미국의 데모크러시란 트루만 대통령이 입버릇처럼 말하듯이 '기업의 자유'(Freedom of Enterprise)가 근본정신인데 훌륭한, 아니, 가장 현대적인 기업인 금융업을 탄압하려는 안토니오는 분명히 소위 데모크러시의 적인 것이다. 그래서 퀼러-코치 경은 《셰익스피어의 기교》에서 안토니오의 무리들에 대한 적의를 표명했다. 그는 소년 때 처음 《베니스의 상인》을 본 때부터 좋아하지 않았는데 그 까닭을 분석해 본 결과 안토니오를 싸고도는 무리들이 기생충적 존재에 지나지 않고 생산은 없는데 소비만 많이 하는 무리들이며 인정이 눈꼽만치도 없는 놈들이라는 것을 증명했다. 그리고 자기의 의식이 자본가 사회에서 생겨난 것을 잊고 봉건사회에 살던 셰익스피어도 꼭 같은 의식을 가지고 있다고 견강부회했다.—

"그러면 왜 이러한 베니스인들이 그렇게도 몰인정하냐? 내 생각엔—독자 여러분도 나와 같은 생각일 것이다—셰익스피어가 일부러 베니스를 르네상스의 몰인정하고 천박한 면을 나타낸 것으로 만들었다." 〈셰익스피어의 기교〉(103페이지)

셰익스피어가 안토니오와 바싸니오의 무리들을 인간성을 결여한 기생충적 존재로 표현했다고 주장하는 것은 자본가 사회의식을 봉건사회 의식에 대치해 놓고서 셰익스피어 극을 해석한 데서 오는 오류이다. 퀼러 코치 경이 《베니스의 상인》을 보고 안토니오의 무리들에 대하여 좋지 못한 감정을 가진 것을 진실한 감정이 아니라는 것이 아니라 셰익스피어 시대의 관객도 꼭 같은 감정을 가졌다고 생각하면 큰 잘못이라는 것이다. 즉 긍정적이던 것이 부정적이 된 가치의 전도를 이에서 발견하게 되는 것이다. 따라서 셰익스피어 시대에 있어서 증오의 대상이던 샤일록이 현대에 와서는 동정을 사게 되는 것도 똑 같은 이치가 아닌가. 결국 셰익스피어 시대에는 부정적이던 것이 긍정적인 것이 되는 시대가 온 것이다. 월가의 금융 자본가들이야말로 샤일록의 후예인 것이다.

셰익스피어의 작품에 있어서 현대에 와서 가치가 전도된 것의 가장 뚜렷한 예가 폴스타프이기 때문에 폴스타프를 논하여 셰익스피어 시대에 부정적이던 것 아니, 셰익스피어 작품에서 부정적인 것이 어떻게 현대에 와서 긍정적인 것이 되었나 하는 것을 밝힘으로 말미암아 셰익스피어는 불편부당한 작가라느니 셰익스피어는 주견이 없는 작가라느니 셰익스피어는 영원한 비밀이니 하는 영미의 부르주아학자들의 신화를 비판하려는 것이 이 소론의 목적이다.

톨스토이는 셰익스피어를 통털어 그 가치를 부정해버렸다.

"오십 년 동안 나는 자신을 시험하기 위하여 때로는 노서아 말로 때로는 영어로 때로는 독일어로 또 때로는 사람들이 권하는 대로 쉴레겔의 번역으로 가능한 한 다방면으로 셰익스피어를 몇 번이고 읽어보았다. 몇 번이고 몇 번이고 비극, 사극, 희극을 읽었다. 그러나 의연히 동일한 기분—반감과 염증과 의혹—을 맛볼 뿐이었다. 지금 이 논문을 쓰기 전에 일흔 다섯이나 된 노령의 내가 다시한번 자신을 시험해 보려고 새로이 헨리의 사극으로부터 《트로일러스와 크레씨다》, 《태풍》, 《심벨린》에 이르기까지 셰익스피어의 전 저작을 통독하고 더 강렬하게 꼭 같은 기분을 경험했다. 그러나 이제 와서는 그것은 벌써 의혹이 아니다.…… 셰익스피어의 여하한 극을 읽은 경우에도 처음부터 곧 나는 십이분 명확하게 다음과 같이 단언할 수 있다. 셰익스피어에게는 성격 묘사의 유일한 수단—적어도 그 중요한 수단—인 '말'이 결여되어 있다. 즉 각개의 인물이 각자의 이성에 꼭 맞는 말을 가지고 말하지 않는다.…… 셰익스피어의 인물은 모두 자기 자신의 말을 쓰지 않고 무슨 경우에든지 항상 동일한 셰익스피어 일류一流의 수사투성이인 부자연한 말을 쓴다. 참말이지 그 말은 거기 등장하여 행동하는 인물이 말할 수 없을 뿐 아니라 어느 때 어떠한 장소에서도 맥이 통해 있는 인간처 놓고 도저히 말할 수 없는 말인 것이다."

—〈셰익스피어의 희곡에 대하여〉

세계 문학사에 있어서 새로운 시대를 가져온 노서아의 소설가 톨스토이의 이러한 주장을 일소에 붙일 수는 없지 않은가. 같은 시대에 나서 또 같은 소설가로서 어깨를 나란히 한 투르게네프가 셰익스피어에 심취한 것은 누구나 아는 바이지만 톨스토이와 투르게네프가 셰익스피어에 대해서 늘 의견 충돌을 한 것도 유명한 사실이다. 투르게네프가 셰익스피어를 읽다가 흥분해서 무릎을 치고 좋다는 대목을 톨스토이가 읽고는 무엇이 좋으냐고 아무 감흥을 느끼지 않았던 것이 한 두 번이 아니었다. 또 이들과 같은 시대의 소설가 도스토예프스키가 《카라마조프형제》에서 냉혈의 악한 스메르자코프로 하여금 "그것이 시인 한 근본적으로 무용지장물입니다. 그래 시로 말하는 사람이 어디 있겠습니까. 만약 우리가 시로 말한다면 설사 정부의 명령으로 하는 것이라 하더라도 우리는 별로 말을 못할 것이 아네요. 시는 유해무익한 것입니다. 마리아 콘드라레브나—"(제오권 제이장)라고 말하게 하여 시를 모르는 자는 인간성이 결여되었다는 것을 예술적으로 풍자한 것이 직접 셰익스피어의 시를 부정한 톨스토이를 두고 욕한 것인지 아닌지는 모르겠으나 투르게네프와 더불어 도스토예프스키는 시를 지양하지 못한 소설가라는 것은 누구나 시인하는 바다. 그리고 이른바 예술을 위한 예술을 주장하는 사람들의 의견과는 정반대로 현재 소련에서는 톨스토이가 이 두 사람보다는 훨씬 더 높게 평가된다는 사실도 결코 우연이 아니다. 리얼리즘에서 볼 때 투르게네프와 도스토예프스키는 톨스토이에 멀리 미치지 못하는 것이다.

이러한 톨스토이가 폴스타프를 평하여 "폴스타프는 참 철두철미 자연스럽고 특이한 인물이다. 그러나 그 대신 셰익스피어가 그려낸 거의 유일한 자연스럽고 독자적인 인물이다. 그렇다 이 인물은 자연스럽고 독자적이다. 하고何故냐 하면 셰익스피어의 제인물 중에서 폴스타프만이 자기의 성격이 본래 가지고 있는 말로써 말을 하기 때문이다"라고 하였다. 폴스타프가 순전히 산문으로 말하는 인물인 것을 생각할 때 스메르자코프의 말마따나 '정부의 명령으로 하더라도' 블랭크 버스(무운시)로 말하는 것은 불가능하다고 생각할 때 톨스토이의 입장에서 폴스타프가 가장 잘 표현된 인물이라는 것은 당연한 결론이다. 《전쟁과 평화》에서 나폴레옹이 노서아를 쳐들어 갈 때 역사에 나타나는 바로 그 언덕 위에 서서 불란서 말로 말하게 한 톨스토이가 볼 때 셰익스피어가 로미오나 햄릿이나 오셀로나 맥베스나 리어왕으로 하여금 시로 말하게 한 것을 '그 말은 거기 등장하여 행동하는 인물이 말할 수 없을 뿐 아니라 어느 때 어떠한 장소에서도 맥이 통해 있는 인간 쳐놓고 도저히 말할 수 없는 말'이라 한 것은 당연하다 하겠다.

하지만 폴스타프의 말을 가장 '셰익스피어적인 말'이라 한 톨스토이는 자기모순에 빠졌다 할 것이다. 더군다나 셰익스피어가 그 극에 있어서 하고 많은 인물 중에 폴스타프만은 성공한 이유로 셰익스피어가 폴스타프 같이 타락한 비겁하고 음탕하고 도둑질이나 사기를 일삼는 놈이었기 때문에 자기와 꼭 같은 성격을 묘사한 까닭이라 한 것은 지나친 판단이다. 가장 셰익스피어적인 말은 시지 산문이 아니요 셰익스피어 역시 톨스토이와 같이 폴스타프를 논리적으로 부정하고 있는 것이다. 하긴 셰익스피어가 어떠한 의도에서 폴스타프를 그렸느냐 하는 것은 본론의 중심점이기 때문에 잠시 그 판단을 보류하기로 하자. 다만 폴스타프론을 전개하기 전에 톨스토이를 끌어낸 것은 산문정신에서 볼 때 셰익스피어의 가치가 전도된다는 것, 또 이렇게 셰익스피어가 송두리째 부정될 때도 폴스타프만은 긍정된다는 것을 증명하기 위해서다. 대 톨스토이가 오십년 동안이나 셰익스피어를 연구한 결론이 전연 무의미할 까닭이 없지 않은가. '맥이 통해 있는 인간'의 말 즉 산문을 가지고 소설을 쓴 톨스토이와 백오십사편의 십사행시, 《비너스와 애도니스》 등의 장시를 빼놓고도 삼십칠 편의 희곡에서 105,866행 중의 74 퍼센트를 시(주로 블랭크 버스)로 쓴 셰익스피어가 질적으로 다른 작가라는 것은 빤한 노릇이요 톨스토이가 셰익스피어를 이질적인 것으로 느끼고 그것을 솔직히 고백한 것이 그의 셰익스피어론인 것이다. 폴스타프는 셰익스피어의 유일한 산문극《윈저의 유쾌한 아낙들》의 주인공이요,《헨리사세》이부작에서도 산문으로만 말하는 인물이기 때문에 톨스토이의 가치 기준에 합격한 것이다. 셰익스피어를 철두철미 시인의 입장에서 이해하려고 애쓴 콜리지가 그의 유명한《셰익스피어 강의》에서 폴스타프를 한마디로 자미 없는 인물이라 한 것은 흥미 있는 사실이다. 폴스타프가 둘째 왕자 랭카스너를 미워하는 이유도 후자가 그의 싱거운 기지에 대하여 아무 반응이 없는 때문이라고 콜리지는 단정했다. 영문학에 있어서 최대의 희극적 인물인 폴스타프가 시인 콜리지에게 아무 감흥을 주지 않았다는 것은 셰익스피어를 통 털어 욕하고도 폴스타프만은 걸작이라고 한 산문가 톨스토이의 주장과 대비해 볼 때 가볍게 볼 수 없는 사실이다. 즉 폴스타프란 현대와 산문정신이 클로즈업시킨 인물이며 셰익스피어를 하느님처럼 모시던 괴테와 실러를 비롯해서 낭만주의자들은 폴스타프를 문제시하지도 않았던 것이다.

그러나 현대에 와서 샤일록이 동정을 받은 것과는 비교가 되지 않을 만큼 폴스타프는 사랑을 받고 있다. 아니, 그를 위대한 인간상으로 모시어 앉히는 것은 퀼러-코치나 A. C. 브래들리 등의 셰익스피어학자만도 아닌 것이다. 자유주의자들이 이상으로 하는 인간이 폴스타프에 구현되어 있기 때문이다. 브래들리를 빌어 이들의 우상인 폴스타프를 그려보면 —

"유머 속에서 자유의 축복을 획득한 것이 폴스타프의 본질이다. 그의 유머는 오로지 또는 주로 명백히 불합리한 것에 대해서만 공격을 가하는 것이 아니라 그의 안일을 방해하는 것 따라서 진지한 것 더욱이 체면 차리고 도덕적인 것은 무엇이던 적대시한다. 왜냐하면 이러한 것들은 한계와 의무를 부과하여 우리들로 하여금 법률이라는 우스꽝스런 늙은이라든지 지상명령이라든지 우리의 지위와 그에 따르는 책임이라든지 양심이라든지 평판이라든지 타인의 의견이라든지 모든 종류의 유해한 것에 종속하게 만들기 때문이다. 내 말은 그래서 폴스타프는 이런 것들의 적이라는 것이다. 그러나 나의 말은 옳지 못하다. 폴스타프가 이런 것들의 적이라는 것은 폴스타프가 이런 것들을 대단한 것으로 여겨서 그 힘을 인정하는 것을 의미하는데 실상인즉 폴스타프는 이런 것들은 전연 인정하려 하지 않는다. 이런 것들은 폴스타프가 볼 때 못난 것이며 어떠한 사물을 못난 것으로 돌리는 것은 그 것을 무로 돌려버리고 자유롭고 유쾌하게 돌아다니는 것을 의미한다. 이것이 인생에 있어서 소위 대단한 것들에 대하여 폴스타프가 때로는 말로만 때로는 행동으로까지 취하는 태도이다."

―〈폴스타프의 부정〉

이리하여 폴스타프는 진리도 명예도 법률도 애국심도 용기도 전쟁도 종교도 죽음의 공포도 못난 것으로(ad absurdum) 돌려버리고 어린아이처럼 천진난만하다는 것이다. 폴스타프는

청산도 절로절로
녹수도 절로절로
산 절로 수 절로절로
산수간에 나도 절로절로
그 중에 절로절로 자란 몸이니
늙기도 절로절로 하리라.

는 시조가 말하듯 자유의 경지에서 사는 노인이라는 것이다.

"그러므로 우리들은 폴스타프를 칭찬하고 우리들은 폴스타프를 찬미한다. 왜냐하면 폴스타프가 비위를 거스르는 것은 도덕지사뿐이요, 폴스타프는 생활이 진실하다든지 생활이 진지하다든지 하는 것을 부정하며 우리들을 이러한 가위눌림에서 구원하여 완전한 자유 분위기 속으로 우화등선시키기 때문이다." (동

논문)

일언이폐지하면 폴스타프는 '부르주아의 인간상'인 것이다. 현실의 속박을 받지 않는 자유—그런 자유란 자본가 사회엔 있을 수 없는 자유인데—를 구현한 것이 폴스타프이며 따라서 인간의 이상적 타이프라는 것이다. 이것은 확실히 부르주아가 셰익스피어의 거울 속에서 자기의 얼굴을 발견한 것이라 하겠다.

3

샤일록이가 십육 세기까지 '반半 희극적 늙은 악한'으로 관중의 웃음을 터트렸듯이 폴스타프도 비겁한 놈으로서 웃음거리밖에 되지 않았다는 것은 최초로 폴스타프를 옹호한 모리스 모건 자신이 인정하는 바다. 모건은 1774년에 써서 1777년에 발표한 유명한 논문 〈존 폴스타프경의 희극적 성격에 관한 논문〉의 서문에서 셰익스피어는 폴스타프를 비겁한 놈으로 만들었다는 것이 일반의 압도적인 여론이지만 자기는 정반대라고 생각한다고 전제하고 교묘한 폴스타프론을 전개하였다. 후세의 폴스타프론이 거개가 이 논문의 영향을 받았으므로 폴스타프의 가치를 전도시키는 데 선구가 된 모건의 이론을 좀 자세히 소개할 필요가 있다.

모건은 인간의 인식 능력을 지성과 감성의 둘로 나눠서 우리가 사람을 판단할 때 지성은 행동을 가지고 동기와 성격을 추리하며 감성은 정반대로 '성격의 제일원리'에서 행동을 규정한다고 했다. 그리고 지성으로 인식하는 것은 명확하게 언어로 표현할 수가 있지만 감성으로 파악하는 것은 욕변이망언欲變已忘言이라 언어로 표현하기란 곤란하다는 것이다. 가령 어떤 사람의 형언하기 어려운 음성이라든지 표정이 우리에게 어떤 형언하기 어려운 정열을 일으키게 할 때 그 인상을 언어로 표현할 수 있을 것인가. 그러나 지성이 어떤 행동을 가지고 좋다 그르다 하는 것은 언어로 용이히 표현되는 바다. 그러므로 소설이나 희곡은 현실 그대로의 인물을 표현하지 못하고 행동에서 성격을 이해시킴으로 인간 생활의 그릇된 표현이며 행위의 옳은 안내자가 되지 못한다. 그러나 셰익스피어만은 열외로 그의 희곡에 나오는 인물을 실재의 인물과 꼭 같다는 것이다. 즉 셰익스피어는 실재 그대로의 인물을 표현하는 놀라운 재조를 가지고 있으므로 그 인물을 무대에 올렸을 때 관중은 자기네들의 지성이 파악하는 것과는 모순되는 인상을 받게 되는 것이다. 폴스타프를 예로 들면 그가 가는 곳마다 비겁한 행동을 하니까 지성이 볼 때 폴스타프를 비겁한 놈으로 판단하기가 첩경이지만 그 사람이 비겁하냐 아니하냐를 결정하는 것은 행동이 아니라 그 행동을 낳는 동기와 성격에 있는 것이니까 또 동기와 성격은 감성만이 파악할 수 있는 것이니까 우리가 존 폴스타프경에 대하여 좋은 인상을 가지게 되는 것은 셰익스피어가 폴스타프를 비겁한 놈으로 만들지 않았다는 강력한 증거라는 것이다.

"우리의 이러한 설이 통용되는 것은 폴스타프의 용기만이 아니다. 이 성격의 어떠한 부분이고 우리들 마음에 십분히 결정된 것은 없다. 적어도 폴스타프에 관해서 우리들의 말과 감정에는 이상한 모순이 있다. 우리들은 누구나 폴스타프군을 사랑한다. 하나 어떤 이상한 얄궂은 인연으로 우리들은 누구나 그를 천대하고 그에게 눈꼽만한 좋은 점도 체면도 인정하지 않는다. 이에는 무슨 비상한 곡절이 있을 것이다. 이렇게 부도덕한 대상에 대하여, 우리들의 사랑과 선의를 자아낼 수 있는 것은 셰익스피어의 이상한 예술이라 할 것이다. 폴스타프는 기지와 가장 독특한 매력 있는 변죽 좋음과 유머를 가지고 있다손 치자. 부도덕의 유머와 변죽 좋음이 그렇게도 대단히 매력적인 것일까? 비속과 갖은 좋지 못한 성질에 특유한 기지가 사람의 마음을 이끌어 사랑하게 할 수 있을까? 그와 반대로 이러한 유머의 두드러짐과 이러한 기지의 번쩍임이 성격의 결함을 더 강하게 폭로하므로 말미암아 이 인물에 대하여 우리들의 증오와 경멸을 그만큼 더 효과적으로 도발하는 것이 아닐까? 그러나 폴스타프의 성격에 대한 우리들의 감정은 그렇지 않다."

폴스타프의 실재적 성격과 현상적 성격의 모순—전자는 우리의 감성으로 파악하는 폴스타프요 후자는 우리의 지성으로 인식하는 폴스타프다—이 우리가 폴스타프를 사랑하는 동시에 비난하게 하는 모순을 설명하는 것이며 이 모순이야말로 폴스타프로 하여금 웃음과 기쁨을 낳는 휴머러스한 성격으로 만드는 것이라 한다. 다시 말하면 폴스타프는 본질적으로는 용기의 소유자인데 현상적으로는 비겁한 놈처럼 셰익스피어는 표현했다는 것이다. 그래서 용감한 사람이 일견 비겁한 짓을 하는 것이 희극적인 효과를 나타낸다는 것이다.

모건은 다음과 같이 폴스타프의 성격을 그린다. 폴스타프는 천품이 고도의 기지와 유머에다 풍부한 자연의 생명력과 정신의 경쾌함을 타고 나온 사람으로 그의 성격은 이러한 것이 근본이 되어 구성되는 것이다. 이러한 성격의 소유자인지라 폴스타프는 소시 때부터 사교계에서 대환영을 받았으며 그 이상 다른 덕을 쌓을 필요가 없었던 것이다. 그는 천성이 악의나 무슨 악한 원리를 모르는 마음의 소유자인 것 같다. 그렇다고 선을 바라고 노력한 일은 전연 없다. 그의 결점에도 불구하고 아니, 결점 때문에 사람들이 존중하고 사랑한다는 것을 그는 발견하였다. 게다가 그는 군인이었다. 타고나기를 용감과 모험의 정신을 가진 데다가 시대가 전국시대라 폴스타프는 종소욕이불유거縱所欲而不逾矩하는 자유분방한 생활을 할 수 있었던 것이다. 사교계에서 아니, 주막에서, 계속하여 방탕과 음주와 간음과 폭식과 안일 속에 탐닉했으며 때로 거짓말을 하여가며 차차 건전한 생활에 도전하게 된 것이다. 그의 기지를 연원한 밑천으로 삼아 돈을 꾸고 요리 조리 둘러치고 편취하고 때로는 강도질까지 하지만 불명예스럽지 않다. 즉 폴스타프의 무절제는 웃음과 칭찬을 동반할 따름이다. 그의 행동이 무슨 확실한 나쁜 주의나 좋지 못한 의도가 지배하지 않는 것이 명백하니까 모든 것을 작난과 해학諧謔으로 돌리게 된다. 그러나 점점 방종으로 말미암아 나쁜 버릇을 얻게 되고 해학가가 되고 굉장히 비대해지고 노년의 결함에 빠지게 된다. 그러나 잠시도 젊은이의 부박이나 죄과를 하나도 버리지 않으며 그로 하여금 인생행로를 안이하게 걷게 하였고 다른 사람들에게 기쁨을 준 정신의 뇌락磊落함을 조금도 잃지 않는다. 이리하여 구경에는 젊음과 늙음을, 모험과 비만을, 재기와 무모를, 빈곤과 낭비를, 체면과 골계를, 순진한 의도와 간악한 실천을 뒤범벅한다. 나쁜 주의로 말미암은 증오라든지 비겁으로 말미암은 경멸을 자초하는 일이 없음에도 불구하고 증오와 경멸을 받는 사건에 휘말려 들어간다. 우리가 셰익스피어에서 발견하는 폴스타프는 폴스타프가 그의 생애에 있어서 이러한 시기에 다다른 때다. 즉 폴스타프의 천성이 제이의 천성으로 말미암아 가려져서 우리의 지성만으로는 알아 볼 수 없게 되었을 때 비로소 무대에 나타나는 것이다. 폴스타프는 '체질적 용기'(constitutional courage)의 소유자이다. 즉 본질적으로는 용감한 성격인데 무대에서 비겁한 행동을 하기 때문에 즉 현상적인 비겁 때문에 본질까지 비겁한 자로 오해를 받는 것이다.

모건은 이러한 폴스타프의 성격론을 더욱 합리화하기 위하여 주를 달아서 셰익스피어 작극술의 비밀을 다음과 같이 설명한다.—

"자주 셰익스피어는 대담스럽게도 자기의 작품에서 추단할 수는 있으나 명백하게 표현하지 않은 언행을 그의 인물에게 시킨다. 이것이 놀라운 효과를 나타내는 것이다. 즉 이로 말미암아 우리들은 시인을 넘어서 실재에 접근하게 되는 것 같다. 그리하여 달리는 불가능한 성실과 진실을 사실과 인물에게 부여하는 것이다. 이것이 정말 셰익스피어의 기교이며 이 기교를 우리가 의식하지 않게 되므로 이것을 실재라고 강조하여 부르는 것이다. 눈에 보이지 않는 원인에서 감득되는 타당과 진실이 시적인 작품의 절정이라고 나는 생각한다. 다른 작가들의 인물이 거의 다 보잘 것 없는 모방에 지나지 않는데 셰익스피어의 인물들은 이렇게 완전하고 말하자면 독창적이라면 이 인물들은 희곡적 인물로 보는 것보다도 오히려 역사적 인물로 보는 것이 적당한 것이다. 즉 경우에 따라서는 그들의 행위를 성격 전반에서 일반원리에서 잠재적 동기에서 표명하지 않은 의도에서 연역하는 것이 적당할 것이다."

이리하여 모건은 폴스타프와 그를 따라다니는 어중이떠중이들의 입에서 나오는 편언쌍구片言雙句를 긁어 모아가지고 그야말로 독창적인 폴스타프의 성격을 구성하여 폴스타프를 '체질적 용기'의 소유자라고 단정하고 《헨리사세》이부작에 나타나는 그의 비열한 행동을 모두 현상적인 것이라 하여 이른바 그의 현상적인 행동을 이렇게 형이상학적으로 창조한 폴스타프의 '성격 전반에서 일반원리에서 잠재적 동기에서 표명하지 않은 의도에서 연역'한다. 그러므로 셰익스피어 극의 장면 장면을 따라 거기서 하는 폴스타프의 언동이 그의 성격을 결정하는 것이 아니라 미리 형이상학적을 구성된 전체적인 폴스타프를 가정하지 않고는 폴스타프의 언동을 이해할 수 없다는 것이다. 다음과 같은 한 가지 예만 들더라도 모건의 논법을 짐작하기에는 족하다.―

"이 극 처음에 나오고 또 우리에게 폴스타프를 소개하는 강도질하는 장면과 그에 따르는 꼴사나움은―나는 이 장면이 부당한 편견을 낳았다고 보기 때문에―우리가 폴스타프의 성격 전체를 더 충분히 알게 될 때까지 보류해 두자고 제언한다."

아니, 모건의 의견을 좇는다면 그가 우리에게 제공하는 폴스타프의 성격에 관한 교묘한 철학을 체득하기까지는 폴스타프에 대한 판단을 끝까지 보류해야 될 것이다.

철학자 아리스토텔레스도 극을 논할 때 "극에 있어서는 인물들이 이야기를 행동한다"(《시론》 제삼장 1448) 하였다. 극을 논함에 있어서 행동을 현상적이라 하여 치지도외하고 작가가 '명백하게 표현하지 않은 …… 성격 전반에서 일반 원리에서 잠재적 동기에서 표명하지 않은 의도에서' 역으로 연역하여 극에 나오는 인물의 행동을 설명한다는 것은 극 이론으로서도 본말을 전도한 것일뿐더러 셰익스피어를 거꾸로 해석하는 것에 지나지 않는다. 모든 것을 감추어 두는 것이 셰익스피어의 기교라고 모건은 거듭 강조하지만 정반대로 삼척동자라도 얼른 알아차릴 수 있게 하는 것이 셰익스피어의 수법인 것이다.

"셰익스피어는 그 표현에 있어서 언제나 공식화한 엘리자베스조의 방법을 답습하고 있다. 즉 의미 있는 점은 무엇이든 대낮처럼 명백하게 하고 작가가 중요하다고 생각하는 것은 하나도 빼놓지 않는다. 극중 인물들끼리는 서로 아무리 감추더라도 관중이 어리둥절하게 하는 일은 절대로 없다. 에드가는 베들럼 거지로 변장하고 등장한다. 우리는 첫 눈으로 그를 알아차릴 수 있다. 왜냐면 이미 그는 이렇게 차리고 나올 자기의 의도를 성명聲明한 바 있었고 '이 나라에 경험과 전례가 있는' 베들럼 거지가 어떠한 외관과 행동거지를 가지고 있다는 것을 자세히 기술한 바 있었으니까. 그럼에도 불구하고 두뇌가 모자라는 저급한 관중이 행여 혼란을 일으킬까 보아 이 변장한 사람은 무대에 나오자마자 자기가 그렇게 행세하기로 선언한 그 이름을 되뇌인다.

이것이 셰익스피어 수법의 정석이다. 변장에 대한 기교만 그런 것이 아니라 인물의 동기라든지 그들 성격의 주요한 특징이라든지 관객을 놀라게 하거나 혼란을 일으키게 할 염려가 있는 한 그들의 행위에 있어서의 돌변에 대하여서도 꼭 마찬가지다."

—G. L. 키추리쥐 〈셰익스피어〉(강연)

이러한 셰익스피어가 폴스타프만은 그 정체를 끝까지 숨기었을 리가 만무하다. '주막에서, 계속하여 방탕과 음주와 간음과 폭식과 안일 속에 탐닉했으며 …… 편취하고 때로는 강도질까지 하는' 폴스타프를 진정한 자유와 용기를 구현한 인간상으로 만들려는 것이 셰익스피어의 의도이었더라면 그것을 감추기는커녕 처음부터 관중에게 그것을 명백히 했을 것이다. 〈셰익스피어의 산문〉에서 폴스타프에 대한 셰익스피어의 의도를 명백히 했으니까 여기서 또다시 깊게 논할 것은 없지만 폴스타프는 철두철미 산문으로 말한다는 이 한 가지 사실만 들더라도 폴스타프가 '체질적 용기'를 가졌다는 주장은 난센스에 불과하다. 셰익스피어에 있어서 용기가 산문으로 표현되는 일은 절대로 없다. 《리어왕》에서 자기의 상전 코온월공公이 글로스터백伯의 눈을 빼는 것을 보다보다 못해 용기를 내어 나머지 한쪽 눈을 마저 빼려는 것을 제지할 때 시로 말하게 한(제삼막 제칠장) 셰익스피어, 언제나 산문으로 말하는 것이 원칙인 하인도 의분을 느끼고 용기를 낼 때 시로 말하게 한 셰익스피어가 폴스타프는 철저히 산문만을 말하게 한 것이 무엇을 의미하는가. 또 한 세기 동안 관중이나 독자가 폴스타프를 비겁한 놈이라 믿어 의심치 않았다는 것은 모건 자신이 인정하는 바인데 셰익스피어의 기교는 이렇게 오랫동안 사람마다 오해하게스리 신비한 것일까.

존슨 박사에게—그는 모건의 초대를 받아 하룬가 이틀 같이 지낸 일이 있다—모건의 폴스타프론에 대한 의견을 물었더니 "모건이 폴스타프가 비겁한 놈이 아니라고 증명했으니까 요담엔 이아고가 대단히 착한 인물이라는 것을 증명할는지 모른다"(모스웰 〈존슨박사전〉 (1783년조의 주))고 대답하였다. 이아고가 악한이라는 것이 의심할 여지가 없듯이 폴스타프가 비겁한 놈이라는 것도 명약관화한 사실이다. 그럼에도 불구하고 모건은 폴스타프가 비겁한 놈이 아니라는 것을 증명하기 위하여 〈존 폴스타프경의 희곡적 성격에 관한 논문〉을 썼다. 이 논문 자체는 교묘한 궤변에 지나지 않지만 후세에 영미 부르주아 시대에 와서 모건의 폴스타프관이 승리하였다는 사실과 아울러 생각할 때 이 논문을 그냥 궤변이라고 가벼이 일축해 버릴 수는 없는 것이다. 퀼러-코치나 브래들리 등의 폴스타프관의 토대를 닦은 것이 모건이라고 볼 수 있다.

관중이 극을 볼 때 인물을 파악하는 능력을 지성과 감성으로 나누어 지성은 주로 행동을 그리고 감성은 동기와 성격을 인식한다고 한 것이라든지 셰익스피어는 다른 작가와 달라서 감성에 호소하는 숨은 기교를 가지고 있어서 그가 표현하는 인물은 책에서 읽은 그런 추상적 인간이 아니라 실재하는 인간과 꼭 같이 복잡하다는 것이라든지 따라서 폴스타프는 본질적으로 용감한 사람인데 겉으로는 비겁하게 보이게 하여 관중의 지성과 감성이 폴스타프의 현상과 본질을 동시에 체험하게 됨으로 모순을 느끼게 되는 것이 희극적 효과를 나타낸다고 한 것이라든지가 이론으로는 사실을 왜곡시킨 것이면서도 셰익스피어가 비겁한 놈으로 만든 폴스타프를 셰익스피어의 의도와는 전연 다르게 연출할 수 있는 구실은 충분히 주었다 할 수 있을 것이다. 다시 말하면 후세에 폴스타프의 가치를 전도시킬 때 아무도 이상히 여기지 않을 이론적 근거를 주었다 할 것이다.

셰익스피어가 샤일록에 대해서 긍정적인 태도를 취했다는 것이 엉터리 아전인수이듯이 폴스타프를 긍정적인 인물로 표현했다는 것은 엉터리없는 수작이지만 모건의 교묘한 이론이 계기가 되고 또 마땅히 시대의 변천에 따라 변할 폴스타프의 가치고 봄에 드디어 폴스타프는 셰익스피어가 의도한 바와는 정반대의 인물이 되고 만 것이다. 다시 말하면 셰익스피어 극에서 산문 밖에 말하지 못하여 부정적인 요소이던 부르주아가 승리하여 사회의 주인공이 되자 셰익스피어 극에서 가장 많은 산문을 차지하고 있는 인물인 폴스타프를 자기네들의 이상적 인간 타이프로 모시게까지 된 것이다.

4

폴스타프를 옹호하는 사람들도《윈저의 유쾌한 아낙들》에 나오는 폴스타프는 옹호하지 않는다. 정말 폴스타프는《헨리사세》이부작에서 활약하고《헨리오세》에서 죽는 폴스타프지《윈저의 유쾌한 아낙들》의 주인공인 폴스타프는 가짜 폴스타프라는 것이다. 그것은《윈저의 유쾌한 아낙들》에서 폴스타프는 옹호할 여지가 없게 되어 있기 때문이다. 그러면 과연 셰익스피어가 두 가지 종류의 폴스타프를 창조했을까? 브래들리는 셰익스피어 자신이 폴스타프를 타락시킨 것이《윈저의 유쾌한 아낙들》의 폴스타프라고 주장하고 이 극은 셰익스피어 극으로선 열외적인 것으로 산문적인 '영국의 부르주아 생활'에다 근거를 두었기 때문에 자연 그 환경에 휩쓸려서 폴스타프가 타고나온 고매한 시정신을 상실한 것처럼 말했는데 폴스타프는 그 때나 이 때나 똑같은 산문을 말하며 폴스타프를 주인공으로 하는 이상《윈저의 유쾌한 아낙들》같은 산문극이 될 수 밖에는 다른 도리가 없는 것이요《헨리사세》에서는 폴스타프와 대조되는 왕태자 내지 왕인 헨리의 시가 찬란한 빛을 던지기 때문에 그 여광을 받아서 폴스타프도 돋뵈는 것이다.《헨리사세》를〈춘향전〉에다 비하면《헨리오세》는 방자 없이 이도령만 가지고 만든 극이요《윈저의 유쾌한 아낙들》은 이도령 없이 방자만 가지고 만든 극이다.《헨리사세》의 폴스타프와《윈저의 유쾌한 아낙들》의 폴스타프가 전연 다른 인상을 주는 것은 동명이인이기 때문이 아니요 시극과 산문극이 주는 인상의 차이에서 오는 것이다. 이것은 시와 산문의 대립을 염두에 두고《헨리사세》이부작을 읽어보면 여기에 나오는 폴스타프와《윈저의 유쾌한 아낙들》에 나오는 폴스타프가 조금도 다른 데가 없는 동일 인물이라는 것을 알 수 있을 것이다.

그러므로〈셰익스피어의 산문〉과 중복되지만《헨리사세》를 한번 다시 읽어 보기로 하자.《헨리사세》제일부의 제일막 제일장은 시로 된 씬인데 왕이 왕태자의 산문적인 생활을 한탄하는 것을 강조하였다. 바로 이어서 제이장은 왕이 한탄하듯이 왕태자가 폴스타프의 무리들과 산문적인 생활을 하는 산문 씬이다. 그리고 왕태자는 일부러 포인즈에게도 비겁한 척 보인다. 그러나 무대에 혼자 남게 되자 돌연 시로 변하여 다음과 같이 독백한다.—

> 나는 너희들을 잘 안다. 그리고도 얼마동안은
> 너희들의 분방한 방탕벽을 본받으련다 —
> 지저분한 구름이 그 아름다움을 덮어도
> 그냥 모른 척 내버려두다가도
> 또다시 본연의 자태를 나타내고자만 하면
> 그를 압살할 것 같던 더럽고 추한
> 구름 안개를 뚫고 빛나리니
> 없다가 나타나면 더욱 찬연하리라
> ………………………………………

위로는 왕을 비롯해 아래는 폴스타프의 무리에 이르기까지 왕태자를 산문적 성격으로 오해하고 있지만 관중까지 오해하면 안 되니까—극중 인물들이 서로 모르는 것을 관객이 알게 만드는 것이 희극적 효과를 나타내는 중요한 모멘트인 것이다—산문으로만 말하던 왕태자로 하여금 시로 말하게 하여 이렇게 왕태자의 의도 아니, 작가의 의도를 분명히 하는 것이 먼저도 말했거니와 셰익스피어의 정석이다. 이것은 비단 셰익스피어 극이나 엘리자베스조의 극에서만 쓰는 수법이 아니라 고금동서의 극에 공통되는 것이요 우리는 〈춘향전〉에서 이도령이 암행어사로 나오는 장면만 상기하면 《헨리사세》에서 왕태자가 폴스타프의 무리들과 화광동진和光同塵하는 장면은 용이하게 이해할 수 있을 것이다.

그러나 이 독백은 폴스타프를 옹호하는 논객들에게는 눈에 가시와 같은 것이다. 왜냐면 이것 하나만 가지고도 셰익스피어의 의도는 애당초부터 폴스타프를 부정하려는 데 있다는 것이 명백하니까. 그래서 퀼러-코치는 이 독백은 셰익스피어의 기교 중에서 가장 졸렬한 것이라 하고—그는 damnable이라는 심한 형용사를 썼다—셰익스피어가 처음에는 넣지 않았다가 동료 삐어비지나 누구의 충고로 어리석은 관중의 이해를 돕기 위하여 후에 집어넣은 것이리라 했다.

그러나 요컨대 모든 문제는 폴스타프와 막역莫逆같이 보이던 왕태자가 왕위에 올라 헨리 오세가 되자 폴스타프를 부정해 버리는 데 있는 것이다.

> 노인, 짐은 그대를 모르노라. 하늘에 빌라.
> 백발이 어릿광대 노릇을 함은 좋지 못하니라.
> 그대처럼 뚱뚱하고 늙고 치분치분한 그런 종류의 인간을
> 짐은 오래 꿈꾸어 왔다.
> 하나 깨고보니 짐은 짐의 꿈이 남부끄럽도다.
>
> —《헨리사세》 제이부 제오막 제오장

폴스타프의 도당에게는 이것은 청천벽력이 아닐 수 없다. 《베니스의 상인》제사막 재판 씬에서 샤일록이 부정되었을 때 '저 불상한 사람이 억울하다'고 소리치며 통곡한 관객이 있었고, 패소한 샤일록이 '비틀 비틀 걸음을 옮겼을 때에……거기서 쥐죽어 달아난 것은 유태인 샤일록이 아니라 중세기에 있어서의 유태인의 전형적인 자태 즉 권리를 찾아 헛되이 소리를 지르던 저 사회의 천민이었다는 감정을 뉘 감히 금할 수 있으랴'고 비분강개한 법리학자가 있듯이 폴스타프가 《헨리사세》의 대단원에서 부정되었을 때 의분을 참지 못한 영문학자들이 많다. 모리스 모건은 "우리는 왕이 되어 새로운 덕을 차고 나온 왕태자의 배은망덕을 용서하기 어렵다. 그리고

우리는 우리의 늙고 온후하고 유쾌한 친구를 구금하여 불명예스러운 감옥 신세가 되게 한 저 시적 판결(poetic justice)의 가혹함을 저주하는 바다"라고 하였고 퀼러-코치경은 "'시'에 있어서는 한 사람이 다른 사람에게 억울한 짓을 했을 때는 이 사실만으로도 억울한 짓을 당한 사람이 더 좋은 사람이다. 헨리가 (무슨 대의명분을 내세우든) 폴스타프에게 억울한 짓을 하여 절망케 했지 폴스타프는 헨리의 맘을 상하게 하려는 것을 염두에 두어본 적도 없는……해믈릿도 말했지만 폴스타프가 헨리보다 더 훌륭한 사람이다" 라고 하고 셰익스피어가 《헨리사세》의 에필로그에서 폴스타프를 《헨리오세》에 등장시켜 활약시킬 것을 약속했음에도 불구하고 직접 등장시키지 않고 죽었다는 소문만 간접으로 전하게 한 것은 폴스타프가 헨리보도 더 훌륭한 사람이기 때문에 헨리를 민족적 영웅으로 나타내려는 극에 등장시키었다가는 헨리가 압도당할까 봐 그렇게 아니할 수 없었다고 단정했다.

A. C. 브래들리는 〈폴스타프의 부정〉에 대하여 옥스퍼드대학에서 강의까지 하였다. 그는 "그러면 왜 셰익스피어는 그의 희곡을 이렇게도 불쾌한 인상을 주는 장면을 가지고 끝막았을까?" 하고 문제를 제기한다. 폴스타프 옹호론자들에게는 새로 등극한 헨리가 폴스타프를 부정하는 장면은 불쾌한 감정을 일으키는 것이 이른바 보편타당 필연적인 사실인 것처럼 가정한다. 그것은 마치 샤일록이 포오시어의 판결에 넘어갈 때 의분을 느끼는 것이 당연하다고 가정하는 것이나 마찬가지다. 그러나 브래들리의 이론을 더 들어보기 위하여 그렇다고 해두자.

폴스타프를 옹호하려면 셰익스피어를 그렇게 하기에 편리한 작가로 만들지 않으면 아니 된다. 그래서 브래들리는 "셰익스피어의 불편부당성이 사람들에게는 못마땅하다. 즉 태양처럼 모든 것을 환하게 비치면서 아무것도 판단하지 않는 셰익스피어를 차마 볼 수가 없는 것이다. 셰익스피어의 역사극에 있어서 아마 특히 그러한데 사람들은 늘 그를 당파심이 강한 작가로 만들려 한다"고 하고는 셰익스피어의 가치 관념을 흐리게 하여 폴스타프의 가치를 전도시키기에 편하도록 만든 다음 왕태자의 족보까지 들추적거려 가지고 볼리부루크가家가 대대로 "다른 사람들을 자기 목적의 수단으로 쓰는 데 능하다"는 것이 《헨리사세》 처음에 있는 왕태자의 시 독백에 명시되었으며 왕태자의 이러한 몰인정함과 정책적인 것을 보이려는 것이 셰익스피어의 의도인데 이 의도가 당파적으로 강하게 표시되지 않고 셰익스피어 독특한 은근한 수법으로 표현되었기 때문에 사람들이 모르고는 대단원에서 헨리가 몰인정하게도 정책적으로 폴스타프를 부정하는 장면을 보고 깜짝 놀란다는 것이다. 그러나 헨리가 마지막 가서 폴스타프에 대하여 몰인정한 짓을 하는 것은 그의 성격을 그렇게 셰익스피어가 만들었으니까 놀랄 것은 없다는 것이다.

폴스타프를 옹호하기 위하여 셰익스피어를 가치 관념이 명확하지 않은 이른바 순수문학파로 만들고 주인공인 왕태자까지 나쁜 놈으로 만들었다는 것은 흥미이지 않은가. 그러나 이것만 가지고는 충분한 설명이 되지 못한다고 생각하고 결국 폴스타프는 셰익스피어의 붓이 삐뚜로 나가서 작가의 의도한 것보다는 지나친 인물이 되어버렸기 때문에 대단원에 가서 그를 부정하려다 부정을 못하는 결과를 내었다고 결론했다.—

"이리하여 우리가 느끼는 마음 아픔과 분노는 작가의 의도에 호응하는 것이 아니라는 의미에서 부당하다. 그러나 그것이 더 캐 들어가 볼 때도 부당하다는 결론은 나오지 않는다. 작가가 견양한 것을 맞추지 못했으니까 그것이 타당할 수도 있다. 작가가 셰익스피어지만도 그렇다고 나는 제안하다. 폴스타프가 나오는 장면에서는 셰익스피어가 관역을 지나쳐 버렸다. 셰익스피어는 그렇게도 비상한 인물을 창조하여 그렇게도 확고히 지성의 옥좌에 다 올려 앉혔기 때문에 그를 폐위시키려 할 때 실패한 것이다. 우리가 폴스타프를 진지한 관점에서 바라보게 되어 이 희극적 영웅이 낭패한 책사로 나타나는 순간이 온다. 그러나 우리는 태도에 있어서나 공감에 있어서나 요구되는 변경을 할 수가 없다. 우리는 헨리가 영광에 빛나는 치세를 가지기를 그리고 그가 거느리고 있는 위선적 정치가들의 행복을 빈다. 그러나 우리의 진심은 폴스타프와 더불어 감옥으로 간다. 아니, 필요하다면 무덤 속으로라도 어디고 그가 있는 데로 간다."

이렇게 셰익스피어가 부정하려던 인물이 긍정되어 '영혼의 자유'(브래들리)를 구상화한 인물로 떠받듦을 받게 된 원인은 결코 셰익스피어의 붓이 빗나갔기 때문이 아니다. 폴스타프가 배보다 큰 배꼽모양 부당하게 커진 것은 사실이다. 그러나 셰익스피어는 그의 가치 판단을 아무도 그르치지 않게 명백히 하기 위하여 폴스타프는 처음부터 끝까지 산문으로만 말하게 만들었다. 도저히 인간 구실을 할 것 같지 않던 괴물 칼리반도 음악을 듣고 감흥을 일으킬 때와 끝에 가서 진실에 눈뜨게 될 때 시로 말하게 한 셰익스피어가 끝끝내 시를 주지 않고 산문으로만 말하게 한 것이 어찌 우연이랴. 모건은 폴스타프를 부정한 것을 '시적 판결'(poetic justice)이라 하였지만 시를 가지고 산문을 부정하는 것은 셰익스피어 극에서는 형식논리학의 모순율 같은 공리인 것이다. 그러므로 끝에 가서 비로소 억울하게 폴스타프가 '시적 판결'을 받는 것이 아니라 처음부터 끝까지 일관하게 시와의 대조에서 폴스타프의 산문이 극적인 효과를 높이는 것이다. 《윈저의 유쾌한 아낙들》에서 폴스타프가 딴 인물이라는 것이 정평이게스리 생기를 잃은 까닭도 그와 대조되는 시가 없기 때문이다. 왕태자의 시와 폴스타프의 산문은 마주 보는 두 얼굴로 보이기도 하고 컵으로도 보이는 심리학 실험에 쓰는 그림을 가지고 설명할 수 있다. 껌정 바탕에다 주의의 중점을 두면 얼굴로 보이고 흰 바탕에다 주의의 중점을 옮기면 컵으로 보이듯 폴스타프의 산문에다 가치의 중점을 두고 셰익스피어 극을 보아나가는 것과 왕태자의 시에다 중점을 두고 보는 것과는 정반대의 효과를 나타낼 수가 있는 것이다. 즉 시에 가치의 중점을 두고 셰익스피어를 본 것이 모리츠 모건에서 비롯하는 폴스타프관인 것이다. 그리고 이것은 셰익스피어의 기교의 문제가 아니라 가치의 문제이며 셰익스피어에 있어서 부정적인 것이 긍정되는 시대가 왔다는 것을 의미한다.

그들은 톨스토이처럼 대담 솔직하게 셰익스피어를 폴스타프적인 산문을 빼놓고 그 시를 통 털어 부정하지 않는다. 그 이유는 폴스타프만 '부르주아의 인간상'으로 모셔 앉히려는 음모가 숨어 있기 때문이다. 폴스타프를—그는 틀림없는 '부르주아의 인간상'이다—그들의 우상으로 숭배하는 것은 좋다. 그러나 인류의 공통한 문화재인 셰익스피어 (역사적으로는 봉건시대의 산물이다)를 독점하려는 샤일록적 음모를 분쇄하지 않으면 아니 된다.

5

셰익스피어가 살던 영국은 로마법왕이 불란서와 서반아를 시키어 이 '이단의 국왕'을 정복하려는 시도가 집요하던 시대다. 특히 서반아는 저 유명한 '무적함대'를 보내어 일격에 영국을 무찌르려고 하였다. 이러한 위기에 처하여 영국 조야는 애국열로 불탔고 "카톨릭까지도 그 가슴 속에는 종교적 광신보다 애국심이 더 강렬하였다"(J. R. 그린 《영국민소사》 418 페이지). '헨리오세'의 유명한 〈애진코오트의 시〉가 얼마나 영국민의 사기를 북돋았을까는 가히 짐작할 수 있지 않은가. 청교도들이 극장을 '부랑자, 주인 잃은 하인, 도둑놈, 말도적, 뚜쟁이, 사기사, 역적, 기타 허송세월하는 위험한 인물들의 집합장소'라 해서 그리고 거기서 상연되는 연극이 '청년들을 타락시키는 특별한 원인'이 된다 해서 (J. D. 윌슨편 《셰익스피어 영국의 생활》 180페이지) 탄압하려 했을 때 이에 대하여 극장을 변호한 토머스 냇쉬는 불란서에서 승리를 얻는 헨리 오세가 무대 위에서 영원성을 획득한다는 것을 예로 들어 다시 말하면 이 민족적 영웅을 무대에 내세움으로 말미암아 국민에게 얼마나 좋은 영향을 주는가를 강조하여 극장을 탄압해서는 안 되는 이유의 하나로 내세웠다(《셰익스피어 영국의 생활》 182페이지). 그러므로 왕태자로 있을 때나 왕이 되었을 때나 헨리가 '다른 사람들을 자기 목적의 수단으로 쓰는 데 능한' 몰인정하고 모략적인 성격의 소유자로 만들려는 것이 셰익스피어의 숨은 의도라는 브래들리의 주장은 아전인수가 지나친 망단이라 하겠다. 셰익스피어 시대에 있어서 관객들이 《헨리사세》의 왕태자요 《헨리 오세》의 주인공인 헨리를 무조건하고 좋아했을 것은 마치 조선 사람이 〈춘향전〉의 이도령을 무조건하고 좋아하는 것과 마찬가지요 셰익스피어가 노린 효과도 여기에 있었다. (폴스타프를 용감한 사람으로 만들려는 사람들도 왕태자를 비겁한 놈이라고 하지 못하는 것만 보아도 왕태자의 용기는 그의 적에게까지 명백한 사실이다.)

또 이러한 시대에 있어서 민병을 모집할 때 싸울만한 체력을 가진 장정들은 뇌물을 강요하여 면제해주고 어데서 거지같은 것들만 모아가지고 칼 대신 술병을 차고 싸움터에 나가서 적을 보면 나가 자빠져 죽은 척하여 피하는 비겁한 폴스타프가 무대에서 동정을 살 수 있었을까. 브래들리는 폴스타프를 진리도 명예도 법률도 애국심도 용기도 전쟁도 무시하는 자유의 인간상이라고 찬미했지만 이러한 인간이 셰익스피어의 영국에서 인간 구실을 할 수 있었겠는가. 그 시대 그 사회에 있어서 적극적인 가치를 가진 것을 일체 부정하는 인물을 관객의 동정을 받는 인물로 등장시킬 수 있을 것인가. 셰익스피어가 폴스타프를 엘리자베스시대를 떠엎고 부르주아 데모크러시의 시대를 만들려는 혁명가로 만들지 않은 것이 분명한 이상 어찌하여 부정적인 이 인물에도 긍정적인 가치를 부여하려는 것일까. 그것은 누차 말했지만 부르주아가 자기의 본색을 폴스타프에서 발견했기 때문이다. 그러나 브래들리 등은 폴스타프를 보편타당한 영원의 인간상이라고 우긴다. 그들이 가장 유력하다고 생각하는 근거는 폴스타프를 보고 셰익스피어의 관객도 웃고 좋아했고 자본가 사회의 관객도 웃고 좋아 하고 아마 사회주의 사회의 관객도 웃고 좋아할 것이기 때문이다. 그러나 그것을 가지고 우리가 폴스타프에게 적극적인 가치를 지닌 인간성을 인정하는 것이라 하면 암행어사가 출도하여 변학도가 망신하는 장면을 보고 웃고 좋아 하는 것이 변학도를 긍정하는 것이라는 논법과 같다. 우리가 폴스타프를 보고 웃는 것도 그가 변학도와 같은 타이프의 인물은 아니더라도 부정적인 인물이기 때문에 그의 망신하는 꼴을 보고 웃는 것이다. 따라서 그의 망신 중에도 가장 자미 있는 망신—그의 망신인 동시에 관중이 사랑하는 헨리가 산문의 누명을 벗어나는 장면이니까—새로 왕이 된 헨리에게 부정당하는 장면을 보고 불쾌감을 느낀다는 것은 말이 안 된다. 이 장면에서 불쾌감을 느낀다면 그것을 순전히 부르주아의 계급의식에서 나오는 불쾌감이다.

그러나 폴스타프는 부르주아 데모크러시의 주인공이 되기에는 가장 중요한 것이 부족하다. 즉 다른 것은 다 부르주아와 같은데 돈이 없는 것이다. 폴스타프를 진리도 명예도 법률도 애국심도 용기도 전쟁도 무시할 수 있는 자유의 우상으로 모시어 앉힌 브래들리도 "폴스타프가 육체를 가지고 있는 이상 그의 하나님 같은 자유를 가지고도……그래서 그는 할 수 없이 나쁜 짓을 하게 된다" 하였다. 물론 이것은 브래들리가 하고 싶어서 한 말은 아니다. 그러나 새로 등극한 헨리에게 부정을 당하자 진리도 명예도 법률도 애국심도 용기도 전쟁도 우스꽝스럽게 여기던 폴스타프가 일시에 까부러지는 까닭이 '방탕과 음주와 간음과 폭식과 안일'의 밑천인 돈 나올 구녕이 막혀버렸기 때문이다. (헨리 사세가 죽었다는 소문을 듣자 폴스타프가 '영국의 법률은 내 맘대로 된다'고 좋아 하는 것도 그 산문적 생활의 밑천인 돈을 무슨 짓을 해서든지 구해도 왕의 보호로 아무 일 없게 된다는 뜻이다.) 그래서 생각이 깊은 헨리는 폴스타프를 부정해 놓고도

> 돈이 없으면 할 수 없이 나쁜 짓을 할테니
> 짐이 그대의 생활비는 대어주리라.

고 약속한다. 그러나 '생활비'로 만족할 폴스타프가 아니다.

셰익스피어 극에 나오는 폴스타프는 《헨리오세》 제이막 제삼장에서 하나님과 아울러 술을 달라고 부르짖고는 죽었다는 것으로 되어 있지만 역사적 폴스타프는 결국 헨리가 대표하던 봉건 사회를 뒤집어 부르주아 데모크러시의 사회를 만들고 돈을 모아 인제는 샤일록을 빰치는 독점 금융 자본가가 되었다. 그리하여 금력으로써 진리도 명예도 법률도 애국심도 용기도 전쟁도 경멸할 수 있다고 자부하는 명실상부한 자유의 인간이 되었다. 아니 현대의 폴스타프는 그가 향락하고 있는 자유를 더욱 더욱 확대시키려는 팽창주의로 나가고 있다. 그러면 이 폴스타프가 영원한 인간상으로 존속할 것인가?

역사는 부정의 부정으로 발전한다. 셰익스피어에 있어서 부정적이던 폴스타프가 그 부정을 부정하여 긍정적인 '부르주아의 인간상'이 된 것이 역사의 발전이듯이 오늘날 영미의 부르주아 학자들이 자유의 우상으로 모시어 앉히는 폴스타프지만 그는 자본주의와 운명을 같이 하지 아니 할 수 없는 인간이다. 봉건주의가 역사의 발전을 저해하는 질곡이 되었을 때 자본주의는—그것은 자유주의라는 간판을 내세웠다—진리와 명예와 법률과 애국심과 용기와 전쟁을 한 몸에 지닌 인간의 가치일 수가 있었다. 다시 말하면 자본주의가 봉건주의보다도 인류에게 더 많은 자유를 가져왔고 따라서 그만큼 역사를 발전시켰다. 그러나 자본주의가 갈 데까지 다 가서 인류의 질곡으로 변한지는 이미 오래다. 두 번이나 일어난 세계대전이 무엇보다도 좋은 증거이다. 그러니 현대에 있어서 자본주의가 인류에게 자랑할 것은 돈밖에 아무 진리도 진상도 없다. 그래서 폴스타프를 '부르주아의 인간상'으로 모시어 앉히는 작가나 학자들도 감히 이 인간상에게 무슨 적극적인 가치를 인정하지 못하고 다만 모든 가치에서 초월해 있다는—그들은 이것을 '영혼의 자유'라고 부르지만—소극적인 인격만을 인정했다.

그러면 그 돈은 무엇에 쓰는 것이냐? '방탕과 음주와 간음과 폭식과 안일'에 낭비될 따름이요 인민의 '살과 피'의 결정이 이렇게 부정을 위하여 소비된다. 다시 말하면 이제는 '부르주아의 인간상'은 인류의 부정면을 대표하는 것으로 전화하였다.

문학적으로 폴스타프에 대하여 결론을 짓는다면 셰익스피어에 있어서 부정적이던 산문이 긍정된 것이 부르주아 문학인데 이 산문을 다시 부정하여—셰익스피어의 시와 산문을 아울러 지양해서—새로운 가치를 표현하는 리얼리즘이 장래할 문학이다. 폴스타프의 산문이 '진리도 명예도 법률도 애국심도 용기도' 부정하는 이른바 자유주의의 산문이라면 진리와 명예와 법률과 애국심과 용기를 지닌 산문이 아마 다음에 올 인민적 리얼리즘 또는 인민적 휴머니즘의 문학이 아닌가 한다. 이것이 셰익스피어를 연구한 데서 귀납되는 결론이다.

(〈조선영문학회 보고논문〉, 1948년 10월 2일)

생활의 비평—매슈 아놀드 연구

1

매슈 아놀드(Matthew Arnold)가 1869년에 그의 어머니에게 보낸 편지를 보면 다음과 같은 대목이 있다.—

> "저의 시적 정서가 테니슨만 못하고 지적 정력과 풍족이 브라우닝만 못하다는 것은 틀림없습니다. 그러나 저는 그들의 누구보다도 더 이 두 가지를 융합해 가지고 있으며 이 융합을 더 본격적으로 현대적 발전의 주류에다 적용했기 때문에 아직껏 그들이 좋은 때를 가졌듯이 저에게도 좋은 때가 올 것입니다."

아놀드의 이러한 주장을 그대로 받아들이기 전에 그가 말하는 '현대적'이라는 말이 무엇을 의미하는가를 명백히 할 필요가 있다.

> "현대는 현대가 아닌 시대로부터 물려받은 제도, 기성사실, 공인된 도그마, 관습, 원칙의 막대한 체계를 가지고 있다. 현대의 생활은 이 체계 속에서 전진해야 한다. 그러나 현대는 이 체계가 현대 자체의 소산이 아니며, 따라서 현대의 실제 생활의 요구에 잘 들어맞을 수가 절대로 없으며 그것은 타성적인 것이지 합리적인 것이 아니라는 의식을 가지고 있다. 이 의식의 각성이야말로 현대정신의 각성인 것이다. 현대정신은 바야흐로 도처에서 눈뜨고 있다. 현대 구라파의 제형식과 그 정신 사이에 모순이 있다는 의식은 시방 거의 누구나 지각하

는 바이다. 이러한 모순이 존재한다는 것을 단언하는 것이 위험한 때는 지났다. 사람들은 그것을 부정하기를 꺼리기 시작하게까지 되었다. 이 모순을 제거하는 것이 양식을 가진 사람들의 확호한 노력이 되기 시작했다. 우리들은, 공작의 능력을 가진 우리들은 모두 이 낡은 구라파의 지배적인 관념과 사실의 체계의 해체자가 되어야 한다." ―〈하인리히 하이네론〉

그리고 '낡은 구라파의 지배적인 관념과 사실의 체계'가 이미 역사발전의 질곡으로 화한 자본주의 체제와 그 이데올로기라는 것을 아놀드는 《교양과 무질서》(Culture and Anarchy)에서 명백히 했다.

아놀드는 영국의 부르주아지를 속물이라 타매하고 그들의 이데올로기인 자유주의를 필리스티니즘(속물주의)이라 욕했다. 뿐만 아니라 이 부르주아 리버럴리즘이 몰락할 것을 예언했다.

"그러면 필리스티니즘의 이 위대한 세력은 시방 어디 있느냐? 제2위로 뚝 떨어졌다, 과거의 세력이 되어 버렸다, 미래를 잃어 버렸다. 새로운 세력이, 그것이 무엇인지 아직은 충분히 판단할 수 없지만 확실히 부르주아 리버럴리즘과는 전혀 다른 세력이 돌연 나타났다. 신념의 방위가 다르고, 모든 영역에 있어서 경향이 다르다. 이 새로운 세력은 부르주아 계급의 의회나, 부르주아 계급 교구회의원의 지방자치나, 부르주아 계급 산업가들의 무제한의 경쟁이나, 부르주아 계급 비국교파의 비국교주의와 부르주아 계급 신교의 신교주의를 사랑하거나 찬미하지 않는다." ―《교양과 무질서》 제1장

그러나 이 새로운 세력이 프롤레타리아 계급이라는 것을 몰랐던 것은 아놀드의 한계였다. 아니, 전연 모른 것은 아니었다. 영국의 귀족계급을 야만이라 하고 부르주아 계급을 속물이라 하고 나서 노동계급은 "아직 태아다. 따라서 그것이 어떻게 종국에 발전할지는 아직 아무도 예견하지 못

한다"(《교양과 무질서》 제2장) 한 것을 보면 또 1851년 10월 15일에 맨체스터에서 그의 아내에게 보낸 편지에 다음과 같은 대목이 있는 것을 보면 아놀드는 귀족계급과 부르주아 계급에 대해서 실망한 것처럼 노동계급에 대해서도 실망한 것은 아니었다. 다만 그와 동시대에 살던 맑스와 엥겔스처럼 과학적 신념을 가지지 못했을 따름이다.

"얼마 있으면 학교에 자미를 붙일 것 같소. 아동에게 주는 효과가 아주 막대하고 또 하층계급의 다음 세대를 문명하게 하는 장래의 효과가 아주 중요하니까 시방 사태로 보면 그들이 이 나라의 정치적 세력을 장악하게 될 것이오."

그때부터 한 세기가 지나간 오늘날도 영국에서는 노동계급이 정권을 장악하지 못했다. 그러나 사적 유물론이 가리키는 바에 의하면 그러한 때가 반드시 도래할 것이다. 또 아놀드가 바라던 '감미와 광명'의 시대는 그러한 발전단계를 거친 후에야 올 것이다. 아직까지 영문학은 특히 그 시는 귀족계급이나 부르주아 계급이 생산했다. 그러나 노동계급도 시를 낳을 때가 반드시 올 것이다. 그리하여 계급이 없는 사회에서 전 인민이 시를 창작할 때 그 때 비로소 아놀드가 예언한 시의 시대가 올 것이다. 양의 발전이 질의 발전을 가져온다는 것은 시에 있어서도 진리일 것이며 아놀드가

"시의 장래는 무한하다, 왜냐면 그 높은 사명에 남부끄럽지 않은 시라면 그 속에서 우리 겨레는 시대가 갈수록 더욱 더욱 확호한 안심입명의 지주를 발견할 것이므로. 신조 쳐놓고 흔들리지 않은 것이 없으며, 공인된 도그마 쳐놓고 의심스럽게 되지 않은 것이 없으며, 용인된 전통 쳐놓고 붕괴하려 하지 않는 것이 없다. 우리의 종교는 사실 속에 가정된 사실 속에 굳어 버렸다. 사실에다 종교심을 결부시켜 왔는데, 인제는 그 사실이 헛것이 되어 간다. …… 오늘날 우리 종교의 가장 힘 있는 요소는 무의식적 시이다." —〈시의 연구〉

한 시는 이러한 양적인 비약에서 오는 질적인 비약만이 가능하게 할 것이다. 시가 전 인민의 것이 될 때 '그 높은 사명에 남부끄럽지 않은 시'가 될 것이다. 아놀드 자신이 그러한 시를 낳지 못한 것은 물론이지만 그러한 시가 어떻다는 것도 우리에게 명확히 말하지 못했다. 그러나 그러한 시의 시대를 준비하기 위하여 낡은 질서와 싸우는 것이 현대정신이며 시는 이러한 싸움에 동원됨으로서만 현대문학이 될 수 있다고 한 것은, 그리고 자신이 그런 방향으로 작품 활동을 했다는 것은 높이 평가하지 않으면 아니 된다. 우리 자신이 낡은 질서와 외래 자유주의와 싸우고 있으며 시를 이 싸움에 동원해야 되는 때이니만치 아놀드를 재음미함은 결코 무의미한 일이 아닐 것이라 믿고 이 소론을 쓰는 바이다.

2

"이매지네이션에 기초를 둔 구세계의 예술에 반대해서 과학에 의거하게 된 신예술 모든 것을 설명하고 현대생활을 그 전모와 더불어 자질구레한 지엽에 이르기까지 포옹하지 않고는 배기지 못하는 말하자면 새로운 문명의 새로운 신조가 될 예술이라는 생각이 나를 깜짝 놀라게 하였다. 나는 그 개념이 광대무변함에, 야심이 탑 같이 높음에 아연했다."

이것은 아놀드가 죽은 해인 1888년에 발표된 조지 무어의 〈한 젊은이의 고백〉의 일절이지만 아놀드 역亦 이매지네이션의 시인을 대표하는 워즈워드와 키츠를 "현대 문학의 주류에 속하지 않는다"(〈하이네론〉)고 단언했다. 그러면 이매지네이션에 기초를 둔 시는 어떠한 것이냐? 아놀드는 〈모리스 드 게랑론〉에서 다음과 같이 설명했다.—

"시의 숭고한 능력은 의미를 밝히는 힘이다. 의미를 밝히는 능력이란 우주의 신비에 대한 설명을 잉크로 써놓는 힘이 아니라 사물에 대한, 그리고 우리와 사물과의 제 관계에 대한 놀랄 만큼 충만하고 새롭고 친밀한 의식을 우리들 속에 일으키도록 사실을 처리하는 능력이다. 우리들 밖에 있는 대상에 대하여 이러한 의식이 우리들 속에 일어나면 우리는 우리 자신이 그 대상의 본질과 접촉하고, 그것들로 말미암아 뒤숭숭하고 압박 받던 것이 없어지고 그들의 비밀을 파악하여 서 그들과 조화를 갖는 것을 의식하게 된다. 이러한 의식처럼 우리들을 안정시키고 만족시키는 것은 없다. …… 이 의식이 착각인지, 착각이 아니라는 것을 증명할 수 있는지, 이 의식이 우리로 하여금 완전히 사물의 본질을 파악하게 하는지 아닌지를 시방 구명하려는 것은 아니다. 내가 말하고자 하는 것은 시가 우리들 속에 이러한 의식을 일으킬 수 있으며, 이 의식을 일으키는 것이 시의 가장 높은 능력의 하나라는 것이다. 과학의 제 해석은 시의 제 해석이 주는 것 같은 대상에 대한 이러한 친밀감을 우리에게 주지 않는다."

괴테가 《파우스트》에서 '대우주의 부符'(Das Zeichen des MaKroKosmos)라 한 것이 다름 아닌 이매지네이션의 시인 것이다. 과학을 탐구하다 백발이 되었고 과학에 절망한 파우스트 박사는 '대우주의 부'를 펴보자………

아, 이 어인 환희가 갑작스레
이를 본 내 오관에 넘쳐 뛰느뇨!
젊음과 성스런 삶의 축복이
내 세포 알알히 새로 빛나는도다.
나의 설레는 가슴에 숨어 들어와
괴로운 마음을 기쁨으로 넘치게 하며 신비롭고 그윽한 감동으로써
'자연'의 힘을 내 둘레에 드러내나니 하나님의 조화인가? 내가 신인가?
아, 이 밝음! 이 순수한 부호에서 생동하는 '자연'을 내 영은 본다.

지식에 절망하여 자살까지 하려던 존 스튜어트 밀이 워즈워드의 시를

읽고 생의 기쁨을 느낀 것은 파우스트박사가 '대우주의 부'를 보았을 때와 똑 같은 체험이었다.

워즈워드의 〈무지개〉는 이매지네이션의 시의 좋은 표본이다.

> 하늘에 무지개를 볼 때
> 나의 가슴은 뛴다.
> 나의 삶이 비롯할 때 그랬고
> 내 어른 된 이제도 그렇고
> 내 늙은 뒤 또한 그러리니
> 아니면 차라리 죽게 하라!
> 어린이는 어른의 아버지어니
> 나의 삶의 하루하루가
> 자연을 공경하는 마음에 있어지이다.

그러나 이매지네이션의 시대는 지나가고 과학의 시대가 왔다. 워즈워드가 〈무지개〉를 쓴 것은 1803년 3월 26일인데 1812년에는 기선이 클라이드강을 거슬러 올라갔고, 1819년에는 증기선이 대서양을 횡단했고 1821년에는 스티븐슨이 최초의 증기기관차를 제작했다. 이리하여 워즈워드가 "문지방까지 푸른" 전원에서 "인간성의 고요하고 슬픈 음악"을 듣던 목가적인 영국은 산업혁명으로 상전벽해의 변모를 하였다. 이러한 급속한 사회적 발전을 따라가려면 조지 무어의 말마따나 예술에 있어서도 과학정신이 요청되는데 이매지네이션의 시인들은 도리어 과학에 반발했다. 좋은 예로 키츠는

> 차디찬 철학이 건드리기만 하면
> 모든 신비가 달아나지 않는가.

한때 하늘에 장엄한 무지개 있더니
우리가 그 올의 씨를 알게 됨에
보잘 것 없는 칠색의 물건이 되어버렸다.
—〈레이미아〉 제2부 (229–233)

하였는데 '차디찬 철학'이란 과학을 가리키는 것이며 키츠는 램과 더불어 헤이든의 집에 모여서 "뉴턴이 무지개를 프리즘의 빛깔로 분석해서 무지개의 시를 송두리째 없애 버렸다"고 개탄했다. (헤이든의 《자서전》제1권 354) 이를테면 이매지네이션의 시인들은 에덴동산을 거닐던 천둥벌거숭이 이브와 같다. 과학이라는 '지식의 열매'를 따먹게 되자 비로소

하늘은 높다,
지상의 것을 똑똑히 보기엔
너무 높고 멀다.
—밀튼 《실낙원》 (제9권 811–813)

는 대상의식이 생기게 된 것이다. 삼천세계가 유심이라는 이매지네이션만 믿고 살던 시인들이 이러한 대상인식이 생기게 될 때 당황하는 것은 무리가 아니다. 하늘이 자기들 속에 있고 자기들이 하늘 속에 있다고 믿어 의심치 않던 시인들에게 하늘이 높고 멀다는 의식은 시가 될 수 없었다. 이리하여 그들은 시를 찾아 객관세계에서 점점 더 멀어져 '현대 문학의 주류'에서 멀어졌던 것이다.

"현 시각에 있어서 영문학은 …… 구라파문학 가운데 제삼위를 차지하는 데 불과하다. 즉 불란서와 독일의 문학에 다음 가는 것이다. 이 두 문학의 주되는 노력은 구라파의 지성일반이 그러하듯이 다년간 비평적 노력이었다. 즉 ……

대상을 실재하는 그대로 보려는 노력이었다. 그러나 영문학에는 괴패乖悖하고 방일한 정신이 존재하기 때문에 영국작가가 대상을 생각할 때 개인적 공상을 지어 넣는 완강한 경향 때문에 영문학에서 거의 찾아 볼 수 없는 것은 시방 구라파가 가장 욕구하는 바로 그것—'비평정신'인 것이다." —〈호머 번역에 대하여〉 제2강

'대상을 실재하는 그대로 보는' 비평정신 위에 새로운 문학을 수립하려는 아놀드의 의도는 〈현대에 있어서의 비평의 기능〉이라는 논문에서 가장 잘 표현되었다. 워즈워드 같은 이매지네이션의 시인들은 "자기 자신의 정열과 의욕에 만족하는 사람"(〈서문〉)인지라 대상을 실재하는 그대로 보려고 노력하지 않았던 것이다. "다시 말하면 십구 세기 초엽의 영시는 많은 정력, 많은 창작력을 가지고 있었지만 아는 것이 부족했다."

"시인은 생활과 현실을 시에서 처리하기 전에 알아야 한다. 그리고 현대에 있어서 생활과 현실은 대단히 복잡한 것이니까 현대 시인의 창작이 높은 가치를 가지려면 위대한 비평적 노력이 배후에 있어야 한다. 그렇지 못하면 비교적 빈약하고, 내용 없고, 생명이 짧은 것이 될 수밖에 없다." —〈비평의 기능〉

이리하여 아놀드의 유명한 명제—"시는 생활의 비평이다"—가 나오는 것이다.

3

'시는 생활의 비평이다'—아놀드의 이 정의는 "시는 생활을 실재하는 그대로 보는 것이다"라고 고칠 수 있다. 비평은 아놀드가 정의하기를 "대상을 실재하는 그대로 보는 것"이니까.

오늘날 우리가 이 시의 정의를 음미해볼 때 새삼스러이 아놀드의 문학관이 현대적이라는 것을 발견하게 된다. 시가 생활을 무시하고 따로 존재할 수 없는 것이 현대요, 시라고 해서 비과학적으로 생활을 보는 특권을 가질 수 없는 것이 현대다. 현대에 있어서는 시와 생활이 따로 있을 수 없고 생활의 진실을 표현함으로서만 시는 존재할 수 있는 것이다. 이매지네이션의 시는 "정밀靜謐 속에서 회상된 감동"이었는데 아놀드는

> 남달리 벅차는 감동이 있지만
> 자기 자신의 길이 아니라
> '인간'의 길을 보기 위하여
> 그 벅차는 힘을 누른다.
>
> —〈체관諦觀〉

하였다. 이것을 T. S. 엘리엇의 말을 빌려 다시한번 설명하면 현대에 있어서 "시는 감동의 해방이 아니라 감동으로부터의 도피인 것이며 개성의 표현이 아니라 개성으로부터의 도피인 것이다. 개성과 감동을 가진 사람이 아니면 이런 것으로부터 도피하고자 하는 것이 무엇을 의미하는지 모르는 것은 물론이지만."

> "예술이 과학의 상태에 접근한다고 말할 수 있는 것은 이와 같은 비개성화에서다." —〈전통과 개인적 재능〉

이리하여 워즈워드나 키츠 같은 이매지네이션의 시인에게 있어서 과학과 대립되던 시가 그 대립을 지양하고 '생활을 실재하는 그대로 보는' '과학의 상태'에 접근한 것이 시의 현대적 특징이다. 그러나 현대에도 워즈워드나 키츠의 아류가 있어—자칭 '순수파'이다—생활을 도외시하고 아니, 도

외시해야만 시가 성립한다고 주장한다. ―

> "왜 그러냐 하면 시의 본성은 일상현실세계의 일부나 또는 그 모사가 되어서는 아니 되고, 독립한 완전한 자율적인 그 자신에 의한 세계가 되어야 하니까. 그러므로 이 시의 세계를 우리의 것으로 만들려면 우리는 그 세계로 들어가 그 세계의 법칙을 쫓고 우리가 현실세계에서 갖는 의견이나 의도나 특수 조건 등은 잠시 포기해야만 되니까." ―브래들리 〈시를 위한 시〉

그래도 브래들리 등 현대의 순수파는 현대인이다. 시의 세계로 들어가기 위하여 현실의 세계를 잠시―이 말은 대단히 중요하다―포기한다. 다시 말하면 그들의 시적 체험은 어쩌다가 있는 찰나적인 것에 지나지 않는다. 그러나 그들의 스승인 워즈워드나 키츠는 그렇지 않았다. 그 증거로는 이 두 시인의 시를 들면 그만이지만 워즈워드의 다음과 같은 고백은 그의 시의 비밀을 잘 설명하고 있다.

> "나는 자주 외적 사물이 내적 존재를 가졌다는 것을 생각할 수가 없었다. 그리하여 나는 눈에 보이는 모든 것을 내 자신의 비물질적 본성에서 독립해 있는 것으로서가 아니라 그 속에 내재해 있는 것으로서 친교를 가졌었다. 나는 내 자신을 이러한 관념론의 심연으로부터 현실로 돌아가게 하려면 여러 번 담벼락이나 나무를 꼭 붙잡아야 했다." ―〈불멸송不滅頌〉의 주

현대의 순수파들이 들어가려 애쓰는 그 비현실적 세계가 워즈워드에 있어서는 이렇게 '일상 현실세계'이었으며 실재하는 그대로의 세계로 돌아가려면 담벼락이나 나무를 꼭 붙잡아야 될 지경이었다. 현실을 실재하는 그대로 보는 데서 시를 발견하려 하지 않고 현실 도피에서 시를 조작하려는 순수파들이 워즈워드 등 이매지네이션의 시인을 사숙하게 되는 것은 당연

한 일이다. 한때 구라파 문단에 파문을 던진 순수시 운동이 워즈워드 등의 복벽운동이었다는 것은 순수시의 제창자 앙리 브레몽(Henri Bremond)이 불란서 한림원에서 한 강연 〈순수시〉(La Poesie Pure)를 읽어보면 명백하다.

그러나 여기서 오해가 있어서는 안 될 것은 우리가 워즈워드 등의 시를 시로서 부정하려는 것이 아니라 그것이 십구 세기 초엽에 영국에 있어서 최선의 시였다 하더라도 오늘날 우리가 시를 창조하는 데 있어서 모범이 될 수는 없다는 것이다. 워즈워드는

봄 숲에서 받는 한번 충동이
모든 슬기로운 사람들보다도
그대에게 인간이 무엇이며
도덕적 선과 악이 무엇이라는 것을
더 잘 가르쳐 주리라

하였는데 채국동리하菜菊東籬下하고 유연견남산悠然見南山하던 워즈워드의 시대는 또 몰라도 단순한 '충동'을 가지고는 도저히 인간이나 선악에 대하여 그 진실을 파악할 수 없게스리 현대는 복잡하다. 워즈워드가 현대에 살았더라면 한 편의 좋은 시도 쓰지 못했을 것이다. 그가 만년에—1850년에 죽었다—좋은 시를 쓰지 못하였을 뿐 아니라 브라우닝이 〈잃어버린 지도자〉에서 통렬히 공격했듯이 시대를 배반하는 반동분자가 된 것만 보아도 알 것이다. 예이츠는

아아커디의 숲은 죽어
그 옛의 기쁨은 끝났다,
그때 세상은 꿈을 먹고 살았더니라.

하고 노래했지만 이 노래는 이매지네이션의 시를 조상弔喪한 것이라 보면

틀림없다. 아니, 현대를 기다릴 것 없이 이매지네이션의 시인 자신이 그 시에 대해서 환멸의 비애를 느낀 것을 키츠는 〈야앵송夜鶯頌〉에서 노래했다. 이 시는 "눈에 보이지 않는 시의 날개"를 타고 "권태와 열병과 신경질"이 없는 이매지네이션의 세계로 우화등선羽化登仙했던 시인이 현실로 돌아가는 것으로 끝을 막았다.—

환상이었더냐 또는 눈 뜬 채 꾼 꿈이었더냐?
그 음악은 사라졌다—나는 깨어 있느냐 잠자고 있느냐?

문학사적으로 볼 때 이매지네이션의 시는 이미 사라진 꿈이다. 그러나 그 당시에는 이 꿈이 오늘의 순수파의 백일몽처럼 인민의 진취성을 마비시키려는 반동적 역할을 놀지 않았다. 아놀드 말마따나 "빛나는 날개로 효과 없이 허공을 치는 아름답고 약한 천사"의 소극적 반항이었던 것이다.

그러나 꿈을 가지고는 시가 될 수 없게스리, '생활을 실재하는 그대로 보는 것'만이 시를 가능하게 하게스리 우리의 생활은 발전했다. 아니 시는 발전했다.

"그러므로 다음과 같은 확고한 신념을 가지는 것이 중요하다. 즉 시는 본질에 있어서 생활의 비평이라는 것, 시인의 위대함은 사상을 생활 즉 어떻게 사느냐 하는 문제에 힘 있고 아름답게 적용하는 데 있다는 것." —〈워즈워드론〉

생활을 실재하는 그대로 보는 데서 시의 내용이 되는 사상이 귀납되며 이 사상이 힘 있고 아름답게 표현될 때 즉 예술적 표현을 얻을 때 시가 완성되는 것이다. 아놀드가 시는 "사상과 예술의 일체"(〈시의 연구〉)라고 말한 것은 이러한 의미에서다. 그가 내용에만 치중하고 현상에는 등한한 것 같은 오해를 없이 하기 위하여 다시 한번 더 아놀드를 인용하기로 하자.

"그러나 시에 있어서는 생활의 비평이 시적 진과 시적 미의 제 법칙에 일치해서 이루어져야 한다. 내용과 소재의 진실과 성실에다가 용어와 양식의 교묘와 완벽을 가한 것이—최고의 시인들에서 볼 수 있듯이—시적 진과 시적 미의 제 법칙에 일치해서 이루어지는 생활의 비평을 형성하는 것이다." —〈바이런론〉

4

'대상을 실재하는 그대로 보는' 아놀드의 비평은 생활에서 도피하여 날로 공허하게 되어 가는 영시에다 옳은 방향을 지시했을 뿐 아니라 판도版圖의 팽창과 부의 축적과는 반비례해서 국수주의의 강도를 높이고 있는 영국인들에게 넓은 시야를 제공했다. 그의 비평의 대상은 영문학에 그치지 않고 희랍 나전羅典의 고전문학은 물론이려니와 독일, 불란서 등 구라파 현대문학에까지 이르러 광범했다. 심지어 톨스토이의 《안나카레니나》를 비평하고는 영국인도 노서아어를 배워야 될 때가 왔다고 말했다. 노서아의 귀족들이 노서아어를 미개의 언어라 해서 불란서어만 쓰던 시대에 유아독존의 제국주의 영국에 앉아서 이러한 발언을 했다는 것은 아놀드가 '대상을 실재하는 그대로 보는' 비평정신을 가졌기 때문에 가능했다. 문학을 그 역사적 전통에 있어서 가치규정을 하려는 노력은 당시 영국에 없지 않았으나 문학은 또한 국제적인 관계에 있어서도 가치규정을 받는다는 것을 안 사람은 드물었다. 아놀드가 영국인도 노서아어를 배워야 될 때가 왔다는 의미는 노서아어로 위대한 문학창조가 이루어질 때 그것을 무시하고서 영문학이 독존적으로 창작활동을 할 수는 없다는 것이다. 만약 그랬다가는 가치가 저하될 것이라는 것이다. 오늘날 이것은 누구나 아는 사실이다. 그러나 그때 영국에서는 그렇지 못했다. 그래서 아놀드는 다시 한번 비평의 참된 의의를 강조했다.

"혹자 말하리라, 잠깐만 기다리시오 당신의 장광설은 우리에게는 조금도 실제적 소용이 닿지 않소. 당신이 말하는 비평이라는 것은 우리가 비평이라고 말할 때 의미하는 것과는 달소. 우리가 비평가와 비평을 말할 때 우리는 오늘에 유행하는 영문학의 비평가와 비평을 의미하는 것이요. 당신이 비평을 그 기능에 대해서 말한다 하기에 우리는 당신이 이러한 비평에 대해서 말하리라 기대했던 것이요 라고. 유감이다. 왜냐면 나는 이러한 기대에 어그러질 수밖에 없으니까 나는 내 자신의 비평의 저의에 대해서 책임을 진다—비평이란 세계에서 알려지고 사색된 가장 좋은 것을 배우고 퍼뜨리려는 공정무사한 노력이다. 그러면 시방 유행하고 있는 영문학의 얼마만한 분량이 "세계에서 알려지고 사색된 가장 좋은 것"에 드는가? 대단치 않다고 나는 생각한다. 이 시각에 있어서는 확실히 불란서나 독일의 현존 문학만 못하다." —〈비평의 기능〉

아놀드는 영시를 '그 높은 사명에 남부끄럽지 않은 시'에까지 높이기 위하여 시를 정의하는데 '저 위대하고 무진장인 생활이라는 말'(〈워즈워드론〉)을 썼으며 세계에서 가장 좋은 지식과 사상을 수입하여 써 시에 담으려 했던 것이다. 특히 자기네들의 시정신(creative mind)을 과신하는 나머지 비평정신을 이단시하고 외국의 문학 활동을 무시하는 영국 시인들에게 문화의 세계성을 가르쳤다는 것은 중대한 의의가 있는 것이다. 이십 세기 영문학에서 획기적인 비평이라 할 수 있는 T. S. 엘리엇의 〈전통과 개인적 재능〉(Tradition and Individual Talent)은 다음과 같은 아놀드의 말을 부연한 것에 지나지 않는다.

"문명한 제 민족의 전체를, 행동 통일이 되어 공통된 결과를 향해서 노작勞作하고 있는 지성적, 정신적 목적을 위한 일대 총동맹으로 간주하자. 그 성원들이 자기 민족이 발전해 나온 과거와 함께 타민족에 대하여 옳은 지식을 가지고 있

는 총동맹." —〈워즈워드론〉

자연과학자라면 자기나 자기 민족이 독립해서 과학을 할 수 없다는 것을 잘 안다. 즉 다른 과학자와 다른 민족들의 과학연구의 총결과가 시시각각으로 자기와 자기 민족의 과학에 영향을 주며 역으로 자기와 자기 민족의 결과도 다른 과학자와 다른 민족의 과학에 영향을 준다는 것. 그러므로 이십 세기 중엽인 현대에 있어서 중세기적 연금술이나 점성술을 가지고 과학이라 자랑하는 과학자나 민족은 있을 수 없다. 그러나 과학에는 있을 수 없는 현상이 문학에는 나타난다. 연금술이나 점성술에 진배없는 국수주의 문학자와 이른 바 순수문학자들이 행세한 것이 일본에서는 황도문학으로 나타났고 독일에서는 나치스문학으로 나타났다. 남조선에는 뒤늦게 이러한 시대착오의 문학이—월가의 달러를 믿고—대담하게 실로 대담하게 '민족문학'을 참칭하고 있다.

그러나 생활을 실재하는 그대로 보지 못하기 때문에 현실에서 괴리되고 국수주의로 말미암아 세계에서 고립한 일본의 황도문학이나 독일의 나치스문학이 문학이 아닌 것은 연금술이나 점성술이 과학이 아닌 것이나 마찬가지로 명백하다. 남조선의 '순수문학'이나 국수주의 문학만이 문학이 될 까닭이 없지 않은가. 문학이 아닌 것이 '민족문학'이 될 수 없는 것은 다시 말할 나위도 없다. 오늘날 '순수문학'은 일본의 황도문학이나 독일의 나치스문학과 다를 것이 없다는 것을 이해하지 못하는 사람들은—순수문학파 자신들과 그들을 따르는 문학청년들이겠지만—독일이 낳은 유명한 작가 토마스 만이 제이차 세계대전이 끝나자 발표한 논문 〈독일과 독일인〉(번역명 〈마魔의 민족〉)을 읽어보라.

"만일 《파우스트》가 독일혼의 상징이라면 그는 반드시 음악적이어야 될 것이다. 왜 그러냐 하면 '독일인'의 세계에 대한 관계는 추상적이고 신비적이기 때문이다. 즉 환언하면 음악적이다—마魔에 좀 눌린 한 교수—어색하기는 하나 교만한 지혜가 가득 찬 그는 결국 '깊이'에 있어서 세계를 극복할 수 있다고 자부하는—와의 관계와 같다. 무엇이 이 '깊이'를 구성하는가? 단순히 독일혼의 음악성—우리가 따져 말하기를 그 내재적이라 하는 것 그 주관성 인간정력이 사회 정치적 행동에서 유리된 사색 그리고 절대적으로 우세한 후자의 우위 그것이 '깊이'를 구성하는 것이다. 구라파는 항상 이것을 감지하였고 또 그 해괴하고 불행한 일면을 목도하였다."(《문학》 2호 설정식 역)

페이터가 "음악적 상태가 되려고 한다"고 단정했고 브래들리가 "의미의 음악"이라고 정의한 아니, 이미 워즈워드가 "고요하고 슬픈 인간성의 음악"이라고 노래한 이른바 순수문학은 독일민족이 객관세계를 추상적, 신비적으로 밖에 보지 못하게 했으며 '사회 정치적 행동에서 유리된 사색'의 심연에 빠지게 하여 "말하자면 히틀러의 레벨에까지 저하할 때 독일 낭만주의는 정신병자적 번성蕃性, 흥행적 함위緘圍, 교만, 범행에까지 이르게 되는 것이니 바로 현재 독일이 받고 있는 국가적 대난, 비길 바 없는 정신적 내지 육체적 파멸은 자연히 따라온 그 결과라 할 것이다"(동상).

문학이 한 사람을 망쳐도 문학이라 할 수 없겠거든 황차 한 민족을 멸망의 구렁으로 끌어넣는 문학이랴. 순수문학은 문학이 아닐뿐더러 민족을 해치는 것이다. 국수주의 문학은 다시 노노呶呶할 필요조차 없지 않은가.

아놀드가 시를 정의하여—때로는 문학이라는 말을 쓰기도 했다—'생활의 비평'이라 하고 비평을 두 가지로 정의하여

1. 대상을 실재하는 그대로 보는 것
2. 세계에서 알려지고 사색된 가장 좋은 것을 배우고 퍼뜨리려는 공정무사한 노력

이라 한 것이 얼마나 깊고 넓은 시의 통찰과 전망에서 나왔느냐 하는 것이

현대에 와서 명백해졌다. 그러나 완전하지는 못하다. (아니 완전이란 '기능에 응해서 노동하고 필요에 응해서 소비하는' 시대가 오기 전에는 기대할 수 없는 것이다.) 우리는 아놀드가 끝나는 데서 출발하여야 한다. 끊임없는 발전이야말로 아놀드의 체계에 있어서 가장 중요한 사상이다.—

"인류의 정신이 그 이상을 발견하는 것은 인류의 정신에다 끝없이 보태며 그 능력을 끝없이 발전시키며 슬기로움과 아름다움에 있어서 끝없이 성장하는 데 있는 것이다. 이 이상에 도달하기 위하여 교양은 뺄 수 없는 힘이며 또 그것이야말로 교양의 참된 가치인 것이다. 소유와 휴식이 아니라 성장과 생장이 교양이 생각하는 완전의 성격인 것이다." —《교양과 무질서》

5

아놀드의 한계는 영국의 부르주아지와 그들의 이데올로기인 자유주의에 실망하면서도 미처 프롤레타리아의 장래에 대해서 과학적 신념이 없었던 것이다. 이것은 이미 이 논문의 1에서 지적한 바이다. 그 당시의 영국 노동자들의 생활이 '실재하는 그대로 보아서'는 도저히 시가 될 수 없게스리 비참한 상태에 있었다는 것은 디킨스의 소설만 읽어보아도 알 수 있는 일이다.

"노동자를 보호하는 법률은 한 조목도 없었다.……노역은 주야를 가리지 않고 계속되었다. 노동자들은 식사 시간에도 나가지 못하게 하여 기계를 소제시켰다.

자연시간을 연장시키려 덜 가게 만들어 놓은 공장시계와 대조해 보지 않도록 노동자가 시계를 휴대하는 것을 금했다. 매로 때리는 것이 항다반사恒茶飯事이며 지독한 병으로 병신이 된다든지 둘러막지 않은 기계에 치어 죽는 수가 많았다. 이렇게 하여야만 영국이 외국과 경쟁해서 세계에 있어서의 그 지위를 보존할 수 있다고 지배인들은 이러한 제도를 극력 변호했다. …… 여자들은 탄광에서 마소 모양 쇠사슬로 도로꼬에 얽히어 하루에 십칠 마일 내지 삼십 마일의 거리를 기나긴 탄갱 속을 기어서 끌고 다녔다. 어린이들도 다섯 살부터 탄광의 암흑 속으로 보냈다. 데이비드 떼일의 모범공장에서는 다섯 살부터 여덟 살의 어린이들이 아침 여섯시부터 저녁 일곱 시까지 일을 했다."

—T. R. 그리인 《영국민소사》 840항

맑스와 엥겔스같은 과학적 형안炯眼과 혁명적 정열의 소유자가 아니면 이러한 인간 이하의 생활에서 '자유의 왕국'을 건설하는 데 주동적 역할을 놓을 프롤레타리아의 빛나는 장래를 보지 못했던 것은 그리 놀랄 것이 없다. 한 세기가 지난 오늘날도 오히려 아놀드에게 배워야 될 사람이 많은 영국이다.

그러나 위대한 시월의 프롤레타리아 혁명을 거쳐 "새로운 생활과 새로운 존재와 새로운 문화"(스탈린)를 건설한 소련에 있어서는 아놀드의 명제가 진리라는 것이 입증되었다. '제일차 오개년 계획'(1927년—1931년) 때 여러 해 동안 시인 니콜라이 치호노프가 전국을 두루 여행한 목적도 '생활을 실재하는 그대로 보는' 데서 시의 원천을 발견하려는 데 있었던 것이다.

"위대한 건설사업의 영웅적 행동을 보이려는 것은 무진장의 새로운 말과 새로운 개념과 생활의 실재를 시에 도입하는 것을 의미한다. 이러한 것은 다른 사람들의 인상을 통해서 이해될 수 없으며 서적이나 신문만 가지는 진실을 알 수 없는 것이다." —《소련문학》 1947년 제9호

이 치호노프의 말은 이를테면 가설에 지나지 않았던 아놀드의 명제—'시는 생활의 비평'—를 사실을 가지고 증명한 것이라고 볼 수 있다.

그러면 조선의 현실은 어떠하냐?

북조선에서는 이미 민족의 손으로 민족을 위한 민족의 경제와 정치와 사회와 생활을 확립했다. 따라서 시는 민족의 생활을 실재하는 그대로 보는 것으로서 성립한다. 남조선에 앉아서 북조선의 시를 개념적이요 공식적이라 보는 사람들은 어떻게 하다가 입수하는 잡지나 책을 통해서 시는 읽었으되 그 시가 반영하는 남조선과는 전연 다른 비약적 발전을 한 사실을 보지 못하고 남조선의 사실을 시금석으로 하여 또는 과거나 외래의 예술을 시금석으로 하여 비판하기 때문이다. 하긴 의식이 존재의 반영이라 하되 존재보다 하루 뒤떨어지는 것이니까 북조선의 민족시가 북조선의 민족적 사실에 비하여 손색이 있는 것은 어찌 할 수 없는 노릇이다. 이것은 이번에 내가 직접 눈으로 보고 안 것이다. 그러므로 북조선의 민족시는 민족의 생활을 실재하는 그대로 보고 표현하는 리얼리즘을 확대 강화할 것이다. 사실 그러기 위하여 시인들은 속속 공장과 농촌으로 들어가 노동자 농민의 생활을 체험하고 있다. 아니 이미 노동자 농민 속으로부터 시인이 나오기 시작했다.

그러면 남조선의 현실은 어떠하냐? 아놀드가 처해 있던 영국 그대로다. 아니, 일본식민지에서 벗어난 줄 알았던 것은 8 · 15 찰나의 기쁨이요 생산은 파괴의 일로를 걷고 있다. 그러니 그대로 시가 될 생활이 있을 까닭이 없다. 영제국에서 생활을 실재하는 그대로 보는 것으로서 시를 만들지 못했거늘 외국의 상품시장이 되어가는 남조선에서랴. 그러나 조국을 위기로부터 구출하기 위하여 영웅적으로 궐기한 인민들이 있다. 이 인민들의 투쟁은 그대로 표현한다면 시 이상의 것이 될 것이다. 오늘날 '구국문학'이 제창되는 것은 시인도 민족의 한 사람으로서 구국투쟁에 참가해야 된다는 것을 의미하는 동시에 구국투쟁에서만 시는 그 마음에서 또 시를 사랑하는 마음에서 이 투쟁에 적극 참가해야 한다.

이 투쟁이 성공할 때 비로소 '생활을 실재하는 그대로 보는 것'이 시가 되는 시대가 올 것이다. 불연不然이면 시는 민족과 더불어 외제의 철제에 짓밟히고 춘원의 황국문학 아닌 또 무슨 문학이 나올 것이다. 아니 이미 춘원을 비롯한 친일문학자들이 다시 고개를 들기 시작했다.

이러한 민족의 위기, 시의 위기에서 아놀드의 다음과 같은 말은 우리에게 용기를 북돋아 준다.

> "그 약속받은 땅은 우리가 들어가지 못하고 우리들은 황야에서 죽을 것이다. 그러나 그 땅으로 들어가고자 했다는 것, 그 땅을 향해 멀리서 소리쳤다는 것이 벌써 우리들이 오늘날 누구보다도 자랑할 수 있는 것이며 후세가 존중히 여길 가장 좋은 훈장이 될 것이다." —〈비평의 기능〉

(《문학》 속간호, 6월 26일)

3. 고민하는 지성

고민하는 지성—싸르트르의 실존주의

강단철학에서 '실존주의'는 새로운 것은 아니다. 야스퍼스나 하이데거가 한때 일본의 철학계를 풍미한 것은 아직도 우리 기억에 새롭다. 그러나 실존주의가 문학에서까지 문제되기는 불란서의 소설가이며 극작가이며 단편작가인 장 폴 사르트르가 문제를 제기한 후라 하겠다. 그래서 제이차대전 후에 우리들은 미국이나 일본의 신문 잡지에서 그의 이름과 실존주의를 발견했다. 그러나 그의 저서에는 직접 접촉할 기회가 없었는데 일전에 구라파에서 돌아온 친구가 사르트르의 신저 《실존주의와 휴머니즘》이라는 책을 선물로 가져왔다. 1945년에 파리에서 강연한 것을 1948년에 영역한 것이다. 사르트르에 의하면 실존주의에도 두 가지가 있다. 하나는 하이델베르히 대학교원 칼 야스퍼스가 대표하는 기독교적 실존주의(야스퍼스는 천주교도다)이며 또 하나는 사르트르 자신이 주장하는 무신론적 실존주의다. 양자의 차이는 신의 존재를 믿느냐 안 믿느냐에 있을 뿐 주관주의이며 유물론에 대립한다는 점은 일치한다. 우선 조선의 독자의 귀에 익지 않은 실존주의라는 것을 사르트르의 저서에 의하여 소개하기로 하자.

"기독교적이거나 무신론적이거나 '존재'가 '본질'보다 앞선다는 것을 믿는 것은 실존주의자에게 공통한 사실이다. 다시 말하면 실존주의자는 주관적인 것에서 시작한다."

그는 이렇게 전제하고 다음과 같은 실례를 들어 그의 의미하는 바를 해설한다. 물건—이를테면 페이퍼 나이프—을 갖고 생각해 보건데 그것을 만들은 직공은 그것의 본질을 모르고 무턱대고 그것을 만들었을 이치가 없다. 그러므로 페이퍼 나이프는 그것이 존재하기 전에 본질이 있다. 그러나 사람은 페이퍼 나이프와 달라서—사람들을 만든 신이 존재하지 않으니까—먼저 존재하고 그 후에 스스로 자기의 본질을 결정하는 것이다. 사람은 스스로 자기를 만드는 것이다.

> "이것이 실존주의의 제일원리다. 또 이것이야말로 사람들이 말하는 '주관성'이며 우리를 욕할 때 쓰는 말이다. 그러나 그것은 사람이란 돌멩이나 테이블보다는 더 존엄한 것이라는 것을 의미하는 것 밖에 무엇이냐? 왜냐면 우리가 의미하는 바는 사람은 먼저 존재한다—즉 사람이란 무엇보다도 먼저 미래를 향하여 자신을 떠다밀며 또 스스로 그것을 자각하고 있는 존재라는 것이다. 사람은 이끼(苔)나 버섯이나 양배추의 일종이 아니고 주관적 생명을 가진 주체인 것이다."

사람에게 있어서는 존재가 본질보다 앞서기 때문에 사람은 자기 본질에 대하여 책임을 지게 되는 것이다. 이리하여 실존주의는 사람 사람으로 하여금 자기 자신을 완전히 소유케 하며 자기의 존재에 대한 전 책임을 자기의 두 어깨로 짊어지게 하는 것이다. 그리고 사람이 자기에 대하여 책임이 있다는 것은 그가 자기 개성에 대해서만 책임이 있는 것이 아니라 모든 사람에 대하여 책임이 있다는 것을 의미한다. 한 사람이 자기 자신을 창조하기 위하여 취하는 모든 행동은 동시에 하나도 빼놓지 않고 인간상을 창조하는 행동이 되는 것이다. 이리하여 사람은 자기의 행동이 자기 하나만을 결정하는 것이 아니라 동시에 전 인류를 결정한다는 것을 깨닫게 될 때 전적이고 심각한 책임감에서 도피할 수 없게 된다. 이것을 왈 '고민'이라 하는 것이다.

사람은 이러한 고민 속에 있다고 실존주의는 말한다. 이러한 고민이 없다고 생각하는 사람 즉 자기의 행동이 인류와 관계가 없다고 생각하는 사람은 자기기만이 아니면 양심의 가책을 면할 수 없다. 스스로 자기의 고민을 감추는 데서 도리어 그 고민이 나타나는 것을 키르케고르는 '아브라함의 고민'이라 하였다. 천사가 아브라함에게 그의 아들을 희생으로 바치라고 명령했다. 그것이 정말 천사이었느냐 둘째 내가 정말 아브라함이냐? 증거는 어데 있느냐? 나한테 말하는 소리가 있을 때 그것이 천사의 소리인지 아닌지를 결정하는 것도 나 자신이다. 내가 어떤 행동을 좋다고 생각할 때 그것이 좋고 나쁘지 않다고 말하는 것을 택하는 것도 나밖에 없다. 내가 아브라함이라는 것을 증명하는 것은 아무 것도 없다. 그럼에도 불구하고 나는 언제고 모범이 되는 행동을 해야만 한다.

"우리가 여기서 말하는 고민이 정적주의나 무위로 끌고 가는 고민이 아니라는 것은 명백하다. 책임을 져본 사람이면 다 아는 종류의 고민 즉 순결하고 소박한 고민인 것이다. 예를 들면 군대의 지휘자가 공격의 책임을 지고 많은 부하를 죽음으로 보낼 때 그는 그것을 행하기를 택했으며 근본에 있어서 그가 독단으로 택하는 것이다. 물론 더 높은 상관의 명령으로 행동할 것이지만 그 명령은 일반적인 것이요 그의 해석을 필요로 하며 열 열넷 또는 스물의 생명이 그의 해석에 달려 있다. 그러한 결정을 할 때 그는 고민을 느끼지 않을 수 없다. 모든 지도자는 이 고민을 안다 …… 실존주의가 말하는 고민이란 이러한 종류의 고민이다."

실존주의자가 말하는—특히 하이데거가 즐겨 쓰는—'포기'라는 말은 신은 존재하지 않는다는 것을 의미하며 또 신이 존재하지 않는 데서 결과하는 것을 철저히 받아들이는 것이 필요하다는 것을 의미한다. 신은 부정해 놓고 도덕과 사회와 법 있는 세계를 갖기 위하여 정직과 진보와 인간성의 범주를 선험적인 것으로 가정하는 미적지근한 태도는 실존주의가 타기하는 바다. "만일 신이 없다면 무슨 짓이던 해도 좋다"고 일찍이 도스토예프스키가 말했지만 이것이야말로 실존주의의 출발점을 잘 표현했다 할 것이다. 참말이지 신이 존재하지 않으면 무슨 짓이든 해도 좋고 따라서 사람은 고독하다. 왜냐면 사람은 자기의 안에도 밖에도 의지할 것은 아무 것도 없으니까 사람은 곧 자기에게 핑계가 없다는 것을 발견한다. 존재가 본질보다 앞선다면 사람의 행동을 어떤 일정한 인간성에 비추어 설명할 수 없기 때문에 다시 말하면 결정론은 있을 수 없기 때문에 사람은 자유롭다. 아니 사람은 자유와 동일물이다. 또 한편 신이 존재하지 않으니까 우리의 행위를 정당화하는 가치나 생명이 우리에게는 없다. 이리하여 우리는 빛나는 가치의 영역에서 우리의 뒤에도 앞에도 정당화나 핑계의 수단이 없는 것이다. 우리는 외롭고 핑계할 데가 없다. 사람은 자유롭게 마련되었다. 사람은 이 세상에 내던져진 찰나부터 무엇이던 자기가 하는 것에 대하여 책임이 있는 것이다. 실존주의자는 정열의 힘을 믿지 않는다. 실존주의자는 대정열大情熱이 숙명처럼 사람을 어떤 행동으로 휩쓸어 넣는 파괴적 분류奔流이며 따라서 그 행동에 대한 핑계가 되는 것이라고 그렇게 생각하는 일은 절대로 없다. 사람은 자기의 정열에 대하여 책임이 있다고 생각한다. 또 실존주의자는 사람이 그의 방향을 결정하는 데 도움이 되는 표지標識가 세상에 있다고 생각지 않는다. 왜냐면 사람 자신이 자유 선택할 때 표지를 해석한다고 생각하니까. 사람마다 아무 지지나 원조 없이 시시각각으로 사람을 창조하게 마련되어 있다고 실존주의자는 생각한다. 퐁쥬는 "사람은 사람의 장래"라고 말했지만 인간이 현재 어떠한 모양으로 나타나 있든지 간에 만들어질 장래 그를 기다리고 있는 처녀지의 장래가 있다는 의미에서 이 말은 진리다.

그러나 현재에 있어서는 사람은 포기되어 있는 것이다.

이 포기의 상태를 설명하기 위하여 사르트르는 그의 제자 한 사람의 경우를 예로 들었다.

"그의 아버지는 그의 어머니와 사이가 나쁠 뿐 아니라 '협력자'가 되어가고 있었다. 그의 형은 1940년의 독일 공세로 전사했다. 그래서 이 젊은이는 원시적인 것에 가까운 그러나 숭고한 감정으로 열렬히 원수를 갚고 싶어 했다. 그의 어머니는 남편의 반半 매국적 행위와 장남의 죽음으로 말미암아 심각한 불행 속에 아들과 따로 살고 있었다. 그러나 이 젊은이에게는 그때 두 갈래 길이 있었으니 하나는 영국으로 가서 '자유불란서군'에 입대하는 길이요 또 하나는 어머니 곁에 머물러 어머니의 삶을 돕는 길이었다." 이 청년이 두 길 중에 하나를 선택하는 데 의거할 것은 아무 것도 없다는 것이다. 애정이라 가정하자. "나의 어머니에 대한 사랑이 다른 모든 것을 희생하기에 족하다고 느끼면 나는 어머니 곁에 머무를 것이요 그와 반대로 어머니에 대한 사랑이 나를 어머니 곁에 머무르게 할 만하지 않으면 나는 갈 것이다"라고 그 청년이 사르트르에게 말했다. 사르트르는 반문한다. 어머니 곁에 머물거나 떠나거나 하는 행동이 없이 어머니에 대한 사랑이 어떠니 저떠니 하는 것은 본말을 전도하는 것이다. 사실로 어머니 곁에 머물러 있은 뒤에야 비로소 "나는 어머니 곁에 머물러 있을 만큼 어머니를 사랑한다"고 말할 수 있는 것이다. 그러므로 행동으로 결정하기 전에 애정이 행동의 지표가 될 수는 없는 것이다. 따라서 기로에 서 있는 이 청년은 아무 것도 의지할 데 없이 포기된 상태에 있는 것이다. 그는 그의 속에서도 그의 행동을 정당화할 충동을 찾을 수 없으며 또 밖에서도 그로 하여금 행동을 가능하게 하는 무슨 논리를 기대할 수도 없다. 사르트르가 이 포기의 상태에 있는 청년에게 준 충고는 빤한 것이다.

> "그대는 자유다 그러니 선택하라. 다시 말하면 창조하라. 그대에게 할 바를 가르칠 수 있는 일반적 도덕률은 없다. 이 세상에는 아무 표지도 없다."

이리하여 포기에는 고민이 따른다고 실존주의자는 말한다. 고민과 포기와 더불어 실존주의의 기조가 되는 개념에 '절망'이 있다.

행동과 긴밀히 관계되어 있는 가능성 이외의 가능성에 대해서는 희망을 갖지 말라는 것 즉 희망 없이 행동하라는 것이 '절망'의 의미다. 따라서 인류의 역사도 사르트르에 있어서는 행동을 규정하는 척도가 될 수는 없는 것이다. 그는 '하나님의 나라'와 아울러 '자유의 왕국'을 어리석은 희망—환상으로 돌린다.

> "나는 내가 알지 못하는 사람들에게 기대를 가질 수 없다. 사람들은 자유이고 또 모든 사람의 근본이라고 볼 수 있는 인간성이 존재하지 않는 이상 인간의 선이라든지 사회의 선에 대한 인간의 관심이라든지 하는 것에다 나의 신뢰를 둘 수는 없다. 노서아의 혁명이 다다르는 곳이 어딘지 나는 모른다. 다만 오늘날 노서아에서는 노동계급이 다른 나라에서 보지 못한 역할을 놀고 있는 것이 명백한 한 그 혁명을 찬탄도 하고 본보기라 생각할 수도 있다. 그러나 나는 이것이 반드시 노동계급의 승리로 인도한다고 단정할 수는 없다. 나는 나 자신을 내가 알 수 있는 것에 국한하지 않으면 아니 된다.
>
> 내가 죽은 뒤에 이른바 동지들이 나의 사업을 계승하여 완전의 절정까지 가지고 간다고 나는 믿을 수 없다. 왜냐면 그 사람들도 자유로운 행동자요 내일 그들은 그때에 맞는 인간의 본질을 자유로 결정한다는 것을 내가 알기 때문에 내일 내가 죽은 뒤에는 어떤 사람들이 파시즘을 수립하기로 결정할는지 모를 일이요 또 다른 사람들은 비겁해서 또는 태만해서 그들이 하는 대로 내버려 둘는지 모른다. 그렇게 되면 파시즘이 그때엔 인간의 진리가 되는 것이다."

이렇게 사르트르는 인류 전체에 대해서도 아무 희망을 가지고 있지 않지만 자기 개인에 대해서는 절대 자신을 가지고 있다. 이상이나 희망이 믿지 못할 개연성이라는 것이 그의 주장이니까 개인의 행동 이외에는 확실한 것이 없다는 근거가 있어야 할 것이다. 이리하여 사르트르는 데카르트의 "나는 사유한다 그러므로 나는 존재한다"라는 명제를 절대의 진리라고 내세우고 사람의 직접적인 자아의 의식이야말로 절대적인 진리라고 주장한다.

이상은 사르트르의 《실존주의와 휴머니즘》을 그의 서술을 좇아서 소개한 것이다. 사르트르의 실존주의는 이만하면 그 윤곽이 드러났다고 믿고 그것을 한번 다시 비판해 보기로 하자. 사르트르와의 대담에서 나비유씨가 지적했듯이 실존주의란 별 것이 아니요 불란서의 아니 세계의 사회적 위기가 낡은 자유주의로서는 어찌할 수 없게 되었을 때 생겨난 고민하는 자유주의의 한 표현에 불과한 것이다. 1920년에 패전 독일이 시방 불란서와 꼭 같은 사회상태에 있었고 그래서 야스퍼스, 하이데거 등의 실존주의가 제창된 것이었다. 사르트르는 독일 점령시대의 불란서청년을 예로 들어 자기의 철학을 설명했지만 사르트르 자신이 좌냐 우냐 하는 기로에 포기되어 있는 것이다. 사르트르와 같은 불란서의 지식인 폴 발레리는 현대를 '사실의 세기'라고 말했지만 크나큰 두 가지 사실이 부딪치고 있는 불란서에서 새 중간에 끼여서 고민하는 것이 선의로 본 사르트르의 위치다.

파리 9일발 UP 통신은 다음과 같이 불란서의 위기를 전하고 있다.

> "오리올대통령은 전수상이며 불국 정계의 원로인 에리오씨에 대하여 전후 불국의 최대위기에 당하여 불국민 통일정부의 수반이 되도록 요청할 것을 고려중이라 한다. 그는 자기가 영도하는 정권의 종언을 초래할 공산당과 드골파의 결전을 회피코자 전력을 다 하기로 결의하고 있다 한다."

정치적으로 사르트르 같은 불란서의 인테리를 대표한다고 볼 수 있는 오리올은 이와 같이 포기된 상태에 있고 따라서 사르트르의 말마따나 '지도자의 고민' 속에 있을 것이다. 그에게는 아무 희망도 없다. 아니 있어서는 안 된다. 불란서의 운명을 결정하는 것은 오리올대통령의 행동인데 그 행동은 절망 속에서 오리올 개인이 결정해야 한다. 이 얼마나 위태위태한 일이냐. 불란서의 운명—그것은 세계의 운명에도 관련이 있다—이 개인의 자유재량에 달려있다니—실존주의를 위기의 철학이라 함이 과연 옳은 말인지! 또 오리올이 포기—고민—절망의 상태에 있음이—그가 실존주의자라면—당연하다 하겠다. 그러면 오리올 아니 사르트르는 이 심연에서 어떻게 구원받을 것인가. 사람을 위기에서 구원하는 것은 행동뿐이라고 사르트르는 몇 번이고 되 뇌이지만 이론도 없고 논리도 없는 행동—맹목적인 행동이 반드시 구원으로 인도한다는 결론이 어디서 나오는 것이냐. 칸트도 "개념이 없는 직관은 장님이니라" 하였거든 인류가 그 문화 있은 지 오천 년 동안에 자자면면孜孜勉勉히 쌓아 올려 오늘날 금자탑을 이룬 과학적 세계관을 '개연의 세계인 객관'에 대한 지식이라 해서 다시 말하면 인간의 주체적인 지식이 아니라 해서 진리가 아니라고 우기는 사르트르는 다시 말하면 자기가 존재한다는 것만을 절대의 진리라 믿는 사르트르는 자기의 행동이 결코 파멸로 가는 맹목적 행동이 아니라는 것을 어떻게 증명하려는 것인가. 사르트르는 피카소의 그림을 예로 들어 자기의 행동을 해설한다.

"미술가가 선험적으로 설정된 법칙을 쫓아서 그림을 그리지 않는다 해서 그를 비난할 수 있을 것인가? 누구나 아는 바와 같이 미리 결정된 그림을 미술가가 그리는 것은 아니다. 또 누구나 아는 바와 같이 아 푸리오리로 미적 가치가 존재하는 것은 아니고 가치는 창조하고자 하는 의지가 완성된 작품으로 표현되는 동안에 나타나는 것이다. 피카소의 그림을 가지고 논하더라도 그 작품은 그가 그리고 있는 그때에 비로소 그렇게 된다는 것을 우리는 잘 안다."

햄릿의 말마따나 "죽느냐? 사느냐?" 하는 것이 문제인데 이 위기에서 벗어나는 행동을 논할 때 그림 그리는 것을 가지고 행동을 설명하는 것이 벌써 일종의 도피이거니와 백보를 양해서 그림을 가지고 논하는 것을 용허한다 하더라도 사르트르는 그림이 무엇인지, 적어도 피카소의 그림이 무엇인지도 모르고 있다. 피카소 자신의 말을 빌어 사르트르의 오류를 지적하기로 하자.

> "내가 그림을 그릴 때 나의 목적은 내가 이미 발견할 것을 보이기 위함이지 내가 찾고 있는 것을 보이기 위함이 아니다. 미술가를 눈깔만 가진 천치 바보로 아느냐?"

그렇다. 미술가는 눈깔만 가진 천치 바보는 아니다. (아니 천치 바보인 미술가가 없는 것은 아니다. 이른바 순수를 주장하는 미술가는 눈깔만 가진 천치 바보다.) 하물며 일국민의 운명을 좌우하는 지도자가 덮어놓고 행동해서야 될 말이냐. 사르트르적인 지도자가 포기—고민—절망에 있는 것은 좋다. 객관적인 진리를 믿는 것이 인간의 존엄을 손상한다고 우기는 그들이니까 얼마든지 자아의 절대성을 믿고 그 주관적인 진공 속에 포기되어 고민하고 절망하는 것은 그들의 절대자유라 하자. 그러나 이 포기—고민— 절망의 철학인 실존주의가 인간을 구원하는 낙관주의라고 사르트르가 역설하는 데는 우리가 반문하지 않을 수 없다.

불란서가 시방 처해 있는 위기는 과연 사르트르가 말하듯이 사람 사람을 포기—고민—절망에서 행동을 요구하는 위기인가? 자본주의적인 정치 경제 사회에 대하여는 환멸의 비애를 맛보았고 그렇다고 새로운 정치 경제 사회에 대하여 아무 희망도 가지고 있지 않은 사르트르 같은 무기력한 지식인이 시방 불란서에서 고민과 절망 속에 포기되어 있는 것은 사실이다. 하지만 드골파나 노동계급이 똑같은 상태에 있느냐 하면 절대로 그렇지 않다. 실존주의자들이 말하는 성질의 위기는 그들 몇 사람—자포자기에 가까운 자존심을 가진 일부 지식인—의 주관 속에 있는 위기다. 이러한 위기를 조성한 객관적 정세는 제이차대전으로 말미암아 흔들린 불란서를 월가의 달러를 빌어 현상을 유지하느냐 불연不然이면 노동계급을 전위로 하는 인민의 힘으로 새로운 불란서를 건설하느냐 하는 배중율적 대립에서 오는 것이다. 사르트르의 무리들이 아무 희망이 없듯이 불란서인 전체가 희망이 없는 것은 아니다. 드골파를 선두로 하는 반동노력은 달러에 대하여 희망을 가지고 있으며 불란서의 인민은 인민경제에 희망을 갖고 있는 것이다. 그것을 둘 다 확실성이 없는 것을 믿는 환상에 지나지 않는다는 것이 사르트르의 입장이지만 그가 포기니 고민이니 절망이니 하는 동양적인 불교적인 말을 가지고 무슨 굉장한 새 발견이나 되는 것처럼 떠들어대지만 기회주의에 불과한 것이다. 불연이면 도피주의인 것이다.

"나는 나 자신을 내가 알 수 있는 것에 국한하지 않으면 아니 된다"고 그는 가장 양심적인 지식인인 것처럼 말하지만 오늘날 파시즘과 민주주의에 대하여 가치판단을 할 자신이 없는 사람에게 지식인이라는 이름을 붙일 수 있을 것인가? 히틀러가 마이다네크에서만도 생사람을 사백만이나 불에 사르고 거기서 분해되는 화학 성분을 갖고 민주주의를 무찌르는 화약을 만들고 거기서 나오는 열을 가지고 파시스트들을 뜻뜻이 하는 수난로水煖爐를 핀 사실이 엊그제이거늘 그리고 그 죽은 사람들의 재를 만지며 미국의 지식인 에드가 스노는 다시 한 번 파시즘에 대하여 전율을 금치 못했거늘—그의 저著《소련세력의 형型》을 보라—그 파시즘의 피해를 직접 입은 나라에 앉아서 "내일 내가 죽은 뒤에는 어떤 사람들이 파시즘을 확립하기로 결정할는지 모를 일이요. 그렇게 되면 파시즘이 그때엔 인간의 진리가 되는 것이다"라는 말이 어디서 나오느냐. 불란서의 진리가 파시즘이 될는지 모르니까 파시즘에 대립되는 민주주의를 진리로 믿어 행동의 원리로 삼는 것은 어리석다는 사르트르를 그냥 진리에 대한 양심이라고 할 수 있을 것인가? 진리에 대한 양심이란 저 갈릴레오처럼

—에푸르 씨 무오베(그래도 지구는 움직인다)

고 외칠만치 객관세계에 대한 정확한 판단력과 그 판단을 주장할만한 용기가 있어야 한다.

천보를 양讓해서 선의로 해석해서 사르트르는 정말 객관세계에 대해서는 결정적으로 아는 것은 없고 다만 자기가 존재한다는 사실만을 절대적인 것으로 믿고 이 자아를 출발점으로 하여 행동하려는 전야에 있다고 하자. 사람이 다 면벽 삼년에 다리가 문드러진 달마 같은 이 사르트르와 같이 객관세계에 대하여 결정적인 판단이 없다는 결론이 어디서 나오는 것이냐. 불란서의 인민이 다 사르트르처럼 텅 빈 추상적 자아만을 가진 실존주의자인 줄 아느냐? 그들의 용감한 대독항쟁과 또 전후에 씩씩한 행동이 아무 가치판단 없이 무턱대고 한 또는 하는 것인 줄 아느냐? 지식이 이른바 지식인에게만 있다는 불손한 생각을 지식인이 버려야 된다는 것은 이 한 가지만 보더라도 알 수 있다. 히틀러의 무리들이 불란서를 점령했을 때 항쟁한 인민이 대독 협력자나 도피자가 모르던 진리 즉 민주주의는 절대의 진리이며 진리이기 때문에 결국은 승리한다는 사실을 알고 있었듯이 시방도 사르트르 등이 모르는 진리를 그들은 알고 있는 것이다.

사르트르는 인간 개성의 존엄을 옹호하기 위하여 실존주의를 주장한다고 호언장담 하지만 다시 말하면 포기—고민 · 절망에서 인간을 해방하려는 것이 실존주의라 하지만 그의 작품에 나오는 인물들이 비굴하거나 약하거나 비겁하거나 또는 악하기만 한 것은 무슨 까닭이냐? 이것은 사르트르 자신이 인정하는 바이며 이렇게 변명한다.

"행동으로서 그렇게 자신을 결정했기 때문에 그렇게 된 것이다."

이것으로서 사르트르가 말하는 행동이 인류를 구원하는 행동만을 의미하는 것이 아니라, 타락시키는 행동까지 의미하는 것이며 그의 작품 행동으로 볼 때 주로 후자를 의미하는 것을 알 수 있다. 여기 소개한 사르트르의 저서를 가져다 준 친구가 파리를 본 인상을 "무척 타락했더라"는 말로써 전한 것이 생각난다. 사르트르의 무리들이 행동 행동하고 염불 외우듯 하지만 날로 타락하고 있다는 것을 알 수 있다.

불란서의 구원은 불란서의 인민과 민주주의에 달려 있는 것이며 그 인민과 민주주의를 무시하는 사상은 그것이 아무리 교묘한 논리로 표현되더라도 그 논리를 주장하는 사람 자신하나도 구원하지 못한다는 것이 사르트르가 우리에게 주는 교훈이다.

"내 온 종일 먹지 않고 밤새 잠자지 않고 생각했지만 배움만 같지 못하더라"한 공자의 말은 사르트르와 같이 코기토(나는 생각한다)를 가지고 진리라고 생각하는 인텔리에게 주는 가장 좋은 교훈이다. 세계와 역사를 배우라. 자아의 행동 원리는 그 객관적 진리에서 저절로 귀납될 것이다.

(《국제신문》, 1948년 9월)

민족의 종—설정식 시집을 읽고

녹 쓸고 깨어진 종—조선민족을 이렇게 상징할 수 있다. 국제민주주의 세력이 삼상결정을 가지고도 조선의 친일적인 녹을 닦고 민족반역적인 결夬을 없애지 못하고 있는 까닭은 세계 또한 녹 쓸고 깨진 종이기 때문이다. 히틀러, 무솔리니는 죽었으되 유인裕仁과 프랑코는 여전히 살아 있다. 아니, 파시즘이 인류에게 끼친 녹과 결이 그렇게 쉽사리 소탕되지는 않을 것이다. 설형薛兄이 자기의 시를

> 대리석에 쪼아 쓴 언어들이 아니라
> 그것은 뼈에 금이 실려
> 절그럭거리는 원래의 소리외다

한 것은 그의 시가 이렇게 금이 간 세계의 반향이기 때문이다. 또 〈태양 없는 땅〉을 비롯해서 이 시집의 시가 어느 하나고 '빛'을 그리워하지 않음이 없음도 녹 쓴 종의 지당한 염원이리라.

하나 설형의 《종》은 조선의 녹과 결을 노래했으되 그 녹을 뚫고 빛나려 하며 그 결을 기워 크게 울리려 하는 인민의 심정을 표현하지 못했다. 조선민족의 녹과 결은 인민의 힘으로만 없앨 수 있는 것이다.

그러나 두 세계로 갈려진 조선에서 "풀밭에 오즉잖은 꽃을 가려 디디던" 인텔리겐챠가 이른바 '양심'을 고백할 때 우선은 이렇게 녹 쓸고 깨어진 종

의 소리로 표현될 수밖에 없다. 그의 생활이 한 세계로부터 다다른 또 하나의 세계로 발전해야 될 것은 역사의 지상명령이지만 시인의 생리가 일 년 반 동안에 완전히 변할 수는 없는 것이다. 설형이여 일층 분발하라. 형의 시가 읽는 우리로 하여금 이렇게 분하고 슬프지만 않고 기쁨을 줄 수 있게 될 때까지 분투하라. 형의 시는 자칫하면 부정으로 흐른다. 그것이 부정을 부정하기 위한 부정인 것을 우리는 잘 안다. 하지만 시인이라 바야흐로 이 땅에 움트고 있는 긍정적인 새로운 삶을 발견하지 못할진댄 누가 민족의 종이 될 것인가.

> 곡식이 익어도 익어도 쓸데없는 땅 모든 인민이 돌아선 땅
>
> —〈대지의 땅〉

이것은 군정하의 조선을 말한다. 남은 북과 북은 남과 통일되어 하나가 되려는 민주주의의 의지—이러한 태양이 빛나고 있는 땅이 있음을 형도 알련만. 하여튼《종》은 우리 지식인에게 많은 시사를 주는 시집이다.

(《중앙신문》, 1947년 4월 24일)

사진의 예술성—임석제씨의 개인전을 보고

사진과 같다는 말이 있다. 미술에 있어서 객관세계를 사진처럼 그대로 묘사하는 것을 욕하는 때 쓰는 말이다. 그러나 나는 임석제씨의 사진개인전을 보고 이 말이 얼마나 허무맹랑한 말이라는 것을 깨닳았다. 남조선의 현실을 있는 그대로 사진으로 찍었는데 그 예술성이 높은 데 놀란 것은 나 하나뿐이 아니리라.

현실을 있는 그대로 파악하기란 말이 쉽지 실상인즉 그리 쉬운 일이 아니다. 왜냐하면 사람은 특히 예술가는 자기 개인의 주관에 사로 잡혀 현실을 어그러뜨려 보는 수가 많기 때문이다.

그 좋은 예로는 자기들만이 예술적 감각을 가진 듯이 자부하는 이른바 순수예술파들의 작품에 나타나는 왜곡된 현실을 보라. 더 구체적으로 실례를 든다면 얼마 전에 바로 이 전람회에서 본 이쾌대씨의 그림에 나타난 인물들은 꼭 라파엘의 인물에다 조선옷을 입혀 놓은 것 같았다. 그러한 인물들은 이쾌대씨의 주관 속에나 있지 조선현실에는 실재하지 않는다.

그렇다고 사진기를 가지고 그냥 박아내면 현실이 있는 그대로 파악되는 것은 아니다. 현실은 역사적인 것 따라서 발전하는 것인데 사진의 정靜을 가지고 이러한 동動을 표현하기가 곤란하기 때문이다. 하긴 여기 사진술의 묘미가 있다. 임석제씨의 작품이 고도의 예술성을 지니고 있는 것은 역사의 비약적 모멘트를 표현했기 때문이다.

〈담〉을 예로 들어보자. 높은 담 밑에 어린이들이 있다. 담은 높되 나날이 낡아갈 것이요 어린이들은 작되 나날이 성정할 것이다. 이리하여 이 어린이들이 무너진—또는 무너 놓은—담을 뛰어넘어 새로운 시대를 맞이할 때가 반드시 올 것이다. 〈기다림〉이나 〈고개〉는 설명할 것도 없이 비약하려고 옹크린 인민을 그린 것이요 〈끄는 사람〉에서 작자의 현실감각 즉 역사의식은 더욱 명백히 나타나 있다. 인력거를 탄자와 끄는 사람 둘 중에 누가 역사의 수레를 돌리는 사람이냐?

"저 역亦 낡은 껍질을 아직도 완전히 탈피 못한 채 이 땅의 젊은 문화인으로서 짐진 바 책무의 무거움을 느끼곤 피투성이의 전진을 계속할 의지인 것입니다"라고 작자도 말했지만 〈전진〉 이야말로 이 사진전의 주제라고 할 수 있다. 그러나 〈묵호에서〉라든지 〈수입식량〉이라든지 〈등燈〉이라든지 하는 작품은 낙관할 수 없는 남조선의 사태 즉 역사의 수레는 전진만 하는 것이 아니라는 것을 보여준 예리한 비판이다.

예술에 있어서 비판정신이 얼마나 중요한가 하는 것을 눈으로 볼 수 있다.

하지만 부정만 가지고는 진정한 리얼리즘의 예술이 될 수 없다. 썩어가는 역사 속에서 싹트는 역사를 체험하게 하며 암흑 속에서 광명을 보게 하는 것이 리얼리즘인 것이다. 이러한 의미에서 임석제씨의 개인전은 귀중한 시사를 주었다 할 것이다. 즉 부정적인 남조선현실 속에서도 부정할래야 부정할 수 없는 힘이 움트고 있다는 것 이것이 이 개인전이 주는 인상이다. 다만 역사를 창조하는 이 힘이 크고 거세게 표현되지 못한 것은 이 이상 표현할 자유가 제약되어 있기 때문이리라.

(《조선중앙일보》, 1948년 8월 11일)

대학의 이념

아는 것은 힘이다. 그래서 일제는 조선민족이 힘을 얻을까 두려워하여 대학을 세우지 못하게 하였다. 그랬던 것이 해방의 덕택을 입어 우후죽순처럼 대학이 생겨났다. 좋기는 좋은 현상이다. 하지만 대학이라는 간판을 걸고 교수라는 칭호를 주고 학생을 모집했다고 일조일석에 대학이 되는 것은 아니다. 더군다나 허다한 교수들이 진보적인 까닭에 학원에서 추방된 오늘날 일제가 두려워하던 조선민족에게 힘을 주는 대학이 건설되려면 한참 진통을 겪어야 할 것이다. 쫓아내기는커녕 다 모조리 모셔온대도 대학교수의 실력을 가진 사람은 그리 많지 못하다. 그런데 대학은 나날이 수효가 늘어만 간다. 교수는 줄어만 가고 대학은 늘어만 가는 남조선의 모순은 어떻게 지양될 것인가? 하긴 대학의 수효와 더불어 대학교수라는 명함을 가진 사람의 수효도 늘어가지만 명함을 가지고 대학을 건설할 수는 없다. 비컨대 악화가 양화를 구축할 때 화폐의 수가 주는 것은 아니다. 아니 정반대로 가치가 얕은 화폐의 수는 늘어만 가고 드디어는 악성 인플레이션을 일으키게 되는 것이다. 이리하여 교수보다 실력 있는 학생의 수가 늘어가고 따라서 학생에도 '그레섬의 법칙'이 작용하게 되는 것이다. 즉 정말 조선의 힘이 될 학생들이 학원을 등한시하게 되는 결과 그저 아무거나 덮어놓고 배우면 된다는 종류의 학생들만 남게 되는 것이다. 이것은 중대한 민족의 문제가 아닐 수 없다.

플라톤은 대화편 〈프로타고라스〉에서 소크라테스의 입을 빌어 "고기나

술을 사는 데보다 지식을 사는 데 훨씬 더 위험이 있는 것이다. 왜냐하면 고기나 술은 도매상이나 소매상한테 사서 그릇에 담아가지고 가서 양식으로서 육체에 집어넣기 전에 집에다 놓고 음식에 대해서 좋고 그른 것 또 얼마나 또 언제 먹는가를 잘 아는 친구를 불러들일 수가 있지만 지식이라는 물건은 사서 다른 그릇에 담아 가지고 갈 수는 없다. 돈을 내면 크게 손해를 보든지 이익을 보든지 간에 정신 속에 넣어 가지고 가는 수밖에 없는 것이다" 하였다. 이것은 오늘날 우리가 대학의 문제를 생각할 때 좋은 교훈이 되는 말이다. 요리점에서 나쁜 술을 먹고 사람이 병났을 때는 야단법석이 되지만 대학에서 학생들이 나날이 독이 든 지식을 먹는 것에 대하여서는 아무도 문제시 하지 않는다. 아니 문제시하는 사람이 없는 것은 아니로되 그런 사람은 도리어 위험인물로 취급되어 학원엔 얼씬도 못하게 하는 것이다. 오늘날 조선에서 가장 유해한 지식은 조선민족으로부터 현실을 바로 보고 정당히 비판하는 정신을 말살하려는 이른바 '순수'를 표방하는 지식이다. 하긴 일제의 탄압이 무서워 거북의 모가지처럼 움츠러들었던 우리의 사고가 아직도 움츠러든 채로 있는 것은 일제적 현실이 남아있기 때문이지만 그보다도 일제 삼십육년 동안 모가지를 움츠리고 있다가 아주 바위조각처럼 굳어버린 사람이 많기 때문이다. 지식을 위한 지식—그것은 한때 우리가 도피하기 위한 수단이었다. 그러나 해방이 되었다는 오늘날 우리들은 왜 이 도피처로부터 용감히 나오지 못하는 것인가? 비컨대 대학은 민족의 두뇌와 같다. 몽유병자나 천치 바보가 아닌 바에야 그 두뇌가 현실과 유리된 사유를 위한 사유만을 일삼을 수 있을 것인가? 하긴 건전한 사람일지라도 때로 잔디 위에 팔을 베개로 하고 하늘을 바라보며 칸트적인 안티노미(이율배반)를 생각할 수도 있다. 그러나 언제까지든지 누워서 하늘을 바라보고만 있을 수는 없을 것이 아닌가. 그러나 문제는 전연 딴 데 있다. 진보를 두려워하는 반동세력이 구질서를 합리화하기 위하여 이러한 사이비 교수들을 시켜 미래를 향하여 달리고 싶은 젊은이들로 하여금 삼차원적 관념세계에서 맴을 돌게 하는 것이다. 그들이 경제력을 쥐고 있기 때문에 또는 대학의 실권을 쥐고 있기 때문에 대학은 민족의 두뇌가 되지 못하고 의연히 상아탑이며 때로는 사이비 학자들의 등용문이며 또 때로는 모리배의 명예욕을 만족시키는 빛 좋은 개살구이기도 하다. 그러므로 대학문제가 근본적으로 해결되려면 대학의 운영이 군정청 관리의 고집에 좌우되거나 자본가의 사의에 매지내거나 해서는 안 되고 전민족의 의사를 반영시킬 수 있는 대학이 출현해야 할 것이다. 다시 말하면 대학이 관리나 자산가를 위하여 있는 것이 아니고 학생과 교수를 위하여 있는 것이며 나아가 전 민족을 위해서 존재이유가 있어야 할 것이다. 이러한 대학이라면 민족을 식민지의 운명으로부터 해방하기 위하여 학생에게 진정한 지식과 역사관과 정치사상을 가르치는 교수를 내쫓기는커녕 국가에서 상금을 내릴 것이다.

일언이폐지하면 민주주의를 이념으로 하는 대학이 건설되어야 할 것이다. 즉 학생과 교수가 연구의 자유를 가지며 거기서 발견되는 진리가 민족을 해방하야 사회적 경제적 정치적 발전을 가져오는 진리일 때 비로소 민주주의 학원이라 할 수 있는 것이다. 진리란 별똥처럼 죽은 것이 아니라 그것을 체득하는 사람 속에서 싹 트고 꽃피고 열매 맺어 더 많은 진리를 가져오는 것이다. 다시 말하면 일제의 대학에서 인민과 괴리된 또는 적이 되는 사람을 만들기 위하여 억지로 먹이던 독이 든 지식이 아니라 인민 속으로 들어가 인민의 지도자가 될 수 있는 지식이 진리인 것이다. 그러기에 민족의 피와 땀으로 되는 대학에서 길러낸 한 사람의 진리 체득자는 천 사람 만 사람의 진리 체득자를 만들어 내는 결과가 되는 것이다. 그렇지 않고 특권계급으로 또는 특권계급의 대변자로 인민에게 군림하려 할진데 누가 그 사람을 교육시키기 위하여 또는 연구시키기 위하여 피땀을 흘릴 것인가. 잉여가치만이 그들의 사료가 될 것이다.

바야흐로 국제 민주주의의 각광을 받아 조선민족은 오랜 아시아의 암흑으로부터 세계무대에 새로 등장하려는 역사적 찰나다. 대학 어찌 홀로 이 역사에서 초연할 수 있을 것이냐. 학생과 교수는 다 이 빛나는 찰나를 위하여 준비하고 있을 줄 믿는다.

해방 후 학원과 전연 인연을 끊은 나로서 핀트에 어그러진 말이 있을는지도 모르나 고려대학의 전신인 보성전문에서 십 년 가까이 대학을 꿈꾸던 나로서 그 꿈에 비하여 너무나 엉터리없는 대학의 현실을 볼 때 환멸을 느끼지 않을 수 없다. 그러나 많은 학생과 교수들이 또는 학생이나 교수이었던 사람들이 내가 꿈꾸던 대학을 실현하기 위하여 분투노력하고 있으리라 믿고 이것으로서 문책을 벗어나려 한다.

(고려대학교 《경상학보》, 1947년 10월 1일)

행동의 시—시집《새벽 길》을 읽고

조국을 지키는 글발
가슴 가슴에 터지는 글발을
들고
안고
바람벽이나
전신주나……
모두들 일어섰다.

8 · 15 후의 조선역사를 불과 몇 마디 안 되는 평범한 말로써 잘도 표현했다. 이 놀라운 표현력이 어디서 오는 것이냐? 한 마디로 말하면 행동의 소산이다. 더 구체적으로는 이 시인의 동창인 작곡가 김순남씨가 발문에서 다음과 같이 설명했다.

"해방 후 석두는 어느 누구보다도 투쟁 속에서 몸소 절규하는 시인이 되었다. 그는 과거의 자기에 대한 무자비한 비판 위에 반기를 든 강정強情한 시인이 되었다. 피 비린내 나는 투쟁 속에서 홀어머니를 잃고 아내를 영어囹圄로 보내고 자식을 굶기면서도 눈물 한 방울 안 보이며 오직 조국의 민주독립을 위하여 제일선에 힘차게 나섰다."

그러니 이 시집에는 감상이나 아롱진 수식이 있을 수 없다. 소양, 직절이 특징이다. 그러면서도 조국과 동지, 어머니와 아내와 누이에 대한 사랑이 뼈에 사무치리만큼 표현되어 있다. 아니, 시집에 노래된 사람은 "찌들은 살림에 지쳐 겨우 잠 들은 시민"까지도 심지어 "바람벽이나 전신주"도 창조되어가는 새로운 조선역사와 관련 없는 것이 없다. 시인 스스로 역사 창조의 용감한 행동인이기 때문에 그가 체험하는 것이 역사와 직결되지 않는 것이 없으며 따라서 그것을 표현한 시가 다방이나 서재나 꽃동산에서 나오는 사이비시와 종류를 같이 할 수 없다.

우리 민족이 우리 민족의 힘으로 우리 민족의 역사를 창조하기 시작한 저 위대한 순간인 8 · 15는 시와 행동의 변증법적인 결합을 가져왔다. 그 전에도 시와 행동이 있었으나 하나는 지하에 또 하나는 상아탑에 따로따로 숨어있었던 것이다.

행동의 시인 석두도 십삼 년 전엔

저녁노을이 옛 언니를 안았다
이슬 나린 풀밭에 누어
옛 노래를 부르자……

하던 센티멘탈한 시인이었다. 이 시인이 끝끝내 꽃의 잔물을 핥는 봉접인양 시에 연연했더라면 이른바 순수시인들 모양 조국을 등질뿐 아니라 사이비시 밖에 쓰지 못했을 것이다. 이 점도 김순남씨가 잘 설명했다.

"이 시절의 그의 몸은 더욱 파리했으며 시는 쓰지 않았으나 나는 그 두 눈에서 과거의 석두가 가졌던 감상도 낭만도 아닌 똑바로 현실을 내려다보려는 시 아닌 시를 발견했던 것이다."(跋)

다시 말하면 이 시인의 행동은 8 · 15 후에 비롯한 것이 아니다. 오랜 세월 결집된 행동이 "토끼와 너구리와 늑대와 오소리들만 다니는 골짜구니를" 뚫고 새벽길에 다달았을 때 비로소 우리 눈에 띈 것이 이 시집이리라. 8 · 15 후 가장 빛나는 시집이라는 것을 단언한다.

(《문학평론》, 1948년 8월 28일)

민족문화건설의 초석—《조선말사전》간행을 축하하여

조선말의 역사는 조선민족과 더불어 유구하다. 또 한글의 역사만 해도 오백년을 헤아린다. 하지만 조선의 민족문화는 일제 삼십육 년 동안에 그 터전을 닦고 주춧돌을 놓았다 해도 과언이 아닐 것이다. 왜냐면 민족문화는 언문일치를 토대로 하고 건설되는 것인데 과거에 있어서는 일제 때만큼 언문일치를 위하여 문화활동이 집중된 때는 없었다. 그러므로 그동안 한글로 조선말과 사상을 표현 정리하는 데 전력한 문학가와 사전편찬자가 누구보다도 민족문화건설을 위한 주춧돌을 놓은 영예를 누릴 수 있을 것이다. 일제가 최후 발악할 때 말과 글이 생명인 문학자까지 이광수를 비롯해 그 말과 글을 버리고 앵무지인언鸚鵡之人言으로써 적에 아첨하는 자가 생겼을 때 조선말과 한글을 고집한다는 것은 그리 쉬운 일이 아니었다. 그러기에 일제는 먼저 문학가를 탄압하고 내종에는 조선어학자까지 탄압했다.

최초의 영어사전이라 할 수 있는 《영국어사전》을 만들은 존슨박사는 이 사전에서 '사전편찬자'라는 어휘를 설명하여 '무해한 노예'라 하였지만 피압박 민족의 사전편찬자는 결코 '무해한 노예'는 아니었다. 그 증거로는 일제가 《조선말 큰 사전》의 원고를 압수했고 그 편찬자들을 옥에 가두어 《표준 조선말 사전》의 저자 환산桓山 이윤재선생을 고문치사케 한 사실만 들어도 족할 것이다. 혁명가가 모조리 옥이나 지하로 들어갔을 때 문학가가 붓을 꺾지 아니치 못하였을 때 순망치한이라 조선말과 글을 고르고 다듬고 엮는 학자까지도 제국주의자의 눈에는 위험인물로 보였던 것이다. 그때를 회상할 때 우리가 어찌 조선어사전의 간행을 축하하지 않을 수 있으랴. 지경은 다져지고 주춧돌은 놓여졌다. 인제는 이 초석 위에 민족문화를 건설하면 된다. 그러나 이 민족문화 건설은 벌써 문학가와 어학자만의 과업은 아니다. 온 겨레가 다 같이 힘을 합해야 비로소 이루어질 것이다.

어떤 시인의 말마따나 상해같은 소갈머리가 되어가는 서울엔 외국인들이 내 고장처럼 꺼떡거리며 이완용의 후예들이 지도자연하며 심지어 "기찌꾸 레이에이"(귀축미영鬼畜米英)를 염불 외우듯 하던 무리들이 "할로 오케이" 한다. 이러한 때에 민족문화의 초석인 조선말사전의 간행을 축하함은 우리들 문화인뿐 아니라 조선 민족된 사람의 공통된 의무이며 기쁨일 것이다.

(《신민일보》, 1948년 4월 6일)

음악의 시대성—박은용 독창회 인상기

박은용씨의 독창회가 끝난 뒤 밤거리를 걸어가면서 정희석씨가 혼잣말처럼 말했다. (오늘밤도 그는 바이올린을 끼고 있었다.)

"노래도 조선사람의 창작 작곡도 조선사람의 창작 독창도 조선사람의 창작이다. 오늘밤은 참 감격적이었어……"

그렇다 순전히 조선사람의 시와 작곡만 가지고 그렇게 대성공을 거두었다는 것은 조선민족의 한 사람된 나로서도 정희석씨 못지않게 감격이 컸다. 그래서 문외한으로서 감히 이 평필을 드는 바이다.

그러나 박은용씨의 독창회가 가지는 의의는 그것이 조선색 일색으로 되었다는데 그치는 것이 아니라 슈베르트나 슈만의 가요곡이나 이태리 민요등이 가지고 있지 못한 새로운 것 즉 시대성을 음악이란 상아탑적인 것 또는 초시대적인 것으로 잘못 알고 있는 사람들에게 알려 주었다는 데 더 큰 의의가 있는 것이다.

토마스 만은 〈독일인과 독일〉이라는 논문에서 독일민족으로 하여금 나치스를 따라가게 하고 따라서 세계사적인 반동을 하게 하여 자기 민족뿐만 아니라 전 인류에게 해독을 끼치게 한 원인의 하나가 독일민족이 가지고 있는 음악성이라 하였다. 다시 말하면 시대의 발전을 따라가지 못하고 음악적인 주관 속에서 유아독존의 세계를 꿈꾸었기 때문에 세계와 가는 길이 어긋나게 되고 드디어는 반대방향으로 가게 되어 씻을 수 없는 오점을 역사에다 남겼다는 것이다. 나는 토마스 만의 이 말을 지당한 말이라 믿어 의심치 않았었다. 왜냐면 바흐의 무한이나 모차르트의 감미 속에 취하여 본 경험이 있는 나는 독일의 고전음악이 말할 수 없이 좋으면서도 어쩐지 그것이 우리를 시대에서 뒤떨어지게 하고 또 때로는 시대를 혐오하게까지 하여 이른바 순수라는 함정에 빠지게 하는 것이라는 느낌을 가지고 있었기 까닭이다. 그래서 이것은 독일고전음악에 한한 것이 아니고 음악 자체가 지니고 있는 한계가 아닌가 생각했던 것이다.

그랬던 것이 박은용씨의 독창회를 이틀 밤 두 번 다 듣고 나서 토마스 만의 음악관 따라서 나의 음악관이 옳지 못했다는 것을 깨닫게 되었다.

나처럼 두 번 다 들은 청중도 있겠지만 대부분이 그렇지 않고 양일의 청중은 전연 다른 청중일터인데 그 반향은 수학적이라 할 수 있을 만치 정확하게 두 번 다 똑 같았다. 즉 임동혁씨의 곡목에는 전연 반향이 없고 김성태씨의 곡목에는 조금 있고 이건우씨의 가곡에 대해서는 상당한 반향이 있고 김순남씨의 가곡에 대해서는 배재강당이 떠나갈 것 같았다. 또 이틀 밤 다 똑같이 〈진달래 꽃〉을 재청하고 〈산유화〉의 재청에서 〈농민의 노래〉를 부르니까 삼청이 나올 지경이었다. 이것이 무엇을 말하는가. 임동혁씨 작품의 가사는 옛날 시조이고 김성태씨 작품의 가사가 한시 번역이었다는 데도 그들의 가곡이 청중을 움직이지 못한 원인이 있겠으나 더 근본적인 원인은 이들 작곡가가 그 창작의 원천을 시대적인 민족적인 민중의 심장의 고동에 두지 않고 고전적인 음악에 두고 있기 때문이다. 시대의 움직임에 대해서 민감하지 못한 작곡가가 어찌 그 시대의 민중을 감격케 할 수 있을 것인가. 이들과 정반대로 이건우씨와 김순남씨의 가곡이 청중에게 감격을 준 것은 김소월 등 현대인에게 직접 연결되는 시인의 시를 선택하였다는 데도 원인이 있지만 더 나아가 이 두 작곡가가 시대에 대해서 민감하고 민족의 심장의 고동을 몸소 체험하고 있기 때문이다.

음악이 놀고먹는 귀족의 독점물이었을 때 그것은 현실에서 도피하는 방향으로 갈 수도 있었다. 그러나 현대는 음악도 다른 모든 것과 더불어 전

인민의 것이 되어야한다. 이것은 시대나 인민의 요구가 그러할뿐더러 현대에 있어서 음악이 과거의 회상이나 반추로서는 성립할 수 없기 때문이다. 이번 독창회가 이것을 실지로 입증했다.

이러한 의미에서 박은용씨는 그의 독창회를 성공시킨 작곡가 못지않아 현명하였다고 할 수 있게 곡목선택과 해석을 했다고 할 것이다. 성악가라는 것이 박용구씨 말마따나 그냥 소리를 잘 내는 '풍각쟁이'가 아니라는 것을 알려준 점만 해도 박은용씨의 이번 독창회는 우리 음단에 기여한 바 크다 할 것이다.

(《세계일보》, 1948년 12월)

한자철폐론—이숭녕씨를 반박함

우리 문학자들은 한자철폐문제에 대하여 어학자들을 믿고 침묵을 지켜왔는데 이숭녕씨의 〈한자철폐론시비〉(《국제신문》)를 읽고 어학자들이라고 다 우리들 문학자보다도 한자폐지에 대해서 깊은 연구와 넓은 전망이 있는 것이 아니라는 것을 깨닭았다. 아니 어학자가 이렇게 언어와 문자에 대해서 천박할 수가 있을까 하는 것이 나의 솔직한 감상이다. 씨는 “오늘날 언론계의 간행물의 대부분이 의연依然 한자를 사용하여 종서縱書를 고수하고 있음은 무언의 의사표시이다. 이 엄연한 사실을 직시하여야 될 것이다.”라 전제하고 이 전제를 합리화하기 위하여 언어학을 원용하였는데 씨의 이 대전제가 벌써 아무 성찰도 없는 보수적인 억설인 것이다. 이조 말에 조선 사람이 누구나 상투를 깎는 것을 반대했을 때 이 한 가지 사실만 가지고 상투철폐론을 반박하듯 반박할 수 있었을까. 이숭녕씨는 여론을 무시하고 상투를 깎아버릴 만큼 신식이었으리라. 다수에 좇는 것이 민족주의의 철칙일 것은 사실이로되 그 다수가 주장하는 것이 진리일 때만 그것이 민주주의라는 또 한 가지 요건을 잊어서는 아니 될 것이다. 온 인류가 지구는 움직이지 않는다 했을 때 갈리레오 혼자서 감연히 지구는 움직인다고 한 갈릴레오보고 비민주주의적이라 할 수는 없지 않은가. 그나 그뿐인가. 조선민족 중에 한자를 아는 사람과 모르는 사람이 과연 어느 쪽이 더 많으며 장래할 수천만수억 아니 부지기수의 새로운 조선 사람의 세대가 과연 이숭녕씨 같이 완고한 한자철폐론 반대자일 것인가. 문자는 문자를 위해서 있는 것이 아니라 민족을 위해서 있는 것이며 과거나 현재만을 위해서 있는 것이 아니라 미래를 위하여 있는 것이다. 단테나 보카치오가 이태리어로 문학이 성립된다는 것 아니 토어土語를 가지고만 좋은 문학이 성립한다는 것을 증명하기까지는 이숭녕씨 같은 이태리의 식자들이 나전어羅典語라야 '문화어의 아순雅純'을 살릴 수 있다고 빠득빠득 우긴 사실을 씨는 알 것이다.

씨는 조선어와 외국어가 같은 알파벳으로 되어 있지만 문자 상 다르다고 했는데 무엇이 다르다는 것일까. 씨는 Kinght와 night를 예로 들었는데 영어에도 스펠링이 같고 의미가 다른 것이 얼마든지 있으며 도대체 이런 것을 가지고 한자폐지의 가능 불가능을 말한다는 것은 언어의 본질을 모르고 논하는 것이라 아니 할 수 없다. 씨는 소쉬르의 학설을 빌어 자기의 설을 합리화하려고 한 듯한데 소쉬르에 의하면 언어의 본질은 말하는 사람의 입에서 나와서 듣는 사람의 귀로 들어가 이해되게 마련된 것이며 또 그것은 본질상 단어가 물리적으로 모여서 전체를 구성하는 것이 아니라 전체와 부분이 동시에 성립하는 것이며 때로는 아니 거의 항상 전체가 우위에 서는 것이다. 또 언어란 어디까지든지 사회적인 존재이며 사회적 현실과 유리시켜서 언어를 따로이, 하물며 단어를 하나씩 고찰해 가지고 그 본질을 파악하려는 것은 아리스토텔레스적 희랍문법의 되풀이라는 것이 소쉬르의 주장이다. 또 그것은 언어에 대한 올바른 이해다. 예를 이씨가 들은 '유문식'이라는 사람의 이름을 들어 생각해보자. '유'라는 성에 兪, 劉, 柳가 있는 것은 사실이다. 또 그것을 구별할 필요도 있다. 그러나 한글로 '유'라고 쓴다고 그것이 구별되지 않는다는 이론이 어디서 나오는가. 가령 조선이 이숭녕씨 같은 보수주의자의 반대에도 불구하고 한자폐지를 해서 성명 삼자를 순 한글로 쓰게 될 때 동성동본끼리 결혼할 염려가 생긴다는 말인가. 성명이란 그 사람을 표시하면 족한 것이지 가족관계까지 표시할 필요는 없다. 씨는 외국인의 이름은 의미를 가지고 있다 했는데 요새《국제신문》에 연재되는 미국인 '라우터백크'는 언어학자인 씨가 잘 아시다시피 독일어요 독일식으로 발음하면 '라우테바흐'요 그렇게 발음하더라도 미국인이 그 의미를 알 이치가 없지 않은가. 그러면 '라우터백크'가 이름으로 불완전한가? 우리 조선 사람들에게까지 그는《한국미군정사》를 쓴 사람으로 알려있지 않은가. 사람은 그 성명 삼자의 자의가 표현하는 것이 아니라 사회적인 제 관계와 행동이 표시하는 것이다. 세계에는 한자로 써도 똑 같은 이름이 얼마든지 있다. 그렇다고 동명이인이 아내나 재산이나 직업을 혼동해서 곤란했다는 이야기를 들은 적이 없다. 유독 '유문식'이란 사람만 문제를 일으킬 까닭이 없지 않은가.

또 씨는 한자폐지론자를 전부 국수주의자로 잘못 알고 있고 '한자'폐지와 '한자어' 폐지를 혼동하고 있다. 어째서 한자폐지를 하면 '철학'이 '사뭇깨치기'가 되고 '비행기'가 '날틀'이 되고 '동물학'이 '읊사리갈'이 되고 '세포액'이 '쪼개국물'이 된다는 것인가. '철학' '비행기' '동물학' '세포액'이 어째서 한자보다 이해하기 곤란하다는 것인가. 이런 개념에 대한 이해는 한자로 표현하느냐 한글로 써놓느냐 하는 것이 문제라기보다 이런 개념에 대한 지식이 있느냐 없느냐에 있는 것이다. 한문을 아무리 잘하는 상투쟁이라도 비행기를 구경한 일도 없고 그것에 대한 지식도 없으면 '비행기'를 이해하는 태도가 '비행기'를 늘 보고 듣고 한 국민학교 1학년생이 '비행기'를 이해하는 정도보다 얕을 것이다. 지식이나 교양이나 문화가 문자에만 의존하는 때는 지난 지 이미 오래다. 현대는 사실의 세기요 시험관과 현미경을 통하지 않고 한자 같은 표의문자를 통해서만 진리가 이해된다는 봉건적인 관념을 버릴 때는 왔다. 씨는 "일본 아동은 장개석 모택동을 읽을 때 조선 아동은 '조선 한국'이란 제 나라 지명 국호도 못 읽을 지경이니 이것은 참으로 문화정책의 '난센스'이다" 하였는데 이것은 '한자폐지'와 한문교육폐지를 혼동하는 것이며 '읽는 것'과 '아는 것'을 동일시하는 데서 온 것이다. 한자를 폐지한다는 것은 조선어의 표기문자의 문제이요 한자를 어느 시기에 아동에게 가르치느냐 하는 것은 전연 별개의 문제이다. 또 일본아동이 '장개석'이니 '모택동'이니 하는 한자 여섯 자를 조선아동보다 더 많이 안다는 것은 결코 그들이 더 좋은 또는 더 많은 교육을 받는다는 것을 의미하는 것은 결코 아니다. 일본아동이 그리고 중국아동이 '장'자 '개'자 '석'자 '모'자 '택'자 '동'자를 배울 때 조선의 아동이 '장개석'과 '모택동'에 관한 사실과 진리를 배운다면 얼마나 행복할 것인가.

한자를 폐지하면 당장에 이조실록과 사고전서를 번역해야 된다는 씨의 억설은 무슨 말인가 이해하기 곤란하다. 그래 여태까지 이조실록과 사고전서를 읽은 초등학교 아동이 있다는 것인가. 한자폐지를 오해해도 분수가 있지. '고전'이 무엇인지 모르는 것은 씨 자신인가 한다. 한자 폐지를 한 후에도 고전으로서 한자를 가르칠 것이요 또 학자는 희랍어로도 읽을 필요가 있으면 읽을 것이거늘 하물며 한자쯤이랴. 한자를 조선어 표기문자에서 제외한다고 조선학자가 이조실록이나 사고전서를 읽을 능력이 없어진다는 말인가.

인쇄 문제에 대해서는 더 이씨를 반박할 필요를 느끼지 않는다. 인쇄에 관한 한 그것은 단순히 어학의 문제가 아니다. 한자폐지를 주장하는 우리들은 횡서와 '풀어쓰기'를 전제하는 것인데 스물넉 자를 가지고 조선어가 인쇄될 때 그것은 이숭녕씨가 상상도 못한 비약을 가져올 것이다. 그러나 우선 한자만 폐지하더라도 인쇄계는 비약적 발전을 할 것이다.

한자 제한이라는 것은 궤상机上공론으로는 그럴 듯하다. 하지만 가령 한자를 천자로 제한했을 때 성명 삼자를 한글과 한자를 섞어 쓰게 되는 희극이 생길 것이 아닌가. 예 하면 '芮'자는 제한될 것이 뻔한 노릇이니까 '예一男'이 하는 식으로. 또 이씨의 제한론은 자기 자신이 전개한 이론과도 자기당착을 일으키고 있다. 이조실록과 사고전서를 읽게 해야 된다는 것이 씨의 주장인데 과연 한자제한을 해서 이런 것을 읽힐 수 있을 것인가.

한자폐지는 민족의 중대한 문제이다. 그러므로 이것은 민족의 입장에서 고찰되고 논의되어야 한다. 어학의 기술적인 문제가 아닌 것을 가지고 어학책을 읽는 지식의 파편을 늘어놓아 이러한 중대한 문제를 논단하려는 씨의 경솔을 책하지 않을 수 없다.

한글은 현재와 미래의 조선 민족 전체의 것이 되어야 하며 그것이 전인민의 문화재가 될 때 비로소 그 본령을 나타내어 어떤 어학자가 찬미한 것 같이 세계에서 가장 진보적인 문자가 될 것이다.

(1948년 12월 9일)

관념적 진로—최재희 저《우리 민족의 갈 길》을 읽고

행동이 없이 관념만 가지고 민족을 지도하려는 사람이 있다. 일제시대에는 총칼이 무서워서 민족을 아랑곳하지 않고 관념 속에 칩거해있던 사람이 8 · 15 후라고 혁명투사보다 민족을 더 잘 지도할 수 있을까?

군은 사회주의자라 자처한다. 또 자기의 이론을 '발전적 자유주의'라고도 명명했다.

> "우리는 국민 총선거에서 먼저 국수주의와 자본주의의 옳지 못한 이유를 천명하여 유권자를 설파개종說破改宗케 하고 사회주의 정당에 다수의 투표를 얻을 것이다. 이리하여 의회에서 최대다수 정당이 되고 드디어 정부를 조직하여 사회주의를 실현하는 것이다. 성급한 혁명주의자는 이 같은 일이 백년하청을 기다리는 격이라 하여 무산자 독재 및 사회주의 실현의 불가능을 탄할 것이다. 그러나 만일 인격적으로 대다수 민중의 지지가 배후에 있으면은 사회주의 정부는 반드시 확호 부동의 지반 우에 서기 때문에 그 정부의 변혁에는 반동의 위구危懼가 없는 것이다."

태산명동泰山鳴動에 서일필鼠一匹이라 저자가 소미공동위원회를 불신임하고 혁명가까지 포함해서 조선의 정치가들을 '정치상인'이라고 '머리말'에서 욕했기에 이 책이 관념적인 것을 예상하면서도 그래도 무슨 색다른 관념인가 했더니 공상적 사회주의를 '우리 민족의 갈길'이라고 간판만 크게 갈

아붙인 것이다. '유권자를 설파개종'한다는 것은 저자가 그의 스승인 소크라테스로부터 계승한 신념인 듯한데 소크라테스 자신이 '공화국'을 그러한 방법으로 건설하려한지 이천 년이 넘었건만 희랍은 사회주의 국가가 되기는커녕 영군 주둔하에 왕당파의 테러로 팟쇼 정권이 서고 말았다. 군은 이상주의자인지라 이천 년보다도 더 먼 조선의 장래를 염두에 두고 이런 책을 썼을 것이나 우리 민족은 그렇게 우원한 길을 택할 수는 없다. 봉건잔재와 일제 유독遺毒을 소탕하고 인민적 민주주의의 나라를 건설하려는 것이다. 그러기 위하여 우선 막부 삼상결정에 의하여 세계가 공인하는 민주주의 임시정부를 수립하려는 것이다. 천리 길도 일보로부터 비롯한다. 이 첫걸음을 내디디지 못한다면 삼팔선이 영구화하고 조선이 둘로 갈라져 한쪽은 외국의 식민지가 되든지 전쟁으로 말미암아 금수강산이 시산혈하屍山血河로 변하거나 할 것이다.

그러므로 조선에 무산자 독재니 사회주의 실현이니 하는 것은 군 같은 관념주의자의 궤상机上공론이거나 반동분자들이 민주진영을 모함하려고 뒤집어씌우는 말에 지나지 않는다.

군은 군의 전문이 아닌 경제적 숫자까지 들어가며 이 책을 과학적으로 가장하려 했으나 도처에서 마각이 드러나고 만다. 그래서 군은 인생이니 인격이니 이상이니 하는 아름다운 말로써 궁상을 면하려 했다.

그렇다고 군의 인생과 인격과 이상까지 의심하려는 것은 아니다. 군은 군의 말마따나 "조선의 혼돈한 이 상태를 궁극 누구가 수습할는지 퍽도 초조한 가운데 있을 것이다." 그러나 스스로 자기 하나의 갈 길을 찾지 못한 군이 '우리 민족의 갈 길'을 지시하려는 것은 동키호테적 기도라 아니할 수 없다. 군은 멀리 아름다운 구름이 피어오르는 지평선만 바라보지 그리로 가는 길을 모르고 있는 것이다.

(《중앙신문》, 1947, 12, 18)

분노의 시—김용호 시집 《해마다 피는 꽃》을 읽고

우리에게는 슬픈 유산이 있다. 일제와 봉건의 잔재. 아니, 미국의 데모크러시가 가지고 온 상업의 자유조차 우리에게는 슬픈 유산이다. 그러나 시인은 사람마다 공통으로 지닌 이러한 유산에다 '시'라는 또 하나 슬픈 유산을 지닌 자다. 그래서 김용호 시인은 누구보다도 슬픈 것이다. 그는 시집 《해마다 피는 꽃》의 발문에서 "이제 초라한 이 한 권을 엮어 세상에 내놓음에 있어서도 역시 나는 기쁨보다도 도리어 슬픈 말하자면 저도 모르게 가슴 한 구석이 터엉 비는 듯한 그러한 슬픔이 자꾸 치받는 것은 웬일인가" 하였는데 시인다운 말이다. 그러나 이 시인은 그 슬픔 속에 자위를 일삼지 않고 그 슬픔을 주는 적을 향하여 돌팔매질을 했다.

차암다 참다
원수의 이마팍을 까준
삶의 단 한 번.
　　　—〈돌〉에서

일제가 그의 제삼시집 《부동항》을 압수한 것도 그 까닭이었다. 그때 이미 반항하던 시인이니 시방 남조선에서랴. 이 시집 제일부에 있는 〈독이 되어라〉는 누구나 읽는 사람의 가슴을 찌를 것이다. 시인이 숙명적으로 짊어진 '시'라는 슬픈 유산을 지닌 채 또다시 밀려드는 더 큰 ××주의에 항거하는 몸부림을 이 이상 표현하기는 어려울 것이다.

그러나 시에 연연하고 있는 동안은 더 큰 시인이 될 수 없다. 바라노니 시보다 더 위대한 세계를 찾기에 힘쓰라. 그릇된 현실—××주의에 항거하는 시인의 몸부림이 시가 아닌 것은 아니나 그 현실을 물리치고야 말 새로운 현실 즉 싸우는 인민 속에서 새로운 시, 슬픔이 아니라 용기를 주는 시의 샘을 발견할 것이다.

시를 좋아하는 사람들에게 이 시집을 권하여 마지않는다.

(《조선중앙일보》, 48. 7. 13)

Ⅳ. 미간행 작품

시 | 나비

산문 | 조선시의 편영 | 조선문학의 주류 | 예술과 테러와 모략 | 북조선의 인상 | 나 | 봄 | 셰익스피어의 주관

시

나비

하늘은 푸르고 바람은 잔잔해
춤추고 노래 부르다가도
빗방울 하나만 떨어져도
어디인지 숨어버리는 너
너는 날개를 가지고도 폭풍 속을 날지 못한다.

공기의 파동이 날개를 꺾을까 저어하여
언제나 진공 속에서만 있으려는 너
네 노래가 사람의 청각을 울릴 수는 없다.

그래도 네 뾰죽한 입은
꽃이 빚는 그 꿀맛을 누구보다도 잘 안다지
빨려무나 맘껏 빨려무나 너 혼자 맘껏 빨려무나
네 춤은 꿀맛이 좋다는 몸짓이고
네 노래는 꿀맛이 좋다는 소리라지만……

나비
나비
너는 진정 세상 모르는 시인일다. (《우리문학》 3호, 1947년 3월)

산문

조선시의 편영片影

아아 석류알을 알알이 비추어보며
신라천년의 푸른 하늘을 꿈꾸노니
— 정지용 시집에서

금모래 무늬 있는 붉은 껍질을 떡 쪼개고 보면 석류 알이 홍보석같이 알알이 빛난다. 그 찬연함을 보고 문화의 신라와 그 푸른 하늘을 연상한 것이다. 아름다운 감각이다.

나도 《석류》를 읽었다. 임학수씨의 시집이다. 그러나 나는 이 《석류》를 보고 옛 향기를 꿈꿀 것의 열매를 또 한 번 맛보려 한다. 나는 그것이 한시이든 시조이든 간에 우리의 고전문학을 사랑한다. 그 시가 담은 바 모랄을 귀히 여긴다. "백설이 만건곤할제 독야청청"하던 그 절개를 존경한다. "황도일비黃稻日肥에 계목희鷄鶩喜하고 벽오추로碧梧秋老에 봉황수鳳凰愁라"(이규보)(벼가 익어서 먹을 것이 생겼다고 따오기같은 새들은 좋아하지만 오동이 아니면 깃들이지 않는 봉황새는 오동잎이 떨어지매 슬퍼한다) 하여 이욕이 넘노는 소인배가 어깨춤을 추고 이상이 땅에 떨어지매 지사가 풀이 죽는 시대를 빈증대며 한편 개탄한 그 풍자를 좋아 한다. 그러나 조선 한시는 당시에 비길만한 훌륭한 시를 많이 가지고 있지만 한글을 버리고 김서포金西浦의 말마따나 "앵무지인언鸚鵡之人言"을 취한 것은 못내 유감이다. 이 점에 있어서 우리는 시조를 존중히 여긴다. 그것이 한글로 되었다는 한 가지 사실만으로도 충분히 시조는 아낌을 받아야 한다. 그러나 시로서 본다면 시조는 멀리 조선 한시에 미치지 못하는 바이다. "노자노자 젊어노자 늙어지면 못노나니" 식의 술주정이 많다. 《시조유취》속에 시절류時節類 화목류花木類 같은 것을 보라. 아니 취중류醉衆類조차 따로 있지 아니한가.

그리고 한시에다 토를 다는 데 지나지 않는 것이 너무 많다. 물론 시조라 해서 다 그런 것은 아니다. 아까도 말했거니와 모럴을 담은 것이 많다. 태종이 "이런들 어떠하리 저러한들 어떠하리 만수산 드렁 칡이 얽혀진들 그 어떠하리 우리도 이같이 얽혀져서 백년까지 하리라"는 시조를 읊어 어떤 석상席上에서 정몽주에게 훼절하라 암시를 주었더니 그는 저 유명한 "이 몸이 죽고죽어 일백번 고쳐죽어 백골이 진토되어 넋이라도 있고없고 임향한 일편단심이야 가실 줄이 있으랴" 하는 시조를 지어 자기의 굳은 뜻을 명백히 하고 마침내 죽었다. 조선고전문학에서 우리는 "시즉실천詩卽實踐"의 허다한 예를 들 수 있다. 그러나 이러한 시조도 거의 전부가 형상화에 불완전하다. 즉 무결한 예술품이 되지 못했다. 비교적 형상화가 된 시조는 흔히 센티멘탈리즘을 벗어나지 못했다.

> 녹양綠楊이 천만사千萬絲를 가는 춘풍春風 매어두고
> 탐화봉접探花蜂蝶인들 지는 꽃 어이하리
> 아무리 사랑이 중한들 가는 님을 어이하리

센티멘탈리즘은 생활의욕을 좀 먹고 판단력을 흐리게 한다. 시에 있어서 이는 불건전한 요소이며 불미스런 표현법이다.

나는 너무 시조의 결점만 들춰 적어렸다. 부정만을 일삼는 것은 비평의 본도가 아니다. 센티멘탈리즘은 그르다. 그러나 이 그릇된 것을 부정만 했자 그를 극복하는 옳은 것을 구체적으로 명시하지 않는 한 그것은 '부정의 부정'임에도 불구하고 긍정이 될 수 없다. 공자의 "군자 성인지미, 부성인지오, 소인반시"(군자는 다른 사람의 좋은 점만 드러내고 소인은 이와 반대로 나쁜 점만 꼬집어 낸다)라는 말은 무엇보다도 비평에 있어서 금언이라 하겠다. 내가 이 붓을 들게 된 동기도 고인이 한문으로 시를 지은 것을 책하려는 데 있지 않고 하물며 시조의 가치를 덜려는 데 있지 않고 한시와 시조를 지양한 현대 조선시의 좋은 예를 몇 개 소개하려 함이다.

바다는 다만
어둠에 반란하는
영원한 불평가다.
바다는 자꾸만
흰 이빨로 밤을 깨문다.
—김기림〈기상도〉에서

달도 없는 밤이다. 다만 바위에 부딪혀 깨지는 물결이 "흰 이빨"같이 바위를 깨물 뿐이다. 이 시는 움직이는 바다의 영원한 순간을 그려낸 절세의 묵화다. 유구한 인류역사에 있어서 '암흑'을 깨트리는 빛나는 행동과 사상의 찬가다. 형상화가 완벽에 가깝고 예지가 빛나는 시다. 그러나 이 시를 여기에 추천하는 바는 결코 그 이지적인 점을 추키는 데 있지 않다. 사상과 자연을 혼연한 일체로 형상화한 좋은 예를 보이려 함이다. 흔히 사람들은 형식과 내용을 이원시한다.

그러나 그것은 마치 육체와 정신을 둘로 쪼개보는 것과 같다. 정신없는 육체가 시체에 지나지 않은 것과 같이 육체 없는 정신이 있을 수 없다. 또 불완전한 육체를 가진 사람은 그만큼 불완전한 사람이 아닐까. 시가 종교와 철학과 다르고 또 그보다 나은 점은 실로 내용과 형식을 통일하여 새로운 것을 창조하는 데 있을 것이다. "헐벗고 거친 진리는 정신 속에서 완전히 소화되지 못한 것을 증명한다"(쥬베르 Joubert). "성모 마리아를 사랑하라" 하면 짓궂은 신부의 설교가 된다.

> 온 고을이 그러나 받들만한 포도 한 가지가 솟아난다 하기로 그래도 아는 고와 아니 하련다
>
> 나는 나의 나이와 별과 바람에도 피로웁다.
>
> 이제 태양을 금시 잃어버린다 하기로 그래도 그리 놀라울 리 없다.
>
> 실상 나는 또 하나 다른 태양으로 살았다.
>
> 사랑을 위하얀 입맛을 잃는다. 외로운 사슴처럼 벙어리 되어 산길에 설지라도—
>
> 오오, 나의 행복은 성모 마리아!
>
> —《정지용시집》에서

는 벌써 훌륭한 예술이다. 직업적 논자의 말이 아니다. 작자의 가장 속에서 우러난 인생관이다. 물론 이 인생관 자체가 문제된다. 그러나 여하튼 설교취미가 없다. 그 사람의 말을 듣는다는 이보다 그 사람 전체를 대하는 감을 주는 것이다.

> 흥에 겨운 시간이 호올로 나직히
>
> 자개고동을 불며 섰는 곳.
>
> —〈시내〉의 일절(시집 《석류》에서)

"저 망각의 섬기슭 풀 엉키어 향기한 속에"서는 시간이 응당 서성거리고 있는 것 같을 것이다. 시간 가는 줄 모를 것이다. 그 시간이 눈에 보이지 않는가. 이러한 감각성이 시에서는 중요한 것이다.

이보다도 더 감각적인 시를 하나 들면,

모래밭은
푸른 꿈을 꾸었고
푸른 꿈은
푸른 장미를 낳았고
푸른 장미는
빨간 꿈을 보았고
빨간 꿈은
빨간 꽃을 게웠다

빨간 꽃은
사랑의 열매를 맺었고
열정의 열매는
가시울타리 속에서
새로운 꿈을 키운다
새로운 꿈을—

그러나 벌써
그 행복한 꿈은
이 황소같은 가슴에
몰래 감추어 넣었다
길이길이 기르고저—
—월파越波 〈장미〉에서(이효석 《관북통신》)

그러나 시는 결코 감각에 머물러서는 안 된다. 이 〈장미〉도 감각 이상의 '꿈'을 깃들이고 있지 아니한가. 이 '꿈'이 빨간 꽃을 낳을 것이며 그 꽃이 열매를 맺을 것이 아닌가. 그리고 "이 열정의 열매는 가시 울타리 속에서 새로운 꿈을 키운다." 이 '꿈'이 또 다시 더 많은 꽃과 열매를 가져올 것이다.

이 마음은 땅 밑에 잠자는 무명의 구근! 동면을 계속한지 오래여 머리로 지각을 부비며 촉촉이 젖어지는 봄비의 촉수를 기다리나니 아 피고 살아 붉은 잎 그 정열의 송이로 타고 타고 봄아지랑이 이 밑에 타고 살아…….

—춘성春城 〈무명의 구근〉에서

이제 비록 눌리어 '무명의 구근'같이 땅속에 있다 할지라도 장차 지각을 뚫고 나와 함박꽃같이 붉게 붉게 필 것이 아닌가. 나는 조선의 시가 '붉은 잎 그 정열의 송이로' 필 날이 있을 것을 믿는다. 그러나 거기에 이르기까지는 형극의 길일 것이다.

우리의 붓끝은 날마다
흰 종이 위를 갈며 나간다
한 자루의 붓 그것은
우리의 장기요 유일한 연장이다.
거칠은 산기슭에 한 이랑의 황전을 일랴면
돌부리와 나무 등걸에 호미끝이 부러지듯이
아아 우리의 꿋꿋한 붓대가
그 몇 번이나 꺾였었던고!

—심훈 〈필경筆耕〉

로망 롤랑은 형극의 길을 걷는 현대인에게 고뇌 속에서 일생을 걷다가 마친 베토벤의 전설을 선사할 때 권두에다 다음과 같은 베토벤의 말을 내걸었다.

"누구나 선하고 고상하게 행동하는 사람은 그것으로써 벌써 불행을 참을 수가 있다는 것을 나는 증명하고자 한다."

무보수의 불행도 달가이 받는다거늘 '황소 같은 가슴'에다 장차 꽃피고 열매맺을 '행복한 꿈을 몰래 감추어 넣'은 조선의 시인들이여 화전을 일어 씨뿌리고 오곡이 고개 숙일 때까지 꾸준하라.

시인의 입에
마이크 대신
자갈이 물려질 때
노래하는 열정이
침묵 가운데
최후를 의탁할 때
바다야
너는 몸부림치는
육체의 곡조를
반주해라.
—임화 〈바다의 찬가〉에서

이는 바다의 찬가라느니보다 침통한 시인의 진군나팔이다.

그러나 피오른 내목은
이 깨어진 나팔을 불고 있습니다.
이리하여 내목에 기운이 다하는 날까지 나는 이 나팔을 불 것입니다.
—이규원 〈깨어진 나팔〉에서

나는 여기에서 시의 창조 그것을 보이는 이보다 주로 의욕을 보였다. 오늘날 우리에게 생물학적 생명욕이 더 많이 필요하듯이 조선시에 있어서도 시인적 의욕은 다다익변이다. 발자크는 나폴레옹의 초상화를 걸어놓고 거기다가 "너는 칼로 구라파를 정복했지만 나는 철필로 세계를 지배하리라"고 대서하였다 한다. 이만한 폐기가 있었기에 그만한 대작이 있었으리라.

예술을 생각할 때에도 우리는 현실과 시대를 아울러 생각해야 되므로 나는 '의욕'과 '경향'을 조선 현대시에 있어서 최선의 요소로서 천거했다. 그러나 이 외에도 좋은 점이 또 없다는 것은 결코 아니다. 신시가 탄생한 지 삼십년이 채 못 되었지만 질로나 양으로나 장족의 발전을 보았다. 젊은 나이로는 풍부한 사상과 감정을 담고 있다. 미화된 형식을 갖췄다. 말의 세련으로만 보더라도 시집《님의 침묵》을 보고《석류》를 보면 실로 금석의 감이 있다. 그것은 개인의 차가 아니다. 시대의 차라 하겠다. 그러나 형식론은 다음 기회로 미루기로 한다. 이왕 말이 나왔으니 조선적 정취가 있는 시를 몇 구 소개해 볼까.

뒷동산에 꽃 캐러
언니 따라 갔더니
솔가지에 걸리어
당홍 치마 찢어졌네.

누가 행여 볼까하여
지름길로 왔더니
오늘따라 새 베는 님이
지름길로 나왔었네.

뽕밭 옆에 김 안 매고
새 베러 나왔었네

(주 : 오늘따라=하필 오늘, 새=소먹이는 풀)

—요한 〈부끄러움〉(《시가집》에서)

조선의 향토적 정서를 가장 잘 표현한 것은 '춤'이다. 그 고운 선의 흐름. 그 애뜻한 감상. 그러나 어디인가 느릿한 낙관. 이〈부끄러움〉에서도 우리는 이러한 코리안 멜로디를 들을 수 있다. 조선처녀의 '숫된 마음씨'가 잘 표현되었다. 《석류》의 시인은 "너무나 수줍은 조선의 소녀 오직 그대만이 나의 사랑"이라고 노래하고 있다. 아마〈부끄러움〉은 조선여성의 상징인지도 모른다.

서리까마귀 우지짖고 지나가는 초라한 지붕등불아래 돌아앉아 도란도란거리는 곳.

—정지용 〈향수〉(《정지용시집》에서)

아늑한 농촌의 겨울밤을 눈앞에 방불케 한다. 소위 즉경卽景이다. 자연묘사 속에 벌써 시가 있다. "그곳이 차마 꿈엔들 잊힐리야" 하는 후렴을 붙이지 않아도 농촌에서 잔뼈가 굵은 사람이면 이 두 줄만 보아도 향수를 느끼리라. 리얼리즘의 극치라 하겠다. 이 시와 다음 시를 비교해 보면 표현으로서 본 리얼리즘과 센티멘탈리즘의 다른 점을 잘 알 수 있다.

연못에 오리 네 마리
그 뒤에 풀언덕 하나
푸른 봄 하늘엔
흰 구름 떴네.
해가 가도 못 잊힐 적은 이 광경
눈물로 추억될 풍경이어라.

—김상용 역(윌리엄 앨링엄 작)

연못, 오리, 언덕 그리고 봄하늘의 구름만 가지고 시를 만들기에 실패하고 작자의 센티를 강요하여 "해가 가도 못 잊힐 적은 이 광경 눈물로 추억될 풍경이어라" 하는 결구를 붙인 것이다.

시인의 사상 감정과 그것을 의탁한 객관이 일여가 되지 못할 때에 그것을 센티멘탈하다 하는 것이다.

석양을 받은 채 소년은
고개를 떨어뜨리고 있었다.
어두운 소년의 우수를 싣고
소의 걸음은 한없이 느리었다.

저녁해는 산서마루에서
쓸쓸한 냉소를 짓더라
개도 말없고 소년도 말없고
먼 산은 더욱 말이 없었다.
—함지咸池 〈풍경〉에서

이것은 앨링엄의 시와 비슷한 시다. 그러나 시인의 주관이 퉁명스럽게 비쭉 나서지 않았다. 풍경을 아지랑이같이 싸고 있다. 뒤집어 말하면 풍경 속에 '우수'가 떠돌고 있다. '눈물로 추억될 풍경이어라'하는 설명을 붙이지 않아도 '개도 말없고 소년도 말없고' 시인은 더욱 말이 없어도 풍경은 제 스스로 황혼의 시를 말하고 있지 아니한가. 시인의 우수를 말하고 있지 아니 한가.

자연의 한 조각을 사진기처럼 그려내도 회화가 될 수 없다는 것은 오늘날 미술에 있어서 한 상식이다. 그와 꼭 마찬가지로 시인의 주관을 불쑥 써놓은 것도 시가 될 수 없는 것이다. 그러므로 형식과 내용의 문제는 단순히 말초적 기교에 관하는 것이 아니라 실로 시의 본질에 관하는 것이다. 괴테의 말을 빌면 시의 두 가지 엉터리(Dilettanti)가 있다. 하나는 뺄 수 없는 기교적 일면을 무시하고 사상과 감정을 내보이기만 하면 할 것 다했다는 자요. 또 하나는 직공의 손재주는 있으나 알맹이와 내용이 없는 기교만 가지고서 시에 도달하기를 꾀하는 자다. 전자는 예술을 가장 해치는 자요 후자는 자기 자신을 해치는 자다. 조선시에도 이러한 엉터리 시가 두 가지 다 존재한다. 그러나 나는 그것을 여기서 구체적으로 예시하기를 삼간다. 그들이 징검다리가 되어 그것을 딛고 넘어선 것이 오늘날 조선시의 좋은 점임을 생각할 때 그 역사적 공적을 칭송은 못할지언정 어찌 그 과오만을 꾸짖겠는가. 그것을 들춰적으려 한다면 "개구리가 올챙이 적 생각을 못하는" 것이 되겠지.

우리는 돌을 깨트리고 금을 캐는 사람이다. 참되고 아름다운 것을 찾아야 한다. 비평의 최영광은 좋은 것을 북돋아주는 데 있다. 메피스토펠레스 같이 부정을 일삼는다면 그것은 비평의 악한 일면이다. 현문단에서 작가와 평가가 으르렁대고 있는 것을 볼 때 한심함을 금치 못한다.

그 어느 편에 잘못이 있는지 나는 모른다. 양편에 다 잘못이 있을 것이다. 그러나 나는 그 반목의 원인이 더 많이 평가 쪽에 있다고 생각한다. 좋은 점을 내세우는 비평보다 나쁜 점을 꼬집어내는 비평이 득세한 때도 있다. 군자는 성인지미成人之美하고 부성인지오不成人之惡하나니 오늘을 소인발호의 시대라고 할까.

창작방법을 작가에게 들씌우려고 한 때도 있다. "고양이 목에 방울을 거는" 것이 좋은지 모르는 작가가 있을까. 맘대로 안 되는 것이 현실이다. 이상과 현실 사이는 천인절벽이다. 창작방법은 이상에 지나지 않고 작품은 현실 그것이다. 하기야 조선에 신문학이 발생한지 날짜가 얕은만치 위대한 결실을 보지 못한 것만은 사실이다. 그리고 유치한 점이 많았던 것도 사실이다. 그러면 좋은 점이 절무하였던가.

그것이 비록 돌틈에 금맥이듯이 희소하다하더라도 찬연히 빛나고 있지 아니 한가. 부정을 일삼는 수많은 엉터리 비평이여 "천양지피 불여일호지액千羊之皮 不如一狐之腋"이로다. 일전에는 또 하나 자미없는 사실을 발견했다. 악단에서도 연주가와 평론가가 그다지 의가 좋지 못하다는 것이다. "그 평에 왈 "정훈모의 무대에 나선 꼴은 추하고 그의 태도는 너무도 전전긍긍하야 조금도 자신이 없어서 함은 연주가로서의 위신을 하나도 갖추지 못하였다." 운운이었습니다. 이 글에서 보시는 바와 같이 연주내용에는 조금도 붓을 댐이 없이 오직 골상학자의 학설같은 말만을 적었으므로 퍽도 웃었습니다만 또 그럴 것이 그 후 전언에 의하면 그 실 그 선생은 회에 참석도 못하고 타인의 말만을 듣고 적은 명평이었습니다."

정훈모 여사를 비평한 이 '선생'의 추한 꼴을 비웃기 전에 우리는 "견불현이내자성見不賢而內自省"할진저. 비평이 '골상학자의 학설같이' 보일 때 또는 사유가 사유의 꼬리를 물고 맴을 도는 추상론(철학적!)이 될 때도 그것은 흔히 '회에 참석도 못하고 타인의 말만을 듣고 적은 명평'에 지나지 않는다.

비평이란 언제든지 대상을 철저히 이해한 후에야 가능한 것이다. 그리고 이 '철저한 이해'란 대상 속에서 좋은 점을 발견하는 것을 이름이다. 대상 속에 좋은 점이 하나도 없거든 애초에 비평을 말라. 불가여언不可與言이여언與言이면 실언하지 않는가. 비평이란 "세계에서 가장 좋은 지식과 사상을 추구하며 또 그것을 전파하려는 공정무사한 노력이다"(아놀드).

자 힘을 합하여(작가여 평가여 독자여) 세계에서 가장 좋은 사상과 지식을 찾자. 그리고 그것을 세상에 퍼뜨리기에 힘쓰자. "조그만 겨레에게 위대한 시를 남기고 금잔디 위에서 달가이 죽음"(키츠)이 불역낙호不亦樂乎아!

검은 진흙에서도 연꽃이 피네
니나니, 나니나,
보이진 않아도 뿌리가 살았는 걸세
새는 노래하고 하늘은 맑다.
태양은 장천 웃고 있다.
실개천 모여서 대동강 되네
니나니, 나니나,
한바다 향해서 다 모인 땜일세
새는 노래하고 하늘은 맑다.
태양은 장천 웃고 있다.
두드리고 두드리면 바위도 갈라지네
니나니, 나니나
그러나 그것은 작심이 있어야 하네
새는 노래하고 하늘은 맑다
태양은 장천 웃고 있다.
—요한 〈생의 찬미〉(《시가집》에서)

(《동아일보》, 1937년 9월 9일-14일)

조선문학의 주류

막연히 '문학'이라 하지만 문학이라는 개념은 '시'와 '산문'의 두 개념을 내포하고 있다. 이를테면 셰익스피어의 《리어왕》과 톨스토이의 《전쟁과 평화》를 문학이라는 말로 일괄하지만 그 본질을 따지고 볼 말이면 하나는 시요 또 하나는 산문인 것이다. 시와 산문—문학을 이렇게 둘로 분석하여 이해하는 것이 문학론의 혼란을 정리할 수 있을 것이다. 톨스토이가 셰익스피어의 시극을 통털어 예술이 아니라 한 것을 어떻게 이해해야 될지를 모르는 사람이 있지만 톨스토이의 소설과 셰익스피어의 희곡을 그냥 문학이라고 한 데 몰아칠 것이 아니라 전자는 산문문학이요 후자는 시문학이라 하면—시와 산문이 대립하는 것이라는 전제를 필요로 하지만—톨스토이가 셰익스피어를 부정한 것은 오히려 당연하다 할 것이다.

그러면 시와 산문은 과연 대립되는 것인가. 17세기 불란서 시인 말레르브가 시를 무용에다 그리고 산문을 보행에다 비한 것은 시와 산문의 차점差占을 잘 표현했다 하겠다. 같은 발을 움직이되 춤은 뺑뺑 돌기만 하지만 걸음은 뚜렷한 목적지가 있는 것이다. 춤은 가는 곳이 정해 있지 않은 대신 아름다워야 하지만 걸음은 아름답지 않더라도 지향한 곳에 다다르기만 하면 되는 것이다.

8. 15 전 '일제'의 총칼이 우리의 갈 바 길을 막았을 때 산문문학이 위축해 버리고 시문학이 간신히 명맥을 이어오다가 드디어는 언어말살정책 때문에 그것조차 존립할 수가 없었는데, 8. 15가 되자 시보다도—형식이 아

니라 정신을 의미한다—산문이 조선문단을 풍미한 것은 어떤 청년문학가가 슬퍼하듯이 비문학적인 현상은 아니다. 시적인 것만이 문학에서 순수한 것이라고 우기는 문학가는 모름지기 시만이 문학이 아니고 산문도 문학이라는 것, 민족이 8. 15를 맞이하여 갈 바 길을 찾았을 때 방향 없이 춤추는 시보다는 방향이 있어 걸어가는 산문이 민족문학을 대표한다는 것, 이 두 가지 객관적 사실을 인식하도록 노력해야 할 것이다.

이른바 순수을 표방하는 문학가들은 '사실'을 싫어한다. 아니 무서워한다. '일제'의 압박에 못 이겨 갈 바 길을 잃고 '꿈' 속에서 춤이나 추던 그 타성이 그대로 남아있기 때문이다. 하긴 문학 특히 시는 생리적인 것인데 그들의 생리가 일조일석에 변할 수는 없는 노릇이다. 하지만 조선의 사실은 8. 15를 계기로 일대전환을 했다. 문학가라면 적어도 이 거대한 사실과 더불어 내적인 변화를 체험했을 것이다. 다시 말하면 8. 15를 계기로 조선문학은 신문학 발생 후 처음으로 정말 마음 놓고 걸어갈 목표를 발견한 것이다. 그래서 시도 우선은 그 애달픈 춤을 버리고 산문과 보조를 같이 하여 씩씩한 첫걸음을 내딛은 것이다. 그 걸음이 그 춤에 비하여 미를 상실했다 하자. 민족이 제국주의자에게 목매어 끌려 갈 때 남 몰래 추던 그 춤보다는 민족과 더불어 해방의 붉은 태양을 맞으러 걸어가는 그 걸음이야말로 더 민족적인 문학일 것이다. 조선문학의 현단계는 민족문학이다. 그리고 민족문학이란 민족의 문학을 의미한다. 그러므로 민족의 역사적인 방향을 모르고 여전히 빽빽대는 문학은 후세에 골동품이 될 수 있을지는 또 모를 일이로되 8. 15 후 조선문학의 주류는 될 수 없는 것이다. —10월 28일

(《경향신문》, 46. 10. 31)

예술과 테러와 모략

우리가 다 갈망하여 마지않는 민주주의 임시정부를 수립하기 위하여 주야로 노력하는 공동위원회를 축원하며, 인민이 삼십육 년간 굶주리고 목말라하던 진정한 예술을 공급하기 위하여 '문련'에서 파견한 문학공작단 제1대가 부산극장에서 〈위대한 사랑〉을 상연 중 어떤 악한이 무대에다 다이나마이트를 던졌다. 이로 말미암아 폭발된 인민의 분노는 연일 부산에 있는 여러 신문을 떠들썩하게 만들었으며, 이 파문은 바야흐로 전국적으로 퍼지고 있다. 머지않아 국제적인 관심사가 될 것이다.

도대체 예술을 다이나마이트로 파괴하려는 것이 무슨 어리석은 수작이냐! 동에 진시황, 서에 히틀러가 이미 그 어리석음을 증명했거늘, 문화공작단이 '다이나마이트' 터지는 바람에 혼비백산할 줄 알았는데, 그 놈들의 기대와는 정반대로 부상한 다리를 끌고 무대에 다시 나서서,

> "예술인은 무대 위에서 죽는 것을 지상의 영광으로 생각합니다. 그러므로 다리가 부러지고 고막이 터졌으나 또다시 무대 위에 나아가서 인민의 소리, 인민의 노래를 부르겠습니다." (한평숙씨 담談, 7월 8일부附 조선신문)

> "우리는 서울에 있어서도 흥행 중에 이런 위협을 받은 일이 있었고, 또 처음부터 이미 각오한 바가 있습니다. 그래서 크게 놀날 것을 없으나, 약한 예술인에게 폭탄을 던진다는 것은 비겁하고도 무치한 행동이라고 봅니다. 그러나 이

런 만행은 도리어 우리들의 의기를 더욱 높여줄 뿐입니다"(문예봉씨 담, 상동)

라고 외쳤을 때 그리고 이에 감격한 인민이 절대의 원조를 아끼지 않았을 때, 아무리 어리석은 무리들이기로소니 그들의 비행을 뉘우칠 만도 한 일이다. 하지만 그들은 다이나마이트를 가지고 실패를 하니까 모략을 가지고 예술제를 파괴하려고 음모했다. 왈 부산엔 좌우대립이 심한데 우익을 지나치게 자극했기 때문에 다이나마이트가 터진 것이라고.

그러니 이런 예술의 가면을 쓴 선동행사가 계속된다면 제이차의 다이나마이트 사건이 발생할 우려가 있으니 당국은 예술제를 중지시키라고. 이러한 어리석은 논리가 통하는 것이 남조선의 현실이다. 왜냐면 9일의 오후 공연이 이러한 모략으로 인하여 일시 중지된 일이 있으니 말이다. 생각해 보라. 전차 속에서 소매치기가 시계를 채갔을 때, 시계를 가지고 다닌 것이 죄라 할 수 있을까? 하물며 그 피해자가 시계를 또 하나 사 가졌을 때, 소매치기를 자극할 우려가 있다 해서 휴대를 금지할 수 있을 것인가?관중이 예술제를 보고 흥분해서 파괴행위로 나갔다면 문제는 다르다. 그러한 공연은 마땅히 중지되어야 할 것이다. 그러나 관중이, "서울서 오신 문련 동무들의 남조선 예술의 최고 수준을 모아……"(어떤 노동자가 보낸 시에서) 꾸민 극, 무용, 음악, 시에 도취하였다고, 심지어 경비하던 경관들까지 정신을 잃고 구경하다가 그만 전차 속의 소매치기 같은 테러한을 보지 못했거늘, 예술제에서 죄를 넘겨씌우려는 수작은 후안무치, 언어도단이라 할 것이다.

전차엔 소매치기가 있으니 전차에 타지 말라는 말이나 마찬가지다. 기왕지사는 기왕지사로 돌리고 앞으로는 또다시 이러한 모략에 넘어가지 말도록 특히 당국자들은 주의해야 할 것이다. 중지명령을 내리는 것은 종이 한 장으로 되는 일이지만, 무대 없이는 민족 예술을 수립할 수 없고 또 생활할 수도 없는 예술가와, 예술 없이는 산 보람을 느낄 수 없는 인민을 염두에 두어야 할 것이다. 아니 악질 테러를 없애고 예술가의 활동을 조장하도록 진력하는 것이 군정당국자들의 의무일 것이다. 끝으로 어떤 노동자가 공작단에게 보낸 첫 스탠자를 인용하고 부산 극장사건 조사 후의 행식을 막으려 한다.

오막집 극장 대생좌大生座 앞에
나란히 서 있는 꽃다발들은
어디서 온 누구를
맞이하는 꽃다발이냐
돈주머니에 돈이 안모여 일년내 가도
굿구경 한 번 못가는
노동자 동무들이
오늘 저녁엔 머리에
기름칠하고 농안에
깊이 들었던 새옷 한 벌을 내어 입고
백두산 골연을 입에 물고
대생좌 앞에 모여들었다
—7월 1일 부산 기관구 조용린

*7월 1일 부산 대생좌에서 문화공작단 제1대의 예술제 첫 공연이 있었다.
–7월 12일

(《문화일보》, 47. 7. 15)

북조선의 인상
—이성적인 것이 현실적이고 현실적인 것이 이성적이다

꼭 눈으로 보아야만 진실을 알 수 있다면 지구가 둥글다는 진실을 어찌 알 수 있으랴. 우리가 북조선을 보기 전에 그 진실을 알고 있었던 것도 지구를 보지 않고도 그 둥긂을 알고 있는 것과 꼭 마찬가지로 과학이 가르치는 바다.

토지개혁 중요산업 국유화 진보적 노동법령과 남녀 평등법령의 실시 등 제 민주개혁이 인민의 힘으로 인민을 위하여 된 인민의 정권기관인 인민위원회의 영도 하에 실현될 때 그 결과가 어떻다는 것은 가보지 않아도 빤한 노릇이 아닌가. 그러기에 "네 눈으로 보고 와서 주장하라."는 말을 듣고도 나는 늘 가본 거나 다름없는 자신을 가지고 북조선을 중상하는 사람들과 싸워왔다. 그러나 이론적으로 파악하고 있었지만 실지로 보았을 때 감명이 없을 수 없다. 그것은 흡사히 콜럼부스가 신대륙의 존재를 믿어 의심치 않으면서도 막상 거기 가 닿았을 때 경이와 환희를 금치 못했던 것이나 같을 것이나 사실 북조선은 누구나 한번 가보면—그 사람이 진심으로 조선의 민주주의 자주독립을 원하는 사람이라면—감격하지 않을 수 없는 우리 민족의 역사에 처음 보는 민주주의 사회인 것이다.

삼팔선三八線

합동통신의 설, 독립신보의 서 양씨와 서울 타임스의 특파원인 나는 한 자동차로 삼팔선까지 달렸다. 개성서 저녁을 먹는데 김구씨가 바로 몇 시간 전에 자동차로 개성을 통과했다는 소문이 들렸다. 우리 자동차가 경교장 앞을 지날 때 청년들이 떼를 지어 문을 막고 있는 것을 보았는데 언제 어느 새 경교장을 빠져 나왔으랴 싶어서 곧이들리지 않았다. 그러나 김구 씨가 개성을 통과했다는 소문을 듣자 독립신보의 서씨는 당장 오늘 밤으로 삼팔선을 넘어야 된다는 것이다. 그런데 합동통신의 설씨는 누구한테선지 재미없는 정보를 가지고 왔다. 테러단이 삼팔선을 넘어 숨어 있다가 북행하는 사람을 암살 한다는 것이다. 그날도 두 명이 총에 맞아 죽었다는 것이다. 그러나 밤에 넘는 것은 위험하다고. 그러나 서씨는 독립신보 어디 지국에서 사람을 불러 안내를 시켜 자동차를 달리게 하였다. 설씨와 나는 하는 수 없이 진보적인 신문 독립신보의 특파원이요 이십오 관의 거대한 몸집을 가진 서씨를 따라가지 않을 수 없었다.

시외로 나와 깨트린 돌을 깐 도로를 북으로 북으로 달렸다. 인가가 하나도 보이지 않는다. 삼팔선 경계가 가까웠을 것 같은데 안내자는 도무지 지리를 아는 것 같지 않았다. 자기 말로 삼팔선 가까이 개성경찰서 려현지서가 있다고 하였는데 경찰서 지서는커녕 농가 하나 없다. 안내자의 눈치로도 삼팔선은 가까워 온 모양이다. 그러나, "지서가 있을텐데… 지서가 있을텐데……" 하는 그의 말을 들었을 때 나는 속으로 불안을 느끼기 시작했다. 산모퉁이를 돌아 얼마를 가니까 멀리 불빛이 환한 마을이 보인다.

"저것이 려현입니다."

안내자는 그제야 자신 만만하게 손가락질했다. 그러나 "이북이요? 이남이요?"하고 묻는 말에 "이북예요"하고 그가 대답했을 때 나의 불안은 더욱 커졌다. 삼팔이북에 있는 려현이 보이는데 어째서 삼팔이남에 있는 려현이 보이지 않느냐 말이다.

"삼팔선 가까이 개성경찰서 려현 지서가 있다면서요?"

"………."

앞에 북조선의 불빛 유달리 환한 려현이 바라보일 뿐 남쪽에는 인가 하나 보이지 않고 개구리 소리만 시끄럽게 들리고 안내자는 말이 없었다. 달이 밝다. 그러나 달 밝은 것이 더 걱정이었다. 우리를 향해서 총을 쏘면 맞었지 별수 없게스리 환한 밤이다. 설기자가 가지고 온 상스럽지 못한 정보가 사실일 것만 같다. (삼팔선을 넘어서 진공지대에 와 있는 것이나 아닐까?)

별에 별 생각이 다 들었다. 그래도 자동차로 달릴 동안은 불안이 덜했는데 조그만 시내가 가로 막힌 곳이 이르러 자동차에서 내렸을 때는 나의 불안은 극도에 달했다. 안내자의 말이 여기가 삼팔 경계란 것이다.

따는 그럴 듯 했다. 내가 가로 막히고 내 건너 삼팔 경계표인 듯 글자를 쓴 널빤지가 달린 말뚝이 있다. 그러나 삼팔선까지 오도록 이남에는 경비하는 경관 하나 없다는 것은 이상한 일이 아니냐. 정말 무슨 모략이 숨어 있는 것만 같았다. 그리 멀지 않은 곳에서 함성이 들려왔다. 시계를 달빛에 보니 열한 시가 다됐다. 남조선으로 치면 통행금지시간을 이미 한 시간 지난 후요 북조선도 열한 시부터 통행금지라 하지 않는가. 그러니 저것이 무슨 함성일까? 개구리 소리는 자동차 속에서 듣던 것보다 더 요란했다. 산새인지 물새인지 끼룩하는 새 소리도 들렸다.

"……"

"……"

"……"

아무도 말이 없었다. 이십오 관의 거구이고 투쟁적 신문의 특파원이요 나만 따라 오라던 서씨도 말이 없었다. 어디서 총알이 날라 올 것만 같았다. 밝은 달이 그렇게 싫기만 한 것은 나의 경험으로는 처음이었다. 자동차의 헤드라이트가 물을 건너 북조선 땅을 비추고 있는 것도 불안스러웠다. 이렇게 여기서 한 떼가 망설이다간 남쪽에서 넘어간 테러단의 목표가 되기 전에 북쪽 경비대의 과녁이 될 것만 같았다. 스스로 자기가 수상하게 생각될 지경이니 그러지 않아도 신경이 예민할 삼팔선 경비대에게랴.

그러나 무엇보다도 수상한 것은 남쪽에는 삼팔선을 경비하는 사람이 하나도 없다는 것이다.

"저게 병사 아냐?"

그래도 서씨가 제일 먼저 입을 열었다. 그가 손가락질 한쪽을 보니 과연 병사인 듯한 길다란 실루엣이 보였다. 그러나 불빛이 없는 것이 이상하다. 아니나 다를까 자세히 보니 철교였다. 그 뒤에 보이는 나무들을 사람으로 착각한 것만 미루어 보더라도 공포에 싸여 있었던 것은 나 하나만은 아닌 듯싶다. 개구리들은 우리를 조롱하는 듯 조금도 쉴 새 없이 개골됐다. 마주 지척으로 바라 뵈는 려현의 불빛은 환하고……

"건너가자"

하더니 결심한 듯 서씨가 앞을 서서 징검다리를 건너기 시작했다. 합동통신의 설기자가 뒤를 따랐다. 겁이 많은 나는 그제야 맨 꼴찌로 뒤를 따랐다. 뒤에 남긴 운전수와 안내자한테 변변히 작별 인사도 못했다. 도무지 말소리를 내기 싫다.

"어렵쇼! 삼팔 경계가 아냐"

하고 앞서 가서 경계표를 들여다 본 서씨가 우리를 돌아다보고 소리를 내었다. 뒤따라 가보니 '개성경찰서 려현지서'라 쓰여 있고 화살로 그 가는 길이 표시되어 있었다. 우리들은 그제야 웃음이 터져 나왔다.

뒤돌아 가려던 자동차를 불러 내를 건너오게 해서 타고 화살이 가리키는 데로 병사로 착각한 철로다리 밑을 지나서 산모퉁이를 돌아서니까 불꺼진 동내가 나타났다. 동내 한 복판으로 뚫린 길을 지나 동내가 끝나는 곳에 불빛이 보였다. 거기가 개성경찰서 려현지서인 것이 틀림없었다.

김구씨의 서명 날인이 있는 신임장을 보이고 각기 명함을 내었다. 김구씨는 아드님이 운전하는 자동차로 수행 하나를 데리고 그날 저녁에 삼팔선을 무사히 넘어 북행하였다는 것이 명백해졌다.

우리들은 제일신第一信을 썼다. 개성서 조선통신 특파원이 김구씨의 자동차를 얻어 탔다는 소문을 들은 때부터 합동통신 특파원인 설씨는 맘이 안

놓이는 모양이었다. 삼팔선이 험악하다는 정보를 나한테 말하며 밤에 넘어서는 안 된다던 그가 독립신보의 서씨가 하자는 대로 그날 밤으로 삼팔선을 넘게 된 것도 따지고 보면 통신사 기자의 경쟁심에서 나온 듯싶었다. 지서 안에는 정복 경관 외에도 청년들이 수 명 있었다. 모두 극도로 긴장한 표정이었다. 앉기도 하고 서기도 한 그들은 손에 총을 짚고 있었다. 우리를 조사하는 경관을 떼놓고는 말 한 마디 하는 사람 없었다. 세 청년이 앞을 서서 우리를 안내했다. 얼마 가다가 우리를 안내하던 청년들은 소리를 지르며 앞으로 뛰어갔다. 저 쪽에서 걸어오는 사람들이 있었다. 후미끼리 있는데서 그들을 세웠다. 뭐라고 뭐라고 하더니 서로 통하는 사이인 듯, "수고들 하시오" 하면서 대여섯 명 되는 그 사람들은 지서와는 방향이 다른 쪽 길로 가버렸다. 기차 길로 이삼십 미터를 가서 청년들은 "저기가 경곕니다" 하고 거기서 백 미터쯤 떨어져있는 곳을 가리켰다. 우리들은 그들과 악수를 하고 사의를 표하고 헤어져서 큰길로 들어섰다. 이미 삼팔선을 넘어선 것이었다. 여전히 독립신보, 합동통신, 서울타임스의 순서로 일렬을 짓다시피 걸어갔다. 나의 불안은 아직도 완전히 가시지는 않았다. 인제야말로 정말 진공지대를 걷고 있는 상 싶었다. 그러니 십분도 못 걸어가서 집들이 나타나고 길을 후미끼리를 막듯이 나무를 걸치어 막은 곳에 이르렀을 때 소련병이 둘 나타났다.

그 중의 한명이 우리한테로 와서 손을 내민다. 무언으로 차례차례 악수를 했다. 그는 총을 들고 있지 않았다. 평양 가는 길이라고 조선말로 말했더니 알아들었다는 듯이 우리의 앞을 서서 걸어갔다. 묵묵히 따라갔더니 수백촉짜리 가등이 눈이 부시게 밝고 보초가 서있는 북조선 보안대 려현 소대부로 안내했다. 그리고는 "도스비다아니야" 하는 말을 남기고 가버렸다. 영어로 말하면 굿바이다.

"태산명동에 서일필이라." 말썽 많던 삼팔선. 남북정상 사회단체 대표자 연석회의를 계기로 더욱 말썽 많아진 삼팔선. 나날이 흉흉한 소문이 들려

오던 삼팔선을 우리들은 이렇게 싱겁게 넘고 말은 것이었다.

촌村길에서

그 이튿날 아침에 우리 기자 일행은 '발발이'를 타고 려현을 떠났다. 몸이 작고 다리가 짧은 개를 '발발이'라 하듯이 지프를 북조선에서는 '발발이'라 부른다. 남조선에서 보는 지프보다는 폭이 더 넓다. 우리 셋하고 안내하는 사람 하나 게다가 남쪽에서 온 학생 둘이 탔다. 발발이로선 쫌 지나친 짐을 실은 폭이다. 더군다나 독립신보의 서씨는 이십오 관이나 되는 뚱뚱보가 아닌가.

산에 나무가 많다. 이것이 내가 북조선에서 얻은 첫인상이었다. 서울 한복판에 있는 남산까지 빽빽 깎이는 남조선.

가도 가도 붉은 산

이라고 어떤 시인이 노래한 남조선의 산만 보아온 내 눈에는 사막에서 오아시스를 만난 것처럼 반가웠다. 삼팔선을 넘어본 사람이면 다 같은 의견이지만 나무의 유무를 가지고 이남 이북을 구별할 수 있다는 것이다. 이것을 나중에 산을 넘어 개성으로 들어갈 때 내 눈으로 보았지만 나무에 가리어 사람의 몸이 보이지 않는 산이 삼팔 경계가 되어있는 산등을 넘어서자 나무는 빽빽 깎이며 토끼 한 마리 은신할 곳도 없었다. 삼팔선이란 이렇게 나무가 있고 없는 것으로 구별되기 때문에 말뚝 하나 없어도 확연히 알 수 있는 것이다.

(북조선은 죄다 빨갱이라더니 산은 푸르기만 한데. 어지간히 색맹인 게지.)

이런 유머러스한 생각이 들었다. 그들은 북조선에는 자유가 없다 한다. 그렇다. 산의 나무를 탐벌하는 자유가 없다. 그들은 남조선에는 자유가 있다 한다. 그렇다. 산의 나무를 마구 베어먹는 자유가 있다.

언젠가 미국인 친구하고 '지프'를 타고 한강 인도교를 지나 남쪽으로 가는데 한강 상류가 붉은 먼지로 덮이어 있어 하늘과 물의 푸른 빛이 보이지 않았다.

"저것이 무엇인지 아시오?"라고 미국인 친구는 황진을 손가락질하면서 나에게 물었다. "먼지지 무어요?" 하고 나는 쓸데없는 것 묻는다는 듯이 대답하였다. "먼지는 먼지지만 무슨 먼지냐 말이요. 기름기 있는 토양이 바람에 날려가는 광경이요." 그러나 깔깔한 모래알만 남은 산에 나무를 심어 또 다시 푸르게 하려면 오랜 세월이 걸릴 것이라고 길게 설명했다.

그렇다. 남조선의 산은 미군정 통치 삼년에 나무는 남벌될 대로 남벌되고 기름기 있는 흙은 태평양 건너온 바람에 다 날라갔다. 북조선처럼 되려면 이제 곧 조림에 최선을 다한다 해도 이삼십 년은 걸릴 것이다. (미국의 원조로 아스팔트를 깔 수 있을지 모르나 갑작스레 산을 푸르게 하기는 곤란할 게다.)

나는 이런 생각을 하면서 오른 쪽으로 고개를 돌렸을 때 논두렁을 우리와 같은 방향으로 뛰어가고 있는 송아지가 눈에 띄었다. 꼭 노루 같다. "여기도 한 마리 있다" 하는 바람에 앞을 보니 우리 '발발이' 바로 앞에 행길 한 복판을 송아지 한 마리가 달리고 있었다. 다리와 꼬리에 흰 점이 배긴 누런 송아지다. 어느새 논두렁을 달리던 놈도 행길로 나와서 두 송아지가 나란히 우리의 앞을 막고 달렸다. 좀체로 비킬 것 같지 않아서 운전수동무는 '발발이'를 행길 가장자리로 몰아서 송아지를 따 놓았다. 그랬더니 송아지들은 더 악을 쓰고 우리의 뒤를 따랐다.

그러나 '발발이'는 금천을 다 못 가서 빵꾸를 했다. 공교롭게 뚱뚱보 서씨가 앉은 쪽 뒷바퀴에 못이 박혔던 것이다. 누가 핀잔을 주기 전에 서씨는 빵꾸한 원인이 자기에 있다고 해서 모두 웃었다.

그러지 않아도 길 양편에 보이는 산에 나무가 많아서 보기에 좋았는데 때는 또 신록이 한창인 사월 하순이라 걷는 것이 유쾌했다. 논길로 또는 밭 사이 길로 또는 대행길로 학교에 가는 아동들이 많이 눈에 띄었다. 모두들 다 골고루 옷을 조촐하게 잘 입었다. 오죽해야 서씨는 원족 가는 것인가 보다고 말했으랴. 평양은 물론이요 삼간벽지까지라도 학령아동이 다 '인민학교'라 부르는 초등학교에 다니는 것을 본 것은 이번 북조선 여행에서 본 가장 유쾌한 사실 중에 하나다. "아저씨 담배 한 갑 사 주세요!" 하고 미국 담배며 초콜릿이며 껌을 담은 목판을 들이대는 소녀와 미국제 구두약을 손가락에 칠해 가지고 구두를 닦으라고 지나가는 사람들의 소매를 잡아 다니는 소년들을 볼 때마다—서울에는 그러한 소년 소녀가 왜 그리 많은지!—가슴이 아팠던 나로서 이런 가슴 아픈 광경을 한 달이나 북조선에 있을 동안에 한 번도 보지 못한 것만 해도 북조선이 좋다는 감상을 아니 할 수 없다.

사래긴 밭들은 이미 두벌갈이도 끝나고 곱게 빗은 머리와 같이 정연했다. 산도 많이 밭을 이룰만한 데는 밭을 이뤘다. 토지개혁이 농민의 생산의욕을 제고한 사실을 눈으로 보는 듯하였다. 소가 많다. 나중에 귀로에 우연히 들른 어떤 부락은 칠십삼 호 농가에 소가 마흔 마리나 있었다. 소를 맘대로 잡아먹는 자도 많다. 아니 개까지도 많다. 개가 칠팔 마리 떼를 지어 뛰어다니는 것을 항용 볼 수 있다. 도연명陶淵明의 《무릉도화원기武陵桃花源記》에 '계견상문鷄犬相聞'이라는 말이 있는데 저기가 무릉도화원이란 듯 닭이 꼬꼬거리고 개짓는 소리 들리고 수양버들이 늘어진 마을에 이르렀다. 금천이었다.

삼팔선을 넘을 때 선두에 섰던 투쟁적 독립신보의 서씨는 걷는 데는 젬병이었다. 백 미터 이상 뒤떨어져 왔다. "진보는 팔다리를 빨리 움직여야 돼. 관념만 가지고 진보할 줄 알우" 하고 나는 놀려주었다. 삼팔선 넘을 때 나를 겁쟁이라고 한 것을 이를테면 종로서 뺨맞은 분풀이를 한강 가서 한 셈이었다. '공화려관'共和旅館이란 간판이 붙은 집으로 안내되어 가보니 얼마 안 되어 계육 저육하며 진수성찬이 들어오는데 소고기만은 없었다. 또 서씨가 청하는 대로 소주를 한 병 들여왔다. 밥은 고봉으로 외씨 같은 이밥인 것은 물론이다.

"북조선은 일정시대에도 남조선과 만주에서 양식을 보급 받았다. 그러니 시방은 식량이 곤란할 게다, 하는 소리는 반동분자의 악선전에 지나지 않는다"는 뜻의 글을 그날 밤 북로당 기관지《근로자》에서 읽고 나는 거기 동무들의 말마따나 "정치몽둥이로 얻어맞았다"는 감상을 금치 못했다. 왜냐면 내 자신 북조선은 다 좋지만 식량만은 곤란하리라는 생각을 가지고 있었기 때문이다.

북조선이 식량문제도 완전히 해결했다는 인상은 당국자들의 수자적 발표를 읽고 또는 평양 있을 동안 날마다 진수성찬을 대접받은 것만으로써 얻은 것이 아니라 한 달 있는 동안 내 눈으로 본 노동자, 농민, 군인, 학생, 사무원들의 혈색 좋은 건강한 얼굴에서 또는 우연히 들른 농촌에서 과객인 나에게 해다 준 밥상에서 또는 하루에 백이십 원을 내고 세끼 쌀밥을 배불리 먹을 수 있던 북조선서도 식량이 곤란한 곳이라는 박연폭포에서—귀로에 나는 일주일간이나 산 속에서 지냈다—스스로 체험하여 얻은 것이다. 물론 예외도 나오리라. 또 굶던 사람이 남조선으로 와서 북조선은 초근목피로 연명한다 하리다. 그러나 북조선의 근로인민들이 거대하고 벅찬 건설을 하면서도 오히려 남조선의 금의욕식하는 특권계급이 보면 부러워하여 마지않을만한 싱싱한 건강과 불타오르는 투지를 가지고 있는 것이 무엇을 말하는가. 사람은 먹지 않으면 죽는다는 것이 절대 진리라면 북조선 사람들이 남달리 부지런히 일하면서도 남달리 건강하다는 것은 그들이 충분히 먹고 일한다는 것을 의미할 것이다.

평양平壤

우리 기자 일행은 뒤늦게 연석회의가 끝나는 날에야 평양에 도착하였다. 소문에 들으니 남조선에서 수백 명이 평양에 와 있다는 것이다. 그러니 우리들에게 '민전'에서 미리 준비했던 여관이 차례 안 오고 임시변통으로 급한 대로 아무 여관이나 들게 된 것은 어찌할 수 없는 노릇이었다. 그러나 막상 안내되어 여관에 가보니 한나절이 다 되었는데 조반이 준비되어 있지 않은 데는 새삼스러이 시장기를 느끼지 않을 수 없었다. 안내자가 —나중에 알고 보니 중앙민전 선전부장이다—순순히 묻는 말에 여관 주인이 되레 역정을 벌컥 내었다.

"민전에서 오늘 아침에 손님을 보낸다고 그랬지 언제 조반을 준비하라 했소?"

이 여관주인의 말을 듣고 내가 화가 날 지경이었다. 아침에 여관에 드는 손님이면 밤을 새어 오는 손님이 아닐 것인가. 그러면 아침밥을 먹을 손님일 것은 두말할 필요가 없지 않은가. 그러나 민전 선전부장은 온순한 태도를 변치 않고 조반준비를 청한 후에 우리를 돌아보고 자기는 사업이 있어서 가보아야겠다고 인사를 하고 갔다. 나와 평양에 도착하자마자 경험한 이 조그만 사건을 나는 이렇게 뒤집어 생각해보았다. 가령 서울에서 '독촉' 선전부장이 평양에서 밤을 새어 온 '이북인'을 안내해서 종로 어느 여관에 갔다 손치자. 여관 주인의 태도가 이렇게 불손할 수 있을 것인가.

여관주인으로서 이렇게 세도를 부릴 때야 처지를 바꾸어 이 사람이 중앙민전 선전부장이 되었다면 어찌될 것인가 하고 생각만 하여도 소름이 끼쳤다. 이 사람은 첫 인상이 나빴을 뿐 아니라 끝끝내 좋지 못했다. 민전에서 우리에게 배급 주는 담배며 맥주를 곧잘 떼어먹었다. 어떤 때는 끼니마다 놓는 사과도 떼어 먹었다. 그나 그뿐인가. 기회 있는 대로 북조선에 대해서 악선전을 했다. 일례를 들면 물가를 물어보면 꼭 오할 가량 더 비싸게 불렀다. 한번은 맥주 좋아하는 독립신보의 서씨가 맥주의 자유 시장 가격을 물어보니 칠십 원이었다. 북조선을 나쁘게 말하는 사람들은 언필칭 북조선에는 자유가 없다 한다. 그 말이 사실이라면 자유가 없는 북조선에 앉아서 북조선민주주의민족통일전선의 중앙선전부장을 홀 닦아 세우며 거기서 우리에게 배급해 주는 맥주와 담배와 사과를 떼어 먹으며 칠십 원짜리 맥주를 백 원이라고 천연덕스럽게 거짓말하는 이 여관주인이 남조선에 와서 정말 이른바 자유를 얻게 된다면 어찌될 것인가? 마흔 대여섯 살 되어 보이는 이 사나이는 부르주아적 교양도 있어 보이며 손이 고운 것을 보면 아직껏 고생을 해본 사람 같지는 않다. 물론 옷도 깨끗하게 잘 입었다. 그러나 얼른 보기에 점잖은 그의 얼굴에 이상스럽게 살기를 띤 근육이 육안에 보일락 말락 경련하는 것을 나는 보았다. 내가 듣기에도 불쾌한 소리를 듣고도 끝끝내 겸손하고 온화하던 선전부장의 얼굴과 대조되었기 때문에 이 여관주인의 살기 띤 얼굴이 나에게 인상 깊었다.

정오가 다 되어 조반을 얻어먹고 여관을 나섰다. 어차피 연석회의에 참석하기는 틀렸다. 우리가 뒤늦게 도착했을 뿐 아니라 신문기자는 북조선 기자들도 참석 못했다는 것이다. 그러나 육백 명 이상의 남북정당 사회단체 대표자들이 참석한 바에야 진상은 조만간 보도될 것이다. 이왕 북조선에 온 김이니 구경이나 실컷 하자고 맘먹었다.

평양 시가는 깨끗하다. 또 질서 정연하다. 지저분하고 뒤숭숭한 서울의 거리와 대조되어서 그런지 이런 것이 첫인상에 들었다. 물 뿌리는 자동차가 지나갔다. 남녀 보안대원이 둘씩 쌍을 지어 이열 종대로 길을 건너가는 것을 보고 합동통신의 설씨는 "됐어!" 하고 감탄하였다. 무엇이 됐다는 것인지 물어보지 않았으나 그 광경은 내 눈에도 좋았다. "화작작 범나비 쌍쌍 류청청 꾀꼬리 쌍쌍……" 하는 옛 노래를 연상시켰다. 전차 타기가 퍽 수월한 모양이다. 정류장마다 늘어선 사람의 수효가 많지 않다. 또 지나가는 전차를 보아도 터질 지경이 아니었다. 점포에는 물건이 차 있다. 평양에도 개인상점이 있느냐고 물었다는 남조선의 어떤 정치가를 연상하고 웃었다. 나는 책을 좋아하는 샌님이라 책 가게부터 들어가 보았다. 외국서적을 주로 하는 서점이었다. 모스크바에서 영어로 발행하는 《뉴 타임스》, 《소비에트 리터레쳐》 등의 잡지와 《모스크바 뉴스》 등의 신문이 먼저 눈에 띄었다. 러시아 글자를 간신히 뜯어 맞춰 읽을 수 있는 내 눈에 피데예프, 시모노프, 솔로호프 등의 작품이 반가웠다. 사육배판으로 클로스 장정의 《고요한 돈》이 불과 몇 십 원이다. 사고 싶다느니 보다 러시아말을 배우고 싶은 생각이 앞선다. 그러나 한 권에 백 원씩 하는 두 권으로 된 영역 레닌 선집을 보고는 당장 사고 싶은 생각이 났다. 그러나 내 주머니에 북조선 돈이 있을 리 없다. 이백 자 한 장에 원고료가 칠십 원이라니 글을 써서 책을 사리라 맘먹고 이내 서점을 나와 버렸다.

오랜 길을 돌처서 여관 있는 쪽으로 다시 걸어갔다. 네거리에 이르렀을 때 교통정리를 하는 보안대원이 우리를 보고 지휘봉을 젓는다. 길을 건너라는 눈치다. 평양에 오는 도중에 남천이라는 곳에서도 똑같은 상황이었다. 북조선은 우측통행인 것을 모르고 좌측으로 갔더니 네거리에서 교통정리하는 보안대원이 지휘봉으로 길을 건너라는 표시를 몇 번인가 했다. 그러나 나는 미처 눈치를 채지 못하고 그냥 지나쳐버렸었다. 그때도 보안대원은 아무 말 없었다. 이제 또 똑같은 경우를 당했다. 보도만은 서울 같으면 아무 쪽으로 다녀도 상관없다. 그래서 온 길을 돌처간 것인데 보안대원의 지휘봉이 길을 건너라고 지시한다. 그냥 가버려도 고만이다. 그러나 나는 알고 싶었다. 그래서 가까이 가서 도로도 한쪽으로만 다녀야 하느냐고 물었더니 그렇다고 한다. 영어로 하면 원 웨이 트래픽이다. 딴은 보도를 걷는 사람들을 보니 다 같은 방향이다. 보안대원이 저렇게 묵묵히 서서 수백 번 수천 번 아니 수만 번을 지휘봉으로 휘두르는 사이에 북조선의 행인들은 부지불식중에 훈련된 것이리라. 적어도 나는 몇 번인가 교통 규칙을 범했는데 한 번도 보안대원에게 말을 듣지 않았다. 나를 보고 반대쪽을 가리키는 지휘봉의 움직임을 보았을 뿐이다.

여관을 거진 다 가서 길에서 우연히 시인 오장환을 만났다. 부인과 조각가 조규봉씨와 동행이었다. 어느 틈에 북조선에 와 있었나싶은데 인제는 또 소련에 가게 되었다는 것이다. 그의 신병은 남조선에서 고칠 수가 없어서 북조선에 온 것인데 북조선에서도 고칠 수가 없어서 소련에 가서 고치게 되었다는 것이다(겉으로 보기엔 아무렇지도 않다)

'만사새옹지마'란 시인 오장환을 두고 한 말이다. 병 때문에 소련에도 가게 되다니. 잠깐 길에 서서 이야기하는 동안에도 그의 문학에 대한 정열은 대단했고 남조선 형제들에 대한 애정은 더욱 간절했다. 조각가 조규봉씨는 종시 말이 없었으나 나중에 본 문화영화에 등장한 것을 보면 맹렬히 작품 활동을 하고 있는 것이 분명하다. 《해방탑解放塔》 등 조각을 비롯해 북조선에는 해방 후에 된 역사적 조각이 많은데 조규봉씨는 8.15 직후에 남조선에서 북행한 만큼 반드시 중요한 역할을 했을 것이다. 상허尙虛댁에 놀러가는 길이라 한다. 나도 같이 가고 싶었으나 동행인 기자분도 있고 해서 훗날로 미루기로 하고 헤어졌다.

그날 밤 우리 기자들은 비로소 역사적 회의의 장소인 모란봉극장에 들어갔다. 연석회의가 막을 닫고 회의에 참석한 대표들을 위로하는 《인민군협주단》의 음악과 무용이 있었다. 시간이 늦어서 부랴부랴 서두느라고 신궁神宮을 없애버리고 그 터에다 이룩한 극장을 자세히 볼 새도 없이 들어갔지만 앞마당의 분수와 상젤리에에 극장 외벽을 장식한 릴리프(浮彫) 등 칠십오 일에 완성된 것이라고는 믿어지지 않으리만치 호화로웠다. 좌석은 단층인데 천명가령 수용한다. 들어서자 이미 막은 열리어 합창이 시작되어 있었다.

나는 '인민군'이라는 말은 들었지만 본 것은 이것이 처음이다. 무대 위에 백 명 가까운 합창단과 오십 명 가까운 오케스트라가 꽉 차 있는데 다 군복을 입었다. 합창단의 반은 여자 인민군이다. 군복이 저렇게 보기 좋을 수 있으랴싶게 아름다운 복장인데 어여쁜 처녀와 잘생긴 청년만 뽑아다 인민군을 만들었나 싶게 꽃다운 청춘 남녀다. 노래도 잘하고 춤도 잘 춘다. 조선 춤, 러시아 춤, 따따르 춤, 할 것 없이 춤엔 더군다나 명수들이다. 언젠가 《청춘》이라는 외국 영화에서 본 남녀가 쌍으로 추는 춤을 연상케 하는 춤을 한 쌍도 아니요 두 쌍도 아니요 세 쌍도 아니요 무수히 쌍을 지어 무대 위를 뺑뺑 돌며 춤추는 것을 보고는 그 남녀들이 군인이라고는 도저히 생각이 들지 않았다. 오죽해야 어떤 기자는 예술가에다 난 필시로 군복을 입힌 것이리라 하였으랴. 그날 밤은 완전히 청춘과 예술의 밤이었다.

이조 오백 년 동안 그리고 일제 삼십육 년 동안 눌리고 짓밟혔던 조선의 청춘이 모란꽃처럼 정열적으로 만발한 밤이었다. 만당의 남북 정당 사회단체의 대표자들은 연일 계속한 회의에 피로한 것을 단번에 씻어버린 듯 그칠 줄 모르는 박수갈채로써 감격을 표시했다. 특히 남조선에서 간 사람들의 감격은 컸을 것이다. 보안대가 남녀 나란히 걷는 것을 보고도 감격한 설씨는 "나도 다리만 고장이 없으면 인민군이 되고 싶다"고 하였다. 인민군이 되려면 춤부터 잘 추어야 된다는 감상을 가진 것은 설씨뿐이 아니리라.

"저렇게 멋있는 군대를 보신 일이 있습니까?" 하고 우리를 안내하는 민전 사람이 말했다. 가르친 지 일 년이 못됐는데 저렇게 음악과 무용에 능숙하다는 것이다. 그중에도 가장 나이어린 소녀는 배운지가 두 달밖에 아니 된다는 것이다. 내가 보기에 가장 어여쁘고 춤도 제일 잘 추는 것 같이 보이던 그 소녀가 두 달 동안에 그렇게 발전했다는 것은 곧이 들리지 않았다.

극장을 나왔을 때는 이미 통행금지 시간이 가까웠다. 자동차가 기다리고 있었으나 모두들 기분이 좋아서 걷기로 했다. "이렇게 밝은 거리를 본 일이 있소?" 하고 우리 일행 중의 누구인지 눈이 부시게 밝은 평양의 거리를 찬양했다.

얼마를 가다가 말을 타고 보도 위에 있는 무장한 보안대원과 맞닥뜨렸다. "여기에서 무얼 하는거요?" 하고 우리 일행과 같이 걸어가던 사람 하나가 시비를 걸었다. "순찰중입니다" 하고 그만 보안대원은 공손한 어조로 대답했다. "보도로 순찰하는 법이 어데 있소" 하고 시비를 건 사람은 언성을 높였다. 그러니까 보안대원은 얼른 말머리를 돌리어 길 한복판으로 가버렸다. 통행금지시간이 가까워 통행인이 적고 하니까, 어쩌다 잠깐 보도에 말을 머무르게 한 것인데 통행인에게 핀잔을 맞고 공손히 물러가는 보안대원을 보고 나는 또 하나 북조선에서밖에 볼 수 없는 것을 발견했다. 통행인이 교통규칙을 범했을 때는 백 번이고 천 번이고 용서해주는 보안대원이 스스로 교통규칙을 범했을 때는 통행인의 가혹한 비판을 달게 받는다는 사실. 즉 손에 무기를 든 사람이 손에 무기를 들지 않은 사람보다 더 겸손하다는 사실—이 사실이야말로 진정한 민주주의 사회가 아니면 볼 수 없는 사실이다. 왜냐면 민주주의 사회에서는 권력은 인민에게 복무하는 데만, 존재이유가 있기 때문이다.

이성적인 것이 현실적이고
현실적인 것이 이성적이다

한 헤겔의 말이 생각났다. 헤겔의 이념 속에나 있던 것이 시방 북조선에서는 사실로 나타나고 있다. 손에 무기를 들고 있는 보안대원이 이렇게 이성적理性的일 때야 기여의 현실이랴. 하긴 우리 여관 주인처럼 불합리한 짓을 하는 사람이 없는 것은 아니다. 다만 그러한 불합리한 것이 지배적인 현실이 아니고 불합리한 봉건적 또는 일제적 잔재로서 간신히 흔적을 남기고 있을 따름이다.

황해제철소黃海製鐵所

남조선 정당 사회단체 대표자들과 더불어 우리 기자 일행도 특별열차로 송림(겸이포)에 있는 '황철'을 시찰하게 되었다. 기차에서 내려 공장 정문으로 가면서 우리 눈에 제일 먼저 띈 것은 먹장구름같은 연기를 뿜고 있는 하늘을 찌를 듯이 높이 솟은 시꺼먼 굴뚝 맨 꼭대기로부터 맨 아래까지 내려가면서 커다랗게 흰 글씨로 '조선민주주의인민공화국수립만세!'라 쓴 것이었다. 공장 내부를 구경하기 전에 민주선전실에서 지배인으로부터 설명을 들었다.

일제가 파괴한 공장을 순전히 노동자의 힘으로 복구하기에 이르기까지의 경과며 현재 작업하고 있는 실지 상황이며 여자직공들을 위해서 탁아소가 있는데 젖 짜는 소를 기르는 목장까지 있다는 이야기를 들었다. 지배인이 한참 통계숫자를 들고 있는데 내 눈에서 눈물이 쏟아지기 시작했다. 나도 모를 일이었다. 나는 좀체로 우는 사나이가 아니다. 나는 생김생김이 눈물 한 방울 있어 보이지 않을뿐더러 사실 좀체로 울어본 일이 없다. 오죽해야 나의 피는 백색白色일거라고 어떤 친구가 빈증댔으랴. 그러던 내가 통계숫자를 듣고 울다니! 이번에 북조선의 민주건설을 보고 감격의 눈물을 흘린 사람이 많다. 특히 혁명가유가족학원에서 일제의 총칼에 쓰러진 애국자들의 자녀가 건강과 행복으로 빛나는 얼굴로 현재 조선에서 받을 수 있는 최선의 교육을 받고 있는 것을 보았을 때 김구씨를 비롯해서 혁명운동에 투신한 사람들이 남의 일같지 않아서 감읍感泣한 것은 당연하다 하겠다.

그러나 도무지 울 계제가 아닌데 혁명자유가족학원에서도 울지 않은 내가 공장도 구경하기 전에 지배인이 담담히 늘어놓은 숫자를 듣고 울다니!

그 때 나는 남조선에 있는 왜놈 아닌 반동분자들이 외래 제국주의자의 힘을 빌려 왜놈이 파괴한 것을 복구해서 피땀으로 건설해 놓은 북조선을 또 다시 파괴하려고 북벌北伐을 꿈꾸고 있는 것을 생각하였던 것이다. 이 몸서리쳐지는 사실이 퍼뜩 나의 머리에 떠올랐을 때 원통한 눈물이 나도 모르는 사이에 쏟아져 내렸던 것이다.

나는 눈물을 닦느라 정신을 못 차리고 있는데 시찰단 쪽에서 질문이 연발했다. 제철에 대한 전문적인 질문이 많이 나왔는데 지배인은 서슴지 않고 대답했다. 질문자들은—꽤 깐깐히 굴다가도—다 잘 알았다고 말했다.

특히 여직공에 대해서 질문한 여성동맹 대표는 여직공과 남직공 사이에 임금차별이 없다는 것과 임신한 때는 산전산후에 수개월식 임금을 받아 가면서 무료로 휴양소에서 지낼 수 있다는 대답을 듣고 만족한 눈치였다.

먼저 용광로를 보게 되었다. 때마침 출선出銑시간이 되었다. 노동자들이 '대포'라고 부르는 대포처럼 생긴 마개를 뺐을 때 황금빛으로 빛나는 쇳물이 흘러나오며 무수한 별이 튀었다. 시찰단 일행은 환호를 지르며 박수갈채를 했다. 머리에 칸바스라는 벙거지를 쓴 노동자들이 긴 쇠꼬챙이를 가지고 쇳물이 출선구를 흘러내리는 것을 다스리느라고 용광로 아가리에서 일했다. 수십 미터 떨어져있는 우리에게도 화기가 훅훅 끼쳐오는데 노동자들은 금빛 별, 붉은 별을 뒤집어쓰고 쇠가 흘러나오는 데서 일한다. 먼발치로 보는 우리 눈에는 꼭 불속에서 일하는 것 같다. 대낮에 볼 때 이럴 때야 밤에 보면 별의 수효는 더 많고, 그 빛은 더 찬란하리라. 노동자들이 붉은 별을 좋아하는 이유를 눈으로 본 듯하였다. 쇠가 순조롭게 고량으로 흘러내리는 것을 보고 우리들은 가까이 갔다. 그러나 돌연 쇳물이 왈칵하고 쏟아져 나오면서 별을 더 많이 튀겼을 때 시찰단 일행은 무의식중에 이삼십 미터는 후퇴했다. 그 때 노동자들이 '대포'를 가지고 불 속에 뛰어들어 용광로 아가리를 틀어막아 버렸다. 시찰단은 또 박수갈채를 했다.

'황철' 시찰은 감격의 연속이었다. 붉은 강철 토막이 롤러》 새를 열몇 번 왔다 갔다 하는 동안에 점점 좁아지고 길어져서 드디어 아직도 붉은 길다란 레일이 되는 광경이며 웃통을 벗은 젊은 노동자들이 양손에 집게를 들고 시뻘건 철판을 이리 뒤집었다 저리 뒤집었다 하면서 롤러를 사이에 두고 주고받고, 하는 강철박판 만드는 광경이며 두꺼운 강철판을 제본소에서 종이 자르듯 하는 것을 보고 나는 학생 때 일본으로 수학여행을 갔다가 고베 조선소를 보고 와서 "강철판을 종이 자르듯 하데. 조선도 독립하려면 그만큼 되어야지" 하고는 조선독립은 시기상조라던 친일파 S를 생각했다. 그는 아직도 남조선에서 북조선을 욕하고 있지만 그에게 한번 보이고 싶은 광경이었다.

세계 어느 곳에 용광로가 없으며 레일이나 강철판 만드는 데가 없으랴. 그러나 순전히 조선 사람의 손으로 이런 것을 만들어내는 광경을 보고 조선 사람인 우리들이 감격한 것은 당연하다 하겠다. 고층건물, 철교, 선박 등 현대사는 강철을 뼈로 하고 만들어지는데 여기서는 실지로 조선의 노동자들이 주야로 강철을 생산하고 있지 않은가.

북조선에는 바야흐로 김일성대학 혁명자유자족학원, 국립영화촬영소 등 거대한 문화시설이며 철교며 허다한 공사가 완성 또는 진척되고 있는 것을 우리 눈으로 보았는데 그 골격을 이루는 강철은 이렇게 단련되고 있는 것이다. 흥남이나 청진은 이보다 몇 배 더 큰 규모로 작업하고 있다니—영화로 보아도 굉장했다—이것이 정말 자주 독립이 아니고 무엇이냐. 오늘날 독립국가를 이루려면 공업국가가 되지 않고는 불가능하다. 그렇다면 북조선은 이미 자주독립의 토대를 구축하고 있는 것이다. 이것을 파괴하고 다른 종류의 독립이 있다고 떠드는 반동분자들에게 한번 보이고 싶다. 그들에게 눈곱만치라도 민족적 양심이 남아있다면 조선민족이 처음 소유한 용광로에서 흘러나오는 황금빛 쇳물을 보고 깨닫는 바가 있을 것이다.

민주선전실에서 성대한 오찬회가 있었다. 남조선 정당 사회단체 대표자들이 감격을 토로한 것은 물론이다. 그러나 그들의 감격한 축사도 우리가 눈으로 본 그 빛나는 건설에 비해선 너무도 빈약했다. 우리를 환영하는 노동자들의 브라스 벤드가 더 감명 깊었다. 북조선의 노동자들은 일할 뿐 아니라 나날이 교양을 늘이고 있으며 새로운 문화를 건설하고 있다. 우리 신문기자들은 늦게 평양에 도착해서 보지 못했지만 흥남인민공장의 문화 서클의 연극은 전문가들도 압도할 만큼 좋았다 한다. 예술이 생명의 약동을 표현한 것일진대 조선역사에서 처음 보는 생명의 약동의 주제가 된 북조선 노동자들이 새로운 예술을 창조하고 있는 것은 놀랄 일이 아니다. 그러나 예술가까지 예술 활동을 맘대로 못하는 남조선에서 간 우리에게는 그것은 확실히 놀라운 현상이었다.

시찰을 마치고 다시 특별열차를 탔을 때 모 우익 정당의 청년 하나가 흥분한 어조로 말했다.

"씨름은 끝났다. 인젠 우리가 어떻게 따라가느냐 하는 문제가 남았을 따름이다."

이 말로 미루어 보더라도 이 청년은 북조선에 대해서 호의를 가지고 있던 청년이 아니다. 그러나 조선민족의 힘으로 된 이 빛나는 건설을 보고 어찌 끝끝내 대립감정을 가질 수 있으랴. 북조선을 실지로 보고서 오해를 풀고 대립감정을 지양하고 그 뒤를 따르겠다는 결심을 한 것은 이 청년뿐이 아니리라. 이 청년과 그 일행은 차례차례로 남도가요를 비롯해 노래를 부르기 시작했다. 기차가 노동자의 주택지를 통과하는데 노친네 한 분이 더덩실 춤을 추는 것이 눈에 띄자 차속의 일행은 환호를 질렀다. 연도에서 남녀노소가 남조선 대표자들이 탄 이 기차를 보고 만세를 불렀다. 논을 갈던 농민은 쟁기 끌던 손을 쉬고 만세를 불렀으며 학교가 파해서 집에 돌아가는 아이들은 모자와 책보를 두고 만세를 불렀으며 지붕을 이던 사람들은 지붕 우애에서 만세를 불렀다. 나물 캐던 수집은 처녀까지 옆에 꼈던 바구니를 놓고 만세를 불렀다. 물오리 두 마리와 그 뒤에 풀언덕 하나를 보고도

해가 가도 못 잊힐 적은 이 광경
눈물로 추억할 광경이어라.

한 시인도 있었거늘. 이 얼마나 시적인 장면들이랴. 그때 그 광경을 본 사람들 가슴에 영원히 남아 언제나 새로운 감격을 불러일으키리라.

해방도解放圖

모란봉 위에 높이 솟은 해방탑 정면에는 태극기를 든 여인이 조각되어 있다. 해방된 북조선의 인민 중에도 여성은 그 수가 가장 많을 뿐 아니라 해방되기 전에 그들이 받은 압박도 가장 심했던 것이다. 그들은 인민이 받던 압박을 받았을 뿐 아니라 여성이기 때문에 이중의 압박을 받아왔던 것이다. 그러므로 해방된 여성의 자유 활달한 모양이 북조선의 해방을 상징할 수 있을 것이다.

남천에서 우리 신문기자들이 있던 일신여관이라는 여관에서 일하는 농촌 여성은 우리에게 특히 합동통신 설씨에게 깊은 인상을 주었다. 남편은 징용으로 끌려가서 아직 돌아오지 않았고 시어머니를 모시고 어린애 둘을 데리고 산다는 서른둘 된 이 여성은 아직도 촌티가 얼굴에서 가시지 않았으나 유엔을 이야기하고 남북연석회의를 이야기하고 농촌여성의 계몽운동을 이야기하여 서울에서 간 우리들을 놀라게 하였다. 늘 토론하는 데서 얻은 버릇인 듯 바른 손으로 연방 제스쳐를 하면서 해방 후에 북조선 여성은 80퍼센트 이상이 신문을 읽을 수 있게끔 계몽되었다고 말했다. 자신도 해방 후에 처음으로 한글을 깨쳤다 한다.

"퍼센트라는 말을 자연스럽게 쓰지 않어!" 하고 설씨는 두고두고 북조선에서 처음 이야기해본 이 촌여성이 퍼센트라는 말을 쓰는 것이 신기하다고 했다. 그러나 막상 평양에 도착해보니 북조선의 여성은 퍼센트라는 말을 자연스럽게 쓰는 정도가 아니었다. 북조선인민위원회의 선전국장이 여성이라든지 최고인민회의의 상임의원의 한 사람이 민주여성동맹의 위원장이든지 판사나 검사가 된 여성들이 있다든지 하는 것은 예외적인 여성으로 돌릴 수도 있다. 그러나 내가 우연히 만나본 여학생이라든지 여직공이라든지 농촌여성이라든지가 남조선에 보기 드문 새로운 타입의 여성들이라는 데는 새로운 감명이 없을 수 없었다.

우리들은 나중에 인민위원회에서 경영하는 여관으로 옮기게 되어 처음에 들렀던 개인 경영의 여관에서 받은 나쁜 인상을 씻었을 뿐 아니라 여관 일을 보기도 하고 우리를 안내하기도 하는 젊은 여성들을 관찰할 기회를 얻었다. 얼른 보기에는 차림차림이나 얼굴 표정으로 보아 남조선에서 흔히 보는 회사나 관청에 다니는 여자들과 조금도 달라 보이지 않는다. 좀 더 명랑하고 훨씬 건강한 것이 다를까. 그러나 이야기를 해보면 다르고 그들의 행동을 보면 더더군다나 다르다. 대부분이 공장 직공들인데 여성동맹에서 파견했다는 것이다. 견학 갈 때는 우리들은 앉아서 가는 버스 속에 그들은 늘 서 있다. 저녁 때 여관으로 돌아오자마자 우리들은 피로하고 배가 고파서 울상을 해가지고 식탁에 가서 앉으면 이 여성들은 부엌서 우리들의 음식그릇을 나른다. 조금도 피로한 기색이 없을 뿐 아니라 명랑한 얼굴들이다.

"여성이 여성의 할 일을 하지 않고 남녀평등을 말하는 것은 옳지 못합니다."

언젠가 우리들과 토론 끝에 그중의 한 여성이 이렇게 말했지만 우리가 일어나기 전부터 우리들이 다 잠든 후까지 쉴 새 없이 일하는 이 여성들은 어느 틈에 공부했는지 점차적 의식수준이 상당했다. 민주여성동맹 직업동맹 민주청년동맹 그리고 북조선로동당이나 기타 정당에서 그들은 나날이 교양을 넓히고 높이었던 것이다. 그래서 불과 삼 년이 못돼서 남조선에서 간 우리들에게 새로운 타입의 여성이라는 인상을 주게까지 된 것이다. 남조선에서도 지식이 많은 여자나 이론을 잘 캐는 여자를 보지 못한 바는 아니다. 그러나 교양이 있는 여자가 이렇게 겸손하고 동시에 활발하고 또 진일 마른일을 즐겨서 하는 것을 본 적이 없다. 조국의 운명에 지대한 영향을 주는 이번 남북연석회의를 성공시켜야겠다는 애국심이 강렬하기 때문에 그렇겠지만 그들의 애국심은 노동자나 빈농 출신이라는 이른바 성분이 좋은데서만 오는 것이 아니라 그 성분을 발전시킨 환경과 그들 자신의 투쟁의 소산일 것이다. 기회 있는 대로 그들은 알려고 노력하는 것이 눈에 보이었다. 해방탑을 구경 갔을 때 안내하던 함흥서 수개월 전에 왔고 방직 공장 직공이라는 여성이 모란봉에 있는 고적에 대한 사실을 알려고, 일일이 물어보는 데는 땀을 빼지 않을 수 없었다. 나는 해방 전부터 모란봉엘 올라간 것이 여러 번 되는데 언제든지 유람차로 올라가는 기분이었지 거기에 대해서 알려고 하지 않았기 때문에 이 여자노동자 앞에 무식을 폭로하고 말았던 것이다.

우리가 평양에 도착하자마자 여관으로 찾아온 S씨의 먼 일가가 된다는 교원대학에 다니는 여학생 생각이 난다. 제복제모는 남조선의 여자사관과 비슷한데 우리들 신문기자 앞에서 이렇게 태연히 말했다.

"남북이 통일이 되면 남조선에 가서 가르칠 작정입니다. 남조선은 사상적으로 낙후되었으니까요. 학교에서는 정치에 대해선 가르치지 않는다지요?"

북조선에서는 여학생까지도 이렇게 자신만만하다. 아니 여학생까지라는 '까지'는 어폐가 있다. 북조선에서는 이미 남녀의 차별은 경제적으로 사회적으로 정치적으로 철폐된 지 오래다. 그리고 남녀노소의 구별 없이 성분이나 직업의 차별없이 계몽되며 훈련되며 교양을 높이고 있는 것이다.

《조선민주주의인민공화국 헙법 초안》을 최후 토의하는 최고인민회의에서 토론한 강원도 어느 산골서 온 여자 대의원의 웅변은 방청하는 우리들을 감격시켰다. 그 여자 대의원도 남천 일신여관에서 본 여자처럼 아직도 촌티가 가시지 않은 여성이었다. 스물대여섯 살 되었을까. 황해제철소에서 일제가 만들지 못하는 레일을 만드는 것을 본 것보다 더 뚜렷이 해방이 무엇이라는 것은 이 인민회의 대의원인 여성에게서 볼 수 있었다. 일제 삼십육 년 동안 산촌에서 왜놈과 지주와 주재소 순사와 면서기와 시부모와 아니 남편에게까지 압박을 받아 정치는커녕 낫 놓고 격자도 모르던 여성이 삼년동안에 인민을 대표하는 헌법초안을 토론하게 되었으며 그 토론하는 태도라든가 논지가 우리가 보아온 어느 정치가에 비하여 손색없이 당당하다는 것은 기적적인 현상이라고 할 수 있다. 사실 해방은 기적을 나타냈다. 그리고 이 기적은 오랫동안 눌려있던 생명이 해방되어 비약적으로 발전한 데서 생긴 것이다. 레닌의 말이 생각난다.

> "모든 진정한 혁명의 주되는 특징은 정치생활과 국가조직에 적극적으로 독립적으로 그리고 효과적으로 참가하는 보통시민의 수효가 비상하게 급속히 갑작스레 그리고 돌발적으로 가한다는 것이다." —《우리의 혁명에서의 프롤레타리아의 과업》

8 · 15 해방은 조선역사에 있어서 가장 큰 혁명이었다. 따라서 정치적으로 동면하며 눌려 있던 노동자 농민 사무원 등 광범한 인민의 대표자 가운데에는 해방 후 자기를 기적적으로 발전시킨 사람이 많다. 예를 들면 사동광산의 김고만씨는 일제시대부터 20년 동안 광부노릇을 했으며 따라서 인간다운 대접을 받아보지 못했는데 해방이 되자 조국의 민주독립을 위하여 석탄생산을 제고시키고자 열성적으로 일한 결과 다른 사람의 이십 배를 채탄하였으며 드디어 일약 북로당 중앙위원에 보임되었다. 그러니 해방 후에 정치생활과 국가조직에 일한 인민층 가운데 가장 많은 수를 차지하고 있는 여성을 대표하는 사람들이 비약적인 발전을 한 것은 당연하다 하겠다.

우리는 북조선에서 놀랄만한 것을 많이 보았다. 엔진까지도 조선제인 트랙터를 보고도 많이 놀랐고 노동신문사 분공장에서 다달이 한 대씩 윤전기가 생산되게 되었다는 말을 듣고도 놀랐다. 태극 마크를 단 비행기가 나르는 것을 보고도 놀랐다. 그러나 무엇보다도 경이를 금치 못하게 한 것은 이 모든 것을 만들어내는 새로운 타입의 인간들이 북한 여성들이다. 조선민족이 세계 어느 민족에게도 지지 않는다는 자신을 얻게 된 것만 해도 이번 북조선 여행에서 얻은 큰 수확이라 하겠다. 조선민족이 정신적으로 육체적으로 이렇게 우수한 민족이라는 것을 깨달지 못하고 있었다니!

특히 3 · 1절 시위행렬에서 본 인민군의 인상은 압도적이었다. 그 복장의 아름다움이며 장비에 우수함이며 훈련이 잘된 점으로 보아 우리가 아직까지 알고 있었던 일본놈의 군대 등은 한 세기 뒤떨어진 구식군대라는 감상을 주었다. 인민군이 창설된 지 불관 일 년에 이렇게 훌륭한 군대가 되다니! 저절로 신명이 나는 광경이었다. 모두 노동자 농민 출신이라 한다. 외국군대를 볼 때마다 늘 위축감을 금치 못하던 나로서 군대가 이렇게 보는 사람에게 힘과 감격을 줄 수 있는 것이라고는 꿈에도 생각 못했던 것이다. 양속에 끼여서 양인양 맥없이 자라난 사자 한 마리가 어느 날 산위에 높이 사자 한 마리가 나타나서 크게 사자후를 하는 소리를 듣고 지도 사자인 것을 깨닫고 이에 호응하여 크게 사자후를 하였다는 이야기가 있지만 내가 늘 길을 못 피고 위축되어 양모양 살아온 것은 외국의 압박 밑에 살아왔기 때문이었다. 그러기에 힘을 시위하는 조선인민의 군대를 보고 힘이 솟아오르는 것을 느꼈으리라.

그날 시위행력은 인민군을 선두로 하고 네 시간이나 계속되었다. 노동자도 농민도 깨끗한 옷을 입고 착암기며, 기관차며, 기선이며, 괭이와 삽이며 가진 모형을 만들어가지고 나왔고 특히 무수한 남녀 노동자의 체육단은 세계올림픽 선수들을 연상시키리만치 좋은 체격에다 아름다운 체육복을 입었다. 김일성대학을 비롯해서 각 대학과 중학교 학생들의 씩씩한 행진이며 아름다운 복장에다 꽃을 달고 수백, 수천 명이 한명도 빼놓지 않고 깃대가 두 길이나 되는 오색 민청기를 들고 행진하는 여학생들이며 피리를 불며 또 그 피리에 맞추어 춤추며 행진하는 인민학교 여자아동들이며 조선역사 있은 후 이처럼 성대하고 화려하고 기쁨에 넘치는 민족의 축전은 없었다. 맨 끝으로 중국인 학생들과 중국인 남녀로서의 행진도 이 역사적인 해방도의 한 아름다운 무늬였다. “말은 강제로 물 있는 데까지 끌고 갈 수는 있으나 물을 먹일 수는 없다”는 격언이 있거니와 권력을 가지고 인민을 동원할 수 있지만 그들 얼굴에 기쁨이 넘치게 할 수는 없다.

그러므로 3 · 1절에 시위한 40만 인민대중의 얼굴에 넘친 기쁨이야말로 누가 뭐라고 하든 간에 북조선 인민의 자유와 행복을 웅변으로 말하고 있지 아니한가. 그날 행렬에 끼지 못한 어린이들은 울었다 한다. 이 즐겁고 꽃다운 행렬에 참고하고 싶어서 안타까웠던 것이 어찌 어린이들뿐이랴. 시위행렬이 이렇게 평화와 행복과 환희에 넘치는 것이라는 것을 나는 생후 처음 눈으로 보고야 말았다.

김일성장군

북조선에 발을 들여 놓자마자 누구의 눈에나 가장 많이 뜨이는 것은 김일성장군의 초상 '우리민족의 영명한 지도자 김일성장군 만세!'라는 구호이다. 또 김일성대학이 있고, 김일성 광장이 있고 김일성박물관까지 있다. 시위하는 군중도 예외 없이 김일성장군이 서 있는 발코니를 지날 때는 손을 들어 '김일성장군 만세!'를 여러 번 부른다. 무슨 회장에서고 김일성장군이 들어오면 모두 다 일어서서 그가 착석할 때까지 박수를 계속한다.

북조선에서 남조선으로 온 사람들은 모다 김일성장군이 체격도 적고 성격도 빽빽한 사람이라고 말하기 때문에 어느새 나도 선입견을 가지고 갔었는데 초상을 보니 체력이 적을 것 같지 않고 성격은 너그러울 것만 같다. 그러나 초상이 다 각각 다른 인상을 준다. 그러나 초상만 보아서 판단할 수는 없다. 그런데 정당 사회단체 대표자들은 연석회의에 참석해서 김일성장군을 볼 수 있었지만 우리 기자일행은 처음에는 볼 기회가 없었다. 그랬던 것이 연석회의를 축하하는 평양특별시가 주최의 군중대회에서 발코니에 서 있는 장군을 쳐다 볼 기회를 얻었다. 주석단 사람들도 앉기도 하는데 김일성장군은 세 시간 남어지 시위행렬이 다 지나갈 때까지 꼭 서서 일괄적으로 미소를 띤 얼굴로 박수를 계속하고 있었다. 체격이 작기는 커녕 남조선에 있는 어떤 정치가보다도 컸다. 그 후에 신문기자 회견과 최고인민회의에서 볼 수 있었지만 김일성장군의 인상은 아래서 쳐다볼 때 더욱 좋았다. 눈은 문자 그대로 영명하게 빛났고 입가에는 늘 미소가 떠 있고 때때로 볼우물까지 파지는 얼굴이다. 나이는 마흔 가까이 되었을까.

김일성장군을 꼭 만나봐야겠다는 것은 남조선에서 간 기자들의 공통된 희망이었다. 그러나 연석회의 일로 장군은 좀체로 시간을 낼 수 없는 모양이었다. 그러나 기자들이란 짓궂은 존재라 헌법초안을 본 날 밤에 우리들은 저녁식사도 하지 않은 장군과 조선인민위원회 위원장실에서 두 시간이나 회견하게 되었다. 장군은 볼우물이 파지는 얼굴에 미소를 띠고 그 육중한 몸집을 가벼이 움직여 십여 명 되는 남조선 기자들과 일일이 악수를 하고 나서 우리들에게 좌석을 권한 후 기자단의 질문에 대해서 명쾌한 대답을 하였다. 인민군은 북조선의 제 민주개혁을 무력으로 보위하는 군대라는 것, 북조선의 인민적 민주주의를 공산주의라 하는 것은 자기네 비위에 맞지 않는 것은 모두다 공산주의라는 반동분자들의 입버릇이라는 것, 북조선 건설에서 가장 곤란했던 것은 민족간부가 부족했던 것, 일제는 조선민족을 압박하여 간부가 될 훈련을 받을 기회를 주지 않았기 때문에 경제적 사회적 정치적인 모든 기구를 조선 사람의 손으로 창설 운영하게 될 때 곤란이 많았으나 그것도 삼년동안에 많은 민족 간부의 양성으로 해결하게 되었다는 것, 전기 문제는 남조선 미군정당국이 전기 요금을 내지 않을 뿐 아니라 북조선 인민위원회를 무시하고 모든 권한을 조선인민에게 넘겨버린 것, 이미 오래인 소련군 당국만 상대로 하겠다는 데서 난관에 봉착하였으니 미군정이 태도를 고치지 않는다면 단전할 수밖에 없다는 등, 기타 기자 쪽에서 별의 별 질문이 다 나왔으나 장군은 명쾌한 대답을 하였다. 기자회견에서 이렇게 좋은 인상을 준 정치가를 아직껏 대해보지 못했다는 것이 남조선에서 간 기자들의 공통된 반응이었다. 아니 이번에 북행한 사람쳐 놓고 김일성 장군에게 감격하지 않은 사람은 없는 듯하다.

우리들의 질문이 끝난 후에 장군은 "이번에는 내가 동지들에게 질문을 하겠습니다" 하고 북조선의 인상과 북조선의 문화건설과 남북의 차이 등에 관해서 우리들의 대답을 들었다. 그리고 최후로, "가능한 한도 내에서 객관적으로" 북조선에 대해서 보도해달라는 부탁을 하였다.

일제가 발악할 때 삼천리 방방곡곡에서 청년들이 김일성 장군의 이름을 수군거리지 않는 데가 없었다. 내가 살던 시흥군 석수동에서도 청년들이 모이면 김일성 장군을 몰래 이야기하였었다. 언젠가는 김일성장군이 청량리 어느 이발관에서 이발을 하고 나서 가면서 "내가 김일성이다" 하였다는 것이다. 물론 이것은 사실이 아니었다. 그러나 만주에서 김일성 장군이 신출귀몰했던 사실은 오히려 우리 기억에 새롭거니와 압록강을 건너와서 경찰서 등을 습격하여 절망에 빠졌던 조선민족에게 새로운 용기를 준 사실은 김일성 장군의 투쟁사에서 아니 조선민족의 투쟁사에서 가장 빛나는 한 페이지다. 김일성장군은 이미 전설의 영웅이 되다시피 되었으니 내가 여기서 새삼스럽게 노노할 필요가 없지만 김일성장군을 파르티잔의 영웅으로만 알고 있었던 우리가 큰 잘못이었다는 것은 말하지 않을 수 없다. 김일성장군이 위대한 정치가라는 것이 이번에 우리가 실지로 보아서 안 사실이다. 몽양선생이 평양에서 김일성장군과 회견했을 때 선생이 장군의 품속에 안기는 것 같더라 한 이야기가 흥미 있다. 정치가로서도 김일성 장군만치 폭이 넓은 이는 없을 것이다. 길게 이야기할 것 없이 북조선에 새로 생긴 '절세의 애국자이며 영웅이며 우리 민족의 영명한 지도자 김일성 장군 만세!'라는 구호가 조금도 과장이 아니다. 북조선의 민주주의는 김일성장군이 단적으로 표현하고 있다. 그것이 무슨 뜻이냐 하면 애국적 정렬로 보나 투쟁경력으로 보나 체력으로 보나 두뇌로 보나 대중의 신망으로 보나 정치적 역량으로 보나 가장 탁월한 김일성장군을 최고의 영도자로 모시었다는 이 한 가지 사실만 보더라도 북조선은 민주주의적이라 할 수 있다. 북조선의 제반 민주개혁과 찬란한 건설이 무엇보다도 김일성장군의 위대함을 웅변으로 말하고 있지 아니한가. 이러한 지도자를 가진 북조선의 인민은 축복받았다 할 것이다. 아니, 조선민족은 다행하다 할 것이다.

"천재란 위대하게 집중된 힘"이라고 어떤 철학자는 말했지만 지학지년志學之年에 집을 버리고 민족해방운동에 투신해서 혁명사업에 전심전력하여 왔고, 이제 북조선 전 인민의 민주 역량을 대표하여 건설에 주야로 분투하는 김일성장군이 이른바 미국적 데모크라시 밑에서 이지 고잉(easy going)한 생활을 하던 우리들 눈에 초인적인 인상을 준 것은 당연하다 하겠다. 촌여자나 여학생이나 여직공을 보고도 놀란 우리가 아니었던가.

우리가 북조선에서 발견한 많은 기적적인 사실 중에도 김일성장군은 가장 기적적인 존재라 할 것이다.

조선민족의 절반이 단결하고도 이렇게 기적적인 결과를 나타낼 수 있거든 삼천만 온 겨레가 단결하는 날에는 얼마나 빛나는 결과가 나타나겠느냐. 김일성장군이 북조선의 단결의 상징이라는 것, 따라서 김일성대학이 있고 김일성광장이 있고 김일성박물관이 있고 가는 곳마다 김일성장군의 초상과 '우리민족의 영명한 지도자 김일성장군만세!'라는 구호가 눈에 띄는 것은 북조선이 아래로부터 위까지 일사불란으로 단결되었다는 것을 말하는 것이다. 또 북조선의 경이적으로 급속한 발전은 이러한 단결의 소산인 것이다. 아들 다섯을 가진 노인이 죽을 때 화살을 하나하나 꺾게 한 후에 다섯을 뭉쳐서 꺾어 보라 했다는 이야기가 생각난다. 오형제의 힘을 합해도 꺾을 수 없거든 하물며 삼천만 온 겨레가 단합할 때랴. 정치가들은 모름지기 북조선의 단결을 본받아 조선민족 전체가 결단하여 영광스러운 통일된 민주국가를 건설할 방도를 연구해서 실천할 것이다.

후기

재료를 하나도 가지고 오지 못했기 때문에 맨손으로 기억에 남은 것만을 적기가 뭐해서 아예 기행문을 쓰지 말까도 했지만 북조선에 가게 된 신문기자로서 북조선을 소개할 의무를 져버릴 수 없음으로 이렇게 조잡한

글이나마 독자 앞에 내놓는 바이다. 시방 북조선은 나날이 변모해간다. 내가 북조선 갔다 온지도 이미 한 달이 다 되었다. 이 글이 발표될 때쯤 북조선에는 또 무슨 비약이 있을지 모른다. 그만큼 북조선의 발전 템포는 빠른 것이다. 8 · 15직후 혼란기에 남조선으로 온 사람들이(또 그 후에 왔다 해도) 오늘의 북조선을 모르고 무턱대고 북조선을 지옥인양 이야기하는 사람들이 있는 것은 한심한 일이다. 일제 때 저지른죄악 때문에 또는 토지를 농민에게 빼앗긴 분풀이로 또는 놀고 호강하는 자유가 없기 때문에 북조선에 대해서 악의를 가진 사람은 할 수 없다 하더라도…… 약대가 바늘구멍으로 들이가기보다 어려울 것이다. 스스로 양심적이라 자처하는 이북인들은 한번 다시 북조선의 진실을 알려고 노력해야 할 것이다. 인제는 도리어 내가 "가 보고 와서 이야기하라"는 입장에 서게 되었다. 그러나 내가 보고 온 것은 북조선의 일반에 불과하며 또 그 일반조차 인제 막 싹튼 것의 일반인 것이다.

내가 북조선의 좋은 것만을 보고 또 좋게만 이야기한다는 인상을 가질 독자가 있을지는 모르나 우리의 좋고 나은 척도가 관념 속이나 있는 플라토닉한 이데아가 아니고 현실적인 것이라면 북조선에 있는 것이 우리 역사에 새로 등장한 좋은 것, 즉 민주주의적인 것임엔 틀림없다. 구태여 흠을 잡을 필요가 어데 있는가. 유클리드 기하학의 직선을 가지고 본다면 이 세상에 곧은 것은 하나도 없다. 유클리드적 직선이야말로 관념에 지나지 않으며 그것도 이 세상에 있을 수 없는 관념에 지나지 않는다. 마찬가지로 머릿속에 있는 유토피아를 가지고 북조선을 비평하는 사람이 있지만 그 사람의 척도가 아예 그른 척도인 것이다. 어떤 미국인이 "북조선에도 결함이 있을 터인데, 이번에 갔다 온 사람들이 좋게만 이야기하니 어찌된 게요." 하기에 나는 이렇게 대답하였다.

"그것은 북조선이 완전무결해서 그런 것이 아니라, 조선사람의 손으로 외국에 비하야 손색없는 사회적 경제적 정치적 생활을 하는 것이 좋아서 그럴 수밖에 있겠어요."

그렇다. 조선 사람의 손으로 이만한 공장과 이만한 군대와 이만한 문화 시설과 이만한 행정기구를 창설했다는 것은 조선민족의 한 사람으로서 축복하지 않을 수 없는 바이다. 그것이 북조선이라 해서 좋은 것을 좋다고 하는데 인색할 수 있을 것인가. 더더군다나 조선이 국제적으로 주목되고 있는 이 때에 조선이 조선 사람의 손만 가지고 완전히 자주 독립할 수 있다는 것을 실지로 보여준 데 대해서 북조선 동포들에게 감사하는 바이다. 조선이 자주독립하기는 아직도 시기가 이르다고 생각하는 외국인들은 한번 북조선을 시찰한 후에 다시 이야기해주기를 바라는 바이다.

(《문학》 8호, 1948년 7월)

나

내가 너무 나를 내세운다 해서 친구들한테 핀잔을 받은 때가 많다. 심지어 날 보고 혼자만 잘난 체 한다고 욕하는 친구까지 있다.

나는 외아들로 멋대로 자라났고 매는커녕 꾸지람도 한 번 변변히 들어본 적이 없다. 그런데다가 나는 일부러 나를 주장하리라 맘먹었으니 남이 보기에 유아독존이고 안하무인이 될 수밖에……. 그러면 나는 왜 의식적으로 나를 고집하려 했던 것인가?

어른 아이를 구별하는 이른바 장유유서의 봉건적 관념을 나는 어려서부터 죽어라 하고 싫어했다. 어른이면 어떻다는 것이냐. 말끝마다 대가리에서 피도 안 마른 여석이니, 어른 앞에서 무슨 버르장머리냐 느니 하는 따위의 말처럼 내 귀에 거슬리는 말이 없었고, 어른 앞에선 안경도 벗어야 되고 담배도 피우지 못하고 술도 돌아앉아서 마시어야 하는 난센스처럼 나에게 우스꽝스러운 것은 없었다. 그중에서도 어른 앞에서는 나를 나라고 못하고 저라고 하는 것처럼 갑갑하고 억울한 일은 없었다.

그러든 내가 영어를 배우게 되자 영어에서는 어른 아이 할 것 없이 '아이(나)'라는 말을 자유로 쓴다는 것을 발견하고, 옳지 나도 어른들이 뭐라건 '나'라는 말을 쓰리라, 아니 일부러 많이 쓰리라 결심했던 것이다. 이를테면 이것은 조선의 국적인 나의 속에서 일어난 부르주아 데모크러시의 혁명이었던 것이다.

나의 나를 각성시켜준 영어의 나라 영국에서는 봉건주의를 언제 타파했는지 정확한 날자는 모른다. 그러나 토마스 그레이의 시 〈촌묘지에 쓴 애도의 노래〉 첫 절에 "저녁종이 저문 날의 조종을 울리고/음매 우는 소떼가 초원의 굽은 길을 느으릿 가고/농부가 지친 다리를 끌고 집으로 가니/하늘과 땅은 어둠과 나에게 남는다"는 말이 있고.

이 시는 1742년 8월에 시작해서 그 대부분은 1746년부터 1750년에 썼고 끝마치기를 1750년 6월 12일에 했으니까 이미 18세기 중엽에 영문학에서는 나의 첫 싹이 텄던 것이라 볼 수 있다. 이러한 영문학을 연구하게 된 뒤로부터 나는 더욱 나를 내세우게 된 것이다. 이리하여 나를 주인공으로 하는 수필까지 쓰게 된 것이다.

언제가—벌써 한 십 년 전 일이다. 인천 가는 차 속에서 시인 지용을 만났는데 그때도 술이 취해서 이 사람 저 사람한테 시비를 걸고 나서 날보고 "영문학자에선 재서가 제일이야 제일" 하기에 영문학의 대가를 앞에 두고 "무슨 소리를 하오" 하고 대꾸를 했더니, "야 이것봐라! 자존심이 대단한데" 하기에 내가, "자존심이 그만하기에 흔들거리는 기차 속에서 당신처럼 비틀비틀하지 않고 이렇게 두 다리를 버티고 섰었지 않소" 하였더니 껄껄 웃어댔다. 그때 차 속이 붐비어서 서있었거니와, 사실 나는 나 하나만이라도 믿었기에 그 어지럽던 시대를 쓰러지지 않고 살 수가 있었던 것이다.

이러한 딱한 사정을 소위 어른들은 몰라도 나와 같은 젊은이(?)들은 이해해줄 법한 일이 아닌가. 어떤 여성이 나의 《예술과 생활》을 읽고 나서, "선생님은 하고 싶은 일을 맘대로 하시는 분예요. 나는 그것이 부러워요. 그러나 선생의 글에는 은연중에 '인피어리오러티 콤플렉스(병적 열등감)'가 나타나 있어요"한 것이 생각난다. 일제시대에 억눌린 감정은 내가 그렇게 '나'라는 말을 많이 써서 '카타르시스'를 일으키려 했건만 8. 15 후까지 남아있어서 '나'가 없어야 될 글인 평론에까지 나타나 있는 모양이다. 병든 고막에 들었던 게지…….

그러나 나에게 나의 잔재가 남아있건말건 새해는 밝았다. 과거 삼년반

동안 나는 나를 없이하기 위하여 꾸준히 애썼다. 그랬건만 나는 아我가 샌 사람으로 친구 사이에 알려져 있으니 걱정이다. 성경에 "마음이 깨끗한 자는 진복자로다. 하느님이 볼 것이오"라는 말이 있지만, 나는 아직도 나라는 오점이 남아 있어서 내 눈에 진리가 흐리어지나보다. '나'니 '나의 고백'이니 하는 책을 쓴 사람처럼 '나' 때문에 흐린 마음을 가지고 영영 하느님인 진리를 발견하지 못하고 말 것이 두렵다.

올해는 무엇보다도 '나'를 없이하는 데 힘을 쓰리라. 그것이 불가능하다면 '나'라는 말을 적게 쓰도록이라도 하리라.

그러나 다만 한 가지 걱정은 그러면 이런 수필은 못쓰게 될 것이 아닌가. 그래서 나는 벌써부터 소설 쓸 궁리를 하고 있다. 춘원 같은 사이비 소설이 아니라 본격적 소설을 쓰려고 맘먹고 있다.

(《세계일보》, 49. 1. 1)

봄

집에서 한 오십 미터 비탈길을 내려가면 공동수도가 있었다. 나는 새벽마다 물을 길러 그리로 갔다. 물 긷는 사람들이 물통을 땅에다 놓고 주욱 늘어섰다. 보초막처럼 된 궤짝집에 도사리고 앉은 영감 하나가 돈을 받는다. 물 두 통에 일전씩 받던 때였다.

물 길러온 사람을 보면 대개다 늙었거나 그렇지 않으면 아주 나이 어린 계집애들이다. 밥 짓는 할멈이나 군불 때는 할아범이나 잔심부름 하는 아이들이다.

나 같은 소년은, 더군다나 중학교 삼학년 다니는 소년은 없었다. 그렇다고 뭐 우리 집이 가난해서 내가 물을 긷게 된 것은 아니다. 백 원짜리 월급쟁이가 택시를 맘판 타고 다닐 수 있던 때인데. 우리 아버지는 은행도 아니요 금융조합에 그도 당좌나 보통예금이 아니고 '특별저축예금'에 대금 오만오천 원이나 가지고 있었으니, 그의 외아들인 내가 가난해서 물을 길었다고 해서야 될 말인가.

그렇다고 중학교에 다니는 넉넉한 집 외아들이 공동수도로 허구한 날 새벽에 물을 길러 다니는 것을 아무 설명 없이 그렇다 해줄 수도 없지 않는가.

아버지는 사환아이 하나 두지 않고 구멍가게를 꼭 혼자서 보셨고—진지 잡수실 때는 어머니나 내가 번갈아 보았다—안에는 더군다나 남의 사람을 두실 리 없었다. 또 장작은 헤프다 해서 왕겨만 사셨다. 그러니 아들

하나 딸 둘을 기르는 어머니를 도와 드려야겠다는 생각이 날 수밖에.

그래서 나는 날마다 어머니의 풀무 소리를 들으면 잠을 깨어 벌떡 자리를 차고 나가서 그날 온종일 어머니가 살림에 쓰실 물을 길어오는 것이었다.

허긴 내가 아침에 물을 긷는 것을 일과로 삼은 것은 어머니만 위해서 한 노릇도 아니다. 그때 상업학교 삼학년 서양역사 교과서에 있는 '시저'의 그림 해설에, '시저'는 어려선 약골이었는데 자기가 자기 몸을 단련해서 위대한 체력의 소유자가 되었다 한 것을 보고 약골인 나도 단련해서 튼튼한 몸이 되리라 맘먹은 것이다.

그래서 매일 새벽 일찍이 일어나서 아령체조도 하고 죽도도 휘두르고 복싱 흉내도 내고 냉수마찰도 하고 하던 것인데, 가만히 생각해보니 불상한 어머니를 도와 물을 긷는 것도 운동이 될 것이었다. 사실 물통을 한손에 하나씩 들고 비탈길을 올라오려면 나의 연약한 팔은 3파운드짜리 아령보다는 더 많이 지구의 인력을 느끼게 되었던 것이요 나무가 양분을 빨아올리듯 나는 대지에서 힘을 빨아올려 점점 튼튼한 몸이 되어갔다.

그러나 하나 딱 질색이 있었다. 서울로 기차 통학하는 학생들이, 내려 정거장으로 가는데 그 학생들 새에 나와 보통학교 동창들이며 아는 학생들이 끼어 있었다. 남학생들한테야 뭐 남부끄러울 게 없지만 여학생들한테는 그러지 않아도 수줍기 그지없는 나였다. 게다가 내가 보통학교 때부터 나도 모르게 어렴풋이 연정을 품고 있던 여학생과 마주칠 때는 참으로 딱하였다. 물 두통을 못 이겨 깽깽 매는 나의 옹졸한 꼴을 보이다니! 남들은 저렇게 나팔통바지에 일자 챙을 달고 씩씩하게 서울로 향하여 걸어가지 않는가.

석유통으로 만든 물통인데 손잡이가 물에 잠겨 수돗물은 우물물과도 달라 겨울이 되면 내 가느다란 손가락들이 빠저리도록 찼다. 하니 바람은 비탈길을 사정없이 내려 불고…….

그러나 바람이여, 겨울이 되면 봄이 멀 수 있느냐? 나의 손에 닿는 물의 온도가 날이 갈수록 달라졌다. 내 손에 뼈저리던 물이 그냥 찬물로 변하고 나중에는 내 손의 온도와 같이 되어 냉각이 없는 보드라운 물로 만져질 때가 오면, 꽃이야 피건 말건 새야 노래하건 말건 봄이 찾아온 것이었다.

(《태양신문》, 49. 5. 1)

셰익스피어의 주관酒觀

플라톤의 대화편 《향연》을 읽어보면 소크라테스는 술을 잘 먹는다. 술잔이 돌아가는 대로 받아먹는 것은 물론이려니와 술잔이 작다고 대접으로 바꾸어 돌린 때도 소크라테스는 사양 한번 안하고 받아서 들이킨다. 남이 다 술에 취하여 곯아떨어진 뒤에 소크라테스는 자리를 툭툭 털고 일어나서 언제 내가 술을 먹었더냐는 듯이 집으로 돌아간다. 천하에 바가지 긁기로 이름난 소크라테스 부인 크산티페가 무서워서 술을 암만 먹어도 정신이 또렷또렷했는지는 또 모를 일이다. 그러나 소크라테스가 술을 잘 먹었던 것만은 사실이요 따라서 술에 대해서 그의 의견을 물어봄직도 한 일이라 생각하는 제자가 있을지 모르나 내 생각으로는 소크라테스의 주관은 문제가 되지 않는다. 첫째 그는 셰익스피어처럼 술을 좋아하지 않았다. 에릭씨마커스는 "나는 소크라테스는 예외로 돌린다. 술을 먹기도 하고 안 먹기도 하고 둘 다 능하니 말이다"(《향연》 176) 하였지만 소크라테스가 술을 먹을 땐 억수로 퍼 먹고 안 먹을 땐 또 막 끊을 수 있었던 것은 그가 술 맛을 몰랐기 때문에 가능했다. 정말 주정酒精이 세포 알알히 스미고 배여서 중독이 된 술꾼이라면 술을 먹었다 안 먹었다 하는 재주는 없을 것이 아닌가. 셰익스피어는 교우 벤 존슨과 마이클 무래이튼과 더불어 술을 너무 먹어 열이 나서 죽었다고 전하여진다.

둘째 소크라테스는 예술을 좋아하지 않었다. 예술가의 시민권을 박탈할 것을 주장까지 하지 않았는가. 이러한 속물의 주관이 술과 예술을 좋아하는 이 땅의 풍류객에게 무슨 소용이 있겠는가 말이다. 그래서 술과 예술에 있어서 동서고금에 둘째가라면 설워하는 셰익스피어에게 술에 대한 견해를 물어보기로 한 것이다.

셰익스피어의 주장은 그의 작품을 읽어도 알기 어렵다는 것이 정평이다. 또 그것은 문학작품은 작자의 의도가 숨어서 나타나지 않을수록 성공한 것이라 하는 의미에서 셰익스피어의 위대함을 말하기도 한다. 그러나 그것은 셰익스피어가 전연 의도를 가지고 있지 않다든지 주관이 없다든지 하는 것과는 다르다. 따라서 그의 주관도 따지고 보면 전연 알 수 없는 것은 아니다.

나는 이미 〈셰익스피어의 산문〉과 〈부르주아의 인간상〉에서 셰익스피어의 주관에 대하여 그 결론만을 이야기할 일이 있다. 즉 셰익스피어는 술취한 사람에게는 시를 인정치 않고 산문으로 말하게 하여 자기의 의도와 태도를 명백히 했다는 것이다. 《위지동이전》을 읽어보면 조선의 시가는 술과 더불어 우러나온 것처럼 쓰여 있는데 위대한 시인 셰익스피어는 정반대로 시는 술과 상극이라는 것이다. 그러나 이것을 술과 시를 아울러 좋아하는 사람들이 철썩 뛸 일인 만큼 더 상세히 논할 필요가 있다.

셰익스피어를 거꾸로 읽어 폴스타프가 산문으로만 말하는 사실 즉 부정적인 인물로 되어 있는 것을 잊고 풍부한 인간성의 표현으로 잘못 알고 그가 술을 찬미하는 소리를 듣고 그것이 바로 셰익스피어의 주관이라고 우길 사람이 있는지 모른다. 폴스타프는 《헨리4세》 제2부 제4막 제3장에서 오십 행에 가까운 독백으로 술의 덕을 찬양한다. 술을 먹지 않으면 바보가 되고 겁쟁이가 된다는 것이다. 그러면 폴스타프가 술을 용기와 지혜의 원천이라고 주장하는 것은 무엇을 의미하는가. 그는 술김에 허장성세하고 기지와 해학을 난발하지만 본정신으로 돌아가면 바보요 겁쟁이라는 것밖에 안 된다. 그러나 이것만 가지고는 셰익스피어가 술을 부정했다는 것을 폴스타프의 후예에게 알아듣게 할 수 없다. 그래서 나는 아래와 같이 셰익스피어의 저작에서 내적 증거를 제시하는 바이다.

셰익스피어의 주장은 알 수 없다는 사람들도 셰익스피어가 햄릿을 악인으로 만들지 않았고 그의 원수 클로디어스를 선인으로 마련하지 않았다는 것쯤은 인정할 것이다. 그러면 불과 물같은 이 두 성격이 술에 대하여 정반대의 태도를 취하도록 표현한 셰익스피어의 의도는 과연 무엇일까? 제1막 제2장에서 왕이 주연을 베풀어 덴마크의 수도 엘시노어가 불야성을 이루고 바야흐로 환락이 무르녹을 때 햄릿이 홀로 떨어져

오오 이 너무나 굳은 육체가 녹고 녹아 이 술이 되어버렸으면!

으로 시작되는 비창悲愴한 독백을 하고 나서 윗텐베르히에서 돌아온 친우 호레이쇼를 만나 "무엇 하러 엘시노어엔 왔소? 이 길을 떠나기 전에 술을 고래로 마시는 것을 배우리라" 하는 것이라든지, 제1막 제4장에서 햄릿이 호레이쇼더러 "외국인이 우리 민족을 모주니 술 취한 개니 하는 까닭이 난음에 있는 것이요"(그때 왕이 술을 마시는데 반주하는 나팔과 대포소리가 들려왔던 것이다).

"캐시오가 음주를 욕하는 말은 햄릿이 숙부의 폭음을 혐오하는 말과 비교할 수 있을 것이다. 무슨 까닭이 있어 음주가 당시에 셰익스피어의 마음을 강하게 포착했을 것이다"라고 브래들리는 《셰익스피어의 비극》에서 논했는데 무슨 까닭이 있었는지 없었는지는 작품만 읽어서는 알 수 없지만 셰익스피어가 술을 비난한 것만은 명백한 사실이다. 악한 이아고가흉계를 꾸밀 때 캐시오에게 못 먹는 술을 먹이어 취하게 한다. 캐시오는 술 때문에 신세를 망친 뒤에 "하느님 맙소사 원수를 입 속에 넣어 정신을 훔쳐가게 하다니! 우리가 좋아서 즐겨서 혹해서 박수하면서 자신을 짐승으로 화해버린다니!" 하면서 땅을 치고 한탄한다. 이는 "만약 나에게 아들이 천명 있다면 내가 그들에게 가르치고 싶은 인간의 첫 원리는 물 같은 음료는 마

시지 말고 독한 술에 몸을 바치라는 것이다." 하는 폴스타프와 좋은 대조가 아닌가.

《안토니우스와 클레오파트라》에서도 술이 극의 중요한 모멘트가 되어 있다. 서로 천하를 제 것을 만들려는 생각을 가지고 있는 삼두정치가 레피두스, 안토니우스, 시저가 술을 마시는 데는 레피두스가 제일 먼저 취해서 안토니우스의 놀림감이 된다.

레피두스—악어가 무슨 빛깔이지?

안토니우스—그 자체의 빛깔이지 뭐야.

레피두스—거 참 이상한 뱀이로군. —제2막 제7절

그러나 안토니우스도도 시저를 당하지 못한다. 그것은 시저가 안토니우스보다 술이 세기 때문에가 아니라 술 잔을 잘 피하기 때문이다.

안토니우스—자아 시저》술 잔을 받게.

시저—그만 두었으면 좋겠네. 머릿속을 술로 씻는 것이 죽어라 하고 힘이 들고 씻을수록 더 나빠진단 말이야.

이래서레피두스가 먼저 실각하고, 안토니우스가 다음에 망하고 시저가 최후의 승리를 얻는 이 삼두정치가의 운명이 술 좌석에서 벌써 복선으로 암시되는 것이다. 셰익스피어가 술에 대해서 얼마나 용이주도한가는 이 한 가지 사실만 가지고도 증명하기에 족하지 않은가?

《오셀로》 제2막 제3장에서 이아고로 하여금 영국인이 세계에서 술을 제일 잘 먹는다고 칭찬하게 한 셰익스피어의 교묘한 풍자를 잊을 수 없다. 이태리인이요 악한인 이아고의 입을 빌어 셰익스피어는 파라독시칼한 설교를 하고 있는 것이다. 엘리자베스조의 관객이 악한 이아고한테 술 잘 먹는다는 칭찬을 듣고 얼굴을 붉혔겠는가 안 붉혔겠는가 생각만 해도 재미있지 않은가?

칼리반은 모두 스테파노의 술을 얻어먹고 취하자 스테파노를 신으로 알고 섬긴다. 그러나결국 칼리반은 술의 허위를 깨닫고 진실에 눈뜬다.

"내가 얼마나 바보였던가. 이 모주를 신으로 알고 이 못난 멍텅구리를 숭배하다니!" —《템페스트》 제5막 제1장— 한다.

이 칼리반의 말은 술에 취한 셰익스피어의 최후의 단언이라 해도 과언이 아닌 것이다. 짐승인지 사람인지 분간할 수 없었던 괴물 칼리반의 입을 빌어 이렇게 술을 부정한 셰익스피어의 신랄함을 이해 못한다면 문학을 이해한다 할 수 없을 것이다. 그러나 주객들은 항변할 것이다. 그런 사람 같지 않은 칼리반한테 욕을 먹었댔자 통증을 느낄 우리가 아니라고. 그러면 예수같은 성인의 말이나 그 성인의 사도라고 자처하는 목사의 말이라야 된다는 말인가. 하여튼 시를 좋아하는 주객이라면 위대한 시인 셰익스피어가 주객인 스테판에게는 종시 일관 한 줄의 시도 말하게 하지 않고 칼리반이 주객 스테파노를 욕하는 말은 시로 표현했다는 사실은 경시할 수 없을 것이다.

그러나 전설에 의하면 셰익스피어 자신은 술을 너무 마시어서 열이 나 죽었다 한다. 이 전설이 사실이든 아니든 인생의 한 아이러니라고 아니 할 수 없다. 셰익스피어는 그의 극에 나온 인물 중에 으뜸가는 주호 폴스타프의 임종을 다음과 같이 그렸는데 이것은 전설이 말하는 셰익스피어의 임종을 연상시킨다.

> 님—폴스타프가 (죽을 때) 술을 달라고 소리쳤다지.
> 주막마나님—네 그랬어요.
> 빠아돌프—그리고 여자를 달라고 했다지.
> 주막마나님—아뇨 그러지는 않았어요.
> —《헨리 오세》 제2막 제3절

하여튼 술이란 요물이다. 클레오파트라한테 녹아나지 않은 영웅이 없듯이 술에 곯지 않은 문학자는 드문가보다. 줄리어스 시저와 버나드 쇼를 예외로 하고……

(《희곡문학》, 1949년 5월)

김동석의 생애와 문학세계

구모룡

1. 생애

김동석은 1913년 인천에서 태어나 1949년 월북하였고, 이후의 그의 삶은 1951년 한국전쟁 당시 통역장교였다는 증언을 제외하고는 알려진 바가 없다(김동석의 생애를 서술하면서 대표적인 김동석 연구자인 이희환의 선행연구를 많이 따랐다). 보통학교 취학 전 그는 서당에서 한문을 수학하였다. 당시 마을 서당에서 흔히 이루어지고 있던 아동교육이지만 외아들인 김동석에 대한 부친의 교육열을 반영하는 일이라 할 수 있다. 후일 이는 김동석의 많은 글에서 동양 고전이 원용되는 밑거름이 되었던 것으로 보인다. 스스로 "중류이상 가정의 외아들"이라고 규정하고 있듯이 포목잡화상을 경영하며 권위와 절제의 미덕을 지닌 부친의 지원으로 그는 학업에 전념할 수가 있었다.

김동석의 삶에서 하나의 전기가 마련되는 것은 인천상업학교를 다니던 1930년이다. 이해 광주학생의거 1주기 기념식을 주도하다 퇴학을 당하는데, 이 일은 전화위복으로 1932년 서울의 중앙고등보통학교에 진학하게 되면서 더 넓은 세계로 나아가는 계기로 작용한다. 십대 후반 인격 형성기에 그가 민족적 현실을 자각하는 한편 근대세계에 대한 확대된 전망을 갖게 되는 것이다. 즉 인천과 경성이라는 두 개의 식민도시를 오가면서 김동석은 고향과 근대, 주변과 중심, 식민과 제국에 대한 인식을 넓혀간다.

그의 생애에서 또 하나의 전기는 경성제국대학 입학을 통해 이루어진다. 그는 스무 살이 되던 1933년 경성제국대학 문과 A조에 들어가지만 예과를 마친 뒤 출세가 보장된 법학전공을 포기하고 영문학을 선택한다. 이 대목에서 우리는 김동석의 위치감각을 뚜렷하게 읽을 수 있다. 그는 안락이 담보된 식민지 관료의 길보다 영문학으로 상징되는 서구 근대를 선택함으로써 시대를 우회하려 한다. 이러한 그의 의도는 다음과 같은 그의 술회에서 잘 드러난다.

> 세계관이란 단순한 지식이 아니요 생의 원리이기 때문에 일제 시대에 유물론적 세계관을 갖는다는 것은 스스로 형극의 길을 자원하는 것이나 진배없었다. 그렇다고 고문高文이라고 패스해서 일제적 현실에 야합한다는 것은 양심있는 인텔리겐챠로서 참을 수 없는 타락이었다. (〈조선의 사상〉)

해방 이후의 진술이어서 당시의 의식을 그대로 대변하고 있다고 할 수는 없으나 영문학 선택에 대한 그의 입장을 이해하게 한다. 유물론적인 세계관을 통하여 세계와 맞서는 길과 관료가 되어 시대와 타협하는 길 사이에서 그는 서구 자유주의를 선택한 것이다.

이러한 그가 졸업논문으로 〈매슈 아놀드 연구〉를 쓰면서 경성제대 본과를 마친 것은 1938년이다. 중일전쟁이 전개되면서 정세가 크게 변동되는 시기이지만 그는 대학원에 진학하여 아카데미즘의 길을 걷는다. 대학원에 진학한 5년 동안 그가 집중한 것은 셰익스피어인데 이는 그의 두 번째 평론집인 《부르주아의 인간상》에 잘 나타나 있다.

중일전쟁 이후 세계대전이 진행되는 시기에 김동석은 시대의 질곡과 여파에서 많이 비껴난 삶을 산 것으로 보인다. 그는 대학원을 다니면서 모교인 중앙교보에서 영어를 가르치다 보성전문학교에 전임강사로 초빙되어 해방되기까지 교편을 잡는다. 많은 사람들에게 그러했듯이 일제 말은 저항과 협력이 공존하는 회색의 시간이다. 김동석 또한 교수로서 일상생활을 영위하면서 영문학을 연구하고 시와 에세이를 쓰는 일로 시대를 견뎌낸다.

당시 우리말이 금지되고 있었던 형편을 상기할 때 해방과 더불어 시집을 내고 수필집을 낼 정도로 우리말 글쓰기를 그치지 않은 그의 정성은 가상하다. 하지만 1944년 조선연극협회 상무이사를 맡은 일에서 보듯 그 또한 일정한 협력을 회피할 수 없었을 것이라 간주된다. 그는 이러한 그의 삶에 대하여 해방 이후 소시민적이라 비판하고 있다.

김동석이 함흥 출신 주장옥과 결혼한 것은 1940년이다. 결혼과 함께 그의 경성 생활이 시작되지만 1941년 장남을 병으로 잃고 1943년 부친이 타계하는 등 가족사적 시련이 없었던 것은 아니다. 부친이 돌아가자 그는 경성 생활을 접고 경기도 안양으로 거소를 옮겨 해방될 때까지 그곳에서 살게 된다.

여기서 주목되는 것은 두 가지 사실이다. 그 하나는 그의 부인이 함흥 출신이라는 점이고, 다른 하나는 안양으로 이사한 점이다. 우선 전자는 후일 그가 월북을 결심하는 데 일정한 작용을 했을 것이라 짐작되고, 후자는 폭력적인 시대와 일정한 거리를 두려한 그의 태도를 알게 한다.

1945년 해방은 김동석에게도 정치적, 문학적 해방이었다. 그는 해방의 감격을 노래하는 시를 쓰는 한편 대학동창인 노성석의 도움으로 《상아탑》이라는 잡지를 창간한다. 안양에서 서울로 다시 이사를 하면서 1939년 무렵 시작된 보성전문의 교편생활을 접는 것도 이 시기인데 사직의 까닭은 알 수 없다. 아마도 본격적인 문화운동으로 나아가기 위한 선택이 아닌가 한다.

《상아탑》을 통한 그의 문화운동은 1946년 7호로 이 잡지를 종간하면서 새로운 차원으로 발전하는데 그는 시집 《길》과 수필집 《해변의 시》, 그리고 평론집 《예술과 생활》을 한꺼번에 출간함으로써 한 시기를 정리한다. 그의 글쓰기에서 정론의 성격은 해방 직후부터 형성되지만 이것이 정치적 글쓰기로 발전하는 것은 1946년 중반부터다. 이상적인 민족-국가 건립이라는 투쟁적 국면에서 그는 거침없이 자신의 입장을 개진한다.

이는 그가 통일전선인 민주주의민족전선에 가담한 일과 조선문학가동맹을 위시한 문학과 문화 단체, 그리고 조선인권연맹 등 사회단체에서 다양한 사회적, 정치적 실천을 전개하는 데서 알 수 있다.

특히 1948년 김동석이 《서울타임즈》 특파원 자격으로 김구를 따라 평양에서 열린 '남북 정당 및 사회단체자 대표자회 연석회의'에 한 달간 참석한 일이 주목된다. 그의 평양기행의 전말이 〈북조선의 인상〉에 담겨 있는바, 북조선의 토지개혁에 대한 공감이 크게 부각되어 있다. 그러나 이러한 북한체험이 이듬 해 월북의 직접적인 계기가 된 것으로 보이진 않는다. 왜냐하면 1949년 벽두의 김동리와의 대담 이후 그의 활동은 문학연구나 외국문학에 관한 강연 등 탈정치의 경향을 보이기 때문이다. 나름대로 남한에서 국민이 되려는 생각을 지녔던 것으로 보인다.

김동석이 월북을 결행한 것은 1949년 중반쯤으로 추측된다. 두 번째 평론집 《부르주아의 인간상》을 발간한 것이 이해 2월인데 이후 간간이 에세이를 쓰는 등 활동을 자제하고 있었던 터이나 국가가 설정한 추방과 배제의 원칙들이 작동하면서 그로 하여금 월북을 택하게 하는 상황에 이른 것이다.

김동석이 월북한 것으로 추정되는 1949년 전후의 상황은 문학계의 좌파적 성향을 철저하게 색인하는 국가정책이 실시된다. 따라서 좌파 계열의 잡지와 저작이 판금되고 많은 문인들이 구금된다. 속간호 《문장》이 판금되면서 정지용이 불구속 송청되는 것은 1948년 12월이다. 이듬해 1949년 7월 김태준이 체포되고 10월에 걸쳐 문맹과 문련 관련자들이 대거 검거되거나 구속된다. 김동석의 친구인 배호가 남로당 서울시 문련 예술과책으로 활동하다가 체포된 것은 1949년 5월이고 그의 밑에서 일하던 이용악이 검거된 것은 8월이었다.

김동석의 월북은 이러한 정황에서 결행된 것이라 추론된다. 이후 남한 단독 정부는 좌익계열문화인 등급 분류와 창작발표 · 투고 · 게재 금지에 이어 월북 문인 저서 판금, 전향문필가의 집필 금지와 원고 심사 등을 거쳐 문인들의 보도연맹 가입을 추진한다. 여순사건 이후 좌익계열에 대한 예비검속 명목으로 만들어진 국가보안법에 의한 구검과 고문이 지속되면서 좌파 문인들은 철저하게 역사의 무대에서 사라지게 되는 것이다.

김동석의 생애에서 '월북'은 그의 삶에서 대단히 힘겨운 선택을 의미하지만 그에 대한 바른 평가를 제약하는 요인으로 작용하고 있다. 그의 생애는 소위 '중도 좌파의 비극'에 속한다. 그는 이상적인 민족-국가에 대한 지향이 두 개의 국민-국가의 대립으로 귀결되는 상황에서 어느 한쪽을 택하지 않으면 안 되는 상황에 직면하였다. 체제 내부의 비판자를 용인하지 않는 남과 북의 국가주의에 의해 그는 역사의 희생자가 되고 만다. 김동석의 '월북'이라는 행위를 평가할 때 그가 처한 구체적인 시대적 맥락이 먼저 검토되어야 하는 까닭이 여기에 있다.

월북 이후 북한에서의 김동석에 대한 기록은 없다. 그럼에도 한국전쟁기 휴전회담 취재기자로 온 그의 모습은 그리 만족하는 표정이 되지 못했다는 증언(이혜복, 〈판문점 진담〉, 《경향신문》 1951년 12월 12일자)이 있다. '철의 장막' 북한에서 국민 되기가 쉽지 않았을 것이며 알려지지 않은 그곳에서의 삶이 불행 또는 비극에 다를 바 없었을 것이라 상상해도 틀리지 않을 것이다.

2. 해방공간과 김동석

김동석은 해방공간에 활발하게 문학 활동을 전개한 비평가이다. 그의 문학의 중심에 위치한 것은 비평이었지만 그는 영문학자로서 시를 창작하고 에세이를 썼다.

김동석의 문학세계를 이해하기 위하여 먼저 해방공간의 역사적 맥락을 설명할 필요가 있다. 해방공간의 비평들의 역사는 정론성을 기본으로 하는 진보적 비평은 말할 것도 없고 문학과 비평을 역사와 정치로부터 분리시키려 한 미학주의 비평조차 민족—국가 만들기와 연결되어 있다. '건설기'라는 목표를 전면에 내세운 좌파나 문학이 어떠한 이데올로기도 배격하는 순수함을 지녀야 한다는 우파도 비평적 지향점으로 민족—국가 형성에 두고 있는 것이다. 좌우 모두 민족—국가를 담아내는 '민족문학'을 표방하면서 각기 지향을 달리한다.

먼저 좌파는 노동계급과 인민이 건설하는 민주주의적 국가를 전제하면서 이를 위한 민족문학을 주창한다. 임화로 대표되는 좌파의 비평은 노동계급의 이념이 전인민의 연대를 이끄는 민족 이념을 형성하고자 한다. 그리고 이러한 민족 이념에 상응하는 민주주의적인 국가 건설을 여망한다. 말할 것도 없이 노동계급의 지위에 대한 논란이 있게 마련이다. 노동계급의 영도성을 어떻게 보느냐에 따라 당파를 달리하게 되는 것이다. 인민성을 내세운 임화 등이 프롤레타리아 계급론을 견지한 북조선의 안막 등에 의해 비판을 받게 되는 사정이 여기에 있다. 하지만 노동계급을 중심으로 한 인민적 민주주의에 대한 합의가 좌파의 일반적인 경향이라 간주될 수 있을 것이다.

반면 우파는 다분히 선험적인 민족성과 민족정신으로 민족을 개념 짓는다. 따라서 민족을 구성하는 방식이 문제가 아니며 민족은 현실과 역사 위에 존재하는 초월 개념이 된다. 이처럼 김동리로 대표되는 우파의 민족 개념은 본질주의적이다. 다시 말해서 민족 구성이 문제되기보다 민족 전체가 하나의 단위로 인식되고 있다.

해방은 달리 비평의 해방이다. 이 말은 비평이 해방과 더불어 '민족'을 노래하고 '민족'에 의해 만들어지는 '국가'를 말하게 되었다는 사실을 의미한다. 이러한 가운데 가장 중요한 쟁점은 민족-국가의 형태에 놓이게 된다. 달리 말해서 형성될 국가의 요구에 맞는 민족으로 동일화, 단일화되어야 한다는 것이다. 민족정신을 구현하고 담지하는 실체로서의 민족, 노동계급 중심의 민족, 인민의 민족 등 서로 다른 국가 형성의 논거에 바탕을 둔 민족-국가 모델들을 통해 각기 배제와 봉쇄의 논리를 제출하게 되는 것이다.

이처럼 비평의 해방은 민족을 발명하기 위하여 그 내부의 이질성을 제거하는 폐쇄적인 순환회로에 갇히면서 그 태생적 불운을 떠안게 된다. 민족-국가는 자신의 존재와 적법성을 내부의 민족적 소수집단을 지속적으로 추방하고 그들의 권리를 박탈하는 것에 의존하는 정치적 구성체에 가깝다. 따라서 어떠한 경우든 동질성의 주장에는 추방과 봉쇄가 뒤따르게 된다. 좌파가 봉건잔재의 청산, 일제잔재의 소탕, 국수주의의 배격을 내세운 것이나 우파가 민족정신의 확립, 문학정신의 옹호, 자주독립의 실현을 주장한 것이나 모두 민족 국가 내부에서의 추방과 봉쇄를 전제한 권력 담론임에 틀림이 없다. 이처럼 현대 한국비평은 그 기원에서 국민국가화에 포박되었다. 또한 이의 향배에 따라 그 운명을 달리할 수밖에 없는 운명을 타고난다. 이러한 의미에서 비평의 해방은 진정한 의미의 해방이라 할 수 없다. 민족의 이상과 국가의 이념에 종속되어 비국민이라는 내부의 외부를 만든다.

해방공간의 좌우 비평은 남북한이 각기 다른 체제의 국가를 형성함과 더불어 나누어진다. 국가의 탄생과 비평의 선택이 일치하고 있다. 한반도에 두 개의 국민-국가가 존재하게 되면서 이러한 국가의 상태는 정치와 경제 그리고 문화 등 모든 층위에서 담론의 주된 구성이 된다. 한국의 현대문학비평 또한 분단체제 혹은 두 개의 국민-국가에 대한 문제의식에서 벗어나지 못한다. 즉 한국현대문학비평은 해방공간에서 형성된 기원적 의미망으로부터 오랫동안 자유롭지 못하게 되는 것이다.

식민지 시대 카프계열의 월북과 구상 등의 월남과 같은, 좌 · 우파의 이합집산 혹은 집단적 이동은 국민-국가의 선택이라는 관점에서 이해할 수 있다. 국민-국가를 만드는 일이 주권을 회복하고 인민의 자유와 해방을 의미하는 것이라고 믿은 이들의 열망은 쉽게 이루어지지 않는다. 미군정의 남한에서 좌파 비평은 추방되거나 망명의 길을 떠날 수밖에 없다. 남한에 잔류한 온건 좌파 또한 국가주권의 감시 대상이 된다. 아울러 법적인 비국민의 지위를 부여받게 되거나 생체권력(bio-power)의 집단적 감시체계에 놓이게 된다.

국민-국가가 비평가의 망명을 초래한 가장 전형적인 예가 김동석이다. 예술과 생활, 시와 산문의 긴장과 균형을 지향하는 그의 비평은 기본적으로 이분법적인 장르 원리를 내포한다. 이러한 그의 비평 원리 기저에는 동양적 교양과 매슈 아놀드 등 영문학 그리고 맑시즘의 역사인식이 교차한다. 그리고 그는 해방된 조선에서 상아탑의 정신을 세우려는 기대를 품는다. 그러나 식민지에서 해방된 지식인인 김동석에게도 민족-국가 건설에 대한 책임은 면제되지 않는다. 김동석 또한 식민지 지배로부터의 완전한 해방이 민족-국가 건설에서 비롯한다는 생각을 하게 되는 것이다.

김동석 비평에서 시와 산문의 이분법은 그의 비평이 지닌 특징이면서 그가 좌파와 우파를 아우르는 중간파적 가능성을 지녔음을 의미하기도 한다. 해방공간의 우파가 다분히 시적인 비전을 보였다면 좌파는 리얼리즘적 전망을 표출하고 있었기 때문이다. 하지만 김동석이 이러한 두 경향을 의식적으로 자기 내부로 포괄하려 한 것은 아니다. 그는 처음부터 시정신과 산문정신의 긴장관계라는 이분법으로 문학을 이해하고 있었던 터이다.

이러한 그가 시정신과 산문정신의 통합이라는 이론적 과제를 해소하지 못한 것은 그의 불행이자 비평사적 불운이다. 해방공간이 일방의 선택을 유인한 탓이다. 달리 말해서 상아탑의 정신이 상황의 논리를 이길 수 없었던 것이다.

김동석의 비평은 좌파 비평가들이 대부분 월북한, 한반도에 두 개의 국민-국가가 만들어지는 시기에 개진된 실제비평을 겸한 민족문학론이다. 이 시기 그는 작가론과 셰익스피어 연구 등 학자-비평가의 면모를 회복하는 한편 김동리와의 대담을 통하여 남한 단독 정부 하에게 그의 존재를 확인한다. '민족적인 형식과 민주주의적인 내용'으로 요약되는 그의민족문학론은 그의 월북으로 이론적이고 실제적인 진전을 이루지 못하고 막을 내린다.

김동석의 월북은 그의 입장에서 남한에서 자신의 지위가 비국민이 되고 있음을 인식한데서 비롯한 망명이지만 여순사건 이후 반공체제의 기본적인 구조와 작동 원리를 갖춘 남한의 입장에서 예고된 추방의 전조라 할 수 있다.

3. 김동석의 문학과 세계인식

김동석의 문학 활동은 처음부터 특정 장르에 얽매이지 않았다. 시를 쓰거나 에세이를 쓰고 영문학을 공부하면서 한국문학에 대한 평론을 쓴 것이다. 지금껏 확인된 바로 그가 가장 먼저 공적인 매체에 쓴 글은 〈조선시의 편영〉(《동아일보》 1937년 9월 9일-14일)이라는 평론이다. "한시와 시조를 지양한 현대 조선시의 좋은 예"를 소개하려는 의도를 지닌 이 글에서 그가 강조하고 있는 비평적 개념은 형식과 내용의 통일, 센티멘탈리즘의 극복이다. 그리고 비평이란 "세계에서 가장 좋은 지식과 사상을 추구하며 또 그것을 전파하려는 공정무사한 노력"이라는 메슈 아놀드의 말을 들어 비평가의 태도를 설명한다. 시에 대한 관심과 메슈 아놀드에 대한 공부가 이 글의 배경인데 당시 비평의 수준을 상회하지 못한다.

앞에서도 말했지만 중일전쟁 이후 태평양전쟁으로 이어지는 전쟁기를 김동석은 아카데미즘을 통하여 대응하고 있다. 따라서 문인보다 학자로서의 정체성에 더 기울어진 것으로 보인다. 해방 전 그가 발표한 시는 거의 없다. 다만 몇 편의 에세이를 《박문》 등에 실었을 뿐이다. 이러한 점에서 해방 전의 김동석이 영문학을 중심에 두고 여타 글쓰기를 여기로 인식하였다고 해도 과언은 아닐 것이다.

해방과 더불어 해방된 김동석의 글쓰기에서 먼저 주목되어야 할 것은 그의 역사철학이다. 그의 비평과 사회적 행위가 그가 인식한 역사철학에 근거를 둔 세계관의 소산이기 때문이다. 그는 일제시대를 파시즘과 사회주의 그리고 자유주의의 관계로 인식하면서 파시즘에 대응하는 사회주의를 선택하지 못한 자신의 삶을 '소시민'이라 비판한다. 이러한 그의 비판에는 자유주의의 한계에 대한 인식이 놓여 있는데 자유주의→파시즘→사회주의라는 역사관에 따른 것이라 보인다. 물론 그가 자유주의의 의미를 간과하고 단선적이고 도식적인 역사인식을 보이고 있는 것은 아니다.

파시즘이 자유주의와 사회주의를 모두 탄압하였고 자유주의와 사회주의가 파시즘에 공동 저항하였음을 잘 인식하고 있다. 그러나 자유주의보다 그가 사회주의에 기울어지는 것은 2차 세계대전 이후 식민을 경험한 3세계 지식인들의 일반적인 경향과 다를 바 없다. 가령 김동석이 보인 '문장파'나 '현민 유진오'에게 보이는 양가적 감정은 일제말 자유주의자였던 자신에 대한 비판과 맞물려 있다. 이는 '문장파'가 해방공간에서 사회주의자와 자유주의자로 분열한 전말을 고려할 때 이해되는 대목이다. 현민에 대한 비판은 김동석에게 자신의 소시민성을 걷어내는 기제로 작동한다. 에세이 〈기전도〉에서 보이듯 현민과의 관계는 애증이 교차한다.

김동석은 해방을 새로운 역사적 단계로 인식한다. 그는 "8 · 15의 해방은 조선민족을 해방했다. 바야흐로 지구는 통털어 '인민의 손으로 인민을 위한 인민의 세계'가 되려 한다. 이러한 역사의 흐름 속에 몸을 던진 문학가에겐 광영이 있을지언정 치욕이 있을 수 없다"(〈비판의 비판〉)라고 함으로써 해방 전과의 역사적 단층을 설정한다. 그는 민족 부르주아에 의한 민주주의 혁명을 강조한다. 이는 파시즘을 물리친 미국과 소련의 민주주의 연합의 공적을 간과하지 않으면서 사대주의를 경계하는 입장을 내포한다.

> 그러나 이미 때는 왔다. 미국의 자유주의와 소련의 사회주의가 지속遲速의 차는 있을지언정 조선적 봉건주의와 일본제국주의를 구축驅逐하고 있는 것은 부인할 수 없는 사실이다. 더군다나 미소가 삼상회의 결정을 계기로 해서 조선 문제에 있어서 일치점을 발견하게 되었다. 자유주의와 사회주의가 대립되는 이념인 것은 사실이지만 다행히도—조선민족을 위하여 아니, 세계의 평화를 위하여—실로 다행히도 조선 문제에 있어서는 삼상결정이라는 호양互讓의 미덕을 결과했다. 인제 남은 문제는 조선민족이 국제정세를 정당히 파악하여서 국가백년의 대계를 그르치지 않는 데 달려 있다. 만약 조선민족이 사대주의자나 국수주의자나 반민주주의자에게 오도되어 국제민주주의 노선에서 탈선하는 나달이면 조선은 제삼차 세계대전의 화약고가 되고 말 것이다. 조선 땅을 탱크가 석권하고 원자폭탄이 파괴할 것을 상상만 함도 끔직 끔직한 일이 아닌가. (〈민족의 자유〉)

김동석의 세계인식이 지닌 혜안이 돋보이는 대목이다. 그는 미국과 소련을 축으로 하는 자유주의와 사회주의라는 '국제민주주의 노선'에서 일탈하지 않은 한편 민족 부르주아가 전개하는 민주주의 혁명이 되어야 조선의 미래와 세계평화가 전개될 것임을 예견한다. 이는 조선이 자주독립을 잃으면 아시아는 물론 세계평화가 깨어진다는 안재홍 등의 역사인식과도 맥이 닿아있다. 이처럼 영문학자 김동석은 해방과 더불어 자신의 소극적인 자유주의를 탈피하여 적극적인 민주주의 혁명론을 개진하고 있는 데 그의 비평은 이러한 세계인식과 맥락을 같이 한다.

김동석의 문학론은 크게 두 가지로 집약된다 그 하나는 민족문학론이고 다른 하나는 운문과 산문의 이분법적 장르론이다. 전자는 해방 이후의 역사단계에 상응하는 것이 민족 전체를 대상으로 하는 민족문학이라는 개념을 담는다. 김동석의 민족문학론이 비판의 대상으로 삼는 것은 본질주의적 내용을 담은 김동리 등의 민족문학론이다. 그는 이를 비판하는 데 있어 예의 단계론을 동원하며 일제말 순수문학론이 가진 역사적 의의가 당대로써 끝났다고 주장한다. 순수문학은 파시즘의 시대인 일제 말 탈정치화를 통한 저항이라는 맥락에서 의의를 가지나 민족 혁명의 시기에 이는 이미 낡은 개념이라는 것이다.

사실 김동석과 김동리의 논쟁에는 한국 현대 비평의 핵심적인 문제들이 담겨 있다. 그 기원에서 해방공간의 비평은 민족문학이라는 이상 형태를 내면화하면서 미학의 문제를 발생시키고 있는데 이는 단순하게 좌파와 우파, 정치주의와 문학주의로 환원될 수 없는 논점들을 담고 있다. 이들은 본질주의와 사회구성주의, 유기론과 유물론, 근대 초극과 근대 기획이라는 상반된 문제틀과 이론틀을 내포한다. 김동리의 민족과 민족정신, 생의 구경적 형식으로서의 문학 등은 정체성이 발생하는 순간부터 불변의 특징들이 존재한다고 생각하는 역사 초월적인 본질주의적 개념에 속한다. 하지만 김동석의 입장은 사회구성주의적이다. 이는 "존재를 결정하는 것은 인간의 의식이 아니라 그들의 사회적 존재가 그들의 의식을 결정한다"는 마르크스의 명제에 기초하며 지식이나 재현 그리고 모든 문화적 산물들은 사회적 구성물로 인식한다.

이러한 사회구성주의는 의식이 물질적인 환경에 의하여 결정되는 것만을 의미하지 않는다. 이것은 동시에 행위자들이 그러한 환경을 변화시킴으로써 자기 결정 능력을 가질 수 있음을 뜻한다. 김동석의 계급과 민족 그리고 민족문학은 사회구성주의적 개념들이다. 사회구성주의와 본질주의가 보이는 이론적 대립은 특히 본질주의가 모든 미학적 원칙을 사회적인 것과 정치적으로 것으로부터 분리하고자 하는 데서 유발된다. 하지만 이러한 본질주의의 분리주의 미학은 다른 영역에 대한 미적 지배 혹은 미적 기득권을 보장하는 정치적 논리를 내포한다.

본질주의와 사회구성주의의 대립은 다시 유기론과 유물론의 대립에 상응한다. 김동리의비평은 유기론에 바탕을 두고 있다. 이러한 유기론은 동양적인 자연철학을 근거에 두고 있는 사상으로 근대의 유물론이나 근대주의에 대응하는 담론으로 부상한다. 일제말 김동리가 신세대론을 주창할 때 이러한 유기론이 제시되고 해방공간에서 유물론에 대한 대응으로 전개된다.

유물론과 유기론의 인식론적 차이는 매우 근본적이다. 유물론이 물질, 계급, 진보, 혁명 등 근본적인 변화를 내세울 때 유기론은 생명, 성장, 완성 등 점진적인 과정을 중시한다. 아울러 부분과 전체의 관계인식에서 둘의 대비는 뚜렷하다. 유물론이 부분으로 전체를 대신할 수 있다고 본다면 유기론은 부분은 전체를 나타내는 내적 연관에 불과하다고 인식한다. 아울러 전자가 역사의 무대에서 전개되는 과정을 인과법칙에 따라 파악된 법칙성의 신념체계라면 후자는 당면한 역사적 무대에서 전개되는 현상을 부수적인 환상으로 배격하면서 본질을 지향하는 신념체계라 할 수 있다. 김동리 등 우파는 '유기론–생명론–민족문학–민족적 민주주의/유물론–기계론–계급문학–인민적 민주주의'라는 비평적 입장을 견지하게 된다. 이러한 가운데 유물론이 그러했듯 유기론 또한 이론적 유연성을 상실하고 단의성 체계로 경화된다.

김동석의 비평이 자본주의적 근대를 극복하는 미완의 근대 기획을 내세웠다면 김동리는 자본주의와 사회주의라는 근대주의를 전적으로 배격하는 근대 초극을 주창한다. "자본주의 사회의 모순과 결함을 근본적으로 시정하는 일방, 맑시즘 체계의 획일적 공식적 메카니즘을 지양하는 데서 새로운 고차원의 제3세계관을 확립하려는" 지향을 제시한 김동리는 근대의 초극이라는 명제를 지닌다. 그런데 이들의 근대 초극론은 담론의 차원에서 마르크스주의에 대한 대응의 성격을 지닌다. 따라서 반동일화 담론이 지니는 한계를 안게 된다. 그것은 초극되어야 할 근대로서의 현실에 인식이 없다는 것이다. 해방과 더불어 민족-국가가 건설된다고 하여 근대가 초극되는 것은 아닐 것이다. 그러므로 이들의 근대 초극론은 근대 민족-국가의 구체적인 역사 속에서 매우 추상적인 형태로 지속하는 관념이 된다. 이러한 관념 또한 현실세계와 분리된 초월적인 가치체계임에 틀림이 없으며 이는 김동석의 김동리에 대한 주된 비판의 내용이 된다.

김동석의 문학론에서 운문과 산문의 이분법적 장르론은 나름의 한계를 지닌다. 그는 운문과 산문을 음악과 행동, 순수와 현실, 영원과 시대 등으로 등치시킨다. 이는 모더니즘을 시적 비전으로 보는 리얼리즘론이나 시적 초월과 산문적 참여를 대비시킨 사르트르의 생각과도 유사한데 대체로 전자의 관점에 그가 서 있는 것으로 이해된다. 파시즘 이후의 세계에 대한 역사철학적 전망과 더불어 일제 말의 모더니즘과 순수문학에 대한 역사적 비판이라는 관점에서 김동석의 산문론은 리얼리즘론으로 이어진다.

사실 김동석의 비평에서 이분법적 장르론은 도식적이라는 비판을 피할 수 없는 면이 있다. 이러한 측면은 김동리의 문학론에도 그대로 적용되는 것인데 정치적 대립으로 이론이 이데올로기가 되면서 내적인 유연성을 상실하고 있는 사례이다. 월북 전 김동석과 김동리의 대담에서 아무런 접점을 찾을 수 없었던 것은 국민-국가의 국가주의적 논리에 포박된 해방공간의 비평이 지닌 역사적 한계가 아닐 수 없다.

4. 김동석의 문학사적 의의

김동석은 영문학자이다. 그러나 그는 '조선문학을 위해 영문학을' 한 주체적인 학자이다. 그의 영문학에 대한 평가는 해당 전공자들의 몫이나 최재서 비판을 통하여 자신의 입장을 정립한 그의 전통은 김우창, 백낙청, 유종호, 윤지관 등 영문학자—비평가로 계승되었다고 할 수도 있을 것이다. 말할 것도 없이 이러한 그의 위치가 비평사적 의의는 아니다. 그는 어떤 의미에서 역사적 희생자에 가깝다. 하지만 해방공간에서 그가 보인 고투는 학자—비평가, 지식인—비평가의 한 전범으로 평가될 수 있을 것이다.

그가 보인 단선적인 역사철학이나 지나친 이상주의는 국민—국가의 국가주의적 폭력을 제대로 인식하지 못하였다는 한계를 지닌다. 그러나 이는 그의 문제이기보다 두 개의 국민—국가로 대립하면서 배제의 논리로 일관한 국가 폭력에 더 큰 원인을 돌려야 할 것이다. 이러한 점에서 그는 한국 현대비평사의 첫머리에 놓이는 평론가라는 위상을 부여받아도 무방하다고 생각한다.

근대적인 의미를 지닌 한국문학비평이 탄생한 시기는 근대문학이론이 수용되고 독자적인 비평체계가 수립된 1920년대라 할 수 있다. 그리고 이러한 근대문학 비평이 성장하는 단계는 식민지 조선의 자본주의가 뿌리내리는 1930년대이다. 이 시기에 이르러 근대 미학의 두 축인 리얼리즘과 모더니즘이 상보적인 대립관계를 형성한다.

자본주의와 파시즘에 대응하는 사회주의 비평과 자유주의 비평의 경합관계는 중일전쟁 이후 새로운 세계질서를 구축하려는 일본의 지역주의와 서구근대의 위기에 따라 부침한다. 이런 가운데 1930년대 후반과 1940년대 초기의 일본사상의 유입과 동양(전통)주의는 비평의 새로운 한 축으로 부상한다. 이로써 식민지 시기 근대 문학 비평은 세 가지 경향이 되고 1940

년대 전반까지 비평의 주류는 동양주의 비평이 된다.

주지하듯이 자유주의 비평은 식민적 근대에 대한 미적 저항이라는 지향을 지닌다. 아울러 서구 근대성을 보편으로 인식하는 자기화된 오리엔탈리즘의 양상을 내포한다. 하지만 세계공황과 파시즘의 대두 등 서구 근대의 위기는 보편성에 대한 회의와 함께 자기분열을 초래한다.

가령 김기림처럼 전장으로 변한 유럽을 근대의 파산으로 받아들이게 되는 것이다. 이럴 경우 서구 근대의 극복이라는 차원에서 사회주의 비평을 수용하거나 근대 초극의 이념을 추구하게 된다. 사회주의 비평은 식민적 자본주의 근대를 사회주의를 통해 극복한다는 '이중적 근대 기획'이다. 식민지 시기 식민과 제국 극복이라는 명제를 지닌 이것이 비평적 지성사의 주류가 되는 것은 당연하다. 하지만 파시즘의 대두로 내외적 망명과 전향이 일반화되면서 이것의 지평은 크게 좁아진다.

망명과 침묵 그리고 전향과 협력은 1930년대 후반과 1940년대 전반의 지성사적 풍경을 구성한다. 동양주의 비평이 차지하는 위상은 1920년대 중반 이래의 문화적 민족주의 비평이나 30년대 후반 신세대 비평과 일정한 차이를 지닌다. 이 또한 근대나 서구에 대한 불만의 계보에 속하지만 서구와 근대를 초극하려는 역사철학을 담보하고 있다는 점에서 앞선 전통주의와 차별화된다. 30년대 후반의 경우 조선적인과 동양적인 것의 해석 여부에 따라서 내적 망명과 대동아공영론의 신체제 협력이라는 두 가지 양상을 보이게 되는 까닭이 여기에 있다. 실제 해방 이후의 상황에서도 사회주의, 자유주의, 동양(전통)주의 비평들은 다시 상호 경합과 대립관계를 형성하는데 특히 사회주의와 전통주의가 두드러진다.

식민지 시대와 해방 이후의 사회를 구분하는 가장 주된 준거는 민족-국가라 할 수 있다. 해방공간은 '국가부재'라는 상황에서 일제시대와 크게 차별된다. 물론 제국에 통합된 식민의 시기에도 민족-국가에 대한 열망은 국내외에 상존한다. 그럼에도 비록 미-소연합의 승리라는 외적 요인에 의

해 이루어진 것이지만, 민족–국가 형성에 대한 가능성이 전면적으로 열렸다는 점에서, 이것이 정치를 비롯한 모든 층위에서 중심 테제가 되었다는 점에서, 해방은 그 이전과의 단절에 상응하는 역사적 맥락을 갖는다.

해방 이후 현대비평은 그 처음부터 민족–국가의 문제와 함께 한다. 따라서 민족–국가 이데올로기에 비평의 이데올로기가 종속되게 된다. 이러한 경향은 두 개의 국민–국가로 나누어지는 한편 폭력적인 방식으로 민족–국가를 건설하려는 전쟁을 경험하면서 더욱 고착화되어 현대비평의 지체와 왜곡을 파생시킨다. 한국현대비평은 그 기원에서 국가(state)의 상태(state)에 대한 탐문과 분리될 수 없다. 이러한 이유에서 '민족문학'이 한국현대비평사의 가장 중요한 개념으로 자리 잡게 된다.

국가의 상태와 관련하여 민족문학의 비평적 주류화는 국가주의에 상응하여 한국현대문학비평을 한정하는 요인이 되는데 이와 같은 비평적 문제는 그 발생론적인 차원에서 대부분 해방 이후 10여 년 동안 형성되며 그 중심에 김동석이 자리하고 있었던 것이다.

작가 연보

1913년　9월 25일 경기도 부천군 다주면 장의리에서 부 경주김씨 완식과 모 파평 윤씨 사이에 장남으로 출생. 아명 김옥돌金玉乭

1921년　경기도 인천부 외리로 이사. 이 시기부터 서당에서 수학함.

1922년　인천공립보통학교 입학.

1928년　인천공립보통학교 졸업. 인천상업학교 입학.

1930년　인천상업학교 3학년 2학기 수료.

1932년　서울 중앙고등보통학교 4학년 편입. 이해 5월 김동석으로 개명.

1933년　중앙고등보통학교 졸업. 경성제국대학 예과 입학.

1937년　첫 평론〈조선시의 편영〉발표.

1938년　경성제국대학 졸업. 졸업논문 〈매슈 아놀드 연구〉.

1939년　중앙고등보통학교 영어 교사로 있다 보성전문학교 전임강사로 전근.

1940년　주장옥과 결혼.

1941년　장남 상국 출생하나 이듬해 병사함.

1942년　차남 상현 출생. 부 김완식 사망. 경기도 시흥군 안양읍 석수동으로 이사.

1944년　조선연극문화협회 상무이사.

1945년　주간《상아탑》간행

1946년　시집《길》과 수필집《해변의 시》발간. 민주주의민족전선 산하 전문위원회 위원, 연극 동맹 보선위원, 조선문학가동맹 외국문학부 위원, 등 역임. 《상아탑》 폐간. 배호, 김철수와 수필집 《토기와 시계와 회심곡》 출간

1947년 문화옹호 남조선문화예술가 총궐기대회 준비위원, 조선인권옹호연맹 위원, 문화공작단 사업에 관여하는 한편 김동리와 순수문학 논쟁함. 제1평론집 《예술과 생활》 간행.

1948년 서울 타임즈 특파원 자격으로 남북정당 및 사회단체 대표자 연석회의가 열리는 평양 방문.

1949년 제2평론집 《부르주아의 인간상》 간행. 월북.

김 나, 〈김동석의 비평활동 연구〉, 홍익대 석사논문, 1995.
김민숙 〈김동석 연구—비평문학을 중심으로〉, 공주대 석사논문, 2002.
김영진, 〈김동석론: 김동석의 비평과 그 한계〉, 《우석어문》 8호, 1993. 12.
김용직, 《해방공간의 시문학사》, 민음사, 1989.
김윤식, 《해방공간의 문학사론》, 서울대출판부, 1989.
김윤식, 지식인 문학의 속성과 그 계보—김동석을 중심으로〉, 《한국문학》 1996년 봄호.
김흥규, 《문학과 역사적 인간》, 창작과비평사, 1980.
손영숙, 〈김동석 비평 연구〉, 이화여대 석사논문, 2001.
손정수, 〈김동석—'상아탑'의 인간상〉, 《한국현대비평가연구》, 강, 1996.
송희복, 《해방기 문학비평연구》, 문학과지성사, 1993.
엄동섭, 〈'상아탑'에서 민족문학에 이르는 해방기 지식인의 변증법적 도정 : 김동석론〉, 《한국문학평론》 2001년 여름호.
염무웅, 〈8.15직후의 한국문학〉, 《창작과비평》 1975년 가을호.
유종호, 〈김동석 연구—그의 비평적 궤적〉, 《예술논문집》, 대한민국예술원, 2005.
유종호, 〈어느 잊혀진 비평가: 김동석에 부쳐〉, 《문학수첩》 2005년 가을호.
이현식, 〈김동석연구 2: 순수문학으로부터 민족문학으로의 도정〉, 《인천학연구》 2권 1호, 2003. 12.
이현식, 〈역사앞에 순수했던 한 양심적 지식인의 삶과 문학〉, 《황해문화》 1994년 여름호.
이희환, 〈김동석 문학 연구〉, 인하대 석사논문, 1995.
이희환, 《김동석과 해방기의 문학》, 역락, 2007.
임헌영, 《분단시대의 문학》, 태학사, 1992.
조연현, 〈순수의 위치-김동석론〉, 《예술부락》 1946년 6월호.
최원식, 《민족문학의 논리》, 창작과비평사, 1982.
하수정, 〈경성제대 출신의 두 영문학자와 매슈 아놀드-김동석과 최재서를 중심으로〉, 《영미어문학》 79호, 2006.
홍성식, 〈생활과 비평-김동석론, 《명지어문학》, 1994. 3.
홍성준, 〈김동석 문학연구〉, 연세대 석사논문, 1999.
황선열, 〈해방기 민족문학론의 특성연구〉, 영남대 석사논문, 1993.

책임편집 구모룡

1959년 경남 밀양 출생.
부산대학교 사범대학 국어교육과 졸업.
동 대학원에서 〈지훈 조동탁의 시유기체론 연구〉(1982)로 석사,
〈한국 근대문학유기론의 담론분석적 연구〉(1992)로 박사 학위를 받음.
1982년《조선일보》신춘문예 문학평론 당선.
한국해양대 교수 · 문학평론가.
저서로《앓는 세대의 문학》(1986),《구체적 삶과 형성기의 문학》(1988),《한국문학과 열린 체계의 비평담론》(1992),《신생의 문학》(1995),《문학과 근대성의 경험》(1998),《제유의 시학》(2000),《지역문학과 주변부적 시각》(2004),《해양문학이란 무엇인가》(2005),《시의 옹호》(2005),《감성과 윤리》(2009) 등이 있음.

입력 · 교정 정미숙

부산외국어대학교 국어국문학과 졸업.
부산대 대학원 국어국문학과 문학박사.

범우비평판 한국문학 · 49—❶

예술과 생활(외)

초판 1쇄 발행 2009년 9월 15일

지은이 김동석
책임편집 구모룡
펴낸이 윤형두
펴낸데 **종합출판 범우(주)**
기 획 임헌영 · 오창은
편 집 김영석
디자인 김지선
등 록 2004. 1. 6. 제406—2004—000012호
주 소 413—756 경기도 파주시 교하읍 문발리 525—2 출판문화정보산업단지
전 화 (031) 955—6900~4
팩 스 (031) 955—6905
홈페이지 http://www.bumwoosa.co.kr
이메일 bumwoosa@chol.com
ISBN 978-89-91167-39-1 04810
978-89-954861-0-8 (세트)

*책값은 뒤표지에 있습니다.
*잘못된 책은 바꾸어 드립니다.